AF624268

प्रारब्ध

प्रारब्ध

आशापूर्णा देवी

रूपान्तर
ममता खरे

वाणी प्रकाशन ग्रुप
भारतीय ज्ञानपीठ

वाणी प्रकाशन : भारतीय ज्ञानपीठ की पुस्तकों के एकमात्र प्रकाशक एवं वितरक
Email : sales@vaniprakashan.in

सजिल्द ग्यारहवाँ संस्करण : 2021
सजिल्द बारहवाँ संस्करण : 2024

लोकोदय ग्रन्थमाला : ग्रन्थांक 498

प्रकाशक
वाणी प्रकाशन ग्रुप
4695, 21-ए, दरियागंज, नयी दिल्ली-110 002
फ़ोन : 011-23273167, 23275710
ईमेल : sales@vaniprakashan.in

ISBN : 978-93-5518-944-8

प्रारब्ध
(उपन्यास)
आशापूर्णा देवी

© सुरक्षित

PRARABDHA
(Novel)
by Ashapurna Devi

आवरण-चित्र : सत्यसेवक मुखर्जी
मुद्रक : आर. टेक ऑफ़सेट प्रिंटर्स, दिल्ली-110 032

Price : INR. 625

प्रारब्ध

(बांग्ला उपन्यास का हिन्दी अनुवाद)

भारतीय ज्ञानपीठ से प्रकाशित
लेखिका की अन्य कृतियाँ
'सुवर्णलता', 'बकुलकथा', 'दृश्य से दृश्यान्तर'
'अविनश्वर', 'लीला चिरन्तन' और 'न जाने कहाँ-कहाँ' (उपन्यास)
'किर्चियाँ' और 'ये जीवन है' (कहानी-संग्रह)।

एक

जैसा होता है, जैसा होता आया है, जैसा नियम है और कानून के मुताबिक जैसी व्यवस्था होनी चाहिए, माननीय अदालत बहादुर ने वैसा ही किया। सम्पत्ति का बँटवारा करने की तरह, छह साल का लड़का बाप के हिस्से में और तीन-चार साल की लड़की माँ के हिस्से में आई।

इस सम्पत्ति के दो मालिक। काफी दिनों से एक साथ रहने और सम्मिलित रूप से उनकी देख-भाल करते सहसा एक दिन आविष्कार कर बैठे कि "न, अब इस तरह रहना सम्भव नहीं। जिन्दगी हर क्षण, हर पल उन्हें काट रही है, टुकड़े-टुकड़े कर रही है। चाकू से, आरी से।"

तब? जब अन्दर ही से द्विखण्डित हैं तब फिर बाहरी शर्म का प्लास्तर चढ़ाकर 'मिल कर जीने' का दिखावा क्यों? अलग ही हो जाएँ। अतएव अलग हो गए।

हालाँकि इतनी आसानी से यह सब नहीं हुआ। बहुतेरे पापड़ बेलने पड़े। हाँ, अब कानून पहले से कहीं ज्यादा सरल हो गया है। 'समाज' ने भी 'सहनीय' समझ कर जब स्वीकार लिया तब फिर इतनी चक्षुलज्जा कैसी?

परन्तु समाज में क्या नवीनपन्थी और पुरातनपन्थी नहीं हैं? दो तरह की विचारधाराएँ। अतएव दो तरह की बातें भी हैं। इससे भी कोई फर्क नहीं पड़ने वाला।

अरे, जब भाई-भाई एक ही घर में पैदा होकर वर्षों एक ही हाँड़ी का खाना खाकर बड़े होने के बाद, सहसा आविष्कार करते हैं। "ना, ऐसे रहना असम्भव है।" तब क्या होता है?

हाँड़ी अलग, घर का बँटवारा।

परन्तु मकान के बँटवारे के वक्त, दीवार खड़ी करते समय दोनों को तो मकान का पूर्वी हिस्सा नहीं दिया जा सकता है? किसी को 'पूरब' और किसी को 'दक्षिण'

ही मिलेगा। यहाँ भी कानून का ही फैसला सर्वोपरि होता है।

यही इस मामले में हुआ।

बाप के हिस्से में लड़का, माँ के हिस्से में लड़की। लड़का अगर बिल्कुल ही शिशु होता है, थोड़े दिनों तक माँ की गोदी का सुख उठा सकता है लेकिन हमेशा तो नहीं न? बड़ा होते ही वह बाप की सम्पत्ति बन जाता है।

लेकिन इनका यह लड़का तो शिशु नहीं। छह साल का है, स्कूल जाता है। इसी उम्र में वह स्कूल का 'ब्रिलिएण्ट बॉय' के नाम से विख्यात है। माँ उस पर कैसे दावा कर सकती है?

इसी बीच लड़के को 'माँ से अलग' रहना पड़ा था। माँ लड़की को लेकर मायके चली गई थी और उसे बुआ के पास भेज दिया गया था।

इस समय घर में नाना प्रकार की झंझटें थीं और उसकी परीक्षा सिर पर। इसीलिए उसे झंझटों से दूर एक निश्चिन्त आश्रय में रखना आवश्यक था। वही आवश्यक कार्य किया गया था। लेकिन क्या 'अशान्ति' केवल बाहर ही थी? शिशु के मन में क्या अशान्ति का तूफान नहीं उठ रहा था? हजारों प्रश्न क्या उसके छोटे से मस्तिष्क में नहीं उछल रहे थे? प्रतिवाद करने की इच्छा नहीं हो रही थी?

क्यों नहीं। लेकिन यह सब सोचने से तो काम नहीं चलता है। पहले अपने मन में उठ रहे प्रतिवाद को रोकना जरूरी था।

जो असहाय, निरुपाय हैं उनकी बात कौन सोचता है?

x x x

सौमित ने सोचा था इस घिनौनी लड़ाई का अध्याय समाप्त कर मुक्त जीवन की मुक्ति को मुट्ठी में पाते ही बापी को दीदी के घर से लेता आएगा। पर ऐसा न कर सका।

दीदी बोलीं– "अरे सौ, कल पल्टू का जन्मदिन है, आज मैं उसे नहीं जाने दूँगी। कल तू भी यहीं खाना खाना, फिर साथ ही चले जाना।"

उसके बाद ही कुछ खेद, कुछ व्यंग मिले तीखे स्वरों में बोली थीं– "अब तो ऑल क्वाएट ऑन फ्रन्ट?"

हालाँकि दीदी भाई की पत्नी को अकेली ही जिम्मेवार नहीं मानती हैं। वह भाई को भी दोषी ठहराती हैं। कहा था–"वह तो तुझसे सात साल छोटी है, उसे

मैनेज करने की क्षमता है तुझमें? बेवकूफ, बुद्धू! तेरी यह शादी 'प्रेम विवाह' थी न? हमारी तरह सीधे मण्डप के नीचे चार आँखें एक नहीं हुई थीं–पूरे दो साल एक साथ घूमे थे न?"

सौगत ने दार्शनिकों-सी हँसी हँसकर कहा था–"उसके बाद सात-आठ साल प्रेमपूर्वक घर-गृहस्थी भी चली। परन्तु कोई व्यवस्था चिरस्थायी तो होती नहीं है।"

"वाह! खूब! तुम लोगों की दुर्बुद्धि के फलस्वरूप मेरा ससुराल में मुँह दिखाना दूभर हो गया है। अभी उस दिन भांजी की शादी थी, बीमारी का बहाना बना कर गई नहीं।"

"क्या मुसीबत है! यह तो वही हुआ कि पाप कोई करे, दण्ड कोई भोगे। लेकिन दीदी, क्या आज के समाज में यह सब चालू नहीं हो गया है?"

"हो गया होगा लेकिन क्या मन मानता है?" खैर, वह तो शुरू-शुरू में होता था। आज तीखा व्यंग करते हुए दीदी ने भाई को खाने पर निमन्त्रित किया। सौगत ने देखा बापी घर के और बच्चों के साथ मिलकर कागज की चेन बना रहा है। इस घर में काफी छोटे बच्चे हैं। चचेरे-फुफेरे जैसे।

सौगत ने पूछा, "क्यों? आज मेरे साथ चलकर कल सुबह चले आना? छुट्टियाँ तो चल ही रही हैं।"

बापी ने गम्भीरता से उत्तर दिया, "नहीं। इन्हें आज ही बना कर पूरा करना है। कल घर सजाया जाएगा।"

"अरे इतने लोग तो हैं। यही लोग कर लेंगे।"

बापी बोला–"नहीं। मैं भी करूँगा।"

एकाएक सौगत को लगा, बापी बड़ी दूर से बोल रहा है। सौगत की पहुँच से दूर, बड़ी दूर।

उसके हृदय में धुकपुकी-सी मच गई।

धीरे-धीरे चला आया।

सौगत लौट आया अपने चमचमाते सजे-सजाये फ्लैट में। चाभी जेब ही में रहती है। आने की सूचना शोर मचा कर देनी नहीं पड़ती है। फिर दे भी तो किसे दे? उस खाना पकाने वाले नौकर को? जल्दी क्या है? जान ही जाएगा। खुद ही आकर पूछेगा कि बाबूजी को क्या चाहिए।

कुछ दिनों से यही तो हो रहा है।

शुरू में यही लड़का ज्यादा बकबक करने के लिए डाँट खाता था। आजकल वह भी लगभग गूँगा हो रहा है।

आज सौगत को कुछ नहीं चाहिए। न चाय न नाश्ता। दीदी ने जबरदस्ती खिला दिया था।

इस समय सौगत अपने विशाल कक्ष के बीचोंबीच बिछे डबल बेड की ओर वितृष्णा-भरी नजरों से देख कर अथवा न देख कर लेटा हुआ है खाट के सामने रखे लम्बे सोफे पर।

अब अगर सौगत अपने हिस्से में आए 'बड़े तालुक्के' को पाकर भी उस छोटे से फूल के बागीचे के लिए हाहाकार करे तो क्या यह अन्याय नहीं ?

गोल-मटोल और उम्र के लिहाज से कहीं बड़ा दीखने वाला बापी ही तो उसका 'बड़ा तालुक्का' है। तुलतुल तो एक मुट्ठी फूल की तरह है। हल्के, रेशम जैसे फूले-फूले बालों के बीच से झाँकता उसका चेहरा एक खिलते हुए फूल-सा लगता है।

वही चेहरे के लाल-लाल होंठों को फुलाए जब-तब दौड़ती हुई आती थी, "बाबूजी ! देखो-देखो, माँ मेरी तरफ गोल-गोल आँखों से देख रही है।" "बाबूजी, माँ ने मेरी चॉकलेट छीन कर फेंक दी।" "बाबूजी, तुम माँ को खूब अच्छी तरह से डाँट क्यों नहीं लगाते।"

हर वक्त माँ के विरुद्ध ही शिकायत करती रहती थी बाबूजी से।

हाँ, बाबूजी !

लड़के का नाम 'बापी' रख डालने के कारण पिता के लिए प्रयोग किया जाने वाला प्यारभरा सम्वोधन हाथ से निकल गया था—तभी 'बाबूजी' बन गया था। यह कंका की ईजाद थी।

कंका की ममेरी बहन की बेटी अपने बाप को 'साहब' और माँ को 'मेमसाहब' पुकारती है। बंगाल के बाहर रहने और बड़ी नौकरी करने पर 'माँ' और 'पिताजी' शब्द अव्यावहारिक हो जाते हैं। माँ-मौसी कह कर भी सम्बोधित नहीं कर सकते। चालीस साल बाद भी 'साहब', 'मेमसाहब' जीवित हैं। फिर एक फूहड़-सी दलील—"अरे, लोगबाग भी तो इसी नाम से बुलाते हैं।"

जैसे कोई जबरदस्ती है कि बच्चे भी उसी तरह बुलाएँ।

खैर, कंका के पति को 'साहब' शब्द पसन्द नहीं, अतएव कंका ने दूसरा सम्बोधन ढूँढ़ निकाला।

लड़की का हरदम बाप से जा-जा कर माँ के नाम से शिकायत करना देख अक्सर कंका क्रोध से उबल पड़ती। ऐसी फूल-सी लड़की पर और कड़ाई करती। कहती, "जा-जा, कह दे जा कर। क्या कर लेंगे तेरे बाबूजी मेरा? पुलिस से पकड़वा देंगे?"

बापी चालाक है। या फिर वह है सहनशील। अभियोगरहित। इसीलिए बापी ने अपने बाबूजी पर अभियोगपूर्ण दृष्टि नहीं डाली। उसकी आँखों में उदासीनता थी।

यह एक नई बात थी।

अभियोग-शून्य वह हो सकता है किन्तु आग्रह-शून्य तो नहीं। न ही उसमें आन्तरिकता की कमी है। सौगत की कार की आवाज सुनते ही बापी दौड़ कर बाहर चला जाता।

कंका बिगड़ती, "पढ़ते-पढ़ते उठकर भागना? मानो कोई नया अजूबा घर आ गया! सबसे पहले जैसे तुम्हें ही देखना है। मैं सब समझती हूँ, पढ़ने से बचने का बहाना है।"

सौगत सुनकर हँसता, "बहानेबाजी करने के बाद भी तो क्लास का 'फर्स्ट बॉय' कहलाने का दावा करता है।"

कंका मुँह बिगाड़ कर कहती–"इसी में भूले रहो। ऐसे ही बच्चे जरा-सा बड़े हुए नहीं कि डॅल हो जाते हैं।"

कंका क्या मन-ही-मन सौगत से ईर्ष्या करती थी? शक करती थी? दोनों बच्चे बाप ही के अनन्य भक्त थे। कंका का सारा प्रयास विफल हो रहा था।

कंका की इच्छा थी कि दोनों बच्चे उस की आँखों के इशारे से उठेंगे-बैठेंगे। माँ को ही अपना मालिक समझेंगे। कंका केवल अपनी परिकल्पना के ढाँचे में ढाल कर इन्हें 'इन्सान' बनाएगी।

लेकिन आश्चर्य! सौगत ने किसी तरह की इच्छा मन में न रखने के बावजूद, बिना किसी प्रयास के दोनों बच्चों पर अपना प्रभाव डाल रखा है।

क्या यह कंका की पराजय नहीं?

जो कंका को इस पराजय की ओर धकेल रहे थे उन पर कंका कड़ाई न करे तो क्या करे?

परन्तु संघर्ष का यही एक कारण नहीं था। भीतर-ही-भीतर इकट्ठा हो रहा था असहिष्णुता का बारूद। इन्तजारी थी तो एक जलती हुई माचिस की तीली की।

और असहिष्णुता चीज ही ऐसी है। अगर एक बार लगे कि 'न! अब इस तरह रहना मुश्किल है।' लगे कि 'जब प्रतिकार का रास्ता है तब पड़े-पड़े मार क्यों खाऊँ?' तब फिर हो गया। तब रोकना कठिन है। बाँध टूटता ही जाएगा।

x x x

पिता के जाते ही बापी बोल उठा, "अब और अच्छा नहीं लग रहा है। गर्दन दुखने लगी है।"

सुनकर कोई बोल उठा, "आहा रे, गर्दन तो दुखेगी ही, कब से लिये बैठा है। बच्चा ही तो है।"

सुनते ही बापी ने सारे पतंगी कागज अपनी ओर खींच लिये और लेई की कटोरी पकड़ कर बैठ गया।

"अरे? तू फिर करने लगा?"

"हाँ, करूँगा।"

बुआ के देवर का लड़का, जो कि उम्र में बापी से कुछ बड़ा था, वह भी कागज की जंजीर बना रहा था, बोला, "वाह, लेई की कटोरी उतनी दूर रखोगे तो मेरा हाथ कैसे पहुँचेगा?"

"तुम्हारे हाथ को पहुँचने की जरूरत नहीं—मैं अकेले ही बनाऊँगा।"

"तो अभी जो तूने कहा था गर्दन दुख रही है?"

"कहा था तो क्या हुआ?" कहकर लेई की कटोरी उसने अपनी स्वस्थ जंघा पर रख ली!

"मैं समझ गया। बाबूजी के चले जाने से तुम्हारा मन उदास हो गया है।"

"ओफ्फो! जब देखो तब बेकार की बातें।" बापी ने एक झटके में रंगीन कागज की एक पट्टी उठाई, ढेर सारी लेई लगाई, उसे जोड़ा और फिर तोड़-मोड़कर

फेंकते हुए बोला, "धत्! सब बिगाड़ दिया।"

उठकर पाँव पटकता हुआ वहाँ से चला गया। उसके खड़े होते ही लेई की कटोरी गिरकर जमीन पर लुढ़क गई।

x x x

और तुलतुल?

वह भी तो ननिहाल में रह रही है।

परन्तु चार साल की इस लड़की ने भी समझ लिया था इस बार का आना हर बार के आने जैसा नहीं। पहली बात तो यह कि दादा क्यों नहीं आया?

कंकावती नामक महिला ने गम्भीरतापूर्वक कहा था, "बताया था न उस दिन? दादा के इम्तहान हैं।"

"तब फिर तुम इस वक्त क्यों चली आईं? दादा को पढ़ने के लिए डाँटेगा कौन?"

"डाँटने की जरूरत नहीं है। वह खुद ही मन लगाकर पढ़ेगा। तुम्हारी तरह थोड़े ही है।"

परन्तु शिशु को समझाना आसान नहीं।

यद्यपि बड़े हमेशा यही काम करते हैं। वास्तविक अवस्था को छिपाते हुए इधर-उधर की दलील देते हुए समझाने की चेष्टा।

परन्तु बच्चे क्या इस चेष्टा को स्वीकार लेते हैं? इसीलिए शायद घर छोड़ कर आते वक्त तुलतुल समझ गई थी कि यह आना पहले जैसा नहीं।

इससे पहले–

तुलतुल लोगों के आते ही सारे घर में खुशी का दौर पड़ जाता था, वह बात कहाँ? कोई कुछ कह ही नहीं रहा था।

इस दफा माँ दो-तीन सूटकेस क्यों साथ लाई? क्या ज्यादा दिन रहेगी? क्यों? वह तो यहाँ दो दिन नहीं रहना चाहती है। नानी कितना कहतीं, "और एक दिन रह जा" पर माँ हँस देती। कहती, "रहने से काम नहीं चलता है, माँ।"

उस वक्त तुलतुल को बड़ा गुस्सा आता था। काम क्यों नहीं चलेगा? खाना तो सुशीलदा बनाते ही हैं?

लेकिन आज तुलतुल माँ पर नाराज है, यहाँ 'रह जाने' के लिए। माँ घर लौटने का नाम ही नहीं ले रही है। बस जब देखो तब कहीं चली जाती है। उसे नानी सँभाल रही है, नहला रही है, खिला-पिला रही है। अगर तुलतुल कहती, "नहीं, तुमसे नहीं, माँ से नहाऊँगी" तब मामी गम्भीरभाव से कहती, "बुद्धुओं जैसी बातें मत करो तुलतुल, तुम्हारी माँ को लौटने में बहुत देर होगी।"

"क्यों ? माँ कहाँ गई है ?"

"जरूरी काम से गई है।"

"कैसा जरूरी काम ?"

"वह तुम्हारी समझ में नहीं आएगा। तुम अच्छी लड़की की तरह खाना खा लो।"

मामी से तुलतुल को डर-सा लगता है। हालाँकि उन्होंने तुलतुल को कभी नहीं डाँटा। बल्कि आजकल नानी डाँट देती हैं।

अपने-आप में क्या-क्या बड़बड़ाया करती हैं। तुलतुल मतलब तो नहीं समझती है परन्तु इतना जरूर समझ लेती है कि नानी के डाँटने में गुस्सा और दुःख दोनों मिला है। जैसे तुलतुल को नहीं किसी और को डाँट रही हैं।

इन्हीं नानी को तुलतुल कितना हँसमुख और खुशमिजाज देख चुकी है। कभी रसोई में, कभी खाने के कमरे में तो कभी सोने के कमरे में चरखी-सी चक्कर काटती रहती थीं। और जब देखो तब कोई एक नया पकवान तैयार करके खुशामद करतीं, "जरा-सा खाकर देख न रे ! गरम-गरम खा जरा-सा।" खुशामद करतीं माँ की, दादा की।

और अब ?

नानी पहले जैसी नहीं रहीं।

दादा नहीं आया है इसलिए क्या ? लेकिन दादा के इम्तहान होने वाले हैं, यह तो नानी जानती हैं न ! कोई और वजह है।

सोचते-सोचते तुलतुल ने एक कारण ढूँढ़ निकाला है। इस दफा माँ बाबूजी के साथ लड़कर चली आई है इसलिए। बाबूजी इसीलिए आते नहीं हैं। इसलिए भी नानी गुस्सा हैं।

न जाने क्यों माँमोनी और बाबूजी लड़ते हैं। बेचारी तुलतुल और उसका दादा

फुसफसा कर यही कहते, "अच्छा, ये लोग इतना लड़ते क्यों हैं रे? ये लोग क्या बच्चे हैं?"

पहले भी तो झगड़ते थे और सुलह भी कर लेते थे। सजधज कर हँसते-बोलते थे। घूमने जाते थे, एक साथ।

देखकर तुलतुल और बापी के जान में जान आती।

लेकिन फिर झगड़ा, फिर झगड़ा। दिनों-दिन झगड़ा बढ़ता ही जा रहा था। उसके बाद एक दिन जाने क्या हुआ। तुलतुल को मालूम नहीं कि उस दिन क्या हुआ था जिस दिन माँ दादा को वहीं छोड़कर तुलतुल को साथ लेकर ननिहाल चली आई थीं। जिस समय तुलतुल "दादा कहाँ है, दादा कहाँ है" कहकर चिल्लाने लगी, माँ बोली थीं, "दादा के इम्तहान हैं, वह कैसे जा सकता है? उसके मास्टर साहब आएँगे न? ज्यादा चिल्लाओगी नहीं—बिल्कुल चुप रहोगी।"

हाँ, आजकल माँमोनी के मुँह से एक ही बात निकलती है, "एकदम चुप रहो।"

क्यों? क्यों? क्यों तुलतुल हर समय एकदम चुप रहे।

तुलतुल की स्कूल बस भी इतनी बुरी है कि इधर आना ही नहीं चाहती है। माँमोनी को ही उसे स्कूल छोड़ने और लाने जाना पड़ता है।

उसके बाद फिर न जाने क्या हुआ।

माँमोनी हर वक्त घर से निकल जाती और बड़ी देर से लौटती। लौटने पर किसी से बात नहीं करती। माँमोनी के न जाने कैसे एक चाचा थे, वही हर वक्त आते और उन्हीं के साथ माँमोनी बातें करती।

उस आदमी को तुलतुल जरा भी पसन्द नहीं करती। कैसी लटकी-लटकी बड़ी-बड़ी मूँछें, नाक बुलडॉग की तरह। जब भी आते हैं उन्हें प्यार से चाय-नाश्ता दिया जाता है। और नानी उनसे कहतीं, "उसे तुम सही अक्ल न देकर बिगाड़ रहे हो।"

तुलतुल बिगाड़ने का अर्थ नहीं समझती। पर इतना अन्दाज था उसे कि बुद्धि का उल्टा दुर्बुद्धि है, इसीलिए बुरी बात ही सिखाता होगा माँमोनी को।

उस आदमी को देखते ही गुस्सा आता। वह उसे प्यार करने की कोशिश करते हैं, गोदी में उठा लेना चाहते हैं और हहा हहा कर हँसते हैं।

तुलतुल का क्या दिमाग खराब हुआ है जो उसकी गोद चढ़ेगी? वह भाग जाती। एक दिन तो ऐसे दौड़ी कि धम् से गिर ही गई।

माँ कहती, "इस तरह असभ्यों जैसा व्यवहार क्यों करती है? वह तेरे छोटे नाना लगते हैं।"

तुलतुल हरगिज उन्हें 'छोटे नाना' नहीं कहेगी। इस पर माँ का गुस्सा देखने लायक था। हाँ, तुलतुल जान गई थी कि नानी भी उस आदमी को नापसन्द करती हैं। हालाँकि आने पर उसे चाय-नाश्ता देती हैं, बात करती हैं, फिर भी उनके हाव-भाव से लगता कि उन्हें यह सब अच्छा नहीं लग रहा है। तुलतुल सब समझती है। चेहरा देखकर वह सब समझ लेती है।

x x x

ओफ, दादा का ऐसा कौन-सा इम्तहान है कि एक बार भी बाबूजी के साथ आ नहीं सकता है? कुछ नहीं तो बुआ के यहाँ के पुराने महाराज शशधर के साथ चला आए। उसे क्या हमारी जरा भी याद नहीं आती है?

इधर तुलतुल का हृदय दिन-रात रोता। जी करता गला फाड़कर 'दादा-दादा' चिल्लाये। मन में आता भागकर अपने घर चली जाये। वहाँ तुलतुल का कितना सामान है। माँ तो सिर्फ थोड़े से कपड़े-जूते लेकर आई है। और लाई है किताबें।

लेकिन यही तो सब कुछ नहीं है? और चीजें भी तो हैं। कितनी सारी चीजें। उसे कभी-कभी डर-सा लगता—लगता शायद फिर कभी वह उस घर में लौटकर न जा सकेगी।

खिलौनों की अलमारी में रखे सारे खिलौने पड़े-पड़े सड़ते रहेंगे। छत पर, सीढ़ी वाली खिड़की पर कितना कुछ पड़ा है। छत पर तुलतुल की साइकिल, मोटर और झूला टँगा है। सीढ़ी पर वह बड़ा वाला भालू और कुत्ता। खिड़की के किनारे रेलगाड़ी पड़ी रहेगी तुलतुल की। और तुलतुल पड़ी रह जाएगी इस सड़े से गन्दे मकान में। क्यों? क्यों? क्यों तुलतुल को यह सजा मिले? तुलतुल ने क्या अपराध किया है?

गुस्सा आता माँमोनी पर। बाबूजी पर उसे दया आती। उनके लिए दुःख होता। क्यों बाबूजी उसे आकर ले नहीं जाते? न जाना चाहें तो न जाएँ माँमोनी।

तुलतुल अपने घर में उनके बिना अकेली ही मजे से रह लेगी।

फिर अकेली कैसे? बाबूजी होंगे। दादा है। वहाँ सुशीलदा है। चारू की माँ भी तो आती है। कमरों में झाड़ू-पोंछा करती है, और भी न जाने क्या-क्या काम करती है। कमरा पोंछते हुए कितनी बातें करती थी तुलतुल के साथ।

अगर माँमोनी इस सड़े मकान में पड़ी रहना चाहती हैं तो रहें, तुलतुल चली जाएगी।

लेकिन जाएगी कैसे? वह क्या बड़ों की तरह इच्छा होते ही जा सकती है? मन में प्रश्नों की झड़ी लगी थी। हर प्रकार की जिज्ञासा ने छोटे से हृदय को मानो दबोच लिया था।

रह-रह कर तुलतुल को रोना आ जाता। जबरदस्ती रोकने पर भी न रुकते आँसू। गले से आवाज निकल ही जाती। और उस वक्त अगर कोई दौड़ कर आता, पूछता, "क्या हुआ? क्या बात है?" तो मन करता उसे मार बैठे।

हालाँकि मारती नहीं। झूठमूठ ही कह देती, "एक कीड़े ने काट लिया था" या फिर "गिर गई थी" अथवा "ठोकर लग गई थी"।

इससे पहले भी क्या तुलतुल झूठ बोलती थी?

"तेरी लड़की इन्हीं कुछ दिनों में सूखकर आधी हो गई है।" हँसुए से सब्जी काटती हुई धरित्री बोल उठी, "अब वह पहली-सी नहीं रही।"

तुलतुल वहाँ नहीं थी लेकिन कमरे से उसने सुना तो उसके कान खड़े हो गए।

शिशु के भीतर वयस्कों जैसी चतुरता और सतर्कता के भाव प्रकट हो रहे थे।

तुलतुल ने सुना, माँमोनी खीज-भरी आवाज में बोलीं, "यूँ ही आधी हो गई? तुम लोग भी ऐसी अजीब बातें करती हो जिनका कोई मतलब नहीं होता।"

असल में क्या कंका स्वयं नहीं देख रही थी कि लड़की में फूलों-सी ताजगी अब नहीं रही। लेकिन कंका इसके लिए अपने-आपको जिम्मेवार मानने को तैयार नहीं। अपनी माँ की तरह बेसिर-पैर वाले सेंटीमेंट्स वह नापसन्द करती है। इसीलिए अपनी चार साल की बच्ची पर उसे गुस्सा आ जाता—क्यों बाबा, तुझे क्या हो रहा है? तू छोटी-सी लड़की है, तुझे इन बातों में सिर खपाने की जरूरत क्या

है? पहले तो मामा के यहाँ आने के नाम पर उछला करती थी और अब कुछ ही महीनों में मामा का घर सड़ा हो गया? नखरेबाज लड़की! ठीक से खाएगी नहीं, हँसेगी नहीं, खेलेगी नहीं। कोई प्यार करने बढ़ेगा तो छिटक कर दूर हट जाएगी। ऐसी भी क्या जिद्द? असभ्यता...

यद्यपि कंका स्वयं भी नहीं सोचती है कि हमेशा यहीं रहेगी। मन-ही-मन सोच रखा है कि खुद उपार्जन करने लगेगी तो लड़की के साथ किसी भी तरह अलग रह कर गुजर-बसर कर लेगी। पर अभी तुरन्त तो कुछ होने वाला नहीं। यहाँ रहना पड़ रहा है इसमें अपमानित होने जैसी भी तो कोई बात नहीं। मकान कंका के पिता का बनवाया है, भाई का नहीं—कितना भी छोटा मकान क्यों न हो कंका का आधे पर हक बनता है।

कंका के दिवंगत पिता सीधे-सादे इन्सान होते हुए भी तथा बेटी के भविष्य के बारे में किसी तरह की आशंका घोषित न करने पर भी, सुदूर भविष्य की बात सोच कर, अपने इसी छोटे से घर के लिए चुपचाप एक वसीयत बना गए हैं, यह बात कंका जानती नहीं थी। जानने की बात भी नहीं। उन्होंने वसीयत लिखते समय अपने इस चचेरे भाई की मदद नहीं ली थी। सहायता ली थी अपने एक बाल्य बन्धु की।

कहना न होगा अपने इस मकान में बेटी के लिए कोई हिस्सा नहीं रखा गया था। जैसा कि साधारणतया मध्यवर्गीय घरों में होता है, आज भी वे लोग बेटे को ही वास्तविक उत्तराधिकारी मानते हैं।

बेटी माने तो दामाद। भिन्न गोत्र, भिन्न वंश। वह कैसे मकान का भागीदार हो सकता है?

वसीयत के बारे में केवल धरित्री ही जानती हैं। इसमें उनका समर्थन ही था। माँ के लिए भी बेटा ही असली संतान है।

फिर भी धरित्री ने हँसकर कहा था, "इतनी व्यवस्था करने की जरूरत नहीं थी। कंका तुम्हारी तुच्छ इन दो ईंटों में हिस्सा माँगने नहीं आएगी। उसे कौन-सी कमी है?"

विनोद बिहारी हँसे थे—"दावा करने वाली चीज पर क्या लोग अभाववश दावा करते हैं? फिर भविष्य के बारे में कौन कुछ कह सकता है?"

"राम-राम !" धरित्री ने कहा था, "भगवान् भला करे। भविष्य में कभी भी उसे बाप के घर में रहने की जरूरत तक न पड़े।"

आज धरित्री उन्हीं बातों को मन ही मन सोच-सोच कर सिहर उठती हैं।

दो

आज स्कूल से लौटते ही तुलतुल ने माँ से पूछा, "माँमोनी ! मेरे कोई भाई-बहन होगा ?"

ऐसा अद्भुत प्रश्न सुनकर झटका लगना स्वाभाविक था। प्रश्न सुनकर क्रुद्ध हुई कंका। बोली, "मतलब ? ऐसी अद्भुत बात का मतलब क्या है ?"

तुलतुल सहम गई।

डरते-डरते बोली, "जयिता कह रही थी।"

"जयिता ! जयिता कौन है ?"

"वाह, मेरे क्लास की जयिता को नहीं पहचानती हो ?"

"वह क्या कह रही थी ?"

"यही कि तू अब बस से नहीं आती है। फिर कितने दिन ननिहाल रहेगी ? तेरे क्या भाई-बहन होने वाला है ?"

सहसा कंका ने लड़की के गाल पर धाँय से एक चाँटा जड़ दिया। बोली, "स्कूल में यह सब बड़ी-बड़ी बातें की जाती हैं ? ताज्जुब है ! इतने-इतने से बच्चे। वह सब–"

मन-ही-मन बोली, 'ठीक है। यह तो के० जी० स्कूल है। अब की बार ऐसे स्कूल में डालूँगी जहाँ पुरानी कोई लड़की नहीं पढ़ेगी।'

और तुलतुल ?

व्याकुल रुलाई को रोकते-रोकते बिफर उठी। मन-ही-मन बोली, 'मैं मर जाऊँगी। मैं मर जाऊँगी। तब तुम रोना भों-भों करके।'

x x x

कैसी भयंकर शून्यता ! शून्यता ही शून्यता !

दीदी के घर से निमन्त्रण पर खाना खाकर रात को बेटे सहित घर लौटे तो

सौगत को लगा यह घर-द्वार, बरामदा, खिड़की राक्षसों जैसा विराट मुँह फाड़े उसे निगलने चले आ रहे हैं। इस आक्रमण से सौगत अपनी रक्षा कैसे करे?

यों काफी दिनों से सौगत अकेला ही रह रहा है। रहना पड़ रहा था। लड़के को इम्तहान के बहाने दीदी के पास रख दिया गया था।

अब इस बहाने की जरूरत नहीं। अब स्पष्ट हो चुका है कि यही स्थायी व्यवस्था है। सोने से पहले सौगत ने कहा, "तू आज मेरे पास ही सो जा, बापी।" मानो इस नन्हे से बच्चे को छाती से चिपटाकर लेटने से इस भयंकर शून्यता में कुछ कमी आ जाएगी। हृदय की पीड़ा कम होगी।

लेकिन बापी? वह इस प्रस्ताव पर भौंहें सिकोड़कर बोल उठा, "तुम्हारी खाट पर क्यों? मेरी खाट को क्या हुआ?"

इसी बड़े कमरे के बगल से सटा हुआ एक छोटा कमरा है और उसी कमरे की दीवार से सटी एक नहीं दो-दो सुन्दर छोटी-छोटी खाट बिछी हैं। सुन्दर नरम बिस्तर बिछे हैं—बापी और तुलतुल के बिस्तर।

बच्चों को साथ लेकर सोना कंका को फूटी आँख पसन्द न था। एक बार जब सौगत ने इस बात पर आपत्ति जताते हुए कहा था, "और कुछ दिन की बात है, न? छोटे हैं, इतनी जल्दी अपने से दूर क्यों कर रही हो?"

"तब फिर तुम ही अपनी दादी-नानी की तरह इन्हें अपने दोनों तरफ सुलाकर चकवा-चकवी की कहानी सुनाया करो।"

अतएव कंका की व्यवस्था ही बलपूर्वक चल निकली। दोनों कमरों के बीच के दरवाजे पर एक मोटा पर्दा लटका करता है।

जब कभी पर्दे के दूसरी तरफ से आधी रात को एक दबी, पर तीव्र आवाज सहसा गूँज उठती तब तुलतुल हड़बड़ाकर जाग जाती। अपनी खाट से उतरकर वह बापी के पास चली आती। उससे चिपटकर कहती, "दादा, माँ फिर बाबूजी से झगड़ा कर रही हैं।"

बापी कहता, "कर रही हैं तो तेरा क्या? तू जाकर सो जा।"

"मैं तेरे पास सोऊँगी।"

"अहा! जब लुढ़क जाएगी तब क्या होगा? कितनी सँकरी खाट है!"

"मैं तुझसे लिपटकर लेटी रहूँगी। दादा, लेटने दे न! मुझे डर लग रहा है।"

बापी कहता, "अच्छा, थोड़ी देर के लिए लेट जा, फिर अपनी जगह पर चली जाना, वरना माँमोनी पिटाई करेगी।"

आज जब सौगत जैसे मशहूर प्रतिष्ठित व्यक्ति ने बापी से प्रार्थना की तब वह भी क्या तुलतुल की ही तरह मानसिक रूप से थोड़ा-सा आश्रय पाने की आशा मन में रखता था? उसे भी बुरा लग रहा था, डर-सा लग रहा था। यह प्रार्थना उसने अपने लिए की थी। लेकिन बापी गलत समझा ! उसने सोचा, बाबूजी उस पर दया दिखा रहे हैं, करुणा प्रकट कर रहे हैं। अकेले में उसे डर लगेगा यह सोचकर उसे अपने पास सुला रहे हैं।

इसीलिए स्थिर स्वरों में बापी बोला, "क्यों? तुम्हारी खाट पर क्यों? मेरी खाट कहाँ गई?"

सौगत को दोबारा लगा बापी मानो कहीं बड़ी दूर से बोल रहा है। अपने को सँभाल लिया सौगत ने। बोला, "अरे, तेरी खाट भला कहाँ चली जाएगी? यूँ ही लगा कि तू अकेला सोएगा वहाँ--"

"अकेले तो क्या हुआ? मुझे भूत खा जाएगा?" कहते-कहते वह पर्दा हटा कर उस कमरे में चला गया। बापी के बात करने का ढंग अचानक यह कैसा बदल गया? क्या बुआ के घर में इतने सारे बच्चों के बीच रहने के कारण?

सौगत का हृदय अचानक उस छोटी-सी बेटी के लिए हाहाकार कर उठा। सौगत के हिस्से में अगर तुलतुल आती? वह शायद उससे इतनी दूर न चली जाती। इतनी दूर से बातें न करती। उसके बोलने का ढंग न बदल जाता।

तुलतुल ! मैं तेरे बिना कैसे रहूँगा बेटी? अब तक लड़ाई के नशे में था।–टेंशन, व्यस्तता में यह पता ही नहीं चल पाया कि मैंने क्या खो दिया है।

तुलतुल के खिलौने, गुड़ियाँ देखते ही आँखों में जलन-सी होने लगती है, दिल पर जैसे कोई हथौड़ा मारने लगता है। और पुरुषों के लिए जो बात नितान्त ही लज्जाजनक है, सौगत को रह-रह कर उसी का शिकार होना पड़ता है। जल्दी से बाथरूम में घुस कर आँखों में, मुँह में पानी के छिट्टे मारता है। मृत्युशोक से बढ़कर यह शोक होता है क्या? शायद हाँ ! संतान की मृत्यु हो जाए तो हाहाकार करता है हृदय, भयंकर यन्त्रणा होती है फिर भी इस शोक में लोग सहानुभूति दिखाते हैं। अपने और परिचित लोग सान्त्वना का प्रलेप लगाते हैं।

परन्तु इस शोक पर कोई सहानुभूति नहीं जताता है। जो दीदी सौगत के सिर

में हल्का-सा दर्द होने पर 'हाय-हाय' करती रही हैं वही दीदी विरुद्ध हो गई हैं। भाई-भौजाई की इस 'कीर्ति' के कारण पति-गृह में उनका सिर झुक गया है, आज दीदी के लिए यह एक बड़ी बात है।

इधर कुछ दिनों से तो देख ही रहा है सौगत कि दीदी की बातों में "आहा", "हाय" जैसी बातें हैं ही नहीं। कुछ ऐसे भाव लिए फिरती हैं जैसे "यह काजल तो तुमने अपनी मर्जी से आँखों में डाला है। दस साल एक साथ रहने के बाद तुम लोग डाइवोर्स का मुकदमा करने दौड़े? छिः ! समाज का, लोक-लाज का और फिर बच्चों तक का ख्याल नहीं किया? धिक्कार है।"

धिक्कारा बाल्यसखा सुरजित ने भी।

सुरजित बंगलौर में नौकरी करता है परन्तु छुट्टियों में कलकत्ता आते ही सबसे पहले सौगत से मिलने आता है। इस बार बहुत दिनों बाद आया था।

परन्तु खबर उसे भी मिल चुकी थी। पत्राचार चलता है। यद्यपि इधर बहुत दिनों से सौगत ने पत्र नहीं लिखा था।

उसे देखकर सौगत भावरहित स्वरों में बोला, "कब आया तू?"

"आज ही सबेरे।" पल-भर रुक कर बोला, "तो हनुमान की पूँछ की आग से स्वर्ण लंका ध्वंस हो ही गई?"

सौगत मुस्कुराया। बोला, "लंका क्या स्वर्ण लंका थी?"

"बहुत दिनों से ऐसा ही लग रहा था। परन्तु अब पता चला कि मोम का घर था। ताज्जुब है ! एक जवान कर्मठ पुरुष, कार्यक्षेत्र में महापराक्रमशाली, एक साधारण लड़की को मैनेज न कर सका? धिक्कार है !"

सौगत बोला, "साधारण? वह लड़की 'साधारण' थी ऐसी धारणा बनी कैसे तेरी?"

"अरे हट ! ऐसी बुद्धिहीन, नासमझ, अज्ञानी लड़कियों को मैं 'साधारण' ही सोचता हूँ। तूने क्यों डाइवोर्स देने में जल्दी की मूर्ख, ईडिएट? कुछ दिन भाई के घर में अवांछित अतिथि-सी नेग्लेक्टेड पड़ी रहती तो ठीक हो जाती, समझा? उस वक्त पहुँचकर दुःखी अभागे जैसा पार्ट करते हुए दो बार खुशामद करता तो दुम हिलाते हुए चली आती।"

"काश, तेरे जैसे इतने आसान नियमों का पालन सारा संसार कर

सकता--खैर बैठ, चाय पी।"

"रहने दे। तेरी उस खस्ताहाल गृहस्थी की चाय पीने की जरा भी इच्छा नहीं है।"

सौगत ने बड़ी कोशिश से अपने को सँभालते हुए कहा, "जाते वक्त कप-प्लेट तोड़ कर नहीं गई है और फिर रसोई में सुशील बाबू भी उपस्थित हैं।"

"रहने दे। ऑन प्रिंसिपल आज मैं तेरे यहाँ चाय नहीं पीऊँगा। इच्छा तो तेरा मुँह देखने की भी नहीं थी। निहायत ही मजबूर होकर... खैर, तो क्या महारानी लड़का-लड़की दोनों को हथिया ले गई हैं?"

सौगत फिर हँसा। बोला, "दोनों को नहीं हथिया सकीं। अदालत बहादुर ने बेटे को मेरे हिस्से में अर्पण किया है।"

"ओः ! मतलब दो नन्हे-नन्हे बच्चे दो जगह–जिनमें से एक दादा के नाम पर पागल, दूसरा बहन पर जान छिड़कता है।"

एकाएक सुरजित सोफा छोड़ कर उठा। थोड़ी देर तक चहलकदमी करने के बाद तीव्र स्वरों में बोला, "तुम लोग इन्सान हो या जानवर?"

अब सौगत हँस न सका। जरा गम्भीर होकर बोला, "तेरे हाव-भाव देखकर लग रहा है इस दुनिया में हमारा केस ही पहला एवं अभूतपूर्व तथा आकस्मिक है।"

"फालतू बातें बन्द कर। अपनी बेवकूफी के पक्ष में दलील प्रस्तुत करने के लिए बातों और उदाहरणों की कमी न होगी तुम दोनों को। मेरी राय में यह तो वैसा ही हुआ कि एक खूनी खून करने के बाद कहे, 'अरे साहब, क्या मेरे पहले कभी किसी ने खून नहीं किया था?' "

सुरजित फिर कुर्सी खींच कर बैठ गया। बोला, "नालायक, अभागे, यह तुम लोगों की लव मैरिज तो थी नहीं?"

"घटना तो कुछ ऐसी ही थी।"

"कोई अचानक घटी घटना नहीं थी। अच्छे-खासे प्रेम से इतने साल घर-गृहस्थी चलाते रहे। तेरी बीवी तो इस घर को सजाने-सँवारने में जी तोड़ लगी रहती थी।"

"हाँ, शायद लगी रहती थी।"

सुरजित ने एक बार ड्राइंगरूम की शोभा और सौन्दर्य को भरपूर नजरों से

देखा। जैसा पहले था, ठीक वैसा ही आज भी है। यहाँ तक कि फूलदानी में रखे फूल भी।

फिर भी उसे लग रहा था कि वह उसी वक्त मरे किसी व्यक्ति का शवदेह देख रहा है। शवदेह में सभी कुछ है–नाक, आँख, बाल, हाथ, पाँव, कपड़े तक।

एक गहरी साँस छोड़ते हुए उदास होकर बोला, ''सच, तेरे घर जब भी आता था, नवयौवन लौट आता था। कैसी चार्मिंग थी तेरी कंका ! घर जा कर तेरी बीवी की हँसी, उसके उच्छ्वास, हँसने-बोलने, खिलाने-पिलाने की कहानी सुनाकर अपनी पत्नी को चिढ़ाता था। सच सौगत, यहाँ आने पर लगता था 'लाइफ' नाम की कोई चीज है।''

सौगत ने सुनकर मन ही मन कहा– 'उस 'लाइफ' को मैं 'अकृत्रिम' नहीं समझता था। जानता था उस रोशनी की झिलमिलाहट एक 'शो' मात्र है। अपने को विकसित करने का एक उपाय। फिर भी–हाँ, फिर भी मैं उसी से जरा खुश हो जाता था। कम से कम बाहर वालों के सामने हमारी इज्जत रह जाती। ज्यों ही बाहरी आदमी चला जाता, असली रूप निकल आता था तुम लोगों की हास्यमयी कंका का। कठोर और कठिन हो जाती। फिर मुझे कटघरे में खड़ा कर जवाब-तलब करती। क्यों उस वक्त मैंने उसके मन-माफिक बात न कह कर दूसरी बात कही? क्यों मैं फलाँ मामले पर अपनी अनभिज्ञता जता बैठा? या कहती, जो ब्रात जानते नहीं हो उसे बोलते क्यों हो? आश्चर्य की बात तो यह थी कि कुछ न जानते हुए भी कंका बड़ी कुशलता से, पक्के जानकार की भाँति उस विषय पर बोल लेती थी। आधुनिक विज्ञान की सफलता, देश-विदेश की बातें, क्रिकेट हो या फुटबॉल, साहित्य हो या फिर संगीत, राजनीति, समाजनीति तथा आधुनिक जीवननीति तक पर कंका अनायास ही घंटों बातें कर सकती थी। मुझसे यह सब नहीं होता है इसीलिए धिक्कारती थी। लोग उसके पति को 'बुद्धू' सोच गए इसी बात पर झगड़ने लगती।

'फिर भी अस्वीकार न करूँगा, मैं एक तरह से सुखी ही था। कम से कम निश्चिन्त तो था ही। सोचता था हमेशा ही इसी तरह कटघरे में खड़े अपराधी जैसा जीवन न बीतेगा---बीता। लेकिन मैंने कभी सोचा नहीं था कि मुझे कभी सचमुच की अदालत के कटघरे में खडा होना पड़ेगा।'

यह सब मन में प्रवाहित हो रही बातें थीं। मुँह से बोला, ''हमेशा एक से दिन

नहीं बीतते हैं मियाँ।"

"अच्छा नहीं बीतते हैं?" सुरजित ने व्यंग किया, "तब फिर तेरे बाप-दादा कैसे रह लिए?"

"बड़े ही मूर्खों जैसा सवाल कर बैठा तू सुरजित। गनीमत समझ कि इस घर की भूतपूर्व गृहिणी यहाँ उपस्थित नहीं है। रहती तो तेरे मुँह पर दाँत निकाल कर चिढ़ाते हुए तुझ पर थूकती। कहती, 'प्रपितामह की कथरी ओढ़े आप आज भी सो रहे हैं?' "

सुरजित बोला, "माना कि मैं पुरातन विचारधारा का समर्थक हूँ पर अन्त में हुआ क्या, यह मैं जान कर ही रहूँगा।"

"जानना चाहता है तो उसका एक ही उत्तर है—अब और खींचा नहीं गया।"

"ओ! खींचा न गया? पूछता हूँ कि क्यों नहीं खींचा गया? हैं? तुम साले चुपके-चुपके किसी सहकर्मिणी या लेडी टाइपिस्ट से प्रेम चला रहे थे क्या?"

सौगत हँस उठा,"अगर ऐसा होता तो बेचारी कंकादेवी को इतने दिनों तक प्रतीक्षा नहीं करनी पड़ती। न जाने कब मुक्ति पा गई होती। कारणविहीन कार्य के लिए उसे बड़ा जोड़-तोड़ करना पड़ा, बड़ी भाग-दौड़ करनी पड़ी। हाँ, कानून आजकल बहुत उदार हो गया है, खासतौर से महिलाओं के प्रति बड़ा सदय है।"

तभी सुशील चाय ले आया। देखते ही सुरजित बोला—"तुझे किसने चाय लाने कहा रे?"

"कौन कहेगा? मैं खुद ही···।"

"बस! बस! देख रहा हूँ तूने खूब तरक्की की है। पहले तो चाय के लिए तपस्या करनी पड़ती थी। खैर! यह नाश्ता उठा ले जा।"

सौगत बोला, "खा ले न बाबा।"

"नहीं।"

सुशील प्लेट उठाकर ले गया।

सुरजित ने चाय का प्याला हाथ में उठाया फिर रख दिया। बोला, "तब फिर जरूर तेरी बीवी ही किसी के प्रेम में फँसी होगी। तू बुद्ध, अंधा-- जान ही न सका होगा।"

सौगत बोला, "ऐसा किया होता तो भी कहता कि एक 'कॉज' था। एकाएक

प्रेम के ज्वार में बह जाने वाली हल्के किस्म की लड़की न थी तेरी कंका।"

"मेरी कंका?" सुरजित क्रुद्ध हुआ, "ऐसा कहने का मतलब क्या है?"

"अरे बाबा, बात की बात कह रहा हूँ। तू उसे पसन्द नहीं करता था? आज उसकी सजी-सजाई गृहस्थी बरबाद हो गई, इसे छोड़कर चली गई, क्या इस बात का तुझे दुःख नहीं?"

"अलबत्ता है। मुझे तो मरने जैसा दुःख हो रहा है। क्योंकि मैं तुम लोगों जैसा मॉडर्न नहीं। मैं हृदय रखता हूँ। मुझे बहुत ही बुरा लग रहा है। जी कर रहा है अपने बाल नोच लूँ। चिल्ला कर कहूँ–'नहीं-नहीं, यह नहीं हो सकता है, ऐसा होना उचित नहीं, यह ठीक नहीं हुआ।' " कहते-कहते सुरजित ने मेज पर एक घूँसा मारा।

सौगत ने उसकी वही मुट्ठी पकड़ ली। बोला, "तू उससे एक बार मिलेगा?"

चौंक उठा सुरजित, "कहाँ?" !"

"उसके केयातला वाले घर में। उसके पिता के यहाँ।"

सुनकर सुरजित गरजा, "क्यों? अब मुलाकात करने से फायदा क्या? समझा-बुझा कर रास्ते पर लाने का वक्त है? मैं अब तेरी 'लव मैरिज' की बीवी का मुँह तक नहीं देखना चाहता हूँ।"

ठंडी चाय उठा कर सुरजित एक ही साँस में पी गया। फिर इधर-उधर नजर दौड़ा कर बोला, "तू तो कह रहा था लड़का तेरे हिस्से में आया है? कहाँ है? दिखाई नहीं पड़ रहा है।"

सौगत जरा रुक कर बोला, "शायद बगलवाले कमरे में मास्टर के पास पढ़ रहा है।"

"कितनी देर तक पढ़ता है?"

"क्या पता? शायद आठ बजे तक।"

"आठ कब का बज चुका है। और इस शायद का मतलब क्या है? तू साला उसकी खबर नहीं लेगा? बुला उसे–जानता न होगा कि मैं आया हूँ।"

सुरजित के साथ बापी की बड़ी दोस्ती थी। बल्कि कहना चाहिए सुरजित का बड़ा भारी 'फैन' था वह। आते ही दौड़ा-दौड़ा आता। बातें पूछ-पूछ कर पागल कर देता।

"काकू, तुम धोती-कुर्ता क्यों पहनते हो? धोती पहनकर कैसे चलते हो? तुम बंगलौर में धोती पहनकर ही दफ्तर जाते हो क्या? नहीं पहनते हो? सूट पहनते हो? तब भी अच्छा है वरना दफ्तर में पाँव में धोती फँसी--ही ही ही ही और तुम भड़ाम हो गए। अच्छा काकू, तुम कितनी तेज गाड़ी चला सकते हो? कितनी स्पीड से? काकू, आज तुम घर नहीं जाओगे। मैंने तुम्हारे जूते छिपा दिए हैं-- ही ही ही।"

और भी बातें होती थीं---"अच्छा काकू, महाकाश यान क्या तब भी था? माँमोनी कहती हैं नहीं था। लेकिन मैं कहता हूँ था। न रहता तो सब ने चाँद-सूरज और मंगल ग्रह वगैरह की खबर कैसे जान ली? और फिर अगर एरोप्लेन न होता तो बादलों की ओट से मेघनाद कैसे लड़ाई करता? अच्छा काकू, यह बताओ, क्या कुम्भकर्ण आठ-दस शीशी नींद की दवा खा कर छः महीने सोता था? माँमोनी मेरी बातों का जवाब ही नहीं देती हैं। और सुशीलदा मुझे रामायण की कहानियाँ सुनाता है इसलिए उसे बहुत डाँटती हैं। कहती हैं, 'खबरदार, इस तरह के बेसिर-पैर के किस्से नहीं सुनाओगे उसे।' बाबूजी कहते हैं, 'अगर बेसिर-पैर के किस्से होते तो हजारों-हजारों सालों से टिके किस बल पर हैं?' यह सुनकर भी माँमोनी, ही ही ही, गुस्से से एकदम फायर।"

वही कलध्वनि सुनने की आशा से सुरजित आवाज लगाता है, "अरे ओ सुशीलचन्द्र, जरा देखो तो खोका बाबू के मास्टर साहब चले गये हैं कि नहीं। चले गये हों तो कहना मैं आया हूँ। बुला रहा हूँ।"

सौगत खिन्न भाव से मुस्कुराया। बोला, "बुलाने से आएगा इसकी गैरण्टी नहीं।"

"गैरण्टी नहीं!"

"नहीं। तेरे आने की बात भी शायद जानता है।"

सुरजित अप्रतिभ होकर बोला, "क्यों? मैंने कौन-सा अपराध किया है?"

"अपराध? शायद हम सबने किया है। या फिर सारी दुनिया ने। मुझसे मेरा बापी अपनी माँ से भी अधिक दूर चला गया है सुरजित।जब कि...

"जब कि ···जब कि इनकी माँ का मुझ पर प्रधान आक्रोश इस कारण था कि दोनों बच्चे मेरे 'निकट' आ गये थे, मुझे ज्यादा प्यार करते थे। उन पर मेरा अधिक प्रभाव शा, इससे भी वह चिढ़ती थी। इस धारणा ने क्रमशः उसे हिंसक बनाकर

छोड़ा और इसी बात के दोनों बच्चे शिकार हो रहे थे। इसीलिए धीरे-धीरे बच्चे माँ से ज्यादा डरने लगे थे। उन बेचारों पर अनुशासन की मात्रा बढ़ती देख मैं प्रायः चुपके-चुपके इन्हें समझाता था, 'माँमोनी जैसा कहती है सुन लिया करो, वरना वह गुस्सा होगी।' लेकिन..." कहते-कहते सौगत चुप हो गया।

तभी सुशील कमरे में आया। बोला, "बापीदा ने कहा है वह सवाल लगा रहे हैं, अभी नहीं आ सकेंगे।"

हताश होकर सुरजित बैठ गया।

x x x

कोर्ट से आदेश हुआ था कि कंका अपने पुत्र को हर हफ्ते डेढ़ दिनों के लिए अपने पास ले जा सकती है। हर शनिवार को कंका पुत्र को स्कूल से छुट्टी के बाद ले जाएगी और शनिवार-इतवार पुत्र माँ के पास रहेगा। सोमवार को माँ उसे स्कूल पहुँचा देगी। शिशु-पुत्र पर माँ का यह दावा लाजमी है परन्तु शिशु-कन्या पर पिता का। इसका कोई निर्धारित नियम नहीं है। अगर तुम्हारा मन उसे देखने को छटपटाता है तो आकर देख लो। उस घर में जाने की मनाही तो है नहीं।

बल्कि जिन दिनों केस चल रहा था कंका के भाई ने एक दिन सौगत से कहा था, "दोनों ने ईडियटों जैसा काम किया है लेकिन एक बात याद रखना। माँ तुम्हें पहले जैसा ही चाहती हैं, और चाहेंगी भी। बच्चों की बात भी सोचना।" लेकिन सौगत इस ऑफर को कैसे माने? कानून ने तो ऐसा कोई आदेश दिया नहीं है? परन्तु जहाँ आदेश दिया है, वहीं कहाँ पालन हो रहा है? निश्चित समय पर पहले शनिवार को कंका स्कूल की छुट्टी होने के बहुत पहले ही बापी के स्कूल जा पहुँची। साथ में तुलतुल थी।

लेकिन मालूम हुआ 'बापी' अर्थात् सौरभ मुखर्जी आज स्कूल नहीं आया है। अनुपस्थित है।

बापी स्कूल से अनुपस्थित? जो लड़का बुखार रहने पर भी स्कूल जाने की जिद करता था, जिसे किसी तरह से, किसी चीज का प्रलोभन दिखाकर भी स्कूल जाने से नहीं रोका जा सकता था—वह लड़का अनुपस्थित!

उद्विग्न होकर कंका ने ऑफिस में पूछा, "कारण क्या है? क्यों नहीं आया है? बीमार तो नहीं है?"

उत्तरदाता निर्लिप्त भाव से बोला, "देखिए, यह सब हम नहीं जानते हैं। हो सकता है कल घर से एप्लीकेशन ले आएगा। इसमें गार्जनों का प्रश्रय रहता ही है।"

झिझकती हुई कंका बोली, "वह ऐसा है नहीं। उसके गार्जन भी···"

लगता है इस क्लर्क ने कंका के वर्तमान जीवन-रहस्य को जान लिया है—अब पहले जैसी इज्जत नहीं दिखा रहा था। उसी निर्लिप्त भाव से बोला, "कौन कैसा है यह तो हमें पता नहीं। जैसा देखा करता हूँ वही कह रहा हूँ।"

अब वह इज्जत क्यों करे? अब कंका क्या अपनी नई मारुति कार पर बैठ कर आई है? ड्राइवर दरवाजा खोल कर ससम्मान सिर झुकाए खड़ा है?

टैक्सी पर आई थी कंका। मीटर देखकर भाड़ा चुकाया था, गेट पर खड़े चौकीदार को अपना 'परिचयपत्र' दिखा कर स्कूल परिसर में प्रवेश किया था। जाना-माना स्कूल है। नियम-कानून कठोर और त्रुटिहीन हैं।

अब कंका क्या करे? क्या कहीं से घर पर फोन करे? पूछे कि बापी आज स्कूल क्यों नहीं आया?

घर !

सोचते ही कंका ठिठक गई।

किसका घर? सौगत मुखर्जी का घर। सौगत के बेटे के साथ बात करने के लिए फोन भी वहीं करना पड़ेगा। अब कंका उस घर की कोई नहीं। अब किसी भी चीज से वह जुड़ी नहीं। वहाँ उसका अधिकार नहीं जहाँ कभी मिट्टी का एक कण तक कंका के नाम का ध्वज लिये फिरता था।

मकान शायद पहले जैसा ही सजा-सँवरा है परन्तु कंका के घर के रूप में नहीं, सौगत मुखर्जी के घर के नाम से।

या कि क्रोध व घृणावश सौगत ने सारी सजावट तहस-नहस कर डाली है ताकि कंका के हाथ का स्पर्श तक निश्चिह्न हो जाये।

क्या किया है कंका को पता नहीं क्योंकि अभी तक किसी हितैषिणी ने भी आकर यह खबर सुनाई नहीं।

सहसा मानो कंका ने एक नये सत्य का आविष्कार कर डाला। दाम्पत्य जीवन छिन्न हो जाने पर भी पुरुष का जीवन बदलता नहीं है। उसके सजे-सजाये घर की दीवाल पर वही तस्वीर लटकती है, फूल भी उसकी फूलदानी में रहता है। उसके

स्टेटस में भी कोई अन्तर नहीं आता है। कहीं पर भी कुछ चटकता तक नहीं है। मन भले ही टूटे, उसका घर नहीं टूटता है।

कारण? कारण घर उसी का है। पुरुष का।

लड़कियाँ ही एक प्रकार के अहंकार के फन्दे में फँस कर उसी 'घर' को अपना समझ कर सजाती-सँवारती हैं।

लेकिन जहाँ कानून की एक अँगुली हिली वहीं यह भेद खुल जाता है कि वह इस घर की कोई नहीं। कैसे आश्चर्य की बात है ! लड़कियों का अपना कोई 'घर' नहीं। जहाँ पतिगृह से खारिज हुईं वहीं पितृगृह में अवांछित हो गईं।

अगर अमीर घर की बेटी हुईं? अगर प्रचुर मात्रा में पितृ-सम्पत्ति की उत्तराधिकारी हों? तब शायद थोड़ी स्वाधीनता मिल जाती है। शायद असहाय भी नहीं होती हैं। परन्तु जहाँ रहती हैं उसे क्या 'घर' कहा जा सकता है?

लड़कियाँ कभी भी किसी गौरवयुक्त टूटे-फूटे घर को दिखाकर गर्व से नहीं कह सकती हैं-- "यह देखो! यह मेरे पुरखों का घर है।"

समाज की ऐतिहासिक धारा पुरुष-प्रधान है।

अच्छा, क्या कंका इस सत्य से अनभिज्ञ थी? तब फिर अचानक सौगत नामक उस आदमी से उसे भयंकर ईर्ष्या क्यों हो रही है? एक जलन-सी हो रही है। उसके साथ बन्धन छुड़ाने के लिए कंका ही तो जी-जान से जुट गई थी। तब आज क्यों लग रहा है उसे कि सौगत इस लड़ाई में जीत का बड़ा भाग हथिया बैठा है? सौगत विजयी, कंका पराजित।

उस स्कूल-क्लर्क के निर्लिप्त अवज्ञापूर्ण हावभाव ने कंका के तन-बदन में आग लगा दी।

नः ! टेलीफोन न कर सकी।

करती भी कैसे?

तुलतुल ने जो अपनी माँ की समस्त महिमा-मर्यादा को धूल में मिटाते हुए गला फाड़ कर चिल्लाना शुरू कर दिया था, "दादा कहाँ है? कहाँ है दादा? तुमने तो कहा था दादा से मिलेंगे। दादा क्यों नहीं आया? मुझे तुम दादा के पास ले चलो। अब मैं नानी के यहाँ नहीं जाऊँगी, अपने घर जाऊँगी। मुझे दादा की बहुत याद आ रही है। इतने दिनों से दादा को न देखने से मेरे पेट में दर्द हो रहा है। मेरा

रोने का मन कर रहा है। नहीं, चुप नहीं रहूँगी। और रोऊँगी। जोर-जोर से रोऊँगी। तुम मुझे फिर क्यों नानी के घर ले जा रही हो? ओ टैक्सीवाले, तुम उधर नहीं इधर से चलो। हमारे अपने घर की तरफ।"

चाँटा खाकर चिल्लाना और बढ़ा।

रोते-रोते उबकाई आने लगी।

छोटे से मस्तिष्क में भी पालिटिक्स भरा था। जानबूझ कर चिल्ला रही थी, ताकि माँ मुसीबत में पड़ कर गाड़ी को अपने घर चलने का निर्देश दे दे।

माँ कह रही थी, "रास्ते में इस तरह चिल्लाओगी तो तुम्हें रास्ते में उतारकर चली जाऊँगी।"

परन्तु उसी भयानक भीति की उपेक्षा करती जा रही थी तुलतुल। आवाज रोते-रोते फट गई थी पर रोना चालू था, "उतार दो ना रास्ते में। मैं पैदल ही घर चली जाऊँगी। घर जाकर दादा के साथ रहूँगी, बाबूजी के साथ रहूँगी। ओ ड्राइवर, मोटर रोको तो, मैं उतर जाऊँगी।"

अन्त में जबरदस्त थप्पड़।

स्तब्ध हो गई लड़की सहसा।

पल-भर बाद ही फटी आवाज में बोली, "ठीक है। देखना मैं क्या करती हूँ।"

अबोध जीव! उसे क्या पता 'बलवान' का कुछ बिगाड़ सके यह क्षमता 'दुर्बल' में कहाँ?

x x x

एक के बाद एक लगातार तीन शनिवार को बापी की तबियत खराब हुई और सोमवार को गार्जियन की ओर से एप्लीकेशन ले गया। यह बात ध्यान देने योग्य थी। क्योंकि बापी ऐसा लड़का था जो बुखार होने पर भी स्कूल जाने की जिद्द करता था। स्कूल न जाना वह बुरी बात समझता था।

तीसरे हफ्ते एप्लीकेशन लिखते हुए सौगत ने सिर उठा कर देखते हुए कहा-- "अगर तुम्हारे सर को शक हो जाए कि शनिवार को ही यह लड़का क्यों बीमार पड़ता है, तब?"

बापी ढिठाई से बोला, "तब क्या? लोगों की क्या तबियत खराब नहीं होती है?"

"जरूर होती है, लेकिन तेरे साथ तो ऐसी बात नहीं है। और फिर बार-बार इसी एक दिन..."

"सर को तुम्हारी तरह हिसाब रखने की फुरसत थोड़े ही है।" कहते हुए एप्लीकेशन बैग में भर कर पाँव पटकता हुआ चला गया बापी।

सौगत देखता रहा।

सौगत को याद नहीं आया कि बापी पहले कभी पिता के साथ ऐसी ढिठाई से बोला था। माँ से कभी-कभी बोल भी देता था। जबरदस्ती खिलाने पर या किसी और बात पर। लेकिन बाबूजी?

सौगत को याद नहीं आया।

और तभी लगा कि उसकी आँखों के सामने एक अन्धकारमय पर्दा लटक रहा है।

जब कि कुछ दिन पहले भी सामने आलोकोज्जवल एक तोरण दिखाई पड़ता था। उसी तोरण के नीचे से होकर सौगत जीवन-पथ पर बढ़ता जा रहा था। बापी को किस लाइन में डाला जाए? बापी को देश में रखकर शिक्षा दी जाए या पढ़ने के लिए विदेश भेजे?

कंका के साथ बहस होती और उस बहस में कंका ही जीतती, सौगत हारता। परन्तु उस समय तक हर बात में कड़ुआहट नहीं आई थी। सौगत ही हार मान लेता और हँसते हुए कहता, हम अपनी दादी की तरह ख्याली पुलाव पकाने बैठ गए। चार साल के बेटे को लेकर सोचने बैठ गए हैं कि वह डॉक्टर बनेगा कि इंजीनियर, पाइलेट होगा या इकोनॉमिस्ट। हा हा हा हा !

हा हा हा हा !

अपनी ही हँसी सुनाई पड़ी सौगत को।

कब से ऐसी हँसी नहीं हँसा है।

कंका के अभियोग, तीव्र आरोप और भौंकुंचन को जबरदस्ती लाघव करने के लिए कभी-कभी हँस उठता था। हालाँकि वह हँसी व्यर्थ हो गई थी।

क्या कंका नहीं हँसती थी? सखी-सहेलियाँ आ जातीं तो हँसते-हँसते माणिक-मोती बिखेर देती थी। कभी-कभी तो हँसते-हँसते लोट-पोट तक हो जाती।

अब सौगत मानो दूर से दो अपरिचित नर-नारी के स्निग्ध सुन्दर दाम्पत्य जीवन पर धीरे-धीरे घिर आती काली घटा, उसके बाद ही भयंकर आँधी और उसी आँधी में घर की छत को उड़ते, दीवालों को गिरते देख रहा है।

अच्छा, इसकी शुरुआत कब हुई थी? पहली बार कब हुआ था? माने कब पहली बार उच्चारित हुई थी, वह अमोघ वाणी– 'न। इस तरह से अब चलाया नहीं जा सकता है।' किसने कहा था?

शायद कंका ने।

लेकिन सौगत नामक उस व्यक्ति के मन में भी यही बात उच्चारित नहीं हो रही थी?

अच्छा–

कंका में असन्तोष, असहिष्णुता, रह-रह कर लगाया जाने वाला तीव्र अभियोग, कठोरता, अकारण झगड़ने लगना, क्या शुरू से ही था? यही क्या उसका स्वभाव था? हाँ–था। फिर भी सौगत को उससे प्रेम हो गया था और कुछ वर्ष सुख-शान्ति से गृहस्थी भी चली थी।

तो फिर?

इसी 'तो फिर' को सोचने लगता है तो सौगत अनुभव करता है कि इन सबके बीच में भी कहीं-कहीं माधुर्य था।

इसके अलावा–

इस 'इसके अलावा' पर विचार करने बैठा तो आविष्कार किया सौगत ने कि अपने अन्दर जो सहिष्णुता का असीम समुद्र था वह धीरे-धीरे सूखता जा रहा था। प्रथम यौवन की प्रेम-मुग्धता और 'परम प्राप्ति' का आवेश घटता जा रहा था। बार-बार 'द्वन्द्व' के लिए कोई बड़ी-सी विषयवस्तु बीच में आ जाती थी।

बच्चे?

हाँ, बच्चों के कारण ही कंका को हर समय लगता था कि वह हारती जा रही है।

x x x

इस हार जाने की अनुभूति की जड़ क्या बहुत नीचे तक चली गई थी? कंका इतनी जल्दी सन्तान नहीं चाहती थी। उसने लाइफ को इंज्वॉय करने का अपना

अलग ही ढंग सोच रखा था। उसकी इच्छा थी और आगे पढ़ने की, और अधिक समय संगीत-चर्चा में लगाने की, यन्त्रसंगीत भी सीखने की इच्छा थी और इसके साथ-साथ सोशल वर्क करने की। बहुत कुछ करना चाहती थी कंका। या यूँ समझिए कि अपने को विकसित करने के लिए जो कुछ भी सम्भव था सब करना चाहती थी। यहाँ तक कि नौकरी करने की वासना भी उसके मन में बहुत थी।

परन्तु बापी आ गया।

जन्म के बाद की बात और है परन्तु 'सम्भावना' के वक्त कंका ने देखा कि इस मुसीबत में फँस जाने से जितना ही वह नाखुश है सौगत उतना ही अधिक खुश है। कंका को लगा यह मनोभाव पुरुष का आदिकाल से एक ही सा है।

'माँ' बन जाने से पत्नी के पाँव में बेड़ियाँ पड़ जाती हैं इस बात का ज्ञान होते ही पुरुष वर्ग मातृमूर्ति की वन्दना करने और 'माँ' बनते ही नारी की सौंदर्यवृद्धि की गाथा गाने लगते हैं। नारी को धोखे में रखने लगते हैं। इसी पुरुष समाज का 'एक' इकाई सौगत भी तो है। अतएव कंका को जाल में फँसा देखकर वह 'खुश' हो रहा है। कंका इतना सोचना तक नहीं जानती थी कि पुरुष में भी 'पितृहृदय' होता है।

हालांकि बापी के जन्म लेते ही कंका बदल गई थी। शेरनी जैसी वह अपने बच्चे को सँभालती, चौकस रहती। कैसे उचित ढंग से पालन-पोषण कर सके इसी चिन्ता से व्याकुल हो कर शिशुपालन के तौर-तरीके जानने के लिए देशी-विदेशी हर तरह की किताबें खरीद डालीं और जरा-जरा-सी बात पर डॉक्टर के पास दौड़ने जाती। जिसे सौगत कहता था 'पागलपन'।

तभी शायद पहली बार सौगत ने कंका की किसी बात का प्रतिवाद किया था।

सौगत कहता, "बच्चे को इतनी स्ट्रांग दवायें देना क्या उचित है? मामूली-सी बात पर तुम बड़े डॉक्टर को क्यों बुलवा लेती हो?"

कंका कहती, "जिस बात को समझते नहीं हो उस पर बोला मत करो।"

"गर्मी के दिनों में बच्चे को थोड़ी देर नंगे बदन रखना चाहिए–रोशनी-धूप जिससे शरीर को स्पर्श कर सके। इससे अंधौरियाँ भी कम निकलती हैं। स्वास्थ्य की दृष्टि से भी..."

कंका कहती, "फिर पागलों जैसी बातें। इसके बाद शायद कहोगे बच्चों को कीचड़ से खेलने के लिए छोड़ दो, स्वास्थ्य सुधरेगा।"

ऐसे ही चुटपुट विवाद के बीच धाँय से तुलतुल का पदार्पण हो गया।

कंका और सौगत की असतर्कतावश। हालाँकि कंका को पूरा विश्वास था कि सौगत ने जानबूझकर असतर्कता का ढोंग रचा है।

परन्तु बच्ची के मुट्ठी-भर फूल जैसे रूप-लावण्य ने उसका मातृहृदय जीत लिया था। गर्व से फूली नहीं समाई थी कंका। फिर भी सौगत पर संदेह करती, उससे ईर्ष्या करती। एक वही संदेह कि कंका दोबारा बच्चों के जाल में फँस गई है इसलिए खुश है और बच्चा होने के दरमियान पुरुष किसी भी तरह की असुविधा का सामना नहीं करता है इस बात की ईर्ष्या। एक तरफ तो वह इन देवदूत से बच्चों को ऐश्वर्य मानती तो दूसरी तरफ सौगत के मुक्त जीवन को देख कर जल-भुन जाती। शायद इसी की प्रतिक्रियास्वरूप बच्चों को केवल अपना बना कर रखना चाहती थी।

इन बातों पर क्या पहले कभी इतने विस्तार से सोचा था सौगत ने? कैसे सोचता? समय मिला था क्या कभी? कितने लम्बे अरसे से तो आँधी-तूफान आया हुआ है। लड़ाई छिड़ी है! अब सब कुछ समाप्त हो चुका है।

एक निःसीम शून्यता में डूबकर, नींद न आती रातों में, इस मनस्तत्व का आविष्कार किया था सौगत ने।

x x x

आजकल कंका की माँ अपनी लड़की से उसकी जीवन-समस्या पर आमतौर पर कोई बात नहीं करती हैं। रोज ही माँ-बेटी के बीच इधर-उधर की ही बातें होतीं। फिर भी एक दिन बोल उठीं, "अच्छा, मैंने तो सुना था हर हफ्ते लड़का आकर तेरे पास रहेगा? कहाँ? तू तो जाती है और लौट-लौट आती है। आने नहीं दे रहे हैं क्या?"

कहे बगैर रह न सकीं तभी कहा। देख तो रही थीं कि लड़की कितनी उम्मीदें लेकर जाती है और खाली हाथ लौट आती है।

"आने नहीं दे रहे हैं," यह प्रश्न उन्होंने सौगत का ध्यान रखकर पूछा था क्योंकि प्रकृत व्यवस्था और असली व्यवस्था का महिला को ठीक-ठीक ज्ञान नहीं था।

लेकिन सौगत नामक अत्यन्त भद्र, रुचि-सम्पन्न, सभ्य लड़का क्या इतना

अभद्र, असभ्य हो सकता है?

कंका की माँ तो मन ही मन इस झमेले के लिए पन्द्रह आने अपनी बेटी को जिम्मेवार मानती हैं। अपनी ही तो बेटी है। भली-भाँति पहचानती हैं। यह भी जानती हैं कि कितनी प्रबल असहिष्णुता है उसमें। अपने को परिस्थिति के अनुरूप ढालने की क्षमता का किस कदर अभाव है कंका में। वह माँ हैं– स्वयं सुन्दरी कन्या को कम नहीं पूजा था। दामाद भी यही करता आ रहा था। लेकिन क्या जीवन-भर चुपचाप पूजते चलना सम्भव है? तभी तो मन ही मन दामाद को 'निर्दोष' समझने लगी थीं। पर हाँ! कसूरवार वह भी है। बड़ा कसूर।

सोचते-सोचते धरित्री देवी इस निष्कर्ष पर पहुँची थीं कि पुरुष को इतना सीधा नहीं होना चाहिए। शुरू में ही अगर पत्नी को इतना सिर पर न चढ़ाता, उसकी हर बात न मानता तो शायद पत्नी इतना न बिगड़ती।

'पुरुष पुरुषों' जैसा नहीं होगा!

कंका के पिता कैसे थे?

यूँ देखो तो लगेगा वे बड़े ही ठंडे मिजाज वाले इन्सान थे परन्तु उनको नापसन्द हो ऐसा कोई काम करने का क्या कभी साहस कर सकीं धरित्री? डर के मारे सहमी रहती थीं।

लेकिन आज के युग के लड़के ए`से कहाँ हैं? धरित्री के अपने लड़के को ही देखो, पत्नी ही इष्ट देवी है, वही गुरु है। दोनों में प्रेम भी बहुत है इसीलिए दूसरी चिन्ता मन में आती नहीं है। बहू भी चालाक है लेकिन उनकी बेटी एक नम्बर की मूर्ख। मूर्ख न होती तो इस तरह से सब कुछ गँवा बैठती?

जब लड़कियाँ नारी-मुक्ति का झण्डा लेकर युद्ध की घोषणा करती हैं, बराबर की स्वाधीनता पाने के लिए जीवन की एकरूपता को नष्ट कर देती हैं, तब औरतें ही सबसे पहले, सबसे अधिक उन्हें धिक्कारती हैं।

खैर, लड़की के तेज मिजाज का ध्यान रखकर ही उन्होंने पूछा, "आने नहीं दे रहे हैं क्या?"

यद्यपि कंका उतनी हिंसक न हो सकी कि कह बैठे, 'हाँ, यही बात है। वही बुरा इन्सान कानून की अवहेलना कर रहा है। लड़के को रोक रहा है।' कंका को समझते देर नहीं लगी थी कि बापी नामक देवदूत-सा सुन्दर छह वर्षीय बालक ही असली अपराधी है।

इसीलिए कंका ने उत्तर दिया, "आने न देने की इतनी हिम्मत न होगी। लगता है हजरत खुद ही नहीं आ रहे हैं। शनिवार-शनिवार को लड़का स्कूल ही नहीं आ रहा है। जानबूझ कर नहीं आ रहा है।"

"ओ माँ, यह बात है? तो घर जाकर एक बार पता नहीं करना चाहिए? कैसा है यह किसे पता है?"

"माँ··· ।"

धरित्री सहम गईं, "क्या हुआ?"

"तुम सोचती हो मैं फिर कभी उस घर की चौखट पर पाँव रखूँगी?"

"अरे बाबा, तू क्यों··· " धरित्री बात को सँभाल लेती हैं–"उसका मामा जा कर ले आ सकता है।"

कठोर स्वरों में कंका बोली, "कोई न ला सकेगा उसे। वह इस्पात का बना है।"

मन ही मन धरित्री बोलीं, 'होगा क्यों नहीं? तुम्हारे ही पेट से पैदा हुआ है। तुम्हारा ही खून उसकी रगों में दौड़ रहा है।'

गनीमत है मन ही मन कही बात कोई सुन नहीं पाता है।

न जाने कहाँ थी शर्मिला, सहसा सामने आकर बोली, "मैं जाकर ले आ सकती हूँ।"

भाभी को कंका हमेशा 'तू' कह कर सम्बोधन करती थी लेकिन पता नहीं क्यों यहाँ आने के बाद से 'तू' कह कर बात करना छोड़ दिया है।

शर्मिला बोली, "आहा, बच्चा ही तो है। शायद आँख की लज्जा से नहीं आ पा रहा है। बहला-समझा कर लाया जाए तो शर्म दूर हो जाएगी।"

"बहला-समझाकर? बापी को? हुं! उसी खुशी में खोई रहो। उस लड़के को पहचानने में समय लगेगा।"

बात यहीं खत्म करके कंका वहाँ से चली आई।

x x x

कंका अपने किसी मामले में शर्मिला को हाथ डालने न देगी। फिर कौन कह सकता है, शर्मिला सचमुच ही जीत सकती है। यह बड़े अपमान की बात होगी।

शर्मिला की जीत कंका के अनुकूल ही क्यों न हो, पराजय तो पराजय ही हुई। इसके अलावा कंका जानती है, ननदोई से महिला की अच्छी पटती है। यह महिला उसी आदमी का समर्थन कर रही है। किसी बहाने अगर यह कंका के उसी घर में घुस गई और पुराने रिश्ते के नाम से जम कर बैठ गई तो सिर्फ कंका की निन्दा के दूसरा कोई काम होने से रहा। कंका के लिए ऐसा सोचना भी असह्य था।

यद्यपि अब वह घर कंका का नहीं। ननदोई शब्द भी अब चलेगा नहीं, फिर भी मन यह कहने को तैयार नहीं, "भाड़ में जाए, मेरा क्या?"

कंका उस जिद्दी और नासमझ लड़के पर बेहद क्रुद्ध हो उठी और अपने पक्ष में युक्तियाँ ढूँढ़ने लगी। अगर वह शैतान लड़का अपनी माँ-बहन को देखे बिना रह सकता है तो कंका क्यों लालचियों की तरह जान देती रहे?

और फिर वही महाप्रभु कहाँ तुलतुल को देखने आए एक बार भी? उनका हृदय किस चीज का बना है? पत्थर—केवल पत्थर का। लड़का भी वैसा ही हुआ है। परन्तु लड़की? जो कंका के हिस्से में आई है? दादा-दादा कर रास्ते में जो शोर मचाया कि शर्म से कंका का सिर नीचा हो गया। उस पर टैक्सी वाला बंगाली था। सभी कुछ समझ रहा था। नालायक लड़की जब फटे बाँस-सी चिल्ला रही थी--"मैं नानी के घर नहीं जाऊँगी, मैं अपने घर जाऊँगी। वहाँ मेरी सारी चीजें हैं। तुम तो हर समय बाबूजी से झगड़ती रहती हो, झगड़कर नानी के यहाँ चली आती हो। मैं वहीं रहूँगी—ना आ आ। ओ ड्राइवर, मुझे सॉल्ट लेक ले चलो। मैं तुम्हें घर पहचनवा दूँगी।—"

उस वक्त कंका का मन कर रहा था मोटर का दरवाजा खोलकर रास्ते पर कूद पड़े। कंका के सभी शत्रु हैं—पति, पुत्र, पुत्री, माँ, भाई, भौजाई—अब ! ओह ! और इन्हीं दोनों बच्चों के लिए कंका अविराम लड़ती रही?

कंका ने अगर इनके लिए सिर न खपाया होता, नौकर-चाकर के हाथों में छोड़ दिया होता, अपना जीवन अपनी तरह से 'जीती' तो आज कंका का यह हाल न हुआ होता और आज वही लोग--अपने पिता की कु-शिक्षा पर चल रहे हैं। वरना क्या इस तरह से माँ की बेइज्जती करते? वे तो ठहरे बच्चे, उन्हें कैसा मानसिक कष्ट? कंका इस बात को नहीं मानती है। वह अपनी तरह से सोचती है। वह सोचती है पिता के घर में रह कर, माँ, भाई, भौजाई की छींटाकशी और विरोधी मनोभाव के बीच इस बिगड़ैल बिच्छू लड़की को भी सुधारा न जा सकेगा। कुछ न कुछ इन्तजाम तो करना ही पड़ेगा। किसी तरह की नौकरी-वौकरी---

लेकिन कैसी नौकरी? कंका कर क्या सकती है? एक साधारण ग्रैजुएट भर तो है। जब प्रेम हो गया था एम०ए० में दाखिला भर लिया था—पढ़ना-लिखना फिर अच्छा ही नहीं लगा। पढ़ाई छोड़ दी।

बी०टी० पढ़ लेगी, सोचती ही रह गई। नया जीवन, नई गृहस्थी, अगाध, असीम खर्च कर पाने का स्वर्गीय सुख, सोसाइटी में महत्त्वपूर्ण स्थान बना लेने का जी तोड़ प्रयास—और फिर दो-दो बच्चे पैदा हो गए।

अब कंका को लगता है भाग्य हमेशा से ही उस के प्रतिकूल रहा है। उसे धोखा दिया है। एक काँच के टुकड़े को हीरा सोचने के लिए मजबूर किया।अन्धे मोहवश कंका ने कभी अपना कैरियर बनाने की बात नहीं सोची।

कंका की इच्छा होती अभी इन आत्मीयजनों के यहाँ से चली जाए। एक छोटा-सा फ्लैट ले ले। लड़की को साथ ले कर वहीं रहे। अतएव नौकरी चाहिए। परन्तु कंका क्या जानती नहीं है कि ऐसा जीवन जीने के लिए कितनी बड़ी नौकरी चाहिए? इतनी नासमझ न होते हुए भी कंका दिन-रात यही सोचती है।

तीन

हवा से दीवाल पर टँगे कैलेण्डर के पन्ने उड़ रहे थे। अखबार के पन्ने उलटते-उलटते कई बार सौगत ने कैलेण्डर की ओर देखा। एयर इण्डिया का सुन्दर चित्रों वाला कैलेण्डर। परन्तु तारीख देखने के लिए कैलेण्डर क्यों? अखबार ही तो हाथ में है। लेकिन सौगत क्या आज की तारीख ही जानना चाह रहा है?

तभी सहसा टेलीफोन की घंटी बज उठी।

"कौन? कौन है?"

"कौन? ओ दी-दी! बताओ।"

"मैं कह रही थी पन्द्रह अगस्त तो आ पहुँचा। बापी के जन्मदिन के मामले में क्या सोचा तूने?"

रिसीवर पकड़े-पकड़े ही सौगत की नजर फिर कैलेण्डर की ओर घूम गई।

"क्या करेगा?" यह तो कई दिनों से सोच कर भी तय नहीं कर पाया है। हाँ, इसी विशेष दिन पर बापी पैदा हुआ था।

रिश्तेदारों ने क्या-क्या नहीं कहकर आनन्द-यापन किया था?

"खूब कंका, खूब सोच-समझ कर काम किया है तूने। तेरे पहले बच्चे के जन्मदिन पर सारे देश में झण्डा फहरा रहा है, उत्सव मनाया जा रहा है घर-घर। तेरे घर के सामने जो 'बाल संघ' है वहाँ तो भोर से बैण्ड बज रहा है।"

"यह लड़का बड़ा होकर कुछ बनेगा। आज न सिर्फ स्वाधीनता दिवस है, आज ही के दिन श्री अरविन्दो का भी जन्म हुआ था।"

सौगत ने नर्सिंग होम में हँसते हुए कहा था, "तो एक स्वाधीन नागरिक को जन्म दे डाला तुमने। एकदम प्रमाणपत्र सहित।"

केवल कंका ही ने अपनी प्रसन्नता को छिपाते हुए मुँह लटका कर कहा है, "हाँ, अपनी स्वाधीनता के बदले में।"

"वाह ! ऐसा क्यों कह रही हो ?"

"क्यों कह रही हूँ यह तो तुम भली-भाँति समझ रहे हो। इस कंकावती के स्वच्छन्द जीवन स्रोत के मुहाने पर एक बड़ा भारी विशाल पत्थर आकर फँस गया।"

"छिः ! ऐसा नहीं कहते हैं। कितनी खुशी की बात है यह सोचो।"

"तुम तो कहोगे ही। तुम्हारे हिस्से में गुलाब का फ़ूल, मेरे हिस्से में उसके काँटे। तुम तो जैसे थे वैसे ही रहे। मैं ही ..."

यद्यपि बेटे का रूप देख कर, दूसरों को बधाई देते देख कर गर्व से, खुशी से कंका फूली नहीं समा रही थी फिर भी उसे लग रहा था, उसमें कुछ कमी आ गई है।

यह 'कुछ' क्या था ? परतन्त्रता ? स्वच्छन्द गति-अवरोध ? या कि सहेलियों जैसी स्थिति में आ जाना ?

शादी के चार साल बाद बापी का जन्म हुआ था फिर भी कंका को लगा 'ऐसी क्या जल्दी थी ?' लगा था बेवकूफी हो गई।

अपनी समाजसेवी प्रतिष्ठान की सहेलियों में बड़ा नाक उठाकर कह आई थी कि "कम से कम दस साल फ्री रह कर उसके बाद ही गृहस्थी के झमेलों में उलझा जा सकता है।" दस साल बाद तब उम्र क्या होती कंका की ? बत्तीस ! ऐसी क्या ज्यादा उम्र हो जाती। बिल्कुल सही और स्वाभाविक उम्र होती।

तभी तो सन्तान-संभवा होते ही उसने सौगत को कटघरे में खड़ा किया था।

"तुम्हारे ही लिए ऐसा हुआ। तुम जानते थे मैं अभी इस झमेले में पड़ना नहीं चाहती हूँ।"

और तुलतुल के होने पर?

पहले विचलित हुई फिर सँभल कर बोली, "भूल सुधारने का उपाय तो है।"

सौगत ने कहा था, "छिः।"

गम्भीर आवाज में कहा छिः कानों में गरम सलाखों-सा चुभा था– अपमान-भरी गरम सलाखा। परन्तु इसके बाद कुछ कहने का साहस न सँजो सकी।

खैर जो भी हो, बच्चों के जन्मदिनों पर आनन्द-उत्सव के आयोजन की कमी नहीं रखती थी कंका। पिछले साल बापी ने जब पाँच साल पूरे किये उस समय खूब धूम-धाम से जन्मदिन मनाया था। हालाँकि उस समय भीतर ही भीतर झगड़े, अस्थिरता असहिष्णुता का दौर चल रहा था।

चल रहा था 'अलग होने का संकल्प'।

पर क्या बाहर वाले जान पा रहे थे? बिल्कुल नहीं। छोटे-छोटे बल्बों की रंग-बिरंगी रोशनी में और विचित्र रंगों के गैस-भरे गुब्बारों से सजे हॉल में उस दिन सुख-समृद्धि, आनन्द, गौरव का जो दौर चल रहा था उससे अनेकों के हृदय ईर्ष्या से सुलगे थे इसमें सन्देह नहीं।

बापी के पिछले साल के नर्सरी स्कूल की तथा नए स्कूल की टीचरें, दोस्त और उनकी मातायें भी तो आई थीं। शिशु वर्ग का कल-कल्लोल और हवा में लहराते रंगीन गुब्बारे पकड़ने के लिए उछलने-कूदने में बापी भी कम हिस्सा नहीं ले रहा था। उस समय तक बापी ने सपने में भी नहीं सोचा था कि इस साल का जन्मदिन ऐसा रूप धारण करेगा।

बापी को भले न मालूम हो परन्तु उसके पिता ने तो जानना शुरू कर दिया था। क्यों नहीं वह तभी किसी सिद्धान्त पर पहुँच गया था? इसीलिए तो दीदी का प्रश्न सुनकर उसे पसीना आ गया।

दीदी ने फिर कहा, "क्यों? चुप क्यों है?"

दीदी ने फिर कहा, "क्यों? चुप क्यों है?"

धीरे से सौगत बोला, "क्या किया जा सकता है तुम ही कहो।"

दीदी शायद इस परिस्थिति के लिए प्रस्तुत थीं और किसी एक निश्चय पर

पहुँच भी चुकी थीं। इसीलिए बोल उठीं, "मैं तो कहूँगी कि पहले जैसा धूमधाम न करके एक साधारण-सा उत्सव कर लो। और ... और ... "

"क्या हुआ? तुम चुप क्यों हो गईं?"

"कह रही थी, मान-अपमान भुलाकर कंका को एक फोन कर दे कि उस दिन चली आए।"

सौगत हँस पड़ा। दुःख, विस्मय और करुणा से। यद्यपि दीदी को उसने कभी भी प्रखर बुद्धिमती नहीं समझा था क्योंकि जानता था कि दीदी के मगज से बड़ा नाप हृदय का है। परन्तु इतनी बड़ी बेवकूफी की बात?

दीदी ने पूछा, "तू क्यों हँसा?"

"और क्या करता? दीदी, मैंने तो अभी तक यही सुन रखा था कि ग्वालों की अक्ल साठ साल पर परिपक्व होती है। लेकिन ... "

दीदी बिगड़ कर बोलीं, "हाँ, हाँ, तू ही बड़ा बुद्धिमान है। बुद्धि की पराकाष्ठा का प्रदर्शन किया है न तूने। तब फिर क्यों तूने मूर्खों जैसी हरकत की? पानू तो कह रहा था, विदेशों में डाइवोर्स के बाद भी बहुत जने परिचित मित्रों की तरह मिलना-जुलना, आना-जाना बरकरार रखते हैं। हितैषी आत्मीय-सा सम्बन्ध बनाए रखते हैं। महाशत्रु की भाँति मुँह देखना बन्द नहीं करते हैं।"

पानू दीदी का एक सिरचढ़ा भांजा है और पानू ही दीदी का एकान्त निर्भर योग्य 'निजी संवाददाता' भी है।

वह जो कुछ भी कहता है दीदी के लिए वेदवाक्य के समान है क्योंकि उसी टोन में बात करने का हुनर है उसमें। बचपन में पिनपिने स्वभाव का, दिन-रात ठिनकने वाला लड़का था तभी 'पानी' नाम पड़ा था। यह बात आज के 'पानू' को देखकर कोई नहीं विश्वास करेगा।

मामा लोग उसे पुकारते हैं 'वख्तियार खिलजी' के नाम से। ममेरे भाई कहते 'फोर ट्वेन्टी' और जब उनकी माताएँ किसी बात पर जबरदस्त राय कायम कर कुछ कहना चाहती हैं तब दीदी के बड़े जेठ का बेटा हँसते-हँसते कहता—"खबर मझली चाची ने सप्लाई की है न? 'पानू मस्तान' होंगे तो फिर।"

फिर भी सौगत की दीदी पानू पर पूर्ण विश्वास करती हैं। उन्हें इस बात पर रंचमात्र भी सन्देह नहीं कि पानू विश्व-ब्रह्माण्ड की छोटी से छोटी खबर तक

जानता है।

x x x

इसीलिए पानू का नाम सुनकर सौगत को हँसी तो आई पर वह हँसा नहीं। सहज भाव से बोला, "उस देश में जो सम्भव है वह सब क्या इस देश में सम्भव है?" दीदी और भी नाराज हुईं, "न सम्भव होने की क्या बात है? उस देश का फैशन जब लिया जा सकता है तब खैर, छोड़, फोन पर मैं तर्क करना नहीं चाहती हूँ। पर एक बात कहे देती हूँ कि बिलावजह निरपराध मासूम लड़के को मातृहीनों की श्रेणी में खड़ा होने न दूँगी। सीधे-सीधे उसकी माँ से कह दे कि बापी के जन्मदिन पर तुम्हें उपस्थित रहना ही पड़ेगा। पन्द्रह अगस्त को तुलतुल को साथ लेकर सुबह ही चली आना!"

"दीदी!"

"क्या है?"

"सोच रहा हूँ अगर सभी का मन तुम्हारे मन जैसा होता दुनिया में फिर तो कोई समस्या ही न रहती। तुम कितनी आसानी से प्रॉब्लम सॉल्व कर लेती हो! खैर, फोन तुम ही करो न।"

"मैं? मैं सौ बार कर सकती हूँ—मुझे तुम जैसों की तरह मान-सम्मान का डर नहीं है। लेकिन मेरी बात तेरी पत्नी मानेगी?"

"अब हालाँकि वह 'मेरी पत्नी' नहीं है।"

"बका मत कर। तू ही है---तू ही सारी बुराई की जड़ है। मर्द है—तेरी बात की कोई कीमत न होगी? तू भी उस मूर्ख गुस्सेबाज की तरह मान-अभिमान का हिसाब-किताब करेगा? उम्र में उससे बड़ा है न तू? तुझे अच्छे-बुरे का ज्ञान नहीं? खैर, छोड़, अब उस विषय में कोई बात करना बेकार है। लेकिन मैं कहती हूँ, तू लड़के की बात ध्यान में रखकर एक बार उससे कह ही दे। फोन पर कर क्या लेगी? मार तो न सकेगी तुझे?"

"हाँ, ऐसा भले न कर सके, आवाज सुनकर फोन रख जरूर देगी।"

"हाँ रख देगी—तू तो ज्योतिषी है, सब जानता है।" दीदी बचपन में जैसे डाँटा करती थीं वैसे ही डाँटा, "ऐसा भी तो हो सकता है कि लड़के के जन्मदिन पर तू इज्जत-बेइज्जत की बात भूलकर बुला रहा है। देखकर उसका दिल पसीज जाए।

क्या पता इसी बहाने कोई समझौता ही हो जाए।"

"समझौता?" सौगत जोर से हँसने लगा, "मैं भूतपूर्व बंगला थियेटर के नायकों की तरह बोलूँगा–'अपनी घर-गृहस्थी सँभालो कंका, मुझसे अब नहीं सँभल रहा है।' और वह भी मेरी बात सुनते ही कमर कस कर चौके में जा घुसेगी।"

"देख सौ, तू छुटपन की तरह मुझे चिढ़ाने की कोशिश मत कर। मुझसे भारी गलती हो गई जो मैंने तुझे एक नेक सलाह दी। सोचा, अगर इसी बहाने···" कहते-कहते चुप हो गईं।

फिर गम्भीर आवाज में पूछा, "तो तू लड़के के जन्मदिन पर कुछ नहीं कर रहा है?"

सौगत आहिस्ता से बोला, "तुम आज चली जाओ न। बात करके देखो–"

"जाने की सुविधा होती तो क्या न जाती रे? बैठी-बैठी फोन पर इतनी बातें करती?–घर में आज दिन में नरक गुलजार हो रहा है। छोटी ननद आई हुई हैं, अपनी लड़की की शादी की बातचीत करने। इधर छोटी देवरानी अपनी माँ की बीमारी की खबर सुनकर बोलपुर चली गई है। उस पर सास का··· "

"रहने दो, समझ गया। दमा बढ़ा है न?"

"यह बात किसने कही?"

"न बताने पर भी समझना कुछ मुश्किल नहीं। 'दमा' नहीं तो 'बात', अथवा···"

"हर समय मजाक। हमेशा का स्वभाव है तेरा। इसीलिए लोग तुझे कभी-कभी गलत समझ जाते हैं। खैर, पक्का रहा, कुछ भी हो मैं पन्द्रह तारीख को सुबह तेरे घर पहुँच जाऊँगी। श्योर। लोगों को तो शाम को बुलाएगा, जैसे बुलाया जाता है? और सुन। बापी के लिए एक अच्छा··· जाने दे, तुझे नहीं बताऊँगी। रख रही हूँ–तू जरा मेरे प्रस्ताव पर विचार करके देख।"

रिसीवर उतार कर रखते हुए सौगत ने एक लम्बी साँस छोड़ी।

दीदी कितनी सुखी हैं। ऐसी बुद्धू हैं तभी सुखी भी हैं। ऐसे लोगों में प्रेम-मोहब्बत की मात्रा सदैव अधिक होती है। पात्र-कुपात्र की बात ये नहीं सोचती हैं। घर में काम करने वाली हर नौकरानी से इन्हें प्रेम है। उन्हीं की कहानी कहते हुए घंटों बिता सकती हैं– "आहा, बेचारी कितनी दुःखी है। पति उसका नशेबाज

है। बदमाश है। एक पैसा कमाता नहीं है। वह बेचारी पाँच घर काम करते हुए झउआ भर बच्चे पाल रही है।"

सुन कर कंका मुँह बिगाड़ कर हँसती। कहती– "एक झउआ?"

"और नहीं तो क्या–पाँच-छह तो होंगे ही–"

"फिर भी आपको उस पर दया आती है?"

"ओ माँ! दया नहीं आएगी क्या? अपने हिस्से की दो रोटी जो मिलती हैं वह तक नहीं खाती है, घर ले जाती है। कभी-कभी मैं नाराज हो कर कहती हूँ, तुझे अलग से रोटी दे दूँगी, इन्हें तू मेरे सामने बैठकर खा ले। काम करते-करते मरी जा रही है। खाएगी नहीं तो जिन्दा कैसे रहेगी?"

कंका दोबारा होंठ सिकोड़ती– "ठीक कहती हैं, इनका जिन्दा रहना बहुत जरूरी है। वरना पृथ्वी पर दो-चार प्राणियों की वृद्धि और कैसे होगी।"

उठकर वहाँ से चली जाती कंका। अधिक कुछ कहने का मन नहीं करता। इससे दीदी भौचक्क रह जातीं। फिर अपने को सँभाल लेतीं।

कहतीं– "अबोध मूर्ख हैं तभी न इतनी दुर्दशा है ! जब तक नहीं आएगी, दया दिखाने के अलावा कर ही क्या सकती हूँ?"

कभी-कभी दीदी सुशील और चारू की माँ के साथ गप्पें लड़ाने बैठ जातीं। उनसे उनके गाँव की, माँ-बाप की बातें पूछतीं। इस पर कंका बेहद नाराज होती।

"नौकर-चाकर के साथ इतना अपनापन दिखाने से प्रेस्टीज नहीं रहती है और वे लोग भी सिर पर सवार हो जाते हैं"– कुछ ऐसी ही धारण थी कंका की।

कंका को नापसन्द है जान कर दीदी चुप हो जाती थीं फिर भी कहे बगैर उनसे न रहा जाता, "आहा, ये लोग भी तो इन्सान हैं। दो मुट्ठी खाना खाने के लिए घर-द्वार, अपनों को छोड़ कर यहाँ पड़े हैं बेचारे। उनके जीवन में भी सुख-दुःख है। सिर्फ नौकर हैं इसलिए क्या मशीन हैं? देखो न, इस चारू की माँ को, चारू तो कबकी मर चुकी है फिर भी 'चारू की माँ' के नाम से ही पहचानी जाती है। सोचो तो दुःख नहीं होता है? और जानती हो उसकी लड़की मरी कैसे?"

"रहने दो, जानती हूँ।"

जबकि सौगत भी दीदी की इन बातों को सुनने से कतराता था। दीदी के इस विगलित सेंटीमेंट के लिए उन्हें 'विशाल हृदय' न कह कर मूर्ख ही कहता। जैसा कि

अभी सोचा। अक्ल कम है तभी न आज भी उम्मीद करती हैं कि कोशिश करने पर भाई का बिखरा घर फिर बसाया जा सकता है। सोच रही हैं लड़के का जन्म-दिवस मनाने के बहाने सौगत अगर अपनी भूतपूर्व पत्नी को घर बुला सका तो सब ठीक हो जाएगा।

समझौता !

सौगत मुस्कुराया, उदास दार्शनिकों जैसी हँसी। जीवन अगर इतना ही सहज होता?

क्रिंग क्रिंग क्रिंग।

फिर किसने फोन किया?

x x x

लेकिन क्या कंका परेशान न थी? बार-बार बापी का चेहरा याद करके उसका हृदय नहीं फट रहा था क्या? दुःख, अभिमान, क्रोध और असहायपन, सब मिलकर कंका के हृदय को मथ नहीं रहे थे? वह क्या बार-बार कैलेण्डर नहीं देख रही थी?

कंका क्या करे? क्या करे बापी के जन्मदिन पर?

ऐसा तो होना नहीं था। हर हफ्ते लड़के को ले आने की बात थी। सोचा था लाएगी, देखेगी, प्यार से 'अपना' बनाकर सुरक्षित रखेगी। आते-जाते उपहारों से लाद देगी। 'जन्मदिन' से पहले, किसी एक दिन बापी को हर बार की तरह न्यू मार्केट ले जाएगी और···

लेकिन कहाँ? तीन महीने बीत गए—उस की एक झलक तक न देखी। मन ही मन बोल उठी कंका, 'आश्चर्य है ! कैसी अद्‌भुत बात है !'

परन्तु कंका के हृदय में क्या पछतावे की आँधी बह रही थी? अथवा आत्मग्लानि—बिल्कुल नहीं। वह तो सोच रही है कि उस निष्ठुर आदमी ने स्वयं कहाँ तीन महीने में तुलतुल की खबर ली है? कंका ही क्यों अपने को दुर्बल बनाए भला?

फिर भी इधर कुछ दिनों से कंका की समस्त चेतना न्यू मार्केट के खिलौनों के स्टालों के इर्दगिर्द मँडराने लगी जहाँ पिछले साल वह सशरीर गई थी।

x x x

भीतर ही भीतर टूट रहा था फिर भी बाहरी चमक-दमक बरकरार थी। जूते, कपड़े, खिलौने प्रयोजन से अतिरिक्त ही थे फिर भी संग्रह किया जा रहा था। प्रेम प्रकाशित करने का माँ-बाप के पास यही तो एक रास्ता होता है। सन्तान को वस्तु के भार से लादते चलना। अभाव का 'अभाव' बना रहे उसमें।

जो धनी हैं, क्षमतावान हैं उनकी बात छोड़ देने पर भी, उनको देखो जिनके पास है नहीं। वे भी तो चाहते हैं सन्तान को अपने प्रेम-प्रदर्शन के नमूने के तौर पर वस्तुभार से लादना। इसके लिए दृढ़प्रतिज्ञ हैं। आयवृद्धि—चाहे जान ही क्यों न चली जाए—न बढ़ा सके तो 'नीति-दुर्नीति' की सीमा लाँघ जाएँगे। दो साल के नन्हे से बच्चे को इंग्लिश मीडियम स्कूल में डालने के लिए हर तरह का प्रयास करेंगे— इसके लिए माँ-बाप दोनों अपने 'समय' का एक-एक पल दाँव पर लगा देंगे।

केवल ऑफिस का काम? नहीं, दोनों वक्त दो-चार ट्यूशन पकड़ लेंगे। अगर अध्यापक हैं तो और भी ज्यादा सुविधा है—कोचिंग क्लास शुरू कर देंगे। छात्र-छात्राओं से मोटी रकम लेकर परीक्षा का प्रश्नपत्र ला देंगे। और अगर सरकारी नौकर हैं? आय का दूसरा रास्ता अपनाया जा ही सकता है। दूसरे के नाम से बिजनेस। मोटी-सी बात यह है कि हालात की जंजीर में जकड़ कर पड़े रहना अब सम्भव नहीं। 'जरूरत से ज्यादा करना ही होगा। अन्य दस लोगों की तरह सन्तान का लालन-पालन तो करना ही पड़ेगा।'

'शिशु' माँ-बाप का साथ नहीं पा रहा है?

तो क्या किया जाए? इसी 'साथ' के बदले में ही तो 'कमाई' कर रहे हैं। उनके इसी अभाव की पूर्ति करने के लिए ही तो यह सारी चीजें बच्चों को देते हैं न?

जो बड़े घर के बच्चे हैं उनके लिए तो अतिवृद्धि के समान होता है सब।

जिस बार बापी छठे साल में कदम रख रहा था उस बार खिलौनों की दुकानों के चक्कर काटते-काटते थक जाने पर भी यह न तय हो सका कि कौन-सा खिलौना खरीदा जाए? कौन-सा खिलौना उसके पास नहीं है?

सौगत जिसकी ओर हाथ बढ़ाता—"अरे, यह तो मार्वेलस है और उधर वह भी। भालू कुर्सी पर बैठा सिगरेट पी रहा है और कुत्ता मुँह में गेंद दबाए दौड़ता फिर रहा है—चाभी भी नहीं भरनी पड़ेगी, बैटरी से चलता है—"

बापी अवज्ञापूर्ण स्वरों में कहता, "यह खिलौना तो मेरे पास है।"

"वह ! कब खरीदा गया था?"

"वाह ! तरुण काकू जापान से लौटने के बाद दे नहीं गए थे?"

"तो फिर इस दमकल को ले लो। पेट्रोल से चल रहा है, घंटा बजाता कैसा भाग रहा है।"

"वैसे तो दो-दो हैं मेरे पास।"

"तो फिर वह हैलीकॉप्टर–देखो सांय से आसमान में उड़ कर कैसा चक्कर काट रहा है। ऐसा तो–" सौगत अपनी बात पूरी नहीं कर पाता, बापी बोल उठता– "घर चलो दिखा दूँगा। खेलते-खेलते जी ऊब गया है, छत पर पड़ा है।"

"तब फिर यह? वह वाला? उधर वाला? इंजन युद्धपोत, पेट्रोल-पम्प का मिनिएचर? पटरियोंवाली रेलगाडी? बर्ड मेकिंग? घर बनाने का–"

कंका बोल पड़ी, "अः, क्यों पागलपन कर रहे हो? यह सब क्या इसके पास नहीं हैं?"

"कब लिया गया? हमने तो···"

"बुध्दुओं जैसी बातें मत करो। प्रजेण्टेशन नहीं आता है क्या? दशहरे पर, जन्मदिन पर, न्यू इयर्स पर? और भी कितने मौकों पर–"

हाँ, जिस परिवार पर लक्ष्मी सदय हैं उनका यह एक बड़ा सोर्स है। उनके माँ-बाप जब-तब रिश्तेदारों, मित्रों, परिचितों के बच्चों को कीमती खिलौने उपहारस्वरूप देते हैं इसीलिए समान क्षमता न होने पर भी प्रतिदान आ जाता है। कौन छोटा बन कर रहना चाहता है?

एकाएक बापी बोल उठा, "सब कुछ अपने पास होना कितना बुरा है। कुछ खरीद ही नहीं सकते।"

इस बात को सुनकर सौगत शायद चौंका था। बोला था, "क्या कहते हो बापी! इसी न्यू मार्केट में कितने लाख रुपये के खिलौने हैं, सब क्या तेरे पास भी हैं?"

"आहा, वह सब तो सड़े-सड़े हैं।"

सड़े-सड़े वे खिलौने हुए जिन्हें देखते ही बापी खुशी से उछल नहीं पड़ता है।

कंका को याद आया, अन्त में बापी ने एक स्टेनगन और एक बजाने वाला बिगुल खरीदा था।

"यह तेरे पास नहीं है? तेरे कमरे में तो बन्दूक ही बन्दूक हैं।"

"यह दूसरी तरह का है – ज्यादा जोरदार।"

"तेरा तो हर समय युद्ध करने का मन करता है?"

"क्यों नहीं करेगा? वीर तो हमेशा युद्ध करते हैं।"

हँसने लगा था सौगत–"हाँ यह तो बात सही है। फिर तुम भी महान् वीरबहादुर हो ही–लेकिन युद्ध करोगे किस से?"

"वाह! शत्रु से लड़ूँगा।"

"शत्रु!"

यह शब्द कब सीखा इस देवदूत जैसे चेहरे वाले, माखन से कोमल लड़के ने? सौगत ने सोचा–जरूर सुशील के साथ रहने के कारण सीख लिया है।

उसी के साथ तो दुनिया-भर की बातें करता है। नाना प्रकार का सलाह-मशविरा। यद्यपि कंका को यह जंरा भी पसन्द नहीं कि नौकरों के साथ इतनी दोस्ती करे लेकिन कोई दूसरा उपाय भी तो नहीं था। कंका के पास बाहर के ढेरों काम थे, जब-तब निकल जाती थी। नौकरी भले न करती थी, सोशल वर्क भी तो काम ही है न? फिर मार्केटिंग, सहेलियों के यहाँ जाना तथा इधर-उधर और भी। अगर उल्लेख करने योग्य कोई काम न रहता तो भी मोटर लेकर एक चक्कर मार ही आती वरना जी घबड़ाने लगता था। कंका नौकरी करना चाहती थी, खूब चाहती थी परन्तु सौगत तैयार ही नहीं हुआ। जोरदार शब्दों में 'नहीं' कर दिया, 'असम्भव' कह कर हँस कर टाल गया।

"तुम मेहनत करके कमाने जाओगी तो क्या तुम्हारी गृहस्थी का यह रूप-सौन्दर्य बना रहेगा? तुम्हारे बच्चे ठीक से पल सकेंगे?"

"ठीक से पलकर इन्सान बनेंगे? हुँ! मैं वह आशा मन में पालती ही नहीं हूँ। एक सामने खड़ा आदर्श इन्सान तो देख ही रही हूँ। असल में तुम चाहते नहीं हो कि मैं स्वावलम्बिनी बनूँ।"

इस बात पर सौगत ने बहस नहीं की वरन् हँसते हुए कहा था–"शायद यही बात है। केवल मुझे ही अवलम्ब मानकर मेरे ही जीवनवृन्त में फूल-सी खिली रहो।"

खैर, पिछले साल ऐसी बातें भी करना छोड़ दिया था। बस, गृहस्थी की गाड़ी खींच रहे थे सही ढंग से।

चार

रहने दो, कंका इस समय यह सब नहीं सोच रही है। कंका की आँखों के आगे बापी के पिछले जन्मदिन की मार्केटिंग का दृश्य ही घूम रहा था।

तुलतुल को भी साथ लाया गया था और उसे लाद कर घूमने के लिए सुशील को भी। सफेद नायलान की तीन पर्तों की झालरदार फ्राक पहनी लड़की सुशील के कन्धे पर चढ़ी थी। बीच-बीच में सीटी बजने की सी आवाज में जोर से बोल उठती थी, "मॉमोनी, मॉमोनी, देखो-देखो, वह चीज कितनी सुन्दर है।"

उस समय तक तुलतुल में अपने भाई की भाँति दार्शनिक चेतना का आविर्भाव नहीं हुआ था। तभी रह-रह कर उच्छ्वसित हो रही थी। शायद इसी कारण उसके लिए ज्यादा सामान खरीद डाला था। यहाँ तक कि "सुशीलदा के लिए कुछ नहीं लोगी" पूछ कर उसके लिए भी कपड़ा खरीदवाया था।

"सुशील के लिए क्या खरीदूँगी? वह क्या बच्चा है?" माँ के इस प्रश्न को अपने युक्ति के धारदार उत्तर से द्विखण्डित कर दिया था तुलतुल ने—"और अपने लिए जो साड़ी खरीदी? तुम क्या बच्ची हो?"

सौगत का ऑर्डर था जिसे जो कुछ लेना है ले ले, कोई प्रॉब्लम नहीं होगी, वह सँभाल लेगा।

परन्तु सौगत किस के बल पर इतना दिलदरिया बना हुआ है? करता तो वही नौकरी है। यद्यपि नौकरी बड़ी ऊँचे ओहदे की है फिर भी---

है एक दूसरा सोर्स भी। आसाम में पिता के समय के दो चाय के बाग हैं। उन्हीं पिता के मित्र के पुत्र के जिम्मे ही वह बिजनेस है और आश्चर्य की बात यह है कि वह हर बार पाई-पाई का हिसाब करके सौगत को उस का हिस्सा भेज देता है। यद्यपि कंका कतई विश्वास नहीं करती है। कहती है, "तुम्हें दीपक खूब अच्छी तरह से ठग रहा है।"

"दीपक वैसा लड़का नहीं है।"

"ओह! तुम कहना चाहते हो अभी-अभी पैदा हुआ है वह? दुनिया क्या है जानता ही नहीं है? तुम्हें पता है कितनी चाय निकल रही है?"

"अगर यही जानना होता तो यहाँ से पैक करके जाकर बागान में ही रहना पड़ता। जा सकोगी? जाकर रह सकोगी? हो तैयार इसके लिए?"

बिगड़ कर कंका जवाब देती, "बचाव वाली बातें तो तुम्हें बहुत आती हैं। कहाँ से सीखीं?"

सौगत की यही आदत कंका को असहिष्णु बना देती। कंका की सावधानी, सतर्कतापूर्ण सलाह मानो सौगत के लिए 'अमृतबाल-भाषिता' हो। ऐसा भी क्या उदारतापूर्ण अहंकार? यही दीपक चालिहा अगर किसी दिन सौगत को न फँसा दे तो कंका अपना नाम बदल डालेगी!

सौगत के इस दिलदरिया स्वभाव और काम के कारण कंका भीतर ही भीतर जला करती। यूँ दिखाता है जैसे वही उदार हृदयवान इन्सान है और कंका संकीर्ण स्वभाव की छोटे दिलवाली औरत।

अरे उसी दिन जब तुलतुल की जिद्द से मन ही मन लाचार-सी हो कर कंका बोली थी–"अच्छा, सुशील की कमीज बाद में आ जाएगी, अभी वक्त नहीं है।" तब मुस्कुराते हुए सौगत ने क्यों कहा था–"अरे भई, बेचारा हमेशा ही तो हॉकर्स कार्नर से खरीद कर लाए कपड़े पहनता है, न हो एक बार न्यू मार्केट का खरीदा कपड़ा पहन कर जीवन सार्थक कर ले।"

स्पष्ट था घुमा-फिरा कर कंका की कंजूसी और छोटे मन की बात ही कह दी थी। अक्सर ही कंका की गृहस्थी सम्बन्धी बात पर सौगत का हस्तक्षेप हो जाता और वह काम न हो पाता जो कंका चाहती थी।

"अरे, यह क्या? चारू की माँ और सुशील के लिए अलग से आम? नामविहीन परन्तु रूपवान यह आम क्या खाने योग्य होते हैं?"

"इनके खाने योग्य नहीं होते हैं?" कंका का चेहरा तमतमा उठा था।

उसी तरह हँस कर सौगत ने कहा था, "बात उनके 'खाने योग्य' की नहीं है। बात है 'तुम्हारे योग्य की'। तुम अपने हाथ से दे रही हो–"

इसी तरह की बातें करता था हर समय।

वरना सुशील के सामने हॉकर्स कार्नर का नाम लेता?

इस समय कंका के खून में इन्हीं बातों को सोचकर आग लगी है। बार-बार पिछले साल की यही बात, वही दृश्य हू-ब-हू आँखों के आगे आ जाता है।

सौगत ने पूछा था, "शत्रु? शत्रु क्या चीज होती है बापी? शेर? सिंह? चीता? भालू या अजगर साँप?"

बापी मुँह में अँगुली भरे खड़ा था। बोला–"फालतू बात क्यों करते हो? वह तो जानवर हैं। वह कैसे शत्रु हो सकते हैं?"

"तब फिर?"

"तब फिर क्या? शत्रु तो आदमी होता है।"

"सर्वनाश! तुम्हारा ऐसा कोई शत्रु है क्या?"

"अभी नहीं है। बाद में तो हो सकता है।"

"यह तो बड़ी मुश्किल की बात है! अगर वे आदमियों जैसे होते हैं तो तू उन्हें पहचानेगा कैसे?"

बापी ने फिर एक बार चौंका दिया, "जो मुझे तकलीफ पहुँचाएगा वही मेरा शत्रु होगा।"

बाद में वही बापी लौटते वक्त सड़क के किनारे वाली दुकान के एक शो केस की ओर अँगुली उठाकर चिल्लाया था–"माँमोनी, माँमोनी, वह... वह हेलमेट मुझे ले दो न!"

"वह तो बड़ी है। तेरे सिर पर कैसे आएगी?"

"होने दो। बाद में तो मेरा सिर बड़ा हो जाएगा।"

अर्थात् शिशु ही था वह।

उसके बाद?

उसके बाद की बातें सोचती है कंका तो न जाने सारी बातें कैसे उलझ-सी जाती हैं। कंका कितने दिनों तक मानो अपने-आप में न थी। तुलतुल को माँ के पास छोड़-छोड़ कर छोटे चाचा के साथ लगातार यहाँ-वहाँ भागती फिरती थी। कंका क्या बापी का चेहरा भूलती जा रही है? पर्स में से सिरदर्द की एक टैबलेट निकाल कर खाती है कंका। बिस्तर पर जाकर लेट गई।

x x x

बाहर के दरवाजे से ही हल्ला करते हुए भीतर घुसा, "खबर सुनी है? जबरदस्त खबर है। मामी लोग सब कहाँ? तीनों की तीनों चौके में घुसकर बैठी हो क्या?" पानू

जब भी ननिहाल में उदित होता उसकी जेब में एक न एक जबरदस्त खबर जरूर रहती। 'जबरदस्त ख़बर' साथ लिये बगैर वह यहाँ घुसता ही नहीं है। अब सब की आदत पड़ गई है, इसीलिए उसकी आवाज सुनते ही सब मुस्कुराने लगते हैं। या कहते "आ गये लो बातूनी महाराज।" सिर्फ मझली मामी ऐसा नहीं कहतीं। मझली मामी अर्थात् सौगत की दीदी सुदेष्णा। सुदेष्णा पानू की महिमा पर मुग्ध हैं। वह पानू की हर बात को वेदवाक्य समझती हैं।

यह नहीं कि बड़ी या छोटी मामी पानू को पसन्द नहीं करती हैं। यह बात अस्वीकार करना किसी के लिए भी सम्भव नहीं कि पानू असाध्य कार्य करने में सिद्धहस्त है। जिस काम को करने में पानू के मामा लोगों को नाकों चने चबाने पड़ते हैं, पानू उसी काम को चुटकी बजा कर कर लाता है।

पानू 'हाउस फुल' का बोर्ड लटकाए सिनेमा-हॉल से ब्लैक में नहीं, उचित दाम देकर पाँच कहो पाँच, सात मँगाओ सात टिकट ला सकता है। घण्टे-भर में पानू ट्रेन में रिजर्वेशन करवा सकता है, रसोई में गैस खत्म हो जाए तो तुरन्त नया गैस सिलेण्डर ला कर रखवा सकता है। पानी के पाइप में ठीक से पानी न आने के कारण मामा लोगों को हाहाकार करते देख, दस मिनट में प्लम्बर पकड़ कर ले आएगा और पाइप ठीक करवा कर ही मानेगा। फ्रिज, टेलीविजन, बिजली मिस्त्री, जिनके दरवाजों के चक्कर काटते-काटते लोगों के जूते घिस जाते हैं, पानू उन्हें दस मिनट में लाकर खड़ा कर सकता है।

बाजार में अचानक यदि कोई वस्तु गुम हो जाए—चाहे वह बेबीफूड हो या कि सरसों का तेल, पानू पलक झपकते ही ला सकता है। यहाँ तक कि स्कूल की किताबें भी। कभी-कभी किताबें भी तो दुर्लभ हो जाती हैं।

एक दफा पानू के छोटे मामा से लांड्री का बिल खो गया। पानू ही था जो केवल वर्णन सुनकर छोटी मामी की तीन-तीन रेशमी साड़ियाँ उद्धार कर लाया था। लांड्री के मालिक के साथ लड़ाई-झगड़ा नहीं किया बल्कि भइया-बाबू का रिश्ता कायम करके काम निकाल लाया।

इसके अलावा—जरूरत पड़ने पर मामियों को अथवा ममेरी बहनों को रवीन्द्र सदन या कलामंदिर, बेलूड़ हो या दक्षिणेश्वर, पानू के अलावा और कोई है क्या जो तुरन्त तैयार हो जाएगा ? अथवा चुपचाप किसी ज्योतिषी को हाथ दिखाने जाना हो या कहीं किसी अलौकिक देवी-देवता के मन्दिर में मनौती मानने जाना हो तो भी यही पानू सहाय होता है। यह बडी मामी की 'झक' है। कहीं कोई पीर हो, साधू-सन्त का समागम हो पानू ही ले

जाता है।

अतएव मामा लोग और दूसरे उस का भले ही मजाक बनाएँ, मामियाँ उसको मानती हैं। ममेरी बहनें भी उसकी क्षमता की कायल हैं।

परन्तु यह जो 'खबरें' ले-लेकर आता है, उससे विशेष कोई रोमांचित नहीं होता है। सुदेष्णा की बात और है।

पानू की आवाज कानों में पड़ते ही सुदेष्णा मुस्कुराते हुए चौके से बाहर निकल आईं। बोलीं–"तेरे पास तो रोज ही नई खबर रहती है। आज क्या खबर है?"

"है नहीं होगी। लेकिन होगी बड़ी जबरदस्त। बंगालियों का मछली का अभाव दूर होने वाला है। एक सज्जन ने घर की छत पर मछलीपालन का फार्मूला ढूँढ़ निकाला है।"

"घर की छत पर मछलीपालन?"

"तो और क्या कह रहा हूँ? वैज्ञानिक पद्धति से होगा सब कुछ। सीख लेने पर ऐसा कुछ मुश्किल भी नहीं। सब कोई अपनी-अपनी छतों पर यह काम शुरू कर सकते हैं।"

पास ही के किसी कमरे से छोटे मामा निकल आये। बोले, "ए, तुझे गाँजे की सप्लाई कौन करता है?"

पानू इतनी-सी बात से दबने वाला नहीं। तुरन्त कहता है, "जो लोग दुनिया की प्रगति की खबर नहीं रखते हैं छोटे मामा, वे ही ऐसी बातों को 'गाँजा' कह कर टाल जाते हैं। क्यों, धान की कटाई के बाद उसी खेत में मछलीपालन की खबर नहीं सुनी है? पहले क्या कभी किसी ने सोचा था या कि देखा था?"

"देखा तो हमने भी नहीं परन्तु सुना है। कौन जाने इसमें कितना सच और कितना झूठ है।"

"सब कुछ क्या देखा जा सकता है? अपने दादा के पिताजी को भी तो तुमने नहीं देखा है छोटे मामा, तो क्या उन के जन्म को तुम अस्वीकार कर दोगे?"

"तू बड़ी बेकार की बहस करता है," कहते हुए दाढ़ी में साबुन घिसते वे कमरे में चले गये।

इधर पानू को खुश करने के लिए उसकी मझली मामी जल्दी से बोल उठीं, "विज्ञान की बदौलत आज सभी तो सम्भव है, इसमें अविश्वास करने की क्या बात है। परन्तु हाँ, आजकल कितनों के पास अपनी छत हैं? सभी तो धीरे-धीरे फ्लैटों में रहने लगे हैं। तू अपने श्यामापुकूर वाले मामाओं की खबर जानता है? उतना बड़ा सुन्दर मकान बेचकर

सभी भाइयों ने अलग-अलग फ्लैट ले लिया है। अब वही मकान तोड़ कर वहाँ छह मंजिला, आठ मंजिला मकान बनाया जा रहा है। आहा, उस मकान को तोड़ डाला है सुनकर मन खराब हो गया। जब नयी-नयी शादी हुई थी वहाँ बहुत जाती थी। शादी में काम-काज पड़ने पर। फिर हर साल जगधात्री पूजा होती थी। अब जाने कौन कहाँ छिटक कर चला गया, वर्षों भेंट-मुलाकात नहीं होगी।"

x x x

आज छुट्टी का दिन है। पति-पुत्र सभी घर पर हैं। बड़े मामा का बड़ा लड़का गाल पर साबुन घिसता बाहर आया-"अब मत कहो कुछ। घर में एक साथ रहने पर भी मुँह देखते थे इसमें सन्देह है। कौन कितना रुपया लगाएगा इसी बात पर झगड़ा हुआ और दो-तीन साल से पूजा बन्द हो गई। बल्कि यही अच्छा हुआ। मोटी-मोटी रुपयों की गड्डी लेकर सब अपनी-अपनी पसन्द वाली जगह में जाकर रहने लगे हैं। उस मकान में तो दस-बारह एकड़ जमीन ही थी। एक-एक एकड़ जमीन का दाम वहाँ तीन लाख से कम नहीं।"

"तीन लाख एकड़? क्या कह रहा है सन्तू?" चौंक उठी सुदेष्णा।

"और नहीं तो क्या? जमीन आजकल बड़ी महँगी है, खास कर इधर नार्थ में। यानी कि खास कलकत्ते में। और यहीं हैं सारे बड़े-बड़े मकान। टूटे पुराने, लड़खड़ाते खड़े हैं। व्यवसायी लोग तो हाथ फैलाये बैठे हैं कि कब किसे पकड कर मुट्ठी में भर लें। हमारा ही यह मकान बेचा जाए तो सोच सकती हो कितना दाम मिलेगा?"

सुदेष्णा बोल उठी, "दुर्गा-दुर्गा! ऐसी अनर्थपूर्ण बात मुँह से नहीं निकालते हैं बेटा!"

रसोई के आसपास ही बड़ी बहू यानी सन्तू की माँ थीं। गला बढ़ाकर बोलीं, "हमारा यह घर इतना पुराना है क्या रे सन्तू? यह मकान तो तेरे दादा का बनवाया हुआ है। इस पर हर साल मरम्मत, पुताई-सफाई भी होती रहती है।"

बात सच भी है। मकान पर सारे भाई जान छिड़कते हैं। कहीं जरा-सा टूटा-फूटा नहीं कि बुलाओ अफजल मिस्त्री को। अफजल बूढ़ा हो गया है, खुद काम नहीं कर पाता है पर उसकी देख-रेख में काम सौंप कर निश्चिन्त रहा जा सकता है। ये लोग पुराने लोगों का सम्मान करना जानते हैं और तभी तो इस बड़े

से तिमंजिले मकान के इतने सारे बासिन्दे प्रसन्नचित्त होकर एक ही हाँड़ी का खाना खा रहे हैं और खुश हैं।

आज के युग में ऐसा सम्मिलित परिवार देख पाना दुर्लभ ही है। बूढ़ी मालकिन अपने तीन बेटे, बहुएँ, पोते-पोती और पोते की पत्नी तक के साथ आज भी राज कर रही हैं। बादी और दमे की शिकार होते हुए भी सरोषीबाला का ही एकछत्र राज है। उठने-बैठने से भले ही लाचार हों, उन्हीं के अँगूठे के इशारे से गृहस्थी चलती है।

प्रौढ़ा होती बहुएँ आज भी सुबह जाकर पूछती हैं, "माँ, आज क्या खाना बनेगा?"

सरोषीबाला पूछती हैं, "क्या सब्जी है तुम्हारे पास?"

बहुएँ तालिका प्रस्तुत करतीं—क्या है, क्या लाना है बतातीं। सरोषीबाला उदारभाव से कहतीं, "अपने मांस-मछली वाले चौके में बच्चों की मर्जी का खाना बना लो बड़ी बहूमाँ, हमारी निरामिष रसोई में··· " और जो फेहरिस्त बढ़ा देती हैं वह कुछ कम लम्बी न होती। उनके बेटे निरामिष सब्जी पसन्द करते हैं, बड़ा पोता पोस्ते का बड़ा खाने का शौकीन है, यह सब इधर के चौके में बनेगा। सरोषीबाला का खाना गैस के चूल्हे पर नहीं बनता है। इस गैस का क्या कोई जाति-धर्म है? सैकड़ों घरों की धूल चाटता आ रहा है यह गैस का डब्बा। नाना प्रकार का खाना पकाया गया होगा इसमें भरी गैस से।

सरोषीबाला की रसोई में कोयले का चूल्हा जलता है। यह खाना बड़ी बहू के मत्थे है। पीछे बर्तन माँजने की जगह है, वहीं से चूल्हा जलाकर चौके में ले आया जाता है। यहीं अलग नल में निरामिष खाना बनाने वाले बर्तन माँजे जाते हैं। कारण, जिन्होंने मकान बनवाया था उनकी जननी भी कट्टर थीं। मातृभक्त पुत्र ने माँ के लिए सारी अलग व्यवस्था कर दी थी।

मातृभक्ति का नमूना इस घर में आज भी देखने को मिलेगा। अतएव सरोषीबाला के मामले में बहुएँ सहमी रहती हैं। उनकी देखादेखी पोते की बहू भी। पीठ-पीछे भले ही "बुढ़िया के छुआछूत ने नाक में दम कर रखा है" कह लें, इधर-उधर मुँह खोलने का साहस नहीं करती हैं।

कंका जब कभी भी ननद के यहाँ दावत खाने जाती, लौटने पर हमेशा शिकायत करती, "बाःबा, तुम्हारी दीदी के यहाँ जाने के नाम से मुझे बुखार चढ़

जाता है। जाओ तो दम घुटने लगता है। रुपया-पैसा है फिर भी इतने गन्दे ढंग से क्यों रहते हैं? इतने सारे लोग, एक ही मकान में लदे-फँदे पड़े हैं—ओफ़ः! पता नहीं अपने-आप को कैसे ढूँढ़ लेते हैं।"

कभी-कभी कहती, "बेचारी श्यामली, अरे तुम्हारे उस भांजे की बहू, उस पर मुझे बड़ी दया आती है। तीन-तीन जोड़े सास-ससुर के और उन सासों पर सवार ददिया सास। बाप रे, मैं तो सोच ही नहीं सकती हूँ। श्यामली को देखती हूँ तो मुझे 'अशोक वाटिका की सीता' की छवि नजर आने लगती है। मन ही मन सोचती होगी—भूतनी-प्रेतनियों से घिरी हुई है, बस मुँह से ही कुछ नहीं कहती है।"

कंका का मन्तव्य सुनकर सौगत ने कहा था, "लेकिन उस बहू को देखकर तो लगता है बड़ी खुशमिजाज है। देखकर तो⋯ "

कंका की काली पुतलियाँ और काली हो जातीं, "यही तो लड़कियों का जीवन है। अभिनेत्रियों का जीवन।"

यद्यपि कंका की हालत अशोक वाटिका की सीता जैसी नहीं थी बल्कि सम्राज्ञी समान थी फिर भी कंका जब-तब इस तरह की बातें करती थी। पर हाँ, 'अभिनेत्री का जीवन' कहा जा सकता है। उत्तरी कलकत्ते के इस पुराने मकान के सम्मिलित परिवार के हर बच्चे-बूढ़े की नजरों में, यहाँ तक कि अठहत्तर वर्षीया सरोषीबाला तक की नजरों में कंका 'कैसी सुन्दर, कैसी अच्छी! कैसी हँसमुख लड़की थी।' सभी उस पर मुग्ध थे।

सुदेष्णा के रिश्ते ने उसे हर बच्चों की मामी, हर बहुओं की भौजाई और हर भाई की सलहज बना दिया था। यहाँ तक कि पानू की भी मामी। सॉल्ट लेक वाली मामी थी।

सरोषीबाला की मुट्ठी में बन्द इस परिवार में 'अपनों' के लिए विशेष स्थान था, विशेष प्रेम था। यह शब्द ही बड़ा पवित्र माना जाता था। इनके लिए 'अपनों' की परिधि भी बड़ी दूर तक विस्तृत थी।

आज भी कहीं-कहीं ऐसे मिले-जुले परिवार न देखने में आते हों ऐसा नहीं है, जहाँ बच्चे 'पिता के साले' और 'चाचा के साले' में अन्तर नहीं जानते हैं। इनके लिए अतिथि देवता होता है। घर पर कोई आ जाए तो ये लोग खुश होतें हैं।

हालाँकि धीरे-धीरे ऐसे दृश्य लुप्त हुए जा रहे हैं। धूमिल पड़ती जा रही है यह

उज्ज्वल स्वर्गीय तस्वीर। द्रुतगति से प्रेम-प्यार का भण्डार सूना होता जा रहा था। इस जेनेरेशन को 'प्रेम' से विरक्ति है। प्रेम पर विश्वास नहीं करते हैं। आत्मीय शब्द इनके लिए अर्थहीन है। एक अतिरिक्त शब्द मात्र। घर में कोई रिश्तेदार आ जाए तो ये लोग नाक-भौं सिकोड़ते हैं, कमरे से बाहर नहीं निकलते हैं।

माँ-बाप भी डर के मारे उन्हें बुलाते नहीं हैं। रिश्तेदार से कह देते हैं—"लड़के-बच्चे? वह लोग शायद घर पर नहीं हैं—आवाज भी तो नहीं मिल रही है।"

वे जानते हैं जबरदस्ती बुलाकर रिश्तेदारों के सामने लाकर खड़ा कर देना मूर्खता होगी।

बड़ी द्रुतगति से परिवर्तन हो रहा है। अचानक जैसे समाज की मान्यताओं को वहन करती धुरी उल्टी घूमने लगी है। फिर भी इसी में कभी-कभी अन्तर दिखाई पड़ जाता है। तभी तो सुदेष्णा के इस परिवार पर सुदेष्णा के भाई-भौजाई की घटना ने वज्रपात-सा किया है। सभी भौचक्के रह गए हैं, दुःखी हुए हैं।

यद्यपि सुदेष्णा को सान्त्वना देते वक्त देवरानी-जिठानी, देवर-जेठ ने कहा था, "आजकल तो घर-घर में यह सब हो रहा है। आजकल की लड़कियाँ स्वतन्त्र विचारों की हैं—लापरवाह, नाकारा।"

परन्तु सुदेष्णा अपनी भौजाई को उतना दोषी नहीं मानती है जितना अपने भाई को मानती है। उसके विचार से, "एक मर्द अपनी शादीशुदा पत्नी को अगर वश में नहीं रख सकता है तो वह कैसा मर्द है? उस पर देखा जाए तो इधर कमी कौन-सी है? तुम बेकार नहीं, आवारा नहीं, नशेड़ी-शराबी नहीं, तुम्हारे चरित्र पर कोई अँगुली नहीं उठा सका, बेबी को तुमने हमेशा रानी-महारानियों-सा रखा, तब फिर? मैं तो उस बहू से भी पूछती हूँ कि इतनी आजादी पाकर भी सुखी न हो सकी? क्या पता! पर तुम लोगों में न पटी न सही, बच्चों का मुँह निहारकर किसी तरह निभा नहीं सकते थे?"

ससुराल वाले उसे कितनी भी सान्त्वना क्यों न दें, सिर तो उसका झुक ही गया न? भाई का सुखी सम्पन्न घर, दोनों का प्रेम-विवाह, उसके लिए गर्व की बात थी। अब हर समय डर-सा लगा रहता है, कहीं कोई भाई का प्रसंग न छेड़ बैठे।

x x x

यूँ तो पानू ननिहाल में रहता नहीं है परन्तु उसके लिए खाना जरूर बनता है।

न जाने कब किस समय आ जाए और चाय की मेज पर अथवा खाने की मेज पर बैठ जाए। बैठने के बाद ऐसे हाव-भाव करेगा, इस स्वच्छन्दता से ऑर्डर देगा जैसे पानू ही इस घर का मालिक है।

"क्या हुआ? चाय लाने में इतनी देर क्यों हो रही है? लगता है छोटी मामी अभी सो कर उठी हैं। पर यह भी बड़े आश्चर्य की बात है कि चाय बनाएँ तो घर की मालकिनें ही बनाएँ। इतनी बड़ी-बड़ी लड़कियाँ दोनों करती क्या हैं? चोटी लटकाकर, बगल में किताबें दबा कर स्कूल-कॉलेज क्या जा रही हैं जैसे पुरखों को खरीद चुकी हैं। देखो छोटी मामी, बड़ी मामी, इस सबकी जड़ है तुम लोगों का लाड़-प्यार, मातृस्नेह। इसे जरा कम करो। जरा लड़कियों को घर के कामधाम की शिक्षा देने की चेष्टा करो। कितने भी अमीर घर में शादी क्यों न हो, लड़की बन कर जन्मी हैं, खाना तो बनाना ही पड़ेगा। चाहे रसोई को 'किचन' कहो चाहे चूल्हे को 'गैस', 'स्टोव' या 'कुकिंगरेंज' कहो। विदेशों में तो कोई सोच भी नहीं सकता है कि एक रसोई करने वाली घरों में पली है। लड़की को सही ढंग से पालो मामी।"

छोटी मामी की बेटी सानन्दा हायर सेकेण्डरी की परीक्षा में बैठ रही है, मरने तक का समय नहीं था उसे। उसके पढ़ने की मेज पर ब्रेकफास्ट, टिफिन पहुँचाना पड़ता था। लंच करते वक्त भी एक हाथ में किताब पकड़े रहती है। माँ या ताइयाँ मछली के काँटे निकाल देती थीं जिससे खाते-खाते गले में काँटा न चुभ जाए। यद्यपि सानन्दा को मछली फूटी आँख पसन्द नहीं है। बस झींगा ही पसन्द करती है। कहती है, "अण्डा-गोश्त के रहते न जाने क्यों तुम लोग इस काँटे वाली चीज को खाते हो।"

फिर भी, समझा-बुझा कर काँटे निकाल कर उसे मछली खिलायी जाती है। क्योंकि इस बृहत् परिवार के विभिन्न आयु के सदस्य आज भी पुराने विचार और पुरानी मान्यताओं का सम्मान करते हैं (ऐसा न करते होते तो ज्वाइन्ट फैमिली का नामोनिशान मिट गया होता।) इसीलिए उनके मन में यह धारणा घर कर चुकी है कि बंगाली को मछली-भात अवश्य ही खाना चाहिए।

और भी बहुत-सी पुरानी बातें इस घर में पाई जाती हैं जिनमें से एक है भांजे की प्रधानता। अब इस जमाने में कितने लोग मानते हैं कि दामाद और भांजा देवतातुल्य हैं? आजकल कहीं किसी घर में इस बात का महत्त्व नहीं रह गया है। भांजे-भांजियाँ अब ननिहाल जाकर मामा-मौसियों के पास मचलते कहाँ हैं? मामा

लोग ही कहाँ भांजों को लाड़-दुलार दिखाते हैं? हाँ, पानू जैसा भांजा देखने को मिलता ही कहाँ है? सभी तो मान-सम्मान के प्रति ज्यादा सजग दीखते हैं।

पानू को मालूम है कि ननिहाल में उसके अनेक नाम हैं –'बड़बोला', 'बक्केश्वर', 'मस्तान', 'फोर ट्वेण्टी', 'सबजानता', 'हरफनमौला' वगैरह-वगैरह। परन्तु इस का पानू बुरा नहीं मानता है।

सानन्दा बिगड़ कर कहती, "ठीक नहीं होगा पानूदा।"

पानू कहता, "न्यायपूर्ण बात बोलने वाले का कब कोई भला हुआ है बता? ये देख न जब से बड़ी मामी की बिटिया रानी कॉलेज में गई है मदगर्व से चूर हो किसी को पहचान पाती है?"

सानन्दा चिढ़ कर कहती, "मेरे पीछे क्यों पड़े हो पानूदा? देख लो माँ, पानूदा की शादी होनी जरूरी है तभी ये ठीक होंगे।"

तुरन्त पानू कहता, "कौन बेवकूफ शादी करेगा? इस जमाने में मामियों जैसी लड़की तो मिलेगी नहीं। जो मिलेगी वह होगी तुम लोगों जैसी 'परकटियों का अवतार'। खैर छोड़ो, छोटी मामी, दो-चार गरम पराँठे हाथ झाड़कर निकालो न। और ओ मझली मामी, हिल्सा मछली तलने की खुशबू मिल रही है, कहीं पड़ौसी के घर तो नहीं?"

सुदेष्णा हँसते हुए रसोई से गर्दन निकाल कर कहती, "पड़ौस में नहीं बाबा, इसी घर में। तुम्हारे लिए ही तली जा रही है।"

"थैंक गॉड! अहा, इन स्नेहमयियों की सुमति चिरस्थायी हो भगवान्। खैर, मैं अकेले खाऊँगा क्या? ए सन्तूदा, ओ छोटे मामा, आओ-आओ, हाथ लगाओ।"

पानू का कितना भी कोई मजाक क्यों न बनाये यह तो मानना ही पड़ेगा कि उसके आने से इस घर में एक हल्की खुशनुमा हवा बहने लगती है।

लगभग घंटा-भर नीचे रसोईघर के सामने बरामदे में बिताने के बाद पानू बोला–"जाऊँ, बुढ़िया को देख आऊँ।" और फिर सरोषीबाला के पास पहुँच कर बोला– "डरो मत, पाँव छूकर प्रणाम करके तुम्हारी जात नहीं मारूँगा। अभी-अभी तली हुई हिल्सा और अण्डे के पकौड़े खाकर आया हूँ।"

सरोषीबाला कहतीं, "इतनी देर में इस बुढ़िया की सुध आई तुझे?"

"सुध तो हर वक्त ही आया करती है। भगवान् को पुकारा करता हूँ, हे भगवान्, बुढ़िया को कब उठाओगे?"

बिगड़कर सरोषीबाला कहतीं, "क्यों, बुढ़िया तेरे रास्ते में कौन-सा रोड़ा डाल रही है? तू क्या बुढ़िया को खिला-पिला रहा है?"

"अरे खिलाने-पिलाने की बात नहीं है। मैं पूछता हूँ कि यह बादी, अम्लशूल, मोतियाबिन्द, दमा के साथ घिसटते चलना क्या तुम्हें अच्छा लगता है?"

"खूब अच्छा लग रहा है, वाचालों के शिरोमणि। मैं पूछती हूँ तेरे माँ-बाप तेरी शादी की चिन्ता क्यों नहीं करते हैं रे?"

"करेंगे कैसे! मैंने तो धनुष-तोड़ प्रतिज्ञा कर रखी है कि तुम जैसी दूध-सी झक सफेद कन्या न मिली तो सिर पर मौर नहीं बँधवाऊँगा।"

सरोषीबाला मीठी स्निग्ध हँसी हँसतीं, "अब क्या रंग देख रहा है रे हनुमान... हाँ कभी ऐसा रंग था जरूर··· "

"फिर भी–कहावत है न! मरे हुए हाथी की भी कीमत लाख रुपए की होती।" हँसते-हँसते उठकर खड़ा हो जाता पानू।

पानू का मानो जीवनव्रत ही हो हर किसी में खुशियाँ बाँटना। सबको हँसाकर भारी हो गई हवा को हल्का करना।

x x x

टेलीफोन बजता जा रहा था।

सौगत उसे देखता हुआ चुप बैठा था। जैसे किसी ने उसे सोफे पर चिपका दिया हो। रिसीवर उठा कर 'हैलो' करने भर की बात थी परन्तु सौगत सोचने बैठा था, कौन कर रहा है फोन?

आश्चर्य! क्या उसके लिए फोन नहीं आते हैं? तब फिर इतना सोचने की क्या बात है? अभी दीदी गई हैं। क्या इस फोन की घंटी से उनकी कही बातें जुड़ी हैं? सौगत के मन पर एक अविश्वसनीय आशा अपनी छाया डाल रही थी।

क्रींग क्रींग क्रींग ! क्रींग क्रींग क्रींग ! असहिष्णु आर्तनाद।

ज्यादा देर बजते रहने पर ऐसा ही लगता है।–लगता है अब कट जाएगा।

उठकर धीरे-धीरे गया–रिसीवर उठाया सौगत ने और दूसरे ही क्षण चैतन्यभाव

से बोला, "ओः आप हैं? सॉरी, जरा उठाने में देर हो गई। कहाँ से फोन कर रहे हैं?–ओह अच्छा। कब आना हुआ कलकत्ते?–ठीक है, आ जाइए। कब?–अच्छा, शाम को सात बजे घर रहूँगा। सब ठीक-ठाक तो है? अच्छा। ओ० के०।" रिसीवर रख कर फिर आकर बैठ गया।

फोन था दीपक चालिहा का। चायबागान का पार्टनर। सौगत के पिता के मित्र का पुत्र। सौगत से अच्छी बांगला बोल सकता है। शायद उम्र में सौगत से बड़ा ही है परन्तु सौगत को 'दादा' पुकारता है। पत्र में भी लिखता है, भेंट होने पर भी पुकारता है। कभी-कभी ही कलकत्ते आता है।

कल ही आया है। ग्रैण्ड होटल में ठहरा है। किसी विशेष कारण से सौगत से मिलना चाहता है। नहीं, नहीं, सौगत को ग्रैण्ड में आने की जरूरत नहीं, वह स्वयं ही सॉल्ट लेक पहुँच जाएगा।–आज ही शाम को।

सौगत को अचानक क्या हुआ? इस मामूली-सी बात को वह अशुभ संकेत क्यों समझ रहा है? शायद दीपक यही बताने भागा-भागा आया है कि बिजनेस में घाटा हो रहा है। यही दुःसंवाद लाया होगा। इन्सान के जब बुरे दिन आते हैं, हर तरफ से आते हैं। पिताजी कहा करते थे, मुसीबत कभी अकेली नहीं आती है, अपने दल-बल के साथ आती है।

कंका चली गई है। अब 'बागान' की आय भी चली जाएगी। क्रमशः सौगत गरीब हो जाएगा। जब कंका को पता चलेगा तब अपनी पेटेण्ट तिरछी हँसी हँसकर बोलेगी, "जानती थी। तुम्हारे बिजनेस का भागीदार किसी भी दिन तुम्हें फँसाएगा। आँखें बन्द करके विश्वास करने में महानता भले हो, कोई बुद्धिमानी नहीं कहेगा।"

बड़ी तकलीफ-सी हुई। सोचने की कोशिश की कि दीपक चालिहा कैसे इस खबर को सुनाएगा? सौगत क्या उत्तर देगा?

सहसा मन में विचार आया, चली जाए चायबागान और उसकी आय। सौगत को ज्यादा रुपया किसलिए चाहिए? ऑफिस से उसे कुछ कम तनख्वाह नहीं मिलती है। प्लस मोटर। ज्यादा पैसा बटोरकर सौगत क्या करेगा? जिसे बहुत ज्यादा चाहिए था वह तो हमेशा के लिए जीवन से बिदा ले चुकी है।

कहने को तो कंका हर वक्त सौगत को किफायत से खर्च करने की सलाह देती थी, समझ-बूझ कर खर्च करने को कहती थी। लेकिन स्वयं? अपनी मर्जी के खिलाफ जरा-सी भी कमी हुई कि चेहरा तमतमा उठता। कहती, "ठीक है। नहीं

चाहिए मुझे।"

यह सब अब सदा के लिए खत्म हो गया। तुलतुल के लिए हृदय हाहाकार करता है। उससे कैसे सम्पर्क जोड़ा जा सकता है? क्या सौगत अपने भूतपूर्व ससुराल के दरवाजे पर जा कर खड़ा हो?

डाइवोर्स के वक्त सौगत की ओर से प्रस्ताव आया था कि लड़की के खर्चे के लिए हर महीने एक हजार रुपया देगा। कंका ने उस प्रस्ताव को ठुकरा दिया था। कहा था, "लड़की को मैं अपने सामर्थ्य से पालूँगी, किसी से भिक्षा का अन्न न लूँगी।"

"इसमें भिक्षा के अन्न की बात कहाँ आती है? यह तो तुलतुल का हक है।"

"नहीं, कम से कम तुलतुल को मेरा अपना रहने दो। बिल्कुल अपना।"

छोटे चाचा ने कहा था, "यह जिद्द करके तूने बड़ी गलती की है बेटी।"

कंका के भाई ने भी कहा था, "बाद में पछताना पड़ेगा। यह लड़की ही माँ को कोसेगी। कहेगी तुमने मुझे मेरे हक से वंचित किया है।"

हालाँकि यह बात अपनी पत्नी के सामने कही थी। सुनकर वह बोली थी, "मैं तुम लोगों की बातों में नहीं पड़ने वाली हूँ। अगर ऐसा-वैसा कुछ देखूँगी तो अपना रास्ता नापूँगी।"

यह सब बातें कंका के सामने नहीं हुई थीं। उसे तो हमेशा यही कहा गया कि बड़ी तेजस्विनी है।

x x x

सौगत कभी-कभी यह सोचकर आश्चर्य करता है कि एक ही शहर में रहते हुए भी, अचानक भेंट तो कभी नहीं होती है। कंका से नहीं तो उसके भाई-भाभी से या फिर नौकर ही से।

यहाँ दीपक आ रहा है सोच कर सौगत को घबड़ाहट-सी हो रही थी। आते ही पूछेगा, "भाभी मैडम कहाँ हैं?"

इससे पहले भी दो बार जब आया है, यही अद्‌भुत सम्बोधन किया है—'भाभी मैडम'।

कहा था, "भाई साहब, आप कितने लकी हैं। दिन-रात भाभी मैडम के हाथ

का खाना खा रहे हैं। आपकी तो उम्र रुक जाएगी।"

उसने कंका के रूप-गुण, कर्मदक्षता, रुचि, सौन्दर्यबोध की बार-बार प्रशंसा की थी। एक बार कहा था, "देखिए न, यह जो मेज पर खाना परोसा है भाभी मैडम ने, ठीक टी० वी० के पर्दे पर किसी एडवरटीजमेण्ट-सा नहीं लग रहा है? खाना नहीं फूलों का बाग लग रहा है। हा हा हा हा !"

बड़े खुले दिल का आदमी है। ऐसे आदमी की सच्चाई पर सन्देह? वह अगर सौगत को ठगना होता तो बहुत पहले ठग लेता। पिताजी के मरने के बाद से आज तक सौगत बागान देखने नहीं गया। यथावत् सौगत का हिसाब सहित शेयर आ जाता था। फिर भी कंका कहती थी, "तुम समझते हो न कि यथावत् हिसाब है?– कुछ लोग ऐसे भी होते हैं जो दिन को दिन और रात को रात मानना नहीं चाहते हैं।"

सौगत उस समय कंका की बातों को बकवास समझता था लेकिन आज अचानक उसे लगने लगा कंका ठीक कहती थी। शायद भीतर ही भीतर गड़बड़ करना शुरू कर दिया है दीपक ने। अब आया होगा नुकसान का, घाटे का हिसाब दिखाने। आए–सौगत उसके आने से नहीं डरता है।

डर है उसके प्रश्नों का सामना करने का। "– कहाँ? भाभी मैडम कहाँ हैं?"

इस बात का सौगत क्या जवाब देगा?

पाँच

सावन का महीना बीत गया लेकिन बरसात शुरू नहीं हुई। आसमान पर एक टुकड़ा बादल तक नहीं। नौ ही बजे हैं लेकिन लग रहा है दोपहर हो गई है। कंका बस से उतरी। हर बार की भाँति आज भी लगा कि उसके जीवन का सबसे दुरूह कार्य है शायद बस पर चढ़ना।

शुरू-शुरू में बस में चढ़ने की कोशिश करके भी नहीं चढ़ सकी थी। हट आई थी। फुटपाथ पर चढ़कर हाथ हिलाकर टैक्सी बुलाती। लेकिन धीरे-धीरे पथ की परिक्रमा बढ़ने लगी और जमापूँजी घटने लगी। हर रोज टैक्सी बुलाने से गुजारा न हो सकेगा।

बैंक में दोनों का ज्वाइंट एकाउण्ट था। सौगत रुपया जमा करता था, कंका चेक काट कर भार-लाघव करती थी। परन्तु आते वक्त चेकबुक साथ लेकर तो नहीं

आ सकती थी। लाई भी नहीं है। सौगत के लाख कहने पर भी नहीं। जिस समय केस चल रहा था तभी उसने कहा था—"इसे अपने पास ही रहने दो, हर्ज क्या है? जैसा चल रहा था, चलने दो। कम से कम उसमें जितना है उतना तो तुम खर्च-वर्च के लिए ..." कंका ने उत्तर दिया था—"मैं कोई पागल नहीं हूँ। फिर मैं तो अपने पहले वाले सरनेम पर वापस जा रही हूँ—भला कंका राय किस अधिकार से सौगत मुखर्जी के एकाउण्ट से पैसा निकाल सकती है?"

आत्मसम्मान ! आत्ममर्यादा ! उस समय सौगत के सामान्यतम प्रेम-प्रकाशन को उसने अनुग्रह प्रकट करना समझा था। जो रिश्ता खत्म होने जा रहा है उससे 'मुष्ठिभिक्षा' क्यों लेगी?

जब भी कंका को इस बात का ध्यान आता है, सौगत पर भयंकर क्रोध आ जाता है। सौगत ही ने कंका को नौकरी करने से रोका था। बार-बार यही कहता, "फूल फूलदानी में ही अच्छे लगते हैं। उन्हें क्या आँधी-धूप में पड़े रहने देना ठीक है? तुम्हें कितना पॉकेटमनी चाहिए? जितना जी चाहे उतना कह दो—वह तुमको मिल जाएगा। तुम जमा करो उस पैसे को। और अगर कभी यह नालायक तुम्हारी गृहस्थी की बातों में नाक डाले तो अपने एकाउण्ट से रुपया निकाल कर..."

"अहा— बच्चों जैसी बातें। वह भी तो तुम्हारा ही रुपया है।"

"तो क्या हुआ? अछूत है क्या? यह नालायक इन्सान भी तो तुम्हारा ही है।" हालाँकि यह सब बातें तब होती थीं जब जीवन रसमय था। सौगत की इच्छा होती थी पहाड़ ठेल दे अपने दोनों हाथों से। नदी का पानी अपने रूमाल से पोंछ कर सुखा दे।

यहीं सौगत ने गलती की थी। कंका को लगता था सौगत वाक्यचातुर्य से कंका की आजादी का रास्ता रोकना चाहता है, रास्ते पर रोड़े डाल रहा है। उसे पूर्ण स्वाधीनता का स्वाद चखने से वंचित कर रहा है। उसे अपनी मुट्ठी में रखना चाहता है। बस भुलावा—"सब तुम्हारा है। मैं भी तुम्हारा हूँ।" सुनने में कितना मनोरम है लेकिन ऐसी ही मनोरम बातें सुना-सुना कर ही तो पुरुषों ने स्त्रियों को पिंजड़े में बन्द मैना बना रखा है।

फिर एकाएक अपने एक दृढ़ संकल्प के मुहूर्त पर कंका बोल उठी थी—"नहीं, इस तरह से गुजारा असंभव है।"

तब सौगत ने भी कह दिया था, "ठीक है।"

उसी दिन कंका अपने थोड़े से कपड़े, नितान्त आवश्यक छोटी-मोटी चीजों और उसी के साथ अपनी वही 'स्पेशल' पासबुक सूटकेस में डाल कर निकल आई थी। सोचा था शरीर पर कुछ गहने भी तो हैं। अब अपना जीवन अपने हाथों से निर्मित करेगी।

x x x

हालाँकि तुलतुल का सूटकेस काफी भारी हो गया था।

बापी चिल्ला कर बोला था, "तुलतुल के इतने कपड़े क्यों रख रही हो? नानी के पास तुम कितने दिन रहोगी?"

"जब तक नानी की तबियत ठीक नहीं हो जाती है।"

"तो क्या तब तक मैं बुआ के यहाँ पड़ा रहूँगा?"

"पड़े रहने की क्या बात है? छिः! तुम्हारा इम्तहान है न? नये स्कूल में हर हफ्ते इम्तहान हो रहा है कि नहीं? बीमार के घर में रहते पढ़ाई-लिखाई ठीक से कहाँ हो सकेगी?"

"आः! भगवान् नानी को जल्दी अच्छा कर दें।"

"आः! अपनी इन बातों में भगवान् को घसीटने की तुम्हारी आदत मुझे बड़ी बुरी लगती है। असह्य। अच्छी लगे भी तो कैसे?—बुआ ही तो उठते-बैठते 'भगवान्, भगवान्' करती रहती हैं।"

मन ही मन कहा था—"देखूँ क्या कर सकती हूँ। लड़के-लड़की को अगर एक साथ पा जाऊँ—"

लेकिन अन्त में एक ही मिल पाया। बाद में तो सौगत को भी जिद्द-सी सवार हो गई थी। जब कोर्ट में दोनों बच्चों की माँग करते हुए कंका ने अर्जी डाली तब उसने छोड़ा नहीं। क्यों? कोई कंका का अकेले का हक है? सौगत का क्या कोई नहीं? उसकी झोली खाली की खाली रहे?

शायद कंका ने सोचा भी नहीं था कि सौगत ऐसा 'हिंसक रूप' धारण कर सकता है। कानून में बारीकियाँ ढूँढ़ेगा। उसका ख्याल था सौगत आत्मसमर्पण कर ही देगा।

परन्तु ऐसा नहीं हुआ।

तभी तो अपमानित कंका ने तुलतुल के नाम पर दिया जाने वाला खर्च का पैसा ठुकरा दिया था। ठीक है। कंका भी हार नहीं मानेगी। पर न जाने कहाँ कंका हारती जा रही है। 'पराये लड़के' से नहीं, 'अपने बेटे' से।

x x x

बस से उतर कर कंका ने टैक्सी की। चिरपरिचित रास्ता अपरिचित लग रहा था। या कि कंका अपने-आप को पहचान ही नहीं पा रही है? पहले वाली गर्वित, आभिजात्य के नकाब से ढकी कंका आज पहचान में नहीं आ रही है।

टैक्सी हिन्दी हाईस्कूल के सामने जाकर रुकी। बापी का स्कूल। टैक्सी को कुछ देर रुकने के लिए कह कर भीतर चली गई कंका। हाथ में एक पैकेट था।

स्कूल शुरू नहीं हुआ था। देर थी। गेट के भीतर चौकीदार मिल गया। उसे देखते ही आदर भाव से वह बढ आया। पहचान रहा था।

कंका ने पूछा—"सारे लड़के अभी नहीं आए हैं?"

"जी नहीं। दस-पन्द्रह मिनट की देर है स्कूल शुरू होने में।"

"अच्छा ठीक है। यह पैकेट मैं अपने लड़के के लिए तुम्हें दिए जा रही हूँ—उसे जानते हो न? सौरभ मुखर्जी। क्लास 'वन' सेक्शन 'ए'। इस पर लिखा भी है। यह उसे देना। दे सकोगे न?"

चौकीदार ने प्रश्नसूचक दृष्टि से देखा। प्रश्न पूछे जाने से पहले ही कंका बोल उठी—"मुझे अभी एक ट्रेन पकड़नी है, मैं इस समय जल्दी में हूँ—रुक नहीं सकूँगी। दे तो दोगे न?"

भावविहीन आवाज में चौकीदार बोला, "दफ्तर में जमा कर दूँगा।"

"दफ्तर में?" कंका ने होंठ चबाते हुए पूछा, "तुम नहीं दे सकोगे?"

"जी नहीं, कायदा नहीं है।"

"तुम तो मुझे पहचानते हो। मैं उसकी माँ हूँ, यह तो तुम जानते ही हो।"

"जानता हूँ फिर 'पी ऑर्डर नहीं है।"

"ठीक है—तब फिर दफ्तर में ही दे देना।" जल्दी से पैकेट पकड़ा कर टैक्सी में आ बैठी। घड़ी देखी—अभी भी दस-पन्द्रह मिनट बाकी हैं। दो-चार मिनट इधर-उधर भी हो सकता है—कितनी बार हुआ है।

यह दस-पन्द्रह मिनट कैसे गुजारे? कहीं झट से हो आए? या टैक्सी वाला जैसे ही थोड़ी दूर पहुँचे. मैं कहूँ 'अरे रुकिए, रुकिए। एक बार लौटना पड़ेगा, मैं स्कूल में एक विशेष जरूरी बात बताना भूल गई हूँ।'

भाग्यवश आज का टैक्सीवाला बंगाली नहीं, सिख है। बंगाली होता है तो लगता है उसने कंका की 'दीनता' को ताड़ लिया है।

लेकिन लौट जाने पर?

रास्ते की दूसरी पटरी पर टैक्सी में बैठे-बैठे एक नजर बापी को देख लेना ही क्या काफी होगा? वह स्कूल आया है, यह जानकर वह करेगी क्या? आज शनिवार नहीं है, जरूर आएगा वह। परन्तु अभी एक साथ ढेर सारे लड़के आ जाएँगे, स्कूल की बसें आ जाएँगी, तब उस भीड़ में कंका बापी को देख पाएगी? क्या कंका टैक्सी से उतर कर स्कूल के गेट के पास चली जाए? चुपचाप खड़ी रहे इस आशा से कि बापी दिखाई पड़ सकता है? आश्चर्य ! कंका इस तरह की बातें कैसे सोचने लगी है?

अच्छा, मान लो बापी उसे देख लेता है। लेकिन उसके बाद अगर उसके पास न आये? न पहचानने वाले भाव प्रकट करता स्कूल के भीतर चला जाए?

कंका को मानो बिजली का झटका लगा। सारा शरीर शिथिल पड़ने लगा। सिर चकराने लगा।

छिः-छिः ! कंका की झोली कितनी रिक्त है।

तीर छूट चुका है। अब वह पैकेट माँगने पर भी नहीं मिलेगा।

टैक्सी को केयातला की ओर ले चलने के लिए कह कर कंका ने आँखें मूँद लीं। आँखों के कोनों पर जमा आँसुओं को बह जाने दे? हर्ज ही क्या है इसमें? यहाँ देखने वाला है कौन?

लेकिन पैकेट में था क्या? कुछ नहीं। कुछ भी नहीं। तुच्छ मूल्यहीन वस्तु। कोई कीमती पोशाक नहीं, महँगा कोई खिलौना नहीं, किसी प्रसिद्ध मिष्ठान भण्डार से खरीदी मिठाई नहीं—बस केवल एक गुच्छा कॉमिक्स की किताबें। बापी की सबसे प्रिय वस्तु।

कौन-कौन-सी किताबें बापी के स्टॉक में नहीं हैं याद कर-करके कंका ने कल शाम को उन्हें खरीदा है। हर एक पर सजा-सजाकर लिखा था 'बापी को

जन्मदिवस पर'.–नहीं, नीचे और कुछ नहीं लिखा था। उसके बाद रंगीन कागज में सारी किताबें लपेट कर सुनहरी डोरी से बाँध कर–

यह सारा कुछ उसने बिल्कुल एकान्त में किया था–दूसरों की नजर बचा कर, यहाँ तक कि तुलतुल की भी निगाह बचाकर। इस काम को करते समय वह एक प्रकार का रोमांच का अनुभव कर रही थी। सोच रही थी इस मामूली से कीमत वाले उपहार को देखकर प्राप्तकर्ता कितना खुश हो जाएगा। उसकी उज्ज्वल हँसी से यही वस्तु मूल्यवान हो जाएगी।

अब लग रहा है कितने शर्म की बात है। छिः ! एक अदृश्य शक्ति के आगे प्रार्थना करने लगी– चौकीदार किताबों का बण्डल जमा करना भूल जाए तो अच्छा हो या फिर दफ्तर का क्लर्क एक किनारे रख कर भूल जाए।

x x x

"हम कभी-कभी इन्सान पर कितना सन्देह करते हैं।"

सौगत ने अपने-आपसे कहा, "मैं दीपक के बारे में कितना कुछ सोचा करता था। मैंने सोच लिया था कि इस बार वह आकर बुरी खबर ही सुनाएगा। कहेगा हमारा बागान नुकसान होने के कारण बिक गया है।"

कंका हर समय इसी तरह की बातें करती थी। जरा-सा मुस्कुराते हुए व्यंगात्मक भाव से। कहती थी, "भीतर ही भीतर हिसाब बना कर एक दिन आ पहुँचेगा।"

लेकिन दीपक ने आकर बिल्कुल ही उल्टी बात बताई। उसके चले जाने के बाद भी अपने कमरे के सामने वाली बॉलकनी में बैठे-बैठे, अँधेरे में, उसकी कहीं बातों पर ही विचार कर रहा था।

दीपक बताने आया था कि "आजकल 'मुखर्जी-चालिहा कम्पनी' की 'पहाड़ी फूल' नामक चाय की अच्छी बिक्री हो रही है। यह चाय बाहर के देशों में भी भेजी जा रही है। कुछ दिनों से एक अच्छा एजेण्ट मिल गया है। अब यह कहने आया हूँ कि अपने बागान के बहुत पास ही एक और बागान बिक रहा है, बिल्कुल पानी के भाव। उसे अगर हम खरीद लेते हैं···

"अच्छा ! अगर मार्केट में चाय अच्छी बिक रही है तो बागान पानी के भाव···"

"इसमें बहुत-से झगड़े हैं। घरेलू मान-अभिमान का मामला है। बूढ़े मालिक

से अब बागान की देखभाल होती नहीं है और तीन जवान लड़के भी इसमें हाथ लगाना नहीं चाहते हैं। सभी शहर में रहकर नौकरियाँ कर रहे हैं। इसी से बूढ़े को गुस्सा आ गया है। कह रहा है, बागान बेचकर रुपया लेकर कहीं किसी तीर्थस्थान में पड़ा रहूँगा।—बूढ़े ने इस बागान में अपनी जिन्दगी खपा दी—लड़कों ने कद्र नहीं जानी।''

सौगत सुनकर हँसा। बोला, ''मैं भी तो उन्हीं मालिक के लड़कों की तरह बागान के पास नहीं फटकता हूँ। हर तरह का दायित्व आप पर डाल कर यहाँ निश्चिंत बैठा हूँ। नये बागान का मतलब होगा आपकी दुगुनी मेहनत।''

इस बात से दीपक चालिहा जरा भी परेशान नहीं हुआ। बोला, ''आप तो जानते ही हैं मेरे जीवन का 'फर्स्ट लव' यह चायबागान ही है। वहाँ के अलावा मैं ज्यादा दिनों तक दूसरी जगह रह नहीं सकता हूँ।''

''लेकिन आपकी पत्नी? उन्हें वहाँ जंगल में रहना पसन्द है?''

''वह? वह भी तो मेरी ही तरह है। वहीं तो पैदा हुई है। उसके पिताजी एक टी-एस्टेट के मैनेजर थे। वहाँ के जंगल, प्राकृतिक सौन्दर्य, पहाड़ी झरने वगैरह पर वह जान देती है। वह भी कहीं और नहीं रह पाती है।''

''तब तो बहुत अच्छा है।'' उसके बाद सौगत ने कहा था, ''आप अगर ठीक समझते हैं तो खरीद लीजिए। बस इतना बता दीजिए मुझे क्या करना होगा?''

यह इशारा था।

सौगत ने सोचा था, इस प्रस्ताव का मतलब ही है कि पैसे चाहिए। अर्थात् कंका ठीक ही सोचती थी।

परन्तु दीपक चालिहा की बात सुनकर सौगत का सिर शर्म से झुक गया।

दीपक बोला, ''आपको कुछ नहीं करना है दादा। मामला कुछ और है। असल में बागान कमला खरीदना चाहती है। उसे अपनी माँ से रुपया मिला है—'' कहते हुए दीपक हँसा, ''लड़कियों में विषय बुद्धि कुछ ज्यादा ही होती है न दादा। कह रही थी कि इस रुपये को फौरन कहीं न लगाया तो खर्च हो जाएगा।''

सुनकर सौगत को आश्चर्य हुआ था। पूछा, ''अगर बात मिसेज चालिहा से सम्बन्धित है तो भाग कर आने और परमिशन लेने की क्या जरूरत है?''

''ठीक परमिशन कहना ठीक नहीं होगा,'' दीपक कुंठित भाव से बोला, ''जस्ट

बता देना। बाद में आपको दूसरों से पता चलता तो आप सोच सकते थे कि साला बिजनेस के रुपयों से बीवी के नाम से जमीन-बागान खरीद कर प्रापर्टी बना रहा है– हा हा हा हा–आप मेरी बात का बुरा मत मानिएगा दादा। मैं जानता हूँ आप ऐसे इन्सान हैं नहीं। फिर भी दुनिया में ऐसा सोचने वाले लोग भी हैं। बताइए, हैं न?''

इसी के साथ एक अनजानी बात भी बता गया था दीपक। बताकर आश्चर्यचकित कर दिया था। कहा था, ''आप शायद नहीं जानते हैं पर मैं जानता हूँ मिस्टर मुखर्जी कि इस पहाड़ी फूलबागान को जब खरीदा गया था, मेरे पिताजी के पास एक पैसा नहीं था। सारा रुपया आपके पिताजी ने लगाया था।–उनका रुपया और मेरे पिताजी की मेहनत। परन्तु आपके पिताजी बड़े महान् व्यक्ति थे। आज तक यह बात किसी को पता नहीं। सब जानते हैं दोनों का फिफ्टी-फिफ्टी का साझा था। मेरे पिताजी ने मरते वक्त इस गुप्त रहस्य की जानकारी मुझे दी थी और कहा था –'विश्वास ही इन्सान का सब कुछ होता है। कभी विश्वास-भंग मत करना।' ''

दोनों दो प्रदेश के थे। बाल्यसखा भी नहीं।

तब फिर दोनों में परिचय कैसे हुआ?

वह भी एक कहानी है। सौगत के पिता सौभाग्य मुखर्जी केन्द्रीय सरकार में फारेस्ट डिपार्टमेण्ट के एक उच्चपदीय अफसर थे। दीपक के पिताजी उसी डिपार्टमेण्ट में एक सामान्य कर्मचारी मात्र थे। एक साथ काम करने और टूर इत्यादि में साथ होने के कारण दोनों में प्रगाढ़ मित्रता हो गई। और उसी के फलस्वरूप व्यवसाय की यह परिकल्पना बनी।

दीपक ने बताया, ''उस समय टी-गार्डन का एरिया कितना दुर्गम और खतरनाक था। दोनों पार्टनर हाथी पर बैठकर देखभाल करने के लिए आते थे। वहाँ जाने के लिए दूसरा कोई साधन नहीं था तब। आज की तरह रास्ते कहाँ बने थे? जीप भी नहीं जा सकती थी।

''मेरी माँ तो बचपन में ही नहीं रही थीं–पिताजी के अलावा कोई था नहीं। वह भी मुझे साथ रखते थे। उनके साथ मैं हाथी पर चढ़कर घूमता था। क्या दिन थे? मार्वेलस। आप तो एक बार भी वहाँ नहीं गए। अभी भी अगर एक बार फैमिली सहित आयें, मैं हाथी पर घुमवा दूँगा। देखिएगा कितना मजा आता है।

आपके बच्चे···"

और तभी रुक कर पूछ बैठा था, "अरे हाँ– भाभी मैडम कहाँ हैं? दिखाई नहीं पड़ीं।"

इस प्रश्न का सामना करने के लिए सौगत ने पहले से बहुत सारे जवाब सोच रखे थे। परन्तु इस निर्मल, उज्ज्वल, सत् और सत्यवादी इन्सान से मनगढ़न्त बात कह न सका।

जरा-सा मुस्कुराने का प्रयास किया। बोला, "वह इस अभागे को तलाक देकर चली गई हैं।"

पहले दीपक ने विश्वास नहीं किया था। जोर से हँस पड़ा था–"आप भी दादा, जबरदस्त मजाक कर लेते हैं। हा हा हा हा" और उसके बाद ही स्तब्ध रह गया था। मानो स्वयं ही अपराधी हो। फिर धीरे से सिर झुका कर कहा था, "दुनिया में किस-किस तरह की अविश्वसनीय घटनायें घटती हैं।"

परन्तु उसने कारण जानने की बिल्कुल कोशिश नहीं की। न जाने उसने क्या सोचा होगा? शायद सोचा होगा दोनों के बीच कोई तृतीय व्यक्ति आ गया है। और क्या सोच सकता है कोई?

केवल बिदा लेकर जाते वक्त कहा था, "कुछ दिनों के लिए अगर शहर के बाहर जंगल और प्राकृतिक सौन्दर्यपूर्ण दृश्यों के बीच रह आते तो शायद अच्छा होता।"

स्पष्ट था सौगत के जीवन पर आई इस विपत्ति से दीपक खुद ही बेहद परेशान हो गया था।

कई बार उसने आश्चर्य प्रकट किया था। बड़े दिनों बाद सौगत को अपने पिता का एक उपदेश याद आ गया। उपदेश नहीं बल्कि उनकी राय थी। कहते थे, "इंसान को विश्वास करने के बाद धोखा खाना ठीक भी है लेकिन हर समय मन में शक और अविश्वास का काँटा चुभता रहे यह ठीक नहीं। शक और अविश्वास दूसरे का जरा भी नुकसान नहीं करता है, तुमको ही कमजोर बनाता जाता है। एक बार अगर तुमने दुनिया को शक की नजर से देखा तो तुम्हारा चैन, तुम्हारी शान्ति, निश्चिन्तता सब गई।"

सौगत इन्हीं विचारों को मानता रहा था। शान्ति, चैन और निश्चिन्तता के साथ जीवन बिताया था उसने।

लेकिन कंका? कंका हर समय सब पर शक करती। हर नौकर-चाकर पर बिला वजह शक करती–"जरूर यह लोग चोरी करते हैं।" वह सोचती थी। पड़ौसियों को शक करती–"जरूर इन्हें मुझसे ईर्ष्या हैं।" वह अपने रिश्तेदारों पर शक करती थी–"उनके इस प्रेम-प्रदर्शन में जरूर कोई स्वार्थ छिपा है।"

x x x

कोई यूँ ही मिलने चला आता तो पीठ-पीछे मुँह दबाकर हँसते हुए कंका कहती, "बिना किसी मतलब के पेट्रोल फूँक कर मिलने आए थे। तुम ऐसा ही सोचकर खुश रहो। बाद में देख लेना–"

बाद में विशेष कुछ देखने को नहीं मिलता।

यह तो हुई बाहरी लोगों की बात।

सौगत के साथ क्या होता था?

उस पर क्या हर कदम पर शक नहीं करती थी कंका? उसके उदार स्वभाव को 'दिखावा' नहीं कहती थी? किसी के साथ अंतरंग भाव से बोलते देखकर व्यंगपूर्ण हँसी हँसकर कहती, "बड़ी दोस्ती दिखाई जा रही है।"

और किसी तरह का प्रमाण न मिलने पर भी कंका की धारणा थी कि जरूर सौगत की दो-चार औरतों के साथ मित्रता है। अवश्य ही उनके साथ गपशप करता है। इन अस्तित्वहीन अदृश्य प्रतिद्वन्द्वनियों को लेकर व्यंग करने से चूकती नहीं थी। यहाँ तक कि कंका की ममेरी बहन डॉली, कंका की भाभी शर्मिला के साथ अगर सौगत हँस-हँस कर बातें करता, हँसी-मजाक करता तो कंका का चेहरा कठोर हो जाता।

डॉली अच्छा गाती है। कंका स्वयं कितनी बार कह चुकी थी, "बहुत दिनों से तेरा गाना नहीं सुना है–" लेकिन अगर सौगत बात करते-करते कह बैठे–"अब श्रीमती डॉली एक रवीन्द्र संगीत सुनाएँगी क्या?" कंका तुरन्त बोल उठती–"रहने दो बाबा, अच्छी-भली महफिल जमी है, उसमें संगीत की पिनपिनाहट मिलाकर सब कुछ चौपट मत करो।"

अथवा कंका की अनुपस्थिति में अगर उसके पति से सौगत कहता–"क्यों भइया, गायिका पत्नी का अकेले ही घर बैठकर सारा गाना सुन डालोगे? एक-आध गाना हमें भी सुनवाओ न।"

कंका आ कर बैठती और गाना खत्म होने से पहले ही 'सिरदर्द' का बहाना बनाकर उठ जाती। अगर सौगत और शर्मिला को हँसकर बातें करते देखती तो उठकर खड़ी हो जाती, "अच्छा, तो तुम लोग बातें करो, मैं जा रही हूँ। बहुत काम पड़ा है।"

इसे सन्देह कहना ठीक न होगा–यह है असहिष्णुता। उसे सारी बातें असहनीय लगतीं। इसी सॉल्ट लेक में चारों तरफ मकान बन रहे हैं। अगर कभी आते-जाते किसी पड़ौसिन से सौगत शराफत में दो बातें कर लेता, या पूछ लेता कि कब यहाँ आईं हैं? पहले कहाँ रहती थीं? कैसा लग रहा है यह मोहल्ला? –तो जाने कैसे कंका अपने घर की खिड़की या बरामदे से जरूर देख लेती। सौगत के घर आते ही बोल उठती–"उस नए फ्लैट की महिला से इतनी क्या बातें कर रहे थे? कुछ विशेष सुन्दरी तो लगी नहीं। पहले से जान-पहचान थी क्या?"

कोई कटु-उक्ति नहीं करती थी, कोई भारी सन्देह नहीं करती थी फिर भी अपनी नापसन्दगी, असहिष्णुता प्रकट करके ही रहती। यद्यपि सौगत उसकी इन बातों को हँसकर टाल जाता था। कहता था, "अपने इस पतिदेवता के लिए यह 'खो गया' वाला भाव क्यों? निश्चिन्त रहो। अचानक कोई कौआ या चील झपट कर नहीं ले जाएगी।" तब कंका होंठ उलटती, "जैसे इसी डर से मैं अधमरी हुई जा रही हूँ। तुम जाकर देश-भर की लड़कियों से प्रेम करो– कंकावती का इससे कुछ बनना-बिगड़ना नहीं।"

परन्तु कंका में 'निश्चिन्तता' नामक वस्तु थी क्या? बच्चे अपने पिता को ज्यादा चाहते हैं वह इसी सन्देह से जला करती।

पिताजी ठीक ही कहते थे, "सन्देह चीज क्षय रोग की तरह होता है, लगातार करोद-करोद कर खाता रहता है।"

यह रोग क्या संक्रामक है?

वरना कंका के जाने के बाद सौगत दीपक चालिहा पर कैसे शक कर बैठा? अब लग रहा है, कितने शर्म की बात है। छिः। इसी के साथ लग रहा है, 'सच, एक बार पिताजी के प्रिय 'पहाड़ी फूल' चायबागान का चक्कर लगा आना चाहिए। शायद इससे बापी भी…'

हाँ, इस समय बापी के अलावा और किसी की चिन्ता करने का प्रश्न नहीं था। सहसा उस 'मुट्ठी-भर फूल' सी बेटी की बात याद करके सौगत का हृदय

हाहाकार कर उठा। सौगत ने अपने को कठोर बना लेने का दृढ़ संकल्प कर लिया था– फिर भी। शायद दीदी ठीक ही कहती हैं। अपनी ही 'चाल' से बनी-बनाई बाजी मैं हार गया।

क्या सौगत एक बार उनके केयातला वाले घर के सामने जाकर खड़ा हो जाये? बुला कर कहे–"मैं एक बार तुलतुल को देखना चाहता हूँ। उसे देखे बगैर मुझे बड़ी तकलीफ हो रही है।"

x x x

कंका जब केयातला वाले घर में वापस आई, काफी दिन निकल चुका था। घर में घुसते ही धरित्री बोल उठीं, "कहाँ गई थी रे? इतनी देर तक बाहर घूमती है तू? इस बीच तो कई बार पानी भी बरस चुका। भीग तो नहीं गई?"

बिना कुछ कहे सीढ़ियाँ चढ़ती अपने कमरे में चली आई।

अपना कमरा !

हाँ, कभी माँ के कमरे के साथ जुड़े उस सँकरे कमरे को 'कंका का कमरा' कहा जाता था। यहीं वह पढ़ती थी, गाना सीखती थी। फिर जरा बड़ी हुई तो सोने भी लगी। पतली-सी एक खाट, एक मेज, एक कुर्सी, एक बुकशेल्फ–यही था कमरे में।

सॉल्ट लेक से जब कभी यहाँ आती थी, भूलकर भी अपने कमरे में झाँकती तक न थी। आज यही कमरा कंका का रहने का ठिकाना था।

उस सँकरी खाट के साथ एक और सँकरी खाट को जोड़ा गया है। धरित्री देवी दोनों खाटों पर बिस्तर बिछाते वक्त मन ही मन बेटी को कोसती रहीं– 'राजसी ऐश्वर्य त्याग कर नालायक लड़की इस दुर्दशा में मरने को आई है।'

खैर, कंका ने कभी नहीं कहा था कि इस छोटे से कमरे में दो खाट होने से चलने-फिरने की जगह नहीं बची है। वह इतनी मूर्ख नहीं। जानती थी कहेगी तो फौरन जवाब भी सुनना पड़ेगा।

कमरे में घुसते ही एक अभूतपूर्व दृश्य देखकर ठिठक कर खड़ी हो गई कंका। औंधी लेटी तुलतुल तकिए पर अपना सिर धुन रही थी।

"यह क्या? यह क्या हो रहा है?" दबी आवाज में गरज उठी कंका।

उत्तर न देकर तुलतुल ने सिर धुनना बढ़ा दिया।

"तुलतुल! जल्दी सीधी होकर बैठ जाओ।"

इन दिनों बाहर से लौटते ही कंका लड़की को नहीं छूती है। पहले साबुन से हाथ धोती है। बस पर कितने तरह के लोग सफर करते हैं, हर सीट पर बैठते हैं, रॉड पकड़ते हैं–न जाने कितने तरह के जर्म्स का आदान-प्रदान होता है। चारों ओर धूल ही धूल। कंका भूल चुकी है कि दस साल पहले इसी धूल के बीच रह कर वह पली-बड़ी हुई है। आज वह दुनिया के हर तरह के रोगों से सुरक्षित रखना चाहती है अपनी एकमात्र सम्पत्ति को।

"तुलतुल! तुम्हें हुआ क्या है? मैं कह रही हूँ उठो–"

अब तुलतुल का कंठस्वर सुनाई पड़ा। फटी-फटी आवाज–उसके साथ सिर धुनना।

"नहीं, नहीं उठूँगी। कभी नहीं उठूँगी। और सिर धुनूँगी। मैं सिर धुन-धुनकर मर जाऊँगी।"

"क्या? क्या कहा तूने?"

"कह तो रही हूँ सिर धुन-धुनकर मर जाऊँगी।"

"यह कौन-सी भाषा है?" कंका ने टकटकी बाँधकर सिर धुनती लड़की को देखा। घुँघराले घने बाल उलझे हुए, वॉयल का फ्रॉक खींच कर खोलने के प्रयास में बटन होने के कारण गर्दन के पास फँसा हुआ।

सिर तो वह धुनेगी ही–लड़ाई अब चरम सीमा पर आ पहुँची है। माँ वापस जो आ गई है।

लड़की की बात सुनकर कंका पत्थर की प्रतिमा बन गई। किस 'जर्म' से बचाए लड़की को? ऐसी गन्दी भाषा तो प्रायः कंका की माँ ही बोला करती हैं। इधर का उधर हो जाए तो वह सिर ठोंककर कहती हैं, "हाय-हाय, मैं क्या करूँ? सिर कूट-कूट कर जान दे दूँ क्या?" अचानक पानी बरस जाने से आँगन में सूखते कपड़ों को भीगते देखकर भी कहती हैं और "आज नौकरानी नहीं आएगी" सुनकर भी कहती हैं।

शहर-भर के धूल और जर्म्स की बात भूलकर कंका ने लड़की को पकड़कर उठाया और झकझोरते हुए दबी आवाज में बिगड़ कर बोली–"हुआ क्या है? बोल तो।"

अब तुलतुल गला फाड़कर रो पड़ी, "मेरा अपमान हुआ है। मेरे सीने में तकलीफ हो रही है। मैं मर जाऊँगी।"

कंका की पकड़ ढीली पड़ गई। उसके हाथ शिथिल हो गए।

यह भाषा तो और भी अद्भुत है।

x x x

"अपमान हुआ है? चुप हो जाओ। रोना बंद करो–बिल्कुल चुप। अपमान माने, अपमान के मतलब जानती भी हो?"

"जानती नहीं हूँ भला? मेरे सीने में दर्द हो रहा है। टिनटिनदा ने मुझे..."

स्थिर स्वरों में कंका ने पूछा, "मारा है? छाती पर?"

"नहीं। मारा नहीं है। हाथ से नहीं मारा है फिर भी मुझे लगा है। मेरा सीना दर्द से फटा जा रहा है।"

अब कंका ने धीरे से लड़की को पास खींचते हुए पूछा– "टिनटिनदा ने क्या कहा है?"

तुलतुल का चेहरा रोते-रोते लाल हो गया था, आँखें सूज गई थीं। आँख और नाक का पानी मिलकर एकाकार हो रहा था। उसने फिर तकिया उठाकर सिर पर मारना शुरू किया। बोली–"टिनटिनदा ने कहा, 'तू क्या हमेशा हमारे ही घर पर रहेगी? तेरा सॉल्ट लेक वाला मकान बिक गया है या जल गया है?' कह रहा था–"

फिर रो कर बोली, " 'तेरे पिताजी ने क्या बापीदा को अपने पास रख लिया है और तुझे घर से निकाल दिया है? तब रास्ते में जाकर रहती क्यों नहीं, हमारे घर में क्यों पड़ी है? तुम लोगों की वजह से हमें कितनी असुविधा हो रही है।' "

हर बात के बीच हिचकियों की ध्वनि रहने पर भी अस्पष्ट बात स्पष्ट होते देर न लगी। कंका पत्थर-सी परिवर्तित हो गई। वह चेतनाशून्य-सी हो गई। तुलतुल बॉडी फ्रॉक उठाकर नाक पोंछते माँ की ओर देख रही थी। माँ का चेहरा देखकर उसे डर लगा। रुआँसी हो कर फटी आवाज में बोली–"मुझे बहुत दर्द हो रहा था। इसीलिए तो मैं..."

कंका बर्फीली आवाज में बोली, "तकिए से सिर ठोंक कर कोई मर नहीं

जाता है, तुलतुल। अपना चेहरा कैसा बना लिया है यह तो देखो जरा।"

बाहर की ओर देखकर कंका ने ऐसे पूछा जैसे किसी और से पूछ रही है, "तुम ने क्या किया था?"

"मैंने कुछ नहीं किया था। वह अमावट खा रहा था। जैसे ही मैं पास पहुँची बोल उठा, 'आ पहुँची है? लालची कहीं की।' मैंने तो माँगा भी नहीं था।" तुलतुल फिर फफक कर रो उठी, "कहने लगा–'तेरी वजह से मेरा हर चीज में हिस्सा कम हो जाता है। इसीलिए तो दादी मुझे छिपा-छिपाकर अमावट खाने को देती है।' उसके बाद ही पूछा था, 'तू कब जाएगी? तू क्या हमेशा के लिए···' माँमोनी, मेरा मरने को मन कर रहा है। मैं मर जाऊँगी। तुम अभी इसी वक्त मुझे लेकर हमारे घर चलो। फिर यहाँ कभी मत आना।"

यह कमरा घर के एक कोने में था। इस कमरे में आने का रास्ता भी धरित्री देवी के कमरे में से था। फिर भी कंका को लगा तुलतुल का यह आर्तनाद सारे घर में पहुँच रहा है। लगने लगा अभी कोई आ न जाये।

आया कोई नहीं। इस वक्त सभी निचली मंजिल में रहते थे।

खाने-पीने का वक्त था।

कंका ने लड़की का फ्रॉक उतारते हुए कहा, "अच्छा ठीक है। अभी तुम चुप हो जाओ। चलो अच्छी तरह से हाथ-मुँह धो लो।"

घिसट कर खाट से उतर कर तुलतुल जाँघिया बाँधते हुए हँसी, "आज ही चली चलोगी न? ठीक होगा। मजा आएगा। नानी कितना भी कहें सुनना नहीं– अच्छा? नानी दिया करें खूब-खूब अमावट टिनटिनदा को–मुझे इससे क्या–।"

प्रकाश की आभा चेहरे पर बिखेर लड़की माँ के साथ बाथरूम में हाथ-मुँह धोने गई। गीले तौलिया से सिर पोंछते हुए कंका ने पूछा– "खाना खाया था?"

"वह तो देर हो गई। तुम्हारे जाते ही···"

"किसने खाना खिलाया था?"

"नानी। और कौन? मुझे बहुत बुरा लगता है। तुम तो चम्मच से खिलाती हो पर नानी हाथ से–और मछली, चावल, तले आलू एक साथ सान कर न– ही ही–"

जरा ठहर कर बोली– "माँ।–"

"क्या है?"

"घर में तो हमारे बहुत सामान है न, क्यों?"

"हूँ।"

"तो घर क्या कभी उड़ सकता है? हैं, बोलो माँमोनी? और जला..."

"रहने दो अब। चुप रहो।"

देखा। सिर कूट-कूट कर लाल कर लिया था उसने।

कमरे में लाकर एक साफ फ्रॉक पहनाकर कंका बोली–"सो जाओ।"

लेकिन तुलतुल सोए कैसे? उसके हृदय में तो उथल-पुथल मची थी।

"रात को तो हम अपने घर में जाकर सोएँगे। है न माँमोनी? और मैं बाबूजी से कहूँगी कि मुझे एक पहाड़ के बराबर अमावट मँगा दें। मैं टिनटिनदा को दिखा-दिखाकर खाऊँगी। और..."

"आः ! अब चुप हो जाओ।"

कंका अबोध शिशु के आँसुओं से भीगे चेहरे पर खुशी की चमक निहारने का साहस न सँजो सकी। अकारण ही कपड़ों की अलगंडी ठीक करने लगी। और तभी धरित्रीदेवी की आवाज सुनाई पड़ी–

"कंका, ओ कंका ! क्या हुआ? बहूरानी जो तुम्हारा इन्तजार कर रही है। तुम बाबा काम जल्दी से निपटने नहीं देती हो।"

कंका को लगा वह इस कण्ठस्वर से परिचित नहीं है।

माँ की आवाज है? इतनी बदली हुई क्यों है फिर? या कि कोई और पुकार रहा है? ऐसी भावलेशहीन आवाज धरित्रीदेवी ने कहाँ छिपा रखी थी? कंका क्या फौरन उतर जाए? या चिल्लाकर कह दे– "मुझे भूख नहीं है। नहीं खाऊँगी।"

छह

लेकिन नहीं, चिल्लाकर कोई उत्तर नहीं दिया कंका ने। उतर आई। कुर्सी खींचकर मेज के सामने बैठ गई। पहले गिलास उठाकर एक घूँट पानी पी लिया, फिर ठंडी आवाज में बोली, "बहुत बार कह चुकी हूँ कि मेरे लिए किसी को बैठे रहने की जरूरत नहीं है।"

शर्मिला कुछ बोली नहीं, अपनी थाली और पास खींच ली उसने। जो कुछ कहना था, मुँह के हावभाव से स्पष्ट हो गया। लेकिन धरित्रीदेवी बोल उठीं–

"तुम्हारे कहने से ही सब खाने लगेंगे? तुम खाए-पीए बगैर देर तक बाहर घूमती फिरोगी और घर के लोग खा-पीकर निश्चिन्त हो कर बैठे रहेंगे? माया-ममता, चक्षुलज्जा, सब विसर्जन कर बैठे हैं क्या?"

"ओः माया! ममता! चक्षुलज्जा!" तीनों शब्दों पर अलग-अलग जोर डालते हुए कंका ने उन्हें दोहराया। फिर अचानक बेतुकी एक बात पूछ बैठी– "अच्छा माँ, यह मकान तो पिताजी ने बनवाया था? इसमें मेरा कुछ हिस्सा नहीं है?"

अचानक इस बेमौके पर पूछे गए बेतुके प्रश्न ने धरित्रीदेवी को स्टिल फोटो में परिवर्तित कर दिया। सहसा कुछ कहते नहीं बना।

पर इस बार मुँह खोला बहूरानी ने। बड़ी मीठी आवाज में बोली, " 'कुछ' क्यों भाई? कानून तो कहता है, लड़के-लड़की का बराबर-बराबर का हिस्सा होगा। तुम्हारे दादा के साथ तुम्हारा भी फिफ्टी-फिफ्टी।"

धरित्रीदेवी सँभल चुकी थीं। बोलीं–"क्यों बेटा, मैं तो अभी जिन्दा हूँ– मेरा क्या कोई हिस्सा नहीं है?" उसके बाद जैसे अपने-आपसे कह रही हों, "मुझे हालाँकि जब तक जिन्दा रहूँगी तभी तक रहने का अधिकार है। पर–" धरित्रीदेवी एक मिनट के लिए चुप हुईं। शायद सोचा जब यह कुटिल प्रश्न उठा ही है तब इसका फैसला अभी इसी मंच पर हो जाना ही बेहतर है। बोलीं, "तुम कुछ नहीं जानती हो, बहूरानी। जानने की बात भी नहीं है। तुम्हारे ससुर वसीयत बनाकर यह मकान पूरा का पूरा अपने लड़के को दे गये हैं। बात तय हुई थी कि मेरे मरने के बाद वसीयत खोली जाएगी। लेकिन कौन जानता था कि उनकी बेटी एक ऐसा सवाल पूछ बैठेगी।"

कंका ने सारी परिस्थिति का अवलोकन किया।

देखा वह और शर्मिला जैसे मेज पर बैठकर खा रही हैं वैसे ही जमीन पर आसन बिछा कर माँ भी खा रही हैं। उनके दिए उत्तर से खिड़की, दरवाजे, दीवाल, अलमारी जरा भी नहीं हिले–सब ठीकठाक है।

जरा तिक्तता मिश्रित हँसी हँस कर कंका बोली, "सवाल पूछना तो अच्छा ही हुआ माँ। इससे इन्सान का स्वरूप तो दिखाई पड़ गया।"

माँ दूध-चावल सानते हुए बोलीं, "मरे हुए गुरुजन के लिए गाली निकालने की इच्छा हो तो निकालो। पर उन्होंने तो सपने में भी नहीं सोचा था कि तुम

अपना शाही ठाटबाट, ऐशोआराम छोड़ कर बाप की इस छोटी-सी झोंपड़ी में हिस्सा माँगने चली आओगी।"

अच्छा ! बाते करने में तो धरित्रीदेवी हमेशा से ही चतुर थीं। कंका उन्हीं की बेटी है--उसे अवाक् नहीं होना चाहिए। फिर वह उनकी बातें सुनकर स्तब्ध क्यों हो गई? क्या इसलिए कि पिछले दस साल तक उनकी भाषा सम्पूर्ण रूप से बदली हुई थी? एकाएक कंका को याद आया, न जाने कब धरित्रीदेवी ने कहा था, "एक दिन के लिए भी रहने नहीं आती हो, मेरा दिल रोता है। जानती हूँ यहाँ हजारों असुविधायें हैं। फिर भी माँ का दिल है बेटी। तकलीफ उठाकर ही दो दिन रह जाना।"

यह बात कब की है? कितने पहले की? बहुत दिन पहले कहा था क्या? क्या पता? समय का ध्यान किसे रहा। कंका उत्तर देने की भाषा भूल गई।

x x x

सुदेष्णा अपना वादा नहीं भूली थीं। पन्द्रह अगस्त को तड़के ही यहाँ चली आई थीं। उनके हाथों में कितना कुछ सामान था।

सौगत बोला, "अरे, तुम अभी चली आईं? मैं तो सोच रहा था ड्राइवर आएगा तो तुम्हें ले आने के लिए गाड़ी भेज दूँगा। इतना सारा क्या है?"

"कुछ नहीं है बाबा ! बापी के लिए एक सूट है, एक हवादार बेलून वाला शेर और..."

"शेर !'

"हाँ रे। पानू न जाने कहाँ से ले आया--अरे उसी तरह का है जैसे बतख, गुड़ियाँ वगैरह मिलती हैं न, हवा भरते ही आकार ले लेती हैं--वैसा ही यह डोरिया शेर है। तुझे क्या बताऊँ, पम्प से हवा भरते ही एक शेर के बच्चे-सा खड़ा हो गया। – बड़ा मजेदार खिलौना है। पानू खूब पता किए रहता है। और हाँ, बापी के लिए एक...अ... सुशील, एक बार इधर आ तो रे। इस डिब्बे में खीर है, लेता जा। अभी भी गरम है, ठंडी हो जाए तो फ्रिज में रख देना। बापी के दोस्त तो शाम को आएँगे।"

चुपचाप आकर सुशील खड़ा हुआ। खूब बड़े साइज का स्टेनलेस स्टील का डिब्बा हाथ से पकड़ते हुए बोला, "अभी बनाई?"

"हाँ रे, बना कर ही ले आई। खूब ज्यादा किसमिस डाली हैं मैंने। बापी पसन्द करता है। उसे सुबह ही थोड़ी-सी···"

सुशील मशीन-जैसी घरघराहट वाली आवाज में बोला– "खाएगा कौन? बापीदा के पेट में तो सुबह से ही दर्द हो रहा है।"

ऐसा एक दुःखद समाचार सुनाते वक्त सुशील की आवाज इतनी रूखी-रूखी क्यों?

सुदेष्णा उद्विग्नभाव से बोलीं– "पेट में दर्द? क्यों? रात को क्या खाया था?"

"जो खाते हैं। सुबह ब्रेकफास्ट नहीं खाया। कह दिया, 'ले जाओ, नहीं खाऊँगा, पेट में दर्द हो रहा है।' "

सुदेष्णा सीधे-सादे मन की महिला। हँसकर बोलीं, "जरूर तुझ पर नाराज होगा। देर कर दी होगी नाश्ता देने में।"

"देर किसने की है।" कहते हुए सुशील डिब्बा लेकर चला गया।

सुदेष्णा ने सौगत की ओर देखा–"तूने पूछा था? सुबह-सुबह एकाएक पेट में दर्द क्यों होगा?"

सौगत ने दूसरी ओर देखते हुए हँसने का प्रयास-सा किया। बोला–"दर्द पेट का तो है नहीं।"

सुदेष्णा चुप हो गईं। भाई के मुँह की ओर देखती रहीं। उस निर्लिप्त उदासीन चेहरे को देखकर दिल रो उठा परन्तु कह ही क्या सकती हैं? यह तो मृत्युशोक है नहीं कि सान्त्वना दें।

थोड़ी देर चुप रहीं फिर धीमी आवाज में बोलीं, "लेकिन इतना-सा बच्चा बेमतलब उपवास करेगा तो पित्त बढ़ने से सचमुच उसके पेट में दर्द होने लगेगा भाई।"

"कुछ नहीं किया जा सकता है।"

सहसा सीधी-सादी सुदेष्णा बेहद नाराज हो गईं, "ओः ! कुछ नहीं किया जा सकता है न? मियाँ-बीवी झगड़ कर अलग हो गए, बच्चों की बात सोची तक नहीं–और अब हाथ-पाँव ढीले करके कह रहे हो, 'कुछ किया नहीं जा सकता है।' तुम बाप हो, स्नेह-प्रेम-वात्सल्य देकर उसे वश में करने तक की कोशिश नहीं

करोगे?"

गुस्सा रोके बगैर ऊँची आवाज में बोलती रहीं, "बस इतना-सा कहकर तू छुटकारा पा जाएगा? देखभाल नहीं करेगा? लड़का जिद्द कर रहा है, उसे समझाओ। कोई बीमारी हो गई तो? मैं सुबह होते ही भागी-भागी आ रही हूँ कि शाम को उसके सारे दोस्त आ जाएँगे और…"

"कोई दोस्त नहीं आ रहा है।"

"नहीं आ रहा है?"

"नहीं। कड़ा हुक्म है। किसी को दावत दे कर बुलाया नहीं जाएगा।"

सुदेष्णा थोड़ी देर चुप रहने के बाद बोलीं, "मैं जाकर पूछूँ?"

"क्या कहोगी?"

"यही कि पित्त बढ़ गया तो बीमार पड़ जाएगा। पेट दर्द करने पर भी थोड़ा कुछ खाया जाता है।"

एकाएक सुदेष्णा को लगा, यह लोग इस दुनिया के प्राणी नहीं हैं। इन्हें सुदेष्णा पहचानती नहीं है।

फिर भी उस अनजानी दुनिया में रहने वाले बालक के पास बुआ के रूप में जा उपस्थित हुईं। सोचा, सौगत बढ़ा-चढ़ा कर कह रहा है–उस रबर के शेर को देखकर फिक से हँस पड़ेगा। पहले तो आनन्द की मूर्ति था यही लड़का। बुआ को देखते ही खुश होकर उनसे चिपट जाता था। कहता था–"आज तुम किसी तरह से भी नहीं जा सकोगी। मैं तुम्हारा चश्मा छिपा कर रख दूँगा, तुम्हारा बैग भी।"

वही लड़का क्या सचमुच खो जाएगा? उसका पुराना रूप क्या देखने को नहीं मिलेगा!

सुदेष्णा ने कहा था–"सुशील, इस डोरिया रबर वाले शेर में हवा भर कर ले तो आ।"

हुक्म पाते ही रबर के शेर को उठाते हुए बोला, "मैं ऊपर ले जाऊँगा पर कमरे में नहीं।"

"क्यों? कमरे में क्यों नहीं? शेर क्या कमरे में जाते ही तुझे काट खाएगा?"

"शेर नहीं– लेकिन शेर का मालिक–"

"अच्छा, अच्छा! चल तो सही। इसके बाद थोड़ा-सा दूध गरम करके ले आना।"

"दूध? सात जन्म नहीं पीते हैं।"

"तब क्या खाएगा?"

"कम्प्लॉन।"

"तो यही ले आ।"

"ले आऊँगा परन्तु पिलाना आपको पड़ेगा।"

"अच्छा बाबा! एक छोटे से बच्चे को लेकर तुम लोग ऐसा कर रहे हो–चलो चल कर देखते हैं।"

देखा था सुदेष्णा ने। मुँह तक चद्दर ताने लेटा था बापी। फुल फोर्स से पंखा चल रहा था।

कमरे में घुसते ही मजाक करने के इरादे से सुदेष्णा ने उस हवा भरे शेर को बिस्तर पर फेंकते हुए कहा, "ओ बाबा! यह क्या है? कमरे में शेर है क्या?"

बापी घबड़ा कर उठ बैठा था। गला पसीने से तरबतर था, माथे पर भी पसीने की बूँदें थीं। सुदेष्णा को लगा बापी की आँख की पुतलियाँ पहले की तरह चमक उठी हैं। होंठों पर हँसी की झलक भी देखी क्या?

क्या पता! सुदेष्णा की आँखों का भ्रम भी हो सकता है। क्योंकि तुरन्त ही बापी दीवाल की ओर मुँह घुमा कर चिल्ला उठा, "सुशीलदा, ओ सुशीलदा! मैंने कहा था न कि मुझे कोई डिस्टर्ब न करे।"

साहस जुटाकर सुदेष्णा बोलीं, "अरे! सुशीलदा यहाँ कहाँ है? मैं हूँ न? यह शेर मजेदार है न? न जाने कहाँ से पानू ले आया है–"

बापी फिर चद्दर तान कर लेट गया, "मेरे पेट में दर्द हो रहा है।"

"हाय रे! बेटा, मुझे पता है। लेकिन एकदम पेट खाली रहने से दर्द तो बढ़ेगा रे बुद्धू। थोड़ा-सा कुछ खा लेना चाहिए।"

"आः! मैंने कहा है न कि कोई मुझे डिस्टर्ब न करे।"

"तो फिर मैं चली जाऊँ?"

उत्तर नहीं मिला।

"बापी सोना, तेरे लिए ज्यादा किसमिस डाल कर खीर बना लाई थी-थोड़ी-सी वही ले लो–"

"ओ हो, तुम लोग क्या मुझे मार डालना चाहते हो?"

x x x

सौगत ने कहा, "तुम अपने घर चली जाओ दीदी। यहाँ रहने से कोई फायदा नहीं। नाहक ही सारा घर उपवास…"

"ठीक है। जा रही हूँ। घर जाकर पेट भरकर खा लूँगी।" कह कर सुदेष्णा फूट-फूट कर रो पड़ीं। आँचल से आँसू पोंछते-पोंछते बोलीं, "बापी का जन्मदिन ऐसे बीतेगा, मैंने सोचा तक नहीं था। अब मैं कभी भी तेरे यहाँ नहीं आऊँगी। मर जाने पर भी नहीं।"

"मैं मर गया–तब भी नहीं?"

"देख सौ, ठीक नहीं होगा। मूर्ख, बुद्धू, निर्मम कहीं का।" भाई के लिए इतने सारे सम्भाषण मुँह से निकालती हुई कार में जा बैठीं।

पिछले साल यही कार ठसाठस भरी थी। उनके ससुराल के सभी निमन्त्रित थे।

पानू ने कहा था, "तुम्हारा भतीजा बड़ा चालाक है मामी। ऐसे दिन पैदा हुआ है जिस दिन छुट्टी रहेगी ही और सारा देश उत्सव मनाता होगा।"

पिछले साल!

वह तो तीन सौ पैंसठ दिन पुरानी बात है।

x x x

बहुत दिनों बाद कंका अपने 'वोमेन्स वेलफेयर' के कैलकटा सेण्टर के इतवार के अधिवेशन में आई। अधिवेशन शुरू हो चुका था। मिसेज हालदार कुछ कह रही थीं। कंका को देखते ही महिलाओं में चंचलता की एक लहर दौड़ गई। कुछ ने आँखों ही आँखों से उसका स्वागत किया। यहाँ तक कि मिसेज हालदार ने भी भारी चश्मे के फ्रेम में से कंका को देखा, फिर बैठने का इशारा किया।

मिसेज हालदार शायद आज चर्चा होने वाले विषयों की सूची पढ़ रही थीं। कंका ने अन्तिम दो टॉपिकों के नाम सुने। एक था पुरुषों द्वारा शासित समाज का अन्त व समाज महिलाओं द्वारा संचालित हो इसका उपाय? दूसरा था, विवाह के

बाद महिलायें अपना सरनेम बदलने को बाध्य क्यों हों?

धत्!

वही पुराने टॉपिक्स–कंका ने मन ही मन सोचा। इन पर तो आलोचना हो चुकी है। यह बात अलग है कि टाइटिल कुछ और रहा होगा। कोई नई बात तो हो ही नहीं रही है। बहुत दिनों बाद आई है, इस बीच ये लोग कोई नया पाइण्ट नहीं ढूँढ़ सकीं?

परन्तु कुछ नई शक्लें जरूर दीख रही हैं।

उन्हीं नई शक्लों में से एक बोल उठीं, "एक राउण्ड चाय हो जाने के बाद आलोचना शुरू हो तो कैसा रहे?"

मिसेज हालदार बड़ी मेज के सामने, आस-पास की कुर्सियों पर कुछ तथा इधर-उधर रखी कुर्सियों पर अन्य महिलायें बैठी थीं।

मिसेज हालदार प्रस्ताव पर विचार करते हुए बोलीं, "इस वक्त चाय? उसमें तो बहुत समय निकल जाएगा।"

"नहीं, माने मीटिंग खत्म होने से पहले ही तो बहुत जनी चली जाती हैं न–"

"ठीक है। कमला से कहो। कंका, तुम तो बहुत दिनों बाद आईं।"

"हाँ, आना सम्भव नहीं हुआ था।"

कंका की विशेष परिचिता श्रीमती नाग बोलीं–"इनका जीवन तो बड़े-बड़े तूफानी दौरों में से गुजरा है।"

उत्साहपूर्ण स्वरों में मिसेज हालदार बोलीं, "तूफान नहीं, कहो भाग्य का आशीर्वाद। कंका, मैं बहुत खुश हुई हूँ। बहुत ही खुश। तुम अपने को 'मुक्त' कर सकी हो इसके लिए मैं तुम्हें कांग्रेचुलेट करती हूँ। मैं सोचती हूँ प्रत्येक लड़की में इस तरह का साहस होना जरूरी है।"

"ओ बाबा, नीरादी, आप क्या कह रही हैं?" एक और हँसने लगीं।

नीरादी अर्थात् मिसेज हालदार दृढ़ स्वरों में बोलीं, "इसमें हँसने जैसी कौन-सी बात है? मैंने तो यह नहीं कहा है कि हर लड़की विवाह-विच्छेद का केस ठोंक दे। मैं साहस की बात कर रही हूँ। केवल साहस के अभाव के कारण कितनी लड़कियाँ मुँह बंद करके असह्य जीवन को सहन कर रही हैं–यह बात पता है

तुम्हें? पुरुष समाज ने लड़कियों की इस कमजोरी को जान लिया है तभी तो आज भी समाज पुरुषों द्वारा शासित है।"

कंका ने धीरे से प्रश्न पूछा–"लेकिन नीरादी, साहस दिखाने के बाद कितनी लड़कियों को सहनीय जीवन जीने को मिल पाता है?"

उद्दीप्त होकर नीरादी बोलीं, "कम से कम स्वाधीन जीवन तो मिलता है। स्वाधिकार का स्वाद चखा जा सकता है।"

"वह भी कहाँ?" कंका कुछ तीक्ष्ण स्वरों में बोली–"डायवोर्स के बाद साधारणतया लड़कियों को अपने जन्मगृह में ही लौट जाना पड़ता है। वहाँ कहाँ मिलती है स्वाधीनता, स्वाधिकार? वहाँ तो वह अवांछित, बाहरी कोई समझी जाती है। कुँवारेपन की पदवी भले मिल जाए, कुँवारे काल की 'जगह' मिलती है क्या?"

गम्भीर हो कर नीरादी बोलीं, "इस समय यहाँ पर व्यक्तिगत एक्सपीरिएन्स पर आलोचना करना सम्भव नहीं है फिर भी इस प्रश्न के उत्तर में इतना जरूर कहा जा सकता है कि हमारी पहली शर्त ही है 'स्वावलम्बी बनो'। पाँव के नीचे सपाट जमीन चाहिए। आर्थिक स्वाधीनता चाहिए जिससे कि वह अपने ऊपर निर्भर हो सके और समाज में सिर उठाकर खड़ी हो सके।"

चाय आ गई।

समिति की महिला कर्मचारी कमला पर चाय बनाने की जिम्मेदारी है। उसकी मदद के लिए उसी का दस साल का बेटा है।

चाय के आते ही आलोचना में बाधा पहुँची। हर तरह के कण्ठस्वर सुनाई पड़ने लगे। किसी के घर पर काम है, उसे जल्दी जाना पड़ेगा या किसी को दूसरी एक और मीटिंग अटैण्ड करनी है। कुछ इस बीच व्यक्तिगत बातें करने लगती हैं।

रमोला पास आई–"कंकादी, आपका रंग इतना मैला क्यों हो गया है? आप दुबली भी हो गई हैं।"

स्मिता बोली, "शारीरिक-मानसिक दोनों तरह की परेशानी में से गुजरी हैं। तो अब–माने इस वक्त तो आप अपनी माँ के पास ही हैं न? आप तो अकेली लड़की हैं–"

"हाँ, लड़की तो अकेली ही हूँ।"

"भाई-वाई भी हैं क्या?"

"हाँ, भइया-भाभी हैं।"

"भइया-भाभी। अरे बाप रे! "

मिसेज हालदार खाली कप उतार कर नीचे रखते हुए गम्भीर भाव से बोलीं—"आशा करती हूँ कि अब हम अपना काम शुरू कर सकते हैं।"

हल्की-सी भुनभुनाहट सुनाई पड़ी।

मिसेज हालदार बोलीं, "मुश्किल तो यह है कि हम लोग कोई भी सीरियस होकर किसी निर्णय पर पहुँचना नहीं चाहते हैं। आलोचना बस 'आलोचना' मात्र बन कर रह जाती है। हमें कुछ कांक्रीट करना चाहिए।"

"जब इस संस्था की स्थापना हुई थी, हमारा प्रधान उद्देश्य था—समस्याओं से घिरी नारी और उसके सामाजिक बन्धनों का समाधान ढूँढ़ना। इस क्षेत्र में यद्यपि काफी काम हुआ है। महिलाओं के लिए दफ्तरों, कचहरी, कारखानों में काम दिलाना, राजनीति में उनका प्रवेश, पुरुष समाज में उन्हें उनका हक दिलाना, उनके अत्याचारों के विरुद्ध आवाज उठाना इत्यादि काम हुए हैं। महिलाओं को आत्मनिर्भरता के लिए प्रशिक्षित भी किया गया है। गरीब, असहाय, अशिक्षित औरतों को शिक्षित करने का प्रयास भी हुआ है। यह काम कांक्रीट है।

"परन्तु धीरे-धीरे हर काम में शिथिलता आने लगती है। आजकल ठीक ढंग से काम का संचालन नहीं हो रहा है। वर्तमान काल में सदस्यायें काम कम और बातों का संचालन अधिक कर रही हैं। अब तो क्रमशः संस्था अपना पुराना रूप खोकर 'नारी मुक्ति' की ध्वजवाहिका बन गई है।

"जबकि इस 'मुक्ति' का स्वरूप कैसा हो, इसकी प्राकृतिक रूपरेखा या 'ब्लू प्रिण्ट' कैसा हो यह कुछ भी तय नहीं हो सका है।

"लड़कियाँ शादी के बाद भी अगर अपने वंश-परिचय को वहन करेंगी या पिता की पदवी का प्रयोग करती रहेंगी तो क्या मुक्ति मिल जाएगी उन्हें? या फिर पितृप्रधान न हो कर मातृप्रधान समाज में नारी अपने अधिकारों को वापस पा लेगी? समाज में अगर 'लिव टूगेदर' प्रथा चालू हो जाए तो? या विवाह-विच्छेद के बाद दम्पती के बच्चों का भार राष्ट्र वहन करने को तैयार हो जाए—तो?

"इसी तरह के अनेकों प्रश्न हैं, उनके उत्तर भी मौजूद हैं। अब प्रश्न उठता है बाध्य कौन कराएगा? राष्ट्र-संचालन का भार तो पुरुषों के हाथ में है? 'देश-रक्षा', 'प्रशासन' सभी कुछ तो उनके हाथों में है।

"आश्चर्य की बात है। दुनिया में इतने तो देश ही हैं, हो सकता है कहीं मातृप्रधान समाज भी हो।"

"परन्तु देश, राष्ट्र, राज्य सभी का संचालन भार तो पुरुषों पर ही है।"

"क्यों? यह भार उनके हाथों से छीना क्यों नहीं जा सकता है? युग-युगान्तर से 'समाज', 'राष्ट्र', 'कानून' बल्कि कहा जाए पुरुष जाति, जो महिलाओं पर अत्याचार करता आ रहा है ; आज भी, सभ्यता का विकास हो जाने के बाद, क्यों होता रहे? क्यों नारी मुँह बन्द करके इस अन्याय को सहन करती रहे?"

बीच में एक महिला ने टोका, "लेकिन सुना है वैदिक काल में नारी..."

"छोड़िए वैदिक काल को–महाभारत के काल की बात सोचिए जरा–युधिष्ठिर जुएँ में द्रौपदी को दाँव पर लगा बैठे। इससे बड़ी अपमान की बात और क्या हो सकती है? आज भी तो लड़कियाँ दाँव पर लगाई जाती हैं–भद्र परिवार के उच्चशिक्षित लड़के तक दहेज लेकर शादी करते हैं।"

"और अगर यही दहेज कम दिया गया तो बहू को जलाकर मार डालते हैं–या फिर लड़की ही जल कर मरने को मजबूर हो जाती है।"

इस चिरन्तन मार्मिक समस्या ने कमरे का वातावरण गरम कर दिया–तर्क-वितर्क होने लगा।

एक बोली, "लड़कियों को एक साथ मिलकर घोषणा कर देनी चाहिए कि वे शादी ही नहीं करेंगी। तब..."

इस बात पर महिलाओं में हँसी की लहर दौड़ गई।

"लड़कियाँ मिलकर निश्चय करेंगी? कहाँ? कैसे? फिर धनवान घरों की बेटियाँ भला ऐसा कोई समझौता करेंगी? मन-माफिक घर और वर के मिलते ही..." कहते-कहते एक जनी हँसने लगी।

बहस छिड़ गई पर कोई समाधान का रास्ता नहीं निकल सका।

सहसा एक नये चेहरे ने कहा, "मिसेज हालदार, मैं क्या एक-आध बात कह सकती हूँ?"

"अवश्य, यहाँ सभी को अपने विचार व्यक्त करने की आजादी है।"

नये चेहरे ने कहा, "हम, माने जो महिलायें यहाँ आकर आलोचना कर रही हैं

और करती हैं वह लोग पड़े-पड़े अत्याचार सहन करने का असली रूप जानती हैं क्या? हजारों-करोड़ों लड़कियाँ आज भी सताई जा रही हैं–कितनों ने बरसों से दिन का उजाला नहीं देखा है–जो इतना भी नहीं समझ पाती हैं कि सताई जा रही हैं।"

इसी वक्त कंका ने भी कुछ कहना चाहा पर उसकी बात पर किसी ने ध्यान नहीं दिया। बहस ने उत्तेजना का रूप धारण कर लिया था।

'समझ' जगानी होगी।

'पुरुष की प्रधानता' को अस्वीकार करना होगा।

"होगा तो, लेकिन कैसे?"

तर्क-वितर्क चलता रहा लेकिन सूचीपत्र के मुताबिक नहीं– लोगों की इच्छानुसार।

रात होने लगी।

कंका की अपरिचिता एक और महिला बोल उठीं–"मैं तो कहूँगी जब तक पुरुष जाति के लोग भद्र और सभ्य नहीं हो जाते हैं– हमें कोई उम्मीद नहीं रखनी चाहिए। हमारे सृष्टिकर्ता ने ही स्त्री-पुरुष के सम्बन्ध को 'भोजन और भोजक' बना रखा है। औरतें तो वहीं बँध गई हैं। विद्रोह करके औरतें स्वाधीन जीवन कैसे जी सकती हैं? इज्जत बचाने की प्रॉब्लम ही तो···"

कई आवाजें एक साथ सुनाई पड़ीं–"ठीक, ठीक–"

परन्तु उसके बाद ही सबने जो कहा वह यही कि "पुरुष जाति हो चुकी भद्र। जो 'रक्षक' है वही 'भक्षक' भी है। अगर ऐसा न हुआ होता तो···"

मिसेज हालदार अर्थात् नीरादी जोरदार आवाज में बोल उठीं, "लेकिन कब वे 'भद्र' होंगे, 'सभ्य' होंगे इसी उम्मीद पर क्या हम बैठी रहें? उन्हें भद्र, सभ्य बना कर छोड़ने में हर्ज क्या है?"

"लेकिन नीरादी···"

सहसा सब को चुप हो जाना पड़ा। इस अधिवेशन-कक्ष की जो मालकिन हैं, जो हर इतवार को इस अधिवेशन के लिए शाम के चार बजे से रात के नौ बजे तक अपना यह कक्ष, मय बत्ती, पंखे और सोफे, कार्पेट के साथ मुक्त रूप से प्रयोग करने को देती हैं, उन्हीं के नौकर ने आकर विनयपूर्वक सूचित किया, "रात के नौ

बज चुके हैं। 'मेम साहब' के सोने का वक्त हो गया है।"

अस्सी के आसपास की आयु वाली ये मेम साहब बड़े नियमपूर्वक रहती हैं। खाने-पीने, सोने के समय का 'पूजा' करने जैसे भक्तिभाव से पालन करती हैं और अत्यन्त सभ्य होते हुए भी आधे घंटे का मार्जिन तक नहीं छोड़ती हैं।

महिला के बेटे-बहू लम्बे अरसे से विदेश में रह रहे हैं। पोते ने भी एक दूसरे देश में वहाँ की विदेशिनी पत्नी के साथ अपनी गृहस्थी जमा ली है। महिला यहाँ अकेली रहती हैं। पति के इस विशाल गृह में पुराने नौकर-चाकर के साथ रहती हैं। परम निश्चिन्त भाव से कहती हैं, "मैं बड़े आराम से हूँ। न किसी की जिम्मेदारी न कोई झंझट।"

मकान के दुमंजिले-तिमंजिले पर किराएदार रहते हैं। वे बंगाली नहीं हैं अतएव उनसे परिचय बढ़ाने का झंझट है नहीं। पुराना चौकीदार है, रसीद पकड़ा कर किराया वसूल लाता है। नीचे का पूरा हिस्सा उन्होंने अपने पास रखा है—बस इस हॉल को छोड़ कर। हॉल उन्होंने 'समाज सेवा' के नाम पर उत्सर्ग कर रखा है। हर दिन कोई न कोई संस्था बिना किसी किराए के अपनी मीटिंग कर सकती है। एक दिन गाने की क्लास होती है, एक दिन सिलाई का स्कूल चलता है, एक दिन एक अवसरप्राप्त अध्यापक कोचिंग क्लास लेते हैं, इसी तरह।

कौन किस तरह इस हॉल का प्रयोग करने आ पहुँचा यह बता सकना मुश्किल है।

मिसेज हालदार को यह हॉल मिला था अपनी एक सहेली के कहने पर। मालकिन मिसेज ताल्लुकदार सहेली की दूर-दराज की मौसी लगती हैं। इस बात का गर्व कितना भी करें मिसेज हालदार, समय सीमित ही था। वैसे भी सभी सदस्याएँ चाहती थीं कि इतवार का यह अधिवेशन हफ्ते के किसी दूसरे दिन शिफ्ट हो जाए।

"जरा-सी कोशिश कीजिए न नीरादी—"

"कह कर तो देखिए मिसेज हालदार—"

"मान लीजिए बुधवार या बृहस्पतिवार को—क्योंकि इतवार की शाम को हरेक को कोई न कोई काम रहता है, उनका प्रोग्राम रहता है। घर में मिलने वाले आते हैं या फिर रिश्तेदारों को बुलाना पड़ता है—"

परन्तु सफलता नहीं मिली।

मिसेज ताल्लुकदार अति सौजन्यपूर्ण ढंग से बोलीं, "अब कैसे सम्भव हो

सकता है? जो व्यवस्था चालू हो गई है वह···"

इसीलिए हर अधिवेशन में सदस्याओं की अनुपस्थिति छिप नहीं पाती है। कभी-कभी मिसेज हालदार क्षुब्धभाव से कहती हैं, "लगता है किसी दिन मेज-कुर्सी को ही सम्बोधन करना पड़ जाएगा।"

परन्तु हाँ– किसी-किसी दिन पूर्ण उपस्थिति भी रहती है। कंका के भाग्य से आज वही दिन था।

परन्तु कंका को कैसा लग रहा था? उसे सब फीका-फीका-सा लग रहा था। पहचाने चेहरे अनजाने लग रहे थे। नये चेहरे दिखाई दिए पर वे भी धुँधले-धुँधले।

यह बहस एक बार भी क्या कंका के मन पर लकीर खींच सकी?

कंका ने सोचा, पहले तो मैं भी इन बातों को लेकर उत्तेजित हो जाती थी। लगता था, बड़ा भयंकर आन्दोलन करके सदा-सदा से चले आ रहे हैं। अत्याचार, अन्याय, अविचार का अन्त करना आवश्यक है। केवल एक ही पक्ष निर्लज्जों की तरह सुविधा भोगे और दूसरा पक्ष केवल···

हाँ, कंका ऐसी बहसों में खूब हिस्सा लेती थी। किन्तु आज उसे यही बातें बड़ी हल्की जान पड़ रही थीं। जी में आ रहा था उठ कर चली जाए। क्यों? न जाने क्यों?

जब मालकिन की ओर से हॉल खाली करने की वार्निंग आई, कंका ने चैन की साँस ली।

जान बची। कम से कम एक हफ्ते तक रुका जा सकता है। एक हफ्ते तक सोचा जा सकता है कि पुरुषों को कैसे सुधारा जाए? उसके लिए रास्ता क्या है?

हालाँकि चौरंगी के इलाके में नौ बजे को ज्यादा रात नहीं कहते हैं। फिर यहाँ आने वाली सभी महिलायें सम्भ्रांत और सम्पन्न परिवार की हैं। लगभग सभी की मोटर बाहर प्रतीक्षारत है। और जिन दो-चार जनों के पास मोटर नहीं हैं वह किसी एक के साथ ऐसा बन्दोबस्त करके आती हैं ताकि थोड़ी दूर तक लिफ्ट मिल जाए।

पहले कंका के पास भी यह ऐश्वर्य था।

कंका की कार में रमोला की जगह सुनिश्चित थी ही, मिसेज नाग के लिए भी जगह बन ही जाती थी।

इसीलिए कंका जल्दी से बाहर निकल आई ताकि उस स्मृति का सामना होने

से पहले ही गेट पार कर जाए। फिर भी रमोला ने आगे बढ़कर रास्ता रोक ही लिया।

बोली, "कंकादी, अब तो आप, मानें हमारी तरफ तो जाएँगी नहीं। तो फिर आई कैसे हैं? अपने भाई साहब की कार लाई हैं क्या?–"

"भाई साहब के पास कार नहीं है।" कंका ने अपनी चाल बढ़ा दी।

"मिसेज हालदार की 'डिक्टेटरी' कैसी देखी कंकादी?" रमोला साथ लगी रही।

"हुँ।"

"किसी की बात सुनना ही नहीं चाहती हैं।"

"ऐसी तो वह हमेशा से हैं।"

"एक-एक क्षण असहनीय लगता है।"

कंका ने उत्तर नहीं दिया। लॉन के आखिरी छोर तक आ गई। अभी भी कोई गया नहीं था। दबी आवाज में दो-चार, दो-चार का ग्रुप बनाकर बातें कर रही थीं। सम्भवतः मिसेज़ हालदार या नीरादी का प्रसंग था।

कंका गेट तक पहुँची।

रमोला भी।

"सुनिए कंकादी, मेरी एक परिचित महिला आपके उधर ही जाएँगी। ठीक केयातला तो नहीं, फिर भी काफी रास्ता कवर हो जाएगा। उनसे पूछूँ?"

सहसा कंका ने पलट कर उसे देखा। दबी आवाज परन्तु कुद्ध–"धन्यवाद रमोला। दया करके उनसे पूछने मत चली जाना। दुहाई है।"

चली गई–चौकीदार के झुक कर सलाम की परवाह किए बगैर ही। कंका को महसूस हुआ, रमोला ने उसके गाल पर कस कर थप्पड़ जड़ दिया है। जबरदस्ती प्रेम-प्रदर्शन करना रमोला की बदमाशी थी। वह कंका को जता देना चाहती थी, 'कंकादी, तुम्हारे अब वह दिन नहीं रहे।'

उसे लगा आज यहाँ आकर उसने गलती की है। मुँह पर, उस को हिम्मत की दाद देने पर भी, मन ही मन सबने अवहेलना ही की होगी। कंका को किसी ने लिफ्ट भी तो नहीं दी। मिसेज हालदार ने तो स्पष्ट रूप से उपेक्षा की थी। जब-जब कंका ने कुछ कहना चाहा उन्होंने रोक दिया। उसकी बात किसी ने नहीं सुनी।

जबकि पहले उसकी हर बात कितने ध्यान से सुनते थे सब। आज सभी उसे भिन्न दृष्टि से देख रहे थे। हो सकता है यह सब कंका की कल्पना मात्र हो। उसकी आदत है हर समय सजग रहने की। देखती रहती है कि लोग उसे पहले वाली नजर से देख रहे हैं या नहीं। अकारण ही सोचती है कि उस पर जितना ध्यान दिया जाना चाहिए उतना ध्यान नहीं दिया जा रहा है।

और आज तो—

गुस्से से उसका सिर-कान भन्ना रहा था। इस हालत में ट्राम पकड़नी है। ट्राम से फिर बस—उसके बाद थोड़ा-सा रास्ता पैदल। जिस समय कंका के पिता ने इस इलाके में मकान बनवाया था, तब इधर झाड़ियाँ, जंगली पौधे थे—दिन-दहाड़े सियार बोला करते थे। अच्छी तरह से सड़क भी नहीं बनी थी।

जिन दिनों कंका स्कूल-कॉलेज जाती थी, यह रास्ता उसे अति प्रिय था। इधर-उधर कितने तरह के पेड़-पौधे थे। एक के हाते में बिल्कुल चहारदीवारी के किनारे एक हरसिंगार का पेड़ था, भोर होते ही उसके फूल गिरने लगते थे—सड़क पर भी गिर कर बिखर जाते थे। कंका के मकान के गेट पर ही एक गुलमोहर का पेड़ था, वह भी अचानक फूलों से लद जाता था। रूबी के यहाँ का चम्पा का पेड़, वैशाख का महीना लगते ही हवा के झोंकों के साथ झूमने लगता और पुकार-पुकार कर कहता—''मेरे खिलने के दिन आ गए हैं।''

आज इन पेड़ों का कहीं नामोनिशान नहीं है। धेला-भर जमीन खाली छोड़ने को कोई तैयार नहीं। फूलों के पेड़-पौधों के लिए जमीन छोड़ना अपव्यय समझते हैं सब।

परन्तु छात्र-जीवन समाप्त करने के बाद कंका ही ने कब इन पेड़-पौधों को याद किया था?

उसके बाद क्या कभी कंका ने पाँच-सात मिनट का यह रास्ता पैदल चल कर पार किया था? सिर घुमाकर भी नहीं देखा था कि कहाँ नया मकान बन रहा है, किसने गैरेज बनवाया है।

अब कंका को लगता है जब वह पैदल चल कर रास्ते को पार करती है तब हर घर की खिड़कियों, दरवाजों से सैकड़ों आँखें उसी को घूरती रहती हैं।

नये बाशिन्दों से उसका खास परिचय नहीं है। फिर भी कंका जानती है कि उसके इस रास्ते से आने-जाने का कारण हर कोई जानता है।

आज कंका को घर (माँ, भाई-भाभी का घर) लौटते-लौटते लगभग रात के दस-सवा दस हो गए।

उसने कलाई उठाकर घड़ी देखी, जरूर तुलतुल सो गई होगी।

क्या पता धरित्रीदेवी किस परिस्थिति की रचना कर बैठें। या फिर भइया एक दिन की तरह आज भी भारी आवाज में कहे, "तुम अगर अपना राजकाज जरा जल्दी निपटा लिया करो तो अच्छा हो कंका।"

हाँ, आजकल प्रायः भइया उसे 'तुम' कहकर सम्बोधित करता है। उस दिन हालाँकि कंका ने अपने को खूब सँभाला था। अपनी पुरानी अदा से मुस्कुराते हुए बोली थी-"भइया, आजकल तो तू मुझे बड़ी इज्जत देने लगा है? दो दिन बाद कहीं 'आप' न कहने लगना।"

परन्तु रोज-रोज क्या इस तरह से अपने को सँभाला जा सकता है? फिर भी अपने को यथासंभव संयत कर, खूब धीरे से कॉलबेल दबायी।

दरवाजा खोला धरित्रीदेवी ने।

और खोलते ही सिहर कर बोल उठीं-"यह क्या? तू अकेली? तुलतुल कहाँ?"

"तुलतुल ! तुलतुल माने?"

"वह तेरे साथ नहीं गई थी?"

"तुलतुल मेरे साथ गई थी के मतलब?"

माँ वहीं धम से बैठ गईं-"तब फिर वह कहाँ गई? तेरे जाने के बाद से ही तो वह दिखाई नहीं दी। हम सोच रहे थे..."

"माँ ! –"

कंका की आँखों के आगे अँधेरा छाने लगा। वह भी अपनी माँ की तरह दरवाजे के सामने जमीन पर बैठ गई।

सात

गोलपार्क में भांजी के लड़के का अन्नप्राशन का निमन्त्रण था। घर से निकल कर थोड़ी दूर पर खड़ी कार तक जाते-जाते कलाई घड़ी देख कर खीज उठे सोमेन वसुमलिक-"इसीलिए दोपहर की दावत का नाम सुनते ही मेरा मिजाज बिगड़ जाता

है। जानती हो कितना बजा है?''

श्रीमती वसुमलिक दबी गरजना कर उठीं, ''आलोचना तो कार में बैठने के बाद भी कर सकते हो। कोई कुछ सुन ले....''

वसुमलिक अपनी बात का समर्थन करते हुए बोले, ''मैं कोई दावत की आलोचना थोड़े ही कर रहा हूँ। बल्कि कहना चाहिए जरूरत से आयोजन किया था बूला के ससुर ने। बहुत दिनों बाद इतनी बड़ी-बड़ी झींगा मछली खाईं—खाना भी फर्स्ट क्लास था। लेकिन भूख मारने के बाद खाना?—लंच का एक टाइम होता है।''

श्रीमती वसुमलिक पान चबाते हुए चलती रहीं, ''याद रखो हमारे समाज में 'लंच' नामक कोई चीज नहीं—कहा जाता है दोपहर का खाना।''

''पर दोपहर तो शाम में बदल गई बाबा। अरे—यह क्या?'' श्रीमती वसुमलिक भी खड़ी हो गईं, ''अरे—यह क्या?''

दृश्य भी अकाल्पनिक था। बन्द कार से सट कर एक छोटी-सी प्यारी-सी लड़की अत्यन्त प्रेम से कार पर हाथ फेर रही थी। उसके हाव-भाव से प्रेम टपका पड़ रहा था। रास्ते के बिल्कुल किनारे खड़ी थी।

'रास्ते के लड़के-लड़कियों' जैसी नहीं। ऐसे-वैसे घर की भी नहीं यह तो देखते ही समझ में आ गया कि अच्छे-भले घर की लड़की है। हालाँकि बच्ची के बाल बेतरतीब थे, फ्रॉक के बटन भी खुले थे फिर भी सफेद तीन तहवाले इस नायलॉन लेस वाले फ्रॉक की कीमत सहज की अनुमान्य थी।

इन्हें देखते ही रास्ते से फुटपाथ पर चली आई वह लड़की। थूक गटक कर बोली—''यह हरी चमचमाती कार क्या तुम लोगों की है? मैंने न··· वहाँ से देखकर सोचा कि...''

चुप हो गई।

सोमेन आगे बढ़ आए, ''क्या सोचा था तुमने? हाँ?''

''कुछ नहीं।''

''तुम यहाँ अकेली खड़ी हो? किसके साथ आई हो?''

जोर से सिर हिलाकर बोल उठी—''किसी के साथ नहीं—अपने-आप आई हूँ।''

मियाँ-बीवी दोनों सवाल पूछते रहे—''तुम इतनी छोटी हो, अपने-आप कैसे

आई हो? कहाँ रहती हो?"

डरकर लड़की ने पीछे देखा, "कहीं से नहीं!"

"आश्चर्य की बात है– कहीं से नहीं आई हो? आसमान से गिरी हो क्या?"

"तुम पागल हो क्या? मैं क्या कोई परी हूँ जो आसमान से गिरूँगी?"

मियाँ-बीवी ने अर्थपूर्ण निगाहों से एक-दूसरे की ओर देखा। मामला गड़बड़ लगता है।

महिला ने इस बार लड़की के बालों पर हाथ फेरा, "अरे राम, तुम्हारे इतने सुन्दर बाल हैं, किसी ने काढ़ा क्यों नहीं?"

"मुझे बाल कढ़वाना अच्छा नहीं लगता है। तुम लोग क्या इस कार पा चढ़कर घर जाओगे?"

"हाँ, वह तो जाएँगे ही, लेकिन तुम्हारा मकान कहाँ है यह तो बताओ। हम तुम्हें वहीं छोड़ देंगे।"

सहसा लड़की खुशी से उछल पड़ी, "मुझे तुम घर पहुँचा दोगे? तुम लोग कितने अच्छे हो। तब फिर जल्दी से कार में बैठ जाओ न। कोई देख न ले।"

फिर दोनों ने एक-दूसरे को देखा।

"कौन देख लेगा?"

"कोई नहीं बाबा–जल्दी से कार का दरवाजा खोलो न।"

"ठीक है। खोल रहा हूँ। तुम्हारा घर है कहाँ?"

"और कहाँ होगा? सॉल्ट लेक में। गुलाबी रंग का सुन्दर घर है।"

"तुम सॉल्ट लेक से आई हो–अकेले?"

"आः! तुम लोग इतने बड़े हो फिर भी इतने बुद्धू क्यों हो? मैं क्या कह रही हूँ कि सॉल्ट लेक से आई हूँ? सॉल्ट लेक जाऊँगी। कार पर बैठकर जाते-जाते जितनी चाहे उतनी बातें करना।"

श्रीमती वसुमलिक बोलीं, "कार में बैठा लूँ? और कहीं बैठाते ही तुम्हारे घर वाले आकर चोर-चोर कहकर चिल्लाने लगें? कहें, हमारी बच्ची को चुराए लिये जा रहे हैं।"

लड़की खूब नाराज होकर बोली, "क्या मेरे घर वाले जानते हैं कि मैं यहाँ

आई हूँ?"

"ओ ! यह बात है? किसी को बताए बगैर ही चली आई हो?"

"आहा, क्या बुद्धि है? बता देती तो क्या आने देता कोई? कितनी मुश्किल से स्टूल पर चढ़कर दरवाजे की चिटकनी खोली थी मैंने?"

वसुमलिक बोले– "ईश ! तब तो तुम्हें बड़ी तकलीफ हुई है। और उस घर का दरवाजा तो खुला ही रह गया..."

"रह जाने दो। अभी आएगी श्यामलीदी बर्तन माँजने। इतनी बेकार बातें कर रहे हो तुम लोग ! ओफ्फो ! अभी कोई देख लेगा। डरो मत, अगर पुलिस आई तो मैं बता दूँगी ये लोग बहुत अच्छे हैं। मैं अपने-आप इनकी मोटर में चढ़ी हूँ। चलो न तुम लोग जल्दी से।"

श्रीमतीजी बोलीं- "चलो जी ! यहाँ खड़े-खड़े देर करने से फायदा क्या होगा?"

"वही तो–"

लड़की हँसकर बोली- "मैं भी तो यही कह रही हूँ। बेकार में खड़े-खड़े देर क्यों कर रहे हो? सॉल्ट लेक दूर भी तो है– जाते-जाते वक्त लगेगा।"

सोमेन वसुमलिक थाह पाने के इरादे से पूछते हैं, "किसने कहा दूर है?"

"वाह ! हम लोग जैसे आते नहीं हैं? जानती नहीं हैं क्या?"

अब थूक गटकती है– "पहले-पहले आया करते थे।"

"ओ ! तब कार कौन चलाता था?"

"और कौन चलाएगा? जमीर भाई ! जमीर भाई बहुत अच्छी कार चलाते हैं। बाबूजी भी चलाते हैं। माँमोनी भी चला सकती हैं। माँमोनी कहती हैं..."

"क्या कहती हैं तुम्हारी माँमोनी?"

"नहीं बताऊँगी। तुम लोगों की चाल समझ गई हूँ। मुझे ले नहीं जाओगे, बस बातों ही बातों में देर कर दोगे। बस, मुझे पकड़ने कोई आ जाएगा। फिर डाँटते-डाँटते मुझे..."

श्रीमती वसुमलिक स्नेह विगलित हो कर उस लावण्यमयी की ओर देखती हैं। सात समुन्दर पार उनकी भी एक पोती है। उसके माँ-बाप गड्डी-गड्डी तस्वीरें

भेजते है। लेकिन तस्वीर तो बोल नहीं सकती है। वह इतनी सुन्दर भी नहीं।

"तुम्हें पकड़ेंगे क्यों ? तुम क्या चोर हो, डाकू हो ?"

"छोटे बच्चों के साथ तो यही परेशानी है। बिना कसूर किए भी डाँट खानी पड़ती है। लेकिन बाबूजी नहीं डाँटते हैं।"

"तो फिर सॉल्ट लेक में तुम्हारे बाबूजी रहते हैं ?"

सिर झटक कर लड़की बोली, "वहाँ सब कोई रहते हैं–बाबूजी, माँमोनी, दादा, मैं और सुशीलदा। लेकिन अभी मैं और माँमोनी नानी के पास... आः ! किस मुसीबत में पड़ी हूँ मैं। –बस सड़ी-सड़ी बातें कर रहे हो तुम लोग। यह बताओ कि मुझे अपने साथ ले जाओगे या नहीं। फिर मैं अपने-आप पैदल चली जाऊँगी।"

श्रीमती वसुमलिक ने लड़की को गोद में उठा लिया, "तुम उतना लम्बा रास्ता चल कर कैसे जाओगी ?"

गम्भीरभाव से लड़की ने कहा–"चलूँगी। राजकन्या जब वनवास करने जाती है वह भी चलती है। चलते-चलते उस के पाँव में छाले पड़ जाते हैं। रात को पेड़ के नीचे सोती है और दिन को चलती है।"

श्रीमती वसुमलिक बोलीं, "बैठा लेते हैं, फिर देखा जाएगा।"

पतिदेव अंग्रेजी में बोले, "समझकर –कौन जाने किसी तरह का झमेला न हो। आज की दुनिया में कुछ भी अविश्वसनीय नहीं।"

"चुप रहो। लड़की का मुँह तो देखो–देवकन्या लगती है।" कहते हुए लड़की को साथ लेकर पिछली सीट पर बैठ गईं।

वसुमलिक भी सामने चालक की सीट पर जा बैठे।

प्रसन्नता से उछलकर लड़की बोली, "दरवाजा बन्द करके जल्दी से स्टार्ट करो न। देर हो रही है।"

"हाँ, स्टार्ट करता हूँ। लेकिन मैं तो तुम्हारा मकान नहीं जानता हूँ।"

"आहा, जैसे मैं भी नहीं जानती हूँ–मैं पहचनवा दूँगी। तुम सॉल्ट लेक पहचानते हो कि नहीं ?"

"हाँ, सॉल्ट लेक पहचानता हूँ।"

"बस, तब तो हो ही गया। उस बड़े डॉक्टरखाने के पास से जाते-जाते– इधर देखो, मेरी तरफ देखो– देखो मेरा यह हाथ ठीक से देखो– इस हाथ की तरफ

थोड़ी दूर जाने के बाद फिर इस हाथ की तरफ घूम जाना। फिर आसमान को छूता हुआ जो बहोत बड़ा मकान बन रहा है उसके पीछे से–चलो न तुम। मैं पहचनवा दूँगी।''

वसुमलिक बोले– ''वह तो हो जाएगा लेकिन तुम जिस घर से निकल कर चली आई हो उन्हें एक बार बता देना ठीक नहीं होगा? तुम अगर उस मकान को पहचनवा दो…''

''ओः ! मैं तुम्हारी चालाकी जान गई हूँ। मैं मकान पहचनवा दूँ और तुम मुझे वहाँ उतार दो। मैं बिल्कुल नहीं बताऊँगी–इतनी बुद्धू थोड़े ही हूँ।''

''बुद्धू तो तुम हो नहीं।'' गम्भीर हँसी हँसकर वसुमलिक बोले- ''तुम्हारी बुद्धि देखकर तो मुझे आश्चर्य ही हो रहा है। स्कूल में पढ़ती हो?''

''और नहीं तो क्या? इतनी बड़ी लड़की हूँ, बुद्धूओं की तरह घर पर बैठी रहूँगी क्या?''

''यह बात भी सही है। तो तुम्हारे स्कूल की दीदियाँ, आण्टी सब तुम्हें प्यार करती हैं?''

''खूब प्यार करती हैं।''

''तुम्हारे स्कूल का नाम क्या है?''

''नाम? नाम है·· नहीं-नहीं, नाम नहीं बताऊँगी। तुम लोग मुझे बहला-फुसलाकर स्कूल में ले जाकर छोड़ दोगे। मैं तुम पर विश्वास नहीं करती हूँ।''

''ऐं ! क्या कहा? मुझ पर तुम्हें विश्वास नहीं?'' ठहाका मार कर हँसने लगे वसुमलिक।

श्रीमतीजी बोलीं–''देखा तुमने ! शिशु की अनुभूति कितनी खतरनाक होती है। चलो बाबा, बाबूजी के घर ही चलो। जो होना होगा– होगा।'' गोदी से सटकर बैठी लड़की के खुले बटनों को एक-एक करके बन्द कर, हाथ से बिखरे बालों को यथासम्भव सँभालने के बाद वह बोलीं–''बस तुम्हारी माँमोनी चिन्ता करेगी–यही बुरा लग रहा है।''

''माँमोनी जैसे इस वक्त घर में बैठी हैं।''

''आएगी तो।''

"आने दो। चिन्ता करने दो–मुझे बिल्कुल परवाह नहीं।" उसके बाद ही प्रसंग परिवर्तित कर बोल उठी, "तुम्हारी गाड़ी में कुशन नहीं है?"

"नः। तुम्हारी गाड़ी में है?"

"हाँ– खैर, नहीं है तो न सही। कार में कौन सोता है, है न?"

कार चलती रही। लड़की और श्रीमती वसुमलिक के बीच बातचीत होती रही।

"अरे देखो जरा–तुम्हारा नाम ही पूछना भूल गई हूँ। तुम्हारा नाम क्या है?"

"घर का नाम तुलतुल ! स्कूल का अनिन्दश्री–बहुत गन्दा नाम है।"

"अरे वाह ! नाम तो बहुत सुन्दर है।"

"नहीं–सहेलियाँ कहती हैं नाम बुरा है। इससे अच्छा नाम तो तुलतुल है।"

"बात तो सच है। यह नाम भी बहुत सुन्दर है। यह बताओ तुम्हें राजकन्या की कहानी कौन सुनाता है?"

"बुआ। लेकिन माँमोनी गुस्सा होती हैं। कहती हैं, 'जितने सब पुराने-पुराने किस्से', बुआ तो तभी घर चली जाती हैं। रहती ही कितना हैं तुम्हीं बताओ? एक या दो कहानी सुनाईं नहीं कि माँमोनी आवाज लगाएँगी, 'तुलतुल, तुमने स्कूल का काम कर लिया है?' "

"समझी–अच्छा, तुम्हारा घर का नाम तो खूब सुन्दर है पर तुमने मेरा नाम तो पूछा ही नहीं।"

"ए माँ ! बड़ों का कहीं नाम पूछा जाता है ! तुम तो पूरी बुद्धू हो।"

"वह तो मैं भी जानती हूँ। अच्छा, तुम मुझे इतनी अच्छी लग रही हो कि मन कर रहा है तुम्हें मैं अपने पास रख लूँ। तुम्हें मैं खाना खिलाऊँ। तब क्या होगा?"

तुलतुल नामक वह लड़की चौंक पड़ी। चेहरा उतर गया, "क्यों? तुम अपने घर में क्यों ले जाओगे? वह तो दूसरा घर है, दूर भी है।"

"किसने कहा? यहीं पास ही तो है।"

उसी समय वसुमलिक बोले, "और तुम तो मुझ पर विश्वास ही नहीं करती हो। अगर हम अपने घर में तुम्हें रख लें तो?"

तुलतुल का चेहरा और उतर गया। बोली, "वह तो मैंने मजाक किया था। तुम लोग कोई बच्चा चुराने वाले तो हो नहीं–तुम लोग तो शरीफ आदमी हो। है

न?"

"अरे, मैं तुम्हें क्या कह कर बुलाऊँ?" तुलतुल फिर बोली।

श्रीमती जी बोलीं, "अब बुला कर क्या होगा? तुम तो हमारे घर जाओगी ही नहीं। हमारी-तुम्हारी फिर मुलाकात भी नहीं होगी।"

"वाह, यह कैसे हो सकता है? तुम तो मेरी बुआ की तरह अच्छी हो। बाद में तुम्हारे घर जाऊँगी। तब तुम्हें भी बुआजी कहूँगी। बस, अब दुःखी न हो। ओ माँ! तुम्हारी आँखों में आँसू क्यों आ गए? सच कह रही हूँ—आऊँगी, आऊँगी, आऊँगी। तुम्हारे यहाँ कोई छोटा बच्चा नहीं है क्या?"

"है—अमेरिका में।"

"ओ! बावली मौसी की तरह। बहोत-बहोत दिनों बाद आती हैं। तुम चिट्ठी लिख दो न, जल्दी आने के लिए।– एई, हम ठीक-ठीक जा रहे हैं न? सॉल्ट लेक पहचानते तो हो?"

"पहचानता हूँ। अब बताओ तुम्हारे बाबूजी का नाम क्या है? उन का पता क्या है?"

"बाबूजी का नाम?– बाबूजी का नाम सौगत मुखर्जी। दादा का नाम है सौरभ मुखर्जी। दादा हिन्दी हाई स्कूल में पढ़ता है। और पता? पता कैसे बताऊँ? मैं क्या कभी घर पर चिट्ठी लिखती थी? फोन नम्बर बताऊँ?"

"बताओ-बताओ वही बताओ।"

"फोन नम्बर है थ्री सेवेन जीरो वन एट थ्री। अरे यह तो आ गए हैं। रास्ते से गन्दी-गन्दी बदबू आने लगी है– अब सीधे जाते ही– कितना मजा आएगा– कितना मजा आएगा– दादा मुझे देखते ही– ईश– और सुशीलदा भी– ओह– खुशी के मारे मेरी छाती में दर्द हो रहा है– डर भी लग रहा है मुझे।"

"डर किस बात का?"

"क्या पता– अब डर लग रहा है। मैं जरा-सा लेट जाऊँ? तुम्हारी गोदी में? लगेगा तो नहीं? मैं मोटी तो हूँ नहीं, लगना नहीं चाहिए।"

x x x

इधर केयातला के उस लेट विनोद बिहारी राय के घर के बाहरी दरवाजे पर

एक तीव्र संघर्षपूर्ण नाटक चल रहा था। ठीक उसी वक्त नहीं– और भी देर से– रात के साढ़े दस बजे।

विनोद बिहारी की कन्या अपनी कन्या के अन्तर्ध्यान होने की खबर से सिहरित हो 'तुलतुल' कह कर जमीन पर बैठी जरूर परन्तु थोड़ी देर बाद सँभल भी गई। खड़ी हुई और फौरन खुले दरवाजे से रास्ते की ओर पाँव बढ़ा दिये।

विनोद बिहारी के पुत्र, जिसका नाम कौशिक है, ने तीव्र स्वर में कहा–"अब इस तरह रास्ते पर निकलने से क्या होगा?"

बरफ जैसी ठंडी और लोहे जैसी कठोर भावभंगिमा, परन्तु शान्त कण्ठस्वरों में कंका बोली, "तब फिर कब और किस तरह रास्ते में निकलने से 'कुछ' होगा यही बता दो।"

कौशिक ने उसकी मुद्रा देखी तो बिगड़ कर बोला–"मुझे कुछ नहीं कहना है। तुम्हारी जैसी इच्छा हो करो।"

"तुम्हें कुछ कहना नहीं है–है न?"

पैसेज में एक स्टूल क्यों पड़ा है, यह प्रश्न किसी के मन में नहीं उठा। कंका ने भी नहीं सोचा। आगे न बढ़कर कंका उसी स्टूल पर बैठते हुए बोली–"तुम्हें कुछ कहना नहीं है न? तुम्हारी माँ को भी कुछ नहीं कहना है। ना ही तुम्हारी बहू को। किसी को कुछ नहीं कहना है, करना है। है न? लेकिन मैं अगर पूछूँ भइया कि तीन-तीन लोगों की हिफाजत में रहकर भी अगर चार साल की एक बच्ची घर से भाग जाए तो इसे क्या कहोगे? और उसे सात-आठ घंटे से न देखकर भी तुम लोग निश्चिन्त कैसे रहे?"

धरित्रीदेवी चिल्ला उठीं–"हमने तो सोचा कि तेरे साथ गई है। तेरे जाने के बाद से ही तो दीखी नहीं।"

"ओ, तुम लोगों ने सोचा! तुम्हारी सोचने की शक्ति आश्चर्यजनक रूप से सुविधाकारक है, यह तो मानना ही पड़ेगा।"

जली-कटी विष बुझी बातें सुनाने लगी कंका, "यह सोचना सम्भव न हुआ कि वह तो धूप में मेरे साथ कहीं नहीं जाती है। मैं दोपहर में साढ़े तीन बजे निकली थी। उसके बाद से इतना समय बीत चुका है। तुम लोग निश्चिन्त होकर रसोईघर में समारोह की तैयारी करती रहीं, बातें करती रहीं। हो सकता है खाना-पीना भी हो गया, लेकिन यह न सोचा कि दह सचमुच मेरे साथ गई भी है

या नहीं। इससे तो साफ जाहिर है कि तुम्हें ध्यान ही नहीं आया कि लड़की घर पर है नहीं। मुझे देखकर अभी एकाएक याद आ गया है।"

"कंका !" धरित्री क्रुद्ध भाव से बोल उठीं, "तूने मुझे ऐसा कहा कैसे? तेरी लड़की को मैं जान से ज्यादा समझ कर देखभाल करती हूँ। अपना सारा काम छोड़कर नजरों के सामने रखती हूँ–"

"उसका नमूना तो देख ही लिया माँ। तुम्हें अपने बेहद जरूरी-जरूरी काम मेरी लड़की के कारण अधूरे डाल देने पड़ते हैं यह सुनकर बड़ी दुःखी हुई हूँ। लेकिन बिलावजह झूठा तर्क प्रस्तुत मत करो। मेरे साथ गई है सोचकर निश्चिन्त रहीं, यह तो अद्‌भुत बात है। उसे वेवक्त लेकर कब मैं···"

धरित्रीदेवी से अपना गुस्सा रोका नहीं गया। चिल्लाकर घर सिर पर उठा लिया–"जानती हूँ। खुद तुम वक्त नहीं, बेवक्त नहीं, शहर-भर में चरती फिरती हो। लड़की की बात सोचती तक नहीं हो यह कौन नहीं देख रहा है। पर आज सुबह नहाने के लिए ले जाते वक्त लड़की एकाएक चिल्ला कर रो पड़ी थी, 'ओ दादा ! कितने दिनों से तुझे देखा नहीं है–,' यह तो तुमने भी सुना था न? उस वक्त तो डाँट कर चुप करा दिया था। मैंने सोचा ममतावश···"

"ओ ! सोचा ! ममतावश मैं उसे उसका 'दादा' दिखाने ले गई हूँ। ओफ् ! ऐसी एब्सर्ड बातें अब मुझसे सुनते नहीं बन रहा है माँ। लेंकिन यह याद रखना, अब मैं अगर पुलिस को इत्तला करूँ तो पुलिस आकर तुम सबसे जिरह करेगी। तब यह जिम्मेदारी टाल न सकोगी।"

"क्या? क्या कहा?" कौशिक दबी आवाज में गरज उठा–"तू पुलिस को खबर करने जा रही है? और वे आकर हमसे जिरह करेंगे? तो जा-जा, जाकर खबर कर दे। आ जाएँ वे भी। देखना है इसके लिए हमें फाँसी होती है या जेल। ओहः असह्य ! बराबर से ऐसी ही हो तुम। अपना दोष दूसरों पर लाद देती हो। अच्छी तरह से समझ रहा हूँ– क्यों तुम लोगों के बीच ऐसी घटना घटी। सारा दोष तुम्हारा है। अब तुम अपने जीवन का सारा झमेला लेकर हमारे घर की शान्ति···"

"आः ! क्या हो रहा है?" अदृश्य पर्दे के पीछे से शर्मिला सामने निकल आई और दबी आवाज में प्रतिवाद करते हुए बोली, "इस वक्त, विपत्ति के समय एक-दूसरे पर दोषारोपण करके समय नष्ट करना क्या ठीक है? यहाँ-वहाँ ढूँढ़ कर देखो न, ऐसी कोई बच्ची किसी ने देखी है या नहीं। हो सकता है किसी ने देखा

हो।"

कौशिक की समझ में यह बात आई। उसने अपने को सँभाल लिया परन्तु नरम नहीं पड़ा। गम्भीरभाव से बोला, "यहाँ-वहाँ माने?"

"माने, थाने में भी तो हो सकती है। सम्भवतः माँ के निकलते ही माँ के पीछे-पीछे निकल गई हो। शायद दरवाजा खुला पाकर…"

"क्या? मैं दरवाजा खुला छोड़ गई थी? ठीक है–खुला ही छोड़ गई थी। अब दया करके तुम लोग मुझे अपने ढंग से काम करने दो। मैं दूसरों पर दोषारोपण कर रही हूँ। ओफ! अपनी दायित्वहीनता–खैर जाने दो, मैं किसी को कुछ नहीं कहूँगी।" कहकर अपना कन्धे से उतारा बैग फिर कन्धे से लटका लिया कंका ने। और तभी उसे पिछली रात की बात याद आ गई।

तुलतुल लेटी थी, कंका लेटने आई। कंका ने सोचा वह सो रही है। साड़ी बदल कर नाइटी पहन क्रीम की शीशी ले कर खाट पर बैठी–चेहरे पर क्रीम मलना शुरू ही किया था कि एकाएक तुलतुल ने उठकर अपनी छोटी-सी तकिया से कंका को धाँय-धाँय मारना शुरू किया था–"झूठी! झूठी! झूठी कहीं की!'

कंका चौंक उठी थी। नाराज हुई थी।

"इस तरह की असभ्यता के मतलब?"

"मैं असभ्य हूँ या तू? एँ? तूने क्यों कहा था कि हम अपने घर चले जाएँगे?"

"क्या? तू मुझे 'तू' कह रही है?"

"हाँ कहूँगी–'तू' 'तू' 'तू'। तेरी वजह से मेरा बार-बार अपमान होता है। मैं चली जाऊँगी। यहाँ से चली जाऊँगी।" कहकर तकिया फर्श पर फेंककर खाट पर लोट-लोट कर रोने लगी।

कंका बोली, "चुप! बिल्कुल चुप! बड़ी एक बात सीख गई है 'अपमान'।" कंका भावुकता नहीं पसन्द करती है। वह उत्तेजित, क्रुद्ध, दुःखी शिशु को प्यार से सान्त्वना देकर शान्त करना नहीं जानती है। वह जानती है सिर्फ चुप कराना। सोचती है इसी से काम बनेगा।

अब कंका ने सोचा, जरूर आज किसी ने तुलतुल से कुछ कह दिया है। ऐसी कोई बात जिसे उसने 'अपमान' समझ लिया है।

परन्तु सीधे उसी बात पर न आकर बोली, "घर में कोई बेकार का फेरीवाला तो नहीं आया था?"

"बेकार का फेरीवाला?" धरित्रीदेवी ने भौंहें सिकोड़ीं।

"हाँ, तुम्हारा वह स्टील के बर्तनों वाला, जो पुराने कपड़ों के एवज में तुम्हें सस्ते में बर्तन देते हैं।" कंका की आवाज व्यंगभरी तिक्ततापूर्ण थी।

धरित्री गुम-सी होकर बोलीं, "छह महीने से इधर कोई नहीं आया है।"

"ओः ! अच्छा तुम्हारी बर्तन माँजने वाली श्यामली या कौन है, उसका घर किधर है?"

"श्यामली? क्यों, उससे क्या काम है?"

"उससे बहुत कुछ हो सकता है माँ! उसके साथ एक गन्दी-सी बुढ़िया आया करती है—देखा है?"

"ओ माँ! देखूँगी क्यों नहीं? वह तो उसकी नानी है।"

"बस! नानी है तो कसूर कर ही नहीं सकती है। वह बुढ़िया मुझे कतई ठीक नहीं लगती है।"

कौशिक बोल उठा, "इस जमाने का, इस दुनिया का कोई भी तुम्हें 'ठीक' नहीं लग सकता है कंका।"

"जानती हूँ। फिर भी जिसको-तिसको घर में घुसाया जाता है। वह उसकी नानी है इसलिए दरवाजे खुले रहेंगे। दुनिया में कितने तरह के धंधे हैं, तुम कुछ जानती हो माँ? मुझे उसका घर कहाँ है बताओ। कुछ तो कोशिश करनी है न? या कि खा-पीकर सो जाना है? कुछ तो पुलिस को भी बताना ही पड़ेगा? उसका पता क्या है?"

धरित्रीदेवी निरुत्साहित भाव से मुँह बनाकर बोलीं, "पता कौन लिखकर रखता है? कहती तो है यहीं कहीं रहती है।"

"ओः ! अति सुन्दर ! दायित्व ज्ञान का अतिसुन्दर नमूना है यह !"

"श्यामली ही उसे ले गई है यही है तेरी धारणा?"

कंका पाँव पटक कर बोली, "अगर ऐसा नहीं है तो उसे जरूर किसी ने कुछ कहा है। वह खुद ही दुःख और अपमान से घर छोड़ कर चली गई है।"

"तुलतुल को कौन ऐसी बात कह देगा कि वह दुःख और अपमान से...।"

धरित्रीदेवी खुद ही दुःख और अपमान से रो पड़ीं। परन्तु उनकी लड़की माँ के इन आँसुओं से पिघलने वाली नहीं। बात-बात पर उनकी रोने की आदत को कौन नहीं जानता है? इसीलिए कह बैठी कंका, "इसमें आश्चर्य करने वाली कोई बात नहीं है माँ। इस घर के छोटे से लड़के के डंक में भी जहर भरा है।"

जैसे युद्धरत दो दलों के बीच सहसा बम फटा। उसी की चिनगारी आकर लगी शान्ति-स्थापना का प्रयास करती नायिका को।

नायिका तीव्र स्वरों में बोल उठी, "माँ ! बहुत दिनों से सोच रही थी लेकिन आज साफ-साफ शब्दों में कह रही हूँ—हमें कोई इन्तजाम कर ही लेना चाहिए। अपनी जहरीली हवा से दूसरों का अनिष्ट करना नहीं चाहती हूँ। कोशिश करने पर दो कमरों का फ्लैट जुटाना कोई मुश्किल नहीं।" कहकर दनदनाती हुई सीढ़ियाँ चढ़कर ऊपर चली गई।

कौशिक उस तरफ मुँह फाड़े देखता रह गया। क्या करे? वह भी चला जाये क्या?

"हो गया?" कहते हुए धरित्रीदेवी ने माथा ठोंक लिया, "मैं जानती थी एक दिन यह बात भी सुननी पड़ेगी। बाढ़ का गन्दा पानी घर में घुसकर मेरे घर का साफ पानी भी बाहर निकाल ले जाएगा—यह मैं समझ रही थी।"

बात खत्म होने पर क्या होता, कहना मुश्किल है। परन्तु बात खत्म होने से पहले ही सीढ़ी के पास रखा फोन झनझना उठा।

कंका चिल्ला उठी, "इस वक्त फोन? जरूर थाने से या किसी हॉस्पिटल से खबर दे रहे होंगे—मुझे मालूम था--मुझे मालूम था। भइया, फोन मुझे दो—।" दौड़कर कमरे में आई।

लेकिन तब तक रिसीवर कौशिक ने उठा लिया था। उसके गले से आवाज निकल रही थी—"सॉल्ट लेक से? सुशील? ओ समझा— क्या बात है? तुम्हारे बाबू—ऐं ! सच कह रहे हो? कैसे?"

सॉल्ट लेक और सुशील का नाम सुनकर कंका का बढ़ा हाथ नीचे लटक आया था। कौशिक कुछ क्षण उधर की बात सुनता रहा। उसके बाद बोला—"ओः ! अपने बाबूजी को छोड़ नहीं रही है? अच्छा ठीक है— जरा पकड़ो।"

रिसीवर को हाथ से दबाकर शान्तभाव से बोला, "कंका ! तुम्हारी लड़की रास्ते पर निकल कर किसी शरीफ सज्जन से दोस्ती करके उन्हें सॉल्ट लेक का पता

बताकर वहाँ पहुँच गई है। ठीक है, उसके पिताजी ने परेशान होने के लिए मना किया है। बात करोगी? तुम लोगों का नौकर सुशील।"

सिर से पाँव तक सुलग उठी कंका। इस भयंकर नाटक का यह अन्त? और खबर कर रहा है कौन? बाबू नहीं भृत्य। अर्थात् जानबूझकर अवज्ञा-प्रदर्शन।

कंका की आवाज 'भयानक' सुनने में लगी– "मेरा कहीं कोई घर नहीं है भइया। कोई नौकर भी नहीं है। मुझे बात नहीं करनी है। परेशान न होने के लिए कह कर अपनी महानुभवता का प्रदर्शन किया है– धन्यवाद कह दो। ओफ !"

कौशिक फोन पर बोला–"अच्छा ! ठीक है। मैं सभी को बता देता हूँ। क्या? कल सुबह– अच्छा, ठीक है ! रखता हूँ।"

धरित्रीदेवी व्याकुल होकर बोलीं, "क्या कहा रे कुशी? क्या बात है?"

"बताया तो। तुम्हारी धुरन्धर नातिन रास्ते में निकल कर किसी मोटर वाले महाशय और उनकी पत्नी को पटा-वटाकर सॉल्ट लेक वाले मकान का पता समझा कर वहाँ जा पहुँची है और बोली है– वहीं रहेगी। बाप से अलग नहीं हो रही है, इसीलिए नौकर से कहलाया गया।"

दुःखी होकर धरित्री बोलीं, "चलो अच्छा हुआ। इसीलिए तो कहते हैं पराए लड़के को कभी अपना नहीं बनाया जा सकता है। और भी अच्छा हुआ–वरना पता न चलने पर थाना-पुलिस....तहलका मच जाता। श्यामली की नानी लड़की चुराकर ले गई है ! हुं ! इतनी-सी लड़की–उस्ताद कितनी–देखो जरा।"

× × ×

कंका को अब कहीं जाना नहीं पड़ेगा।

कंका को कुछ नहीं करना होगा।

इसीलिए कंका निस्तेज हो गई। और अपनी उसी संवेदना को छिपाने के लिए अपनी बात पर जोर डालते हुए बोली, "तुलतुल खुद वहाँ जा पहुँची है, इस बात का भले ही तुम लोग विश्वास कर लो माँ, मैं नहीं करने वाली हूँ। जरूर इस काम के लिए आदमी लगाए होंगे। चारा डाला गया होगा।"

कौशिक ने इस बात का प्रतिवाद नहीं किया। उससे कहीं जरूरी था सीढ़ियाँ चढ़कर ऊपर पहुँचना और भयंकर घोषणा की एक घोषणाकारिणी को सँभालना। इसीलिए अवज्ञापूर्वक बोला– "सब अपने-अपने ढंग से सोचते हैं। हाँ, यह कहा है

कि कल पहुँचा जाएँगे।"

परन्तु धरित्रीदेवी बेटी को यों छोड़ने वाली नहीं थीं। कड़ाई से बोलीं–"तेरा क्या दिमाग खराब हो गया है कंका? सौगत जैसा लड़का ऐसा घिनौना काम भला कर सकता है?"

"कौन कैसा लड़का है यह क्या हर समय मालूम हो पाता है माँ?"

"लेकिन इस काम से उसे फायदा क्या होगा?"

"परम लाभ। मुझे तंग करना।"

"अगर ऐसी बात थी तो अपने-आप से खबर क्यों करवाता?"

"और क्या? अब दिमाग में बात आई होगी कि लड़की खो जाने पर हम तहलका मचा देंगे और उसे झमेले में डालेंगे। इसी डर से..."

"तेरा तो दिमाग ही खराब हो गया है कंका। राम-राम, जाऊँ, जाकर भगवान् के नाम से पूजा की मनौती मान कर पैसा रख दूँ।"

"उन्होंने तो कहा है कल सुबह पहुँचा देंगे।" धरित्री उठते हुए बोलीं।

"देख लेना, कल क्या होता है।" कह कर कंका भी दुमंजिले पर चली आई। भयंकर क्रोध आ रहा था उसे। जी चाह रहा था कुछ कर बैठे। क्या करे? लोगों की हँसी का जरिया बनकर गले में फाँसी का फंदा डालकर लटक जाए? या कि स्टॉक में जितनी भी नींद की गोलियाँ हैं उन्हें खाकर...

x x x

कल आधी रात तक तुलतुल को सुलाया नहीं जा सका था। सारे घर में दिशाहीन-सी दौड़ती रही, लगातार बोलती रही, "दादा, अब मैं कभी भी केयातला नानी के घर नहीं जाऊँगी।"

बाबूजी की गोद पर मुकम्मल कब्जा कर रखा था। यहाँ तक कि खाते वक्त भी। और न जाने कितनी बार कारण-अकारण ही 'सुशील' को बुला-बुला कर तंग कर डाला था।

अन्त में सुशील ने साफ कह दिया था, "अब बुलाया तो आऊँगा नहीं। मुझे क्या काम नहीं करना है?"

कितने दिनों बाद इस घर में खुशी की बाढ़ आई थी। कितने दिनों बाद बापी

नाम के लड़के के चेहरे पर खुशी की चमक दिखाई दी थी।

"दादा ! मेरे उस पाँव टूटे कुत्ते का पाँव किसने जोड़ा है? किसने वहाँ सजा कर रखा है? किसी ने नहीं? अपने-आप ही जुड़ गया है? झूठ—मैं जैसे इस बात पर विश्वास कर लूँगी।—दादा, दादा रे—मेरी सब चीजें हैं न? हैं?—स—ब? कितना मजा है। मैं तो सोच रही थी सब खो गई हैं। दादा, मेरी कोई चीज नहीं खोई है? हैं? वह टीन का सिपाही तक है? रस्सी पर कूदने वाला बन्दर भी? और टिनटिनदा कहता है कि मैं उसके खिलौनों की तरफ लालचियों की तरह ताकती रहती हूँ। दादा, तू ही बता, मैं लालची हूँ? मेरे पास तो कितने खिलौने हैं। इस अलमारी में रखे सारे खिलौने, मोटर, हाथी, एरोप्लेन, भालू सब कुछ तो मेरा ही है।"

सुशील बोला, "छत की सीढ़ी पर भी तो तुम्हारे ही खिलौने भरे पड़े हैं। कल सब लेती जाना।"

"क्या? मैं कल ले जाऊँ?" छिटक कर बोल उठी तुलतुल, "फिर कभी ऐसी गन्दी बात मुँह से मत निकालना।"

"वाह ! साहब ने तो कहा, कल सुबह ही···"

"तुम पक्के बुद्धू हो ! बहरे बुद्धू ! बिल्कुल नहीं कहा है बाबूजी ने। मुझे नहीं जाना है।"

"वाह ! तुम माँ के बिना रह सकोगी?"

"सुशीलदा ! अच्छी बात नहीं होगी, यह मैं कहे दे रही हूँ। तुम अपनी माँ को छोड़कर रह रहे हो कि नहीं? तुम क्या रात-दिन मैं-मैं करके रोते हो? मुझे बाबू जी को छोड़कर नहीं रहना पड़ेगा क्या?"

यह सारी बातें सौगत भी सुन रहा था।

सौगत को लगा—कितने शर्म की बात है ! इस अबोध शिशु की आशा से उज्ज्वल मनोदशा को मुझे अपने हाथों से कुचल डालना पड़ेगा। अपने-आप को चाबुक से मारने की इच्छा होने लगी। यह मैंने क्या किया है? मैं थोड़ा और सहनशील क्यों नहीं हुआ? मैंने भी क्यों कहा था कि 'इस तरह से अब रहना सम्भव नहीं?'

हालाँकि शाम को जब तुलतुल यहाँ आ पहुँची थी तब निंदासी थी क्योंकि कार में वह गहरी नींद में सो गई थी। श्रीमती वसुमलिक ने उसे धकेल-धकेल कर

उठाते हुए पूछा था, "क्यों बेटा, अब तो उठो। देखो—अपने बाबूजी का घर पहचनवा तो दो। यह देखो बड़ा डॉक्टरखाना।"

फिर निराश होकर बोलीं, "सुनो जी, यह तो नींद के मारे बेहोश है। अब क्या हर घर से पूछना पड़ेगा? फिर बच्चे की बात—अगर गलत पता हो तो? कहीं कोई यह न समझे कि एक सोए हुए बच्चे को उनके सिर मढ़ने आए हैं।"

"इसमें असम्भव कुछ नहीं है।"

"तब क्या होगा?"

"ठहरो। तुम इसे जगाने की कोशिश करो तब तक मैं डॉक्टरखाने से उसके बताये फोन नम्बर पर ट्राई करके देखता हूँ।"

"अरे वाह। तुम्हें नम्बर याद था? मैं तो याद करते-करते..."

"मैंने नोटबुक में लिख लिया है।"

"गनीमत है।"

"खूब गनीमत शायद न हो। नम्बर गलत-सलत भी हो सकता है। बच्चे ही ने तो बताया है। कितना ठीक है..."

नहीं, बच्चे के बताने पर भी नम्बर गलत-सलत नहीं था। उस वक़्त सौगत मुखर्जी दफ्तर से लौटे थे।

अपरिचित कण्ठ द्वारा फोन का वक्तव्य सुनकर चौंक उठे। आपा ही खो बैठे थे। तुरन्त ही तटस्थभाव से कहा था—"काइण्डली, वहीं मेरा इन्तजार कीजिए, मैं अभी आ रहा हूँ।"

तुरन्त ही पहुँचे थे।

वसुमलिक ने मोटर का दरवाजा खोलकर अन्दर की बत्ती जला दी थी। सौगत ने उसी खुले दरवाजे से हाथ बढ़ाकर बेटी के रेशमी मुलायम बालों के गुच्छे को सहलाते हुए बड़ी मुश्किल से उमड़ते आवेग को रोक, स्वाभाविक स्वरों में पुकारा, "तुलतुल ! तुलतुल ! " और उसी क्षण तुलतुल 'बाबूजी' कहकर हड़बड़ाकर उठ बैठी।

श्रीमती वसुमलिक बोलीं—"देखो जरा, तब से इतना बुलाया जा रहा है और अब एक ही आवाज में..."

तुलतुल ने शायद ही उनकी बात सुनी होगी। चेहरे पर बिखर आये बालों को

हटाए बगैर ही सीट से उतरकर खड़ी हो गई और दोनों हाथ आगे बढ़ा लिये।

और उसके बाद ही एक चौड़े सीने पर सिर रख कर फिर सो गई थी। और वह चौड़ा सीना?

जहाँ एक गहरा घाव लगातार मवाद भरते-भरते लाइलाज हो गया था। सहसा उस पर किस औषधि का प्रलेप लगा कि सारी तकलीफ दूर हो गई और रिस रहा घाव पल-भर में भर गया।

x x x

मुस्कुराकर वसुमलिक बोले, "खैर, सही जगह ही पहुँच सके हम।"

"आपको मैं किस मुँह से··· छोड़िए, धन्यवाद देने की कोशिश नहीं करूँगा। पता नहीं, इस अद्‌भुत घटना के पीछे कौन-सा इतिहास छिपा है। चलिए सुना जाए।"

यद्यपि वसुमलिक साहब ने एक-दो बार आपत्ति प्रकट की। बोले, "आज जाने दीजिए। इसे देखिए—हम चलें।"

सौगत माने नहीं।

कहा था, "अभी कैसे चले जा सकते हैं, बताइए?"

बिटिया को यत्नपूर्वक सोफे पर लिटाकर सुशील को आवाज लगाई। उसके आने पर अतिथि-सत्कार करने का इंगित किया।

तब श्रीमती वसुमलिक बोली थीं, "मुझे लगता है इसे जगा कर कुछ खिलाना चाहिए। नींद से कम, वक्त से कुछ न खाने के कारण शायद सुस्त पड़ी है। पता नहीं कब से निकली है, कितना चली है—थक गई होगी।"

इसके बाद सौगत को, उसकी लड़की की तीव्र बुद्धि की प्रशंसा करते हुए सारी घटना कह सुनाई थी।

"किसी हालत में नहीं बताया था इसने कि कहाँ से आई है, जिससे कि हम इसे ले जाकर वहाँ छोड़ न दें।"

बातें हुईं, चाय-नाश्ता हुआ। इसके बाद तुलतुल की निद्रा भंग हुई।

"दूध दो।"

"नहीं तो फिर हॉर्लिक्स? कमप्लॉन? ओवल्टीन?"

"नहीं-नहीं–ये सब कुछ नहीं। जो देना है मैं ला रहा हूँ।" सुशील चला गया।

एक प्लेट में कुछ केक के टुकड़े और एक प्लेट में आलू के चिप्स लेकर लौटा।

यह दृश्य देखते ही तुलतुल की नींद भाग गई थी। होंठों पर हँसी बिखरी और शुरू हो गईं बातें।

आठ

"इस हरी कार वाली बुआजी ठीक हमारी बुआजी की तरह हैं न?" अपने बाबूजी से कहा था–"तुम जरा इनका मकान तो समझ लो बाबूजी। एक ना एक दिन तो घूमने जाना ही पड़ेगा।"

"सुनो, तुम लोगों का वह बच्चा अमेरिका से आएगा तो मैं उसे देखने जाऊँगी–अच्छा? अपना दोस्त बना लूँगी–ठीक है न?"

"हाँ, इस हरी कार के कारण ही शायद गलतफहमी शुरू हुई थी।"

"किस्मत की बात है कि आप लोग मिले। अगर किसी बदमाश आदमी के हाथ पड़ जाती। ईश्वर की असीम कृपा है।"

उन लोगों के जाने के बाद भी आधी रात तक बोलती-बतियाती रही।

इतनी-सी जान, छोटा-सा हृदय, उसमें अगर तूफान उमड़ पड़े तो कैसे सँभाल सकता है कोई?

आधी रात तक शोर मचाने के बाद थोड़ी देर के लिए पस्त पड़ी तो झपक गई थी। सुबह होते ही उसके मुँह से फिर फुलझड़ी छूटने लगी।

इतनी-सी जान, सारे घर में भागती फिर रही थी। इस कमरे, उस कमरे, बरामदा, सीढ़ी, फिर नीचे, कभी ड्राइंगरूम तो कभी किचन।

"ओ दादा! दादा रे, अभी भी वही कौआ उस पेड़ पर बैठकर काँव-काँव करता है?"

"ओ सुशीलदा! अभी भी तुम चाकू से प्याज काटते हो?–ओ माँ रे, 'चारू की माँ सोना' आ गई है? देख क्या रही हो बुद्धू की तरह? मुझे पहचान नहीं रही हो क्या? ही ही ही–जी हाँ, अब मैं यहीं रहूँगी। लौट कर नहीं जाऊँगी। माँमोनी

अगर न आना चाहें तो रहें अपनी माँमोनी के पास। मेरा क्या? मैं क्या तुम लोगों के पास नहीं रह सकती हूँ?"

"बाबूजी, बाबूजी। उस आसमान के बराबर ऊँचे मकान का बाँस खोल डाला गया है क्या? अब इतना सुन्दर रंगीन बन गया है? इतने-इतने सारे फ्लैटों में ढेर-ढेर सारे लोग आ गए हैं न? तब सोच लो मैं कितने साल से चली गई हूँ– और यह बुद्धू सुशीलदा कह रहा है अभी एक साल भी नहीं हुआ है। गिनना ही नहीं जानता है। जानेगा भी कैसे भला? बेचारा! उसे तो किसी ने पढ़ने के लिए स्कूल में ही नहीं भेजा। बाबूजी, आज इतवार है न? कितना मजा आएगा–न तुम्हें दफ्तर जाना है और न मुझे और दादा को स्कूल। बाबूजी, तुम जमीर भाई से कह दो न, जरा नानी के यहाँ से जा कर मेरी स्कूल की किताबें ले आए। तुम मेरी ड्राइंग कॉपी देखोगे तो खुश हो जाओगे। सबमें वैरी गुड मिला है।"

"यहाँ तो और भी मजा आएगा। मजे से स्कूल बस आएगी। वहाँ आती ही नहीं है। अच्छा बाबूजी, माँमोनी हर वक्त रास्ते पर जा-जाकर क्या करती हैं, बताओ जरा। नानी कहती हैं 'राजकाज'। राजकाज किसे कहते हैं बाबूजी?"

"ए दादा, चल न छत पर, झूला झूलेंगे। तू अब झूला नहीं झूलता है? ऐ माँ! क्यों? अच्छा नहीं लगता है? बेचारा! अगर तुझे जाकर दो-चार-पाँच साल नानी के यहाँ रहना पड़ता तो समझता। बाबूजी ने कल टिनटिनदा की बात करने से मना किया है इसीलिए नहीं बता रही हूँ।–बताती तो समझ जाता तू।– ए दादा, देख–देख उस गौरैया को। वही है जो हर वक्त घर में घुस आती है। दादा, अभी भी तेरे कमरे की खिड़की से चौकोर धूप कमरे में आती है? अरे बड़े मजे की बात है। सब कुछ ठीक-ठाक है। ओ सुशीलदा, क्या रसोई बनाने जा रहे हो? आओ न बातें करें।"

बापी बोला–"तू तो बुद्धू है। उसके पास काम नहीं है क्या?"

"तो क्या सारे दिन काम ही करेगा?"

"करना ही पड़ेगा।"

x x x

तितली का उड़ना एक समय बन्द हुआ। बड़ी चिन्तित-सी लगीं वह–"अच्छा दादा। तू तो बड़ा बुद्धिमान है, यह बता सब कुछ पहले जैसा ठीक कैसे होगा?"

दादा, कल सहसा तुलतुल के आविर्भाव से, पहले वाला लड़का बन गया था। जैसे, हर समय मुँह पर पड़ा पर्दा, एक तेज हवा के झोंके से उड़कर दूर कहीं गिरा था। उसे भी खुशियों ने घेर लिया था। वह भी तुलतुल के साथ-साथ इस कमरे, उस कमरे में भागता रहा था। हँस रहा था, खूब बोल रहा था। घर में हुए थोड़े-बहुत परिवर्तनों को दिखा रहा था—जैसे नई एक काँच की अलमारी में तुलतुल के फैले-बिखरे सारे खिलौने सजा कर रख दिए गए थे। उनमें कुछ नये खिलौनों की बढ़ोतरी भी हुई थी।

"ये देख, कहीं घूमने गई थीं बुआ, तेरे लिए यह खाना बनाने का सारा सामान लाकर रख गई हैं। छोटे-छोटे बर्तन, हाँड़ी, डेगची, कड़ाही, चकला, बेलन। और एक दिन बाबूजी यह सुन्दर हिरन ले आए थे। और सुरजित चाचा न? एक दिन किसी मेले से यह 'पिंजड़े वाली चिड़िया' ले आए मेरे लिए। एक दिन अचानक लाए थे। मैं लेकर क्या करता? तेरे लिए रख दी है मैंने। देख, चिड़िया बिल्कुल सचमुच की चिड़िया जैसी है। देख न, दोनों चोंच के बीच में एक लाल मिर्च भी है। जैसे अभी खाएगी।"

हाँ, बापी खुली आवाज में ऐसी ही बातें कर रहा था। यह आवाज अब कहाँ सुनाई पड़ती है?

कल तुलतुल की असीमित प्रसन्नता के कलझंकार के बीच-बीच में बापी के खोए स्वर कानों से जब-जब आकर टकराए—सौगत विगलित हुआ।

परन्तु आज सुबह बापी ने बहिन का प्रश्न सुनते ही अपना वही मुखौटा चढ़ा लिया। उसी मुखौटे में से बोला—"कैसे ठीक होगा सुनूँ तो जरा?"

"वाह! बिल्कुल पहले की तरह। सब कोई यहीं रहेंगे। माँमोनी, मैं, तू, बाबूजी। माँमोनी चाय की मेज पर बैठकर टोस्ट में मक्खन लगा-लगा कर हमें देंगी—"

"चुप—अब वह सब कुछ नहीं होगा। थोड़ी देर बाद ही तुझे बाबूजी केयातला भेज देंगे।"

"क्या? ईश! ऐसा हो सकता है? कभी नहीं। मैंने बाबूजी को बता दिया कि नानी के घर कभी नहीं जाऊँगी।"

"तेरे कहने से ही जैसे सब मान लेंगे। बाबूजी ने सुबह ही सुशीलदा से कह दिया है कि तुलतुल को जो खाना पसन्द है वही-वही बनाकर जरा जल्दी खिला

देना। उसे भेज देना है।"

तुलतुल तेजस्वी स्वर में बोल उठी, "मैं जाऊँगी तब न? हरगिज नहीं जाऊँगी। किसी तरह नहीं जाऊँगी।"

"तेरी बात सुनेगा कौन?"

"ओ दादा! मैं अगर जोर-जोर से रो-रोकर कहूँ कि नहीं जाऊँगी?"

"रोते-रोते तेरा गला फट जाए तब भी घसीटकर ले जाएँगे।"

"दादा! बाबूजी ऐसे हैं?"

"सभी ऐसे हैं। समझी? इस दुनिया में बच्चों की बात कोई नहीं सुनता है। उनका दुःख, उनकी तकलीफ किसी की समझ में नहीं आती है। बस, वे सब 'अपनी मर्जी' का काम करते हैं। करें। बड़ा होकर मैं इन सबसे बदला लूँगा।"

परन्तु भयभीत-व्याकुल, कातर तुलतुल दादा के बड़े होने तक धैर्य कैसे धरे? दोनों हाथ फैलाकर दादा से लिपट गई, "दादा, मैं तेरे पाँव पड़ती हूँ, मुझे कहीं छिपा दे। अपने पलंग के नीचे या फिर छत के सीढ़ी वाले कमरे में। बाबू जी जब ले जाने के लिए ढूँढ़ेंगे तब तू कहना, हाँ तुलतुल को तो मैंने देखा ही नहीं।"

"हुँ-हुँ! मैं तेरी तरह पागल तो नहीं हूँ।"

हताश तुलतुल सुशीलदा के पास पहुँची–उसे कहीं गायब कर दें। परन्तु तुलतुल का भाग्य ही ऐसा था कि किसी ने उसकी बात नहीं मानी।

सभी ने कहा, "हम कोई पागल हैं क्या?"

सौगत कहीं गए थे। उनके लौटते ही उनसे लिपट गई।

"बाबूजी! तुम क्या फिर उसी नानी के घर छोड़ आओगे?"

कहा जाता है मर्दों की आँखों में आँसू नहीं आते हैं। जबकि उनकी आँखों की शिराएँ स्टील से नहीं बनाई गई हैं। अतएव मनोबल का सहारा लेकर ही वे उस स्थिति में पहुँच पाते हैं। सौगत बोले–"वहाँ नहीं ले जाऊँगा तो वे लोग चिन्ता नहीं करेंगे?"

"करने दो चिन्ता। तुमने तो कल ही कह दिया था 'चिन्ता न करें'।"

"फिर भी। तुम्हारी नानी क्या सोचेंगी? और तुम्हारी माँमोनी–"

सहसा वही कातर प्रार्थना करती व्याकुल रुआँसी बच्ची सिंहनी की भाँति

गर्दन झटक कर सीधी खड़ी हो गई। आँखों से आग के गोले बरसाते हुए बोली–"ओ! समझी। समझ गई। तुम फिर भगा देना चाहते हो। तब फिर टिनटिनदा ने ठीक ही कहा था। इस घर में मुझे रहने नहीं दिया जाएगा। ठीक है, मैं अभी चली जा रही हूँ। पैदल ही चली जाऊँगी। फिर यहाँ कभी नहीं आऊँगी। इतनी बार कह रही हूँ, तुम लोगों के पाँव तक पड़ी, फिर भी..."

वही रंगीन तितली क्या सहसा एक भयानक प्राणी बन गई? दुःख से, अभिमान और अपमान से? उसे अपमान-बोध कुछ ज्यादा ही है। या फिर हर बच्चे में इस बात की समझ कुछ ज्यादा ही रहती है। बड़े इतना ध्यान नहीं देते हैं। वे सोचते हैं–'बच्चा है, वह क्या समझेगा?' या 'बाप रे, इतने से बच्चे का गुस्सा देखो जरा।'

साधारण इन्सान, दुनियादारी में पक्के इन्सान, दूसरों की ऐसी मानसिक अभिव्यक्ति को 'गुस्सा' मान लेते हैं और खुद नाराज होते हैं। कितने लोग हैं जो सहानुभूति से किसी बात पर विचार करते हैं?

ननिहाल में अक्सर तुलतुल सुनती, "बाप रे, इतनी-सी लड़की का गुस्सा देखो।"

परन्तु आज सौगत मुखर्जी के इस घर में किसी ने यह बात नहीं कही, बल्कि सब पत्थर की मूर्ति में परिवर्तित हो गए थे।

सुशील ने जब देखा था, उसकी इतने यत्न से बनाई 'मिर्च-मसाला रहित' सब्जी को, झींगा मछली को, तुलतुल ने मेज पर कटोरी में से निकाल कर फेंक दिया, तले हुए आलू के चिप्स फर्श पर फेंकते हुए कहा, "कभी भी मैं तले आलू नहीं खाती हूँ फिर भी देगा।" तब मुँह फेरकर सुशील ने कंधे से मुँह रगड़ लिया था।

फिर जब चावल में दाल-तरकारी सानने के बाद एक-आध कौर खाकर थाली में पानी डालते हुए कहा, "इतना खाना क्या एक आदमी खा सकता है?" तब बापी ने भी कटोरी उलट कर थाली पर रखते हुए कहा, "यही तो मैं भी रोज कहता हूँ कि सुशीलदा, इतना खाना मत परोसा करो।"–दोनों उठकर चले गए थे।

लेकिन एक और इन्सान?

"अभी चली जा रही हूँ," कह कर जो फटाफट सीढ़ियाँ उतरी जा रही थी उसे बड़ी मुश्किल से, समझा-बुझा कर जिसने खाना खाने के लिए बैठाया था–वह

अभागा इंसान?

वह क्या करे? क्या वह उस पत्थर की प्रतिमा के आगे जाकर घुटने टेक दे और कहे, "सारा कसूर मेरा था। सारी गलती मुझसे हुई है। मैं फिर कहता हूँ–इस तरह अब रहा नहीं जा रहा है। बीच के ये कुछ दिन दुःस्वप्न समझ कर भूल जाओ।"

इसी कल्पना में खोया कुछ देर तक बैठा रहा सौगत।

सुशील ने कहा–"सर! इस तरह बैठे रहने से क्या फायदा होगा? आज भगवान् ने हम में से किसी के लिए अन्न नाप कर नहीं दिया था।" सुनकर सौगत ने जल्दी से कुछ कौर मुँह में भरे।

कहा–"भूख नहीं है रे। खैर, तू तो थोड़ा-बहुत खा ले बेटा। मेरे साथ तुझे भी चलना है।"

'तू तो थोड़ा-बहुत खा ले बेटा'– यह किसकी भाषा है?

'सर' के मुँह से आज तक कभी किसी दिन यह भाषा नहीं सुनी है सुशील ने। सुशील को थोड़ी देर के लिए वहाँ से हटना ही पड़ गया।

नाक, मुँह, आँख पोंछ कर लौटा। बोला, "नानी जी के घर एक बार फोन करना कैसा रहेगा? कहें तो मैं ही..."

सौगत उस की ओर देखकर धीमे से मुस्कुराया। फिर बोला–"तू क्या कहेगा?"

"कहूँगा, आज बिटिया नहीं जाएगी। जाना नहीं चाहती है। जिद्द कर रही है। कल चली जाएगी।"

"उससे फायदा? कल भी तो जाना ही पड़ेगा।"

"सर!"

नहीं–सुशील से कंका 'साहब' न बुलवा सकी थी घर के मालिक को। सुशील ने यह सम्बोधन अपनी बुद्धि से आविष्कृत किया था।

सौगत अनमनेभाव से बोला– "बात क्या है?"

"जाना ही पड़ेगा? यह क्या कानून है?"

सौगत चौंका, फिर सँभल कर उसी तरह बोला, "यही तो मुझे पता है।"

सुशील ने एकाएक बड़ी हिम्मत से एक बात कह डाली। आवाज भी उसकी तेज हो गई—"पता है। इसीलिए क्या मानना भी होगा? आप उसके पिता नहीं हैं?"

सौगत दुबारा चौंका। सुशील के दुःसाहस को देखकर क्या गुस्से से उबल पड़ा? कहाँ? कभी शायद इन्सान 'नीच जाति' के लोगों के दुःसाहस को भी हजम कर जाते हैं। सौगत के पिता सौभाग्य मुखर्जी जब एकाएक बिना किसी नोटिस के मृत्युलोक को चल दिए थे, सौगत घर पर नहीं था। बस, थोड़ी देर के लिए ही नहीं था। लौटकर देखा घर में लोग ही लोग—सारा घर लोगों से खचाखच भरा। घर में जो काम करती थी वही जाकर अपने पास-पड़ौस वालों को बुला लाई थी। (उस समय तक यहाँ झुग्गी-झोंपड़ियाँ थीं कुछ-कुछ) वे ही लोग दुमंजिले तक चढ़ आए थे। उनके ड्राइंगरूम में, बालकनी में, कमरों में घूमते फिर रहे थे। यहाँ तक कि तभी-तभी मरे सौभाग्य मुखर्जी की लाश को भी घेर रखा था उन्होंने। वे लोग ही डॉक्टर बुला लाए थे। डॉक्टर ने जब अपनी आखिरी राय सुनाई, सभी हाय-हाय कर उठे। सौगत जब ऐसी परिस्थिति में अ। पहुँचा, सभी दबी आवाज में भर्त्सनासूचक प्रश्न पूछ बैठे, "अब तक आप थे कहाँ?"

उस दिन सौगत उनके दुःसाहस पर गुस्सा नहीं हो सका था, बल्कि असहाय भाव से उन्हीं के आगे कैफियत देने लग गया था—वह कहाँ गया था और क्यों गया था।

इस समय भी उसी तरह कैफियत दी उसने घर के नौकर को—"क्या करूँ? उपाय नहीं है।"

"तब फिर मैं क्या करूँ? जब उपाय ही नहीं है—" कहता हुआ सुशील वहाँ से चला गया।

अगर चला न गया होता तो शायद इस दुर्बल मौके पर सौगत उसी से कह बैठता, 'तू तो जानता नहीं है रे। आज ही न पहुँचा आऊँगा तो उसकी माँ पुलिस में रिपोर्ट लिखा देगी कि मैं उसकी लड़की को चुरा कर ले आया हूँ। कहेगी, इतनी जरा-सी लड़की कहीं अकेली आ सकती है?—जरूर मैंने ही चालाकी से…'

सौगत की रक्षा सुशील ने ही की—'सर' की कापुरुषता पर धिक्कारते हुए सामने से चले जाकर। उसकी अपनी दुनिया के लिए यह एक अजीब बात थी। लड़की रहने के लिए तड़प रही है और बाप बीवी के डर से उसे जबरदस्ती उसकी

माँ के पास छोड़ने चला जा रहा है।

x x x

शिशु की समझ की दुनिया भले ही बहुत विकसित न हो, उसमें भी प्रत्याशा की क्षमता तो रहती ही है। अगर वह कुछ पाना चाहे, जो उसके लिए दुष्प्राप्य हो, वह तब जी-जान से लड़ता है। आशा करता है लड़ते-लड़ते जीत जाएगा।

तुलतुल भी उसी अबोध प्रत्याशावश जी-जान से लड़ती जा रही थी। लेकिन अन्त में जब पाया कि जीत की जगह वह हार गई है, एकाएक चुप मार गई।

जिस समय बापी ने कहा, "गए बगैर तेरा गुजारा नहीं। जमीर भाई भी आ गए हैं। जा, चली जा। कह तो रहा हूँ बच्चों को कोई इन्सान नहीं समझता है।"

उस वक्त तुलतुल ने बिना किसी आपत्ति के, और बिना एक शब्द मुँह से निकाले, जूता उठाकर पहनना शुरू कर दिया। उसे लगा दादा भी कितना निष्ठुर है।

बापी के कहने पर सुशीलदा ने एक बैग में ढेर सारे बढ़िया-बढ़िया खिलौने भर लिए थे। ज्यों ही सुशील ने वह बैग उठाया तुलतुल चिल्ला उठी, "इसे क्यों लिया जा रहा है?"

"बापीदा ने कार में रखने को कहा है।"

"नहीं। हरगिज नहीं। जाओ, जाकर रास्ते में फेंक दो।" कह कर पाँव पटकती नीचे उतर गई।

बापी कहीं आसपास दिखाई नहीं पड़ा। और सौगत? वह तो पहले ही से हरी कार के सामने ड्राइवर के पास वाली सीट पर बैठा था। पीछे सुशील और तुलतुल बैठेंगे। तुलतुल चढ़ी और चढ़ते ही तीव्र तीक्ष्ण स्वरों में बोल उठी–"ठीक है। मैं भी दादा की तरह बड़ी हो जाने पर इसका बदला लूँगी। रोज-रोज रास्ते में निकल जाऊँगी और रास्ते की भिखमंगी लड़की बन जाऊँगी। फटे कपड़े पहन कर फुटपाथ पर बैठी-बैठी कटोरे में लाई भर कर खाऊँगी।"

उसकी बात क्या सौगत ने नहीं सुनी? अवश्य सुनी थी। सुनी न होती तो उसी क्षण एक संकल्प न कर बैठता। हाँ, वह जाकर उस लौह प्रतिमा के आगे घुटने टेक देगा। कहेगा–'देखो, इन निरपराध दोनों बच्चों को तो हम ही दुनिया में लाए थे न?'

पुरुष के लिए घुटने टेकना क्या मुश्किल काम है? उस झुकने में भी

औदार्यमय गौरव है। वीरोचित महिमा।

लेकिन औरतों के लिए? नत-मस्तक होने में मर्यादा कहाँ? सिर झुकाना तो करुणाप्रार्थिनी की भूमिका निभाने के समान है। जान भले चली जाए, कंका सिर झुका कर करुणा-भिक्षा माँगने वाली नहीं।

प्रकृति का अमोघ नियम देखो। प्राणी-जगत् के ये दो जीव सदा से एक ही भूमिका निभाते आ रहे हैं– 'दाता' और 'ग्रहिता' की भूमिका। इस भूमिका का बोझ ढोते-ढोते क्रमशः असहिष्णु हुई जा रही हैं महिलायें और उनकी असहिष्णुता सहस्रों जटिलताओं की सृष्टि कर रही है। आत्म-मर्यादा और अभिमान में तालमेल न बैठ पाने के कारण आत्महत्या की ओर उनके कदम उठ रहे हैं। स्वतन्त्रता का बोध उनके अनेक 'शुभबोधों' का विनाश कर रहा है।

न जाने आगे चल कर समाज क्या रूप लेगा। आज के व्यक्तिगत झगड़े और आत्म-मर्यादा की लड़ाई में पिस रहे हैं छोटे बच्चे। परन्तु उनकी बात सोचता कौन है? लड़ाई करते समय बच्चों की चिन्ता किसे होती है?

खैर, जिस समय एक पक्ष सोच रहा था बच्ची के भले के खातिर घुटने टेक देना, दूसरा पक्ष सोच रहा था अगर आज उसने लड़की को रोका तो मैं पुलिस केस किए बगैर छोड़ूँगी नहीं। और जब वह 'बिच्छू' लड़की मेरे हाथ लगेगी तब दिखा दूँगी कि सही रास्ते पर लाना किसे कहते हैं। इन लोगों ने सोचा क्या है? समाज में अपदस्थ करना ही इनका उद्देश्य है क्या? उस लड़के को देखो। इतना-सा लड़का, माँ का मुँह नहीं देखेगा? और वह दो अँगुल की लड़की, माँ की हिफाजत से कैसे भाग निकली? जाकर उसी बाप के पास पहुँच गई? इस अपमान का बदला लूँगी नहीं क्या?

x x x

लेकिन क्या उस आदमी को मौका मिला था यह कहने का कि 'इन दोनों शिशुओं को तो हम ही पृथ्वी पर लाए थे? उन्हें हम न समझेंगे तो और कौन समझेगा?' नहीं, वह अवसर ही नहीं मिला।

एकाएक भूतपूर्व दामाद को (कभी का इष्ट देवता तुल्य दामाद) देखकर खुशी से, दुःख से भावुक होकर धरित्रीदेवी रो उठीं।

बोलीं, "कहाँ गई है, कैसे बताऊँ बेटा? कहाँ जा रही है, क्यों जा रही है

और कब वापस लौटेगी वह क्या हमें बता कर जाती है? पूछने पर कहती है, 'मैं क्या नजरबन्द कैदी हूँ जो कब क्या कर रही हूँ बताना पड़ेगा? देर हो जाए तो खाना खा लिया करो, मेरे लिए किसी को बैठे रहने की जरूरत नहीं।' "

एक साथ इतनी सारी बातें कहकर धरित्रीदेवी आँचल उठाकर आँखें पोंछने लगीं। परन्तु जिसे इतनी सारी बातें बताईं उसके लिए क्या नई थीं? यह सब बातें तो उसे रटी पड़ी हैं।

परन्तु क्या वह असली इन्सान से न मिलकर निराश हुआ था? ऐसा तो नहीं लग रहा है।

जिस समय धरित्रीदेवी विगलित-विचलित होकर बोलीं, "तुम खुद लड़की को पहुँचाने आए हो बेटा—मुझे और कुछ कहना ही नहीं है। हमारा तो सिर ही झुक गया है।—कंका तो घर पर नहीं है।"

'घर पर नहीं है? कंका नामक महिला घर पर नहीं है?' सुनकर सौगत मुखर्जी नामक इन्सान के सीने पर से मानो एक पहाड़ उतर गया। पुराने जमाने के लोग कहते—'पसीना आकर बुखार उतर गया।'

झुक कर धरित्रीदेवी के पाँव छू लिए सौगत ने, "ठीक है। आप लोग तो हैं न?"

लोग अर्थात् शर्मिला भी।

यद्यपि कल से ननद के साथ वार्तालाप बन्द है लेकिन भूतपूर्व ननदोई को उसने आँख के इशारे और मुँह से भी आमन्त्रित करते हुए कहा, "कर्त्तव्य समाप्त कर दरवाजे के पास से ही लौट जाओगे क्या? अच्छा देखूँ तो जरा, मेरे हाथ की चाए पीए बगैर तुम जाते कैसे हो?"

छोटी ननद के पति को शर्मिला रिश्ते में बड़ी होने के कारण 'तुम' ही कहती है। हालाँकि सौगत उससे उम्र में बहुत बड़ा है।

कंका अनुपस्थित। उसके एकाएक लौटने की सम्भावना भी नहीं है अतएव सौगत निमन्त्रण-रक्षा का प्रलोभन त्याग न सका।

हमेशा के स्टाइल से दामादों वाला आदर-सत्कार हुआ—चाय पिलाने बैठाया गया। हमेशा की तरह धरित्रीदेवी पास बैठ कर अनुरोध कर-करके उसे प्लेट का पूरा नाश्ता खिला कर मानीं। बार-बार कहती रहीं कि बदकिस्मत लड़की के कारण

उन्होंने ऐसा दामाद खो दिया है।

शर्मिला बोली, "सोचते हुए भी कष्ट होता है—विश्वास तक करने की इच्छा नहीं होती है कि तुम अब हमारे 'अपने' नहीं रहे।"

सौगत भावविभोर होकर बोला—" 'अपने' शब्द का एक ही मतलब नहीं होता है भाभी। सामाजिक बन्धन में बँधे न रहने पर क्या कोई 'अपना' नहीं होता है?"

शर्मिला बोली—"तुम्हारी ये बात मुझे याद रहेगी।"

जितनी देर कंका घर के बाहर रहती है घरवाले चैन की साँस लेते हैं। आने वाले का भी यही हाल था।

कंका उपस्थित रहती तो न जाने क्या परिस्थिति होती। सोचना भी कठिन है।

धरित्रीदेवी बोलीं, "तुमने मुझे कभी 'माँ' पुकारा था, उसी अधिकार से कह रही हूँ कभी-कभी आते रहना। कितने दिनों बाद तुम्हें देखकर मेरी छाती ठंडी हो गई। जा रहे हो? ठहर जाओ, उस शरारती लड़की को बुला लाऊँ। पगली, आते ही जाने कहाँ भाग खड़ी हुई है। बच्चा ही तो है—दादा-दादा करके पागल हुई जा रही थी। वरना इतनी-सी लड़की ऐसा असीम साहसिक काम कर सकती है?"

फिर उन्होंने भगवान् को धन्यवाद दिया कि तुलतुल किसी बुरे आदमी के हाथ नहीं पड़ी थी।

वह तुलतुल को बुलाने ऊपर गईं।

सौगत ने पूछा, "आपका लड़का दिखाई नहीं दे रहा है?"

शर्मिला बोली, "आज उसके स्कूल से मामा के यहाँ जाने की बात है।"

स्वाभाविक बात थी। इस बात के अन्दर एक और बात छिपी है, यह सौगत कैसे जानेगा? शर्मिला ने यह घोषणा की थी अपनी सास, पति, ननद की उपस्थिति में, "जब तक कि हम कोई व्यवस्था नहीं कर लेते हैं तब तक टिनटिन मेरी माँ के पास ही रहेगा। जहरीली हवा का दूर रहना ही ठीक है।"

व्याकुल होकर धरित्री बोली थीं, "तुम लोग क्या व्यवस्था करोगी बहूरानी? मैं क्या सोना छोड़कर मिट्टी आँचल में बाँधूँगी?"

"वह आप जानें।"

लेकिन अब?

अब इस बात को सौगत ने अस्वाभाविक नहीं समझा। यद्यपि तुलतुल से टिनटिनदा की जो-जो शिकायतें सुन चुका था उसके बाद उससे मिलने की जरा भी इच्छा नहीं थी। प्रश्न तो सौजन्यतावश किया था। उसे देखने से बच गया सोचकर निश्चिन्त हुआ।

शर्मिला से बोला, "आज मैं सोचकर आया था कि आपकी ननद के आगे हाथ जोड़ कर दोष स्वीकार करूँगा।"

"दोष स्वीकार?"

"हाँ। बहुत सोचा–लगता है मेरा ही कसूर होगा। मुझमें धैर्य की कमी है। सहानुभूति का अभाव है। मैंने ही शायद उसे समझने की चेष्टा नहीं की।"

हालाँकि शर्मिला कंका की तरह सुन्दरी नहीं, न ही वह कंका की तरह हर समय होंठों से कानों तक एक विद्रूपपूर्ण तिरछी हँसी लिए फिर सकती है। फिर भी वक्त पड़ने पर विद्रूपभरी हँसी हँसना वह भी जानती है।

वही हँसी हँसकर शर्मिला बोली–"उसे समझने की चेष्टा? उसे समझने की क्षमता तो स्वयं उसके सृष्टिकर्ता में भी है या नहीं, इस पर सन्देह है।"

एकाएक सौगत को महसूस हुआ कि जीवनयापन करने के लिए क्या 'खूब सुन्दरी' का होना जरूरी है? खूब सुन्दरी में ही शायद सब तरह की जटिलता, अनेक तरह का कम्प्लेक्स देखने को मिलता है। वे अपने को बहुत ऊँचे एक मंच पर खड़ा कर सर्वसाधारण को देखती हैं।

धरित्रीदेवी दुमंजिले से उतर आईं। कुछ झिझकते हुए बोलीं–"झक्की माँ की झक्की बेटी। एकाएक चित्रकला की ऐसी धुन सवार हुई है कि तस्वीर बनाना छोड़कर आना ही नहीं चाह रही है। मैंने कहा भी कि 'पिताजी जा रहे हैं' तो बोली,'देख नहीं रही हो मैं तस्वीर बना रही हूँ।'

"ठीक है। शान्त रहने के लिए कहिएगा।"

सौगत म्लान हँसी हँसकर निकल आया। कार में बैठकर गर्दन ऊँची करके देखने की चेष्टा की–कहीं नीली फ्रॉक तो नहीं दिखाई पड़ रही है। नहीं। नीले आसमान के अलावा और कुछ भी नहीं दिखाई दिया।

कंका की अनुपस्थिति की खबर ने सौगत के सीने पर से एक पहाड़ का भार उतार दिया था परन्तु कंका ने जब सुना कि सौगत लड़की को पहुँचा गया है तब उसके सीने पर एक पहाड़ जैसे आकर चढ़ बैठा। मुलाकात नहीं हुई।

भयंकर-भयंकर धारदार जो बातें कंका कहना चाह रही थी वह सब व्यर्थ चली गईं। भयंकर कुछ करने का अवसर नहीं दिया उस आदमी ने।

क्या करती? कंका ने अपने बंकिम हास्य की छुरी से बेचारी माँ को ही बेध डाला—"यह अच्छा हुआ। निर्विघ्न और निश्चिन्त होकर दामाद का लाड़ कर लिया न? फेवरिट सलहज के हाथ की बनी चाय-वाय पीकर गया है न?"

धरित्रीदेवी बिगड़ कर बोलीं—"तेरा जैसा काला मन है वैसी ही बातें कर रही है। ऐसा लड़का—तूने उसकी कद्र नहीं जानी। और उधर प्रेम करके···"

"रहने दो माँ। पुराने इतिहास में से नाटक के डायलॉग मत छाँटो। मेरा न रहना उसके लिए फायदेमंद ही हुआ। रहती तो कम से कम कुछ 'सही' बातें तो सुनकर जाता। खैर, वह बिच्छू कहाँ है?"

भयभीत होकर धरित्रीदेवी बोलीं, "जब से आई है ड्राइंग बनाने में व्यस्त है। बाप के जाते समय भी नीचे आने की फुरसत नहीं थी उसे। खैर, ज्यादा गुस्सा उतारने बैठ मत जाना।"

कंका सीढ़ियाँ चढ़ते-चढ़ते पलट कर देखते हुए बोली, "क्यों? क्या डर लग रहा है कि मारते-मारते खून न कर डालूँ कहीं? निश्चिन्त रहो। डरने की जरूरत नहीं है।" लड़की के चेहरे से आग निकल रही थी।

फिर भी धरित्रीदेवी निश्चिन्त हुईं। मारेगी नहीं फिर तो।

लेकिन तुलतुल जैसी अभिमानिनी के लिए क्या 'मारना' ही आखिरी इलाज है?

x x x

"सर!" सौगत के लौटते ही सुशील उदास भाव से आकर खड़ा हुआ।

"क्या है रे?"

"मेरा एक चचेरा भाई है। उसका रसोई का हाथ मुझसे भी अच्छा हैं सर।"

सौगत अवाक् होकर बोला, "उससे क्या होगा?"

"मैं कह रहा था—उसे अगर आप रख लेते।"

"उसे रख लूँ? और तू?"

"तब मैं गाँव चला जाता।"

"छुट्टी पर जाना चाहता है?"

"जी हाँ।"

सौगत ने स्थिर भाव से जानना चाहा, "कितने दिन के लिए?"

सुशील गर्दन लटकाए खड़ा रहा। सौगत ने उसे अपलक देखा।

"क्यों? बोलता क्यों नहीं? कितने दिन की छुट्टी चाहता है?"

"सर, अब रसोई का काम अच्छा नहीं लग रहा है। गाँव जाकर चाचा के साथ खेतीबाड़ी करूँगा।"

"ओ! तब तो तूने सब पक्का इन्तजाम कर ही लिया है। खैर, जब अच्छा नहीं लग रहा है तब रोक रखना ठीक नहीं होगा। परन्तु—तेरे बापीदा बाबू ही के लिए—कोई और क्या उसे धर-पकड़ कर खिला-पिला सकेगा?"

सहसा गर्दन सीधी कर सुशील बोला, "बापीदा बाबू ही कहाँ रह रहे हैं? उन्होंने तो कहा, बोर्डिंग स्कूल में रहने जा रहे हैं।"

सौगत को मानो ठोकर लगी, "कहाँ रहने जा रहे हैं?" फिर हताश होकर बोला, "मुझे नहीं मालूम और तू जान भी गया।"

"आपसे भी कहेंगे। उसे यहाँ अकेले-अकेले रहने में तकलीफ हो रही है। वहाँ तो और भी बच्चे होंगे।"

"तुझसे यह सब कहा है उसने?"

"वह कहेगा? तब तो हो चुका। यह सब मैं ही कह रहा हूँ।"

"अच्छा ठीक है। तू आज ही तो नहीं जा रहा है न?"

"नहीं-नहीं, आज कैसे जा सकता हूँ? जब तक बापीदा बोर्डिंग में रहने नहीं जाते हैं तब तक तो नहीं ही जाऊँगा।"

'ठीक है।" कह कर सौगत कमरे में चला गया।

कमरे में शाम का अँधेरा भरने लगा था फिर भी बापी खिड़की के पास रखे मोढ़े पर बैठा एक किताब पढ़ रहा था। हाफ पैण्ट और बनियान पहन रखी थी उसने।

सौगत बोला, "यह क्या? बत्ती क्यों नहीं जलाई है?"

बापी ने कोई जवाब नहीं दिया। केवल किताब बन्द करके खड़ा हो गया।

बापी के पाँव बड़े दुबले-पतले लग रहे हैं न? और मक्खन जैसा रंग भी तो नहीं है। या कि अँधेरे में ठीक-ठीक देखा नहीं सौगत ने?

बत्ती जला दी।

अब पाँव की तरफ देखा नहीं जा सकता है। मुँह की तरफ ही देखा। बोला, "इस समय कमरे में बैठा किताब क्यों पढ़ रहा है तू? अँधेरे में पढ़ोगे तो स्ट्रेन होगा। पार्क में खेल जाकर। देखना सभी बच्चे तो खेल रहे हैं।"

हाल ही में एक नया चिल्ड्रन्स पार्क बना है सामने। बापी ने अवज्ञापूर्वक कहा, "वहाँ बच्चे जाते हैं?"

सौगत को याद आया कि अभी तीन महीने पहले बापी ने छह साल पूरे किए हैं। इस बात का उत्तर न देकर सौगत ने कहा, "छत पर झूला-वूला तो है। इच्छा हो तो सुशील को बुला सकते हो।"

"झूला! धत्! वह तो टूटा पड़ा है।"

"अच्छा! तो जरा-सा ठीक करवा लो न।"

सहसा बापी ने मुँह उठाकर देखा। चुस्त आवाज में बोला, "क्या होगा? मैं यहाँ रहूँगा भी नहीं।"

"तुम नहीं रहोगे?"

"नहीं रहूँगा, नहीं। मैं अब उस सड़े स्कूल में नहीं पढ़ूँगा। तुम मुझे एक बोर्डिंग वाले स्कूल में भर्ती कर दो।"

"बोर्डिंग वाला स्कूल? यह बात तुम्हें बताई किसने?"

"वाह! बताएगा कौन? मैं जानता नहीं हूँ क्या? बुआ के यहाँ जो वोल्टू मामा हैं, उनका लड़का नरेन्द्रपुर में पढ़ता तो है। वह वहीं रहता है कि नहीं?"

सौगत बेटे की खाट पर बैठ गया।

"तुम क्या वैसा ही चाहते हो?"

इस बात का उत्तर नहीं आया।

"बापी!"

"क्या?"

"तेरा हिन्दी हाईस्कूल 'सड़ा' कब से हो गया? लोगों को वहाँ सीट नहीं

मिलती है। कितनी कोशिश करने पर दाखिला हो पाता है।"

"नहीं मिलती है तो न मिले, मैं अब वहाँ नहीं पढ़ूँगा। वहाँ के लड़के बहुत बदमाश हैं।"

"बहुत बदमाश हैं? क्या कहता है तू? अच्छे-अच्छे घरों के सब लड़के वहाँ आते हैं।"

"अच्छे घर के? हुँ, ठेंगा। बस हर वक्त मेरे घर के बारे में सवाल पूछते हैं। असभ्य कहीं के। नहीं, मैं अब वहाँ नहीं पढ़ूँगा।"

सौगत चुप हो गया।

उसके बाद एक लम्बी साँस छोड़कर बोला, "देखूँगा क्या कर सकता हूँ। लेकिन बापी! तुम लोग सब चले जाओगे तो मैं··· मेरा क्या होगा?"

बापी अपनी बात पर जोर डालता हुआ बोला, "चाहो तो तुम भी जा सकते हो।"

"मैं? कहाँ?"

"क्यों, अपने पिताजी के चायबागान में। दीपक चाचा तो कह रहे थे स्वर्ग-सी जगह है वह। वहीं जाकर रह सकते हो।"

फिर लम्बी साँस निकल गई। सौगत ने सोचा, सुशील ने केवल अपने ही भविष्य की बात सोची है लेकिन बापी ने अपने साथ-साथ अपने बाप का भविष्य भी सोच लिया है। फिर भी शिशु से शिशुओं जैसी बात करने की चेष्टा की।

"मैं चला जाऊँ? वाह रे! और मेरे दफ्तर का क्या होगा?"

"दफ्तर नहीं जाओगे तो क्या होगा? इतने रुपए की क्या जरूरत है तुम्हें? चायबागान है उसी से खाने भर को मिल ही जाएगा।"

"अच्छा! ठीक है। लेकिन तुझे मेरी याद नहीं आएगी?"

"मुझे किसी की याद नहीं आएगी।" कहते हुए बापी पाँव ठोंकता कमरे से बाहर चला गया।

सौगत बैठा ही रह गया।

यह सब क्या बिलकुल ही बालक-बुद्धि की बातें हैं? या कोई सलाह दे रहा है? इसीलिए सबसे पहले बाप के निर्वासन की व्यवस्था हो गई। इतने रुपए की

क्या जरूरत है? इतने रुपए क्यों चाहिए?

दूसरी जगह जाने पर भी खाने-पहनने को तो मिल ही जाएगा, यह क्या बाल-सुलभ बुद्धि है?

नौ

"मुझे किसी की याद नहीं आएगी।"

कितनी निर्मम बात है!

यह क्या केवल तीव्र अभिमान की प्रतिक्रिया मात्र है? या इस जेनरेशन के बच्चे हृदयशून्य हुए जा रहे हैं? या रूखे, नीरस, आवेग, प्रेमरहित एक मशीन बन कर रह जायेंगे? या पढ़ते ही चले जाएँगे और उस पूँजी के अतिरिक्त दूसरी कोई पूँजी ही नहीं रहेगी उनके पास? दूसरा कोई ऐश्वर्य, कोई और सम्पत्ति?

सौगत को लगा कि इसके लिए क्या इस युग के बच्चे ही जिम्मेदार हैं जो कि रेगिस्तानी फसल 'कैक्टस' की तरह बढ़ते रहना चाहते हैं, जिन कैक्टसों की जड़ों के नीचे धरती की मिट्टी सूखती चली जा रही है?

सभ्यता के विकास का अर्थ ही तो है प्रकृति के साथ युद्ध की घोषणा। प्रकृति से युद्ध ठान लेना—उससे जीत जाना। क्या भीतर क्या बाहर। अगर इसी को विकास समझकर मूर्खों की भाँति पृथ्वी की भीतरी व बाहरी सम्पदा को हम समाप्त कर दें तो कैसे पृथ्वी अपना भार वहन करती चलेगी?

परन्तु प्रतियोगिता में भाग लेता इन्सान क्या कभी पीछे मुड़ कर देखता है? वह तो बस इतना ही जानता है कि साँस रोककर उसे केवल भागना ही भागना है।

x x x

कंकावती नाम की लड़की भी वैसी ही एक प्रतियोगिता में भाग ले रही थी। इसीलिए जब घर से निकलते वक्त उसकी अत्यन्त प्यारी, फूले-फूले गालों वाली बेटी और भी अधिक गाल फुलाकर, आँखें बड़ी-बड़ी कर कह बैठी, "माँमोनी! तुम फिर 'राज-काज' करने जा रही हो?" तब प्यार और प्रसन्नता से सराबोर न होकर कंका ने उस फूले गाल पर कस कर एक थप्पड़ जड़ देने की इच्छा को बड़ी मुश्किल से रोका। फिर आग उगलने जैसी आवाज में पूछा, "राज-काज माने? ऐं! राज-काज के क्या माने हैं बताओ? जल्दी बताओ।"

"वाह ! मैं क्या जानूँ? नानी ही तो कहती हैं तुम राज-काज पर जाती हो।" सुनकर कंका ने होंठ काट लिये। आजकल उसे अपनी माँ ही सबसे बड़ी शत्रु लगती है। ओफ, कंका अपने को कैसे बचाए? उस दिन से कंका इस छोटी-सी लड़की को अपना विपक्षी समझने लगी है जिस दिन उसने वह अविश्वसनीय साहसिक कदम उठाया था और अपने घर पहुँच गई थी।

आजकल कंका इसीलिए भाग-दौड़ कर रही है।

वह दो चीजें चाहती है : एक छोटा-सा फ्लैट और दूसरा बहुत बड़ी नौकरी। इस युग की परम दुर्लभ, दुष्प्राप्य दो वस्तुओं के लिए कंका पागल हो रही थी।

शुरू में उसने बड़ी नौकरी की बात नहीं सोची थी। केवल एक नौकरी चाहती थी। लेकिन धीरे-धीरे समझने लग गई थी कि इस शत्रुपुरी से मुक्ति पाने के लिए बड़ी आय का होना जरूरी है।

पहले तो वह अपने पुराने स्कूल की हेडमिस्ट्रेस मिस विश्वास के पास गई। कंका का यह स्कूल कोई अभिजात आधुनिक स्कूल नहीं था। हाँ, मिस विश्वास वैसी ही लगती थीं।

कंका ने जाकर पूछा, "पहचान रही हैं?"

मिस विश्वास ने चश्मा उतार कर फिर नाक पर चढ़ाते हुए कहा, "अगर गलती नहीं कर रही हूँ तो तुम कंकावती राय हो न? हमारे स्कूल की सबसे लवली लड़की?"

"अरे वाह ! आपने तो मुझे पहचान लिया है।"

"ऐसे सुन्दर चेहरे तो रोज-रोज दिखाई पड़ते नहीं हैं। स्कर्ट की जगह साड़ी पहन रखी है, बस यही फर्क है। चेहरा तो वैसा ही तरोताजा है। बैठो-बैठो।"

जबकि जान-पहचान वालों से कंका की माँ कहती रहती हैं कि रात-दिन रास्ते-रास्ते घूम कर जो शक्ल बनाई है मेरी लड़की ने कि आँख उठाकर देखा नहीं जाता है।

चलो, पुरानी टीचर ने तो विपरीत सर्टीफिकेट दिया। यद्यपि साज-शृंगार में कंका अभी भी पूर्ण सचेतन है। कितना भी रास्ते-रास्ते घूमती फिरे, इसमें कोई कसर नहीं रखती है।

इस समय हल्के नीले रंग की सिल्क कोटा का अत्यन्त सुन्दर और प्यारा-सा

आँचल पीठ की ओर से सामने खींचती कंका बैठकर मुस्कराई, "आप भी क्या कह रही हैं?"

"ठीक ही कह रही हूँ–कौन कह सकता है कि तुम्हारी उम्र बढ़ रही है। खैर, अचानक कैसे? मामला क्या है? लड़की को भर्ती करवाना चाहती हो? ले कन अब तो किसी मामले में हमारा हाथ नहीं है। नई गवर्निंग बॉडी आ गई है।"

कंका ने मन ही मन हँसकर कहा, 'जी नहीं, मैं आपके इस रविश स्कूल में लड़की भर्ती करने वाली नहीं।' मुँह से बोली, "नहीं-नहीं। उसके लिए नहीं आई थी।"

कुछ इस तरह से बोली जिससे यह समझना कठिन था कि लड़की है। उसके बाद वह असली बात पर आई। मिस विश्वास के जिरह करने पर संक्षेप में अपने जीवन के रहस्यों का उद्घाटन भी करना पड़ा। वर्तमान परिस्थिति का हवाला देते हुए बोली, "तुरन्त नौकरी मिलना बहुत जरूरी है।"

संक्षिप्त होने पर भी चिरकुँवारी मिस विश्वास खुशी से उछलते हुए बोलीं, "ये बात है? यह तो बहुत ही अच्छा हुआ। बड़ी खुशी की बात है। अत्याचारी पति के हाथों से अपने को मुक्त कर सकी हो इसके लिए मैं तुम्हें बधाई देती हूँ।"

अत्याचारी पति !

सहसा अति साधारण लड़की की भाँति कंका का हृदय धक से हुआ। अगर अत्यन्त ही विवेकशून्य कोई हो जाए तो भी वह सौगत के लिए यह विशेषण प्रयोग में नहीं लाएगा। परन्तु इस परिस्थिति में प्रतिवाद करने का अर्थ था, बात का बतंगड़ करना इसीलिए और भी संक्षेप में उत्तर देते हुए बोली, "असल में मानसिक मतभेद कभी-कभी···।"

"ठीक कह रही हो। ठीक कह रही हो। मैं तुम्हारे लिए कोशिश करूँगी। लेकिन इससे पहले तुम बी०टी० कर लो। इससे कहीं न कहीं लग सकोगी।"

बी० टी० कर लो?

कंका को लगा मिस विश्वास ने उसके हाथ में एक आम की गुठली पकड़ाते हुए कहा, जाओ, इसे जाकर गाड़ दो, पेड़ निकलेगा, बड़ा होगा, फल आएँगे, तब जरूर खा सकोगी।

x x x

कंका अपने छोटे चाचा के पास गई। उन्होंने उत्साहपूर्वक कहा, "तेरी इतनी सूक्ष्म बुद्धि है, तू कानूनी दाँव-पेच इतना बढ़िया समझ सकती है, तुझे तो लॉ पढ़ना चाहिए। आई एम श्योर, वकालत तेरी खूब चलेगी।"

अर्थात् मिस विश्वास से ये एक कदम और आगे निकले। जैसे धान के चार दाने हाथ में रखकर बोले, "जा, खेत में बिखेर कर हल चला दे। तेरी निश्चित फसल खाएगा कौन?"

कंका इन रास्तों पर चलने के पक्ष में ही नहीं। कंका को फौरन ही फल प्राप्त करना है। धीरे-धीरे महसूस कर रही थी बहुत रुपया चाहिए। एक आधुनिक सम्भ्रान्त जीवन में प्रतिष्ठित होने के लिए मिस विश्वास का बताया रास्ता ठीक नहीं।

धरित्रीदेवी और उनके सम्प्रदाय वालों के केयातला वाले डेरे से निकल कर अगर सिर उठाकर खड़ी न हो सकी तो यह जिन्दगी किस काम की? यहाँ जो प्रतिक्षण, प्रतिपल अपमान की आग में धधक रही है उसका बदला लेना है कि नहीं?

वैसे प्रत्यक्ष रूप से कंका को कोई भी कुछ नहीं कह रहा था लेकिन वह हर पल अनुभव कर रही थी। विनोद बिहारी के वसीयत की विषयवस्तु जान लेने के बाद भी कंका को वहाँ रहना पड़ रहा है, उनका अन्न खाना पड़ रहा है, यही तो 'अपमान' है। उस पर टिनटिन नाम का लड़का तब से अपने ननिहाल में जाकर रहने लगा है और इसी कारण स्वाभाविक रूप से शर्मिला भी हफ्ते में दो-तीन दिन के लिए वहीं रहने चली जाती है। और इन्हीं दो-तीन दिन कौशिक भी डिनर के वक्त वहीं की मेज की शोभा बढ़ाता है।

इसका अर्थ हुआ धरित्रीदेवी की कसी-कसाई गृहस्थी की लगाम ढीली हो गई है। रंग धूमिल पड़ गया है। इस प्रसंग पर कभी-कभी धरित्रीदेवी दीवाल को सम्बोधित कर ताने कसतीं, "लड़के-बहू को मैं क्या कहूँ?—मेरा कहने को कोई मुँह रह गया है?"

तो क्या कंका यहाँ से सिर झुका कर चली जाए? और जा कर लोगों की भीड़ में खो जाए? और सौगत नामक वही आदमी मुस्कराकर कहे, 'समझ गईं न? स्वाधीनता का सुख समझ में आ गया है न?'

नहीं, कंका लड़ाई लड़ती चलेगी।

सिर्फ घर? मोटर नहीं? मोटर-विहीन जीवन क्या कोई जीवन है? जान-पहचान वालों से जब ट्राम या बस पर मुलाकात हो जाती है तब शर्म से सिर नहीं झुकता है? कंका चाहे कितना भी न देखने का भाव क्यों न दिखाए, वे छोड़ देंगे? उन्हें तो इस असभ्यता का जवाब देना ही होगा कंका को।

शर्म से कितना भी सिर झुके, परिस्थिति का सामना तो करना ही करना है, जब इसी शहर में रहना है !

कभी-कभी सोचती है सौगत के साथ लड़ाई लड़कर जिस छोटे से ताल्लुके पर कब्जा प्राप्त किया है उसे न पाती तो हर्ज क्या होता? अगर कह देती, अपनी चीज अपने ही पास रखो। इस पृथ्वी पर विचरण करने के लिए जब उन्हें सौगत मुखर्जी के परिचय-पत्र का तमगा लगा कर फिरना ही है तब यह जिद्द न ही करती?

रात के अँधेरे में जब नींद नहीं आती है तब आँखें बन्द किए-किए कंका उसी मुक्त जीवन की तस्वीर खींच कर देखने का प्रयास करती। अगर कुछ वैसा ही हो सकता होता तो न जाने कब की चली गई होती वह। धरित्रीदेवी की ममतामयी छाया के नीचे से हट जाती। शहर ही छोड़ देती।

सोचते-सोचते दिल घबड़ाने लगता।

हाथ बढ़ाकर सोई लड़की को धीरे से छूती।

ट्राम बस पर किसी से भेंट न हो जाए इसी आतंक से अधमरी कंका प्रायः पैदल ही चलती। एवं एक सुन्दरी-सुसज्जिता नारी के पैदल चलने में जो छन्द रहना चाहिए उस बात का पूरा-पूरा ध्यान रखती। ऐसा-वैसा कोई मिल जाता तो कौतुकपूर्ण हँसी से मुख आलोकित कर कहती, "अरे, चल रही हूँ वजन घटाने के लिए।"

'सम्मान' के लिए 'जान' भी हाजिर रखना चाहिए।

लेकिन अचानक एक ऐसे आदमी से भेंट हो जाएगी यह तो कंका ने सपने में भी नहीं सोचा था। गई थी मिसेज ताल्लुकदार से मिलने। आवेदक वाली दैन्यतावश ही गई थी परन्तु अपने ऊपर संयम रखा था।

खूब हलके भाव से अपनी बात कही थी उस बयासी साल की वृद्धा से। कहा था, जब तक एक छोटी-सी बच्ची के साथ रहने योग्य कोई ढंग के परिवेश में अच्छा-सा फ्लैट नहीं मिलता है तब तक अगर मिसेज ताल्लुकदार अपने इस विशाल प्रासाद में उसे एक छोटा-सा अंश···

मिसेज ताल्लुकदार के सफेद घुँघराले बालों से घिरे चेहरे की माँसपेशियाँ टस से मस नहीं हुईं, न ही कण्ठस्वर के उतार-चढ़ाव में अन्तर आया। कोमल आवाज में बोलीं, "यह तो सम्भव नहीं है मिसेज कंकावती।"

"आप मुझे सिर्फ कंकावती ही कहिए।"

"उसमें क्या फर्क पड़ता है—कुछ कह कर बुलाने से मतलब। लेकिन मुझे बड़ा दुःख है कि तुम्हारा अनुरोध रख सकना सम्भव नहीं होगा। परन्तु सच बात भी बता देना ही चाहिए। मैं बच्चों की चैं-चैं मैं-मैं कतई बरदाश्त नहीं कर सकती हूँ। इसीलिए तो···" बच्चों की चैं-मैं ! क्षण-भर में कंका के सिर पर खून चढ़ गया। बात खत्म होने से पहले ही यह कहती हुई बाहर निकल आई थी, "आपके खेद प्रकट करने के लिए बहुत-बहुत धन्यवाद मिसेज ताल्लुकदार।"

काफी देर से पैदल चल रही थी। सहसा एकदम बगल में आकर एक टैक्सी रुक गई। उसमें का आरोही पल-भर में बाहर निकल कर उद्विग्न स्वर में पुकार उठा, "भाभी मैडम !" उसके बाद और भी उद्विग्न भाव से बोला, "ओहः, मैं सोच ही नहीं सकता था कि कभी इस तरह भेंट हो जाएगी। आपसे बहुत बातें करनी हैं। लेकिन आप इस समय यहाँ ?"

कंका क्या इसे भी कह दे, 'वजन कम करने के लिए पैदल चल रही है' ? नहीं। अपनी अद्भुत शक्ति द्वारा कंका ने अपने-आप को सँभाल लिया और स्वाभाविक आवाज में बोली, "मैं भी तो ठीक यही सवाल आपसे करना चाह रही थी।"

"मेरी बात छोड़िए। आइए, टैक्सी में बैठिए। जाते-जाते बातें होगी।"

कंका डर जाने का सा अभिनय करते हुए बोली, "सर्वनाश ! आप कहाँ जा रहे हैं और मैं कहाँ।"

"मैं कहीं नहीं जा रहा हूँ। आप जहाँ कहेंगी वहीं चलते हैं। ओ भाभी मैडम, इसी से साबित हो जाता है कि भगवान् हैं।"

"मामला क्या है ? अचानक भगवान् कैसे बीच में आ गए ?"

"यही, आपसे मुलाकात हो गई। उस दफा आकर जब दादा से पता चला···" फिर ड्राइवर के कान बचाते हुए दबी आवाज में बोला, "चलिए, कहीं चल कर बैठते हैं।"

इससे पहले हुए अपमान की जलन शायद आग्रहपूर्वक इस आमन्त्रण का प्रलेप

पा कर ठंडी पड़ने लगी। फिर भी उदासीनता दर्शाते हुए बोली, "बैठने योग्य जगह इस शहर में है कहाँ?"

चालिहा ने आग्रहपूर्वक हामी भरते हुए कहा, "यह आपने ठीक कहा है भाभी। आपके कलकत्ते में आकर तो मैं चार ही दिन में ऊब जाता हूँ। आप मेरे असम में चली आइए। आकर अपना 'पहाड़ी फूल' चाय का बगीचा देख आइए—खूब शान्ति मिलेगी वहाँ। अरे भई सुनिए—आप गाड़ी विक्टोरिया की तरफ ले चलिए। मैडम, आपको क्या कोई विशेष दिक्कत है? छोटी-मोटी दिक्कत की तो मैं परवाह नहीं करूँगा।"

कहकर अपने मजाक पर खुद ही जी खोलकर हँसने लगा। बोला, "मुझे थोड़ा-सा वक्त तो दे सकेंगी न भाभी मैडम?"

कंका ने मुस्कराते हुए कहा, "अपना यह 'भाभी' शब्द छोड़ दीजिए न।"

"क्यों? नहीं, नहीं! मैं तो इसी नाम से पुकारूँगा। इससे आपको क्या असुविधा हो रही है?"

न जाने क्यों कंका हमेशा ही इस व्यक्ति को थोड़ा-बहुत प्रश्रय देती ही रही थी—यद्यपि सौगत से उम्र में बड़ा ही होगा और खुद भी उसे 'व्यापारी' मानकर शक की नजर से देखती भी है। फिर भी सामना हो जाने पर रुखाई से पेश नहीं आ पाती है। शायद उसके बालकोचित जबरदस्ती करने की आदत के कारण। फिर—इस समय? तो उसकी कद्र करेगी ही। हाल ही में वह कंका के उस घर से होकर आया है।

कंका हँसी—"असुविधा कैसी? पर फायदा भी क्या है?"

"आपको फायदा भले न हो लेकिन हमें तो है। आपका यह नाम मेरे फोटो एलबम में आपकी तस्वीर के नीचे लिखा है।"

कंका जानती है। इस आदमी को फोटोग्राफी का बहुत शौक है। वह जितनी बार आता था, इन सब की ढेर-ढेर सारी तस्वीरें खींच-खींच कर ले जाता था। कलकत्ते के रास्ते, अनजाने सड़क चलते लोग, मोटर, ट्राम. पार्क के किनारे बैठे फूलवाले, बच्चे, तरुण-तरुणियाँ सब की तस्वीरें।

उस दफा इसी विक्टोरिया मैमोरियल में दोनों बच्चों के साथ कंका और सौगत की तस्वीर खींची थी। अब वैसी एकत्रित तस्वीर कभी न खींच सकेगा दीपक चालिहा।

चालिहा ने टैक्सी छोड़ दी।

कंका ने कहा, "फिर पकड़ सकेंगे टैक्सी?"

"वह बाद में देखा जाएगा। इसे रोके रखूँगा तो हर वक्त पिन की तरह चुभता रहेगा। दैवी कृपा से आप पकड़ में आ गई हैं—लेकिन आप ने ठीक ही कहा था, इतनी भीड़ है यहाँ—बैठने की जगह नहीं है।"

जगह न होने पर भी जगह बना कर बैठे दोनों।

और बैठते ही दीपक ने पहला सवाल किया, "मैं सिर्फ जानना चाहता हूँ कि ऐसा क्या हुआ? वैसे आप मेरी इस धृष्टता को माफ कीजिएगा लेकिन जवाब आपको देना ही पड़ेगा।"

कंका ने बात को हल्के भाव से लेते हुए हँसकर कहा, "ऐसा और कहीं होते नहीं देखा है क्या?"

"यह कोई बात नहीं हुई। रात-दिन, इधर-उधर, यहाँ-वहाँ सुइसाइड केस हुआ करते हैं फिर भी उनकी इंक्वायरी होती है—है न? ऐसा क्यों हुआ?"

"तो आपने इस मामले को सुइसाइड-केस के बराबर मान लिया है?"

"बिलकुल! मैंने कल दादा से भी यही कहा है। भाभी मैडम, मैंने आप लोगों के जीवन की एक सुन्दर स्वर्गीय तस्वीर देखी थी।"

कंका ने पहले की तरह ही हँसकर कहा, "समझ लीजिए बेहद कच्चे वाटर कलर वाली तस्वीर थी।"

दीपक भावुक होकर बोला, "मुझे मालूम हुआ था आप लोगों ने लव मैरिज की थी।"

कंका ने स्वभावसिद्ध तिरछी हँसी हँसते हुए कहा, "मान लीजिए 'लव' काम नहीं किया। दोनों का स्वभाव अलग-अलग है। यह राज खुल गया। इस विरोधाभास के साथ ज़िन्दगी की गाड़ी खींचना नादानी थी।"

दीपक चालिहा ने उसकी यह बात सुनी-अनसुनी कर दी। आवेगपूर्ण स्वरों में बोला, "मुझे माफ कीजिएगा भाभी मैडम। इस दुनिया में कितनों की प्रकृति एक-सी होती है? सभी का तो अलग-अलग स्वभाव होता है। देखिए न आपके सबसे निकटतम माँ-बाप, भाई-बहन—इनका स्वभाव क्या आपसे मिलता है? तो क्या आप उन्हें चाहती नहीं हैं? उनसे अलग हो गई हैं? कभी-कभी तो अपनी

सन्तान भी अपने मन-माफिक नहीं होती है।"

कंका ने सूक्ष्म हँसी हँसकर कहा, "कभी-कभी क्यों, किसी समय नहीं।"

"तब फिर? क्या उनका भी आप त्याग कर देंगी?"

कंका इस मूर्ख इन्सान की हल्की बात पर मन ही मन खूब हँसी परन्तु ऊपर से बोली, "लेकिन मिस्टर चालिहा, इन तुलनाओं से फायदा? पति-पत्नी का रिश्ता क्या ठेका दे-दे कर चलता है?"

"कभी नहीं।" उत्तेजित होकर दीपक चालिहा बोला, "अगर वह शादी साधारण शादी हो। लेकिन आप लोगों के साथ तो यह बात नहीं थी न? कभी आप लोगों ने, माफ कीजिएगा, कभी एक-दूसरे को प्यार किया था। जी हाँ, पहला प्यार–यह क्या कभी मर सकता है? अगर आप कहेंगी कि हाँ मर गया है तो मैं कहूँगा आप लोग मूर्ख थे। गलती की थी आपने। काँच को हीरा समझ बैठे थे आप दोनों।"

कंका मन ही मन चिढ़ने पर भी उदास-सी होकर बोली, "शायद यही बात सही हो।"

"नहीं। मैं बता रहा हूँ कि यह बात नहीं है। आप लोगों ने वृथा ही अभिमानवश यह गलती की है। दादा की हालत देखकर तो मुझे ऐसा ही लगा। अच्छा, एक बात बताइए। दुनिया में इन्सानों के बीच ऐसे सम्बन्ध नहीं होने चाहिए क्या, जहाँ गलती हो जाए तो भी भूल स्वीकारने में किसी को शर्म नहीं आनी चाहिए। किसी तरह की अहंकार की दीवाल नहीं खड़ी होनी चाहिए। वहाँ विश्वास होना चाहिए, निर्भरता होना चाहिए। लेन-देन का हिसाब बारीकी से नहीं माँगा जाए। जहाँ प्रभुता और दासता के बीच बराबर का तालमेल बना रहे। वहाँ 'स्वाधीनता', 'स्वाधिकार', 'स्वातन्त्र्य', 'मुक्ति' जैसी फालतू बातों के ऊपर प्रेम की विजय हो। संसार में ऐसा तो कोई हो जिसके आगे झुकने में अपमान का प्रश्न न उठे। बोलिए। इन्सान के जीवन में ऐसा एक रिश्ता होना जरूरी है कि नहीं?"

कंका ने सोचा कहाँ तक इस मूर्ख की भावुकता झेली जाए? उसने जम्हाई ली। बोली, "शायद ऐसा रिश्ता रहना चाहिए लेकिन काव्य-साहित्य के अलावा और तो कहीं रहते सुना नहीं है।"

दीपक बोला, "आपने भले न सुना हो, मैंने सुना है भाभी मैडम। मैंने तो अपने माँ-बाप को देखा है लेकिन उस बात को छोड़िए। मेरी खुद की अभिज्ञता

कहती है, रहना ही चाहिए। वरना इन्सान जिन्दा कैसे रहेगा? प्रेम की वेदी ही तो निर्भरता की जड़ है।"

इस बार कंका ने अपनी वही तिरछी तीखी हँसी हँसकर कहा, "लेकिन मिस्टर चालिहा, इस पब्लिक प्लेस में बैठकर 'शुद्ध प्रेम' पर आलोचना करना क्या सुविधाजनक समझ रहे हैं? बल्कि अब अपने बिजनेस की बात कीजिए। बताइए सब कैसा चल रहा है?

चालिहा सहसा गम्भीर हो गया। बोला, "मुझे इस वाचालता के लिए क्षमा कीजिएगा भाभी मैडम। असल में, कल मुझे वहाँ जाकर बड़ी तकलीफ हुई। इतने बड़े मकान में दादा बिल्कुल अकेले थे। यहाँ तक कि जो लड़का खाना बनाता था, सुना वह भी अपने गाँव चला गया है। वही एक बुढ़िया है जो शायद दोपहर को कुछ खाना बना देती है। रात को चाय-टोस्ट वगैरह ही खाते हैं।"

"वाह ! बहुत खूब।" कंका तीव्र स्वरों में बोल उठी, "तब तो लोटा-कम्बल लेकर निकलने भर की देर है। लेकिन सिर्फ आपके दादा ही तो नहीं हैं, एक बच्चा भी तो है—उसके स्कूल का खाना···"

चालिहा ने लम्बी साँस छोड़ते हुए कहा, "वह है कहाँ? वह रहता तो···"

सहसा कंका के सामने का सारा माहौल एक धुएँ की चादर से ढकता चला गया। कंका को लगा वह विक्टोरिया मेमोरियल की सीढ़ियों के साथ-साथ एक गहरी खाई में धँसती जा रही है। उसके मुँह से अस्फुट शब्द निकला, "मिस्टर चालिहा··· बा··· पी।"

अपने ही दुःख में खोए चालिहा ने इस भावान्तर पर विशेष ध्यान नहीं दिया। वह कहता रहा, "मास्टर सौरभ तो हजारीबाग या रांची के किसी मिशन स्कूल के बोर्डिंग में रहता है। सुना है वहाँ तगड़ा अनुशासन है। खाना-पीना बेहद मामूली है।"

कंका उस गहरी खाई से बाहर निकल आई थी। आँखों के आगे से वह पर्दा भी हट गया था। गले की आवाज वैसी ही तीक्ष्ण धारदार हो गई थी।

"वाह, वाह ! और भी बढ़िया बात है। एक बच्चे की जिम्मेदारी उठाना मुश्किल हो गया? उसे कलकत्ते से दूर बोर्डिंग में रखना पड़ा? और यह बात मुझे बताने की जरूरत तक नहीं समझी? कानूनन मैं भी उसकी एक गार्जेन हूँ। उसकी माँ।"

"मामला बड़ा ही सैड है भाभी मैडम।"

चालिहा दुःखी भाव से जो कुछ बता गया उसका सारार्थ यह था– "उसने खुद ही जिद्द की थी–घर में नहीं बोर्डिंग में रहूँगा। दादा उसकी बात मान नहीं रहे थे। लेकिन लड़के ने एकाएक उल्टा-सीधा व्यवहार करना शुरू कर दिया। सहपाठियों के साथ मार-पीट..."

"मार-पीट? मिस्टर चालिहा, आप क्या कहना चाह रहे हैं?"

"कहते हुए बड़ा दुःख हो रहा है मैडम, लेकिन यह सच है। वीकली परीक्षा में इम्तहान के कागज या तो बिना लिखे ब्लैंक छोड़ देता था या फिर उसमें लकीरें खींच देता था। टीचरों के साथ भी उद्दण्ड व्यवहार करने लगा था। इसीलिए स्कूल अथॉरिटी ने मिस्टर मुखर्जी को कहला दिया कि 'आपके लड़के को हम स्कूल में रखने में अक्षम हैं। दूसरे लड़के उसके दूषित प्रभाव से बिगड़ने लगे हैं–लगता है उसकी मानसिक चिकित्सा होनी चाहिए'।"

इस बात को समाप्त कर दीपक आगे बोला, "और सुनकर क्या आप विश्वास करेंगी? लड़के ने घर आकर कहा कि यह सब उसने जानबूझकर किया है जिससे कि इस स्कूल से उसे निकाल दिया जाए। और सुनेंगी तो आप भी दुःखी होंगी। उसने... उसने कहा है, वह बुरा लड़का ही बनना चाहता है। खूब खराब जिससे कि सारे लोग उसके माँ-बाप को छिः-छिः करें। यह भी तो एक तरह की मानसिक व्याधि ही है न?

"आप ही बताएँ मैडम ! सुना है मिशन के अध्यक्ष स्वामीजी ने इस हिस्ट्री को सुनकर भी उसे भर्ती कर लिया है।"

"ओः ! इसका मतलब हुआ बिगड़े हुए लड़कों का स्कूल है वह। इस डेढ़ साल में सौगत ने अपनी कैपेसिटी दिखा ही दी। वही बापी ! उसे एक बिगड़ैल लड़कों के स्कूल, मिशन स्कूल में डाल दिया है?"

कंका को लगा यह आदमी मेरा 'शत्रु' है। बेहद शैतान है यह आदमी। कौन कह सकता है कि किस मतलब से उसे कार में बिठाकर यहाँ ले आया है और ऐसी यन्त्रणादायक बातें बताता जा रहा है। कौन जाने सच हैं या बनाई हुई बातें हैं? एक छलना हो? सौगत का भेजा सिपाही है या कौन जाने? शायद कंका को मानसिक यन्त्रणा देने के लिए ही...

कंका उठकर खड़ी हो गई। बोली, "उन स्वामीजी से शायद कहा गया होगा

कि लड़का मातृहीन है। पूअर बॉय।"

"यह मैं नहीं जानता कि क्या कहा गया है मैडम।—चलिए, आपको पहुँचा दूँ। एक टैक्सी पकड़ता हूँ।"

"पहुँचायेंगे? मुझे? कोई जरूरत नहीं है मिस्टर चालिहा। मैं अब आराम से ट्राम बस पर घूमा करती हूँ। आपके ऑफर के लिए धन्यवाद।"

मन ही मन बोली, पहुँचाने के बहाने, न जाने तुम फिर कौन-सा जाल फेंकना चाहोगे। दुनिया में किसी पर विश्वास नहीं करना चाहिए।

तिरछी हँसी हँसकर बोली, "आपने मुझे कई अच्छी खबरें सुनाई हैं। बस, एक और खबर का इन्तजार है। आपके मित्र का चायबागान शायद घाटे पर चलने की वजह से नीलाम हो गया है।"

चालिहा चौंका—उसने कंका की ओर देखा।

लगा इसके लिए तैयार नहीं था।

सँभल गया पलक झपकते ही।

लेकिन कौन जानता था कि अतीव भद्र निरीह मिलनसार यह इन्सान भी कंका जैसी सूक्ष्म तिरछी हँसी हँस सकता है। वही हँसी हँसकर वह बोला, "मुझे खेद है मिसेज मुखर्जी, मैं आपको ऐसी कोई खबर नहीं दे सका। बल्कि कहना पड़ रहा है कि फायदा इतना अधिक हो रहा है कि पहाड़ी फूल चायबागान के पास ही एक और चायबागान खरीदने के लिए दादा को तैयार कर लिया है। और इसी बहाने एक बार उन्हें वहाँ ले जाने के लिए ही मैं आया हूँ। जस्ट जरा-सा चेन्ज।"

कहते-कहते उसकी तिरछी हँसी गायब हो गई। उसकी जगह पर आँखों के कोर भीग गए।

"मैं तो सोचकर आया था कि मास्टर सौरभ को भी जबरदस्ती पकड़कर ले जाऊँगा, हाथी पर चढ़ाऊँगा—लेकिन मेरा दुर्भाग्य है। खैर चलिए।"

x x x

वह आदमी चलने लगा। उसका चेहरा देखकर लगा कि अत्यन्त स्नेह-प्रेम से पूजित किसी देवी-प्रतिमा को अपने हाथों से विजर्सित करना पड़ा है उसे।

उसके अनुरोध पर ध्यान न दे कर कंका आगे बढ़ कर बस-स्टैंड पर जा खड़ी हुई।

चालिहा खड़े-खड़े देखता रहा। कंका एक मिनी बस में चढ़ गई।

गुस्से से जलती हुई घर लौटी।

बापी ! मेरा बापी ! उसे लेकर तुम जो जी में आएगा करोगे सौगत मुखर्जी? इतना अधिकार तुम्हें दिया किसने? एक बार मुझे बताने तक की जरूरत नहीं समझी तुमने?

कंका को याद नहीं आया कि तुलतुल के साथ जब वह मनमानी करती है तब तो वह सौगत को बताना जरूरी नहीं समझती है।

आज बापी कलकत्ते के बाहर एक दूसरे शहर में बिगड़ैल लड़कों के साथ पल रहा है।

कंका क्या करे?

क्या कंका सौगत पर एक केस नहीं ठोंक सकती है? क्या कानून एक माँ का साथ नहीं देगा?

गुस्सा इसलिए भी और आता है क्योंकि सारी दुनिया के लोग कंका को ही उपदेश देने का दुःसाहस करते हैं। लोगों ने सोचा क्या है? क्या यही सब कहेंगे कि 'तुमने यह काम ठीक नहीं किया है?'

क्यों? क्यों? दुनिया में क्या पहले कभी ऐसा नहीं हुआ था? तब फिर किस साहस से लोग कंका को कहते हैं? 'मेरे जीवन पर पहरा देने का हक उन्हें दिया किसने है?'

एकाएक कंका को लगा उसकी दैन्यदशा ही इस साहस का कारण है। जैसे ही लोग रास्ते पर, बाजार में, कंका को मिलते हैं, उपदेश देने के लिए बढ़ आते हैं। कंका को इस जीवन से छुटकारा पाना ही होगा। वह दुनिया को दिखा देगी कि उसमें भी शक्ति है।

रुपया चाहिए। ढेर सारा रुपया।

रुपये के बल पर ही सामाजिक प्रतिष्ठा मिलती है, दुनिया में सम्मान मिलता है। उस दीपक चालिहा जैसे हजारों लोग हैं। इनकी बातों में आना ही भूल है।

फिर भी बार-बार लगा कि उसका दुःखी होना क्या नाटक नहीं था? सौगत और उसके बीच 'व्यापार' का सम्बन्ध मात्र है। तब फिर क्यों सौगत की दुर्दशा की बात छेड़ कर कातर भाव से देखा था उसने?

ओफ ! अब सौगत सब कुछ खोकर चारू की माँ का पकाया दो मुट्ठी खाना खा रहा है। सुशील कंका का भक्त था शायद इसीलिए उसे भगाया गया होगा।··· चारू की माँ? जिसे गैस का चूल्हा तक जलाना नहीं आता है।

अपने उस किचन का ध्यान आया। पूरी दीवाल अलमारियों से ढँकी थी। गड्डी-गड्डी काँच के, स्टेनलेस स्टील के नाना प्रकार के बर्तनों से एक तरफ की अलमारी भरी थी तो दूसरी अलमारी में सुन्दर-सुन्दर पॉलीथिन के जारों में अनेक तरह के मसाले भर कर रखे हुए थे। प्रेशर कुकर, ओवन, इन्फ्रामैटिंग, मिक्सी, सुन्दर-सुन्दर आइसक्रीम-कप, गैस कुकर में ही खाना गरम बनाए रखने का हॉट चेम्बर इत्यादि, क्या नहीं था? आज उन्हीं चीजों पर चारू की माँ का कब्जा है? असम्भव ! जी कर रहा था अपना हाथ काट ले। नालायक ! वह नालायक आदमी जरूर समझ गया होगा कि कंका में कितनी कैपेसिटी थी।

जलती हुई कंका मुखर्जी अथवा कंका राय घर लौटी। आज भी तय नहीं हो पाया है कि उसकी पदवी क्या होगी? ताज्जुब है। औरतों की निजी कोई पदवी नहीं है। 'देवी' प्रयोग में लाया जा सकता है लेकिन बहुत पुराना है। एकदम सनातनकालीन–मुक्त जीवन के साथ मेल नहीं खाता है।

आज भी उसे केयातला के विनोद बिहारी राय की विधवा पत्नी धरित्रीदेवी के घर ही लौटना पड़ा है। जहाँ रह सकना अब असहनीय हो गया है।

x x x

कंका का यह सोचना कि लोग उसी पर उपदेश की छड़ी घुमाया करते हैं, यह उसकी भूल है। सौगत के सिर पर भी छड़ी नचाने वालों की कमी नहीं है।

असल में रिश्तेदार, मित्र और परिचित आज भी इस विवाह-विच्छेद को स्वीकार करने को तैयार नहीं हैं क्योंकि उनकी दृष्टि में कारण तो कुछ था ही नहीं।

कंका अगर किसी दूसरे पुरुष से प्यार करती अथवा सौगत मुखर्जी नामक इन्सान शराबी चरित्रहीन होकर पत्नी पर अत्याचार करता, तो भी तो मान लिया जाता कि इसके पीछे 'कारण' है। परन्तु ऐसी तो कोई बात ही नहीं हुई।

कारण बताया जा रहा है 'दोनों में मानसिकता का अन्तर–अतएव अब मिलकर रहना संभव नहीं।'

परिचित दुःखी इसलिए था क्योंकि वे इन्हें प्यार करते थे। इनकी गृहस्थी की सुन्दर तस्वीर को देखकर मुग्ध हो जाते थे। सुदेष्णा की ननद ही ने कहा था, "मझली भाभी, तुम्हारे भाई की गृहस्थी देखने योग्य है। घर के गृहस्वामी सुन्दर, गृहिणी सुन्दरी, घर सुन्दर और दोनों बच्चे भी उतने ही सुन्दर हैं। देखकर लगता है एक फूलों का 'बोके' है।"

सौगत के दोस्त सुरजित ने तो नाराज होकर कहा था, "तूने साले हम लोगों के मुँह पर कालिख पोत दिया है। मैं तो तेरी गृहस्थी का हवाला दे-देकर अपनी पत्नी को सुधार रहा था।"

बापी के दूर चले जाने की खबर सुनकर और भी बिगड़ गया है। सुरजित ने कहा था, "तू आज भी उस पलातका के विरह में बैठ-बैठे रोएगा? अभागा, बुद्धू ! मैं तो कहूँगा कि उसके नाक के सामने शादी कर ले। सुन्दरी के फेर में पड़ने की जरूरत नहीं–किसी भी नकचप्टी साधारण-सी लड़की को लाकर अपनी बिगड़ती गृहस्थी तो सँभाल ले। लड़के को वहाँ भेजने की जरूरत क्या है? स्वाभाविक वातावरण में रहेगा तो…"

सौगत ने व्यंग कसा था, "हाँ–सौतेली माँ की स्नेहभरी छाया में न?"

सुरजित गम्भीर होकर बोला था, "देख सौगत, सभी लड़कियाँ एक-सी नहीं हुआ करती हैं। हमने ऐसी भी सौतेली माँ देखी हैं जिन्हें बच्चे अपनी माँ से ज्यादा प्यार करते हैं।"

"मेरा बेटा इतना महान् होगा इसकी कोई गारण्टी है?"

"अरे बाबा ! वैसी 'महान् माँ' आ जाए तो ऐसा हो भी सकता है।"

"अगर हुआ–तो लाखों में एक ही घटना होगी।"

"ओ ! अर्थात् तू शादी नहीं करेगा। अपने उम्र की बात सोची है तूने?"

"मैंने अभी कुछ भी नहीं सोचा है। बस, घटना-प्रवाह में ब्रहता चला जा रहा हूँ।" शान्त भाव से मुस्कुरा उठा था सौगत।

दस

बात तो ठीक ही है।

सभी घटना-प्रवाह में बहते चल रहे हैं।

कोई उसी प्रवाह में उठी बड़ी लहर से टकरा कर चूर-चूर हो कर भी जीता चल रहा है। कोई धक्के खाते-खाते खो जाता है। पृथ्वी की गति कहीं तेज है, कहीं पध्यम।

हालाँकि इस युग की गति ही तेज है। द्रुत भागना, द्रुत बदलना। जीवन का ढंग, गृहस्थी का ढंग–सब कुछ बदल रहा है। दूसरे की बात पर कौन बैठा-बैठा परेशान होता रहे? अपने घर में ही तो दूषित जल घुस आ सकता है।

सुदेष्णा के घर का यही हाल है। यद्यपि जैसे किसी-किसी परिवार में 'समय' आसानी से हमला नहीं कर पाता है–वही हाल है। वही एक ही धुरि पर चक्र घूम रहा है।

आज भी रविवार की शाम को बैठक में सब भाई मिलकर ताश खेलने बैठ जाते हैं। उस बैठक में लगातार तेल पड़ी लाई और आलू की पकौड़ी, बैंगन की पकौड़ी भीतर से आती रहती हैं। पहले वाली लड़की जो काम करती थी उसकी शादी हो जाने के कारण अब दूसरी उसी उम्र की नौकरानी या लड़का रखा गया है।

इस बैठक में माँयें अपनी कन्याओं को जाने से रोकती हैं। डरती हैं कि कहीं उन्हें ताश का नशा न लग जाए। यह शाम की सभा प्रायः देर रात तक चलती। गृहिणियाँ बड़बड़ातीं, नाराज होतीं। एक-आध जने कहानी की किताब लेकर लेट जातीं। कोई एक नींद ले लेतीं लेकिन इस प्रथा को बन्द होना चाहिए, ऐसा कोई नहीं सोचता था।

आज भी यहाँ हर तरह के तीज-त्यौहार पत्रा देखकर मनाये जाते हैं। जेठ का महीना लगते ही महिलायें 'जयमंगलवार' की पूजा करतीं, अगहन में 'इतु' पूजा का व्रत रखतीं। आज भी दुर्गाषष्ठी पर घर के हर दरवाजे के सामने सिन्दूर-चन्दन की बिन्दी लगाई जाती है। छोटी दीवाली पर चौदह दीए जलाए जाते हैं, चैत्र संक्रान्ति पर घर के पुरुष घंटोत्कर्ष करते हैं। यह बात और है कि समय की गति ने बहुत-सी बातों को शॉर्टकट कर दिया है लेकिन प्रथायें अभी भी इस घर में चल रही हैं।

इसीलिए तो पानू कहता है, "सच, तुम लोग आज तक आदि और अकृत्रिम ही बनी हुई हो।"

पानू का चाल-चलन भी तो आदि और अकृत्रिम ही है। अभी भी पानू छुट्टी

के दिन फटाफट यहाँ चला आता है और बाहर से ही आवाज लगाने लगता है–"कहाँ हो जी मामियाँ ! चाय का पर्व खत्म कर बैठी हो क्या?"

बदला है तो पानू का चेहरा। थोड़ा झटक गया है, रंग भी साँवला हो गया है। परन्तु ऐसा बदलाव तो घर के बूढ़े-बच्चे, स्त्री-पुरुष सभी में आया है। हाँ, अगर बड़े बदलाव की बात करते हो तो तीन-एक साल हुआ मालकिन सरोषीबाला का देहान्त हो गया है। अतएव घर की हेड अब सुदेष्णा की जिठानी हैं। जो हर कदम पर पूछती हैं, "ओ मझली बहू, यह कैसे किया जाएगा बता", "ओ छोटी बहू, तू इसे अच्छी तरह से समझी है, तू ही आकर देख न।" यहाँ तक कि अपनी पुत्रवधू तक से कहती हैं, "तुम तो बेटी, केक-पुडिंग, पेस्ट्री-फेस्ट्री कितना कुछ बना सकती हो, तुम्हीं तय करो न कि नाश्ता क्या बनाया जाए। न हो मैं तुम्हारा बच्चा सँभालती हूँ।"

अतएव कहना ही पड़ेगा सुदेष्णा लोगों का परिवार पूर्ववत् ही चल रहा है। या फिर बैलगाड़ी-सा मन्थरगति से आगे बढ़ रहा है। आगे बढ़ने का दृश्य कुछ-कुछ नज़र आता है। अब घर के पुरुष लोग किसी तरह की खरीददारी का काम नहीं करते हैं। शादी की खरीदफरोश हो, दशहरे पर दिया जाने वाला कपड़ा हो अथवा दैनिक प्रयोजन की वस्तुएँ हों, उनके हाथों से यह काम सरक गया है। बस मछली खरीदने का काम घर के बड़े मालिक किसी भी कीमत पर छोड़ने को तैयार नहीं हैं। पूरे मछली बाजार का चक्कर लगाते हुए मनपसन्द मछली खरीद कर लाना उनकी एक हॉबी है—खास तौर से छुट्टी के दिन। अब तो उनके सभी दिन छुट्टी के हैं–अवसर ही अवसर।

पानू कहता है, "सौभाग्य से बड़े मामा की यह हॉबी है तभी न पानू का बच्चा आते ही प्लेट भर मछली खाने बैठ जाता है। चाय के साथ-साथ दो-चार तली हुई मछलियाँ मिल जाती हैं। यही मछली घर की महिलायें खरीदने गई होतीं तब तो गिनी-चुनी ही मछली घर आतीं। मछली बेचने वाले भी बड़े मामा को खूब मानते हैं। उन्हें कभी भी रद्दी मछली नहीं देते हैं।"

बड़ी मालकिन कहतीं, "क्यों नहीं। इसी 'मानने' के नाम पर तो वे लोग जरूरत से ज्यादा मछली बाँध देते हैं।"

पानू जीभ निकालता।

"जरूरत से ज्यादा? क्या कहती हो मामी? मछली जैसी चीज क्या जरूरत से

ज्यादा होती है? यह क्या साग-सब्जी है?"

बातचीत वही पुराने स्टाइल से ही चलती है आज भी। बड़ी मालकिन पाँच-दस साल पहले की तरह ही हँसते हुए कहतीं, "ओ छोटी बहू, पानू के लिए कुछ और मछलियाँ तल दे ! "

ईश्वर की कृपा से इन पर लक्ष्मी की अगाध कृपा है और ये लोग भी संकुचित दृष्टि वाले नहीं। दृष्टि-कृपणता अगर वर्तमान जेनेरेशन में आई भी है तो भी उनके ऊपर वालों पर असर नहीं डाल सकी है, क्योंकि उनका पलड़ा भारी है।

सुदेष्णा के परिवार वाले पुरानपन्थी होने के कारण नाते-रिश्तेदारों को अपना समझने के आदी हैं। 'भानजा' न केवल रिश्तेदार है, आदरणीय भी है यही उस जमाने की सभ्यता कहती है। अतएव पानू आज भी पहले की भाँति प्रतिष्ठित है। नानी के मरते ही उसकी कीमत कम हो गई ऐसा नहीं लगता है। यद्यपि उसके स्वभाव पर सभी हँसते हैं परन्तु उसकी अमर्यादा करने की बात कोई नहीं सोच सकता है !

परन्तु आज पानू बिना किसी तरह की आवाज लगाए आहत भाव से भीतर तक चला आया।

बड़ी मामी बोलीं, "ओ माँ पानू ! तू कब आया रे ? आवाज ड़ी नहीं मिल पाई।"

बड़े मामा की लड़की ने पूछा, "आज पानूदा, बड़े गम्भीर लग रहे हो? मोहन बागान हार गया है इसीलिए क्या?"

और मझली मामी ने शंकित भाव से पूछा, "घर में कोई बीमार-वीमार है क्या रे पानू? तेरा चेहरा बड़ा उतरा-उतरा-सा लग रहा है।"

पानू बोला, "कल से ही मेरा मन उदास है मझली मामी। क्या हुआ है, सुनोगी तो विश्वास कर सकोगी। कल रास्ते में सॉल्ट लेक वाली मामी, माने तुम्हारे भाई की बहू, उन्होंने मुझे देखकर भी नहीं पहचाना।" उत्सुक हुईं सुदेष्णा, "मेरे भाई की बहू ! कंका ! तुझे नहीं पहचाना? कब? कहाँ?'

"दफ्तर से निकल कर बस पकड़ने के लिए खड़ा था, देखा एक मिनी बस से मामी उतरीं। मैं जल्दी से बढ़कर उनके पास पहुँचा, 'मामी, कैसी हैं आप? बस से कहाँ गई थीं?' तो मेरी तरफ अपरिचितों की तरह देख कर बोलीं, 'मैं तो आपको ठीक पहचान नहीं रही हूँ।' 'मैं पानू हूँ।' तो बोलीं, 'माफ कीजिएगा। मैं इस नाम

के किसी व्यक्ति को नहीं पहचानती हूँ।' कहकर फटाफट चली गईं। मैं साला भोंदू की तरह देखता ही रह गया। मेरी बस भी सामने से निकल गई।''

सुदेष्णा बोलीं, ''तब फिर तूने किसी और को देखकर··· आजकल की सभी लड़कियाँ तो सजती-सँवरती हैं–''

''और किसी को देखकर? वह भी पानू? मझली मामी, पानू की आंखों में अभी मोतियाबिन्द नहीं हुआ है। फिर तुम्हारे भाई की बहू की शक्ल क्या अन्य दस लड़कियों के बीच पहचान में न आने वाली है? इसके अलावा जिसे सैकड़ों बार पानू देख चुका है–असल में जानबूझ कर नहीं पहचाना है।''

उदास होकर सुदेष्णा बोलीं, ''हो सकता है तेरी बात ही ठीक हो।''

''लेकिन तुम ही बताओ मेरा क्या कसूर है? मैं तो उनके मामले में गवाही देने के लिए भी नहीं गया था। एकाएक रास्ते पर देख कर बड़ी खुशी हुई इसीलिए भाग कर गया था।''

छोटी मामी पानू की आवाज सुनकर निकल आई थी। डरती है, जरा-सी देर हो गई तो पानू चिल्ला कर कहेगा, 'राजकन्या कमरे से बाहर तक न आ सकीं। हो सकता है बड़े घर की बेटी हो लेकिन इतना घमण्ड तो ठीक नहीं।'

जिस प्रसंग पर बात हो रही थी छोटी मामी उसे सुन चुकी थीं। वह बोलीं, ''देखो पानू, जानबूझकर न पहचानना स्वाभाविक ही था। वह बस पर चढ़कर आती-जाती हैं, इसे तुमने देख लिया। उन्हें बुरा लग गया होगा।''

''हाँ, ऐसा हो सकता है।'' पानू उदास होकर बोला, ''इसीलिए छोटी मामी, मेरा मन खराब हो गया है। सॉल्ट लेक वाली मामी बस पर चढ़ रही हैं।''

''अब हर वक्त कार कहाँ मिलेगी? उनके भाई की कार तो भाई के काम आती है।''

सुदेष्णा धीरे से बोलीं, ''उसके भाई के पास कार है यह तो कभी सुना नहीं था। उन्हें लाना होता था तो कंका ही कार भेज दिया करती थी।''

''तब तो कोई बात ही नहीं।''

पानू और भी ज्यादा उदास होकर बोला, ''देखकर मन-मिजाज मेरा बिगड़ गया है।''

सुदेष्णा मन ही मन बोलीं, ''और आश्चर्य की बात देखो। मेरे साथ फिर

कभी भेंट ही नहीं हुई। बाहर निकलती नहीं हूँ ऐसा भी नहीं है। शायद अच्छा ही है। मुझे भी अगर मुँह पर कह देती–आपको तो पहचान नहीं रही हूँ, तो मेरा क्या हाल होता? अरे बाप रे!"

x x x

लेकिन क्या सिर्फ पानू का ही मन-मिजाज खराब है? मन खराब होने की कारण-स्वरूपा वही कंकावती ही क्या कम आत्मदाह से जल रही है?

"वह असभ्य, गँवार लौंडा मुझे बस पर चढ़ते देखकर जरूर खुश हुआ होगा। इसीलिए तो दाँत निकाल कर हँसते-हँसते दौड़ा आया था जबरदस्ती बात करने। मैंने भी टाइट कर दिया था। परन्तु तब से दिमाग गरम हो गया है। असल में सभी मुझे अपदस्थ करने का मौका ढूँढ़ रहे हैं वरना उस लौंडे की हिम्मत न होती बीच सड़क पर रोक कर मुझसे बातें करने की।"

कंका को इस समय याद नहीं आया कि उस लड़के का तो ऐसा स्वभाव ही है। यहाँ-वहाँ-जहाँ भी देखता है फौरन 'अरे मामी' कहकर बात करने पहुँच जाता था। उस वक्त कंका अपमानित नहीं होती थी–हाँ व्यंग करती। कौतुकपूर्ण खीज–बस। हालाँकि बड़े प्रेम से कहती भी थी, "ओ पानू! मजे में तो हो न?"

लेकिन अब वह ऐसा नहीं कर सकती है। अब राह चलते लोग देखेंगे, कंका एक कलफरहित पाजामा और साधारण कपड़े की कमीज पहने आदमी से बात कर रही है। प्रेस्टीज भी तो एक चीज होती है?

क्या पता कह बैठे, "आ हा, अब तुम्हारे पास कार नहीं है? ईश, तब तो तुम्हें तकलीफ हो रही होगी।"

कंका ने बहुत अच्छा किया है उसे न पहचान कर। लोग दाँत निकाल कर कंका की दुरावस्था पर हँसें–यह असह्य है।

परन्तु इससे मुक्ति पाए बगैर कंका कर ही क्या सकती है?

x x x

दिन कहाँ रुकते हैं? इसीलिए बीतते जा रहे थे। बीत रहे थे धरित्रीदेवी के उसी निरुतप्त घर में। शर्मिला-कौशिक एक फ्लैट में किराए पर रहने चले गए थे। धरित्रीदेवी की अपनी लड़की के साथ बोलचाल लगभग बन्द है। बातें जो कुछ भी होतीं तुलतुल के साथ।

इसका अर्थ हुआ कि यह लड़की भी कंका के हाथ से बाहर हुई जा रही है। जबकि उसी के कारण कंका को यहाँ रहना पड़ रहा है। अगर तुलतुल भी अपने बाप के हिस्से में पड़ी होती तो इसी क्षण कंका ने शहर छोड़ दिया होता। इस स्नेहविहीन माँ के आश्रय में पल-भर न ठहरती। कहीं भी किसी हालत में कैसा भी एक काम लेकर गाँव हो चाहे शहर पड़ी रहती। तुलतुल ही उसके पाँव की जंजीर बनी हुई है।

इधर तुलतुल अपनी माँ की परवाह ही नहीं करती है। धरित्रीदेवी के ही साथ का दुष्परिणाम है। उस दिन कंका से बोल बैठी, "तुम्हारी बात सुनने को मुझे क्या पड़ी है? तुम तो बुद्धुओं की सरताज हो।"

तुलतुल मिट्टी-कीचड़ लेकर किला बना रही थी। कीचड़ सनी अँगुली हिला कर फिर बोली, "बुद्धुओं की सरताज– तुम्हारी वजह से दो-दो घर उजड़ गए हैं।" यह भाषा किसकी है समझते देर न लगी।

दूसरे ही दिन कंका अपने एक बचपन की सहेली के घर गई थी। अगर वह अपने यहाँ एक कमरा दे सके। हालाँकि कंका किराया देगी लेकिन तुरन्त न दे सकेगी। बाद में–नौकरी लगने पर।

यह सहेली पैसेवाली नहीं। बिल्कुल ही गृहस्थ, साधारण-सा घर-द्वार। फिर भी अपना घर था। दुमंजिला। एक मंजिले में ही अगर एक कमरा दे देती–

इससे पहले कंका सहेली के घर कभी नहीं आई थी। परन्तु घर पहचानती थी। उसकी शादी में आई थी, एक कीमती साड़ी का पैकेट हाथ में लेकर। सहेली की शादी कुछ ज्यादा उम्र में हुई थी। बाप नहीं थे, रंग भी साफ नहीं था, दहेज देने के लिए पैसा भी नहीं था–ऐसी लड़की की शादी जल्दी कहाँ होती है?

दरवाजा खोलते ही सुमिता बोल उठी, "अरे बाप रे! तुम? आज मैं किस का मुँह देखकर उठी थी? आओ, आओ।"

'तू' कहने का साहस न जुटा सकी। सुमिता हमेशा से कंका को इज्जत की नजर से देखा करती थी। परन्तु कंका का प्रस्ताव सुनते ही इज्जत का पारा एक ही झटके में नीचे उतर गया।

मुँह बनाकर बोली, "कमरा? तेरे लिए? मैं सपना तो नहीं देख रही हूँ?"

"ऐसा ही समझ ले।"

"लेकिन फालतू कमरा है कहाँ? उस पर तू कह रही है कॉमन बाथरूम नहीं चाहती है। नहीं भाई–"

"अच्छा, दूसरी शर्त छोड़ती हूँ। बस एक बच्चे के साथ रहने भर का कमरा–"

"अरे बाबा ! बच्चा लेकर–नीचे उस सीलनभरे कमरे में?"

"जैसा भी हो। मैं मैनेज कर लूँगी।"

"अच्छा ! इनसे बात करूँगी। अभी तक तो लौटे नहीं हैं। लेकिन लगता नहीं है कि मानेंगे। कहते हैं, घर में किराएदार रखने से बढ़कर बेवकूफी और कुछ हो ही नहीं सकती है। एक बार घुस जाएँ तो..."

इस पर भी कंका का हार्टफेल नहीं हुआ।

उसके बाद भी कंका कह सकी, "मैं गारण्टी देती हूँ कि हमेशा-हमेशा यहीं नहीं पड़ी रह जाऊँगी।"

"ठीक है। तब फिर कल सुबह नौ बजे से पहले आना।"

कंका तय कर चुकी थी कि नहीं आएगी। इसीलिए जाते-जाते डस गई, "ओ ! तुझमें 'उन' से पूछे बगैर कोई डिसिशन लेने का साहस नहीं है?"

लेकिन अति साधारण सुमिता भी डसना जानती है। इसीलिए तुरन्त पलट कर बोली, "नहीं भाई ! मैं तुम जैसी साहसी नहीं।"

x x x

परिचितों की संख्या कोई कम नहीं लेकिन इससे पहले कंका ने कब किसे लिफ्ट दी थी? और जिन्हें लिफ्ट देती थी उनके पास कमरा किराए पर लेने जाने की बात सोच ही नहीं सकती है। फिर भी एक दिन विमान के घर गई।

अविवाहित सहपाठी था, उससे सहजभाव से बात कर सकती थी। कभी देखा था, विमान का मकान काफी बड़ा था। रहने वाले लोगों की संख्या भी कम थी। विमान, उसकी विधवा माँ और न जाने किस रिश्ते की दो और बुढ़ियाँ। बस ! कॉलेज के दिनों में कंका के प्रति विमान के मन में प्रेमभाव था, यह कंका जानती थी। सबके साथ इस बात पर मजाक भी करती थी।

फिलहाल विमान के अविवाहित रहने के पीछे कंका का कोई हाथ नहीं।

कारण था उसका खानदानी भयंकर दमा। विमान की माँ, बुआ जब शादी के लिए उसके पीछे हाथ धोकर पड़ गई थीं तब विमान ने कहा था, "जरा पिताजी की बात याद करो। बाबा को भी था–बुआ ही ने बताया था। तो फिर दुनिया में और कुछ दमे के मरीज बढ़ाने की जरूरत क्या है?"

अतएव शादी नहीं हुई।

कंका यह बात जानती थी।

पहुँचते ही बोली, "क्यों रे ! क्या हाल है? अभी भी उसी तरह हाँफा करता है?"

"उससे भी ज्यादा।"

"वाह ! ट्रीटमेण्ट नहीं करवाया है? अब तो बहुत दवाइयाँ निकल आई हैं।"

कंका के जीवन की विशेष घटना से कौन अविदित था? इसीलिए विमान ने उससे कुशलमंगल का समाचार न पूछ कर दूसरा सवाल किया–"खैर, इतने दिनों बाद एकाएक मेरी चिकित्सा-व्यवस्था के लिए दौड़ी चली आई हो, ऐसा तो लगता नहीं है। बात क्या है?"

कंका हँसने लगी।

वही तिरछी हँसी नहीं–दिल खोल कर।

"तूने ठीक समझा है। अपने चक्कर में ही आई हूँ। सुन, तेरे घर में तो ढेरों कमरे खाली पड़े हैं। एक बार तूने किस्सा सुनाया था कि घर में इतने कमरे हैं फिर भी तीनों महिलायें एक ही कमरे में घुसी रहती हैं। अब क्या..."

"अभी भी वही हाल है।"

"तब फिर मुझे एक कमरा खाली कर दे न? हालाँकि उचित किराया दूँगी पर नौकरी लगने पर। इस वक्त उधार खाता खोलना पड़ेगा।"

कंका का प्रस्ताव सुनते ही विमान के चेहरे के हाव-भाव बदल गये।

"घर तो मेरा नहीं है, पूरा का पूरा मदर का है। पितृदेव यही व्यवस्था कर गये हैं। मेरी दशा तो वही बुआ-मौसियों जैसी है–जिन्हें आश्रित कहते हैं।"

क्या कंका को आशा थी कि उसके कलझंकार से काम बन जाएगा? नाउम्मीदी ने उसके चेहरे की रेखाएं भी बदल दीं। फिर भी बोली, "अरे बाबा, तू तो अपनी माँ का अकेला लड़का है–वह क्या तेरी बात टाल सकेंगी?"

"गलत बात टालेंगी नहीं, इसकी गारण्टी क्या है?"

कंका का चेहरा पथराने लगा, "गलत बात? क्यों? घर में फालतू कमरे रहने पर लोग किराए पर नहीं देते हैं क्या?"

"जो छुआछूत मानती हैं वह शायद नहीं देती हैं। उन्हें हर वक्त डर लगा रहता है 'छू जाने का'। गुस्सा न होना। वे लोग एक डाइवोर्सी लड़की को शायद ही एलाउ करें।"

"एकदम श्योर? एक बार पूछ कर तो देख लेते।"

"कोई फायदा नहीं। भुझसे ज्यादा उन्हें और कौन पहचानेगा?"

"थैंक्यू। चलूँ।"

"अरे बाबा, नाराज हो गई न? क्या करूँ, मैं भी लाचार हूँ। लेकिन एक बात पूछूँगा–अभी क़ह रही थी नौकरी मिलने पर–कोई मिली है?"

"कोई खास नहीं।"

"तब फिर मेरे यहाँ आकर देख न। तेरी ऐसी फिगर है–ऐसा चेहरा है, बाल-वाल भी..."

कंका ने भौंहें सिकोड़ीं।

कंका की दुरावस्था देखकर अपमान करने की चेष्टा तो नहीं कर रहा है? हालाँकि कंका जानती है कि एम०ए० पास करने पर भी विमान अध्यापन-कार्य न करके एक प्रसाधन द्रव्य निर्माणकारी कम्पनी के प्रचार विभाग में काम करता है। हल्का काम ही है। बढ़िया, आकर्षणकारी वाक्य लिखने का काम।

विमान के हावभाव से नहीं लगा कि वह गन्दा मजाक कर रहा है वरन् अपनापन ही झलका। इसीलिए क्षण-भर देखते रहने के बाद बोली, "काम कैसा है? विज्ञापन-बाला बनकर तेल के एडवरटाइजमेंट पर बाल लटका कर मुस्कुराना पड़ेगा? शैम्पू के लिए सिर में फेना सँभालते हुए शॉवर के नीचे खड़ा होना पड़ेगा? और साबुन के..."

"रहने दे। समझ गया हूँ यह तेरे वश का काम नहीं।"

सहसा कंका स्थिर शीतल कण्ठ से बोली, "मेरे वश में क्या है, क्या नहीं यह तो मैं खुद भी नहीं जानती हूँ। ठीक है, ठीक है। चल एक दिन।"

विमान बोला, "आजकल इन सब बातों को लोग इतना बुरा नहीं मानते हैं।

अच्छे-अच्छे घरों की लड़कियाँ ही···अरे थियेटर-सिनेमा की बात ही ले ले। कभी ऐसा भी था कि थियेटर-सिनेमा में जाना माने समाज की नजरों में गिर जाना था। पतित समझ लो। ऐसी इच्छा प्रकट करने पर गार्जेन गला पकड़कर धक्का देकर निकाल देते थे घर से। और अब? अब खुद गार्जेन्स ही अपने साथ लेकर जाते हैं कि हमारे लड़के-लड़की को चान्स दे दो।''

जेब से एक टेबलेट निकाल कर विमान ने मुँह में डाल ली।

''अरे ! ऐसे ही ले ली? पानी के साथ नहीं लेगा?''

''अब उतनी जरूरत नहीं पड़ती है, ऐसे ही खा जाता हूँ। असल में आदत के ऊपर है।''

x x x

मिशन स्कूल ने भी बापी को रखने से इन्कार कर दिया।

उन लोगों ने सौगत को टेलीग्राम द्वारा सूचित किया था : ''बड़े दुःख के साथ कहना पड़ रहा है कि आपके लड़के को रखना सम्भव नहीं रहा। हमारे विचार से उसे मानसिक चिकित्सा की आवश्यकता है।''

उन्होंने डाक द्वारा एक और चीज भेज दी थी।

स्कूल में लिखे एक एस्से की फोटोस्टेट कॉपी।

प्रश्न पूछा गया था, ''भविष्य में तुम क्या बनोगे? डॉक्टर? इन्जीनियर? अध्यापक? पाइलॉट? वैज्ञानिक? समाजसेवी? अथवा कुछ और?''

उत्तर में बापी ने लिखा था, ''मैं 'बैगन ब्रोकर' अथवा 'समाज-विरोधी' बनना चाहता हूँ।''

लिखाई बापी की ही थी। वही सुन्दर मुक्ताक्षर। उसी की फोटो कॉपी थी। सन्देह का कोई कारण नहीं था।

आहत मन से सिर झुका कर पिता पुत्र को लेकर घर लौट आये। एक युवा संन्यासी उन्हें रेलवे स्टेशन तक छोड़ने आए थे। सारे रास्ते वह अर्पनी असुविधा पर प्रकाश डालते रहे। वे लोग हर तरह के लड़के रखते हैं—परीक्षण के इरादे से ही रखते हैं। लेकिन यह लड़का बिल्कुल भिन्न है। पढ़ने-लिखने में मन न लगता हो ऐसी बात नहीं है। गणित इसकी बहुत अच्छी है। चित्र बहुत सुन्दर बनाता है लेकिन कभी-कभी ऐसी बात कर बैठता है कि हताशा के साथ-साथ डर-सा लगने

लगता है।

इस स्कूल में बच्चों को अपना-अपना बाग बनाने के लिए थोड़ी-थोड़ी जगह सब को दी गई थी। बच्चे अपनी मर्जी से इसमें पौधे लगा सकते थे। चाहे फूल के, चाहे सब्जी के। हाँ, पौधों की देखभाल स्वयं करनी पड़ेगी। बच्चों को सिखाने के लिए दो-दो माली थे।

हर साल एक बार बाग की प्रतियोगिता भी होती है। सर्वोत्तम बाग उसी का माना जाता था जिसमें रुचि, निष्ठा, परिश्रम और लगन होती थी।

सौरभ ने अपने हिस्से की जमीन पर बहुत सुन्दर गुलाब की बगिया बनाई थी। हर पौधे में असंख्य कलियाँ आई थीं। उसके भी उत्साह का अन्त न था परन्तु एकाएक एक दिन सब यह देखकर हतप्रभ रह गए कि सारे पेड काट-कूट कर टुकड़े-टुकड़े कर दिए गए थे।

माली ने बहुत शोर मचाया, "जरूर किसी शरारती लड़के ने ईर्ष्यावश सौरभ बाबू का बाग उजाड़ दिया है। उस लड़के को ढूँढ़ा जाना चाहिए।"

सौरभ बाबू मधुर हँसी हँसकर बोले, "मैं ही तो वह लड़का हूँ।"

"तुम? तुमने अपना बाग आप उजाड़ा है?"

"अपना है तभी तो। मेरी चीज है मैं इसका कुछ भी कर सकता हूँ।"

और एक दिन कपड़े जलने की महक पाकर लोग भागे-भागे पहुँचे तो देखा सौरभ खिड़की के पर्दे में दियासलाई से आग लगा कर देख रहा था कि कैसे धीरे-धीरे पर्दा जलता है।

"तुम यह क्यों कर रहे थे?"

"यूँ ही। देख रहा था कैसे जलता है? जलने पर कैसा लगेगा?"

"इस लड़के का दिमागी इलाज होना जरूरी है मिस्टर मुखर्जी।" कहा था उस संन्यासी ने।

x x x

घर लौटने पर पिता लगभग रो पड़े थे। बोले, "तूने क्यों ऐसा किया?"

"यूँ ही। इच्छा हो रही थी।"

बुआ ने पूछा था, "वहाँ तेरा मन नहीं लग रहा था क्या रे?"

"खूब लगता था। कितनी रोशनी थी, हवा थी। आसमान कैसा नीला था। मैंने कितनी तस्वीरें बनाई हैं। बस उपदेश सुनने से मेरे बदन में आग लग जाती है। हर वक्त उपदेश, उपदेश। अच्छा लड़का बनना होगा। देश को प्यार करो। इन्सान से प्यार करो, दुनिया को चाहो। माँ-बाप को सुखी करो—यह करो वह करो। नहीं करता। बड़ी मुझे गरज पड़ी है करने की जैसे।"

अतएव नौ साल के लड़के ने स्कूल न जाने की कसम खा ली और घंटों तरह-तरह की किताबों में डूबा रहने लगा। चित्रकारी करता रहता। किताबों का चुनाव करते समय ध्यान नहीं देता था, चाहे कविता की हो चाहे कहानी की, चाहे कॉमिक हो चाहे निबन्ध, बस पढ़ने से मतलब था। बड़ी-बड़ी अंग्रेजी की किताबें पढ़ता। यह भी पकड़ में आ ही जाता कि उम्र से अधिक बुद्धि विकसित हो गई थी।

सौगत नाम का इन्सान असहाय दृष्टि से इस 'दुर्बोध' को देखा करता। बुआ भी आने का सारा उत्साह खो बैठीं। फिर भी उम्मीद कहाँ छूटती है?

किसी मनोवैज्ञानिक के पास तक ले जाना कठिन था।

"चल, एक मेरे मित्र के यहाँ चलते हैं," कहकर ले जाने के बाद, जहाँ दो-चार बातें हुईं, झट बोल उठा—"मैं तुम्हारा मतलब समझ गया हूँ। मुझे अभी घर ले चलो।"

"वाह, मेरा क्या मतलब समझ गया तू?"

"समझ गया हूँ। खूब समझ गया हूँ।"

"क्या समझा है, बता न?"

"नहीं बताऊँगा।"

"तब तो ठेंगा समझा है।"

"जी नहीं, ठेंगा नहीं समझा है। वह आदमी तुम्हारा दोस्त नहीं हाथी है। डॉक्टर है वह तो। मैं पागल हो गया हूँ या नहीं, तुम यही दिखाने ले गए थे।"

सौगत पत्थर की मूर्ति की तरह उसे देखते रहते।

बापी बोलता, "मिशन के महाराज लोग भी रोज कहते, 'हमें लगता है कि तुम पागल लड़के हो गए हो। तुम्हें अपने पिताजी के पास भेज देंगे। वे डॉक्टर को दिखलाएँगे।' हूँ, मैं जैसे कुछ समझता ही नहीं हूँ।"

सौगत लगभग रो पड़े। बोले, "तू इतना सब समझता है बापी और यही नहीं

समझ रहा है कि बिना पढ़ाई-लिखाई के जीवन व्यर्थ है।"

"मुझे स्कूल जाना अच्छा नहीं लगता है। लड़के जबरदस्ती दोस्त बनने चले आते हैं, यह मुझे अच्छा नहीं लगता है।"

"कोई दोस्ती करने आता है तो तुझे गुस्सा आता है?"

"हाँ, आता है।"

"ठीक है। तब तू घर पर मास्टर से पढ़ कर तैयारी कर। प्राइवेट इम्तहान देना।"

न जाने बापी ने पल-भर के लिए क्या सोचा फिर पूछा, "कैसा मास्टर?"

"अच्छा मास्टर।"

"ठीक है।"

सुनकर सौगत के हाथों में जैसे चाँद उतर आया।

मास्टर आने लगे। दो वक्त, दो मास्टर। वे लड़के की बुद्धि की तारीफ करते उसके पिता से। बापी भी बड़े उत्साह से पढ़ने लगा। लेकिन कितने दिन?

एकाएक एक दिन बाप से बोला, "मैंने उन दोनों टीचरों को भगा दिया है। कह दिया है, कल से न आएँ।"

"इसका मतलब?"

"मतलब यही है कि हर वक्त उस्तादी झाड़ते हैं। मुझे आता है फिर भी सिखाने लगेंगे। समझ गया हूँ फिर भी समझाने लग जाएँगे, ठीक कंकावती की तरह।"

"क्या? क्या? किस की तरह?"

"कहा तो। सुन नहीं पाते हो क्या?"

"तुमने उनके लिए इस तरह क्यों कहा?"

"उनके लिए ऐसे ही कहने की इच्छा हुई इसीलिए।"

इसके बाद बापी के पिता क्या कर सकते हैं? कुछ नहीं। बस एक ध्वंस हुए दृश्य के मौन दर्शक बन कर बैठे रहने के सिवा।

यही क्या कम है कि घर में रह रहा है। हर समय देखा तो जा सकता है। 'देखा जाना' नहीं बल्कि उसकी उपस्थिति का आभास होना, कहना ठीक होगा। हर

समय घर के किसी कोने में बैठा किताब पढ़ता रहता है।

इतनी किताबें पाता कहाँ से है?

हालाँकि दो-चार दिन बाद बाप के सामने किताबों की एक लम्बी लिस्ट रख देता है, "इन्हें लाना है।"

साफ मालूम होता है कि प्रकाशक की दुकान के कैटलॉग से या किसी मैगजीन से नाम उतारे गए हैं। कॉमिक्स के नाम ही ज्यादा रहते हैं।

"ठीक है। ला दूँगा। लेकिन तस्वीरें तू रखता कहाँ है? दिखाई तो नहीं देतीं।"

"चित्र बनाकर ही फाड़ डालता हूँ। उस पर स्याही पोत देता हूँ।"

"चित्र बनाते ही फाड़ डालता है? स्याही पोत देता है? बापी ! तब फिर बनाने से फायदा?"

"तो सारे दिन क्या करूँ बताओ।"

बीते दिनों की एक निशानी बची है आज भी—चारू की माँ।

सौगत ने बड़ी सावधानी से पूछा, "बापीदा खाते-वाते हैं?"

"वह तो लड़के की इच्छा पर है दादाबाबू। किसी दिन माँग कर खा लिया और किसी दिन फेंक-फाँक कर उठ गये।"

हताश होकर वह आदमी सोचता, 'मेरा भाग्य कितना सुन्दर है ! ये जो इतने-इतने लड़के स्कूल जा रहे हैं, खाते हैं, खेलते हैं, सोते हैं—इनमें से कोई तो अपनी मर्जी का मालिक नहीं है।'

कभी-कभी अचानक आकर बात भी करता हैं।

"बाबूजी ! तुमने सुशीलदा को क्यों निकाल दिया है?"

"निकाल दिया है? मैंने सुशील को निकाल दिया है? नहीं बापी ! वह खुद ही चला गया है। कहा था कि अब उसे खाना पकाना अच्छा नहीं लगता है।"

"यह घर ही बहुत खराब है। यहाँ किसी की रहने की इच्छा नहीं होती है। सब चले जाते हैं।" बापी कहता, "बाबूजी ! पहले जो लोग इस घर में रहते थे वे लोग सब मर गए हैं न?"

शंकित होकर सौगत कहते, "हाँ, मेरे माता-पिताजी। एक बुआ मेरी। सब

बूढ़े हो गए थे न। वह तस्वीर देखो–"

"वह तो तस्वीर है। यूँ ही आँख से कभी देखते हो?"

"ताज्जुब की बात है। मर जाने के बाद क्या कोई दिखाई पड़ता है बेटा?"

"तो फिर इस घर में और भी जो सब थे, वे भी मर ही गए होंगे। उन्हें भी तो कोई नहीं देख पाता है।"

"तुम रह-रह कर ऐसी बुरी बातें क्यों करते हो? छिः-छिः! तुम्हें बोलते हुए कष्ट नहीं हुआ?"

"मुझे किसी बात से कष्ट नहीं होता है।" कहते हुए सिर उठाए, पाँव पटकते हुए चला गया बापी नाम का लड़का, आज भी हॉफ पैण्ट ही पहनता है जो।

x x x

जो कंकावती के बेटे ने कहा, वही लम्बी-लम्बी साँसें छोड़ती हुई कंका भी सोचती, किसी को भी तो देखती नहीं है जबकि एक ही शहर में सब रह रहे हैं। कितने आलतू-फालतू आदमी हर वक्त मिल जाया करते हैं।

और कंकावती के भूतपूर्व पति?

वह भी क्या अपने बेटे की तरह कहता नहीं है–"कितने आश्चर्य की बात है! कभी कोई नहीं मिलता है और रहते हम लोग इसी शहर में हैं।"

बेचारे मन ही मन कहा करते हैं। मन ही मन तो बहुत कुछ कहा जा सकता है–यही गनीमत है।

शायद बापी ने ठीक ही कहा है। उस लड़की की क्या मौत नहीं हुई है? वही फूले-फूले गालों वाली जिसे अभिमान होने पर और गाल फुला लेने की आदत थी, जो सीढ़ियाँ उतरते समय कहती गई थी, 'ठीक है, मैं फिर तुम्हारे घर में नहीं आऊँगी। मैं रास्ते में फिरने वाली लड़की बन जाऊँगी। फटे कपड़े पहनूँगी। धूल में सनी रहूँगी।'

अगर अभी भाग कर उसके पास जाकर खड़ा हो जाऊँ तो क्या वही लड़की मिल सकेगी? वह तो हमेशा-हमेशा के लिए खो गई है। आज अगर अपना हाहाकार करता हृदय लेकर सौगत उस घर के दरवाजे के सामने खड़ा हो जाए, वह लड़की दिखाई पड़ेगी? क्या पता संवाददाता आकर कहे–'यह उसके पढ़ने का समय है। भेंट नहीं होगी।'

और वह अहंकारी महिला? उसके पास जाकर खड़े होने का तो साहस ही कभी नहीं जुटा सका। अगर अपमानित कर भगा दे?

बापी ने ठीक ही कहा था। सौगत के जीवन में मृतकों की भूमिका है उन की। ठीक ही कहा था, इस घर में किसी की रहने की इच्छा नहीं होती है। सब चले जाते हैं।

x x x

सौगत को भी बुरा लगा। असह्य लगा। फिर भी जाने से पहले, एक बार केयातला के उसी मकान के दरवाजे के सामने खड़ा हुआ था। बेतुका-सा सवाल पूछा था, "यहाँ बापी आया है?"

"बापी? क्या पूछते हैं? बापी यहाँ आता कब है? आया ही कब? बापी की माँ-बहन ही न जाने कब चली गई हैं इस घर से।"

"चली गई हैं?"

"हाँ! महँगे मोहल्ले में बढ़िया नए फैशन का मकान खरीद कर उसी में रहती हैं। लोग कहते हैं, कीमती कार पर भी चढ़ा करती हैं। नहीं, पता दे कर नहीं गई हैं। किसी ने पता पूछने का आग्रह भी नहीं किया। इस मकान को बेचकर वर्तमान बाशिन्दे चले जा रहे हैं। इतना बड़ा मकान उनके किस काम का? घर की मालकिन ही जब हमेशा के लिए चली गई हैं।"

माने 'समय' नदी की धारा की भाँति बहता आगे निकल गया है। काफी समय बीत गया है। सौगत ने बड़ी देर कर दी है उस पुराने परिचित दरवाजे तक आने में।

फिर भी लगता था, वे लोग वहाँ हैं। इन सीढ़ियों, बरामदों पर उनके पैरों की छाप पड़ी है। आज वे शून्य में खो गए। आज सौगत के परिचित जगत् से दूर चले गए हैं। इसका मतलब नौ साल के बापी का जीवन-दर्शन सही ही था।

ग्यारह

सुदेष्णा के उस घर में परिवर्तन के झटके नहीं लग रहे हों ऐसी बात नहीं। परन्तु हाँ, धीरे-धीरे। शायद उत्तर है इसीलिए। दक्षिण की ओर घर होता तो दुष्ट दक्षिणी हवा सब उड़ा-पुड़ा कर ले गई होती।

ये लोग इसी घर में हैं। सिर्फ बड़ी मालकिन अपने बेटे-बहू, पोते-पोती की इच्छा और पसन्दगी की जिद्द के कारण अलग चूल्हा जलाने लगी हैं। रसोई एक ही है—केवल चूल्हा और बर्तन भिन्न हैं।

परन्तु इधर गैस खत्म हो जाने पर क्या उधर वाले चौके में बाकी खाना नहीं बन जाता था? अथवा अचानक मेहमान आ जाने पर इधर बन रही चाय में से उसे नहीं लाकर पिलायी जाती थी? यह सभी कुछ होता है। और भी ऐसा बहुत कुछ होता है। जैसे बड़ी मालकिन का काम जल्दी निपट जाने से होता है। (क्योंकि बहू-बेटा दफ्तर जाते हैं। पोते-पोती स्कूल। बदहजमी के शिकार बड़े बाबू जल्दी खा लेते हैं।) लेकिन बड़ी मालकिन अपनी थाली ढक कर बातें करती रहती हैं जब तक इस तरफ का काम खत्म नहीं हो जाता है। फिर मझली और छोटी देवरानी के साथ खाना खाने बैठती हैं। बच्चों के लिए स्कूल के टिफिन का बँटवारा तो चलता ही है। कभी इधर बन जाता है कभी उधर से मिल जाता है।

पानू कहता, "मुझे ही सुविधा हुई है। सिर्फ एक ननिहाल था अब तक। अब दो-दो हैं।"

"ए, क्या घर अलग हुआ है?"

"अरे भई, चौका अलग माने घर अलग। मैं तो पूछ रहा हूँ कि एक और ब्रांच क्यों नहीं खुल रहा है? उससे मेरी सुविधा और बढ़ जाएगी।"

लम्बी साँस छोड़ते हुए सुदेष्णा कहतीं, "वह भी शायद भाग्य में बदा है। सुना है तेरे छोटे मामा के बदली के ऑइर्स आए हैं। अभी तो न जाने के लिए भाग-दौड़ कर रहा है। लेकिन दफ्तर के अफसर क्या कम चालाक होते हैं? नाक के सामने प्रोमोशन की कुर्सी लटका देते हैं। प्रोमोशन चाहते हो तो तबादला भी होगा। अगर नहीं तो बैठे रहो।"

मझली मामी से ही पानू की पटती ज्यादा है।

बाहर जो कुछ देख कर आएगा उसका विस्तृत वर्णन सुनाने बैठ जाएगा।

"भई मझली मामी, नाराज-वाराज मत होना। मैं कल तुम्हारे भाई की बहू को दो बातें सुना आया हूँ।"

"हट। अभी भी भाई की बहू, भाई की बहू कहना नहीं छोड़ा। मेरा तो भाई कहाँ और भतीजा कहाँ, उसी का अता-पता नहीं। भाई की बहू!"

“ठीक है, तब फिर सॉल्ट लेक वाली भूतपूर्व मामी ही कहता हूँ।”

“जो जी चाहे कह। हाँ तो उसे टाइट करने की जरूरत क्या पड़ गई?”

“कारण यद्यपि पुराना है। लेकिन तुम तो जानती हो, प्रतिशोध की चिन्ता उम्र के साथ-साथ बढ़ती ही जाएगी। एक दिन मामी ने मुझे नहीं पहचाना था, कल मैंने उन्हें नहीं पहचाना।” पानू कहता रहा—“रास्ते में रेडलाइट थी। कारें ही कारें खड़ी थीं। मैं इन्हीं कारों के बीच में से निकल रहा था। एकाएक एक लाल मारुति की खिड़की में से सुरीली आवाज आई, ‘अरे पानू हो न?’ देखा मामी हैं। तुमसे क्या कहूँ—लगा पहले से और उम्र कम हो गई है। आज भी वही साज-सज्जा, वही मेकअप। चेहरे पर भी वही चमक। देखकर मेरे तो बदन में आग लग गई— लड़का लापता हो गया, पति दुःख के कारण सब कुछ छोड़-छाड़ कर, घर बन्द करके आसाम के जंगलों में पड़ा है और तुम आज भी ‘बसरा की गुलाब’ बनी फिर रही हो? छिः ! उस दफा अपना समझ कर दौड़ा-दौड़ा गया था। इस दफा तो मन में ही नहीं आया कि अपनी है कोई। साफ कह दिया : ‘आप शायद गलती कर रही हैं। मैं पानू-फानू को नहीं पहचानता हूँ।’—हालाँकि तुरन्त ही कार के भीतर गला घुसा लिया और कारें भी चल पड़ीं। पर जरूर समझ गई होंगी कि पानू उस्ताद भी बदला लेना जानता है।”

तभी छोटी मामी उदास स्वरों में बोलीं, “सुन रहे हो पानू, हमें पटना या कानपुर जाना पड़ जाएगा।”

पानू तुरन्त बोला, “तुम इतनी रुआँसी होकर क्यों कह रही हो? जब से जाने की बात चली है तभी से तो मन ही मन लड्डू फूट रहे हैं।”

बिगड़कर छोटी मामी बोलीं, “लड्डू फूट रहे हैं? देखा है तूने?”

“सब कुछ क्या देखकर समझा जाता है छोटी मामी? अनुमान नाम की भी तो एक चीज होती है। जनम-जिन्दगी में रेल में नहीं बैठी हो, वह बैठना हो जाएगा। फिर छोटे मामा का प्रोमोशन हुआ है, अच्छा क्वार्टर मिलेगा। आजाद जिन्दगी, आजाद गृहस्थी। इस पर भी अगर खुश न हुईं तो भगवान् तुम्हें कृतघ्न नहीं कहेगा क्या?”

हँसना पड़ गया छोटी मामी को।

“देख रही हो मझली दीदी? पानू की बातों की मार को? यह क्या जिन्दगी-भर दूसरों को जीभ से घायल करता रहेगा, शादी-वादी नहीं करेगा क्या?”

"अरे बाप रे! आज भी तुम लोग इसी चिन्ता में धुली जा रही हो? क्यों बाबा, पानू के बच्चे को जाल में फँसाने का षड्यन्त्र कर रही हो? मैं इतना मूर्ख नहीं कि शादी का फन्दा गले में डालूँ।"

इन बातों पर बहस बहुत हो सकती है। उसके बाप बुरे इन्सान नहीं। पानू की सौतेली माँ भी सीधी-सादी किस्म की हैं। लड़के की शादी के लिए कोशिश कुछ कम नहीं की थी। पानू ही अकड़ा बैठा है।

"अच्छा-भला तो हूँ बाबा। तुम लोगों से क्या पानू का सुख देखा नहीं जा रहा है?"

"ऐसा भी क्या सुख है तुझे? दफ्तर जा रहा है, खा रहा है, सो रहा है और फालतू घूमा करता है। बस यही न?"

पानू कहता, "यही क्या चीज है इसे समझने के लिए मन चाहिए मन। अब यही देखो न, जिसे और जब चाहा पानू फटाफट चार बात सुना देता है, जिसे हाथ के पास पा लिया, रुई-सा धुन कर रख दिया, फिर भी सभी उसे प्यार करते हैं। पानू के लिए झट चाय, चाय के साथ राजसी 'वाय'। लेकिन अगर यही पानू शादी कर ले? बस पानू का बाजार-भाव दनदना कर उतर जायेगा। तब पानू की जरा-सी बात से लोगों के बदन पर छाले उभर आएँगे। और लोग आलोचना करेंगे कि शादी होते ही पानू साला नालायक हो गया है, बिगड़ कर बन्दर बन गया है। और जो घर में पधारेंगी? मेरे सिर पर सवार होने के लिए जिनका आगमन होगा—होगा कि नहीं? उनकी खातिर करो, उनके नखरे उठाओ और उनके साथ बैठे रहो उनके डंक खाने को, अपनी दुर्गति करवाने को।"

"देख पानू, फालतू बातें मत कर। सभी बहुएँ क्या ऐसी ही होती है?"

"तब क्या था नहीं जानता हूँ, आज तो घर-घर में ऐसी ही बहुएँ मिलेंगी। अभागा पानू दस लोगों की आँखों का नूर बना, प्यार लूटता, मौज मनाता फिर रहा है, उसे सिर्फ कृतदास बनाए बगैर जी मान नहीं रहा है?"

अतएव पानू सब के गले का हार बना फिर रहा है। छोटे मामा ने अभी से कह दिया है, "देख पानू, अगर मेरा ट्रांसफर हो ही गया तो छुट्टियों में जाकर घूमघाम आना। तेरे तो पीछे रोने वाला कोई है नहीं।"

पीछे रोने वाले का न रहना तो सर्वोत्तम जीवन की निशानी है। पानू का जीवन-दर्शन भी अलग ही है। सभी के लिए वह चिन्तित रहता है। सभी के लिए

उसके मन में प्रेम है। सॉल्ट लेक की मामी का जीवन नष्ट हो गया है सोचकर दुःखी होता है। भीतर ही भीतर कोशिश किए जा रहा था अगर उनका खोया बेटा कहीं मिल जाए।

लड़के के बाप की तरफ से जितनी कोशिश की जानी चाहिए थी, की गई थी। विधिवत् की गई थी। सी०आई०डी० पुलिस भी लगाई गई थी, कहीं कोई बहका कर तो नहीं ले गया। कुछ पता नहीं चल पाया। भग्न हृदय पिता ने स्वयं ही शहर छोड़ दिया।

पानू के मन में सन्देह था कि कहीं कंकावती तो लड़के को उड़ा नहीं ले गई। लड़के के साथ षड्यन्त्र करके? हो सकता है लड़का माँ के पास छिपा हो। ऐसा कुछ न हुआ होता तो माँ कहीं इतना मेकअप करके घूम-फिर सकती है? कितनी निश्चिन्त लग रही थी? अच्छा, उस दिन पानू को क्या यही बताने के लिए आवाज लगाई थी? इश ! इतना घमण्ड न करना ही ठीक था।

पानू अपने ढंग से सोचता है। वह यह मानने को तैयार नहीं कि कंका का यह सजना-धजना उसके लिए साँस लेने जैसी बात है। यह उसके शरीर का अंग है, इसके साथ भावनाओं, चिन्ताओं अथवा अन्य किसी बात का कोई सम्बन्ध नहीं।

अच्छा, सौगत मुखर्जी का लड़का, सौरभ मुखर्जी, जिसे बापी के नाम से पुकारा जाता है, उम्र साढ़े नौ साल इत्यादि विवरण के साथ जिस दिन टेलीविजन पर उसके खो जाने का समाचार पढ़ा गया था उस दिन क्या कोई भयंकर घटना घटित नहीं हुई थी?

सहसा रात के बारह बजे उसी सौगत नामक सर्वस्व लुट चुके अभागे इन्सान के घर का फोन नहीं बज उठा था?

किसकी आवाज? हाँ, वही चिरपरिचित तथा भयंकर अपरिचित आवाज ही तो थी। सौगत अपने कानों पर विश्वास नहीं कर सका था।

केवल इतना ही बोला था, "हाँ। मैं बोल रहा हूँ।"

उसके बाद स्तब्ध होकर एक तूफान की चीत्कार सुनता रहा।

x x x

"क्यों? क्या हुआ? मुझसे लड़कर तो लड़के पर कब्जा जमाया गया था लेकिन उसे खत्म करके ही माने न?—मेरे लिए तुमने उसके मन को विषैला बना

दिया था तभी वह मेरा मुँह देखना तक नहीं चाहता था। मेरे लिए उस के मन में घृणा उत्पन्न कर दी थी। कर सके अपना बना कर, अपनी इच्छानुसार उसका पालन-पोषण? मेरे लड़के को मुझसे छीन कर तुमने उसका खून कर डाला। कौन कह सकता है कि तुमने मुझसे बदला लेने के लिए उसका खून नहीं किया है? मैं तुम्हारे नाम से पुलिस केस करूँगी। तुमको जेल भेजकर मानूँगी।–सोचा क्या है? बच जाओगे?–भीतर ही भीतर नए सिरे से जिन्दगी शुरू करने की तैयारियाँ चल रही होंगी। इसीलिए तो बाधा को हटा कर दिखावे के बहाने उसकी तलाश हो रही है। अदालत में मैं तुमसे यह बात कबुलवाए बगैर मानूँगी नहीं। कैसे सन्तान पालन होता है आकर यहाँ देख जाओ।

"तुलतुल नाच सीख रही है, गाना सीख रही है। स्कूल में अपने क्लास में फर्स्ट आ रही है। समझे? कैपेसिटी होनी चाहिए। अक्षम, नालायक, शैतान कहीं के।–क्यों? बोलते क्यों नहीं?–बोलने का मुँह भी है? मुँह रखा है तुमने? मैं तुम्हारे खिलाफ पुलिस केस करूँगी, समझे? तैयार रहना।"

इतनी देर बाद सौगत की आवाज सुनाई पड़ी–"अगर वैसा कर सको तो मैं आभारी होऊँगा। जितनी जल्दी कर सको, करो। कम से कम जेल में मुँह तो छिपा सकूँगा।"

"वही एक स्टाइल। टी०वी० में बापी की जो तस्वीर दिखाई गई है कितने दिन पहले की है? उसके बाद तो शायद कैमरे के सामने खड़े होने का सौभाग्य प्राप्त हुआ नहीं था। वर्थलेस! कापुरुष! चोर! हाँ-हाँ, चोर! चोर के सिवा और कुछ नहीं। लड़के को कहीं हटाकर अब नखरेबाजी हो रही है–अनुसंधान किया जा रहा है। कहाँ हटाया है? अनाथ आश्रम में? एक बार तो ऐसे ही किसी जगह उसे भेज दिया था।"

एक समय तूफान कम हुआ था।

कारण–दूसरी तरफ से कोई प्रतिवाद नहीं किया जा रहा था।

इसमें कोई नई बात तो थी नहीं। गुस्सा होने पर कंकावती जो मुँह में आता था, वही बक जाती थी।

इसके बाद कंकावती अपने भूतपूर्व पति को जेल भेज सकी थी, ऐसी खबर मिली? नहीं। न जाने बाद में क्या हुआ था।

तुलतुल टी०वी० में 'गुमशुदा समाचार' की दर्शक कैसे बन गई थी कौन

जाने। तुलतुल आमतौर पर टी०वी० देखती ही नहीं थी। लेकिन कंका के दुर्भाग्य मे उस दिन वह उपस्थित थी। और देखते ही चौंक कर चिल्ला उठी थी, "दादा! दादा! दादा खो गया है? इश! दादा के लिए कितना मजा ही मजा है। ओ माँमोनी, तुमने देखा?"

कठोर स्वर में कंकावती ने पूछा था, "मजा माने?"

"वाह! मजा नहीं तो और क्या? कैसा खो सका? अब जो चाहेगा वही कर सकेगा। मैं भी बड़ी होते ही खो जाऊँगी।"

"क्या कहा? तू बड़ी हो कर खो जाएगी?"

"जाऊँगी ही।"

"खो जाने से क्या हालत होती है, जानती है?"

"क्या होता है? जो मन करे वही किया जा सकता है। जहाँ मन चाहे घूमने जा सकता है, कोई डाँटने वाला नहीं। अहा, दादा शायद जंगलों में घूम रहा है। थक जाने पर पेड़ के नीचे बैठ जाता होगा।"

"ओ! और भूख लगने पर?"

"क्यों? जंगल में फल नहीं खा सकता है?"

"तुलतुल, तुम इस तरह की एब्सर्ड बातें दिमाग में मत लाओ। सब कोई मिलकर मुझे पागल मत बनाओ।–जाओ, जाकर तैयार हो। अभी गाने के मास्टर जी आते होंगे।"

"माँमोनी! अगर दादा ढूँढ़ने पर भी नहीं मिला?"

अपनी सात साल की घबड़ाई हुई बेटी का मुँह देखकर कंकावती ने जाने क्यों अजीब-सी आवाज में कहा, "नहीं मिला तो तुम्हारा क्या? दादा क्या तुम्हारे साथ रहता था? तुम क्या कभी दादा से मिल पाती थीं?"

उस आवाज में क्या था? हताशा या सान्त्वना? परन्तु पानू नामक मूर्ख आदमी तो आज भी लाल मारुति देखते ही उसके अन्दर झाँकने की कोशिश करता है। कब से? क्या जब से बापी खो गया है तब से?

पानू के पास दुनियादारी की समझ की कमी है।

x x x

अब तो तुलतुल नाम की वही लड़की, जिसका उल्लेख कर कंकावती ने आधी रात को अपने भूतपूर्व पति को टेलीफोन पर धमकी दी थी और अपनी सफलता, शिशुपालन की पराकाष्ठा का वर्णन किया था, वही बेटी अब 'माँमोनी' पुकारती हुई दौड़ी-दौड़ी नहीं आती है। वह भी क्या अपने दादा की ही तरह खो गई है?

कंकावती के रीजेण्ट पार्क के सजे-सजाए चित्रस्वरूप फ्लैट में जो लड़की रहती है। चाबुक से पतले उसके शरीर और उसके मुँह को देखकर कोई क्या उस तुलतुल को ढूँढ़ निकाल सकता है? जो कभी एक अपरिचित दम्पत्ति की कार में चढ़कर 'अपने घर' चली गई थी? जो लड़की केयातला के घर में रह-रह कर 'अपमान हुआ है' कह कर फूले-फूले गालों को और फुला लेती थी? उसमें और आज की इस लड़की में कहीं कोई समानता है? इसे देखकर तो लगता है शिल्पकार द्वारा बनाई गई एक शिल्पकला है।

माँ उसे तुलतुल कहकर ही पुकारती है परन्तु लड़की बुलाती है कंकावती के नाम से। कभी-कभी मैडम भी। जैसे कंकावती अगर किसी तरह का अभियोग लगाती, झगड़ती, चीखती-चिल्लाती तो बड़े ही मधुर स्वरों में कह देती "सॉरी मैडम।"

कंकावती उसके लिए देशी-विदेशी हर तरह के सुन्दर-सुन्दर कपड़े लाकर पोशाकें तैयार करवाती, वार्डरोब भर डालती परन्तु लड़की केवल ट्राउजर और ढीले शर्ट्स पहना करती।

ऐसी सुन्दर कद-काठी वाली बेटी है कंकावती की (कंकावती की धारणा है कि नाचने के कारण उसके शारीरिक गठन में माधुर्य है)। कभी टाइट टीशर्ट नहीं पहनती है, सलवार-सूट नहीं पहनती है।

"तुलतुल, तेरे ये अलमारी में भरे कपड़ों का क्या होगा?"

इस निराशाजनक प्रश्न के उत्तर में तुलतुल कहती, "कंकावती के शौक की चीजें हैं, देखने योग्य भी हैं, रहने दो वहीं।"

"तुझे हर वक्त एक ही तरह के कपड़े पहनना अच्छा लगता है?"

"बेहद।"

"सभी सोचते हैं तेरे पास यही एक सेट है।"

"तुम्हारे सभी के सामने तो मैं बाहर निकलना भी नहीं चाहती हूँ मैडम।

तुम्हीं कभी-कभी जबरदस्ती–''

''तुम्हारा यह अद्‌भुत सम्बोधन··· क्या अभी भी शौक पूरा नहीं हुआ है? उस दिन तुमने मिस्टर बाजपेयी के सामने कह दिया···''

''ओ माई गॉड! कहने के लिए ही तो कहा था।''

कंकावती की बेटी अभी-अभी तेरह साल की हुई है। इसी से रह-रह कर कंकावती पराजित होती रहती है–कभी प्रत्यक्ष, कभी अप्रत्यक्ष रूप से।

उस दिन बाजपेयी साहब अपने एक गुजराती मित्र को सपत्नीक ले कर आए थे। दीवाल पर टँगी तुलतुल की एक नाच की मुद्रा वाली तस्वीर देखकर उन्होंने बड़े उत्साह से लड़की का नाच देखना चाहा।

विपन्न कंकावती अकेले में बेटी के आगे शराफत और सौजन्यता की दुहाई देती रही–बस पाँव भर पकड़ने की कसर रह गई लेकिन अनिन्दश्री अटल, अचल।

''पागल हुई हो क्या? अचानक ड्राइंगरूम में जाकर नाचने लग जाऊँ?''

''आश्चर्य की बात है, इसमें पागलपन कैसा? तुम नाचना जानती हो, नाच दिखाओगी··· इसमें असुविधा कैसी? अगर न जानती होती तो बात भी थी।''

''जानती हूँ तो एकाएक एक बाहरी आदमी के सामने··· रबिश।''

''उनके आगे मेरा सिर झुक जाएगा।''

''सॉरी मैडम।''

''ठीक है, तब फिर एक गाना ही सुना दे चल कर। कह दूँगी, लड़की बेहद शाई है, नाचने के लिए राजी नहीं हो रही है।''

''ओ माँ! कंकावती देवी की लड़की के बारे में ऐसी एक सड़ी हुई दलील?''

''तू मुझे रह-रह कर 'देवी' क्यों कहने लगती है?''

''आदत डाल रही हूँ मैडम! आपका सरनेम कब और कितनी दफा बदलेगा इसका क्या ठिकाना? 'देवी' ठीक है। आखिर में वही देवीत्व ही तो प्राप्त करना है। पहले ही से···''

''देखो तुलतुल, शायद मुझे तुम्हारे ही कारण सुइसाइड करना पड़ेगा।''

''दिमाग खराब हुआ है? कितने समुन्दर पार करके तो किनारे पहुँची हो। अब कहीं जा कर तुम्हें असली जिन्दगी मिली है। ऐसे वक्त पर सुइसाइड?

छिः-छिः।''

''ओफ ! तुम समझती हो? मेरे स्ट्रगल को, मेरी तकलीफों को?''

''अरे वाह ! समझूँगी क्यों नहीं? इन सब बातों की गवाह और सबूत नहीं है क्या यह नालायक लड़की?''

''ओ तुलतुल, तुमने फिर इस शब्द का इस्तेमाल किया?''

''सॉरी ! यह है वही केयातला वाली लेट धरित्रीदेवी के संगदोष का परिणाम।''

''तुम इन्हें भुला नहीं सकती हो?''

''यही तो मुश्किल है। कोशिश तो करती हूँ लेकिन जुबान पर वही बातें आ जाती हैं।''

यह है कंकावती का अनेक समुद्रों को पार करने के बाद किनारा पाना। इसी लड़की के साथ इन्हें असली जीवन आरम्भ करना होगा। क्या है वह असली जीवन? तस्वीर-सा सजा फ्लैट, सुन्दर-सुन्दर फर्नीचर, गैरेज में कार ! क्या कभी कंका के पास यह सब कुछ था नहीं?

था–पर स्वोपार्जित नहीं था, जो अब हुआ है। लेकिन उसी के साथ हर समय बिच्छू का डंक झेल रही है।

कंका ने अपने होंठ दबाए। बड़ी मुश्किल से अपने को संयत कर बोली– ''तुलतुल, मैं अनुरोध करती हूँ कि कम से कम एक बार तो उनके सामने चलो। न जाने वह लोग क्या सोच रहे होंगे।''

अचानक तुलतुल हीं-हीं कर हँस उठी, ''कोई क्या सोच रहा है, इस बात की तुम्हें चिन्ता हो रही है? तुम्हें? ताज्जुब है। तो एक काम क्यों नहीं करती हो बाबा। उन लोगों की मनोकामना तुम्हीं क्यों नहीं पूरा कर देती हो? तुम्हारा फिगर तो मुझसे भी ज्यादा अच्छा है। नाच की मुद्रायें भी जानती हो। देखकर वे लोग मुग्ध हो जाएँगे।''

कंका के होंठ क्या कट जाएँगे? खून निकल आएगा होंठ काटते-काटते?

चली आई इधर।

कौतुकपूर्ण स्वरों में बोली, ''आप लोग सो-वो तो नहीं गए? इसमें आश्चर्य की कोई बात भी नहीं है। लड़की को मनाते-मनाते इतना समय लग गया। कहती

है इस तरह से घर में नाचने में उसे बड़ी शर्म आ रही है। आप ही बताइए आजकल के जमाने में 'शाई' होने से कहीं काम चलता है?"

अतिथि दम्पत्ति मुस्कुराए। बोले, "आप कौन-सी नई बात बता रही हैं? अपनी लड़की भी हमें ऐसी ही परेशानी में डाल देती थी। न कहीं जाती थी न सामने आना चाहती थी, न किसी बात का उत्तर देती थी। बड़ी मुश्किल हो गई थी। वही लड़की शादी के बाद अपने हसबैण्ड के साथ दो साल स्टेट्स में हो आई है—तब से··· आपकी लड़की की उम्र क्या है?"

"जस्ट थरटीन। क्लास नाइन में गई है।"

"मात्र? तब तो बच्चा कहिए। स्कूल लाइफ से निकल कर कॉलेज जाने लगेगी तो ठीक हो जाएगी।"

महिला अच्छी बंगला भाषा बोल लेती थीं। उनके कहने का ढंग भी सुन्दर था। यह जानते हुए भी कि कुछ ठीक नहीं होगा इस तरह सान्त्वना देती रहीं।

एक बार और चित्र की ओर देखने के बाद बोलीं, "लड़की आप ही जैसी सुन्दर है। सचमुच आपको देखकर कौन विश्वास करेगा कि आपकी नाइन्थ क्लास में पढ़ने वाली एक लड़की है।"

कंका विगलित हुई। साथ ही सहसा उसके दिल की धड़कन पल-भर के लिए रुक गई। कंका का क्या इससे भी दो साल बड़ा लड़का नहीं था? फिर भी कंका का सौन्दर्य अटूट है। उसके चेहरे पर किशोरियों जैसा लावण्य, बाल आज भी रेशम से कोमल हैं। इसमें उसके सृष्टिकर्ता की उदार देन तो है ही। फिर भी सौन्दर्य को सँभालकर रखने की कला भी आनी चाहिए। कंका की टीनएजर लड़की, इस विषय में बिल्कुल ही लापरवाह है। प्रसाधन द्रव्यों का प्रयोग ही नहीं करती है। कभी-कभी तो सारे-सारे दिन बाल ही नहीं काढ़ती है। एक दिन इस ओर इशारा क्या किया कि स्कूल से बॉयकट करवा कर घर लौटी।

कंका क्या यह सोचने बैठ जाए कि कई समुद्र पार करके उसे किनारा मिला है? देर रात तक कंका जागती रही।

कमरे में हल्के नीले रंग का मृदु प्रकाश, सुकुमार-सा बिस्तर। चारों तरफ देखो तो परीराज्य-सा लगता। खिड़की खुली थी, भारी मोटे पर्दे किनारे सरकाए हुए थे। ऊपर पंखा फुल स्पीड में चल रहा था फिर भी खिड़की के पर्दों से टकरा कर आती हवा में अलग ही एक मादकता थी। यह मादकता मन से ज्यादा शरीर को चंचल

बनाती थी।

बगलवाले कमरे में तुलतुल सो रही थी। निःसंग यह शय्या कंकावती नामक चालीस वर्षीया नारी के शरीर में काँटे चुभो रही थी। कैसी अस्थिरता, कैसा सूनापन !

कंका जाकर बालकनी में खड़ी हो गई। इतनी रात को नीचे रास्ते पर लोगों का चलना-फिरना बन्द हो चुका था। केवल रास्ते की रोशनी उसी की तरह जल रही थी।

कुछ साल कितनी लड़ाई लड़नी पड़ी थी। जड़ से उखड़ कर पुनः धरती पकड़ कर जीवन्त होने के लिए जी-जान से लड़ती रही थी।

यह तस्वीर-सा परिवेश, अति आधुनिक लोभनीय सजाई-सँवारी गृहस्थी, सभी कुछ कंका का स्वोपार्जित था।

जिस कंका ने कभी अपनी सुन्दर सजी-सजाई गृहस्थी को अवहेलनापूर्वक ठुकरा दिया था, छोड़कर मिनटों में चली आई थी उसी कंका ने फिर से सब कुछ उसी तरह सजा डाला था। परन्तु? क्या इसी को घर कहते हैं? प्राणहीन निःसंग रात?

इतनी-सी लड़की कैसी भयंकर तर्कणा करती है? जैसे धारदार छुरी। आज से नहीं, और भी छोटी थी तब से। उसी छुरी जैसी लड़की के कारण कंका बेचारे बाजपेयी के साथ साधारण-सी शराफत बरतते हुए डरती है। और जबकि बाजपेयी ही ने कंका को यहाँ पहुँचाया है। अब तो कंका पूरी तरह से एक 'बिजनेस वोमेन' है।

अब कंका की अपनी विशाल साड़ी-छपाई की दुकान है, अपना एक ब्यूटी पार्लर है। इसी के साथ छोटे-मोटे डेकोरेशन पीसेज भी मिल जाएँगे।

बिजनेस खूब उन्नति कर रहा है।

यह सब क्या कंका अकेले कर सकती थी? अगर बाजपेयी ने अर्थ, सामर्थ्य और अपनी बुद्धि भी न लगाई होती?

बाजपेयी के साथ परिचय हुआ था विमान के उसी विज्ञापन-विभाग में।

न जाने कैसे वही परिचय प्रगाढ़ बन्धुत्व में परिवर्तित हो गया था यह बात आज कंका भी ठीक से न समझा सकेगी। परन्तु कंका धीरे-धीरे अनुभव करने लगी

थी कि यह आदमी उसके सिर पर छत और पाँव तले की ठोस मिट्टी है।

भद्र सुसंस्कृत नम्र प्रकृति के इस मनुष्य का सहायता के लिए बढ़ाया हाथ कंका झटक कर हटा न सकी। पकड़ा था उसने। परन्तु क्या कभी इसके बदले में कोई प्रतिदान माँगा था?

नहीं ! नहीं माँगा था।

और न माँगने के कारण ही कंका असहाय हुई जा रही थी। वह अगर प्रतिदान माँगता, अपने प्यार को स्वीकार करता तब शायद कंका कठोर हो जाती। हो सकता है उस दिन से मदद लेना भी बन्द कर देती। परन्तु यह आदमी तो अपने हृदय का पट खोलता ही नहीं है। उसके हाव-भाव से लगता है जैसे कंका को प्रतिष्ठित करना ही उसका एकमात्र कर्तव्य है। जैसे कोई अलिखित समझौता हुआ अथवा यह उसका जीवन का ध्येय हो।

जो आदमी कुछ न माँगे, केवल देकर कृतार्थ हो, उसके 'दिए का बोझ' उठाना क्या कम कठिन होता है?

कंका 'बिजनेस' के बारे में क्या जानती थी? सभी तो बाजपेयी का ही किया है। परन्तु उन्होंने कंका के सम्मान पर आँच आने नहीं दी थी। जितना भी पैसा बिजनेस पर खर्च किया था, ऋण कह कर। और सचमुच जहाँ लाभ होता वहीं ऋण की अदायगी भी कर लेता था।

बाजपेयी लोग चार-पाँच पुश्तों से मरुभूमि छोड़कर कलकत्ते में आ बसे थे। अब पूरे के पूरे बंगाली ही हो गए हैं। फिर भी रग-रग में व्यवसाय-वाणिज्य जड़ जमाए हुए है। कंका का हिसाब-किताब वही सँभालते हैं।

ऐसे सुन्दर इन्सान को उसकी लड़की कहती है 'बाज'। छिः-छिः—ये कैसी नीचता है?

अनायास ही कह देती है, "वह आ गए तुम्हारे बाज पक्षी।"

"अच्छा तुलतुल, एक शरीफ आदमी के लिए ऐसा कहते हुए तुम्हें शर्म नहीं आती है?"

"शर्म? कहाँ, नहीं तो। बाजपेयी से बाज पक्षी उच्चारण करना आसान है।"

"इसीलिए तुम··· ! ताज्जुब है ! बाजपेयी ही क्यों कहोगी? मैंने कहा था न कि 'अंकल' कहोगी।"

"नहीं बाबा, अंकल-वंकल में बड़ा गोलमाल है। क्या पता कब तुम कहो कि 'डैडी' पुकारना होगा।"

"तुलतुल, तुम्हारा साहस दिन ब दिन आसमान छूने लगा है। तुमने मेरे व्यवहार में ऐसा क्या देखा है? एँ? जिसके लिए तुम इस तरह से बातें करती हो?"

तुलतुल अपने कुत्ते के पिल्ले को प्यार करती हुई बोली, "ए माँ! साहस के पीछे क्या कोई 'कारण' होता है? साहस मन में हो तो साहस है।"

"उन्होंने हमारे लिए इतना कुछ किया है, आज भी करते रहे हैं, इस बात का ध्यान है?"

तुलतुल अपने कुत्ते को सुलाने के लिए थपकियाँ देते हुए बोली, "हमारे लिए? धत्! कहो मेरे लिए।"

"सिर्फ मेरे लिए? छिः-छिः तुलतुल, तुम ऐसी अकृतज्ञ हो? क्या तुम्हारे लिए कुछ भी नहीं किया है? तुम्हारे पुराने स्कूल से ट्रान्सफर सर्टीफिकेट लाना, मॉडर्न हाईस्कूल में भर्ती करना, तुम्हारा नाच-गाने का स्कूल तय करना—ये सारा काम? यह सब कुछ नहीं है क्या? तुम्हारे भीतर कृतज्ञता नाम की कोई चीज नहीं है क्या?"

तुलतुल में एक आश्चर्यजनक क्षमता है—हजार धिक्कारो, अविचलित ही रहती है। बिल्कुल माँ के विपरीत। कंका के बदन में गरम हवा लगने पर फफोले पड़ जाते हैं और उसकी लड़की पर गरम चिनगारियाँ झाड़ देने पर भी उसका कुछ नहीं बिगड़ता है। इसीलिए माँ की धिक्कार वाणी के उत्तर में अनायास ही कह सकी— "सब तुम्हारे लिए मैडम। सब तुम्हारे ही लिए।"

"सब मेरे लिए? तुम्हारे लिए नहीं?"

"मेरे लिए कहने से तुम्हें सुख मिलता हो तो बाधा क्या है? पर मैं तो फैक्ट कह रही हूँ। अब मेरा 'बुटकी' यहाँ राजाओं जैसे ठाठ से रहता है लेकिन यह तो नहीं कहा जाएगा न कि यह घर उसी के लिए बना है? हीं-हीं—क्यों रे बुटकी? क्या यही कहा जाएगा?"

x x x

सोचते-सोचते कंका का दिमाग गरम हो गया।

बरामदे से आकर फ्रिज खोलकर ठंडा पानी पिया–आँख-मुँह धोया। कमरे में आकर खाट पर बैठ गई। उससे पहले पंखा और तेज कर दिया।

इस असभ्य-अकृतज्ञ लड़की की वजह से कंका अपनी ओर कभी ठीक से देख न सकी। और इस बात का भी प्रमाण प्रस्तुत न कर सकी कि कंका स्वयं अकृतज्ञ नहीं है।

अगर उस भद्र इन्सान के प्रति जरा-सा सौजन्य भाव दिखा ही दिया तो हर्ज क्या है? कुछ ज्यादा प्रत्याशा भी नहीं करते हैं–बस जरा-सी ममता, थोड़ी-सी आन्तरिकता, सहृदयता। कंका उतना भी जताने का साहस बटोर नहीं पाती है–केवल इस पाजी लड़की के कारण। डर लगता है क्योंकि कुछ न करने पर भी 'बात' सुना देती है।

आज कंका की अन्तरात्मा छटपटा रही थी।

लेट गई थी फिर उठ बैठी। जी में आ रहा था चिल्ला कर कहे–"क्यों? क्यों मैं इस इन्सान को वंचित रखूँ? मैं क्यों सौगत मुखर्जी की इस पिद्दी-सी लड़की के डर से सहमी रहती हूँ?–कल से मैं वह करूंगी जो मेरे मन में आएगा। मैं तुलतुल से डरने कब से लगी? कब से तुलतुल ऐसी असम-साहसिक हो उठी है? कुछ याद नहीं आ रहा है। केयातला से चले आने के बाद शायद। या कंका के हालात जैसे-जैसे सुधरते गए तब से? अरे बाबा, आज अगर कंका यहाँ न पहुँची होती तो तू कहाँ खड़ी होती? उसी अपमान वाले घर में ही पड़ी रहती न?"

कंका यहीं से सोचती है, इससे पीछे की बात से नहीं। शायद याद करने का साहस नहीं है उसमें।

x x x

सुबह चाय के वक्त पर ही बाजपेयी आया करते हैं। उस समय कंका के व्यवसाय का हिसाब लेकर आते हैं। आय-व्यय का एक-एक हिसाब समझा कर ही छोड़ते हैं बाजपेयी। हर रोज का हिसाब हर रोज !

कंका क्यों न कहे, "यह सब समझ कर मैं क्या करूँगी? आप तो सब कुछ कर ही रहे हैं। मेरी समझ में कुछ आता नहीं है।"

प्रभाकर बाजपेयी इससे छोड़ता नहीं है। कहता है, " 'समझती नहीं हूँ' कहने से काम नहीं चलेगा, कंकावती देवी। मान लीजिए एकाएक आप देखें कि मैं स्पष्ट

नहीं हूँ–तब? तब आप कितनी मुश्किल में पड़ जाएँगी जरा सोचिए।"

बड़े यत्न से चाय का कप आगे बढ़ाते हुए कंका भौंहें उठाकर कहती– "अचानक देखूँगी क्यों, कि आप 'स्पष्ट' नहीं हैं? ऐसी असम्भव घटना घटेगी ही क्यों?"

प्रभाकर हँसे।

इनके दाँत कितने सफेद हैं! हँसी भी कितनी सुन्दर है! और शरीर का रंग? पुरुषों का रंग भी ऐसा गुलाबी हो सकता है, कंका को मालूम नहीं था। सुना था ये लोग किसी राजघराने से थे।

कभी मजाक ही मजाक में प्रभाकर ने कहा था–"कभी राजा के वंशधर आज राजमिस्त्री हैं।"

कंका ने कहा था, "आपको तो देखते ही लगता है राजपुत्र होंगे। सिर पर आपके पगड़ी ही जमेगी।"

यूँ प्रभाकर बोलते कम हैं परन्तु ऐसा-वैसा प्रसंग छिड़ गया तो चुप नहीं रहते हैं। इस समय भी हँसकर बोले, "मान लीजिए अगर मुझसे आपका अथवा आपका मुझसे झगड़ा हो गया, तो?"

कंका बोली, "अकारण ही एक एब्सर्ड बात सोचकर दुश्चिन्ता करना मेरा शौक नहीं है मिस्टर बाजपेयी। यूँ भी दुश्चिन्ता करने के लिए बहुत कुछ है मेरे पास।"

बाजपेयी कहते–"कसम खाकर कुछ भी नहीं कहा जा सकता है कंकावती देवी। दुनिया में सभी कुछ सम्भव है। कब क्या हो जाए।"

कंका बोली, "जब ऐसी घटनायें घटित हो सकती हैं तब हिसाब ठीक रहे न रहे?" उसका स्वर आवेगमय हो उठा। आवेग की मदिरा उड़ेलते वक्त कंका ने आधी पढ़ी किताब के पिछले पन्नों को भुला दिया।

कंका की यह भावाकुल दृष्टि, भीतर से आती आवेगमयी आवाज क्या बाजपेयी ने देखी या सुनी नहीं?

वह बोले, "जरूर! यही 'अन्तिम बात' है। हम ठहरे जन्मजात व्यवसायी। बिजनेसमैन। हमारे रग-रग में हिसाब समाया हुआ है। रुपया-पैसा हमारे लिए प्रमुख है। हर तरह की दुर्दशा में भी यह मुद्दा प्रमुख रहता है।"

कंका ने उनकी ओर देखा। चेहरा कमनीय है और कुछ अधिक मांसल–शायद इसीलिए चेहरे के भाव जल्दी पकड़ में आते नहीं हैं।

इसी चेहरे के लिए तुलतुल कहती है, 'गबलू-गोबलू।'

लेकिन इस समय कंका को क्या हुआ है? उस पर क्या दुःसाहस का भूत सवार है? अथवा पिछली रात के संकल्प की प्रतिक्रिया है– 'अब से मेरी जो इच्छा, वह करूँगी।' इसीलिए सहसा मेज पर रखे बाजपेयी के हाथ पर धीरे से अपना हाथ रखकर बोल उठी, "यह क्या सच है? आप उसी हिसाब को 'अन्तिम बात' मानते हैं? तो फिर अपने निजी आय-व्यय और लेन-देन को क्यों भूल गए हैं? क्यों केवल देते चले जा रहे हैं? प्राप्ति का खाता तो 'शून्य' है।"

प्रभाकर का गबलू-गोबूल चेहरा सहसा खिल उठा। कंका के हाथ पर अपना दूसरा हाथ रखकर बोले–"किसने कहा है कि खाता शून्य से भरा है?"

"मैं कह रही हूँ। मैं अन्धी नहीं हूँ मिस्टर बाजपेयी, नादान भी नहीं हूँ। बिना प्रतिदान के लगातार पाते-पाते मैं थक गई हूँ।"

अचानक बाजपेयी ने कंका के हाथ को अपने भारी पंजों के बीच लेकर दबा दिया। फिर धीरे से मेज पर रखते हुए कहा, "सोते शेर को जगाइए मत कंकावती देवी।"

कंका को हुआ क्या है? क्यों बोली, "अगर मैं जगाना चाहूँ तो?"

"नहीं-नहीं। माफ कीजिएगा कंकावती देवी। हमारी इस सुन्दर मित्रता को लेन-देन के खाते में डालकर अस्त-व्यस्त मत कीजिए।"

कंका थोड़ा-सा सिर झुका लेती है, फिर धीरे से मुँह उठाते हुए कहती है, "पाने का बोझ इतना भारी हो उठा है मिस्टर बाजपेयी कि अब उठाना कठिन हो रहा है।"

बाजपेयी की आँखें चमक उठीं। क्षण-भर के लिए। फिर गम्भीर भाव से बोले–"थोड़ा हल्का तो अभी कर सकती हैं।"

कंका का दिल जोर से धड़क उठा।

इतने सबेरे, ऐसे परिवेश में भी उसकी आँखों के आगे अँधेरा छा गया। खूब अस्फुट स्वरों में बोली, "अभी?"

"हाँ ! अभी। इसी मोमेन्ट में। आप मुझे मिस्टर बाजपेयी कहना छोड़ कर

सीधे-सीधे प्रभाकर कह कर पुकारिए।"

कंका के सीने पर से एक भारी पत्थर हट गया।

कंका की उफान आती प्रत्याशा पर ठंडा पानी पड़ गया।

कंका ने हँसने की कोशिश की, "ओ, यह बात?"

"मेरे लिए यही बहुत है कंकावती देवी।"

कंका धीरे-धीरे सँभली।

अब थोड़ा-सा मुस्कुराते हुए बोली, "मैं जन्मजात व्यवसायी भले न होऊँ, लेन-देन का हिसाब रखती हूँ। प्रभाकर कह कर एक ही शर्त पर पुकारूँगी जब आप कंकावती देवी कहना छोड़ेंगे। सिर्फ कंका।"

प्रभाकर ने अपनी सुरमई आँखों से उसे देखते हुए कहा, "ठीक है लेकिन केवल कंका नहीं, कंकावती। बड़ा ही सुन्दर नाम है—कंकावती।"

कंका का हृदय फिर कांप उठा।

बहुत साल पहले इसी तरह की भाषा किसी और ने भी तो कही थी-न?—कंकावती—बहुत सुन्दर नाम है, ठीक रूपकथा की नायिकाओं-सा।

हृदय काँपने पर भी चेहरे की रेखाएँ स्थिर रखते हुए कंका बोली– "ठीक है। 'देवी'-'देवी' सुनते-सुनते कान पके जा रहे थे।"

काफी दिनों पहले कंका ने तुलतुल की उपस्थिति में यही बात कही थी। तुलतुल तब और छोटी थी। शायद दस साल की भी नहीं हुई थी।

तुलतुल ने कहा था—"देवी के अलावा और कहेंगे क्या? मिसेज मुखर्जी पर तुम्हें एतराज है, मिस राय कह कर पुकारना भी तुम्हें पसन्द नहीं। मैं भइया, किसी मिस की बेटी हूँ यह परिचय न दे सकूँगी।"

विवाह-विच्छेद के बाद 'मिस राय' सुनना उसे पसन्द नहीं आया था। कोई अगर मिसेज मुखर्जी कह देता तो बड़े शान्त भाव से कहती, "मेरा एक निजी नाम भी है। वही पुकारिए।"

बारह

'असुविधा' ही स्त्रियों के हिस्से में आती है।

पुरुषों को कभी भी अपने 'सरनेम' को लेकर चिन्तित नहीं होना पड़ता है। धर्म परिवर्तन कर लें, तब भी आराम से अपने को बुला सकता है 'जोसेफ विश्वास' या 'टॉमस बनर्जी'।

इस सरनेम के कारण परेशानी उठानी पड़ती है इसीलिए एक बार महिला समिति में सर्क्युलर जारी हुआ था, विवाह के शुरू से ही सब पितृवंश का पदनाम प्रयोग में लाती रहें, पति का नहीं।

एक कूटबुद्धि युवती ने टिप्पणी की थी–"तो पितृवंश का ही क्यों? मातृवंश का नाम-पद क्यों नहीं?"

इस बात पर सभा में बड़ी हँसी हुई थी।

"माँ ही का अपना पद-नाम कहाँ होता है? वह भी तो उनके पिता का पद-नाम ही होता है।"

उस दिन समिति के ऐसे अनेक प्रस्ताव हँसी-हँसी में टल गए थे।

"ओ नीरादी, पिता के पद-नाम का प्रयोग करने पर पति की सम्पत्ति तो ठीक-ठाक मिल जाएगी न? मिसेज का अधिकार तो दुनिया-भर को विदित है। परन्तु पितृपरिचय से खुली छूट कहाँ मिलती है? मान लीजिए ईश्वर न करे, पति-वियोग के बाद उनके दफ्तर से पेन्शन, प्रावीडेण्ट फंड, ग्रैच्युटी वगैरह के रुपयों की माँग कर सकेंगे हम? ही ही ही–तब तो नये सिरे से दोबारा यूनिवर्सिटी के सर्टीफिकेट को भी निकाल-निकाल कर बदलना पड़ेगा। आपने ही तो कहा था, मिसेज हालदार कि शादी के बाद जब आप अपने मैट्रिक के सर्टीफिकेट में ब्रैकेट में हालदार लिखवा लेना चाहती थीं तब क्या हाल हुआ था। नौकरी-चाकरी, लड़के-लड़कियों को स्कूल में भर्ती करते समय, सभी के साथ तो यही प्राब्लम है। बाप का नाम-धाम, पद-नाम-कुल, सभी बताना होगा। आप कहाँ से विद्रोह का अभियान शुरू करेंगी?"

"ठीक कहा है आपने। असल में युग-युगान्तर से सामाजिक व्यवस्था ने महिलाओं को ऐसा ऑक्टोपस वाले बन्धन से जकड़ रखा है कि अपने को छुड़ाना बेहद मुश्किल है।" ऐसी बातों का समर्थन ही ज्यादा होता है।

"और क्या, मामूली-सा एक ट्रेन में रिजर्वेशन का मामला ही ले लो, वहाँ भी मिस्टर फलाने और मिसेज–। क्यों भई, क्या मिसेज का नाम नहीं है? इसके खिलाफ भी लड़ना होगा।"

एक से एक मुँहफट, वाचाल लड़की हर जगह रहती ही है। ऐसी ही एक लड़की बोली, "अच्छा, इस युग के लड़के भी अगर ऐसा ही विद्रोह कर बैठें तो?"

"लड़के? क्यों, लड़के किस बात के लिए ऐसा करेंगे?"

"क्यों? पितृ-पद का मुद्दा उठाकर। अगर स्लोगन दें कि हम लोग बाप के पद-नाम का इस्तेमाल क्यों करें? या कि पद-नाम की जरूरत ही क्या है? मैं 'बस' मैं हूँ—मेरा नाम ही काफी है।"

एक तार्किक महिला बोल उठीं, "मुश्किल तो ये है कि यह नाम भी तो माँ-बाप का ही दिया है। अबोध, अज्ञान बालक-बालिका के कन्धों पर अपनी पसन्द का एक नाम लाद दिया। असल में ऐसे जालों से निकल पाना असम्भव बात है। पशु-पक्षी, जीव-जन्तुओं के साथ बाबा ऐसा कोई झमेला है नहीं। गौरैया गौरैया है और तोता तोता—शेर बस शेर है, मगर मगर। इन्हें दूसरे किसी परिचय की जरूरत ही नहीं है।"

आलोचना का प्रमुख मुद्दा अपना महत्त्व खोते-खोते, कहानी-किस्सों में उलझ कर रह जाता है।

यह सब बहुत पहले की बातें हैं। अब कंका समिति में जाती नहीं है। समिति से उसे चिढ़ हो गई है। कब से?—हाँ, तभी से जब से उसे लगा था कि परिचितों की निगाहों में सहसा उसकी इज्जत घट गई है। अब उसे देखते ही कोई दौड़ कर नहीं आता है, उससे बात करने का आग्रह ही नहीं है किसी में। और अब कोई बात-बात पर कंका के रूप की, रुचि की, सौन्दर्यबोध की तारीफ नहीं कर रहा है।

यद्यपि अब चाहे तो कंका गर्व से सिर उठाकर जा सकती है और अपना खोया हुआ सिंहासन प्राप्त कर सकती है। इतना विश्वास कंका को है। उसका ख्याल है कि एक कार की कमी ने उसका सम्मान छीन लिया था।

अब उसके पास लाल नई मारुति कार है। अब वह स्वावलम्बी है। लेकिन इधर समिति के दिन बुरे चल रहे हैं। उड़ती खबर यह है कि मिसेज ताल्लुकदार के मरते ही मुफ्त की सुविधा (मीटिंग करने की) समाप्त हो गई है। जाना स्वाभाविक ही है। सम्पत्ति दूसरे के हाथों में जाते ही पहले की उदारता पर निर्मम कैंची चलती ही है।

अब मिसेजं हालदार के आदेशानुसार हर महीने एक बार हर सदस्य के यहाँ

यह बैठक होती है। सुना है वह भी नियमित नहीं हो पा रही है जबकि महीने में एक बार की ही तो बात है। अब तो सदस्याएँ भी इतनी हैं कि दो-ढाई साल बाद कहीं जाकर एक जने के घर दूसरी बार मीटिंग होगी।

लेकिन नियमित मीटिंगें हो नहीं पाती हैं। गृहस्थ महिलाओं के साथ झंझट भी तो बहुत हैं। कितनी तरह की विघ्न-बाधायें आ उपस्थित होती हैं। कभी घर में कोई बीमार पड़ जाता है, कभी अतिथि-अभ्यागत का आगमन हो जाता है, कभी नौकरानी गाँव गई होती है। और कभी घरवालों का विरोध।

अपने-आप सजधज कर निकल जाना एक बात है लेकिन यह तो सारे घर को सजाकर बाहरी लोगों के सामने पेश करना हुआ।

फिर एक गृहस्थ के घर पाँच जनी जुट कर तीन-चार घंटे बकबक करेंगी तो उन्हें समिति के फण्ड से चाय पिलाकर तो छोड़ा नहीं जा सकता है। तब?

कंका समिति के प्रति आकर्षण खो चुकी थी परन्तु एक समय इसी समिति में तीखी धारदार बातों को सुनकर आती थी और घर पर सुनाया करती थी। अब वही वाक्य-बाण किस काम आएँगे?

लेकिन कंका की लड़की तो स्कूल और घर के अलावा कहीं जाती नहीं है, उसने इस तरह की बातें कहाँ से सीखीं? केवल तेरह साल की ही तो है।

प्रभाकर के जाने के बाद नौकरानी जब मेज साफ करने आई तब कंका ने पूछा, "दीदी खाना खाने बैठी है?"

"नहीं।"

"अरे! साढे आठ तो बज गया है। नौ बजे बस आ जाएगी। खाना नहीं बना है?"

"क्यों नहीं बना है? दीदी ही कह रही है स्कूल नहीं जायेगी।"

"क्यों? स्कूल क्यों नहीं जायेगी? तबियत ठीक नहीं है क्या?"

"यह तो नहीं मालूम।"

नौकरानी का अधिक बोलना जहाँ आपत्तिजनक है वहीं कम बोलना और भी आपत्तिजनक है। अपमानजनक भी कहा जा सकता है। जबकि फ्रॉक पहनी इस नौकरानी का यही स्वभाव है। एक साथ दो बातें नहीं करती है। इधर कंका का दुर्भाग्य समझो कि इसी से अपनी लड़की के बारे में जानकारी लेनी पड़ती है। लड़की

से सीधे-सीधे पूछने में डर-सा लगता है। यह साहसहीनता लड़की के डर से नहीं, अपनी मानहानि के डर से। लड़की मान-सम्मान का ध्यान रखती कहाँ है? वह तो जानबूझ कर टीज करती है। फिर भी उसके पास जाना पड़ा।

जाकर देखा तुलतुल अभी भी रात के कपड़े पहने हुए है और सिकुड़ी चादर, दुहराई तकिया के बीच औंधी पड़ी पाँव नचा रही है। हाथ में एक कहानी की किताब। जरूर ही जासूसी किताब होगी, वह भी बंगला भाषा में। ऐसी ही तो रुचि है।

अलगंडी से दो-एक कपड़े ऐसे लटक रहे थे कि जमीन छू रहे थे। एक गीला तौलिया फर्श पर पड़ा था। बिस्तर की चादर एक ओर से लटक रही थी। कैसा गन्दा दृश्य था! कंका की नजरों में कमरे का यह हाल करने वाला 'अनमैनरली' होता है। जिन्दगी-भर कंका सफाई, सुरुचि और सौन्दर्य-बोध के लिए इतना परिश्रम करती रही है।

कहे बगैर रह न सकी, "अरे, यह क्या हाल बना रखा है कमरे का? छवि! ओ छवि!'

तुलतुल बोली– "उसे क्यों बुला रही हो? डाटँने के लिए? वह कमरा साफ करने आई थी, मैंने ही भगा दिया है।"

"भगा दिया? कमरा साफ करवाए बगैर ही?"

"क्या करती। मैं डिस्टर्ब्ड होती हूँ।" कहते-कहते और जोर से पाँव नचाने लगी।

"बहुत खूब! सुना स्कूल नहीं जाओगी। तबियत खराब है?"

बिल्कुल नानी जैसे स्टाइल से बोल उठी, "तबियत खराब दुश्मनों की हो।"

"ओफ–तुलतुल! यह सब कैसी भाषा है? तुम मुझे पागल किए बगैर मानोगी नहीं?"

"क्या कहती हो? मुझमें इतना साहस कहाँ?"

दाँतों से होंठ दबाते हुए बोली, "असहनीय।–तब तुम स्कूल क्यों नहीं जाओगी?"

चाहती तो तुलतुल कह सकती थी कि कल ही एक पुराने टीचर के मरने की खबर आई थी और उन्हीं के सम्मान में आज स्कूल बन्द है लेकिन तुलतुल यह सब

न बता कर बोली– "जाने की इच्छा नहीं हो रही है।"

"न जाने की इच्छा के कारण स्कूल से नागा करोगी?"

"ठीक यही बात नहीं है। इस किताब को भी छोड़ने का मन नहीं कर रहा है। वेरी इण्टरेस्टिंग।"

"एक रद्दी मार्का किताब के लिए तुम स्कूल से नागा करोगी?"

"किसने कहा कि रद्दी मार्का है? पढ़ा है तुमने?" किताब का कवर दिखाते हुए बोली।

"रबिश! मुझे नहीं पढ़नी तुम्हारी ये 'चाँदनी रात में मृत्यु की विभीषिका'।"

"तब क्यों कमेण्ट कर रही हो– रबिश?"

"बिना पढ़े ही बताया जा सकता है।"

तुलतुल ने किताब बन्द करके जम्हाई ली, "वह तुम जैसे इण्टेलीजेण्ट लोग कर सकते हैं। जिनका दिमाग खाली है उन्हें तो पढ़कर ही समझना पड़ेगा।"

क्लास में तुलतुल हरदम फर्स्ट या सेकेण्ड आती है लेकिन अपने लिए 'खाली दिमाग' शब्द का खूब प्रयोग करती है।

लगभग हार मानते हुए कंका बोली, "इतना वक्त हो रहा है, तुम्हें इस तरह पड़े रहना अच्छा लगता है?"

"बे–हद।"

"तुम्हारी बातों और व्यवहार के कारण मेरा कभी-कभी आत्महत्या करने को जी करता है।"

"यह तो मैं जन्म से ही सुनती आ रही हूँ। खैर छोड़ो, अच्छी-खासी गप्पें तो हाँक रही थीं, एकाएक मेरे पीछे क्यों पड़ने आ गईं? गबलू-गोबलू बाज पक्षी आज बड़ी जल्दी चले गए।"

"तुलतुल!'

माँ के वज्र कठिन स्वर को सुनकर झट से उठ कर बैठ गई तुलतुल, "आज्ञा सरकार।"

"ओ! इम्पॉसिबल! इस तरह से जिन्दगी गुजारना इम्पॉसिबल है।"

"मैं भी तो यही कहती हूँ कंकावती जी! 'ढंग' बदलना बहुत जरूरी है।"

फर्श पर पाँव पटकते हुए कंका गरजी– "चुप रहो असभ्य, बदतमीज लड़की। मैं पूछती हूँ तुम इस तरह से बोलना बन्द करोगी कि नहीं?"

"अरे वाह! यह क्या बदला जा सकता है? तुम्हीं लोग तो कहती हो कि मरने पर भी स्वभाव नहीं बदलता है।"

कंका वहीं एक सोफे पर धप्प से बैठ गई। खूब शान्त स्वरों में बोली, "तुलतुल, मैं तुमसे कुछ बातें करना चाहती हूँ।"

"अरे बाबा, इसमें चाहने न चाहने की क्या बात है? जितना जी चाहे उतना बोलो। आज स्कूल भी नहीं जाना है। किताब का टेनशन तो खत्म ही हो चुका है।"

"हाथ से किताब उतारो।"

"अच्छा लो उतार दी। हाथ में दूसरा कुछ लेना है? सुपारी-ऊपारी? जैसे नानी कथा सुनते समय लेने कहती थीं।"

हताशभाव से कंका बोली, "तुलतुल! हर समय तुम मेरा अपमान क्यों करती हो, बताओ?"

निरीहभाव से तुलतुल बोली, "क्या पता! शायद केयातला की नानी की बात ही ठीक थी। जो कुछ कहती थीं।"

"नानी की बात! क्या कहती थीं? किसे कहती थीं?"

"अरे वही–मुझे बिगड़-बिगड़ कर कहा करती थीं, आम के पेड़ में क्या आँवला फलेगा? आम ही फलेगा।"

कंका ने अपना माथा दोनों अँगुलियों से पकड़ कर दबाया। कुछ देर ऐसे ही बैठी रही। फिर एक लम्बी साँस छोड़ते हुए बोली, "सर्वनाश जितना होना था वह तो हो ही गया। मेरी सारी चेष्टा व्यर्थ गई है। फिर भी पूछती हूँ कि मैं क्या कभी किसी का जानबूझ कर अपमान करती हूँ? तूने देखा है परिचित समाज मुझे किस नजर से देखता है? और ये बाजपेयी साहब? ठीक देवियों जैसी श्रद्धा-भक्ति करते हैं यह तो तुम समझती ही हो।"

"वाह! मैं न समझूँगी भला? ठीक भक्त हनुमान वाले स्टाइल से–"

"तुलतुल! प्लीज, मैं तुमसे अनुरोध करती हूँ उनके बारे में ऐंसी बातें मत किया करो। कभी सोचा है कि वे हमारे कितने बड़े हितैषी मित्र हैं। यह जो आज

समाज में मेरी प्रतिष्ठा है, इसकी जड़ में कौन है? उन्होंने मदद न की होती…"

बीच ही में तुलतुल बड़े मधुर कण्ठ से बोल उठी, "ओ बाबा! भला इस बात का ध्यान न होगा? वे ही तो सब कुछ हैं। तुम लोग कितना भी 'पुरुषशासित समाज' में न रहना चाहो, लड़ो, गालियाँ दो, एक किसी पुरुष की मदद के बगैर कुछ भी कर सकने की क्षमता तो तुममें है नहीं। मदद तो चाहिए ही। चाहे हसबैण्ड करे, चाहे मित्र। या फिर फादर या ब्रदर—कुछ नहीं तो लवर। वे ही तो सीढ़ी-वीढ़ी लगाकर धकेल-धुकूल कर ऊपर चढ़ा देते हैं, और दुनिया को दिखा देते हैं— देखो, ये महिला कैसी स्वयं प्रतिष्ठित है। कितने ऊपर उठ गई है।"

कंका स्वभाव विरुद्ध कातर स्वरों में बोली, "तुलतुल! स्कूल में तुम्हारे साथ पढ़ने वाली लड़कियाँ क्या तुमसे उम्र में बहुत बड़ी हैं?"

"माई गॉड! बड़ी क्यों होने लगीं? दो-एक तो छोटी ही होंगी।"

"फिर तुम ऐसी अद्‌भुत बड़ी-बड़ी बातें कहाँ से सीख गईं?"

"मुझे भला कौन सिखाएगा? हैं? मैं क्या कोई बुद्धू लड़की हूँ?"

"नहीं! तुम तो निश्चित ही बुद्धिसम्पन्ना हो— बस बुद्धि अगर सुबुद्धि होती तो…"

"वही तो मुश्किल है मैडम! जिसे जो होना चाहिए, वह अगर वही होता… खैर, मैं कह रही थी अब तुम लोग रजिस्ट्री करवा डालो। बेचारा भक्त हनुमान कब तक लटका रहेगा?"

"तुलतुल! तुम, तु—म अधिकार की सीमा लाँघ रही हो।"

एकाएक हाथ के पास पड़ा एक डॉटपेन उठाकर तुलतुल कान खुजलाने लगी। आँखें बन्द करके बोली— "अधिकार की भी क्या कोई सीमा होती है कंकावती? वह तो अर्जित करने की चीज है। जो जितना पा जाए। लेकिन विचार करके देख सकती हो। मेरा उपदेश हितोपदेश है। अभी भी तुम चालीस से कम की हो, देखने में तो मुझसे भी ज्यादा यंग लगती हो। दोबारा जीवन आरम्भ करने में बुराई क्या है? न बने तो रास्ता तो खुला ही है। लेकिन अकारण ही इस तरह एक-एक दिन बरबाद करने के कोई माने नहीं।"

"तुलतुल!" खूब कठिन और ठण्डी आवाज में कंका बोली, "तुमने कभी किसी दिन मेरे व्यवहार से पाया है कि मैं नया जीवन शुरू करना चाहती हूँ? मैंने

हमेशा अपने को वंचित रखकर तुम्हीं को बड़ा करना…" कहते-कहते कंका का गला रुँध आया।

और तुलतुल दोबारा लेट कर कहानी की किताब उठाते हुए बोली, "यह तो मैं भी तब से समझाने की कोशिश कर रही हूँ कि मुझ जैसी बदमाश, नालायक, जिद्दी, असभ्य लड़की के पीछे तुम अपना जीवन क्यों अन्धकारमय कर रही हो? अगर चक्षुलज्जा का प्रश्न है तो लड़की को बोर्डिंग-फोर्डिंग में डाल दो उठाकर।"

"बोर्डिंग? लड़के को बोर्डिंग में रखकर झंझट से मुक्ति पाने का क्या परिणाम हुआ वह तो जानती ही हो न?"

"दादा! दादा हमेशा का मूर्ख और बुद्धू था। अभिमानी था। उसकी बात छोड़ दो। मैं दादा जैसी मूर्ख नहीं! तुम अगर चाहो तो मैं आराम से सौतेले बाप के साथ रह सकती हूँ। कोई असुविधा न होगी मिसेज बाजपेयी।" किताब आँखों के सामने खोलकर पाँव हिलाने लगी। माँ की तरफ आँख उठाकर भी नहीं देखा।

इतना साहस रूई-सी लड़की तुलतुल ने क्या विरासत में अपनी माँ से ही पाया है? लेकिन वही माँ? वह क्यों अपने कमरे में जाकर लेट गई? उसे क्या अपनी ही सन्तान से पराजय स्वीकार करनी पड़ेगी? क्या कंका ने इस जीवन की कल्पना की थी? इस जीवन से क्या कभी छुटकारा नहीं मिलेगा? जबकि इसी लड़की को कुटिल संसार के विषभरे धुएँ से हटाने का अनवरत प्रयास ही करती आ रही है कंका। ठीक है। इतना सैक्रीफाइस करने पर जब कोई मूल्य नहीं मिला तब वह भी अपने जीवन को दाँव पर लगा देगी।

x x x

दीपक चालिहा ने कहा, "मैंने आपसे कितनी बार कहा था न दादा कि एक बार आप अपने 'पहाड़ी फूल' चायबागान देखने आइए तो। देखिएगा कितनी सुन्दर जगह है। कितनी शान्ति मिलेगी यहाँ। कहिए अच्छा लग रहा है न? यहाँ रह जाने को मन नहीं कर रहा है?"

सौगत धीरे से बोले, "आप ठीक ही कह रहे हैं मिस्टर चालिहा। सच में लौट जाने को मन नहीं कर रहा है। बापी ने कहा था, 'नौकरी करके क्या करोगे? ज्यादा रुपयों की तुम्हें जरूरत क्या है? बागान में जाकर रहोगे तो खाने-पहनने को मिल ही जाएगा।' अब कभी-कभी लगता है, छोटे से बच्चे की उस बात में कितनी

सच्चाई थी। सचमुच ज्यादा की मुझे जरूरत क्या है?"

चालिहा ने हँसकर कहा, "जरूरत हमारी, माने पुरुषों की, कोई ज्यादा तो होती नहीं है दादा। जरूरत तो महिलाओं की ज्यादा होती है। गृहिणियों को हर वक्त कुछ न कुछ चाहिए। भगवान् ने ऐसी ही इनकी रचना की है। हा हा हा, बिल्कुल बच्चों जैसा। एक खिलौना दे दीजिए तो दूसरा चाहिए। मेरी मिसेज को ही देखिए न ! अच्छा-खासा तो चल रहा था। बाल-बच्चे हैं नहीं, चैन से रह रहे थे। अब कहती है बागान खरीदो, मकान और बड़ा करो और पागलों की तरह मेहनत करो। बैंकों में रुपया जमा करो। खुद भी खूब मेहनत करती है। बताइए, इस सबसे क्या होगा?"

सौगत महीने-भर की छुट्टी लेकर आया था। दफ्तर में पत्र डालकर एक महीने की छुट्टी और बढ़ा ली है।

कभी दफ्तर के जिन कामों पर जान छिड़कता था, लगता था उसके बिना हो न पाएँगे, बरबाद हो जाएँगे, आज उन्हीं की याद धूमिल पड़ गई है।

क्या हो जाएगा अगर सौगत मुखर्जी फिर कलकत्ते लौट कर उस गैरसरकारी दफ्तर के शीत-ताप नियन्त्रित कमरे की सुनिश्चित कुर्सी पर न बैठे तो? उस कुर्सी पर बैठ कर जो जीवन जीते थे सौगत, वह क्या है? वह जीवन भी तो धुँधला पड़ता जा रहा है।

तुलतुल जैसी रूई-सीं एक गुड़िया, बापी नाम का गोलमटोल हाफ पैण्ट पहने लड़का, सुशील नाम का एक अत्यन्त वफादार अनपढ़ लड़का, कभी सौभाग्य मुखर्जी नाम के व्यक्ति द्वारा बनवाया वही सुन्दर गुलाबी रंग का बड़ा-सा मकान और···

और वही अत्यन्त सुन्दरी तीक्ष्णधार महिला। इनमें से क्या कोई भी चीज सौगत के जीवन में लौट आने का वादा करती है?

मकान बेचा नहीं जा सकता है? इस प्रस्ताव को सुनकर सुदेष्णा रो पड़ी थीं, "ऐसा दोबारा मत कहना सौ? यहाँ पिताजी ने आखिरी साँस ली थी।"

"तब फिर तुम और जीजाजी आकर यहाँ रहो। मकान तो तुम्हारा भी है। मैं अकेला इतने बड़े घर में रहूँगा कैसे? किरायेदार रखना तो घर बेचने के बराबर ही हो जाता है। फिर तो कभी उठेगा ही नहीं।"

सुदेष्णा ने कहा था, "हम अपनी घर-गृहस्थी छोड़कर यहाँ कैसे आकर रहें, तू ही बता?"

सौगत ने सोचा था, बात तो सच है, जिनकी अपनी घर-गृहस्थी है वे ऐसी अमूल्य सम्पदा को छोड़कर कैसे आ सकते हैं? छोड़-छाड़ कर तो वही चले जा सकते हैं जो घर-गृहस्थी जैसी चीज को मूल्यहीन समझते हैं। अथवा जिनमें 'मूल्यबोध' रह ही नहीं गया है।

छुट्टी बढ़ाने के लिए फिर दरख्वास्त भेजी उसने। कारण स्वास्थ्य। स्वास्थ्य-लाभ के लिए और कुछ दिनों तक विश्राम की आवश्यकता है।

एकदम त्याग-पत्र लिखने का भी मन नहीं किया। शायद 'नौकरी' पुरुष की दूसरी जिन्दगी है। झट से जीवन से काट डालना कठिन होता है।

और? कहीं कोई आशा न होते हुए भी एक हल्की-सी आशा।

x x x

चाय लेकर दीपक की पत्नी कमला नहीं, उसकी बहन शकुन्तला आई। गुवाहाटी कॉलेज में अंग्रेजी की अध्यापिका है। कॉलेज के हॉस्टल में ही रहती है। छुट्टियों में दीदी के पास आई है।

अद्भुत बालिका सुलभ चेहरा और व्यवहार भी। कौन कहेगा कि एक अध्यापिका है। फस्ट ईयर की छात्रा लगती है।

हालाँकि कमला ने कहा था, "इस साल तक मेरी यह बहन छात्रा ही थी। अभी-अभी टीचर बनी है। इसकी बातें सुनकर आपका जी चाहेगा इसे फिर से स्कूल भेज दें।"

चाय लेते हुए सौगत को लगा चालिहा की पत्नी ने ठीक ही कहा है। लड़की के चेहरे पर से कैशोर्य के भाव गए नहीं हैं।

चाय की ट्रे उतार कर रखते हुए बोली, "बहुत देर हो गई। मैं बेहद आलसी हूँ। दीदी कहती है, इस लड़की को सुधारा नहीं जा सकता। ठीक कहती है न? आप गुस्सा हो रहे होंगे?"

सौगत बोला, "गुस्सा? क्यों भला?"

"वाह! ठीक वक्त पर चाय न मिलने पर गुस्सा नहीं आएगा? मुझे तो जब हॉस्टल का बैरा चाय लाने में देर करता है तब उसे पीटने को मन करता है।" कहते-कहते हँसने लगी।

"आपको देख कर तो नहीं लगता है कि आप इतना गुस्सा हो सकती हैं?"

"मेरी छात्रायें भी ठीक यही बात कहती हैं। लेकिन ऐसी बात नहीं है। इच्छा होने पर मैं खूब गुस्सा हो सकती हूँ।"

"ओह, इच्छा होने पर! गनीमत है इस वक्त आपकी इच्छा नहीं हो रही है।"

"हो सकती है," शकुन्तला फिर जोर से हँस पड़ी, "अगर आपने मेरी बनाई चाय की निन्दा की तो।"

"निन्दा करूँगा? क्यों भला?"

"दीपकदा तो करते हैं। कहते हैं, शकुन्तला की बनाई चाय पीने से लगता है बुखार की दवा पी रहा हूँ। आप बताइए कड़ुवी है? या ठण्डी है?"

चाय का प्याला होंठों से लगाते हुए सौगत को लगा कि दीपक की बात शायद सच ही है। फिर भी हँसकर कहा, "वह तो आपको चिढ़ाने के लिए कहता है। मुझे तो बहुत अच्छी लग रही है।"

"धन्यवाद! आप एक लिखित सर्टीफिकेट दे दीजिएगा, मैं दीपकदा के नाक के सामने हिला सकूँगी।" हँसने लगी।

x x x

सौगत विस्मित, विह्वल यह देखकर हुआ कि क्या जीवन को इतना सहज-सरल बनाया जा सकता है? कितना सुन्दर है सब कुछ। जिस लड़की के बात-बात पर हँसने से हँसी का प्रकाश फैलता है उसके जीवनपथ पर कभी भी लोडशेडिंग होने का डर नहीं।

कंका कहती थी–"मूर्ख ही हर समय हँसा करते हैं।"

परन्तु जिस लड़की ने इस कम उम्र में अंग्रेजी में डॉक्टरेट कर लिया है, अध्यापन-कार्य कर रही है, उसे मूर्ख कैसे कहा जा सकता है?

कंका के हिसाब से तो अनायास ही कहा जा सकता है। उसके मतानुसार 'बुद्धि' और 'विद्या' दो अलग-अलग चीजें हैं। एक मूर्ख भी बहुत सारी पढ़ाई कर सकता है और कभी-कभी पढ़ा-लिखा आदमी महामूर्ख रह जाता है।

सौगत कंका की बात सोचते हुए मन ही मन बोला, 'इन्सान अगर थोड़ा-सा बुद्धू रह भी जाए तो हर्ज ही क्या है?'

"आपने इतनी अच्छी बांगला भाषा कहाँ सीखी?"

"गुवाहाटी में ज्यादातर लोग बांगला ही बोलते हैं। मैंने सारी पढ़ाई वहीं से तो की है। ही ही ही ही... ! अरे, आप यह शकरकन्द की मिठाई नहीं खा रहे हैं? इसे निर्भय होकर खाइए। मैंने नहीं, दीदी ने बनायी है।"

सौगत को खानी पड़ी। वैसे बहुत पसन्द पहले भी नहीं आयी थी परन्तु क्या करे? अतिथि है, अच्छी नहीं लग रही है–कह कर प्लेट खिसकाई भी तो नहीं जाती। इसे क्या दिखावा कहेंगे?

कंका कहती थी जब एक साथ रहना अच्छा नहीं लग रहा है तब लोगों को दिखाने के लिए अच्छा मानकर साथ बने रहना दिखावा है।

कितने आश्चर्य की बात है, कंका की एक-एक बात याद आती रहती है। क्या कंका को दिल से मिटाया नहीं जा सकता है? हर समय सौगत के साथ लगी हुई है। बापी को कहाँ रोज याद करता है? तुलतुल आज कितनी बड़ी हो गई है यह भी कल्पना में स्पष्ट नहीं हो पाता है क्योंकि हर बात पर कंका छाई हुई है। तो क्या सौगत कंका की अशरीरी सत्ता को मिटाने के लिए अपना जीवन पिघला डाले? नये सिरे से नया जीवन ढाल ले? पिछली सत्ता को यहीं गाड़ जाये? उसकी जगह पर एक पहाड़ी फूल को अपना ले?

x x x

सौगत ने हिसाब लगाकर देखा उसने जितने दिन की छुट्टी ली उतने ही दिन की छुट्टी थी शकुन्तला की।

तो क्या एक लड़की एक झुलसे हुए वृक्ष में फिर से फूल खिला सकती है?

दीपक कहता–"कमला की यह बहन बिल्कुल पगली है। कौन कहेगा कि इतनी पढ़ी-लिखी है। मैं तो उसे यही कहकर चिढ़ाता हूँ कि तुम्हारी डिग्रियाँ फॉल्स हैं। असल में तुम एक बुद्धू लड़की हो।"

कमला कहती, "मिस्टर मुखर्जी, शकुन्तला आपको बहुत तंग करती है न? मैं उसे समझाती हूँ कि मिस्टर मुखर्जी का जी हर समय अच्छा नहीं रहता है, तू इस तरह से परेशान करती है–कहती क्या है? कहती है परेशान करूँगी तो उनका जी अच्छा हो जाएगा।"

जल्दी से सौगत बोला, "अरे परेशान क्या करती है? सचमुच मिस शकुन्तला के हँसने-बोलने से और उनके सुन्दर स्वभाव के कारण मेरा मन अच्छा रहता है।"

"मेरी माँ कहा करती थीं कि इस लड़की की शादी हुई तो इसका दूल्हा इसे घर से भगा देगा।" कमला हँस-हँसकर कहती, "कामकाज तो कुछ आता नहीं है, आता है केवल हँसना। ऐसी लड़की के साथ कौन रहेगा?"

सौगत कहता, "यही तो सबसे बड़ा गुण है मिसेज चालिहा। कामकाज तो नौकर-चाकर भी कर देंगे परन्तु जीवन को प्रकाशमय किए रहना कितनों को आता है?" कहकर सौगत मन ही मन घबड़ाया।

कमला चालिहा किस उद्देश्य से इस तरह की बातें कर रही हैं? या केवल बातें कर रही हैं, किस्से गढ़ रही हैं?

दीपक भी रह-रह कर शकुन्तला का ही प्रसंग छेड़ देता है।

बात असल में क्या है, यह सौगत की समझ में आ नहीं रहा था।

असल में बात यह थी कि निःसंतान इस दम्पत्ति के हृदय में वात्सल्य प्रेम का जो भण्डार भरा है उस पर शकुन्तला अधिकार जमाए बैठी है। सौगत क्या जाने इस रहस्य को?

जैसे माँ-बाप घूम-फिर कर सन्तान की बात करते हैं, यह भी कुछ ऐसा ही है। इनके कामकाजी जीवन में भी कहने के लिए यही एक प्रसंग है।

शकुन्तला सौगत के साथ अंग्रेजी साहित्य पर आलोचना करने बैठ जाती। कहती, "गनीमत है कि आप यहाँ हैं। दीदी को तो गृहस्थी के कामों से फुरसत नहीं मिलती है और दीपकदा की जान है चायबागान और कैमरा। आप जानते हैं एक तितली के पीछे कैमरा लेकर दीपकदा सौ मिनट तक भागते फिर सकते हैं। मैं तो उन्हें 'फोटो-शिकारी' कहती हूँ।"

कहती और चेहरे पर लावण्य की छटा बिखेरती।

दीपक ने इस बीच क्या कम तस्वीरें खींची हैं? हर समय की, हर तरह की। इसी में उसकी और शकुन्तला की बहस करती, चाय प्याले में डाल कर देती हुई तस्वीरें भी थीं।

प्रिन्ट करवा कर मेज पर लाकर फैला दीं।

कहा—"देखिये, कैसा सरप्राइज दिया है।"

सौगत ने देखा तो उसे काठ मार गया।

डर गया वह।

इसके पीछे कोई षड्यन्त्र तो नहीं?

कंकावती के स्टाइल से सौगत सोचने लगा कि यह डॉक्यूमेण्ट रखने जैसी बात तो नहीं? उधर उत्तेजित भी कम नहीं हुआ। क्या फिर सौगत नया जीवन शुरू करे? कब कहे? किससे कहे? दीपक से? कमला से? या कि सीधे शकुन्तला से?

शकुन्तला को कहने से हर्ज क्या है?

शकुन्तला तो इन तस्वीरों को देखकर डर नहीं रही है, बल्कि खुशी से उछल रही है। बार-बार उठा-उठा कर देख रही है। उसने कहा भी, "दीपकदा. तुम्हें बहुत-बहुत धन्यवाद। अब जब फ्रैंकफर्ट में बैठी रहूँगी तब इन्हें देखूँगी।"

सौगत ने आश्चर्य से पूछा– "फ्रैंकफर्ट क्यों?"

"अरे आप जानते नहीं हैं?" दीपक चालिहा बोल उठा, "अरे वाह, शकुन्तला ने इतने दिनों से इतनी बातें कीं और यही बात नहीं बताई? उसका भावी पति तो फ्रैंकफर्ट में ही है। वहाँ के मशहूर हॉस्पिटल में डॉक्टर है।–अक्टूबर में शादी करने आएगा छुट्टी लेकर। उस वक्त आपको अवश्य ही आना पड़ेगा।"

शकुन्तला बोली, "आना पड़ेगा नहीं, आना ही होगा। यह है मेरी सीधी-सी बात, वरना हमेशा-हमेशा के लिए झगड़ा हो जाएगा।"

सौगत बोला, "झगड़े से मैं डरता हूँ भई। पर यह बात बताई क्यों नहीं थी?"

शकुन्तला बोली, "वाह! मुझे शर्म नहीं लगती है? और मैं तो समझ रही थी कि आपको पता है। दीपकदा ने तो कहा होगा। खैर, शादी में आ रहे हैं न? मैं उस समय आपका पता ले लूँगी। चिट्ठियाँ लिख-लिखकर आपको खूब तंग करूँगी। अच्छा, मैं क्या आपको दादा कह सकती हूँ? मुखर्जीदा? नहीं-नहीं, सुनने में अच्छा नहीं लग रहा है–सौगतदा! ठीक है–दीपकदा, सौगतदा। आप मुझे बहुत अच्छे लगे हैं।"

पहले लोग एक मुहावरा कहते थे–शर्म से पानी-पानी हो जाना। आज के जमाने में समानार्थक कोई दूसरा मुहावरा नहीं है क्या? सौगत नहीं जानता है। अतएव पुरानी कहावत को सोच-सोचकर लज्जित होता रहा।

सौगत भी क्या कभी दीपक की खींची इन तस्वीरों को नहीं देखेगा? सहसा सौगत उस लड़की के प्रति कृतज्ञ हो उठा।

तेरह

हावड़ा रेल लाइन के बहुत पीछे, जिस जगह को चालू भाषा में 'छाईगादा' कहते हैं, उसी से जुड़ी एक बस्ती में से कुछ लड़के निकले। बिल्कुल किशोरावस्था। एक-आध जने तो 'बालक' कहलाने लायक थे।

उनमें से एक शायद दल का नेता था, उसके शरीर का गठन भारी-भरकम था, ताँबे का-सा गोरा रंग और भूरे बालों में भी एक तरह की खूबसूरती छिपी थी। वही बोल उठा, "ए, आज ललटूदा ने किधर जाने कहा है, याद है?"

"वही बेलेघाटा की तरफ।"

"दैट्स राइट ! क्या करना है, यह भी याद है न?"

एक लड़का होंठों पर अँगुली रख कर इशारे से बोला, "रास्ते में बोलना मना है न?"

दलनेता बोला, "खैर, याद है न? उस वक्त भोंदू मत बन जाना। ए, इधर हट आ।"

'छाईगादा' अर्थात् कूड़े का ढेर पार कर, रेल लाइन लाँघ कर लड़के दूर एक जगह पहुँचे तो नेता बोला– "गाँजा, तू उस आदमी को पहचान सकेगा न? पहला एक्शन तो तुझे ही लेना होगा।"

"ललटूदा ने पहचनवा दिया है।"

"भूला तो नहीं है न?"

"ऐसा भोंदूमार्का चेहरा कोई भूल सकता है?"

"गुड ! ज्यों ही कार से उतरेगा तू एक लंगड़ी मारेगा।–उसके मुँह के बल गिरते ही हम सब दौड़ते हुए जाकर घेर लेंगे, 'गिर गए? आप गिर गए?' और उसी वक्त मौका ताड़ कर श्यामल, तू बैग खिसका देना। और हम 'पानी-पानी', 'एक पंखा', 'भीड़ कम करिए', 'हवा आने दीजिए' वगैरह कहते हुए भगदड़ मचाते-मचाते वहाँ से खिसक लेंगे।"

'बादाम' नामक लड़का मुँह पर हाथ रखकर हँसी रोकते हुए बोला–

"पंचाननतल्ला वाले उस आदमी की तरह हाथ-पाँव पटकना शुरू न कर दे। कहे, 'मुझे कुछ नहीं हुआ है', 'मुझे चोट नहीं आई है' कहकर चिल्लाने न लग जाए।"

"ऐसा मुटल्ला है, हाथ-पाँव क्या पटकेगा? भीम के गदा जैसे तो हाथ-पाँव हैं।"

श्यामल बोला–"अच्छा उसी बैग में माल होगा, यह बात पक्की है न?"

"ललटूदा ठीक-ठीक पता किए बगैर थोड़े ही बोला होगा।"

"उसका सारा धन कालाधन है?"

बादाम शंकित होकर बोला, "ज्यादा बोलना मना है न!"

गाँजा बोला, "घर पर तो कोई जानता भी नहीं है। उस दिन माथे पर चोट लग गई थी–बाप ने भी खूब जमकर पीटा था।"

रभी अर्थात् दलनेता मुँह बिगाड़ कर बोला, "जानेंगे क्यों नहीं। सभी जानते भी हैं और समझते भी हैं। रुपया कहाँ से ला रहा है, यह बात धमका कर पूछेंगे भी और झूठा जवाब सुनकर चुप भी हो जाते हैं।"

"तू ठीक कह रहा है। माँ भी समझती है पर ऐसा हाव-भाव दिखाती है जैसे जले कोयले बटोर और बेचकर हम रोज दस रुपया ला-ला कर दे रहे हैं। ही ही ही, माँ को क्या पता कि उसमें से भी दो रुपया हम झाड़ देते हैं। ललटूदा भी नहीं जानता है। रोज कहेगा, 'खबरदार, इसमें से रुपए उड़ाकर फालतू ख़र्च मत करना। ज्यादा से ज्यादा एक-आध बीड़ी पी सकता है।–अगर पता चल जाए कि रुपया ले कर किसी और तरह का नशा किया तो लाश गिरा दूँगा–याद रखना।' "

"बस्ती में ललटूदा की इज्जत कितनी है, देखा है न?"

"सही बात है। जहाँ जाकर खड़ा हुआ नहीं कि औरत-मर्द हाथ जोड़कर खड़े हो जाते हैं। मानो भगवान् आए हैं।"

"जबकि ललटूदा हाथ जोड़ना देखकर बिगड़ जाते हैं। है न?"

"कहते हैं–हाथ क्यों जोड़ रहे हो? मैं क्या कोई महापुरुष हूँ? मैं देख-भाल करने की कोशिश जरूर करता हूँ, क्योंकि दूसरे किसी गुण्डे के हाथ पड़ जाएँगे तो बरबाद हो जाएँगे। मैं इनसे बाद में एक बड़ा काम करवाना चाहता हूँ।"

"वह 'बड़ा काम' क्या है यह कोई नहीं जानता है फिर भी गद्गद हो जाते हैं।"

"इन्हें मैं मजदूरी करवाने ले जाऊँगा, उसके लिए आप लोग दैनिक रुपया पाएँगे। कोई खराब हो रहा है ऐसा महसूस करें तो मुझसे कहिए।"

हाँ, यही है ललटूदा। वहाँ से शान से चला आता है। जैसे कोई राजा हो। कीमती कपड़े, जूता, महँगा चश्मा।

चुपके से बादाम ने भण्टा से कहा, "ललटूदा को देखने से अच्छा भी लगता है और डर भी लगता है। है न?"

"सच ! लेकिन जरा झूठ भी बोलता है–है न?"

"झूठ माने?"

"अरे वही–कहता है न कि जले कोयले का बिजनेस करता है। उसी से सीमेण्ट बनाने की परीक्षा हो रही है, वहीं कोयला सप्लाई करता है। अच्छी कीमत देते हैं।"

"वह तो झूठी बात है? असली व्यवसाय तो है भौंदुओं को लंगड़ी मार कर गिराना।"

"सोचकर ताज्जुब लगता है कि कौन कब बैग में रुपया भरकर ले जा रहा है, यह बात ललटूदा जान कैसे जाता है?"

मन्दा कहता, "एक दिन यह बात मैंने पूछी थी तो हँसकर बोला–मैं हाथ देखना जानता हूँ। ज्योतिषी हूँ।"

बस्ती के इन सारे लड़कों के माँ-बाप हैं ऐसी बात नहीं है। 'बाप' अगर कोई है तो वह जायज है इसमें सन्देह है। फिर भी पिटाई करने के लिए किसी-किसी के असली बाप हैं।–जिनकी माँ है उनका भाग्य अच्छा है। पाँच-छह घरों में बर्तन माँजकर, कपड़े फीचकर जो कमाती है वह इन नशेड़ियों की नजर बचाकर बच्चों पर खर्च करती है।

हालाँकि लड़कियों की किस्मत में कुछ और लिखा है। ये लोग बड़ी कमउम्र से माँओं के साथ घर-घर जा कर माँ के काम में मदद करती हैं और माँ को मिलने वाली बासी रोटी और एक घूँट चाय में हिस्सा पाकर धन्य होकर घर लौटती हैं। थोड़ी बड़ी हुईं नहीं कि कहीं भी नई नौकरानी बनकर काम करने पहुँच जाती हैं। इसी बहाने ये लड़कियाँ पुराने पर कीमती फ्रॉक पहन लेती हैं, रिबन भी बाँध लेती हैं बालों में, चप्पल भी मिल जाती है पहनने के लिए और भला-बुरा खा भी लेती

हैं। इस युग में जात-पाँत का सवाल नहीं है अतएव जहाँ ये लड़कियाँ कलछी-झन्नी पकड़ना सीख गईं वहीं किसी अभिजात्य घराने के चौके में उन्हें प्रवेशाधिकार मिल जाता है। इन लड़कियों को घरवालों जैसी मर्यादा प्रदान की जाती है। ये 'मौसीजी' या 'मामीजी' के करीब बैठकर टी० वी० देखती हैं और घरों में आने वाली पत्र-पत्रिकाओं में से तस्वीर देख-देखकर चित्रतारिकाओं को भी पहचानने लगती हैं।

और भी जरा बड़ी हुईं तो बिल्कुल ऐसी न होने पर भी बस्ती में रहने वाली लड़कियाँ गृहपालित होती हैं।

परन्तु लड़के? उनका जीवन विचित्र है। उनके सारे पेशे विचित्र हैं। अर्थात् उन्हें अनगिनत पेशों में जोता जाता है। 'जीविका' अर्जित करने के लिए किन-किन अंधकारमय गलियों से गुजरना पड़ता है और कैसे-कैसे जटिल उपायों से अर्जित वस्तु प्राप्त हो पाती है, इसे वे शैशव काल में ही जान जाते हैं। इन्हीं अंधकारमय गलियों से होते-होते और भी किसी अँधेरी गली में घुसकर रास्ता ही भूल जाते हैं कितने लड़के, उसका लेखा-जोखा कौन रखता है? इन बच्चों के खोने और गायब हो जाने की नींव पर ही तो हजारों उच्चवर्गीय व्यक्तियों का जीवन झिलमिलाने लगता है।

कितने लोग जानते हैं कि इन्हीं से समाजपतियों की जेबें भरती हैं—'कूड़ेदानों से', 'जले कोयले से', 'लोहे-लक्कड़ से' और अस्पतालों में पड़े मरीजों के भोजन के हिस्सों से?

फिर भी इन लड़कों में नेता बनने की लालसा है। वे चाहते हैं अपने 'हीरो' के प्रति वफादार रहें।

इसीलिए रभी नामक लड़का सहसा बोल उठा, "बड़ा होकर मैं ललटूदा-सा बनूँगा।" ठीक उस वक्त कहा जब एक मालगाड़ी धड़धड़ाती हुई सामने से चली गई। अभी किसी गुमटी से एक आदमी निकलते ही—

ये सब चल देंगे।

इसी तरह विकृत जीवन का बोझ ढोते-ढोते ये सब बड़े हो जाएँगे जैसे नाले के किनारे खरपतवार बड़े हो जाते हैं। ये बढ़ेंगे पर 'बड़े' नहीं होंगे। क्रमशः विकृत और क्षय होते-होते छोटे ही हो जाएँगे। इन्हें कोई समझाने नहीं आता है कि 'बड़ा' होना क्या चीज है, आदर्श शब्द के अर्थ क्या होते हैं।

इसीलिए ये सब धीरे-धीरे लम्बाई में और उम्र में बढ़ते रहते हैं। और 'आदर्श' शब्द का अर्थ न जानने की वजह ही से कहते हैं कि 'मैं बड़ा होकर ललटूदा जैसा बनूँगा।'

ललटूदा में कैसी ताकत है, उनके चेहरे से कैसा तेज टपकता है? ऊपर से नीचे तक लदी बस के सामने जाकर खड़े होते ही बस रुक जाती है। एक अँगुली हिलाकर कहता है, "आप सब नीचे उतर आइए। बस में आग लगानी है।"

एक शब्द मुँह से निकाले बगैर सारे लोग चुपचाप उतर आते हैं। किसी में प्रतिवाद करने की क्षमता नहीं। कोई पूछता तक नहीं है कि जलाओगे क्यों?

थोक व्यवसायी की गद्दी पर जाकर मालिक को कहता, "कैशबक्स की चाभी इधर फेंक दीजिए।"

मरी मछली की आँखों जैसी आँखों से देखते हुए चुपचाप चाभी दे देते। ढेर-ढेर सारे कर्मचारी। सारे के सारे बर्फ से जमे खड़े रहते–शायद साँस तक छोड़ना भूल जाते।

रात हो गई है। रास्ते से जाती खाली टैक्सी रोक कर कहता–"कुछ देर के लिए टैक्सी चाहिए दादा। न, न, स्टार्ट करने की कोशिश मत कीजिए, कोई फायदा नहीं होगा। चिन्ता मत करिए, जरा और रात होने पर वहाँ मोड़ पर आइएगा, टैक्सी मिल जाएगी। हाँ, कोई जाल-वाल फैलाने की कोशिश मत कीजिएगा, बड़ा बचपना हो जाएगा तब तो।"

टैक्सी ड्राइवर उतर कर एक ओर चल देता।

यह है ललटूदा।

ये लड़के ऐसी ही 'महिमा' के अन्धे दर्शक हैं। वे कैसे उससे जुड़ गए हैं किसे याद है? वे तो बस इतना ही जानते हैं कि इन्हें प्यार भी करना चाहिए और इनसे डरना भी चाहिए।

परन्तु आज का यह घोषणाकारी? यह क्या इसी बस्ती का लड़का है? उसकी माँ क्या बर्तन माँजती है?

नहीं। रभी यहाँ का नहीं है। वह कहीं से छिटक कर इस कूड़े के ढेर पर आ गिरा है। कोई उसके बारे में नहीं जानता है। वैसे भी यहाँ कोई किसी से पूछता भी नहीं है कि तुम कौन हो? कहाँ से आए हो? आए हो–रहो।

तुम यहाँ जितने दिन चाहो, रहो। फिर कहीं जाने को जी चाहे आराम से चले जाओ, कोई पूछेगा ही नहीं।

हो सकता है, लोग सोचें पुलिस पकड़ कर ले गई।

पकड़ कर ले ही जाएगी। ले ही जाती है। इस दुनिया के जितने भी गैर-कानूनी काम हैं इन्हीं के द्वारा ही तो करवाए जाते हैं। इसीलिए इनके सहकर्मी दल में जिसे कम पाते हैं, मान लेते हैं पुलिस पकड़कर ले गई होगी।"

दो-एक दिन बाद लौट भी आते हैं पुलिस के 'स्नेह'-चिह्नों से भाराक्रान्त होकर। कभी-कभी इसी 'स्नेह' के फलस्वरूप दुनिया से विदा भी ले लेते हैं।

x x x

जिस दिन वापस लौटकर सौगत दफ्तर पहुँचा, देखता क्या है कि पानू गेट पर खड़ा है। अस्त-व्यस्त चेहरा। पहचानने में वक्त लग गया।

"क्या बात है? यहाँ–?"

"घर पर तो रोज ही पता कर रहा था।"

सौगत घबड़ाकर बोला– "सब ठीक तो है?"

पानू का गला भर आया।

"मझले मामा नहीं रहे।"

मझले मामा नहीं रहे !

क्या सौगत इस बात का मतलब नहीं समझा? क्या इसीलिए बुद्धुओं की तरह पानू की तरफ देखता रहा?

अपनी सिसकियों को रोकते हुए पानू किसी तरह से बोला, "इतनी लम्बी छुट्टी के बाद आज ही ज्वाइन करने आए हैं, अभी चल सकना क्या सम्भव होगा?"

अब सौगत ने धीरे से पूछा, "कब?"

"रात के ढाई बजे। कल शाम से ही नब्ज रह-रह कर नहीं मिल रही थी। आप भी तो कल ही आने वाले थे। मझली मामी आपको खबर करने के लिए छटपटा रही थीं। पर जितनी बार फोन करते, दूसरी तरफ रिंग होता रहता। सभी कहने लगे, हो सकता है कि किसी वजह से कल लौटना नहीं हो सका होगा। आज सुबह छोटे मामा ने कहा, 'जरा दफ्तर जाकर पता करो, कब लौटेंगे।' आपकी

तबियत कैसी है?"

"ठीक है। फोन खराब है।"

"आप तो खूब बीमार रहे।"

"बीमार रहा? किसने कहा?"

"वाह! इसमें कहना क्या है? इतने दिनों से छुट्टी पर हैं। उस वक्त तो मझले मामा..." पल-भर रुक कर पानू ने वाक्य पूरा किया, "कहा था आप कभी इतनी लम्बी छुट्टी लेते ही नहीं हैं।"

"इस समय वहाँ का क्या हाल है?"

"अब तक शायद डेडबॉडी लेकर लोग वर्निंग घाट के लिए रवाना हो चुके हैं। छोटे मामा ने भेजा है कि दफ्तर में खबर कर दो।"

"कहाँ गए हैं?"

"उनकी पारिवारिक जगह... नीमतल्ला।"

"अब जाने पर मिलेंगे?"

"क्यों नहीं? तैयारी करने में ही तो कितना वक्त निकल जाता है?"

"अच्छा, तुम जरा रुको। मैं दफ्तर में जाकर कहकर आता हूँ।"

पानू को बड़ा बुरा लग रहा था। अपने मझले मामा के लिए जितना नहीं उससे कहीं ज्यादा मामा के इस साले के लिए।–लगभग दो महीने बाद दफ्तर में कदम रखने जा रहे थे–फिर मझली मामी को उस हाल में देखना पड़ेगा।

सौगत पाँच-दस मिनट में वापस आ गया। न जाने क्या सोच कर उसने पूछा– "घर की महिलायें भी क्या वहाँ हैं?"

"नहीं-नहीं, महिलायें घर पर हैं। फिर..."

"पानू! मैं अगर घर जाऊँ?"

पानू बोला, "मैं भी यही सोच रहा था।–इतना कुछ करके भी शायद डेडबॉडी देख न पाएँ।"

सहसा सौगत को लगा, मैं क्या जीजाजी की डेडबॉडी देखने के लिए व्याकुल हो रहा था? मुझे तो खबर सुनने के बाद से दीदी ही का चेहरा याद आ रहा है।

"तब फिर मैं..."

''नहीं-नहीं, तुम भी मोटर पर बैठो। तुम्हें न हो पास ही कहीं…'' ज्यादा कुछ कहने का मन नहीं हुआ।

डर-सा लगने लगा। खूब डर। दीदी के सामने जाकर कैसे खड़े होंगे?

फिर भी सब कुछ कर लिया जाता है। नितान्त ही प्रियपात्र के जब मुँह ही में आग लगाई जा सकती है तब कौन-सा काम नहीं किया जा सकता है?

कार के साथ-साथ चिन्ता चलती रही।

एकाएक पानू की बात सुनकर चौंक उठा। क्या पानू ने उसकी चिन्ता भाँप ली थी? तभी क्या उसने प्रतिध्वनि की?

''हमारे धर्म की व्यवस्था से मृत देह को कब्र देना कहीं बेटर है। ओह, सोचते नहीं बनता है।'' एकाएक अपने हाथ आगे बढ़ाकर बोला–''ऐसा खून और मांस का बना शरीर चिता में डालकर…'' कहते-कहते पानू अपने को सँभाल न सका। फूट-फूट कर रो उठा।

इसका अर्थ हुआ–सरल और बुद्धू टाइप लोग ही अपना आवेग रोक नहीं पाते हैं। शकुंतला नाम की वह लड़की भी तो वहाँ से चलते वक्त अपनी दीदी से लिपट कर खूब रोई थी। वही हाल उसकी दीदी का था।–दीपक ने कहा था, ''दोनों बहनों ने तो रोते-रोते जुकाम कर लिया।''

x x x

और सौगत की दीदी? वह भी तो उन्हीं की तरह हैं। इसीलिए छोटे भाई को देखते ही दोनों हाथ से मुँह ढक कर रो पड़ीं– ''ओ रे सौ–। मेरा सब कुछ चला गया रे। मेरा सब खत्म हो गया।''

और तभी, उसी क्षण सौगत के दिमाग में एक बेमौके का प्रश्न कौंध गया। अच्छा अगर सब कुछ पहले जैसा होता और सौगत मर जाता, तो क्या कंका रोती? 'रोना' सभ्य समाज की पहचान नहीं है यह बात सौगत को याद नहीं रही। बस यही सोचता रहा कि क्या कंका कहती, 'मेरा सब कुछ चला गया?'

x x x

शाम हो गई थी। खिड़की से जाती धूप कमरे में प्रवेश कर रही थी। तुलतुल बिस्तर पर पड़ी थी।

एक नीले प्रिण्ट की मैक्सी पहन रखी थी।

कंका ने कमरे में प्रवेश किया। सारे कमरे में एसेन्स की खुशबू फैल गई।

उसकी यह सज्जा बाहर जाने के लिए थी।

"अरे, यह क्या? तुम अभी भी लेटी हुई हो? चलने का समय हो गया है।"

आलस्य के साथ तुलतुल बोली, "सोचती हूँ न जाऊँ तो कैसा रहे?"

"न जाओ?" कंका हतप्रभ-सी बोली, "स्कूल में प्राइज डिस्ट्रीब्यूशन है। तुम ही फर्स्ट प्राइज पा रही हो और तुम ही सोच रही हो नहीं जाओगी?"

"प्राइज तो कहीं जाने वाले नहीं। बाद में दे ही देंगे।"

"दे ही देंगे, यही बड़ी बात हुई? ऐसे बच्चों जैसा पागलपन अच्छा नहीं तुलतुल, मैं हाथ जोड़ती हूँ।"

"अरे बाप रे!' एक ही झटके में कूद कर बाथरूम में जा घुसी।

कंका उधर जलती हुई नजरों से देखती रही परन्तु उसमें भी पराजय के भाव स्पष्ट थे।

पराजय नहीं तो और क्या? जो लड़की इतनी ढीठ-असभ्य हो, वही अगर क्लास में क्या पूरे स्कूल में फर्स्ट हो, फर्स्ट प्राइज के साथ-साथ स्पेशल प्राइज पाए, तो इस घटना को कंका पराजय नहीं तो और क्या कहे? जो लड़की जब-तब घर से निकल जाए, जितनी देर चाहे दोस्तों से गप्पें हाँक कर घर लौटे और इम्तहान की पढ़ाई को 'पढाई' न समझे फिर भी अगर वह स्कूल में सर्वोच्च अंक प्राप्त करके फर्स्ट होवे तो उसे डाँटे कैसे? जब डाँट ही नहीं सकती है तब करने को बचता ही क्या है?

ऐसे आक्रोशपूर्ण माहौल में लड़की झटपट तैयार होकर आ गई, "चलिए मैडम! वधभूमि में पहुँचा जाए।"

कंका का मन और आँखें दोनों मुग्ध हो गईं।

गनीमत थी कि एक बढ़िया-सा सलवार-सूट पहना था उसने—कन्धे पर तह किया हुआ दुपट्टा भी अच्छा लग रहा था।

कितनी सुन्दर है कंका की बेटी।

आहा, अगर इस वक्त प्रभाकर आ जाते।

अचानक प्रभाकर का ख्याल आ गया तो कंका ने इसकी वजह सोची। उधर ही की तो पोशाक है न, देखकर खुश होता। प्रभाकर उसे प्यार भी तो कितना करता है। और लड़की है कि बिल्कुल अकृतज्ञ–

x x x

झिलमिलाता माहौल। उत्सव कक्ष ठसाठस भरा। अभिजात्य स्कूल है। लड़कियाँ और लड़कियों की मातायें सभी समाज की बारीक चलनी से छन कर आई थीं। साज-श्रृंगार से वातावरण गमक रहा था।

बाहर मोटरों की कतारें खड़ी थीं। उसी में वही लाल मारुति भी थी। तीन-चार मारुति और भी थीं। पानू के यहाँ आने की कोई सम्भावना नहीं है वरना मूर्खों की तरह हर मारुति में झाँकने लग जाता।

पुरस्कार वितरण मंच से नाम पुकारा गया।

अनिन्दश्री मुखर्जी।

बस, तालियों की गड़गड़ाहट से कान के पर्दे फटने लगे।

x x x

फिर कुछ नामों के बाद उसका नाम पुकारा गया–अनिन्दश्री मुखर्जी। विशेष पुरस्कार अंग्रेजी में रिकार्ड नम्बर प्राप्त करने के लिए। पिछले दस साल के रिकार्ड तोड़ दिए थे उसने। फिर तालियाँ बजीं।

पुरस्कार वितरण कर रहे थे एक मंत्री महोदय। उन्होंने इस विजयिनी के सिर पर स्नेह-भरा हाथ रखा। शायद सोचा था यह बालिका उनके चरणस्पर्श करेगी। निराश होना पड़ा। कंका ने होंठ दबा लिये। वहीं दर्शकों में बैठी हुई थी।

x x x

कंका सुन रही थी, कहीं कोई फुसफुसा रहा था, कोई दबी आवाज में कह रहा था, "केवल गुण ही नहीं, रूप तो देखो। किस्मत जिसे देती है उसे दोनों हाथों से देती है।"

किसके लिए कह रहे हैं? कंका की लड़की के लिए न?

औः! इस सभा में वह आदमी किसी बहाने एक बार आ नहीं सकता था? वही सौगत मुखर्जी नाम का आदमी। फिर कंका एक बार उसके सामने जाकर खड़ी

होती और तिरछी हँसी हँसकर कहती, "देख लिया? तुम्हें दिखाई पड़ रहा है? सन्तान-पालन किसे कहते हैं।"

न, वह आदमी यहाँ नहीं आया था लेकिन एक वृद्ध दम्पती क्यों अधीर आग्रह और अद्‌भुत उत्कण्ठा के साथ मंच के पीछे प्रतीक्षा कर रहे हैं उस 'फर्स्ट गर्ल' की? स्कूल के अधिकारियों से अनुमति ले कर यहाँ आए हैं। ग्रीनरूम में। पुरस्कार वितरण के बाद एक सांस्कृतिक कार्यक्रम होगा। नाच, गाना इत्यादि-इत्यादि। ओड़ीषी नृत्य करेगी अनिन्दश्री मुखर्जी।

महिला सहसा अनिन्दश्री के फूलों जैसे हाथ को पकड़ कर आवेगपूर्ण स्वरों में बोल उठीं, "तुम्हें क्या तुलतुल के नाम से पुकारते हैं?"

तुलतुल अवाक् हुई। सिर हिला कर उसने हामी भरी।

"मैं ठीक समझी थी।—सुनो जी, वही बात ठीक थी। मैं तुमसे कह रही थी न कि नाम में नयापन है, सहज ही में सुनने को नहीं मिलता है। मैंने कहा था न कि यह वही होगी। मुँह की बनावट बदल गई है लेकिन वही आँखें, वही भौंहें– "

तुलतुल ने धीरे से हाथ छुड़ाते हुए कहा– "मैं ठीक समझ नहीं पा रही हूँ।"

"पाने की बात भी नहीं है। तुम तो तब इतनी-सी एक छोटी-सी फूले-फूले गालों वाली बच्ची थीं। कितनी सुन्दर हो गई हो आज तुम!'

तुलतुल अतीत में देखे एक चेहरे का आविष्कार करने का प्रयास करने लगी उन सामने के पके बालों वाली महिला में। महिला का हँसता, प्रसन्न चेहरा, सरल स्वभाव, उसे याद दिलाने लगा अपनी बुआ का। क्या यही बुआ है जो कभी-कभी सॉल्ट लेक के एक गुलाबी रंग के मकान में आया करती थी?—या उसी तरह की कोई और है?

"तुम मुझे पहचानोगी नहीं। हम लोग लेकिन..."

तुलतुल के चेहरे पर सहसा एक आश्चर्यजनक ज्योति फैलने लगी। उसके सुन्दर मुख को स्वर्गीय सुषमा ने घेर लिया।

"आपकी कार क्या हरे रंग की है?"

x x x

पुरस्कार वितरण और सांस्कृतिक कार्यक्रम चलता रहा रात के आठ बजे तक। कंका की इच्छा थी तुलतुल के ओडिषी नृत्य के बाद ही चली आएगी लेकिन

मुश्किल ये हो गई कि ठीक बगलवाली सीट पर पुरानी परिचिता मिसेज नाग बैठी थीं। इतने दिनों बाद कंका को देखकर वह कंका से मानो चिपक गई थीं।–आज भी कंका वैसी ही सुन्दरी और तरुणी है, उस पर उसकी अपरूपा अनिन्दश्री जैसी लड़की। वह कंका के जीवन का इतिहास सुने बगैर छोड़ने वाली नहीं।

"अरे, ताज्जुब है, गौडियाहाट की 'अनन्या प्रिण्ट साड़ी' नाम की दुकान आपकी है?"

"और लेकरोड की 'सोनाली' ब्यूटी पार्लर भी आप ही का है? मैं तो सोच भी नहीं सकती हूँ। कितना असाध्य साधन किया है आपने मिसेज..."

"नहीं-नहीं, वह सब नहीं–सिर्फ कंकावती।"

"ओ अच्छा। इसका मतलब अब बिल्कुल ही स्व-निर्भर हैं आप। आप तो हम महिलाओं की गौरव हैं।"

इस प्रशंसा-भरी मादकता को छोड़कर उठ जाना सहज नहीं। लेकिन कंका का दुर्भाग्य देखो, उसका 'गौरव दृश्य' देखने और 'गौरव कथा' सुनने वाला कोई नहीं है।–अगर तुलतुल ही इस वक्त यहाँ होती। वह तो भीतर ही रहेगी अन्त तक यद्यपि यह उसके स्वभाव से मेल नहीं खाता है। काश, आकर कहे–'चलो घर, अच्छा नहीं लग रहा है।'

परन्तु कंका के भाग्य में यह नहीं था।

परन्तु कंका ने सोचा तक नहीं था कि 'अच्छा नहीं लग रहा है' कह कर तुलतुल किसी और के साथ उनके घर चली गई होगी।

मारुति के ड्राइवर प्रीतम सिंह नामक लौंडे को कंका ने मारा भर नहीं। लग रहा था अभी पुलिस के हवाले कर देगी। लेकिन उस ने भी दृढ़ स्वरों में कहा–"इसमें मेरा क्या कसूर? मैं क्या करता? मिस अगर आकर कहें, मैडम से कह देना मैं अपनी एक परिचिता के साथ उनके घर जा रही हूँ तो मैं क्या करूँ?"

"तुमने तभी आकर बताया क्यों नहीं?"

"कैसे बताता? हॉल में घुसकर मैडम-मैडम चिल्लाता?"

घर आकर प्रभाकर को फोन करते हुए रो-सी पड़ी, "अब मैं क्या करूँ प्रभाकर? उसका परिचित आदमी यहाँ है कौन? कोई क्या बहका कर ले गया है?"

फोन पर प्रभाकर हँसा, "तुम्हारी लड़की को बहका कर ले जाने की क्षमता स्वयं शैतान में भी नहीं है कंकावती। वह अपनी मर्जी से गई है। हो सकता है अपनी किसी सहेली के साथ उसके घर..."

"ऐसी कोई सहेली है ही नहीं प्रभाकर।"

प्रभाकर और ज्यादा हँसा, "उसका कौन है और क्या है तुमको कितना पता है? उसने क्या तुम्हारे सामने अपना सब कुछ व्यक्त कर रखा है?"

"हे भगवान्!"

सहसा कंका के मुँह से भगवान् का नाम निकला। बात-बात पर 'हे भगवान्', 'हे ईश्वर' कहना उसे बड़ा ही गंवारूपन लगता था।

"तुम एक बार आओगे प्रभाकर? मुझे बहुत डर लग रहा है।"

"मैं? इस वक्त?"

"तुम्हारी दुकान का दफ्तर तो बन्द हो गया होगा प्रभाकर।"

"सो तो हो गया है। लेकिन काफी रात हो गई है। माने—घर पर तुम अकेली हो।—कंकावती, तुम अपने को सँभालने की कोशिश करो।—वह थोड़ी देर में आती ही होगी।"

"अगर न आई तो?"

"आएगी। आएगी।—मैं थोड़ी देर में फिर फोन करता हूँ।"

"उसके बाद?"

"उसके बाद तो तुम घर चले जाओगे?"

"वह तो जाना ही पड़ेगा। मेरे लिए पिता जी जगे बैठे रहते हैं। कंकावती, मैं कह रहा हूँ वह अभी आ जाएगी।"

कंका साजपोशाक सहित बिस्तर पर लुढ़क गई।

एक दिन की बड़ी पुरानी बात उसे याद आ गई —"ओ माँमोनी! दादा! दादा! दादा के कितने मजे हैं। कैसे अपने-आप से खो गया। मैं भी जब बड़ी हो जाऊँगी..."

बड़ी देर बाद कंकावती को प्रभाकर पर अभिमान और ईर्ष्या होने लगी।—उसके घर पर उसके लिए जग कर बैठे रहने वाला एक कोई है। भाग्यवानों के साथ

ही ऐसा होता है।

जबकि कंकावती को मालूम नहीं है कि प्रभाकर के लिए जगने वाले एक नहीं दो हैं।

चौदह

वसुमलिक दम्पति की समझ में नहीं आ रहा था कि क्या करें। बोले, "चलोगी तुम हमारे साथ? सच? ओ मेरी बच्ची! मेरी सोने की गुड़िया सचमुच चलेगी?"

"हाँ! मैने कहा था न कि तुम्हारे घर जाऊँगी। हि हि, अब 'तुम' नहीं 'आप' कहना चाहिए।"

"क्यों? क्यों? बेटा, तुम हमें 'तुम' ही कहो। लेकिन तुम्हारे चले आने से कोई चिन्ता तो नहीं करेगा?"

"ड्राइवर से तो कह दिया है।"

"ड्राइवर के साथ ही आई हो? तुम्हारे माता-पिता जी नहीं आए हैं?"

"जिसे बताना है वह बता देगा।"

अब कार का रंग हरा नहीं था। बहुत बड़ी सफेद कार थी। विदेशी कार। वसुमलिक के विदेश से लौटे लड़के की। अब वे लोग कलकत्ते में ही रहते थे।

"ठीक तुम्हारी ही उम्र की है हमारी पोती–इसी मॉडर्न में तो पढ़ती है। परन्तु क्लास एट में। बाहर रह कर पढ़ने के कारण और वहाँ की पढ़ाई यहाँ से फर्क होने के कारण ऐसा हुआ है–एक छोटी पोती और है।"

तुलतुल क्या वही साढ़े चार साल की लड़की हो गई है?

"इसी घर में अब सब कोई रहते हैं? आपके लड़के, बहू-माँ, दोनों पोतियाँ?– और आप लोग भी?"

वसुमलिक बूढ़े हो गए हैं। लगभग सारे बाल पक गए हैं परन्तु बात करने का उनका ढंग वही कौतुकमय है, "नो! नो! 'आप' नहीं चलेगा। 'तुम' कहो।"

"हट! बड़े होकर क्या ऐसे कहा जा सकता है?"

"कहने से ही कहा जा सकता है। हमारी पोतियाँ तो 'तुम' कहती हैं।"

"वह कहाँ हैं?"

"वह तो अभी भी स्कूल ही में हैं। हम लोग इतनी देर तक रुक नहीं सकते हैं इसीलिए हमें छोड़ कर कार फिर लौट जाएगी। तुम्हारा डांस देखने के लिए ही तो... ओ माँ, यह कहीं हो सकता है? बिना कुछ खिलाए तुम्हें छोड़ेंगे हम? तुम्हारे पिता जी ने क्या हम बुड्ढे-बुढ़िया को खिलाए बगैर आने दिया था? फ्रिज में आइसक्रीम है। बहूमाँ ने बनाई है। मेरी पोतियों को बहुत पसन्द है। बड़ी पोती बृन्दा वसुमलिक तो तुम्हारे ही स्कूल में पढ़ती है। छोटी एक नर्सरी में। उन्हें लाकर कार तुम्हें सॉल्ट लेक छोड़ आएगी।"

"सॉल्ट लेक नहीं।"

"अच्छा, अब तुम लोग कहाँ रहते हो?"

"रीजेण्ट पार्क।"

"ओ माँ, ऐसी बात है? रीजेण्ट पार्क में मेरी एक भांजी भी रहती है। यह जगह तो हमारे अनवरशाह रोड से पास पड़ेगी।–सुनते हो, तुम तो इससे कुछ बोल ही नहीं रहे हो!"

वसुमलिक बोले, "तब से तुम्हीं तो बोल रही हो। इसके बीच में तो एक सुई डालने तक की जगह नहीं है। हा हा हा!"

आइसक्रीम खाते हुए तुलतुल सोचने लगी, "मैं बृन्दा से दोस्ती कभी नहीं करूँगी।–जिसने जीवन के दस साल अमेरिका में गुजारे हैं, और ऐसे सुन्दर बड़े से मकान में माँ, पिता जी, बहन व इतने बढ़िया बाबा-दादी के साथ रहे उसके साथ मैं दोस्ती क्यों करूँ? हुँ! अब तो मैं घर जाकर कंकावती के साथ झगड़ा करूँगी, कपड़े फाड़ूँगी, दाँतों से बेडशीट फाड़ डालूँगी। अपने बालों को खींच-खींच कर··· मैं क्या पागल हो गई थी जो चली आई? बृन्दा आएगी तो मैं उस से बात ही नहीं करूँगी। बहुत देर हो गई है कह कर दन से उठ कर चल दूँगी।

x x x

टेलीफोन की घण्टी बजते ही कंकावती ने रिसीवर उठाया।

"कंकावती!"

"कहो।"

"तुलतुल लौटी?"

"लौटी है। थोड़ी देर पहले।"

"थैंक गॉड ! मैंने तुमसे कहा नहीं था? चिन्ता मत करो। कहाँ गई थी? सहेली के घर?"

"मुझको बताएगी? कह दिया 'गई थी एक जगह'। बस ! दो बात तक नहीं की। जाकर कमरा बन्द कर लिया है।"

"कंकावती !"

"बोलो।"

"लड़की के कारण तुम्हें बहुत कष्ट है न? जब तक उसकी शादी नहीं हो जाती है।"

"प्रभाकर ! उसकी उम्र अभी केवल फोर्टीन है। मैं नहीं बता सकती हूँ--लेकिन इससे पहले मैं सुइसाइड न कर लूँ।"

"छिः-छिः कंकावती। ऐसी बात दुबारा मत कहना। अच्छा, मैं सुबह आ जाऊँगा।"

"घर से बोल रहे हो?"

"हाँ।"

"डिनर ले लिया है?"

"ओ जरूर। पिता जी साथ खाने के लिए बैठे रहते हैं न।"

"प्रभाकर, तुमने अपने घर का नम्बर मुझे दिया नहीं है, मैं तब से डाइरेक्टरी में ढूँढ़ रही थी। तुलतुल के लौटने की खबर देना चाहती थी। मैंने तुम्हें चिन्ता में डाल दिया था। अच्छा !"

"अच्छा ! शुभरात्रि ! ठीक से सोना।"

"शुभरात्रि ! अब जीवन में शायद ही ठीक से नींद आए।"

x x x

"ललटूदा मर गया। ऐसे ही?"

"रभीदा ! हमारा क्या होगा?"

"पता नहीं। मुझे कुछ अच्छा नहीं लग रहा है।"

"रभी ! श्यामल कह रहा है ललटूदा के लिए शहीद बेदी बनवानी पड़ेगी।"

रभी बोला, "शहीद बेदी? ललटूदा क्या किसी के हाथों 'निहत' हुआ है? केवल भागते वक्त लॉरी से दबकर..."

"इससे शहीद नहीं होते हैं?"

"नहीं।"

"हमारा जी कर रहा है फूट-फूट कर रोएं।"

"क्या मेरा नहीं कर रहा है?"

"रभीदा ! "

बॉस-सी शक्ल वाला बादाम बोल उठा, "अब से तू ही हमारा 'गुरु' बन जा रभीदा।"

"गुरु? मजाक सूझा है? मैं कौन-सा काम दूँगा, बता जरा?"

"जो ललटूदा दिया करता था।"

"मैं क्या ललटूदा की तरह सब जानता हूँ?"

"तू इतना अक्लमंद है, सब जान जाएगा।"

"क्यों? श्यामल को दलपति बना लो।"

श्यामल बोला–"यह बात मैंने कही थी परन्तु ये लोग राजी ही नहीं हो रहे हैं। कह रहे हैं 'रभी ललटूदा की तरह देखने में है। लम्बा, गोरा और सुन्दर है।' "

"होने दो, तू बन जा। मैं अब यहाँ नहीं रहूँगा। चला जाऊँगा।"

"चला जाएगा?"

श्यामल, गाँजा, बादाम और नया सदस्य रंजीत और बैंगा एक साथ तड़प उठे–"तू चला जाएगा? कहाँ जाएगा?"

"पता नहीं। मुझे अब यह सब अच्छा नहीं लग रहा है।"

सब का चेहरा फक पड़ गया। दुखी होकर बोले, "हम लोगों को भी तो अच्छा नहीं लग रहा है। चाय-वाय की दुकान में काम मिल जाए तो..."

"नेवर ! नौकरगिरी नहीं।"

"तो फिर हम और क्या करना जानते हैं? उस पर तू हमें अकेला छोड़कर चला जा रहा है। तेरे पास ही अक्ल ज्यादा है–"

"रभीदा, तेरे पाँव पड़ते हैं, हमें छोड़कर मत जाना।"

गाँजा बोला, "हम लोगों को कुछ तो करना ही होगा।"

बादाम बोला, "ललटूदा रोज दस रुपया दिया करता था। अब हमें घर पर डाँट पड़ती है। बाप कहता है बिना पैसे के कौन तुझे दो वक्त रोटी खिलाएगा?"

गाँजा बोला, "मैं तो इन दिनों से घर ही में नहीं घुसा हूँ। पुन्निमा दादी से उधार पर खा रहा हूँ।"

"वह तुझे बहुत प्यार करती हैं, है न?"

"कौन जाने। कहती तो हैं कि मेरे जैसा देखने में एक पोता था।"

श्यामल बोला, "दुर ! इससे तो अच्छा होता मैं लॉरी से दब कर मर जाता।"

"यह बात तो हम सभी कह रहे हैं। लेकिन इस वक्त रभी को गुरु बनाना तय कर लो। उसका चले जाना-वाना होगा नहीं।"

बादाम बोला, "हमारी बस्ती के झण्टू और दिलीप ने जिस दिन दल में आने की बात की, उसी दिन ललटूदा लॉरी से दब कर मर गए। मैंने कह दिया है तुम लोग नसूढ़े हो।"

रभी बोला, "थप्पड़ खाएगा। इन्सान कभी नसूढ़ा होता है?– ललटूदा ऐसा असावधान कैसे हो गया, यही सोचता हूँ।"

उस दिन रेल लाइन के किनारे जमीन पर लोट-लोट कर लड़के रोए थे। समाज-विरोधी ललटू का एक निजी समाज था। जहाँ उसे देवता और गुरुतुल्य समझा जाता था।–उसे सब प्यार करते थे। भले ही उसके यह भक्त समाज के सबसे निकृष्ट प्राणी हों, सुन्दर पृथ्वी के लिए जंजाल हों, फिर भी इन्सानों में इनकी गिनती तो होती ही है।

x x x

सुबह कंका तुलतुल के कमरे में आई। आना ही पड़ेगा। जब तक कंका सुइसाइड नहीं करेगी तब तक तीव्र तीक्ष्ण विद्रोही मन को संयत रख कर आना पड़ेगा और कहना पड़ेगा, 'तुलतुल, तुमने कल रात को ऐसा अद्‌भुत व्यवहार क्यों किया?'

परन्तु आते ही कहना पड़ा,"यह क्या, वार्डरोब के ऊपर से फूलदानी गिरकर कैसे टूट गई?"

उस समय नींद से जाग कर तुलतुल बैठी पाँव नचा रही थी। गनीमत थी कि दरवाजा उठ कर खोल दिया था।

प्रश्न का उत्तर देते हुए तुलतुल बोली, "गिरेगी क्यों? मैंने फेंकी है।"

"तुमने फेंकी है?"

"हाँ। अचानक ही आँखों के सामने काँच की फूलदानी देखकर बड़ा बुरा लगा।"

"फूल सजाने की फूलदानी बुरी लगी?—ठीक है। मुझे और कुछ कहना नहीं है।"

चली आई। कल रात बिना खाए सो क्यों गई। जहाँ गई थी वहाँ कुछ खाकर आई थी क्या?

और वह जगह है कहाँ, यह सब जान सकने का रास्ता नहीं रहा।

अब प्रायः कंकावती मन ही मन कहती है—'हे भगवान्!'

इस वक्त भी बोली, "हे भगवान्! टीनएजर्स तो हमेशा प्रेम के शिकार हो जाते हैं, यह दुष्टा किसी से प्रेम क्यों नहीं कर लेती?—प्रेम करने लगती तो शायद उद्देश्यहीन पागलपन कम हो जाता।"

नौकरानी को कुछ आदेश दिए।

"दीदीजी को ठीक से खाने को देना।"

ताज्जुब है इस छींट की फ्रॉक पहनी लड़की से तुलतुल हँस-हँसकर बातें करती है। उसके कहने पर शायद खाना खा ले। एकाएक बड़ा पुराना एक चित्र याद आ गया।—एक गुलाब-सी छोटी सुन्दर लड़की बाल नचा-नचा कर 'सुशील' नामक नौकर और 'चारू की माँ' नामक नौकरानी के साथ हँस-हँसकर बातें कर रही है। ठीक अपनी बुआ की तरह। शायद इसी को कहते हैं—खून का रिश्ता।

लेकिन अभी यह सब सोचने का वक्त नहीं है।

प्रभाकर आ जाएगा।

फोन पर कल कहा था, सुबह ही आ जाएगा। हो सकता है रोज से पहले आ जाए। कंका को तैयार होना है।

x x x

लेकिन कौन जानता था इतनी जल्दी 'प्रस्तुत' होकर आने पर भी कंका को इतना 'अप्रस्तुत' होना पड़ जाएगा।

बैठक में घुसने से पहले ही, पर्दे के पीछे से कंका ने तुलतुल को कहते सुना, "माई गॉड ! यह बात आपको पहले बतानी चाहिए थी न ?"

कौन-सी बात ?

कंका ठिठककर खड़ी हो गई। बातें सुनने के लिए नहीं—बस, थोड़ा-सा समय लेने के लिए।

दूसरे आदमी की आवाज भारी और कुछ दबी हुई थी। उत्तर समझ में नहीं आया। लेकिन दूसरे ही क्षण तुलतुल की हल्की कौतुकपूर्ण आवाज सुनाई पड़ी, "बात तो सच है। लेकिन मैं तो बिल्कुल बुद्धू बन गई। कहाँ मैं मन ही मन सोच रही थी, आपको क्या कह कर पुकारूँगी और आप हैं कि। नः, एकदम ही मर्डर केस है।" ही ही कर हँसने लगी।

अब धैर्य धरते नहीं बना। कमरे में घुस आई।

"अरे तुलतुल, तुम यहाँ गप्प मार रही हो ? लेकिन यह क्या ? रात के कपड़े तक नहीं बदले हैं ? इस पोशाक में ड्राइंगरूम तक चली आई हो ?"

तुलतुल हताश भाव से बोली—"पोशाक बदलना—अरे इतने दिनों का एक जबरदस्त सपना ही बदल गया। मैं रोज सोचा करती कि तुम और मिस्टर बाजपेयी शायद शर्म के मारे प्रोपोज नहीं कर पा रहे हो, मैं ही कुछ बात आगे बढ़ा हूँ। इसीलिए आज मिस्टर बाजपेयी से कहने आई थी कि मुझ जैसी पागल लड़की के साथ जिन्दगी गुजारना कंकावती के लिए बड़ा ही कष्टकर है।—तो किस बात के लिए लटके हैं ? न हो मुझे बोर्डिंग या हॉस्टल में चालान कर दें—तो माई गॉड ! मिस्टर बाजपेयी ने बताया, वे मैरिड हैं। घर में उनके पिता, भाई, बहन, पत्नी..."

इसके बाद भी तुलतुल बोलती रही थी लेकिन वह बातें कंका के दिमाग में घुसी नहीं। कान के ऊपर अचानक बिजली गिरने से क्या श्रवणशक्ति काम करती है ?

x x x

सौगत कितने दिन पहले ताजा-ताजा विधवा हुई दीदी के सामने जाकर खड़ा हुआ था? शायद बहुत दिन बीत चुके हैं।

नहीं तो सुदेष्णा के चेहरे पर उम्र बढ़ने की ऐसी छाप क्यों है? हालाँकि वैधव्य एक ही छलाँग में उम्र को दस साल आगे बढ़ाने की क्षमता रखता है, खास तौर से जो महिला पति के जाने के बाद सोचती है : उसका सब कुछ चला गया है। सब खाली हो गया है।

सुदेष्णा पर भी उम्र की छाप पड़ी है। सिर्फ उसी पर नहीं, उसके भाई पर भी। हाँ, दोनों भाई-बहन, परलोकवासी सौभाग्य मुखर्जी के लड़के-लड़की, उनके मकान में रह रहे हैं।

कभी सुदेष्णा के भांजे ने कहा था, ''तुम तो अपने पिता के घर में जाकर रह सकती हो मझली मामी। इतना सुन्दर बड़ा-सा घर पड़ा है।''

सुनकर सुदेष्णा ने कहा था, ''तू भी क्या बकता है– घर-गृहस्थी छोड़-छाड़कर...''

हाँ तब सुदेष्णा घर-गृहस्थी छोड़ कर कहीं ज़ा तक नहीं सकती थीं। लेकिन अगर वही गृहस्थी सुदेष्णा को छोड़ दे तो?

सुदेष्णा का बड़ा लड़का कम उम्र में प्रेम, फिर शादी करके नौकरी लगते ही अलग हो गया है। लड़की-दामाद बम्बईवासी हैं। सुदेष्णा की जिठानी तो पहले ही अलग हो गई थीं। देवर कानपुर, पटना, दिल्ली के बाद रिटायर हुए और तब उन्होंने भी अपना हिस्सा अलग कर लिया। आधुनिक घरों में रहते-रहते पौराणिक यह मकान, असुविधाओं से इतना भरपूर लगा कि बरदाश्त न कर सके। अपना हिस्सा अलग कर यथासम्भव सुविधा जुटा कर रहने योग्य बना लिया है उसे।

अब बचा-खुचा हिस्सा धीरे-धीरे गिरता चला जा रहा था। देख कर कौन कह सकता है कि आठ-दस साल पहले भी इस घर में रौनक रहा करती थी। पुराना ठाट बना हुआ था। एक मूर्ख लड़का चिल्लाकर आवाज लगाते हुए घुसता था, ''कहाँ हो मामियाँ। चाय का पानी रखा कि नहीं?''

सौगत ने कहा था, ''दीदी, यह मकान सिर्फ मेरे पिता जी का ही नहीं है, तुम्हारे पिता जी का भी है।'' और यह भी कहा था, ''तुम रहो तो मैं जी जाऊँ।''

सुदेष्णा अपने छोटे बेटे के साथ आकर यहाँ रह रही हैं। वह लड़का बापी से दो साल बड़ा है। पढ़ाई-लिखाई में उतना होशियार नहीं है। चौबीस साल का

लड़का आज भी बी० कॉम० पढ़ रहा है। शायद एक-आध दफा लुढ़क चुका है। खैर, यूँ वह लड़का शान्त, भद्र और नम्र है।और इतना चुपचाप रहता है कि लगता नहीं है घर में एक लड़का रहता है।

कभी-कभी सौगत कहता है, "तू इस तरह से निरीह प्राणी-सा क्यों रहता है रे? यह तो तेरे मामा का घर है। खूब धूम-धड़क्के के साथ रहना चाहिए।" सुनकर लड़का हँसता।

हाँ, पर एक आश्चर्यजनक घटना जरूर घटी है। इस घर की रसोई में फिर से 'सुशील' को कलछी हिलाते देखा जा सकता है। किस चालाकी से सुदेष्णा उसे ला सकी हैं यह तो सुदेष्णा ही जानें। चारू की माँ तो है ही। आज भी वह कमर झुकाए-झुकाए सारे कमरे का पोंछा करती फिरती है।

सुशील और सुदेष्णा के बेटे में बड़ी दोस्ती है। उसी के आगे उसका मुँह खुलता है।

अर्थात् कंकावती का कहना ठीक था। इन्हें बड़े-छोटे का ज्ञान नहीं है।

सौगत अपनी दीदी से कहता है, "तुम्हारे आने से घर में जान आ गई है दीदी।"

दीदी के यहाँ आने और रह जाने के कारण का भाई को ध्यान नहीं रहा। वह केवल अपनी अनुभूति की बात करता है।–सुदेष्णा के आने के बाद से घर में लोगों की आवाजें सुनाई पड़ती हैं। यद्यपि पहले जैसी मानसिक दशा नहीं है फिर भी हमेशा से गृहस्थी चलाती आ रही हैं, अभ्यस्त रूप प्रकट हो गया है।

सुदेष्णा सुशील को बुलाकर क्या करना है बताती हैं। सुदेष्णा चारू की माँ के सुख-दुःख की बातें सुनती हैं, अपने बेटे को भी डाँटती-डपटती हैं। यद्यपि वह सीधे स्वभाव का लड़का है फिर भी डाँटने का कारण तो रहता ही है। 'शाम के वक्त बाहर न जाकर कमरे में क्यों घुसा बैठा है?', 'रोज-रोज एक ही कमीज-पैंट पहन कर कॉलेज क्यों जा रहा है?', 'किस दोस्त के कहने पर योग सीखा था, आजकल वह व्यायाम करता क्यों नहीं है?', 'कॉलेज से लौटते ही लेट क्यों गया?' शाम को क्लास लगती है। बी० कॉम० का छात्र है। दिन को अपने मोहल्ले में दो छोटे बच्चों को पढ़ाने की ट्यूशन शुरू की थी। साधारण तनख्वाह, फिर भी अपनी पॉकेटमनी निकाल लेता था। यहाँ से वहाँ जाना भी दूर पड़ता था, फिर सौगत को भी एतराज था, ट्यूशन छोड़नी पड़ी। कर्महीन दिन का समय वह पढ़ने के सिवा

और गुजारे कैसे? इसीलिए शाम तक कमरे में ही रहता।

अक्सर वह अपनी माँ से कहता, "देखो माँ, कभी-कभी दोपहर को जब मामा दफ्तर में रहते हैं और तुम भी सोती हो तब अगर घूम-घूम कर पूरा घर देखता हूँ तो एक म्यूजियम लगता है। तुलतुल के खिलौने, गुड़िया, तस्वीरें, छोटे-छोटे कपड़े, जूतों का ढेर—सब कुछ अलमारियों में भर कर सजाया हुआ है। यहाँ तक कि टूटे-फूटे खिलौने तक खिड़की पर रखे हुए हैं। नौकरानी झाड़-पोंछ कर पहले की तरह सजाकर रख देती है। इसी तरह बापी की सारी चीजें रखी हैं। कितने तरह के खिलौने, कितनी बन्दूकें, कितनी मोटरें, रेलगाड़ियाँ, इंजन, एरोप्लेन और ढेर सारी कॉमिक्स की किताबें। बहुत छोटा जब था तब बापी के ऐश्वर्य को देखकर ईर्ष्या होती थी माँ। उसके हर उम्र के कपड़े-जूते, पैंट, सब जैसे के तैसे सजा कर रख दिए हैं मामा ने। कुछ तो गन्दे से मटमैले-मटमैले हो गए हैं लेकिन फेंकना तो दूर इन्हें हटाया तक नहीं जाता होगा। धूल झाड़-झाड़ कर फिर वहीं रख दिया जाता है। लगता है म्यूजियम में टहल रहा हूँ।"

सुदेष्णा एक दीर्घ श्वास छोड़ते हुए कहती, "तूने भी यह सब महसूस किया है?— मेरा भी प्राण देखकर रोने लगता है। एक दिन सुशील से पूछा था— 'ठीक इसी तरह इतने दिनों से एक ही जगह पर है, कैसे रे?' बोला, 'मैं भी तो कुछ सालों तक था नहीं, आकर देखा तो ताज्जुब हुआ। सर का हुक्म था कि जहाँ जो कुछ रखा है वैसा ही रहे। मैं जब तक था वैसा ही रखता था। आकर देखा वैसा का वैसा ही है। तुलतुल और बापीदा का बिस्तर भी बारहों महीने बिछाया जाता है। फींचा जाता है। कमरे के खिड़की-दरवाजों के पर्दे बदले जाते हैं। आया था तो देखा कि पर्दे फटने लगे हैं— इन्हीं सब चीजों के बीच सर भूतों की तरह अकेले-अकेले रहते थे। अब आप आ गई हैं—' "

सुशील भी वही बात कहता, "आपके आ जाने से···"

उसे भी याद नहीं आता कि सुदेष्णा का आना यहाँ क्यों और कैसे हुआ?

सुनकर सुदेष्णा कहतीं, "मेरे आने से प्राणों का संचार—? हाय रे भगवान्! मैं तो एक अधमरी जिन्दगी हूँ।"

"दीदी, तुम ऐसी बातें क्यों करती हो? तुम्हारे लड़के-लड़कियाँ हैं।"

"सो तो हैं पर जानता है क्या बात है? सब कुछ रह कर भी कुछ नहीं है ऐसा लगता है।"

सौगत अपने जीजा जी का चेहरा याद करने की कोशिश करता है। निहायत ही साधारण, भोला भाला चेहरा। सर्वदा पान खाया करते, धोती पर शर्ट पहनते और मौका पांते ही दाढ़ी न बनाते। साथ ही परम भोजनप्रिय भी। भोजन-विलासी। किस बाजार में कितनी दूर गंगा से ताजी हिल्सा मछली लाकर बेच रहे हैं, सुनते ही वे सिर के बल दौड़ लगाते। एक दिन सौगत ने देखा था, दफ्तर से जीजा जी लौटे। धोती की चुन्नट में छोटी-छोटी झींगा मछली बाँध कर। आँगन में धोती की चुन्नट झाड़ते हुए हँस कर बोले थे --"देखो दादा, अभी भी जिंदा हैं। कैसी फुदक रही हैं!"

दादा विगलित होकर बोले थे– "कहाँ मिलीं?"

"धोनू मिस्त्री को कहने गया था न कि बैठक की छत से पानी चूता है तो लौटते वक्त देखा कि एक आदमी फुटपाथ पर मछली लिये बैठा है। लालच लग आई। थैली-वैली तो पास थी नहीं, धोती के चुन्नट के छोर में बाँध लिया।" कहते-कहते तोंद नचाकर जो हँसना शुरू किया।

वह पान खाता, खुश चेहरा ही एकाएक याद आ गया। उसी आदमी के लिए दीदी सुदेष्णा का जीवन प्राणहीन है।

सुदेष्णा कितनी सफाई-पसन्द हैं। कभी भी मैली साड़ी-कपड़े नहीं पहनती थीं। अभी भी विधवा होने पर भी। देखने में तो आज भी सुन्दर हैं। दीदी कभी किसी को बुरा-भला नहीं कहती हैं। और जीजा जी का हाल यह था कि बात-बात पर 'साला', 'हरामी', 'नालायक' कहा करते थे।

अपने जीजा जी को सौगत सदैव 'कृपादृष्टि' से देखता था। और कंका? उसकी तो बात ही छोड़ दो। जीजा जी की बात छिड़ते ही उसके होंठों के किनारे टेढ़े हो जाते।

फिर भी दीदी—उसकी हल्की-फुलकी साफ-सुथरी सुन्दर दीदी? कौन कह सकता है कि सौगत से वह तीन-चार साल बडी हैं। सभी सोचते थे छोटी बहन है। उसी दीदी के भीतर यह सूनापन क्या जन्मजन्मान्तर के संस्कारों के कारण है?

फिर भी सुदेष्णा के आने से घर में जीवन की धड़कन सुनाई पड़ने लगी थी। खाते वक्त दीदी पास आकर बैठती हैं, कम खाने के लिए डाँटती-डपटती हैं। ठीक खाना न बनने पर सुशील से शिकायत करती हैं। कहती हैं, "मैं तो अब तेरे गोश्त-मछली के चौके में जाऊँगी नहीं, जाने तू क्या पकाता है? कल मछली बनाते

वक्त मुझे बुला लेना–बता दूँगी।"

पुरुष के जीवन में नारी का प्यार-स्नेह बड़ा आवश्यक होता है।–माँ, बहन-बेटी या भतीजी-भांजी कोई हो। उसकी चिन्ता करने वाला भी कोई है जान ले तो वह धन्य हो जाता है।

पन्द्रह

रीजेण्ट पार्क के इस फ्लैट से अच्छा फ्लैट एक अच्छे मोहल्ले में ढूँढ़ा जा रहा था। बाजपेयी उस दिन यही खबर लेकर आया था परन्तु कंकावती से मिलने से पहले ही उसकी बेटी कमरे में बिजली गिराकर अपने नये सीखे तरीके से सीटी बजाती निकल गई।

पहली बार जब उसे सीटी बजाते सुना तब कंकावती जैसी आधुनिका के मुँह से भी निकल गया था, "ए माँ ! ये तूने कहाँ सीखा? लड़कियों का सीटी बजाना देखने में अच्छा नहीं लगता है।"

कंकावती की लड़की ने उसे अवाक् करते हुए कहा था–"तुम्हारे मुँह से यह कैसी बात सुन रही हूँ कंकावती? छिः-छिः ! यह बात कह सकती थीं केयातला की धरित्रीदेवी– लेकिन तुम? राम ! राम !" इतना कहकर और भी जोर-जोर से सीटी बजाती हुई वहाँ से चली गई थी।

आज भी उतनी ही जोर की आवाज थी सीटी की।

लेकिन कमरे में बिजली तो गिर ही चुकी थी और उसी आग की लपट से कंकावती का चेहरा लाल पड़ रहा था।

बड़ी देर बाद प्रभाकर ने बुलाया था, "कंकावती !"

लाल चेहरा उठाकर कंकावती ने देखा। देखा, थोड़ी देर पहले सुरमा लगी आँखों को उठाकर। खूब दृढ़ स्वरों में बोली, "दया करके मुझे 'मिसेज मुखर्जी' कह कर बुलाइएगा मिस्टर बाजपेयी।"

मिसेज मुखर्जी !

बहुत दिनों पहले का 'तज' दिया गया सम्बोधन थमा बैठी कंका। इसी क्षण, दूसरा कुछ सूझा नहीं।

मिस्टर बाजपेयी का गबलू-गोबलू गुलाबी चेहरा और भी अधिक लाल हो

उठा। बोले–"आपका आदेश याद रखूँगा, मिसेज मुखर्जी। अच्छा नमस्कार। अगर इच्छा हो तो इन पेपर्स को देख सकती हैं। अच्छा।"

कंका का हृदय काँप उठा, यह तो चला जा रहा है। यूँ ही– एक ही बार में। अब कंका क्या करे? उसने तो सोचा ही नहीं था कि एक ही झटके में सारे रिश्ते समाप्त कर चला जाएगा। अब भी अगर कंका अपने अहंकार के वश में रही तो उसके सामने समुद्र ही समुद्र होगा अथवा रेगिस्तान। अतएव कंका को अहंकार त्यागना पड़ा।

"चले जा रहे हैं? हमेशा के लिए?" काली कजरारी आँखें और गहरी हो गईं।

बाजपेयी उठकर खड़ा हो गया था। खड़ा ही रहा। मेज के एक कोने पर हाथ रखकर बोला, "अकारण एक भयंकर चाबुक की चोट खाकर तिलमिला उठा हूँ मिसेज मुखर्जी। माफ कीजिएगा।"

कंकावती बोली, "और अगर मैं भी ठीक यही बात कहूँ? इतने दिनों से, एक लम्बे अर्से से मैं मूर्खों की तरह प्रताड़ित होती रही, अचानक यह खबर चाबुक-सी मेरे ऊपर भी पड़ी और मुझे दिशाहीन कर गई–"

"प्रताड़ित?" बाजपेयी कुर्सी पर बैठ गया। उत्तेजित स्वरों में बोला, "आप यह क्या कह रही हैं मिसेज मुखर्जी?"

"रहने दीजिए। अब मैं यह भी नहीं सुनना चाहती हूँ। मुझे मिसेज मुखर्जी कहने की जरूरत नहीं है।"

"ठीक है। यह बात अब मेरे लिए भी कोई महत्त्व नहीं रखती है लेकिन मैं यह जरूर जानना चाहता हूँ कि 'प्रताड़ित' हुई है, यह आपने क्यों कहा?"

"क्यों? यह क्या आपकी समझ में नहीं आ रहा है? आप विवाहित हैं यह खबर आप इतने सालों से मुझसे छिपाते नहीं आ रहे हैं?"

बाजपेयी दृढ़तापूर्वक बोले, "छिपाने की बात ही नहीं उठती है। आपने क्या कभी मुझसे मेरे पारिवारिक जीवन सम्बन्धी प्रश्न पूछे थे? नहीं। मैं ही फिर खामोख्वा क्यों अपनी जन्मपत्री आपको दिखाने लग जाऊँ? हमारे समाज में लड़के-लड़कियों की बड़ी कम उम्र में शादी हो जाती है यह तो आपको पता होना ही चाहिये।"

कंकावती धीरे से बोली, "शायद पता होना चाहिए था लेकिन आप इतने यंग, स्मार्ट और ऐसे जॉली कि मेरे मन में शक तक नहीं हुआ।"

"इसके लिए मैं शर्मिंदा हूँ लेकिन कंकावती देवी, मैंने प्रतारणा की है यह सन्देह आपको क्यों हुआ?" बाजपेयी भावुक हो उठे, "बताइए क्यों हुआ? मैंने क्या कभी आप को प्रेम निवेदन किया है? हाँ, मैंने आपको देवी की तरह चाहा है, श्रद्धा की है। अगर आपके किसी काम आ सकूँ, अगर आपको जीवन में प्रतिष्ठित करने में मदद कर सकूँ–यही मेरा मन्त्र था, पूजा थी, ध्यान-ज्ञान सब कुछ था। मैंने आपको ठगा है यह बात सुननी पड़ गयी, इसलिए बेहद दुःख पहुँचा है मुझे।–शायद मेरे व्यवहार में ही कोई गड़बड़ी थी जिससे इस भूल की सृष्टि हुई। इस अनचाही गलती के लिए माफ कीजिएगा, कंकावती देवी।"

फिर उठ कर खड़े हो गए।

अर्थात् कंका के जीवन से प्रभाकर अस्त हो जाएँगे ही। जीवन अंधकारमय हो जाएगा। कंका मेज पर सिर रखकर रो पड़ी। फूट-फूटकर रोने लगी।

अतएव प्रभाकर को विचलित होना पड़ा।

आगे बढ़ना रोक कर बोले, "अपने को सँभालिए कंकावती देवी। शायद यह अच्छा ही हुआ। एक गलतफहमी दूर हो गई।"

"प्रभाकर।"

"कंकावती देवी, आप मेरे हृदय को दुर्बल मत बनाइए। मुझे जाने दीजिए।"

नहीं, आज की कंकावती दस साल पहले वाली कंकावती मुखर्जी नहीं है। जो लड़की सोचती थी सारी दुनिया मेरी मुट्ठी में है। सोचती थी, इतनी बड़ी दुनिया में भला जगह की क्या कभी है? नहीं, यह वह कंकावती नहीं है।– इन दस सालों ने मार-मारकर उसे सिखा दिया है कि पृथ्वी पर बहुत जमीन भले ही खाली हो, एक औरत के लिए पाँव-तले जमीन पाना एक दुर्लभ चीज है। अतएव बड़ी मुश्किलों से पाई वही मिट्टी खिसकते देख कर दोनों हाथों से लपक कर पकड़ेगी नहीं? अगर प्रभाकर अपमान और अभिमानवश कंकावती का साथ छोड़ दे तो क्या अकेले वह अपना बिजनेस चला सकेगी? कब तक लड़ सकेगी इस दुनिया से?

इसी के साथ-साथ कंकावती सोचने लगी कि यह जो श्रद्धा-भक्ति की बात कर रहे हैं वह प्रेम-निवेदन से कम है क्या? इसी माध्यम से तो हृदय निवेदित होता है। नहीं-नहीं, इसे रोकना ही होगा। हर तरह से कोशिश करनी होगी। इसमें कोई

शर्म नहीं। कोई मुझे कंगाल नहीं कहेगा। मेरे प्रेम-प्यार पर कोई कुछ नहीं कहेगा।

बोली, "मैं जाने दूँगी? जाने देना क्या इतना आसान है प्रभाकर? बताओ। जा सकोगे तुम इतनी आसानी से?"

प्रभाकर विचलित होकर बोले, "इस समय मेरे दिमाग में कुछ नहीं घुस रहा है, कंकावती देवी।—मुझे सोचने का मौका दीजिए।"

"ठीक है। एक दिन कंकावती जिस तरह दुनिया की तेज धार में बह गई थी फिर बह जाएगी। उसी तरह से धक्के खाती, दर-दर भटकती फिरेगी—"

प्रभाकर पत्थर तो नहीं? और स्वयं वह कितना भी पूजा और प्रेम में अन्तर समझें, परन्तु वास्तव में इतना फर्क तो है नहीं? इसीलिए कातरभाव से बोले— "आप ऐसा क्यों कह रही हैं? मैं आपके जितना भी काम आ सकूँगा उसी में सुख मिलेगा मुझे। अपनी क्षमता भर मैं आपके बिजनेस की देखभाल करूँगा।— लेकिन वह सब दुकान से। घर पर अब नहीं आऊँगा।"

"अब नहीं आओगे? प्रभाकर! तुम इतने कठोर हो? तुम मुझे क्षमा नहीं कर सकोगे?"

"कंकावती, मुझे गलत मत समझो। 'नहीं आऊँगा' कहते हुए मुझे कितना कष्ट हो रहा है यह तुम नहीं समझोगी। लेकिन सोचकर देखा कि न आने में ही भलाई है। तुम्हारी लड़की मेरा आना जरा भी पसन्द नहीं करती है।"

क्रुद्ध होकर कंकावती बोल उठी, "उसके पसन्द करने न करने से किसका बनता-बिगड़ता है? मुझे क्या उससे पूछ कर जीना होगा?"

प्रभाकर पास चले आए। खूब गहरे आवेशमय स्वरों में बोले, "कंकावती, मैं एक साधारण आदमी हूँ। मूर्ख व्यक्ति। मेरा कुछ भी कहना शोभा नहीं देता है। फिर भी कह रहा हूँ—लड़की का ध्यान रखकर तो चलना ही पड़ेगा। सन्तान की निगाहों में नीचे गिरना तो ठीक नहीं। मेरे सन्तान नहीं है फिर भी यही मेरा अनुभव है। हमारे मेलजोल को लड़की नीची नजरों से देखती है।"

कंका ने उन्हें बात पूरी नहीं करने दी —पहला भाग सुनकर ही विचलित हो उठी, "सन्तान नहीं है? क्यों? शादी को तो बहुत दिन हुए हैं?"

प्रभाकर ने साँस छोड़ते हुए कहा, "दुर्भाग्य! सन्तान ऐसी-वैसी चीज तो है नहीं। सभी के भाग्य में तो..."

प्रभाकर के व्यक्तिगत दुःख ने कंका के हृदय को मथ डाला। परन्तु उसका हृदय क्यों काँप उठा? हाथ क्यों ठंडे पड़े जा रहे हैं?

एक लम्बी साँस छोड़ते हुए प्रभाकर ने कहा, "मेरी पत्नी माँ नहीं बन सकती है। क्या हो सकता है? हालाँकि हमारे समाज में ऐसी दशा में दूसरी शादी हो सकती है। मुझे भी लोगों ने दूसरी बार शादी करने के लिए बहुत बार कहा है लेकिन मैंने इन्कार कर दिया है। मेरी किस्मत में नहीं होगा तो दोबारा भी रिजल्ट 'निल' हो सकता है। तब फिर क्यों एक लड़की को बिलावजह त्याग कर पाप का भागीदार बनूँ? वह तो मेरे भाइयों के बच्चों के साथ खूब खुश रहती है। बच्चे भी अपनी 'काकी' को माँ की तरह प्यार करते हैं। खैर, अब मुझे लग रहा है कि शायद हमारे बीच एक दूरी बनाए रख कर चलना ठीक होगा। 'माँ' को तो सन्तान की निगाहों में ऊँचा ही रहना चाहिए। अच्छा, चलूँ।"

उस दिन प्रभाकर चला गया था, उसके बाद फिर इस घर में नहीं आया था। लेकिन इस बात को कितने दिन हो गए हैं?

कितने दिन पहले कंका नाम की लड़की अपना सारा गौरव, सारी कठोरता को धूल में डालकर बिस्तर पर पड़ कर फूट-फूट कर रोई थी?

जिस रोने को देखकर कंका की निष्ठुर लड़की ने भी मन-ही-मन सोचा था, 'हाय रे बेचारी महिला। बहुत वर्षों से आशाओं का महल टूट गया।—तुम्हारे लिए मुझे सचमुच दुःख हो रहा है कंकावती। लेकिन देखो, मैंने तो कोशिश करने के इरादे ही से कोशिश की थी। मुझे क्या पता था कि तुम्हारे भाग्य में ऐसा निष्ठुर मजाक देखना बदा है।'

हाँ, कंकावती की लड़की ने रोने का यही एक कारण समझा था। लेकिन क्या वास्तव में यही था कारण? प्रभाकर की एक-एक बात ने क्या उसे डसा नहीं था? 'सन्तान' तो ऐसी-वैसी चीज नहीं है कंकावती देवी। "सभी के भाग्य में तो···," "मेरे भाई के बच्चों के साथ वह खूब खुश रहती है", "वे लोग अपनी काकी को माँ की तरह प्यार करते हैं", "सन्तान की निगाहों में छोटा होना तो ठीक नहीं।"

कंका ने ऐसा क्या किया है कि सन्तान की निगाहों में गिरी जा रही है? कंका ने क्या प्रभाकर के साथ कोई अशोभनीय कार्य किया है? तब फिर?

"अब से दूरी बनाए रखकर चलना होगा"—इसके लिए क्या कोई तैयारी करने की जरूरत है? प्रभाकर नामक आदमी के जीती-जागती एक बीवी है इसी खबर ने ही पल-भर में दूरी बना दी है। फिर भी प्रभाकर उसे छोड़कर चला जाएगा यह

सोचकर सूनापन घेर लेता है कंका को।

कंकावती के इस प्रतिष्ठित जीवन के लिए परोक्ष रूप से यही प्रभाकर बाजपेयी ही तो जिम्मेदार है। कितना भी कहे कि 'प्रेम' नहीं 'श्रद्धा' थी, कंका ने तो शुरू से ही ताड़ लिया था उसके मुग्ध भाव को।

खैर, अब वहाँ तो समाधि रचना हो गई है परन्तु प्रैक्टिकल बात तो कम महत्त्वपूर्ण नहीं। कंका क्या अकेले सब कुछ कर सकेगी?

इसके अलावा भी कंकावती के मन में एक तस्वीर उभर रही है। प्रभाकर ने केवल कंका की इस मुखरा, प्रखरा, निष्ठुर और भद्रता-ज्ञानहीन लड़की को ही कंका की 'सन्तान' समझा। लेकिन उसकी एक सन्तान और नहीं थी क्या? सुन्दर, उज्ज्वल, सदाहास्यमय। वह क्या तुलतुल की तरह उसके साथ दुर्व्यवहार कर सकता? लोगों के सामने बेइज्जत कर सकता? नहीं, नहीं, बापी कभी भी ऐसा नहीं कर सकता था।

प्रभाकर की पत्नी क्यों दूसरों के बच्चों से इतना प्यार पाएगी? कंका ही क्यों हर तरफ से वंचित रहे?

इसी 'क्यों' का उत्तर ढूँढ़ रही है कंका। तभी उसकी रुलाई नहीं थमती है।

परन्तु यह सब क्या आज की बात है?

तब क्या तुलतुल कॉलेज जाती थी? साड़ी पहनती थी?—और क्या तब सौगत मुखर्जी के मृतप्राय घर में प्राण फूँक पाई थी एक और अधमरी महिला? जिसका नाम है सुदेष्णा। हाँ, उस म्यूजियम समान घर में सुदेष्णा थोड़ा-बहुत जीवन फूँक सकी थी। सुदेष्णा के ससुराल से भी कभी-कभी रिश्तेदार इस घर में उससे मिलने आते हैं। सुदेष्णा को सभी चाहते जो हैं।

और जो उसे सबसे अधिक प्यार करता है? वही पानू? क्या पानू को आज भी लड़का ही कहेंगे? शायद, रिश्तेदार तो यही जानते हैं। सुदेष्णा भी यही कहती हैं, उनका भाई भी।

सुदेष्णा कहतीं, "लड़का कई दिनों से आया नहीं है। क्या मालूम कैसा है।" कहती, "लड़का आजकल विशेष कुछ खाता नहीं है। पहले-पहले उसे खिलाने में भी मजा आता था।"

'मजा' पाने का अपना-अपना ढंग है।

शादी-ब्याह करके गृहस्थ जब तक न हो जाओ लड़का ही बने रहो। हालाँकि गृहस्थ बनने की उम्र रही है या नहीं, यह सोचने की बात है। पर सुदेष्णा जोर डालते हुए कहतीं, "क्यों रे? तेरी शादी की उम्र क्या बीत गई है? अब तो कितनी लड़कियाँ चौंतीस-छत्तीस साल की उम्र में शादी कर रही हैं।"

लगता नहीं है पानू उनकी बातों पर ध्यान देता है। पानू अपने स्टाइल से रह रहा है–आज भी वह अपनी खबरों का थैला लेकर अपनी मझली मामी के यहाँ दौड़ा आता है। आज पानू का मुँह चिन्तित लगा।

"देखो मझली मामी, आज एकाएक एक दृश्य देखकर आश्चर्य में पड़ गया। बताए बगैर रहा नहीं जा रहा था इसीलिए आज ही चला आया हूँ।"

मझली मामी उसके सामने नाश्ते की रकाबी रखते हुए निर्लिप्त स्वरों में बोलीं, "तेरे लिए तो सभी आश्चर्यजनक घटना है।"

"अरे बाबा, नहीं। ये बात नहीं है। तब से मन में ऐसा खटका-सा लगा हुआ है..."

"क्या घटना थी सुनूँ जरा? रास्ते में कोई किसी को पीट रहा था?"

"धत् !–बल्कि कह सकती हो मुझे ही पीट दिया। करीब दस-साढ़े दस बजे प्रेसीडेन्सी कॉलेज के सामने देखता क्या हूँ कि ढेर सारी लड़कियाँ खड़े-खड़े चाट खा रही हैं। कॉलेज जाने से पहले ही चाट खाने की जरूरत क्यों पड़ गई? उस पर हीं हीं हीं हीं। सभी मिलकर ऐसा कर रही थीं जैसे इससे पहले कभी चाट खाई न हो। जितनी तो सज-धज उतना ही हीं हीं।"

"ओफ्फो ! तू इसी को देखकर आश्चर्य में पड़ गया? तूने कभी इससे पहले ऐसा दृश्य नहीं देखा था?"

"देखूँगा क्यों नहीं? जहाँ-तहाँ लड़कियों के नखरे देखते-देखते तो पानू बूढ़ा हो गया। देखा क्या था जानती हो? उन्हीं लड़कियों में से एक लड़की थी ठीक यहाँ की मामी जैसी।–आज भी मामी ऐसी..."

"बेकार की बातें मत कर पानू।" सुदेष्णा ने झिड़कते हुए कहा, "कुछ भी हो जाए वह मामी रास्ते में खड़ी होकर चाट खाएगी? हीं हीं करेगी? और उन सब कॉलेज की लड़कियों के साथ?"

"नहीं, मैं सोच रहा था कहीं मास्टरनी तो नहीं हो गई हैं मामी? इसीलिए

उस दल में…"

"हो सकता है वैसी ही देखने में कोई होगी। सजने-धजने से एक-सी लगती भी हैं लड़कियाँ।"

"मैंने भी यही सोच लिया था। लेकिन मन से उतर नहीं रहा है। चेहरा, रंग-ढंग, हाव-भाव सब वैसे ही। मामी की उम्र भी तो नहीं बढ़ी है।"

"तू क्या रोज ही उसे देखता है?"

"ये बात नहीं है। माने जब देखा था लाल मारुति कार से मुँह निकालकर आवाज लगाते हुए।"

"वह क्या आज की बात है?"

"नहीं।—देखते-देखते तेरह-चौदह साल पुरानी बात हो गई। उस समय मैं…"

"तब फिर? अब भी क्या इन्सान वैसा का वैसा रह सकता है? न जाने किसे देख कर क्या समझ बैठा है तू? ले खा ले। देख जरा यह चॉप कैसा बना है? मैंने सुशील को समझा दिया था।"

"फर्स्ट क्लास बना है।—अभी तक मामा नहीं लौटे हैं?"

"नहीं। कह गया था, देर हो सकती है। दफ्तर में एक मीटिंग है।"

पानू खाता रहा। फिर एकाएक बोल उठा, "अच्छा मझली मामी, इस घर में ढेरों तस्वीरों के एलबम थे न?"

"थे तो। बहुत सारे थे।"

"कहाँ हैं वह सब?"

"पता नहीं, सौ ने कहीं दराज और अलमारियों में उठाकर रख दिये हैं। क्यों, बता तो सही?"

"नहीं, सोच रहा था—अच्छा, मामी की कोई तस्वीर बाहर कहीं नहीं है?"

"तेरे दिमाग में अभी भी मामी चक्कर काट रही है? है एक अच्छी-सी। मामा-मामी दोनों की एक साथ फ्रेम की हुई। उस बगल वाले कमरे की दीवाल पर टँगी है।"

"जरा देख तो आऊँ।" उचककर खड़ा हो गया पानू। चॉप खाते-खाते बगल वाले कमरे में चला गया। और थोड़ी देर बाद ही फैशनेबुल फ्रेम में जड़ी बड़ी-सी

तस्वीर बाएँ हाथ से उठाए चला आया। मेज पर रखते हुए बोला, "तुमसे क्या कहूँ मझली मामी, ठीक यही शक्ल थी।"

अनमनी-सी सुदेष्णा बोलीं, "तू क्या कहना चाहता है कि आज भी बीस साल वाला चेहरा टस-से-मस नहीं हुआ है? ऐसा कभी हो सकता है?"

"क्या पता बाबा ! तस्वीर देखकर तो दिमाग और भी चकराने लगा है।"

"कहाँ देखा था?"

"कहा तो प्रेसीडेन्सी कॉलेज के सामने, उल्टी तरफ फुटपाथ पर चाट ले कर हल्ला कर रही थीं।"

"तू तो उस्ताद है, किसी बहाने बढ़कर पूछा क्यों नहीं?"

"पूछता? क्या पूछता?"

"यही–आप क्या कॉलेज में पढ़ाती हैं या पढ़ती हैं?"

"भगवान् बचाए। मैं टोकरी-भर जहरीले नागों के बीच ढेला फेंकता? मुझे जिन्दगी प्यारी नहीं है क्या?"

सुदेष्णा बोलीं, "आहा, क्या बकता है? 'इसी कॉलेज में पढ़ती हैं' पूछने से ही…"

"पूछने की नौबत ही नहीं आएगी मझली मामी, उससे पहले ही सामूहिक रूप से डस लिया जाता।–आजकल की सजी-सजाई सुनहरी पुतलियों को तुम पहचानती नहीं हो मझली मामी। देखकर लगेगा, तितलियाँ हैं, पंख फैला कर उड़ रही हैं या फिर रूई हैं, उड़ रही हैं लेकिन जरा पास जाकर देखो। एक सेकेण्ड में फनधारिणी नागिन बन जाएंगी।–हो सकता है पूछते ही, 'यह बात आपको पूछने की जरूरत क्या है?' कहते हुए चप्पल उतार कर गाल पर जड़ बैठें।"

"बाप रे बाप ! तू इतनी बात बढ़ा सकता है !"

"बढ़ाई नहीं है मझली मामी।–लेकिन हाँ, बिल्कुल ही कुछ न किया हो ऐसी बात नहीं है। बहाना बना कर फुटपाथ पर इधर-उधर टहलते हुए बातों का सारांश पता कर आया हूँ। कॉलेज से पिकनिक जाने की बात हो रही है शायद–बहस छिड़ी थी कि 'कहाँ'? कान में कई जगहों के नाम सुनने में आए–'बैण्डल चर्च', 'डायमण्ड हार्बर', 'काकद्वीप', 'फ्रेजरगंज' और भी जाने क्या-क्या? चाट और हीं हीं के बीच क्या तय हुआ क्या पता। हल्ला करती हुई सब-की-सब रास्ता पार करके कॉलेज में

घुस गईं।–शायद मामा आ गए। कार की आवाज आई है।"

जल्दी से उठकर पानू यथास्थान तस्वीर टाँग आया और ठीक से बैठा। अब तो पानू को देखकर सौगत खुश ही होता है।

बकबक करता है, इधर-उधर की फालतू बातें करता है फिर भी बुरा नहीं लगता है। हँसमुख इन्सान–देखकर अच्छा लगता है। रह-रहकर 'पहाड़ी फूल' चायबागान की शकुन्तला नाम की लड़की का अकारण हँसना याद आ जाता है।

x x x

अच्छा, सौगत शकुन्तला की शादी में गया था क्या? अब क्या ऐसा सम्भव है?

शकुन्तला ने क्या पति के साथ विदेश चले जाने के बाद सौगत को पत्र लिखा था? जिसके लिए पता माँगा था?–सो लिखा था। तीन-चार बार शायद। पहली चिट्ठी का सौगत ने जवाब भी दिया था। उसके बाद की चिट्ठियों का नहीं। "दे दूँगा", "फिर कभी दे दूँगा", "छिः, दिया नहीं गया" कहते-कहते भूल ही गया।

"अरे पानू ! कितनी देर हुई आये?"

"बहुत देर से आया हूँ, मामा। आपके आने से पहले ही चॉप वगैरह खा-पी कर बैठा हूँ।"

"इससे क्या हुआ? फिर एक बार हो जाएगा।" कह कर थोड़ा-सा हँसते हुए सौगत अपने कमरे में चला गया।

कुछ नहीं। उत्तापविहीन जरा-सी सौजन्यता। दीदी का प्रिय पात्र है। इसी मिठास के कारण पानू सोचता, 'मामा के जैसा इन्सान नहीं मिलता है।'

लेकिन पानू के वर्णनानुसार क्या कंकावती की सचमुच ही उम्र नहीं बढ़ी है?–हर समय की असुविधा से तंग आकर अब वह 'यह-वह' त्याग कर कंकावती मुखर्जी ही लिखती है।–या लिखने को बाध्य हुई है।–बिजनेस के कारण जहाँ भी किसी से सम्पर्क करना पड़ता है वहाँ केवल 'कंकावती' से काम नहीं चलता है। पिता की पदवी का तो प्रश्न ही नहीं उठता है।–यदा-कदा कभी भाई-भाभी से मार्केट या रास्ते में भेंट हो जाती है। दादा देखकर भी न देखने का भान करते हुए मुँह फेर लेते हैं और भाभी रूखी-सी आवाज में पूछती है–'अच्छी तरह से तो हो कंका? तुलतुल ठीक है? किस क्लास में है?' कभी-कभी तो उत्तर सुने बगैर ही

आगे बढ़ जाती है। उसी 'राय' परिवार का बिल्ला लगा कर घूमेगी कंका? हरगिज नहीं। फिर भी पदवी-विहीन नाम कहीं भी नहीं चलता है। इसीलिए दरवाजे पर दो नेम-प्लेट—दोनों ही मुखर्जी। कंकावती मुखर्जी, अनिन्दश्री मुखर्जी।

परन्तु क्या ये नेम-प्लेट रीजेन्ट पार्क वाले फ्लैट के दरवाजे पर लगी हैं? नहीं, ऐसा नहीं है। ये मोहल्ला और भी ज्यादा पॉश है। रैसेल स्ट्रीट के इसी फ्लैट के बारे में ही तो तब बहुत दिनों पहले प्रभाकर बाजपेयी बताने गये थे।—उस घर में फिर कभी नहीं गए थे वे। किन्तु क्या इस घर में पाँव रखा था? नहीं। यहाँ भी नहीं। फिर भी कंकावती के जीवन से हमेशा के लिए मिट भी नहीं गए थे प्रभाकर। इसी तरफ उनके बड़े भाई का बिजनेस है। उसी के पास कंकावती का नया 'बुटीक' स्थापित हुआ है।—उसी सूत्र से बातचीत तो करनी ही पड़ती है। परन्तु फ्लैट में नहीं, दुकान पर।

हर समय बाहरी लोगों के सामने बातचीत करनी पड़ती है इसीलिए 'मिसेज मुखर्जी', 'मिस्टर बाजपेयी'। कभी-कभी क्या घनिष्ठ सम्बोधन की स्मृति मन को झकझोरती नहीं है?

परन्तु आज भी वह आदमी अपने अभ्यस्त भक्त पुजारी भाव से ही कामकाज की बातें करता है। जो 'काम' कंकावती को प्रतिष्ठित रखने में सहायक हैं। वह अगर जीवन से अदृश्य हो गया होता, कौन जाने कंकावती का क्या हाल हुआ होता।

अब कंकावती अभिमान दिखाने का साहस नहीं करती है। मन-ही-मन सोचती है—'ऐसी भी क्या चोट पहुँचाई थी जो तुम इतने कठोर बन गये? मैंने क्या बड़ा आघात पहुँचाया था? भयंकर अपसेट होकर ही न? उसी से इतने आहत हुए कि...'

लेकिन शायद प्रभाकर यह कठोरता, यह दूरी, उस आघात के कारण नहीं बनाए हुए हैं। शायद सहसा चौंक पड़े थे, अंधों की तरह कहाँ चला जा रहा था, सोचकर। सँभल गये थे।

अपने को सँभाल लिया था। अपने लिए भी और कंका के लिए भी। कंका की कोई क्षति हो, वह यह नहीं चाहता था। और कंका को असहाय अवस्था में छोड़ा भी नहीं जा सकता था। इसीलिए सर्वदा उसके आचार-व्यवहार, चाल-चलन में एक कवच का सा घेरा रहता था।

परन्तु क्या कंका के जीवन में और कोई स्मृति नहीं? जिसकी वजह से कंका का हृदय मथा हो? किसी और एक के साथ गुजारे अत्यन्त घनिष्ठ और अंतरंग लम्बे दस साल क्या कंका के स्मृति-जगत् से मिट चुके हैं?

कंका यह बात जानती नहीं है? यों एक भयवश वह विगत अतीत की ओर से मुँह मोड़े रहती है। सहसा किसी कारणवश अगर वे स्वर्णिम दिन याद आ ही जाते हैं तो झटपट सोचना शुरू कर देती है कि वहाँ उसे कैसी-कैसी यातनाएँ सहनी पड़ती थीं।

कंका अब पूर्व परिचितों के साथ मेल-जोल नहीं करती है।

अब कंका सर्वदा व्यस्तता की प्रतिमूर्ति है। काम! काम! धन! धन! परिश्रम के बिना अर्थ का आगमन नहीं होता है यह शायद अज्ञात रूप से उसके भक्त हितैषी ने भली-भाँति समझा दिया था। इसीलिए कंका अब पीछे मुड़ कर देखना नहीं चाहती है। सामने के अलावा जैसे उसे और कुछ देखना नहीं है।

फिर भी कंका आज भी रूपवती है, सुन्दरी है। आज भी प्रसाधन-कला में निपुण है। इसके अलावा, उसकी धारणा है कि यही उसकी सफलता की कुंजी है। कैरियर बनाने के लिए ही मूलधन है।—यह युग ही तो 'जिल्द' का युग है—गेटअप और मेकअप का युग । चीज की कीमत उतनी नहीं है जितनी उसकी पैकिंग की है, उसे चित्ताकर्षक बनाने की है।

कंका का दृढ़ विश्वास है कि उसके बिजनेस की उन्नति का मुख्य कारण है उसकी 'मालकिन' का मधु व्यवहार, मीठी बातचीत और माधुर्यपूर्ण रूप। इसीलिए कंका को हर समय अपने रूप-सौंदर्य के मामले में सजग रहना पड़ता है।

परन्तु कंका के ज़ीवन की क्या यही मंजिल है? व्यवसाय की उन्नति?

यह उन्नति किस काम की अगर उस आदमी को बुला कर दिखा न सकी तो? कब ऐसा हो सकेगा?

कंका अपने मन की बहुत गहराई में यही 'कब' की प्रतीक्षा में बैठी है। कब आएगा तुलतुल की शादी का दिन!

हाँ, तुलतुल की शादी के उपलक्ष्य में उस आदमी को बुलाने का अवसर है। और कहेगी—"देख लो, तुमने अपने जीवन में क्या किया, और मैं अपने जीवन में क्या कर सकी।"

भविष्य के इसी दिन के आने के दिन गिना करती है कंका।

परन्तु क्या तुलतुल अपनी माँ के इस सपने को पूरा करने में सहायता करेगी?

अवश्य–तुलतुल सहायता कर रही है।

तुलतुल किस चीज में होशियार नहीं है? पढ़ाई-लिखाई, गाना-बजाना, नाचना, चित्रकला, खेल-कूद, तैराकी–सभी में तो वह आगे है। और ताज्जुब तो इस बात का है कि माँ की अवहेलना करने चलती है तो भी विजय-माला उसी के कण्ठलग्न होती है।

बस थोड़ा-सा अगर उसने माँ को प्यार की नजरों से देखा होता। एक बार सोचा होता।

किसकी मदद से वह सीढ़ियाँ चढ़ती चली जा रही है?

नहीं, तुलतुल के मन में यह सब चिन्ता आती ही नहीं है। वह बाहरी लोगों की निगाहों में 'विकसित शतदल' होने पर भी माँ के लिए वैसी ही है। विरोधी पक्ष।

फिर भी तुलतुल कंका का गौरव है। विजय-माला है।

परन्तु आज तक तुलतुल किसी से प्रेम क्यों नहीं कर सकी? आजकल के हर टीनएजर के एक-आध चाहने वाले तो रहते ही हैं। कंका की कितने दिनों की इच्छा है कि तुलतुल भी किसी से प्रेम करे। परन्तु तुलतुल एम० ए० में आ गई फिर भी जैसी की तैसी ही रह गई।

प्रेम नहीं करेगी तो कंका विवाह का दिन कैसे निश्चित करेगी? क्या लड़की दिखाकर? लड़का ढूँढ़ना पड़ेगा?–आजकल ऐसी बातें सोचता कौन है? तुलतुल को अपने आस-पास ऐसा एक लड़का नहीं दिखाई पड़ा जिससे वह प्रेम कर सके? 'माँ' होते हुए भी कंका यह कैसी अद्भुत बात सोचती है?

सोलह

परन्तु तुलतुल नाम की वह लड़की?

उसका जीवन-दर्शन इतना अद्भुत क्यों है? जिन्दगी को वह एक मजाक समझती है। उसके आस-पास प्रशंसकों की भीड़ लगना स्वाभाविक ही है। वह सुन्दरी है, हर बात में होशियार है, लेकिन तुलतुल क्या करती है? वह अपने

प्रशंसकों को पहले सिर चढ़ाती है फिर जमीन पर पटक देती है।

फिर भी उसके प्रशंसकों की कमी नहीं है।

मुश्किल तो लड़कियों की है। मन-ही-मन अधिकांश लड़कियाँ उससे बेहद ईर्ष्या करती हैं। खूब चिढ़ती भी हैं कई-एक। मन-ही-मन उसके दोष ढूँढ़ कर अपने पक्ष में तर्क प्रस्तुत करती हैं। लेकिन सब कुछ मन-ही-मन करती हैं। सामने, मुँह पर तो उसके आगे-पीछे नाचती हैं। जैसे अनिन्दश्री के बिना एक पल जीना दूभर हो।

ईर्ष्या करने के कारण भी हैं। काफी कारण हैं परन्तु उन्हें प्रकट करना उचित नहीं है, तभी विगलित भाव दिखाती हैं।

अनिन्दश्री के पास पोशाकों का विशाल भण्डार है। खुले हाथों से खर्च करती है, जब तक जी चाहे गप्पें हाँक सकती है। जब चाहे घर वापस जाती है। कभी किसी ने उसे यह कहते नहीं सुना कि "बड़ी देर हो गई है। घर जाने पर खूब कसकर डाँट पड़ेगी।"

आज के अभिभावक लड़की के देर से लौटने पर धिक्कारवाणी सुनाते हुए डरते हैं। 'मुँह भारी', 'दूसरे लोग कह रहे थे' अथवा 'हम चिन्तित हो रहे थे' से ज्यादा नहीं। किसी-किसी घर में माँ दो कड़ी बातें सुना भी लेती हैं तो बदले में जवाब सुनकर गुमसुम भी होना पड़ता है।

फिर भी क्या लड़कियाँ 'देर होने पर' खुद ही परेशान नहीं होने लगती हैं? होती हैं। वैसे मन-ही-मन यह भी तय कर लेती हैं, 'आए न कोई कहने, सुना दूँगी कसकर। दादा रात के दस बजे, बारह बजे लौटे तो कुछ नहीं—एक मेरे वक्त...'

कितनी बार देखने में आया कि नर-नारी का समवेत स्वर गूँज रहा है, खूब हल्ला हो रहा है कि धीरे-धीरे एक तरफ की संख्या घटते-घटते साफ हो गई। तब भी एकाकी अनिन्दश्री मुट्ठी-भर लड़कों के बीच मौजूद पाई जाती। उस समय भी वह महोत्साह से तर्क किए जा रही है—"तू कुछ भी कह ले स्वागत, इस समाज के बदलने की कोई आशा नहीं है। विप्लव आकाश-कुसुम मात्र है।"

ज्यादातर बहस हुआ करती आज के समाज की कुप्रथाओं पर, कुरीतियों पर। अन्तिम लड़की जाते वक्त कहती हुई चली जाती, "ए अनिन्दश्री, तू अभी भी गप्पें हाँक रही है? घर पहुँचेगी तो नानी याद आ जाएगी।"

अनिन्दश्री अपने हल्के लालीयुक्त होंठों पर मुस्कान बिखेर कर कहती,

"धत् !"

होंठों की बनावट तथा उसका संचालन ठीक माँ जैसा—यही तो मजा है। जिसे हर समय डाउन और अपमानित करके प्रसन्न होती है यह लड़की, उसी माँ पर पूरी-की-पूरी पड़ी है वह। हाव-भाव, नाक-नक्श, चेहरा, रंग, यहाँ तक कि हँसने-बोलने, उठने-बैठने तक का ढंग भी।

कोई-कोई जाते वक्त यह भी कह जाती, "तू ही मजे में है रे ! न कोई डाँटता है, न किसी का मुँह सूजता है।"

उससे अनिन्दश्री कहती—"धत् ! जिसके कोई नहीं उसको डाँट का क्या डर? डाँटने के लिए बैठा कौन रहता है?"

परन्तु उसके पहनने-ओढ़ने को देखकर तो कोई कह नहीं सकता है कि उसका कोई नहीं?

इस ग्रुप में कार वालों की ही लड़कियाँ ज्यादा हैं। इसलिए इस मामले में तुलतुल के पदगौरव का कोई सवाल ही नहीं उठता है। कार से बहुत लड़कियाँ कॉलेज आती हैं। तुलतुल की कार से कहीं ज्यादा कीमती कारों में भी आती हैं। किन्तु जैसे ही ड्राइवर हॉर्न बजाता है तैसे ही कार पर बैठकर जाना पड़ जाता है। बस मुँह से इतना ही निकल पाता है— "बाप रे बाप ! किसी भी दिन दो मिनट ज्यादा नहीं रुकने देते हैं ये लोग।" इस से ज्यादा शिकायत करने की क्षमता उनमें है नहीं।

लेकिन अनिन्दश्री? वह अनायास ही ड्राइवर को घण्टों बैठाये रखती है। अगर धैर्यच्युत ड्राइवर भूल से हॉर्न बजा बैठे तो उठकर उसे दस बातें सुना आती है। ऐसे दिनों में एक घण्टा ज्यादा रुकती है ताकि ड्राइवर को सबक मिल जाए।

इस पर भी लड़कियाँ उससे ईर्ष्या न करें? अनिन्दश्री इस बात को जानती है, उपभोग करती है।

X X X

"मर कर भी स्वभाव नहीं बदलता है," इस अति घिसी-पिटी कहावत को याद करना ही पड़ता है जब पानू का ध्यान आता है। वह इस कहावत का जीता-जागता उदाहरण है। आज भी वह पहले की ही भाँति मामा के साला 'मामा' के यहाँ जब आता है तो अपने साथ एक-न-एक किस्सा जरूर लाता है।

"समझी मझली मामी, आज रास्ते में जो कुछ देखा, किसी नाटक से कम नहीं था।" उसी पद्धति से कहता है।

सुदेष्णा कहतीं, "अच्छा पानू, सड़क पर इतने लोग चलते हैं लेकिन सब तो तेरी तरह नाटक नहीं देखते हैं।"

"देखेंगे क्या? आँखें होंगी तब न देखेंगे? हिम्मत होगी तब न देखेंगे?"

"इसमें हिम्मत की क्या बात है?"

"वाह! हिम्मत नहीं चाहिए? सभी क्या इस अभागे पानू की तरह जहाँ झंझट देखा वहीं रुक जाते हैं? भीड़ इकट्ठा देखते ही क्या हिम्मत करके उस भीड़ में घुस जाते हैं? नहीं, सब कोई ऐसा करने की हिम्मत नहीं करते। इस डर से कि कहीं उन्हें प्रत्यक्षदर्शी समझ कर गवाह के रूप में न धर लिया जाए। पानू को इन सब बातों का डर नहीं।–तो आज ना मामी..."

"क्या हुआ? चुप क्यों हो गया?"

"नहीं, सोच रहा हूँ बताऊँ या न बताऊँ।"

"तो सोच। तब तक मैं जाकर सुशील से चाय का पानी रखवाती हूँ।"

पानू अभयहस्त की मुद्रा बनाता हुआ बोला, "कहने की जरूरत नहीं है मामी। वह अब तक चढ़ा चुका होगा। उस लड़के के दिमाग में बुद्धि बहुत है।"

"ओ बाबा! किस बात पर बुद्धि का प्रमाण मिला है तुझे?"

"कई बातों में मिल चुका है। उसमें से सबसे बड़ा प्रमाण है लड़के ने मूर्खों की तरह शादी नहीं की है।"

"यह बुद्धिमान होने का प्रमाण है?"

"यह बात नहीं है। उससे पूछा था– 'क्यों रे, कितने बाल-बच्चे हैं?' तो बोला– 'सिर ही नहीं है तो सिरदर्द– शादी ही नहीं की है।' पूछा–'क्यों रे! तेरे गाँव वगैरह में तो यह चीज कम्पलसरी है।' बोला–'दिमाग खराब हुआ है भैयाजी? पागल के सिवाय और कौन शादी कर सकता है?'–अब इसके बाद भी उसे मैं बुद्धिमान न कहूँ क्या?"

सुदेष्णा बोलीं, "सो तो कहेगा ही–रतन ही तो रतन पहचानता है। खैर, तू तब तक रास्ते की घटना खोकोन को सुना, मैं आकर बाद में सुनूँगी।"

सुदेष्णा के छोटे लड़के के अनेक नामों में से एक नाम खोकोन भी है। वापस

आईं तो पूछा, "क्यों रे खोकोन, पानूदा से 'नाटक' का किस्सा सुना?"

सुना था।

किस्सा इस प्रकार है—मानिकतला की बस्ती के मोड़ से कहीं जा रहा था पानू। सहसा खूब हल्ला हुआ। पकड़ो-पकड़ो की आवाज। साथ ही एक नारी-कण्ठ की रोने की आवाज। तुरन्त भीड़ इकट्ठा होने लगी। अतएव पानू ने आगे बढ़कर भीड़ में नाक घुसा दी। मामला क्या है समझ लिया। कोई खास बात नहीं थी। एक रिक्शेवाले ने रास्ते में फिर रहे एक बच्चे को रिक्शे से धक्का लगा कर गिरा दिया था।—सम्भवतः बच्चे की पीठ पर रिक्शे का एक चक्का चढ़ गया था। अतएव उस बच्चे को गोद में उठाकर मातृदेवी गला फाड़ कर चिल्ला रही हैं और समवेत जनता उधर ध्यान न देकर उस बूढ़े रिक्शेवाले की पिटाई कर रही है।

यहाँ तक घटना में कोई नाटकीयता नहीं थी। यह तो स्वाभाविक दृश्य था। किसी कार से कोई दब जाए तो दबने वाले को ज्यों-का-त्यों छोड़कर लोग दबाने वाले या उस कार की सद्गति की चिन्ता में लीन हो जाते हैं। मुखाग्नि तक करने से बाज नहीं आते हैं।—यहाँ भी वही बात थी। शायद रिक्शेवाले को मार-मार कर खत्म कर देते फिर रिक्शा जला डालते।—लेकिन सहसा घटनास्थल पर हीरो का आविर्भाव हुआ। लम्बा-चौड़ा, ताँबे जैसा गोरा रंग, दाहिने हाथ में एक स्टील का कड़ा, टेरीकॉट की पैंट और खिलाड़ियों वाला डोरिया टाइट टीशर्ट। उसका मुँह फूल-सा सुन्दर, कोमल—परन्तु भाषा वैसी कोमल या फूल-सी न थी। आते ही कमर पर हाथ रखकर खड़ा हो गया, "ये क्या हो रहा है? हैं?"

सहसा पाँच-सात मारने को उठे हाथ अपनी जगह पर निश्चल हो गये। हीरो ने फिर हीरो-सुलभ भाव से कहा, "छोड़ दीजिए उसे। अब घटना क्या थी बताइए।"

सभी ने उस बूढ़े को छोड़ दिया। रिक्शेवाले ने रोते हुए कुछ कहने की कोशिश की। हीरो ने उसे चुप कराते हुए भयंकर रूप से धमकी दी—"नो! नो! कोई जाने की कोशिश न करे। आप ही लोगों के मुँह से सुनूँ तो क्या बात थी।"

एक ने हिम्मत करके कहा, "देखिए न, उस बच्चे को दबा कर कुचल दिया है।"

"ओ! इसीलिए बच्चे को आराम से यमलोक जाने दे कर इसे कुचलने में जुट

हुए थे आप लोग? क्या जानबूझ कर उसे कुचला था इसने?"

"जानबूझ कर न सही, लापरवाही से..."

"चुप रहिए। रिक्शेवाला मिनी बस का ड्राइवर नहीं है। मौका पाते ही पीटने का मजा लूटना चाहते हैं न? निकालिए। जितने लोगों ने उसे मारा है उतने लोग चन्दा करके पैसा इकट्ठा कीजिए उसके इलाज के लिए।"

"चन्दा?"

"हाँ, चन्दा! क्या यह शब्द पहले कभी नहीं सुना था? एई–खबरदार, एक कदम भी कोई न हिले। जेब में हाथ डालिए।"

सचमुच अच्छा-खासा धन इकट्ठा करके रिक्शेवाले को थमाने के बाद उस बच्चे की माँ (जिसका चिल्लाना बहुत पहले ही रुक चुका था) को कसकर डाँटते हुए कहा, "रोते हुए शर्म नहीं आती है? इतने से बच्चे को कुत्ते-बिल्लीं की तरह छोड़ रखा है? इसका तो मरना ही ठीक है। मरा क्यों नहीं? चलो, अस्पताल चलो।"

एक टैक्सी रोकी, माँ-बेटे को बैठाकर ले गया।

छोटा-मोटा नाटक ही तो था। लेकिन इसका क्लाइमैक्स?

"विश्वास मानो मझली मामी, उस हीरो का मुँह ठीक हमारे बापी जैसा था।"

हताश भाव से सुदेष्णा बोली थीं, "लगता है तेरा दिमाग गड़बड़ हो रहा है, पानू।– रह-रह कर भूत देख रहा है।–तूने मामी को रास्ते पर खड़े हो कर चाट खाते देखा। बापी को हीरो के रूप में देखा। उनकी उम्र की बात भी तो सोच। मामी कम-से-कम पैंतालीस-छियालीस की हो रही होगी। और बापी खोकोन से दो-ढाई साल का छोटा था।"

पानू लज्जित होकर बोला, "क्या पता मझली मामी। मुझे एकाएक यही लगा।"

"खबरदार यह बात सौ तक न पहुँचे।" कहते-कहते फूट-फूटकर रोने लगीं, "वह क्या जिन्दा है रे पानू? रहता तो क्या बाप की कातर पुकार सुनता नहीं? सौ तो आज भी हर महीने ..." नाक, आँखें पोंछने लगीं सुदेष्णा।

और कोई इस बात को भले ही न जानता हो, सुदेष्णा जानती हैं। कुछ खास-खास अखबारों के साथ व्यवस्था की हुई है। हर महीने के पहले इतवार को

यह विज्ञापन छपता है–"बापी ! तुम अगर कहीं भी हो तो बस एक बार खबर कर दो। तुम्हारे बाबूजी।" आज भी इस विज्ञापन को बन्द नहीं कर सके हैं सौगत। यह जानते हुए भी कि व्यर्थ का खर्च है। बापी के नाम पर अगर यह खर्च होता रहा तो हर्ज ही क्या है? जैसे इसी विज्ञापन के जरिए अपने खोए हुए बेटे से जुड़ा हुआ है।

x x x

कंका अपने सुन्दरम् ब्यूटी पार्लर से जब घर लौटी तब रात के आठ बजे थे। पार्लर साढ़े आठ बजे तक खुला रहता है।

और दिन लौटते वक्त अपनी साड़ी-छपाई दुकान का भी चक्कर लगाती हुई आती है। हालाँकि सिर्फ साड़ी छपने की बात करना दुकान का नाम छोटा करना होगा। बड़ी मशहूर दुकान है अब तो। सूती से लेकर सिल्क तक की छपाई होती है यहाँ।

आज का मकान रीजेण्ट पार्क के मकान जैसा आधुनिक डिजाइन वाला तो है नहीं, क्योंकि इसके डिजाइन पुराने जमाने की है। खिड़की-दरवाजे खूब बड़े और ऊँचे, सीलिंग भी खूब ऊँची। फर्श के मोजैक की डिजाइन में नयापन नहीं, फिर भी बहुत बड़ा फ्लैट था। कंका को असुविधा ही होती थी। इतनी जगह–रहने वाले केवल तुलतुल और कंका। कंका की माँ होतीं तो कहतीं, "घर जैसे खाने को दौड़ता है।"

जबकि इतने बड़े फ्लैट की एकाकी अधिकारिणी होना परम सौभाग्य की बात है कंका के लिए। बाजपेयी के रिश्तेदार होने के कारण ही ऐसा फ्लैट बिना किसी 'सलामी' के पहले वाले किराए पर ही मिल गया था।

कंका ने कहा था, "इतना बड़ा फ्लैट लेकर मैं क्या करूँगी मिस्टर बाजपेयी?" हाँ, अब यही सम्बोधन। अगर गलती से कंका अंतरंग सम्बोधन कर भी डालती है, उधर से उत्तर नहीं मिलता है। कंका अपमानित महसूस करती है…।

बाजपेयी ने कहा था, "ऐसा क्या बड़ा है? तीन बेडरूम, एक ड्राइंगरूम, किचन, स्टोर और डाइनिंग स्पेस–इतना तो होना ही चाहिए।"

बात तो ठीक ही है। कंका कभी जिस मकान में रहती थी उस में और भी ज्यादा कमरे थे। फिर भी कंका हरदम जगह की कमी की शिकायत करती थी। होंठ दबाकर हँसते हुए कहती थी, "मकान बनाते वक्त थोड़ा और सोचना चाहिए

था। 'जरूरत से इंच भर ज्यादा नहीं' की नीति मकान बनाते वक्त लागू करना ठीक नहीं।"

लेकिन उस समय तो कंका के पास गृहस्थी नाम की एक चीज थी। पर आज? तुलतुल। उसकी उपस्थिति क्या घर को भरा-पूरा होने का एहसास दिलाती है? तुलतुल दया करके यहाँ रहती भर है। उसी दया पर कंका कृतार्थ है।

रात को कंका जब काम से घर लौटती है तब बाजपेयी के बिजनेस के काम में प्रयोग में आने वाली कोई एक कार उसे घर छोड़ आती है। क्योंकि कंका की अपनी कार शाम को तुलतुल को कॉलेज से ले आने के लिए खाली नहीं रहती है। सुबह तुलतुल को छोड़ने के बाद कंका के काम आती है। परन्तु दोनों का रुटीन तो एक-सा नहीं, अतएव कंका को ही रुटीन एडजस्ट करना पड़ता है।

फ्लैट में लिफ्ट की व्यवस्था है।

ऊपर आकर कंका ने सुमित्रा से पूछा, "दीदी नहीं आई है?"

"अभी कहाँ?"

कंका दाँतों से होंठ चबाती है। रात के आठ बज गए हैं। कॉलेज की छुट्टी चार, साढ़े चार बजे हो जाती है।

सुमित्रा वहाँ से जाते-जाते कहती गई, "रात के नौ बजे से पहले आती कब है?"

कंका के सिर पर खून चढ़ गया।

x x x

पूछकर गलती की है कंका ने। अगर न पूछा होता तो यह मन्तव्य देने का मौका न मिलता उसे।

सुमित्रा अच्छी-खासी चतुर है। अच्छी तरह जानती है कि इस मन्तव्य पर फौरन जवाब दे सकती है गृहिणी लेकिन मजबूर ऐसी है कि मिजाज तक नहीं दिखा सकती है। सुमित्रा जैसी स्मार्ट, भद्र, साफ-सुथरी काम करने वाली इन्हें मिलेगी कहाँ? यूँ भी काम करनेवालियाँ आजकल दुर्लभ ही हैं। उस पर अगर निपुण हों।

दिन-भर सुमित्रा ही घर सँभालती है। वह जो मन में आए कर सकती है। अड़ोस-पड़ोस में ऐसा कोई है भी नहीं जो बताए कि सुमित्रा घर छोड़कर गप्पें हाँकती है अथवा औरों को घर पर बुला कर गप्पें हाँकती है। लेकिन पड़ोसी होते

तो क्या कंका उनसे तथ्य संग्रह करने जाती? कंका की ऐसी रुचि ही नहीं है।

अगर कंका की लड़की इतनी-इतनी देर तक न लौटे तो घर ऐंसा अनाथ न पड़ा रहे।

और अभी? सारे दिन काम-काज करके थकी-माँदी जब लौटती है तब? कोई उसकी राह तक नहीं देखता है? यह बात कितनी दुःखद है?

परन्तु अगर कंका घर आकर देखती लड़की घर पर है तो क्या उसके तृषित हृदय की तृष्णा शान्त हो जाती?—उलटा उसी को देर से लौटने के लिए अपराधी भाव से लड़की के सामने खड़ा होना पड़ता।

सहसा बहुत दिनों पहले की एक तस्वीर सामने उभर आई। उस समय कंका शायद क्लास टेन में पढ़ती थी। और लाबू? और भी कम। फिर भी मुस्कुरा-मुस्कुराकर वह कहती थी, "ताऊ-ताई जी का इस उम्र में प्रेम तो देखो कंकादी ! हि हि ! ताई जी रोज शाम को झुण्ड बनाकर कहीं हरिकथा सुनने जाती हैं। अगर कभी लौटने में रात हो गई तो जानती हो, ताऊ जी रास्ते पर खड़े रहते हैं। और जाते वक्त औरों को सुना-सुनाकर कहेंगे, 'यह क्या 'पाठ' सुनने का झक सवार हुआ है—स्वर्ग की सीढ़ी तैयार हो रही है।– जाते वक्त तो झुण्ड में, लौटते वक्त अकेली रहती हो। रास्ते में गाड़ी-मोटर, भीड़। पार होते वक्त तो न देख पाती हो न सुन पाती हो।' जैसे इतना-सा रास्ता ताई पार करते वक्त मोटर-वोटर से दब ही तो जाएगी।—असल में विरह है । समझीं।"

लाबू है कौन? वह नाक चपटी, पिचके चेहरे वाली लड़की। गाती अच्छा थी। वही शादी के वक्त उसके पास बैठी थी। मामा की लड़की थी। छोटे मामा की। कंका के बड़े मामा-मामी, वही लाबू के ताऊ-ताई थे। लाबू की शादी में जाकर कंका ने भी हो-हल्ला खूब किया था।

वह कंका कौन थी? ओह ! वह तो धरित्रीदेवी की कीमती बेटी कंकावती थी।

तो क्या वह सब पूर्वजन्म की बातें थीं? अब तो वह लोग आस-पास कहीं दिखाई नहीं देते हैं। क्या उन सबने कंका को त्याग दिया है? कब? क्यों? किस कारण? या कि कंका ने ही उनका त्याग किया है?

नहीं, अनुष्ठानिक भाव से किसी ने कुछ नहीं किया है, केवल मेल-मुलाकातें कम होते-होते कंका उनके जीवन से विच्छिन्न हो गई है। या फिर कंका का

पूर्वजन्म छाया बनते-बनते गायब हो गया है।

क्या लाबू आज भी गाती है? उसका मूर्ख-सा पति क्या उसे रेडियो में गवाने के लिए आज भी दौड़ा-दौड़ा फिरता है? वे लोग क्या इसी शहर में हैं? वे लोग, और भी कितने सारे लोग जिन्हें रिश्तेदार कहते हैं? कंका की तो हर जगह खातिर होती थी। माँ-बाप की अकेली बेटी थी। ससुराल में अकेली बहू। रूपसी। चाहे तो कंका घण्टों सब को हँसा सकती थी।

अच्छा, कंका, अगर धरित्रीदेवी के उस केयातला वाले मकान में रह जाती? अवश्य ही तब उसका पूर्वजन्म इस तरह से खो न जाता।

भौंहें सिकोड़ीं। इससे कौन-सा बड़ा भारी नुकसान हुआ है? सिर्फ कंका की लड़की नहीं जानती है 'रिश्तेदार' शब्द के माने क्या है। और कंका? उसकी सफलता के पीछे कोई नहीं। रैसेल स्ट्रीट की कंका, 'अनन्या' प्रिण्टिग और 'सोनाली' ब्यूटी पार्लर की मालकिन कंकावती अपने-आप में सब कुछ है।

एकाएक कंका एक बात सोचकर आश्चर्यचकित हो गई। अच्छा, छोटे चाचा से सम्पर्क क्यों समाप्त हो गया? वे तो कंका के परम हितैषी थे।—इसका मतलब हुआ कंका ही अकृतज्ञ है।

सुमित्रा आकर बोली, "दीदी! तुलतुलदी तो अभी तक नहीं लौटी हैं। मैं क्या आपके लिए कॉफी बना लाऊँ? रात के नौ बज रहे हैं।"

सुमित्रा ने यह अद्‌भुत एक सम्बोधन चुना है। माँ भी 'दीदी', बेटी भी 'दीदी'। इन महिला को 'मौसी जी' पुकारने का साहस नहीं होता है। साहब-विहीन घर में 'मेमसाहब' भी जंचता नहीं। फिर तुलतुल को भी तो कुछ कह कर पुकारना है? कंका ने भी कभी इसके लिए टोका नहीं इसीलिए यही सम्बोधन चालू हो गया।

कंका घर आकर चाय नहीं पीती है। बाहर से पीकर ही आती है। घर आकर कभी कॉफी, कभी फल-वल—वह भी तुलतुल के लौट आने पर।

अभी तक नहीं लौटी है।

बोली, "रहने दो। कॉफी नहीं चाहिए।"

नौ बज रहा है! कहाँ क्या कर रही है? आश्चर्य है। यद्यपि कंका 'और किसी बात' के लिए नहीं डरती है। वह कोई असंगत काम करेगी कंका यह नहीं सोचती

है फिर भी परेशानी तो होती ही है। खासतौर से सुमित्रा के सामने शर्म लगती है। न जाने किससे क्या-क्या कहती फिरती होगी !

सबसे कष्टकर बात यह है कि वह मन की बात किसी से कह नहीं पाती है। अब लड़की के न लौटने पर बाजपेयी को फोन करके नहीं कहती है, "तुलतुल अभी भी घर नहीं लौटी है प्रभाकर। क्या होगा?"

उस इन्सान से भी धीरे-धीरे दूर होती जा रही है। जैसे दोनों के बीच एक पत्थर की दीवार उठती जा रही है।

क्या कंका एक पत्थर के दुर्ग में बन्द हो जायेगी? कंका को 'विजय', 'सफलता', 'कर्मजीवन', यह सब क्या कभी खुली हवा में साँस नहीं लेने देंगे?

x x x

डोर-बेल बज उठी।

कहीं से सुमित्रा बोल उठी, "वह आ गईं।"

एकाएक कंका दृढ़ हो गई। आज वह डाँटेगी। उसका रोज-रोज देर से आना 'मान' न लेगी। उसे क्या कड़ाई बरतने का अधिकार नहीं है? यह जो महारानी-सा घूमा करती है, किसके बल पर? किसके बल पर घमण्ड दिखाती फिरती है? कंका ने रास्ता नहीं बना दिया है? आज याद दिलाकर रहेगी।

क्या ऐसा संकल्प पहले कभी नहीं किया था? किया था। परन्तु लापरवाह लड़की के 'डोण्ट केयर' भाव के आगे कभी टिका ही नहीं।

जैसे, घुसते ही कन्धे से बैग न उतार कर बोल उठेगी, 'यह क्या कंकावती देवी। आपने अभी तक पुलिस को खबर नहीं की है? हर अस्पताल में पता करती नहीं फिर रही हैं?—या अल्लाह। इसीलिए तो उन लोगों से कहती हूँ तुम लोगों की अनिन्दश्री न घर की है न घाट की। उसे कोई पूछने वाला नहीं।' हँसते हुए अपने कमरे में चली जाएगी।

परन्तु आज कंका उस वाक्य-चातुर्य को प्रश्रय देने वाली नहीं। डाँट लगाएगी।

लेकिन आज तुलतुल उधर फटकी ही नहीं, दूसरा रास्ता पकड़ा। कमरे में घुसते ही बैग कन्धे से उतार कर रखते हुए बोली, "यह क्या? यंग गर्ल कंकावती ! तुम आज इतनी बूढ़ी क्यों लग रही हो? एकदम मुँह लटक गया है। वैरी बैड।"

डाँटना न हो सका।

उठकर खड़ी हो गई कंकावती। रुँधी आवाज में बोली, "तुलतुल ! मैं क्या तुम्हारी परम शत्रु हूँ?" कहते हुए मुँह पर दोनों हाथ रखे।

तुलतुल ठिठकी। लगभग टूट कर गिरती भंगिमा की ओर पल-भर देखा फिर धीरे से बोली, "यह प्रश्न तो नया लग रहा है। उत्तर देने से पहले सोचना पड़ेगा।" और धीरे-धीरे अपने कमरे में चली गई।

अगर चाहती तो क्या तुलतुल अपनी माँ से नहीं कह सकती थी, 'खूब नाराज हो न? एकदम फायर? ओफ ! आज मैं एक युद्ध जीत कर आई हूँ।' इसके बाद धीरे-धीरे कंकावती के पूछने पर देर से आने का कारण बता सकती थी।

कॉलेज से पिकनिक जाने की बात चल रही है। आज कहाँ जाया जाए इसी बात पर बहस हो रही थी। बहुत लोग नयी जगह जाने के पक्ष में थे। आसपास जितनी जगहें थीं सभी तो सड़ी-पुरानी थीं। परन्तु बाहर और दूर जाने पर रात तक लौट सकना सम्भव न था। कहीं न कहीं रात को रुकना पड़ेगा। सारी समस्या लड़कियों के कारण थी।

स्वागत कह रहा था, "वरना कोलाघाट डाक बंगला। ओफ ! मार्वलस ! रात को रुको तो पता लगे। बिल्कुल गंगा के ऊपर—उस पर फ्रेश हिल्सा मछली भी मिल सकती है खाने में।— लेकिन इन सब टुसके बहानेवालियों को लेकर…"

सुनते ही कैसी चौंक उठीं सबकी सब। मानो साँप ने डस लिया हो।

रात को? ओ बाबा ! असम्भव !

दूसरे लड़के भी भला क्यों मौका चूकते? उन्होंने भी लड़कियों की नकल उतारते हुए दो-एक बातें कह डालीं। व्यंगोक्ति सुन-सुनकर कुछ लड़कियाँ रात को बाहर रुकने के लिए तैयार हो गई थीं।

अकेली तुलतुल ही लड़ती रही।

उसने कहा, "मुझे तो बाबा, उस बूढ़े बरगद को ही देखने का मन है। न जाने कब एक बार बचपन में गई थी। बहुत अच्छा लगा था। तभी सोचा था इसका असली तना ढूँढ़ निकालना है।"

नाना वाद-प्रतिवाद और आलोचना। रात बढ़ती चली। अन्त में अनिन्दश्री का बूढ़ा बरगद ही विजयी हुआ।

यह सब बातें तो तुलतुल आराम से अपनी माँ को बता सकती थी। चाहती तो सुना सकती, परन्तु तुलतुल इच्छाओं पर कन्ट्रोल रखती है।

परन्तु क्या सचमुच तुलतुल का उस महिला पर आक्रोश है? ऐसा तो लगता नहीं है? बस तुलतुल उसे तंग करके, नीचा दिखाकर खुश होती है। व्यंग करके, चुटकी काट कर आनन्द लूटती है। या शायद तुलतुल सोचती है–अगर वह जरा भी शिथिल हुई, यह महिला उसके सिर पर सवार हो जाएगी।

x x x

अपने कमरे में आकर उसने वही किया जो कंकावती को फूटी आँख पसन्द नहीं है। कमरे में बैठने की जगह है फिर भी बाहर के कपड़ों में ही पलंग पर बैठ गई।

ऐसा वह करेगी ही करेगी। खाने की मेज के सामने बैठने पर भी थाली अपनी गोद में रख लेगी। कपड़े उतार कर खाट पर, कुर्सी या सोफा पर डाल देगी। मजे की बात यह है कि यह सब वह जानबूझ कर करती है।

खाट पर बैठकर उसने कमरे में चारों ओर नजर दौड़ाई। उसी का कमरा 'बेस्ट' है और सबसे ज्यादा सजाया हुआ। अभिजात्य वर्ग की किसी कुमारी कन्या का कमरा ठीक जैसा होना चाहिए, वैसा ही।

परन्तु इतनी चीजों की जरूरत क्या है?

तुलतुल ने सोचा, 'सचमुच इतना कुछ क्यों चाहिए? इन्सान क्या खिलौना है? दो-दो अलमारियों में जो इतने कपड़े, साड़ियाँ, सलवार-सूट रखे हैं उन्हें क्या वह पहन सकेगी? यह सारे कपड़े एक-एक करके कंकावती ने इकट्ठे किये हैं–क्यों? तुलतुल से प्यार करती है इसीलिए? या कि अपना शौक पूरा करने के लिए? सामान जोड़ने के नशे के कारण तो नहीं?'

तुलतुल का काम तो इसके एक-चौथाई कपड़ों से चल जाए। इससे भी बहुत छोटे से कमरे में वह रह भी सकती थी। फिर भी कंकावती नामक महिला ने इतना सब कुछ जुटाया है तुलतुल के लिए। अब यह कैसे कहे तुलतुल कि वह शत्रु है? अथवा इसी का उल्टा कैसे कह सकती है वह?

अचानक वह मन-ही-मन हँसी। बहुत बड़ी बातें करना तो उसे आता नहीं है वरना पूछती, 'क्यों जी कंकावतीदेवी! असल में तुमने चाहा क्या था? केवल

आजादी? निरंकुश स्वाधीनता? और क्या इसी को उसका ठीक रूप समझ रही हो? विलासिता ही क्या स्वाधीनता होती है? लगातार सामान बढ़ाते चलना ही क्या स्वाधीन होने का प्रमाण-पत्र है?'

एकाएक उसके मुँह से निकल गया– "बेचारी।"

x x x

उस दिन तुलतुल ने जो कहा था, आज वही बात कुछ दूसरी तरह से कह बैठे प्रभाकर बाजपेयी। आज ड्राइवर अनुपस्थित था इसलिए बाजपेयी ही पहुँचाने आ रहे थे– "चलिए, मैं पहुँचाए देता हूँ।" कार पर बैठकर कहा था, "इधर कुछ दिनों से आप ऐसी फीकी-फीकी क्यों लग रही हैं? देख कर लग रहा है अचानक काफी उम्र बढ़ गई हो।"

बहुत दिनों बाद ऐसा एकान्त मिला था।

परन्तु कंकावती पहले-सी भावविभोर क्यों नहीं हो रही है? फिर भी स्वभावसुलभ मधुर मुस्कान के साथ बोली, "उम्र क्या बढ़ नहीं रही है? लगभग पचास के आस-पास पहुँच रही हूँ कि नहीं?"

"पचास के आस-पास?" प्रभाकर चौंक पड़े, "क्या कहती हैं? असम्भव।"

"वाह! असम्भव क्यों? मेरी इतनी बड़ी लड़की है।" कहते ही दिल काँप उठा। केवल लड़की? उसके आगे कुछ नहीं?

धीरे से प्रभाकर ने कहा, "फिर भी विश्वास करने को मन नहीं चाहता है कि आपकी उम्र बढ़ रही है। आज भी आप कितना स्ट्रगल कर रही हैं?"

कंकावती ने लम्बी साँस त्यागते हुए कहा, "सच को अस्वीकार नहीं किया जा सकता है प्रभाकर! फिर भी कभी-कभी अचानक सोचती हूँ इतना स्ट्रगल करके मिला क्या?" प्रभाकर शायद अपने-आप से प्रतिज्ञाबद्ध हैं इसीलिए बगल में बैठी कंकावती का हाथ नहीं छुआ फिर भी पीठ पर हल्का स्पर्श किए बगैर जी नहीं माना।

धीरे से बोले, "अपना एक जीवन तो मिला है न? एकदम अपना?"

कंकावती ने सहसा दोनों हाथों से मुँह ढक लिया, "इसी को जीवन कहते हैं प्रभाकर? सिर्फ मोमबत्ती की तरह खड़े-खड़े जलो और गलते-गलते समाप्त हो जाओ?"

सत्रह

पार्टी के दूसरे सदस्यों के पास बादाम ने 'गुरु का आदेश' पेश किया। बोला, "गुरु ने कह दिया है जस्ट तीन बजे वहाँ हाजिर होना पड़ेगा। दोनों पार्टी के लोग आएँगे। और दलाल तो आयेगा ही।"

श्यामल बोला, "कैसी पार्टी है कुछ सुना है तूने?"

"गुरु भला खुलकर बतायेगा कुछ? पर हाँ, गाँजा कह रहा था एक बड़ी बिजनेस पार्टी है, दूसरी गवर्नमेण्ट की पार्टी है। कुछ माल बेचने-खरीदने का मामला है असल में। कम्पनी बेचेगी, सरकार खरीदेगी और बीच का झाड़ेगा वह साला दलाल। दफ्तर में बैठकर ऐसे काम करना सेफ कहाँ है? इसीलिए हा हा हा हा 'आमोद भ्रमण' का बहाना बना कर अलग-अलग पहुँचेंगे। फिर चुपचाप मीट करेंगे।"

बादाम हँसा, "वहीं लंच लेंगे और फिर मौका पाते ही रुपयों का लेन-देन हो जाएगा। कैश की बात है-चैक-वैक तो इसमें चलेगा नहीं।"

गना ने पूछा, "कितना रुपया होगा रे?"

"यह मैं क्या जानूँ? यही सुना है कि देंगे। दो-पाँच लाख तो होगा ही। हा ! हा। गवर्नमेण्ट को रद्दी माल थमाकर असली माल का दाम वसूल लेंगे और इसके बदले में दो-चार हजार कौन-सी बड़ी बात है?"

"ठीक है। कौन-कौन जाएगा?"

"कहा तो उसने है, मैं बादाम, तू गना और श्यामलदा, गाँजादा, इसके अलावा गुरु तो रहेगा ही।"

श्यामल बोला, "रभीदा लगभग ललटूदा की तरह ही हो गया है।"

"लगभग क्या? कभी-कभी तो उससे ज्यादा ही लगता है। लालबाजार जाने पर ललटूदा से भी ज्यादा नक्शे से पाँव चढ़ाकर कुर्सी पर बैठता है और सिगरेट पीता है। दोस्तों की तरह बातें भी करता है।"

गना बोला, "ठीक कह रहा है। अरे उस बार? जब मुझे पेण्टू और विकास को बड़े बाजार के मोड़ से पुलिस उठा ले गई? लॉकअप में बन्द कर दिया। गुरु ने

जाकर लालबाजार के दफ्तर में कुर्सी पर बैठकर चाय पीने के बाद सिगरेट पीते हुए कहा, 'लड़के··· तीनों को छोड़ दीजिए मामू। ज्यादा हुज्जत करने की जरूरत नहीं है'। बस, फौरन छोड़ दिया।''

गाँजा बोला, ''वह तो राइटर्स में भी चला जाता है। बड़े-बड़े लोगों से उस की दोस्ती है। सभी को 'मामू', 'दादा', 'बाबा' बना रखा है।''

''आर्ट है।''

''शक्ल भी काम देती है रे। जहाँ जाकर खड़ा हो जाता है लगता है किसी राजा का दामाद आया है।– हमें तो हमारे सृष्टिकर्ता ने ही मारा है।''

''अहंकार भी है। हमें तुच्छ समझता है। जैसे हम प्रजा हैं और वह राजा।''

बादाम बोला, ''सबने उसे गुरु माना है। ललटूदा को भी तो देखा था··· हम तो उस वक्त बच्चे थे लेकिन बड़ों के साथ वह भी राजा-प्रजा का सा व्यवहार करता था। किसी तरह का क़ौतुहल प्रकट न करो, केवल हुक्म की तामील करो। इसका भी वही कहना है।''

गाँजा बोला, ''मिजाज दिखाना हमें भी आता है, समझा? सिर्फ एकता बनाए रखने के लिए···''

गना बोला, ''मिजाज दिखाने का साहस क्या यूँ ही आता है गाँजादा?··· ये जो खबरें इकट्ठा करता है, हम होते तो कर सकते? कभी-कभी तो ताज्जुब होता है। कहाँ किस गोलोकपुरी के गुप्त कक्ष में मंत्रणा हो रही है, कौन किसे घूस दे रहा है, कब किस रास्ते से किसके बैग में कितने लाख रुपए जा रहे हैं–ये बातें गुरु कैसे जान जाता है, ईश्वर ही जाने।''

गाँजा बोला, ''फालतू बातें छोड़। काम की बात कर। बोटूनिक्स छोटी-सी जगह तो है नहीं। स्पॉट बताया है?''

''हाँ। इस कागज पर बना दिया है,'' बादाम ने एक रोल किया कागज निकाल कर दिखाया।

कहाँ ग्राहक बैठेंगे, कहाँ कुर्सियाँ होंगी, कहाँ से उन पर निगाह रखना है, कब उन पर टूट पड़ना है–यह सब समझा कर ड्रा कर दिया था।

श्यामल बोला, ''अच्छा– वे लोग .ऐसा रिस्क ले ही क्यों रहे हैं? खुली जगह है–कहीं होटल-वोटल के कमरे में तो···''

"अरे, ये तो और भी निरापद जगह है। पब्लिक की जगह। घूमने-फिरने की जगह।–कितने लोग बाल-बच्चों, बीवी वगैरह को लेकर घूमने आते हैं, पिकनिक मनाते हैं। स्कूल-कॉलेज के लड़के-लड़कियाँ आते हैं, शोर, हो-हल्ला मचा रहता है। किसी को दूसरों पर ध्यान देने का वक्त कहाँ? फिर वहाँ हजारों साल पुराना एक बरगद है न? उसके नीचे टहलते-टहलते तो लोग खो जाते हैं। वहाँ कुर्सी डाल कर कौन चाय पी रहा है, माल खिसका रहा है, कौन देखता है? होटल में तो गवाह मिल जाएँगे। कब, कहाँ, किस दिन, कितनी देर जैसे सवाल उठ खड़े हो जाएँगे।"

बादाम ने एक बार फिर साँस छोड़ते हुए कहा, "कुछ भी कहो, गुरु में कैपेसिटी है।"

x x x

नयापन इसमें भी था।

रात को खाते वक्त तुलतुल माँ की तरफ देखकर बोली, "कल एक झंझट है।"

तुलतुल ने अपने-आप बात छेड़ी है, कृतार्थ हो गई कंकावती। उसका चेहरा खिल उठा।

"वह झंझट क्या है?"

"वही ! कॉलेज से पिकनिक जाना है।"

"अरे, यह बात है? यह तो अच्छा ही है।"

"अच्छा तो है। इधर नखरेबाज लौंडे जिद्द कर रहे हैं कि लड़कियों को साड़ी पहन कर चलना पड़ेगा। इससे ब्यूटी बढ़ेगी। लड़कियाँ वनदेवी की तरह पेड़ की डाल पकड़ कर खड़ी होंगी, तस्वीरें खींची जाएँगी। रबिश !"

कंका का हृदय उछल पड़ा। ऐसे दिन कभी उसके भी थे। अपूर्व थे वे दिन। बोली, "इसमें रबिश की क्या बात है? अच्छा ही तो है। मजा आएगा। तुझे तो चिन्ता है साड़ी की? ठीक है–मैं सप्लाई करूँगी।" हँसने लगी।

क्या उस दिन के बाद से तुलतुल अपनी माँ को 'दया' दिखा रही है? जिस दिन कंका ने पूछा था, "मैं क्या तेरी शत्रु हूँ?" दया न आई होती तो ऐसी आवाज में बात करती?

"वह तो तुम दे ही सकती हो। तुम ठहरी साड़ी की दुकान की मालकिन,

लेकिन अभाव तो साड़ी का नहीं है। इतनी ज्यादा साड़ियाँ हैं कि 'अभाव' है 'अभाव' का। साड़ी का चुनाव करना मुश्किल है। ज्यादा सजना भी ठीक नहीं।''

कंकावती विगलित होकर बोली, ''ज्यादा सजना कैसा? सभी लड़कियाँ अच्छी साड़ियाँ पहन कर जाएँगी। मैं चुनाव कर दूँ?''

तुलतुल मन-ही-मन बोल उठी–इसीलिए तो। जरा-सी ढील दी कि···

मुँह से बोली, ''दुहाई बाबा ! मैंने तो तय किया है आँख बन्द करके कोई एक उठा लूँगी।''

कंकावती ज्यादा बोलने का साहस न कर सकी लेकिन मेज के पास खड़ी सुमित्रा बोल उठी, ''ओ माँ ! पिकनिक ! एक बार मैं भी घर से गई थी। कितना मजा आता है। बड़े-बड़े सब बर्तन गए, कितना सामान गया–उसके बाद वहीं नदी के किनारे चूल्हा जला कर खाना बनाया गया।–आप लोग भी वही करेंगी?''

होंठ उलट कर तुलतुल बोली, ''क्या मालूम ! मैं तो यह सब बातें सुनती ही नहीं हूँ। मैंने तो जाने से भी इन्कार कर दिया था। इस पर सारे लड़के-लड़कियाँ रोने बैठ गए।''

x x x

सुमित्रा भी मन-ही-मन बोलना जानती है। जानते सब हैं। भगवान् ने हर इन्सान के मन को एक मुँह दे रखा है। इसीलिए नौकरानी सुमित्रा के मन ने होंठ उलट कर कहना शुरू किया, ''हुँ ! सब रोने लगे। यह है तुम्हारी चाल। मैं क्या समझती नहीं हूँ? माना कि सुन्दर हो परन्तु क्या तुम्हारी तरह सुन्दर दुनिया में और नहीं हैं? पता नहीं बाबा, क्या जात है तुम लोगों की, किस धर्म की हो, समाज में क्या परिचय है? 'बाप' नाम की चीज तो आज तक देखी नहीं, उधर माँ की साज-पोशाक से भी नहीं लगता है कि 'विधवा' है। हालाँकि अब शहरों में 'विधवाओं' के लिए अलग कोई पोशाक रही नहीं–बस 'सिन्दूर' भर नहीं लगाती हैं। लेकिन फैशन की मारी बहुतेरी सधवायें ही कहाँ सिन्दूर लगाती हैं? मैंने तो शुरू-शुरू में सोचा था कोई 'सिनेमा स्टार वार' होगी। अकेली औरत, इतना बड़ा फ्लैट लेकर अकेली रहेगी। सोचकर बड़ी खुशी हुई थी। ओ माँ, सारा का सारा नकली। सुना खुद ही औरत होकर दुकान चलाती है।–उधर माँ-बेटी में तो जरा भी नहीं पटती है। क्यों, कौन जाने।–यहाँ आसपास सभी फ्लैटों में तो गैर-बंगाली रहते हैं। तुम लोग बंगाली होकर यहाँ रहने क्यों आए हो?''

ऐसा ही होता है। मालिक जब इन्हें नौकर समझकर गिरी हुई निगाहों से देखते हैं तब भूल जाते हैं कि इनके पास भी आँखें हैं, मन है। यह भी नहीं सोचते हैं कि उस वक्त नौकर भी उन्हें व्यंगपूर्ण नजरों से, अवज्ञापूर्वक देखता है। असल में जो जीवन इनकी समझ में आता नहीं है उसे ये लोग इज्जत की नजर से नहीं देखते हैं। है सिर्फ कौतूहल और है निन्दनीय दृष्टि।

जहाँ काम करते हैं, जहाँ भरा-पूरा घर होता है, सास-ससुर, लड़का-बहू, पोते-पोती होते हैं, उसी घर को वे इज्जत की नजर से देखते हैं। सोचते हैं इस घर में रौनक कितनी है।

सुमित्रा ने भी बहुत कुछ देखकर सीखा-समझा है। आज पच्चीस-छब्बीस साल की हो रही है। कम घरों में काम तो नहीं किया है–ज्यादातर घरों में पति-पत्नी दोनों नौकरी करते थे, नौकरों पर ही सारे घर और बच्चों की जिम्मेदारी सौंपकर।–ऐसे काम बड़े झंझटिया होते हैं। सारे दिन की कैद हो जाती है। बच्चे वाले घर में तो बहुत सावधान रहना पड़ता है। गृहिणी वापस आते ही जिरह करती है, बच्चे ने सारे दिन क्या किया? ठीक से खाया था या नहीं, वक्त से सोया था या नहीं, कपड़े बदल दिये थे या नहीं? उसी के साथ-साथ गुस्सा, दाँत पीसना। दुर ! कितनी बार काम बदल चुकी थी सुमित्रा। अन्त में यहाँ आई है। यह काम पसन्दीदा ही है। बच्चे-वच्चे नहीं हैं, खाना-पीना बढ़िया है, पूरी आजादी है। बस–एक ही बात खटकती है। सुमित्रा इन लोगों के जीवन-रहस्य को समझ नहीं पाती है। कोई रिश्तेदार नहीं है। घर पर कोई मिलने-मिलाने नहीं आता है। जाने कैसी मुर्दानगी-सी छाई रहती है।

सुमित्रा के मन के मुख से निकलती बातों को कंका सुन भले न पाए, वह उसे पसन्द भी नहीं करती है। लेकिन उपाय ही क्या है?

कंकावती की आजाद जीवन की नैया की नाविक तो यही सुमित्रा है। आज के युग में छोटी-छोटी गृहस्थियों की कर्णधार तो काम करनेवालियाँ ही होती हैं। इन्हें पूरी सुविधा, पूरी आजादी तो देनी ही पड़ती है।

x x x

बोटानिकल गार्डन जाने के लिए आरामदेह बसों की कमी न थी फिर भी दलमत तो मानना ही पड़ता है। उस पर दलनेत्री की बात ही अन्तिम बात थी। एक बार तुलतुल ने कहा था, "दुर ! बस से क्यों? जब घूमने ही जा रहे हैं तब

चाँदपाल घाट से स्टीमर पर जाने में ज्यादा मजा आएगा।"

उसकी बात सुनकर सब ने सोचा, 'छिः-छिः ! बस-वस न करके पहले ही इस बात का ध्यान आना चाहिए था।' अतएव अनिन्दश्री की बात ही मान ली गई।

जमकर पिकनिक मनाने के लिए जिन-जिन चीजों की जरूरत है, सब कुछ ले लिया गया। एक 'कैटेरर' से कह ही दिया गया था जो इस तरह की पिकनिकों में खाना दिया करते हैं। इनके वर्दीधारी बैरे, साफ-सुथरा इन्तजाम और उत्कृष्ट भोजन, आमोद-प्रमोद में चार चाँद लगाने के लिए काफी थे। चाय भी वे ही देंगे। एक बार नहीं बार-बार।

लेकिन जाने के पहले दिन स्वागत बोल उठा, "मेरा जाना न हो सकेगा।" स्वागत–जिसे अनिन्दश्री स्वगोक्ति कहती है। जिसे तुलतुल अगर कह दे 'मरो' तो मर जाए। ऐसा इन्सान सारे दिन तुलतुल के पास रह सकने का मौका गँवाने को तैयार है?

सभी ने पूछा, "क्यों? क्या हुआ? किसी से झगड़ा तो नहीं हुआ?

स्वागत बोला, "पागल हूँ क्या?"

तुलतुल ने पूछा, "फिर बात क्या है?"

"कुछ नहीं। बैड लॅक। नियति।"

"पहेलियाँ क्यों बुझा रहा है? अचानक न जाने की वजह?"

स्वागत बोला, "कारण एकाधिक।"

"ओह ! तो फिर एक-एक करके बता। इस तरह से अभद्रता करने का कोई अर्थ नहीं होता है?"

"अभद्रता? वॉट?"

"अभद्रता नहीं तो और क्या? सभी ने एक साथ प्रोग्राम बनाया है और तू कह रहा है 'नहीं जाऊँगा'। कारण सुनूँ जरा।"

"देख, कारण अथवा सारे कारण इतने तुच्छ हैं कि कहते हुए शर्म आती है। पर हैं अमोघ। अनिवार्य।"

"अरे, तूने क्या फिजिक्स छोड़ कर बंगला साहित्य पढ़ना शुरू कर दिया है?"

"बेकार वाले मजाक मत कर तुलतुल।"

"फिर? खबरदार! घर के नाम से नहीं पुकारेगा। जान गया है तो क्या मेरा सिर खरीद लिया है?"

"अरे, यहाँ है कौन?"

"छोड़, अमोघ-अनिवार्य कारण क्या है, जरा बता तो सही।"

"कारण—मदर का सेण्टीमेण्ट।"

"इतने धीरे-धीरे न बता स्वगोक्ति। जो कुछ बताना है पटक दे सामने। मुझमें इतना धैर्य नहीं है।"

"ओ! तब फिर सुन—कारण नम्बर वन, इसी महामुहूर्त पर फादर का टूर पर जाना। कारण नम्बर टू, इसी महामुहूर्त पर ड्राइवर की बीवी 'अब मरी तब मरी' हालत में। कारणनम्बर थ्री, ठीक कल सुबह मदर के दादा के पोते का अन्नप्राशन है। अब तू हिसाब लगा ले। माँ वहाँ न जा सकीं तो…नहीं। सोचा नहीं जा सकता है।"

"अर्थात् माँ को तू ही कन्धे पर लेकर जाएगा?"

"ठीक! तू इतनी जल्दी बात समझ जाती है इसीलिए तो…"

"क्या? रुक क्यों गया?"

"नहीं! कहने से बात हलकी हो जाएगी।"

"तब फिर भारी ही रहने दे। तो वह अन्नप्राशन है कब?"

"बताया तो कल सुबह।"

"तो ठीक है। माँ को खूब तड़के पहुँचाकर आ जाना।"

"यह कैसे हो सकता है? लाने-ले जाने की जिम्मेदारी है।"

"ओफ! हमारे समाज से कब यह सब प्राशन-व्राशन हटेगा।"

"कोई फायदा नहीं है मैडम। एक खत्म होगा तो दूसरा शुरू हो जाएगा। प्राब्लम नामक चीज समुद्र की लहरों की तरह है। अनादि, अनन्त।"

"इसका मतलब, तूने सचमुच जवाब दे दिया?"

"हृदय चूर-चूर हो जाने पर भी।"

"फालतू बातें छोड़, किसी तरह से मैनेज करने की कोशिश कर न। तू क्या चाहता है उस जनारन्ध में एक खिदमतगार के बगैर ही सारा दिन बिता दूँ मैं?"

"खिदमतगार? बस इसीलिए?" स्वागत बोला, "तुझे भला इसकी कमी है? बहुत मिल जाएँगे।"

"यही तो सब कुछ नहीं है न? पसन्दीदा तो होना चाहिए।"

"क्या करूँ बता? कहा न 'नसीब'...।"

"तेरे जैसे मूर्ख ही 'नसीब' मानकर बैठे रहते हैं। अच्छा, तेरी माँ के दादा का घर कहाँ है?"

"शिवपुर।"

"ओ ! शिवपुर ! तब फिर तू मरी आवाज में जवाब दिए क्यों बैठा है? हम लोग कहाँ जा रहे हैं?"

"अरे बाबा, हम क्या शिवपुर टाउन में जा रहे हैं? और फिर जा तो रहे हैं नौका विहार करते हुए।"

"जब तेरे पास कार है तब असुविधा कैसी यार? माँ को उनके भाई के यहाँ छोड़कर चले आना।"

"मैंने कहा न कि लौटा लाने की जिम्मेदारी भी मेरी है। ड्राइवर की मिसेज को मरने का और कोई अवसर नहीं मिला।"

"एई ! इस तरह से क्यों कह रहा है? तेरी जब होगी तब तू समझेगा।"

"क्या समझूँगा? हैं?"

"पत्नी के 'अब मरी तब मरी' हालत होने से क्या होता है?"

स्वागत जोरों से हँसने लगा, "मैं वह दुःख सौ बार उठाने को तैयार हूँ, पहले एक अदद बीवी तो मिले।"

तुलतुल बोली, "इतनी जल्दी निराश हो गया है? बेचारा।" फिर बोली, "खैर, कल हम लोग शाम के छह बजकर दस मिनट वाले स्टीमर से लौटेंगे। उस वक्त तक काफी उजाला रहता है।–तू सुबह अपनी जननी को 'प्राशन' वाले घर में पहुँचाकर कार लेकर सीधे हमसे आकर मीट करना। और लौटते वक्त जब हम सब बहते हुए 'घर' की ओर आते होंगे, तू स्थलपथ के जरिए सीधे माँ के चरणों में पहुँच जाना। तेरे पिता जी टूर पर गए हैं, जरा-सी देर से माँ का कुछ आएगा-जाएगा नहीं।"

स्वागत हँसने लगा।

कहने जा रहा था, 'तूने कैसे समझा? तेरे यहाँ तो पिताजी के नाम से कुछ है ही नहीं।' परन्तु कुछ बोला नहीं। सँभल गया। केवल हँसकर बोला, "यह तो है। पिता जी के रहते माँ अगर कहीं अकेले जाती हैं और लौटने में उन्हें एक-आध मिनट की देर हो जाती है तो पिता जी बार-बार घड़ी देखते हैं। वह एक प्राब्लम है।"

"तब फिर यही तय रहा? सारे दिन तू मेरी खिदमत में रह सकेगा। इसीलिए तो तेरी अपनी मक्खनबाजी करती हूँ।" स्वागत ने पल भर उसे देखा फिर पूछा, "सिर्फ इसीलिए?"

"यही क्या कम है रे? ऐसा दुर्लभ सौभाग्य-अर्जन हेतु कितने लोग मुँह खोले खड़े हैं, जानता है?"

"जानता हूँ।"

"तब?"

अच्छा, क्या कंकावती सोच सकती है उसकी लड़की इतनी देर तक हँस-हँस कर बातें कर सकती है? यह वह जानती है कि गप्पें हाँकती है। लेकिन उसकी भाषा क्या है, यह वह नहीं जानती है। कंका तो दिन-रात मनाती है, 'बेटी को किसी से प्रेम हो जाए। तब शायद उसे जीवन के परित्राण का रास्ता दिखाई दे जाए।'

x x x

स्वागत बोला, "लेकिन सुना है गेटपास बना है। वह तो एक साथ का है। मैं कैसे अकेला..."

"अब एक थप्पड़ खाएगा स्वगोक्ति ! इतना बड़ा जवान, यह बात कहते तुझे शर्म नहीं आई? इतना तू खुद मैनेज नहीं कर सकेगा?"

"ठीक है।"

"ठीक है—ही ही—तब फिर यही तय रहा न?"

हँसते हुए दोनों दो तरफ चल दिए।

x x x

श्यामल बोला, "धत् साला ! चार बजने को आए, ग्राहकों का अभी तक पता

भी नहीं।"

बादाम बोला, "सच गुरु ! और कितना टहला जाए? तुझे डेट ठीक से याद थी न?"

"एक घूँसा मारूँगा बादाम। लगता है सालों ने टाइम चेन्ज किया है। या फिर डेट ही।"

गाँजा बोला, "हो ही सकता है। काले धन का मामला है। अचानक कोई बात हो गई होगी। आज शायद न आएँ।"

"फिर भी। अभी तुरन्त चले जाना ठीक नहीं।"

"तब फिर तू यहीं रह। मैं जरा घूम-फिर आऊँ।"

गाँजा के मन में बड़ी देर से एक लालसा घर कर गई थी। वह लालसा धन की लालसा से जरा भी कम नहीं। ज्यादा ही होगी।

इस रभी के कारण इधर-उधर देखने का उपाय नहीं है। साला जैसे पत्थर है। और धमकी?–ऐसी धमकी देता है, 'खबरदार, लड़कियों को तंग नहीं करेगा कोई। पता चला तो लाश बिछा दूँगा।'

'अरे भई, सुना-सुना कर दो रंगीन बातें करना, या जरा सीटी बजाना क्या माँ-भगवतियों को तंग करना हुआ? इतना छुआछूत मानना तो ठीक नहीं। साला ललटूदा का पोस्ट पाकर बड़ा घमण्डी हो गया है। दल के औरों का भी वही हाल है। सब उसके गुलाम हो गए हैं। अब मैं ज्यादा दिन उसकी ताबेदारी नहीं करूँगा।'

गाँजा सोचते हुए चल पड़ा। रभी ने कहा था, "ज्यादा दूर मत जाना। अभी भी उम्मीद है। किसी वक्त आ सकते हैं।"

लेकिन गाँजा काफी दूर निकल गया था।

उसका एक टारगेट है।

उसने देखा था कुछ लड़के-लड़कियाँ एक जगह बैठकर खा-पी रहे हैं।–साला ! दुनिया में ये ही लोग सुखी हैं। सजी-धजी लड़कियाँ कितना हुल्लड़बाजी कर रही हैं? बैरा आ-आकर खाने की चीजें दे जा रहे हैं।

साफ समझ में आ रहा था किसी कॉलेज के लड़के-लड़कियाँ हैं। इनमें एक तो ऐसी चीज है। आह ! परी कहा जा सकता है। क्या आँखें हैं ! भौंहें क्या नचाती है ! थोड़ी देर देख कर भी सुख मिलता है।

गाँजा के चेहरे पर लोभ और लालसा की विकृत छाप उभर आई थी। उसी तरफ गाँजा फिर पता करने जा रहा था।

x x x

कई जोड़े ताश थे।

कुछ देर तक मैजिक शो चला परन्तु लोगों ने चालाकी पकड़ ली तो यह खेल पुराना हो गया।

एकाएक देवयानी हाथ देखकर सबका भविष्य बताने लगी। बोली, "मेरे फूफाजी ज्योतिष-सम्राट हैं, पता है? हाथीबागान में उनका अच्छा-खासा दफ्तर है।"

परन्तु ज्योतिष-सम्राट के साले की कन्या इस कार्य में अधिक महिमा दिखा न सकी। किसी का मिला, किसी का बिल्कुल गप्प। भविष्यवाणी? 'परीक्षा में सफलता', 'प्रेम विवाह' इत्यादि। अन्त में सबने हाथ खींच लिये, "रहने दे, रहने दे। आता-जाता है नहीं—जो जी में आ रहा है वही बक रही है।"

इसी समय कुछ लड़कों ने अपने-अपने बैगों में से बोतलें निकालनी शुरू कीं। देखकर सिहर उठीं विपाशा, तनिमा इत्यादि।

"एई! तुम लोग ये सब ले आए हो? छिः!"

विपक्ष बोला, "तब क्या बोतलों में गंगाजल भर लाए हैं दीदी मोनी?"

"असभ्यता मत करो। पिकनिक मनाने आये हो कि शराब पीने?"

तुरन्त उत्तर मिला, "तो क्या घर पर खाने की मेज पर ताऊजी के साथ पीने बैठूँ? हा हा हा हा।"

जान-बूझकर छेड़ने लगे। यह भी खुश होने का एक तरीका था।

"ठीक है। हम लोग तुम लोगों के साथ नहीं बैठेंगे।"

"ये तो जानी बात है। इच्छा हो तो भी लोक-लाजवश नहीं पीओगी।"

"इच्छा हो तो? हमारी इच्छा तुम लोगों के जैसी गन्दी नहीं है।"

"स्वाद नहीं जानती हैं तभी। जानतीं तो इच्छा होती।"

मालवी बोल उठी, "स्वाद क्यों न जानूँगी? दीदी-जीजा जी तो पीते हैं। उनके वहाँ जाने पर जबरदस्ती करने पर पी है। बेहद बुरी।"

"दीदी-जीजा जी ! वाह वाह ! ऐसी दीदी की ऐसी दकियानूसी बहन? धत् !"

सभी लड़के बीयर की बोतलें लाए थे, ऐसी बात नहीं थी। जो नहीं लाये थे, उन्हें दोस्तों से ऑफर मिल रहे थे।

"नः, तुम लोगों के साथ बैठे रहे तो लोग सोचेंगे हम भी…' कहकर लड़कियाँ उठकर इधर-उधर टहलने लगीं।

"यहाँ कौन देख रहा है?"

"न देखे। हमें तो तुम लोगों को शराब पीते देखकर बुरा लग रहा है।"

"आहा ! लग रहा है, अभी-अभी पृथ्वी पर अवतरित हुई हैं सब की सब।"

"असहनीय ! " कहकर तुलतुल उठ खड़ी हुई। "शराब पीना असहनीय नहीं, असहनीय है तुम लोगों का यह नखरा करना और ये सड़े-सड़े मजाक। मैं जा रही हूँ।"

स्वागत थोड़ा आगे बढ़ आया, "कहाँ जा रही हो?"

"डरो नहीं ! गंगा में छलाँग लगाने नहीं जा रही हूँ, सिर्फ इस आबोहवा से थोड़ा हटी जा रही हूँ।–तुझे भी सुविधा हो जाएगी। इच्छा हो तो बोतल निकाल ले।" और वहाँ से चली गई।

कुछ देर तक लड़के लड़कियों की नखरेबाजी पर कमेंट्स करते रहे।

x x x

तुलतुल एक छायादार पेड़ के नीचे जाकर बैठ गई। पर्स में से निकाल कर एक चाकलेट का छोटा-सा टुकड़ा मुँह में डाला और उसके बाद ही सहसा उसे उदासी ने आ घेरा।

'अच्छा नहीं लगता है। कुछ भी अच्छा नहीं लगता है।'

'अकारण यह हँसना, हल्ला करना, सब कुछ कितना कष्टकर है? क्यों आ गई इन लोगों के साथ? सब कुछ बेकार लग रहा है। अच्छा, स्वागत को इतना प्रश्रय क्यों देती हूँ? कहीं वह यह न सोच बैठे कि मुझे उससे प्रेम हो गया है? प्रेम–कितना बेकार शब्द है यह। एक-एक जोड़े जो घूमा करते हैं, उन्हें देखकर हँसी ही आती है।–मुझे तो जीवन ही अनर्थक लगता है। आश्चर्य की बात है, मैं

पढ़ती क्यों जा रही हूँ? पास ही क्यों हो जाती हूँ? कंकावती की इच्छा पूरी करने के लिए? बिल्कुल नहीं। शायद और कुछ कर नहीं सकती हूँ इसीलिए मेरी यह दुर्दशा है। लड़की हो कर पैदा होने में यही तो असुविधा है।'

सहसा तुलतुल ने दोनों हाथों में मुँह ढक लिया।

'जब मैं इतनी-सी थी मेरा एक 'दादा' था। वह कैसा 'खो' गया। लड़कियों के साथ कितनी परेशानी है। खो जाने का भी उपाय नहीं है। बस पढ़ो, पास हो। इस बार मैं खूब खराब रिजल्ट करूँगी। लेकिन वह क्या हो सकेगा?' "कौन? कौन?"

x x x

सहसा पीछे से गर्दन पर किसी का एक खुरदुरा हाथ।

तुलतुल छिटक कर खड़ी हो गई-"कौन हो तुम?"

गन्दी-सी एक हँसी हँसने लगा वह आदमी। बोला, "कोई नहीं हूँ दीदी मोनी। अकेले-अकेले रो रही है इसीलिए सान्त्वना देने आ गया हूँ।" कहते हुए उसने फिर तुलतुल के कन्धे पर हाथ रखा।

तुलतुल ने चारों तरफ नजर दौड़ाई। कोई नहीं था। मूर्खों की तरह अकेली काफी दूर निकल आई है वह। डर के मारे रोंगटे खड़े हो गए। फिर भी मन को कड़ा करते हुए उसका हाथ झटकते हुए कड़क कर तुलतुल बोली, "खबरदार! ज्यादा नीचता मत दिखाओ। चले जाओ यहाँ से अभी।"

परन्तु वह तो जाने के लिए आया नहीं था। उसे आशा भी नहीं थी कि ऐसा सुनहरा मौका हाथ आएगा। भाड़ में जाए गुरु की धमकी। एक बार जब मौका मिल ही गया है..."

"खबरदार कह रही हूँ। बदमाश! शैतान! चले जाओ कह रही हूँ," तुलतुल चिल्ला उठी-तीव्र आर्तनाद! अपनी आवाज सुनकर तुलतुल खुद ही अवाक् हो गई। परन्तु जंगली जानवर क्या एक बार खदेड़ने से भागता या डरता है?

अब तुलतुल क्या करे? उस गन्दे, कुत्सित, बालों से भरे हाथ को दाँतों से काट खाया तुलतुल ने। दोनों हाथों से उसे खरबोटने लगी। परन्तु फूल-सी तुलतुल में ताकत ही कितनी है?

तुलतुल अपने पैर के पास एक ढेला ढूँढ़ रही थी। ओफ! लड़कियाँ अपने

साथ एक छुरा क्यों नहीं रखती हैं? जिससे···

सहसा पास ही एक शेर की दहाड़ सुनी तुलतुल ने। इसी के साथ-साथ उस जानवर की पकड़ ढीली पड़ गई।

तुलतुल ने दोनों हाथों से मुँह ढँक लिया। उसका सम्पूर्ण शरीर थर-थर काँप रहा था। सीना जोर-जोर से धड़क रहा था। तुलतुल क्या गिर जाएगी? फिर भी तुलतुल ने आँखें उठायीं। देखा। देखा सामने एक जन आकर खड़ा है। शाही चेहरा। पोशाक भी वैसी ही—चेहरे से मेल खाती हुई।

मुँह भी सुन्दर ही होगा लेकिन इस समय तो आँखें आग उगल रही थीं। उस जानवर का कान पकड़कर ठाँय से एक थप्पड़ मारा गाल पर। बोला, "बदमाश, शैतान! तुम यहाँ आकर यह कर रहे हो?"

तुलतुल पेड़ के तने से पीठ टेक कर गिरने से अपने को बचा सकी।

उस जानवर ने कान छुड़ाने के लिए एक झटका दिया। छुड़ा न सका। तुलतुल ने फिर मुँह ढँक लिया। लेकिन कान तो खुले ही थे। इसीलिए सुन सकी, "रास्कल, सूअर! तेरा अगर कोई भगवान् हो तो उसका नाम स्मरण कर ले। यही तेरे जीवन का आखिरी क्षण है।"

तुलतुल ने उस कर्कश जानवर की आवाज सुनी। "ठीक नहीं होगा, साले।" सुनकर तुलतुल अवाक् हुई। उसने चेहरे पर से हाथ हटाया। ये लोग क्या एक-दूसरे को पहचानते हैं?—लेकिन वह तो एक गुण्डा लगता है। वैसा ही पहनावा। एक डोरिया पाजामा और एक भड़कीली बनियान। गले में काले डोरे से लटकता एक चाँदी का चौकोर पत्ता। दाहिने हाथ में एक स्टील का कड़ा।

लेकिन इस नवागत के पोशाक में तो आभिजात्य झलक रहा है। घीआ रंग का ट्राउजर और उस पर गहरा बादामी शर्ट पैण्ट के अन्दर खोंसा हुआ। आँखों पर कीमती फ्रेम का सनग्लास। लेकिन वह क्या है? हाथ में उसी तरह का स्टील का कड़ा क्यों?

कौन हैं ये लोग? तुलतुल इनमें से किस पर विश्वास करे?

नहीं। शायद इस पर विश्वास किया जा सकता है।—इस समय कान छोड़कर उस जानवर की बनियान गर्दन से पकड़ रखी थी, "क्या कहा? अच्छा नहीं होगा? लाश अभी गिरा दूँ, तो फिर यही चाहता है न?"

जानवर ने जबरदस्त एक झटका दिया और जी-जान से दौड़ लगाई।

जेब से रूमाल निकाल कर गर्दन पोंछते हुए बोला, "अच्छा जा! भाग कर जान कहाँ बचाता है देख लूँगा। बदमाश कहीं का!"

उसके बाद तुलतुल की तरफ देखकर बोला, "आप यहाँ इस तरह? अकेले आई हैं?"

पूछा तो परन्तु उसकी दृष्टि इतनी तीव्र तीक्ष्ण अन्तर्भेदी क्यों हो गई? तुलतुल का हृदय फिर काँप उठा। जाने इसका क्या इरादा है? फिर भी बड़ी कठिनाई से बोली, "अकेली नहीं। दूसरे लोग उधर हैं।"

"दूसरे लोग माने?"

तुलतुल उसके चेहरे की तरफ नहीं देख रही थी। देखना मुश्किल हो रहा था। फिर भी अनुभव कर रही थी कि उसकी दोनों आँखें तुलतुल के चेहरे पर से हट नहीं रही थीं। अब तुलतुल क्या करे? यद्यपि उसका प्रश्न स्वाभाविक था। उत्तर देना ही पडेगा।

और भी कठिनाई से बोली, "कॉलेज से आना हुआ है। पिकनिक पर।"

"ओ! समझा! पर दल छोड़ कर इधर क्यों चली आई हैं? हैं?" उसके गले की आवाज में अभिभावक की जैसी डपट थी—"अकेली लड़की! जगह खराब है। इतना रिस्क लेने की जरूरत क्या थी?"

तुलतुल के भगवान् ने उसके भाग्य में आज क्या लिखा है?

तुलतुल धीरे से बोली, "वे लोग ज्यादा शोर मचा रहे थे। मुझे अच्छा नहीं लग रहा था।"

"ठीक है। चलिए पहुँचा दूँ। कहीं कुछ लोगों को देखा है।" आवाज कोमल हो गई थी—"पाजी आपका अनिष्ट नहीं कर सका है शायद? काँप क्यों रही हैं? मेरे पास-पास चलिए।"

तुलतुल का सारा शरीर काँप रहा था। छाती पर हथौड़े पड़ रहे थे।

'पहुँचा दूँ' कह कर कहीं और तो नहीं ले जाएगा?

तुलतुल के मन में क्या शक का जन्म हो रहा था?

घंटे-भर में तुलतुल की उम्र दस साल बढ़ गई थी। यह आदमी ऐसे सर्चलाइट-सा क्यों देख रहा है? इसीलिए तो डर लग रहा है।

x x x

बोतल के प्रति वितृष्णा दर्शाने के लिए जो लड़कियाँ बिछी दरी पर से उठ कर चली गई थीं, वह सभी लौट आईं।

देवयानी ने तीव्र स्वरों में पूछा, "हो गया सुधापान?"

संजय भोंदू जैसी हँसी हँसकर बोला, "ठीक सुरापान तो है नहीं–'जय माँ काली' कह कर हम सुधापान करते हैं।"

"चुप! फिर कभी अगर हम लोग तुम्हारे साथ आये।"

"वाह! अभी थोड़ी देर पहले ही तो हाथ देखकर तूने ही भविष्यवाणी की थी मैं शराबी बनूँगा। रास्ते पर पड़ा-पड़ा लोटूँगा।"

"ओ हो, तो मेरी भविष्यवाणी को सफल बनाने के लिए आप अभी से जुट गए हैं?"

तभी स्वागत बोल उठा, "तुम सब चली आईं, अनिन्दश्री कहाँ है?"

"अनिन्दश्री? वह तो पहले ही गुस्सा दिखाकर चली गई थी?"

उद्विग्न होकर स्वागत बोला, "वह गई किस तरफ?"

एक लड़के ने व्यंग कसा, "जाओ देखो जाकर बेटा, तुम्हें छोड़कर तुम्हारी प्रेमिका किसी और के साथ न भिड़ गई हो।"

"हर वक्त मजाक अच्छा नहीं लगता है। आश्चर्य है। इतनी देर से तुम लोगों ने उसे देखा नहीं फिर भी..."

लड़कियाँ इतनी आसानी से बात सुनने को तैयार नहीं।

एक बोल उठी, "हम क्या उसकी गार्जेन हैं? फिर वह तो मूडी लड़की है।"

एक लड़की मुँह के दोनों तरफ हाथ रखकर जोर से पुकार उठी, "अ–नि–न्द–श्री!"

तुरन्त एक लड़के ने भी नकल उतारी, "अ–नि–न्द–श्री!"

कोई जवाब नहीं मिला।

"आश्चर्य है। कहाँ जाकर बैठी है?"

एक लड़की बोली, "अपने को वह जाने क्या समझती है। हर वक्त ऐसे

हाव-भाव दिखाएगी जैसे कोई वी० आई० पी० हो।"

दूसरी बोली, "ए स्वागत, तेरी किस्मत जरूर जली है। जरूर किसी और के साथ..."

"मेरा भाग्य क्या तुझे जबरदस्त लगता था?"

"और नहीं तो क्या, तभी न लालचियों की तरह पीछे-पीछे लगा रहता था।"

"तेरे कहने का ढंग बिल्कुल खेन्ती बुआ जैसा लग रहा है।"

"और तुम लोगों की भाषा जैसे..."

स्वागत ज़रा आगे बढ़ गया। लेकिन किधर जाए? किसी ने उसे देखा ही नहीं था कि पेड़-पौधों के झुरमुट से होते हुए वह किधर गई। सहसा एक जन बोल उठा, "आ रही है। आ रही है।"

लड़कियों ने देखा तो हँसते हुए एक-दूसरे पर लुढ़कने लगीं।

"देख। कहा था न?"

देखा सभी ने।

आ रही थी अनिन्दश्री। उसके साथ-साथ चला आ रहा था एक दीर्घकाय युवक।

अट्ठारह

अनिन्दश्री। अथवा तुलतुल। सोचती चली आ रही थी—इतना सभ्य चेहरा लेकिन बातचीत करने का ढंग ऐसा क्यों?

'लड़की' क्या कोई शरीफ आदमी कहता है? 'ल़ाश गिरा दूँगा' यह भी किस जगह की भाषा है?

उसी बदमाश जानवर के दल का ही होगा।

पर मुझे बचाया है। वरना अब तक तो मैं...डर के मारे एक बार आँखें बन्द कर लीं उसने।

कंकावती के पास मैं फिर न लौट सकती। शायद वहीं पेड़ के नीचे पड़ी रहती।

x x x

पाँव उठ नहीं रहे थे।

उस भद्र चेहरे वाले अभद्रभाषी इंसान ने कहा, "इस तरह चलेंगी तो कब पहुँचेंगी? जरा पाँव चलाइए।"

कहा हालाँकि बड़ी नरमी से, परन्तु उसका देखना तुलतुल से बरदाश्त नहीं हो रहा था। लग रहा था उसकी दृष्टि तुलतुल की हड्डी-पसली बेंधती भीतर धँसी जा रही है।

"अरे, अब तक कहाँ थीं?"

"ओह! क्या एकाएक आप, पहचान वाले, मिल गए थे?"

"हम लोग तो सोच-सोचकर परेशान हो रहे थे।"

लड़के-लड़कियों ने कई सवाल पूछ डाले।

तुलतुल कुछ नहीं बोली। पास वाली दरी पर बैठ गई।

आगन्तुक युवक ने जरा गम्भीर और जरा व्यंग्यपूर्ण हँसी हँसकर कहा, "लड़कियों को साथ लेकर आए हैं दादा, जरा केयरफुल रहना चाहिए था। ये बड़ी असुविधा में फँस गई थीं। यही लोग आपके साथ हैं न?" आखिरी प्रश्न उसने तुलतुल से पूछा।

सहसा ऐसे मस्तान टाइप छोकरे की गार्जेनों-जैसी बात सुनकर कइयों का खून खौल उठा।

एक ने तेज आवाज में कहा, "आपको तो हमने ठीक पहचाना नहीं।"

छोकरे ने जरा-सा कन्धा उचका कर हँसते हुए कहा, "पहचानने की बात भी नहीं है दादा। हम हैं दूसरे ग्रह के प्राणी। खैर, इनकी तबीयत शायद विशेष ठीक नहीं है।" लड़कियों की तरफ देखकर बोला, "जरा ध्यान रखिएगा।"

"अचानक हुआ क्या? एई अनिन्दश्री? किधर गई थी?"

देवयानी ऊँची आवाज में बोली, "मिजाज दिखाकर अकेली चली गई..."

परन्तु वह बात खत्म नहीं कर पाई कि सहसा वह युवक बोल उठा, "क्या? क्या नाम कहा?"

x x x

परन्तु क्या वह उत्तर सुन सका?

नहीं।

सहसा पीछे से एक बदमाश किस्म का आदमी जाने कहाँ से आया और उसके सिर पर एक भारी चीज से प्रहार कर जी-जान से भाग गया।

'आ–ह !' एक आर्तनाद के साथ साढ़े छह फुट लम्बा वह युवक धूल में लोट गया। खून से जगह भीग गई।

नहीं। खून नहीं गिरा। केवल संज्ञाहीन हो गया।

किस चीज से चोट पहुँचायी? लोहे के डण्डा से?

नहीं, लोहे का डण्डा नहीं। जिससे मारा था उसे फेंक कर भागा था वह शैतान।–खूब भारी, मोटी, छोटी-सी एक पेड़ की डाल थी।–अभी भी भीतर से ऊच्ची है शायद इसीलिए सिर नहीं फटा? अथवा आक्रमण अचानक हुआ था इसलिए ऐसा हट्टा-कट्टा जवान आदमी इस तरह से लोट गया?–या उसके मन में ठीक उसी क्षण एक भयंकर भूकम्प आया था, जिसने उसे असतर्क कर दिया था?

x x x

बादाम बोला, "ये आ गया। क्यों रे गाँजा, किधर गया था? गुरु गुस्से से लाल होकर तुझे ढूँढ़ने गया है। ग्राहक शायद आ गए हैं लेकिन कार से नहीं उतरे हैं। वह उधर कार में बैठे-बैठे ही बातें कर रहे थे। लगता है बहस हो रही थी।–उसके बाद ही कार मोड़कर चले गए। गुरु तो गुस्सा हो कर··· "

गाँजा ने दोनों हाथ उलटते हुए कहा, "गुरु के बारह बज गए हैं। पुलिस उठा ले गई है।"

"पुलिस?"

श्यामल ने अविश्वास-भरी आवाज में कहा, "गुरु को पुलिस···"

"अरे बाबा, सारी पुलिस क्या उसके भाई-बिरादर हैं?"

बादाम निश्चित स्वरों में बोला, "वह कुछ नहीं ! छोड़ देंगे। लेकिन हम लोग क्या करें?"

"और क्या करेंगे? लौट जाएँगे। पेट में मेरे गुल्ली-डंडा खेल हो रहा है।"

"तूने ठीक देखा कि पुलिस की गाड़ी थी?"

"पुलिस की गाड़ी नहीं," गाँजा बड़ी शान्ति से बोला, "प्राइवेट कार। भीतर पुलिस अफ़सर बैठे थे। चल-चल, यहाँ से खिसक चलें। इसके बाद कहीं हमें ही न..."

x x x

उत्तेजित तुलतुल तीव्र स्वरों में बोल उठी, "इसे यहाँ इस हालत में छोड़ कर तुम लोग खिसकने की बात सोच रहे हो? कैसे हो तुम लोग? इन्सान या जानवर?"

संजय बोला, "तो क्या तू सोच रही है इसे छाती से चिपका कर अस्पताल पहुँचाएगी?"

"अलबत्त।"

"कितना रिस्क है सोचकर देखा? अन्त में कहीं हमें ही अपराधी समझ कर..."

"यह सब सोचना छोड़ो," तुलतुल ऊँची आवाज में बोली, "तुम लोगों को मैंने क्या हुआ था, बताया न? यह न आया होता तो अब तक अनिन्दश्री खत्म हो चुकी होती और जाने किस झाड़ी के नीचे पड़ी होती? इसे इस हालत में फेंक कर जाने की कैसे सोच ली तुम लोगों ने?"

तुलतुल का चेहरा भयंकर लगा सब को।

एक ने कहा, "अरे बाबा! साफ समझ में आ रहा है इसी के दल का आदमी खत्म करने आया था। हम लोग ज्यों ही चले जाएँगे वे लोग बॉडी उठा ले जाएँगे।"

"तू क्या ज्योतिषी है? मैं कह रही हूँ इसे इस तरह छोड़कर चले जाना जानवरों से भी बदतर काम होगा।"

'होगा', इस बात को मन-ही-मन बहुत लोग मान रहे थे। कुछ लोग निडर किस्म के हैं भी लेकिन इस समय सभी तुलतुल पर खीजे हुए थे। अपनी लाचारी, असहायपन की बात भी सोच रहे थे।

सोच रहे थे, 'तुम महिला अकेली हवा खाने जाओ और मोस्ट आर्डिनरी

लेकिन बेहूदा मुसीबत खड़ी कर बैठो।–हुँ, नाटक के दृश्य की तरह महामुहूर्त पर एक हीरो आकर तुम्हारी इज्जत बचा लेता है। लगता है तुरन्त ही तुम उसे अपना दिल दे बैठीं। अब इसके लिए हम सब मुसीबत में फँसें?'

फिर एक ने कहा, "इतनी बड़ी लाश को लटका कर स्टीमर घाट तक ले कौन जाएगा?"

"ए चुप। इस तरह से बात मत करो।" तुलतुल ने इशारा किया, शायद भीतर होश में हो। मुँह से बोली, "कैसे भी ले जाना पड़ेगा, जाना तो है।"

"उसके बाद? स्टीमर पर चढ़ाते वक्त एकाएक ऐसे एक 'हाफ डेड' को न चढ़ाया तो?"

"दीपक! फिर? क्यों? क्या हम नहीं कह सकेंगे कि हम में से ही एक जन एकाएक अस्वस्थ हो गया..."

"स्टीमर में अपने-अपने टिकट का काउण्टर पार्ट जमा करके ही उठना होगा। इनका कहाँ से आएगा?"

"इसके अलावा," एक और बोला, "अस्पताल में भर्ती करते वक्त भी, देख रहे हो न, हाथ में कड़ा, गले में डोरे से लटकी चाँदी की पत्ती–जात क्या है, समझ रहे हो न?"

"ठीक है," तुलतुल ने एकाएक झुक कर बेहोश आदमी के हाथ से कड़ा उतार कर अपने पर्स में डाल लिया। बोली, "पत्ती उतार दो तुममें से कोई, पर्स में रखे लेती हूँ। गॉगल्स भी तो रखा ही है।"

लेकिन इस काम के लिए कोई आगे नहीं बढ़ा।

मालवी बोली, "कहीं पर भी तो कोई माली-वाली या केयर-टेकर नहीं दिखाई पड़ रहा है। रहना तो चाहिए।"

जैसे हर समय 'उचित' कार्य ही हुआ करते हैं।

"अच्छा, उधर दूर एक पार्टी शायद जाने की तैयारी कर रही है–उनसे जा कर कहने से कैसा रहेगा? कहेंगे कि एकाएक देखा है कि एक आदमी बेहोश पड़ा है–आप लोग बता सकते हैं कि क्या किया जाए?"

"एॅब्सर्ड बातें मत कर, दीपक। सुनते ही जैसे वे लोग मदद करने के लिए हाथ बढ़ा देंगे। कहेंगे, आपस ही में लड़कर एक को 'खत्म' कर बैठे होंगे। हम

लोग इस झंझट में नहीं पड़ने वाले।"

तुलतुल बोल उठी, "स्वागत नहीं दिखाई पड़ रहा है?"

"वह शायद बुद्धिमानों की तरह पहले ही खिसक लिया है। उसके पास तो कार थी न?"

तुलतुल को विश्वास नहीं हुआ कि उसके साथ स्वागत ऐसा विश्वासघात करेगा। लेकिन सचमुच, वह तो बड़ी देर से दिखाई नहीं पड़ रहा है।

नहीं, इनमें से कोई भी इन्सानियत का पक्ष नहीं ले रहा है। ये लोग भविष्य में 'रिस्क' लेने की बात पर विचार कर रहे हैं। तुलतुल ने हताश दृष्टि चारों ओर दौड़ाई।

"देवयानी! थोड़ी देर पहले तूने ही तो फोरकास्ट किया था। ऐसी एक दुर्घटना होने वाली है ये तो नहीं कहा था।"

"दुर, मैं क्या सचमुच कुछ जानती हूँ? वह सब तो गप्प था।"

"अच्छा, तू ही बता मेरी जैसी मानसिक दशा अगर तेरी होती तो तू क्या करती?"

"आ हा, मैं समझती हूँ कि तुझे यह प्रस्ताव अच्छे नहीं लग रहे हैं। लेकिन हम लोगों की क्षमता ही क्या है—बता?"

"मैं कॉलेज की पढ़ाई छोड़ दूँगी। ऐसे कापुरुषों के साथ..." कहते-कहते एकाएक चुप हो गई।

स्वागत आकर खड़ा हुआ।

बोला, "सोच कर देखा, इसे स्टीमर तक ले जाना असम्भव है। अपनी कार भीतर ले आया हूँ। बाहरी गेट पर बात करके आया हूँ"—कहते-कहते हँसा, "उसी के साथ 'देना' भी पड़ा है। मैंने कहा कि हमारा एक साथी ज्यादा ड्रिंक करके बेहोश-सा हो गया है—उसे कार से ले जाऊँगा।"

तुलतुल ने स्वागत के मुँह की ओर देखा। मन-ही-मन शर्म से गड़ गई। अभी तक इसे ही मैं विश्वासघातक समझ रही थी। नीच सोच रही थी। सोचा था फिर कभी इसका मुँह नहीं देखूँगी। धीरे से पूछा, "लेकिन तेरी माँ?"

"इनके दफ्तर से माँ को फोन पर बता कर आया हूँ। कहा है एक दोस्त अचानक अस्वस्थ हो गया है इसलिए नहीं जा सकूँगा। उसे लेकर अस्पताल जाना है। रात को वहीं रह जाएँ।"

कंकावती पिंजड़े में बन्द प्राणी की भाँति छटपटा रही थी। व्याकुल हो रही थी।

क्या करे? तुलतुल की खबर कैसे प्राप्त करे?

ओफ ! ये तुलतुल ही एक दिन उसकी मौत की कारण बनेगी।

ओः ! बार-बार कहा था तुम्हें भी स्टीमर पर जाने की जरूरत क्या है? प्रीतम ही ले जाएगा–बैठा भी रहेगा। लेकिन जवाब दे दिया– "कार सिर्फ तुम्हारे ही पास नहीं है माँ– बहुतों के पास है।" जितना ही सोचती हूँ कि अब प्रभाकर को अपनी परेशानियाँ नहीं बताऊँगी, उतना ही··· उसे न बताऊँ तो बताऊँ किसे? दुनिया में और कोई है क्या?

x x x

"मिस्टर बाजपेयी हैं?"

"हैं। देती हूँ–जरा होल्ड कीजिए।"

"मिस्टर बाजपेयी !'

"कहिए।"

"तुलतुल अभी तक नहीं लौटी है।"

"अच्छा ! आपने कहा था न कि साढ़े छह बजे तक लौट आने की बात है।"

"लेकिन अब तो रात के साढ़े दस बज चुके हैं प्रभाकर।"

"किसी वजह से देर हो गई होगी। अभी आ जाएगी।"

"मुझे पता था तुम ऐसा ही जवाब दोगे। अच्छा रख रही हूँ। फोन करके तंग करने के लिए लज्जित हूँ।"

"रुकिए ! रुकिए ! काटिएगा नहीं। आपने उसके किसी साथी के यहाँ फोन किया था?"

"मैं उसके किसी सहपाठी का फोन नम्बर नहीं जानती हूँ।"

"ताज्जुब है ! यह तो मालूम होना चाहिए।"

"मैं हजारों दफा कह चुकी हूँ। देती नहीं है। इस लड़की के कारण मुझे

सुइसाइड करना पड़ेगा, प्रभाकर।—बहुत अच्छा होगा अगर रात के बारह बजे लौटकर देखे कि माँ नींद की गोलियाँ खाकर मरी पड़ी है।"

"बच्चों जैसी बातें मत कीजिए कंकावती देवी। सुनिए। मैं पता करता हूँ..."

"तुम क्या पता करोगे प्रभाकर?—कि बोट्निक्स से लौटते वक्त कोई स्टीमर तो नहीं डूब गया है?"

"आश्चर्य है! आप यह सब क्यों सोच रही हैं? मैं कहता हूँ..."

"पता नहीं क्यों सोच रही हूँ। मुझे लग रहा है मेरे ऊपर बड़ी भारी मुसीबत आई है।"

"मैं आऊँ?"

"आप? तुम? प्रभाकर! तुम कहाँ से बोल रहे हो? तुम अभी भी घर नहीं गए हो?"

जरा-सा हँसने की आवाज आई—"आपने फोन तो दफ्तर में ही किया था, कंकावती देवी। आजकल लौटने में अक्सर देर हो जाती है।"

"ओ! हाँ! समझी।"

"सुनिए। यह सब दुश्चिन्ता मत कीजिए। अभी आ जाएगी। मैं पता करता हूँ। मेरे दफ्तर से चाँदपाल घाट खास दूर नहीं है। अच्छा। लाइन में डिस्टर्बेन्स है।'

x x x

हो रहा था डिस्टर्बेन्स।

तुलतुल की नाराज आवाज झनझना उठी, "ओफ! मैं कब से कोशिश कर रही हूँ—अब तक किससे गप्पें हाँक रही थीं? सुनो। मैं एक मुश्किल में पड़ गई हूँ।"

तुलतुल की आवाज?

कंका क्या भगवान् से कहे, 'सचमुच तुम हो भगवान्?' फिर भी अपनी आवाज स्थिर करते हुए बोली, "वह तो समझ रही हूँ। क्या मुश्किल है?"

"हमारे दल माने एक दोस्त पिकनिक में अस्वस्थ हो गया था। उसे लेकर क्या बताऊँ अस्पताल में भर्ती करना कितना असम्भव काम था। एक प्राइवेट नर्सिंग होम से बात कर रही हूँ। यहीं उसे..."

"कौन है वह?"

"बताया तो दोस्त।"

"नाम क्या है?"

"तुम क्या सबको पहचानती हो? नाम बताने से पहचान लोगी? खैर, मैं थोड़ी देर में आती हूँ–और सुनो–कुछ रुपया चाहिए।"

कंकावती ने पूछा, "वह रुपया तुम तक पहुँचेगा कैसे?"

"तुम तैयार तो रखो। मैं आती हूँ। मेरे साथ एक और लड़का रहेगा उसे दे देंगे।"

"फिर? तुम भी नर्सिंग होम लौट जाओगी?"

"नहीं-नहीं। आज रात को नहीं। वही लड़का रहेगा। उसी के जान-पहचान वाले एक डॉक्टर का नर्सिंग होम है।"

"अच्छा! खबर देने के लिए धन्यवाद! दोस्तों के लिए जितना दायित्व-बोध है उसका चवन्नी भर भी अगर··· खैर! कितना रुपया चाहिए?"

"यही अभी तो कह रहे हैं एक हजार तक चाहिए। बाद में जो कुछ लगेगा···"

"ठीक है। तैयार रखती हूँ। बीमारी क्या है?"

"एकाएक बेहोश हो गया है।"

"स्ट्रोक?"

"नहीं। अभी समझ में नहीं आ रहा है। रखती हूँ।"

तुलतुल ने माँ से रुपया माँगा है, माँ इसी से धन्य हो गई।

कंका ने एक लिफाफे में एक हजार रुपया रखा और पाँच सौ रुपया ड्रेसिंग टेबिल के ड्रायर में रख दिया। अगर समझा-बुझा कर यह भी दिया जा सके। पहले से ही ज्यादा देने पर नाराज हो जाएगी।

कंका लड़की के प्रति प्रेमप्रदर्शन का यही एक रास्ता जानती है। प्रयोजन से ज्यादा लाद देना। वह भी खुशामद करके–"ले ले ना बाबा! रख ले न अपने पास। अगर जरूरत पड़ जाए तो···"

रुपया ठीक से रखकर बेचैनी से कंका प्रतीक्षा करने लगी।

पता नहीं कितनी देर लग जाए।

लेकिन वह दोस्त कौन है, जिसके लिए तुलतुल रात के बारह बजे तक अस्पताल में भागती फिरी और अन्त में नर्सिंग होम जाना पड़ा? दोस्त लड़की है या लड़का? लड़कियों को भी तो दोस्त ही कहते हैं। पूछने की हिम्मत नहीं हुई परन्तु लगता तो लड़का ही है। अभी कहा न कि मेरे साथ एक लड़का आएगा– लड़की होती तो कोई न कोई लड़की रात को रुकती। उसके घरवालों को भी खबर करते। जरूर कोई दूर रहने वाला लड़का होगा।

कंकावती इतनी भाग्यवती कहाँ कि लड़की की हर बात जान सके?

x x x

बड़े आश्चर्य की बात थी। ज्यादा रुपया देखकर तुलतुल नाराज नहीं हुई, बल्कि साथ आए लड़के से बोली, "ए स्वागत! यह भी अपने पास रख ले।"

"इतना नहीं चाहिए। बाद में देखा जाएगा। अभी रहने दे।"

"तेरे पास रहेगा तो क्या काटेगा तुझे? पकड़।"

"ठीक है। कल सुबह ही पहुँच जाएगी न?"

"पहुँचूँगी। तेरे ये पहचान वाले डॉक्टर का नर्सिंग होम अच्छा है न? या दो पैसा कमाने के लिए बनिए की दुकान की तरह खोल कर बैठ गए हैं?"

"मैं कैसे बता सकता हूँ बता? कभी पेशेण्ट बन कर घुसा नहीं।"

"अब क्या करेगा?"

"क्या करूँगा? वहीं लौट जाऊँगा।"

"रहने देंगे?"

"देंगे क्यों नहीं? एक्स्ट्रा चार्ज दिया नहीं है क्या?"

"क्या खाएगा तू?"

"खाना भी देते लेकिन अब तो खाने का वक्त नहीं है। फिर मन भी नहीं कर रहा है।"

"क्या कह रहा है? थोड़ी देर पहले तो कह रहा था, बहुत भूख लगी है।"

"कहा था क्या? शायद भूल कर···"

"तूने अपने मामा के यहाँ की दावत मिस की। बेचारा!"

स्वागत बोला, "तू तो ऐसे कह रही है जैसे तेरी वजह से मेरा यह नुकसान हुआ।"

"बहुत कुछ तो सही है। मेरी वजह से तो झमेले का जन्म हुआ।"

"तब फिर अच्छी तरह से खा-पीकर, डनलोपिलो की गद्दी पर लेट-लेट कर पछताती रह।—मैं चला—"

यहीं से कंकावती लिफ्ट के पास खड़े दोनों की सारी बातें सुन रही थी। बेहद इच्छा हो रही थी कि अपने पास बुला कर कहे, 'तुम भी तुलतुल के साथ कुछ खा लो न बेटा। सभी कुछ तो है।'

'खा लो बेटा।'

कंकावती ने यह भाषा कब सीखी? वह तो नितान्त छोटे और किशोर बालकों तक को 'भाई' कहती है। आज की कंकावती की बातों में मिठास है, ढंग मधुर है, कण्ठस्वर सुरीला है। इस कंकावती के होंठों के कोने एक विशेष ढंग से तिरछे भी नहीं होते हैं। लेकिन एक तरुण लड़के को 'बेटा' सम्बोधन करते हुए खाने के लिए कंकावती अनुरोध कर रही है, यह कल्पना की जा सकती है क्या? चाहे कितना भी बेटी का दोस्त क्यों न हो। यह बात कंकावती ने भी नहीं सोची थी—उसके अवचेतन मन में यह 'इच्छा' के रूप में ध्वनित हुई थी।

तुलतुल अपने सहपाठियों को कभी घर नहीं लाती है शायद इसीलिए पहले कभी ऐसी बातें मन में आईं नहीं। एक तरुण लड़के को देखकर मन में स्नेहरस की लहरें उठ सकती हैं यह कंकावती को पता ही नहीं था।

कह रहा है कि खाना नहीं खाया है।

शायद इसीलिए बेहद इच्छा हो रही थी, पास बैठा कर खिलाये। इससे पहले ऐसी परिस्थिति ही कब आई थी? एक लड़का—कितनी अच्छी चीज है। अच्छी लगने की चीज ही है। अच्छी लगने की ऐसी चीज तो कंका के पास भी··· उधर से जबरदस्ती मन को हटा लिया। सोचा कहे, 'तुम थोड़ा-सा खाकर जाओ न बेटा।'

लेकिन लड़की के डर से न कह सकी।

तभी तुलतुल लिफ्ट के पास से आकर बोली, "दो कप कॉफी मिल सकती है क्या?"

x x x

स्वागत के चाचा के दोस्त डॉक्टर विश्वास के नर्सिंग होम का नाम है 'लाइफ'। सपरिवार ये नर्सिंग होम के ऊपर रहते हैं।–रोज-रोज रात को कोई एमर्जेन्सी केस आते हों, ऐसी बात नहीं है। स्वयं रात को इसीलिए नीचे आते नहीं हैं। जूनियर डॉक्टर भांजा रातुल ही भर्ती-वर्ती कर लेता है। अगर कुछ पूछना होता है तो फोन की एक्सटेन्शन लाइन पर पूछ भी लेता है।

दो नर्सें हैं, वे भी रिश्तेदार ही हैं दूर-दराज की। डॉक्टर विश्वास ने उन्हें ठोकपीट कर मन-माफिक बना लिया है।

कल रात को दोस्त का भतीजा स्वागत आया। दो-दो अस्पतालों का चक्कर काट कर, व्यर्थ होकर थका-माँदा आया है, सुनकर वे नीचे आए थे। पेशेण्ट उसी का दोस्त है सुनकर ज्यादा पूछताछ नहीं की थी। इसके अलावा उसके साथ एक लड़की भी थी। परी जैसी सुन्दर ये लड़की रोगी के लिए जिस तरह से व्याकुल हो रही थी उससे साफ लग रहा था, प्रेमिका होगी। भर्ती कर लिया था। रातुल से कहा था, ध्यान रखे। रात को वहीं पर स्वागत के ठहरने का प्रबन्ध भी कर दिया था। हालाँकि दोस्त के भतीजे के 'दोस्त' के लिए बिना दक्षिणा के ट्रीटमेंट का सवाल ही नहीं उठता है। तो वह काम भी बड़ी आसानी से सम्पन्न हो गया था। कम-से-कम तीन दिन का एडवांस लिये बगैर डॉक्टर विश्वास मरीज को भर्ती नहीं करते हैं। परिचितों के साथ भी यह नियम पालन करने की रीति है। वे इस बात के लिए लज्जित भी नहीं होते हैं।

x x x

सुबह जब उन्होंने तुलतुल और स्वागत के साथ बात की तब गार्जेन तथा परिचितों जैसे ढंग से कहा, "कल तुम लोग बहुत टायर्ड थे इसलिए ज्यादा बात नहीं हुई थी। पेशेण्ट सम्बन्धी कुछ प्रश्न हैं।"

स्वागत क्षीण स्वरों में बोला, "कहिए।"

"कल तुम लोगों ने कहा था बात करते-करते एकाएक गिर कर सेन्सलेस हो गया था?–ऐसा क्या इसको अक्सर होता है? या पहले कभी एक-आध बार ही हुआ है?"

स्वागत ने तुलतुल की ओर देखा।

तुलतुल दूसरी ओर देख रही थी।

स्वागत का गला सूखने लगा। किसी तरह बोला, "कहाँ? कभी तो माने—ठीक बता नहीं सकता हूँ।"

"बता नहीं सकते हो? लेकिन तुम लोगों की बात से मैंने सोचा तुम लोगों का विशेष मित्र है। खैर—जैसा समझ रहा हूँ, चोट गिरने से नहीं बल्कि किसी भारी चीज के आघात से हुई है। ठीक-ठीक बात मालूम होना जरूरी है। किसी वजह से क्या दोस्तों में झगड़ा हुआ था और मारपीट की नौबत आ गई थी? ऐसा तो हो सकता है।"

उन्नीस

तुलतुल अभी भी दूसरी ओर देख रही थी।

स्वागत विपन्नभाव से बोला, "नहीं-नहीं, झगड़ा क्यों होगा?"

डॉक्टर विश्वास हँसे, "यह भी ठीक है—झगड़ा क्यों होगा? खैर—तो फिर ऐसा नहीं हुआ? लेकिन रातुल माने मेरा भांजा कह रहा था कि जल्दी-जल्दी में तुम लोगों ने पेशेण्ट का नाम-पता, उम्र इत्यादि लिखवाया नहीं था लेकिन रजिस्टर में तो एन्ट्री के लिए यह सब जानना जरूरी है। तुम्हें पहचानने की वजह से ही…" डॉक्टर विश्वास ने शिकायती लहजे में कहा।

जैसे इस मामले में किसी तरह की 'दुष्कृति' या 'गैरकानूनी' बात छिपी है। सोचना स्वाभाविक ही था। साथ में एक सुन्दर लड़की है, जो कि दुनिया के हर झगड़े की जड़ होती है।

x x x

अकस्मात् उसी लड़की ने इधर मुँह घुमाया। बोली, "हम लोग स्वयं ही यह सब नहीं जानते हैं तो लिखाते क्या? वह तो हम लोगों का कुछ मिनट पहले मिला मित्र है।"

स्वागत झिझकते हुए बोला, "किन्तु अनिन्दश्री…"

अनिन्दश्री ने उसे डपट कर कहा, "तू चुप रह। सच्ची बात बताने दे। फालतू बातों से फायदा क्या? सुनिए डॉक्टर साहब, शायद आपको हम ने बताया था कि कॉलेज से दल-बल सहित हम लोग कल बोट्निक्स पिकनिक के लिए गए थे—"

"हाँ-हाँ। ऐसा कहा था, यह तो याद है।"

दृढ़ स्वरों में तुलतुल बोली, "उसके बाद की घटना ये है कि मुझे ज्यादा हो-हल्ला अच्छा नहीं लग रहा था तो मैं जरा-सा हट कर अकेली घूमते-घूमते थोड़ा दूर चली गई थी। सहसा न जाने कहाँ से एक बदमाश किस्म का आदमी आकर मुझे बहुत परेशान करने लगा। आस-पास कोई नहीं था। मैं बड़ी जोर से चिल्लाने लगी।—मेरा चिल्लाना सुनकर पता नहीं किस तरफ से यह सज्जन आ गए। इन्होंने उसे कान पकड़ कर थप्पड़ मार कर भगा दिया फिर मुझे साथ लेकर साथियों के पास ले आए। ये बात कर रहे थे खड़े-खड़े कि अचानक वही बुरा आदमी बदला लेने के इरादे से पीछे से आया और एक मोटे से डंडे से धाँय से इनके सिर पर मार कर फिर भाग गया। तुरन्त ही ये सज्जन बेहोश होकर गिर गए। वह दुष्ट खूब नाटा था तभी शायद इनका सिर नहीं फोड़ सका—इसीलिए चोट सिर के पीछे लगी है।"

डॉक्टर विश्वास हँसे, "सिर फूट जाता तो बात आसान हो जाती। कुछ स्टिच दे देता, काम पूरा हो जाता। खैर, मैं वास्तविक घटना से अवगत हो गया हूँ। बिल्कुल नाटक का दृश्य है। एक अज्ञात अपरिचित युवक सहसा घटनास्थल पर पहुँचकर हीरो का पार्ट प्ले कर रहा था। लेकिन अन्त तक निभा न सका। कल तुम्हें परेशान देखकर लग रहा था तुम्हारा विशेष मित्र है।"

तुलतुल ने भौंहें सिकोड़ते हुए कहा, "आप ही लोग तो कहते हैं अगर कोई किसी की मुसीबत पड़ने पर मदद करता है तो उसे मित्र कहा जाता है। तो क्या यह बात गलत है?"

डॉक्टर विश्वास लड़की की तीक्ष्णता पर मुस्कुराए, "नहीं। लेकिन दल में और भी तो थे? उनमें से कोई इसे लेकर दौड़-भाग कर सकता था? तुम एक लड़की हो, फिर रात को..."

"लड़के थे। कितने महान् थे सबके सब ! "

स्थान, काल, पात्र भूलकर तुलतुल बोल उठी, "एक से एक कावर्ड— समझे आप? कहते क्या हैं—'इसे अस्पताल में भर्ती करने में बहुत रिस्क है। पुलिस केस में फँसना पड़ेगा। इससे तो अच्छा जैसे पड़ा है वैसे ही पड़ा रहे। बाग के माली-वाली कोई तो देख ही लेंगे। तब जैसा ठीक समझेंगे करेंगे।' अब आप समझ लीजिए। गनीमत थी कि स्वागत जरा इन्सानियत रखता है और इसके साथ कार भी थी।" कहते-कहते साँस फूल गई तो चुप हुई।

लेकिन कितनी देर के लिए? तुरन्त ही बोली, "जाने दीजिए उस बात को। ये बताइए पेशेण्ट को देखा? बहुत अधिक तो···"

"देखो, कभी-कभी बहुत अधिक··· भी होता है। पर लग रहा है ऐसी बात नहीं है। एक अच्छा लक्षण भी दिखा है, कल रात को सुना अनाप-शनाप बक रहा था। नर्स ने बताया···"

स्वागत बोल उठा, "अनाप-शनाप बोलना क्या अच्छे लक्षण हैं?"

"कहा जा सकता है। 'कोमा' में अगर चला जाता तो कुछ भी नहीं बोलता।"

तुलतुल ने व्यग्र भाव से पूछा, "क्या कह रहा था?"

डॉक्टर विश्वास फिर लड़की की व्यग्रता देखकर मुस्कुराए। बोले, "ये तो पता नहीं लेकिन सोच रहा हूँ कि नर्स से कहूँगा, 'क्या कहता है' यह समझने की कोशिश करें और नोट करके रख लें। इससे शायद उस का 'परिचय' प्राप्त हो सके।"

तुलतुल फिर बोली, "लेकिन लोग तो चिल्ला-चिल्ला कर बड़बड़ाते हैं।"

"चिल्ला-चिल्ला कर?"

"हाँ। हमारे घर जो लड़की काम करती है उसे रह-रह कर बहुत तेज बुखार चढ़ता है। तब वह चिल्ला-चिल्ला कर जाने क्या-क्या भूल-भाल बका करती है।"

"वह दूसरा केस है। मलेरिया वगैरह में ऐसा होता है।" डॉक्टर हँसे।

"तुम्हारे घर में और कौन-कौन हैं?"

तुलतुल बोली, "मैं और माँ।" फिर जल्दी से बोली, "एई स्वागत, तूने अपनी माँ को कहलवा दिया था?"

स्वागत ने सिर हिलाकर उत्तर दिया, "यहीं से फोन कर दिया था।"

"तू तो रात को उसके कमरे में ही लेटा था?"

"लेटा क्या था, 'मरा पड़ा था,' कहना ठीक होगा।"

"मैं जरा देखूँ?"

स्वागत बोला, "सो रहा है।"

डॉक्टर विश्वास बोले, "सुलाकर रखा है। यूँ ही देखना चाहती हो तो देख सकती हो।"

फिर मन-ही-मन बोले, 'हे सत्यवादिनी कन्या। मुझे पूरा शक है कि और भी गहरा 'सत्य' है इसके पीछे। यह लड़का सम्पूर्ण अपरिचित नहीं है तुम्हारे लिए। हीरो की शक्ल तो अच्छी-खासी है जिसे तुम लोग अपनी भाषा में कहती हो 'सुपर्ब'।'

तुलतुल रोगी के बिस्तर के पास आकर खड़ी हुई।

सो ही रहा है लेकिन रह-रह कर भौंहें सिकोड़ रहा है। इतना बड़ा शरीर लेकिन मुँह बिल्कुल देवदूतों जैसा। क्या सुलाकर रखने पर इतना कोमल लगता है?—जी करता है देखते रहो?

x x x

कंका बोली, "तुलतुल, तेरे कॉलेज जाते वक्त कार..."

तुलतुल बोली, "कॉलेज कौन जा रहा है?"

"आज भी नहीं जाएगी?"

"नहीं। आज नहीं, कल नहीं, परसों नहीं। कभी भी नहीं।"

कंका चित्रवत् खड़ी रह गई।

तीन-चार रोज से उस लड़के के कारण व्यस्तता का अन्त नहीं। रुपया भी खर्च हो रहा था। वह तो ऐसी बड़ी बात नहीं। कल बार-बार पूछने पर अनिच्छापूर्वक बोली, "डॉक्टर कह रहे हैं, ठीक है।" इसीलिए कंका ने सोचा था आज कॉलेज जाएगी।

घोषणा हो गई—कभी भी नहीं जाएगी।

ऐसे महामुहूर्त में कंका ने प्रश्न पूछना ठीक नहीं समझा।—कौन जाने वह कंकावती कहाँ खो गई थी जिसका स्वभाव ही था दूसरे को तीक्ष्ण प्रश्नबाणों से बींधते-बींधते छलनी कर डालना।

इस बार कंका कुछ आशान्वित थी।

लग रहा था हृदयहीन कन्या के भीतर हृदय ने सिर उठाया है। शायद वह हृदय कहीं उलझ भी गया है।

न जाने कैसा है वह लड़का?

जिसके लिए तुलतुल इतनी भागदौड़ कर रही है, अस्थिर है।

कंका का बेहद मन था एक बार उसे देखे। परन्तु कैसे अपनी इच्छा प्रकट

करे? तुलतुल सुनकर उसकी मर्यादा बरकरार रखेगी? हाँ, इस स्वागत नाम के लड़के पर भरोसा किया जा सकता है। बेहद शरीफ और अच्छा लड़का है। तुलतुल की अनुपस्थिति में उससे थोड़ी-बहुत बात की है कंका ने। क्या कंका उसी से कहे, 'मुझे ले चलो।' पहली बार तो देखकर लगा था इसी के साथ तुलतुल··· लेकिन वैसा तो कुछ लग नहीं रहा है। अब तो तुलतुल का ध्यान, ज्ञान सभी कुछ वही नर्सिंग होम है। कुछ नहीं कहने का विचार तो था फिर भी अपने को रोक न सकी। पूछ ही बैठी—"तू कह रही थी लड़का अब ठीक है। बोलता-चालता है?"

"बोलता-चालता? नहीं, बातचीत नहीं करता है।"

"मेरी बड़ी इच्छा हो रही है, लड़के को एक बार देखूँ।"

तुलतुल सीधी होकर बैठ गई, "अचानक ऐसी इच्छा का कारण?"

"कारण क्या होगा? यूँ ही। मेरे पार्लर जाने के रास्ते में ही तो पड़ता है। बेचारा अपना नाम-पता नहीं बता पा रहा है—न जाने उसके घरवालों की क्या हालत होगी।"

सहसा तुलतुल कड़ी आवाज में बोली, "उन लोगों की हालत 'खूब खराब' होने के लक्षण तो दीख नहीं रहे हैं। न अखबार में, न टी० वी० में तस्वीर वगैरह भेजी है किसी ने।"

कंकावती फट से बोल उठी, "भेजी है या नहीं भेजी है यह कौन जाने। तू तो हर वक्त टी० वी० खोल कर बैठी नहीं है? बल्कि मैं ही देखती हूँ ज्यादा—लेकिन इस का चेहरा तो देखा नहीं है। नाम भी नहीं मालूम···"

तुलतुल बोली, "तुम टी० वी० के 'खोये हुए व्यक्तियों' वाला समाचार देखती हो?"

x x x

कंका का चेहरा सफेद पड़ गया। आँखों की दृष्टि धूमिल।—अब शायद उतने ध्यान से नहीं देखती है। कभी तो रोज देखती थी। बल्कि एक दिन स्वयं ही चुपचाप दूरदर्शन केन्द्र पर जाकर एक समाचार दे आई थी। केवल बता नहीं सकी थी कि कौन से कपड़े पहन रखे थे।

कितनी पुरानी बात है ये?

धुँधली होती आँखों को स्वाभाविक करते हुए कंका बोली, "हर वक्त क्या

देखती हूँ? पर पार्लर में एक टी० वी० है न? कभी-कभी···"

हाँ टी० वी० है। व्यवसायी बुद्धि के धनी बाजपेयी ने ही लगवा दिया था। कहा था, 'यह एक ऊपरी आकर्षण होगा। महिलायें इसलिए भी आएँगी।'

सहसा क्या तुलतुल के हृदय में भगवान् अवतरित हुए? इसीलिए उदारभाव से बोली, "जाना चाहती हो तो जा सकती हो। लेकिन बड़ी बेवकूफी होगी। डॉक्टर विश्वास से क्या कहोगी?"

"क्या कहूँगी माने?"

"अरे ! अपना परिचय क्या दोगी?"

धीरे से कंका बोली, "तेरी माँ ! यही तो परिचय है।"

"डॉक्टर के साथ गप्पें हाँकने मत बैठ जाना।"

कंका और भी धीरे से बोली, "माँ के लिए तेरी धारणा अत्यन्त सुन्दर है।"

तुलतुल खीज कर बोली, "अरे बाबा, असल में मैं कहना चाहती हूँ कि जाना बुद्धुओं जैसी बात होगी इसीलिए बात-वात···" बोली परन्तु 'बुद्धुओं जैसी बात' के लिए सख्ती से मना भी नहीं किया।

तुलतुल के लिए यही तो स्वाभाविक था।

तो क्या तुलतुल ने सोचा कि माँ अगर उसे एक बार देख ले तो अखबार में या टी० वी० पर दिए गए विज्ञापन से उसका परिचय ढूँढ़ लेगी। इसीलिए शायद बोली, "जाना चाहो तो जा सकती हो।"

लेकिन जाने के बाद कंकावती रोगी के पास से उठने को तैयार नहीं होगी, यह क्या जानती थी तुलतुल? उसने क्या सोचा था कि उसे देखते ही कंकावती की दृष्टि स्थिर हो जायेगी?

सोते हुए आदमी का चेहरा क्या शिशुओं का चेहरा दिखाई देता है? इसीलिए क्या कंकावती अवाक् देखती रही? लेकिन इसकी भौंह के ऊपर एक 'बड़ा काला तिल' क्यों है?

"तुम को देर हो रही है।" तुलतुल बोली।

कंकावती ने घूम कर देखा, "किस बात के लिए?"

"वाह ! तुम अपने पार्लर जा रही थीं न?"

कंकावती थकी-थकी आवाज में बोली, "आज न हो ना ही गई।"

"तब फिर घर लौट जाओ।"

"यहाँ ज्यादा देर तक रुकने नहीं देंगे क्या?"

"पता नहीं? ज्यादा देर बैठकर करोगी क्या?"

स्वागत बगल वाले कमरे में था। डॉक्टर विश्वास के साथ बात कर रहा था एवं उनकी बातें सुनकर उसे चक्कर आने लगे थे। नर्स कमरे में आई। शायद रोगी के किसी प्रयोजनार्थ।

तुलतुल उसके पास जा कर दबी आवाज में बोली, "सिस्टर! डॉक्टर विश्वास ने कहा था, पेशेण्ट जो कुछ बड़बड़ाता है उसे नोट करने के..."

नर्स ने सुन्दर तरुणी के चेहरे पर कृपा-कटाक्ष करते हुए कहा, "उससे कुछ भी समझ में नहीं आएगा। निरर्थक बातें ही हैं, लिख रखा है—चाहें तो देख सकती हैं। वहाँ मेज पर पेपरवेट से दबा कर रखा है। इस बकवास से कुछ पता नहीं चलता है। बार-बार कहते सुना था– 'गाँजा—गाँजा।—बादाम—बादाम। – और—वह कौन है? वह कौन है? उसका नाम क्या है?' "

तब तक तुलतुल ने लापरवाही से लिखे उस कागज के टुकड़े को उठा लिया था। वही बातें लिखी थीं। सिर्फ नीचे की तरफ एक मकान का नम्बर-सा कुछ लिखा था– 'ब्लक ए०सी०! ब्लक ए०सी०।'

"सिस्टर! आपने यह क्या लिखा है?"

"जो कुछ सुना है वही लिखा है। इससे ज्यादा कुछ सुना नहीं। कल रात को यही कहते सुना था। ए०सी० ब्लक! ब्लक ए० सी०।' ए०सी० ब्लक।"

सहसा बिजली का झटका खाई-सी कंकावती गर्दन घुमाकर बोल उठी, "क्या कहा आपने? ए०सी० ब्लक?"

"यही तो लगा था—बहुत अस्पष्ट शब्द थे।"

"और कुछ नहीं सुना था? उसके बाद कुछ?"

उदासीन भाव दिखाते हुए नर्स बोली, "सुनती तो लिख रखती। अच्छा—अब जरा..."

अर्थात् कमरे से विदा होइए।

× × ×

उस समय डॉक्टर विश्वास स्वागत से कह रहे थे, "अब लगता नहीं है पेशेण्ट कोई प्राब्लम क्रिएट करेगा। सब कुछ नार्मल है। आज सुबह सहज भाव से एक बात भी की थी उसने।"

"सहज भाव से? क्या कहा था?"

"सुना, एकाएक बोल उठा था—'कितने बजे हैं?' इसका मतलब सेन्स लौट आया है।"

स्वागत बोल उठा, "अच्छा, अगर हर समय 'ट्रंकुलाइजर' दिया जाए तो समझ में कैसे आएगा कि वह सेन्स में आ गया है?"

डॉक्टर विश्वास मजाकिया आदमी थे। हँसकर बोले, "डॉक्टरों में तो जरा-बहुत सेन्स रहता है न?"

स्वागत शर्मा कर खिसियाई हँसी हँसने लगा।

डॉक्टर फिर बोल पड़े, "प्राब्लम है मेरे भांजे की कही बात की। वह जो कह रहा है वह तो बड़ी जबरदस्त प्राब्लम है। लेकिन मुझे लगता है उसका ख्याल गलत है। इधर तुम लोगों को उसका परिचय भी प्राप्त नहीं हुआ है। इसके अलावा तुम लोगों की उस दिन की परिस्थिति भी···खैर देखता हूँ। होश में आने पर क्या होना है। पूछ-ताछ करने पर पता चल सकता है।"

डॉक्टर साहब बोलते रहे, "रिमार्केबल बात ये है कि उसकी जेब में एक नोटों की गड्डी थी। साधारणतया इस उम्र के लड़कों की जेब में···पर यह किसी अमीर घर का लड़का भी हो सकता है। खैर, आज देखा अनिन्दश्री की माँ आई हैं। क्यों, बताओ तो?"

"यूँ ही।" स्वागत सहज भाव से बोला, "कह रही थीं कि यह देखने आई हैं कि कॉलेज न जाकर तीन-चार दिन से किसके लिए इतनी व्यस्त है?"

"बिल्कुल लड़की जैसी ही शक्ल है। और खूब यंग भी है। मैंने तो बड़ी बहन समझा था।"

स्वागत हँसा, "मैंने भी पहले यही सोचा था। अच्छा, आज चलूँ। आपके भांजे की बातें सुनकर बड़ी परेशानी हो रही है।"

"अरे नहीं-नहीं। कहा न उसकी धारणा सम्भवतः बिना सिर-पैर की हो। उसकी आदत है हर चीज में रंग चढ़ाना।" कहकर डॉक्टर विश्वास जोर से हँसने लगे।

स्वागत जरा निश्चिन्त हुआ।

फिर भी चिन्ता बनी ही रही। उस दिन की परिस्थिति का ख्याल आया। संजय ने कहा था, 'इसके लिए चिन्ता करने की जरूरत नहीं है। लगता है इसके दल ही का आदमी है। ठीक बाद में आकर 'लाश' उठा ले जाएगा।' सुनकर अनिन्दश्री बिगड़ उठी थी। क्या पता संजय की बात ही ठीक है या नहीं।—पैण्ट की जेब में एक नोटों की गड्डी। अपने लोगों के पास कब इतना रुपया रहता है?—हो भी सकता है कि अमीर घर का लड़का हो। शक्ल भी तो···

नर्सिंग होम से बाहर आकर देखा, तुलतुल की कार चली जा रही है लेकिन वह खड़ी है।

"अरे? तुम नहीं गईं?"

"अभी लौट जाने का मन नहीं कर रहा है।"

"तब फिर अभी क्या करोगी?"

"फिर एक बार नर्सिंग होम में घुसा नहीं जा सकता है?"

"शायद जाया जा सकता है लेकिन कुछ अजीब-सा नहीं लगेगा?"

"तब फिर चलो, कहीं और चल कर बैठते हैं।"

दो प्राणी इस तेज रफ्तार से चलने वाले शहर में कहाँ बैठ सकते हैं? यह तो ऐसा देश नहीं है जहाँ ढूँढ़ने पर एकान्त मिल सकता है। अतएव पैसा खर्च करो। चाय की दुकान में घुस कर बैठो।

चाय का आर्डर देने के बाद तुलतुल बोली, "इससे तो अच्छा है गाँव में रहना। जहाँ-तहाँ पेड़ हैं, छोटे-मोटे टीले हैं।"

स्वागत हँसा, "हाँ, इस वक्त जरूर ऐसा लग रहा है लेकिन गाँव में रहना हो तो···"

"तूने रहकर देखा है?"

"देखा नहीं है—अन्दाजा लगाया है।" क्षुब्ध हँसी हँसकर बोला, "तुम्हारा हाल

देखकर लग रहा है मेरी किस्मत फूट गई।"

"तेरी किस्मत ताजी, चमचमाती हुई थी कब? "

"मन-ही-मन कल्पना करता था—वह भी अब न कर सकूँगा।" प्रतिद्वन्द्वी ने आँखें बन्द किए-किए और सोते-सोते ही तुझे लूट लिया। उसे देख कर भी तेरी आस नहीं मिट रही है।"

"बेकार की बात मत कर। एक थप्पड़ खाएगा।"

फिर तुलतुल धीरे से बोली, "लेकिन एक बात तूने ठीक कही है स्वगोक्ति। उसे बार-बार देखने को मन कर रहा है। लग रहा है देखते-देखते एक अद्‌भुत-सी चीज हाथ लग जाएगी। अच्छा, क्या इसी को 'पूर्वजन्म' तो नहीं कहते हैं?"

"पूर्वजन्म या अगला जन्म—पर अभी तक सिर नहीं खपाया है। इसी जन्म को मैं सब कुछ मानता हूँ। और थोड़ी देर पहले डॉक्टर विश्वास से मैंने जो कुछ सुना है वह अगर सच हुआ तो बड़ी मुसीबत होगी।"

"मुसीबत होगी? ऐसी क्या बात है?"

"अभी नहीं बताऊँगा। उन्होंने बताने के लिए मना किया है। कहा है जब तक 'श्योर' न हो जाओ बताना ठीक नहीं।"

"मुझसे बताना भी ठीक नहीं? अच्छा ठीक है।"

"बड़ी मुश्किल है। तू तो ऐसी नाराज हो जाती है। बाबा! डॉक्टर बाबू कह रहे थे उनका भाँजा रातुल है न? उसने कहा है हमारे इस पेशेण्ट से एक बहुत गुण्डा किस्म के लड़के की शक्ल मिलती है। उसे रातुल पहचानता है।"

"कहा है तो क्या हुआ? वह रातुल बड़ा गन्दा आदमी है। ऐसे ताकता है कि सिर से पाँव तक आग लग जाती है। —चल। अब अच्छा नहीं लग रहा है।"

"कल कॉलेज जाएगी? "

"कह तो दिया है जीवन में फिर कभी नहीं जाऊँगी।"

"वह तो गुस्से की बात है। "

"गुस्सा-वुस्सा मैं नहीं समझती हूँ। मेरी बात ही आखिरी बात है। "

x x x

कमरे में घुसते हुए तुलतुल दंग रह गई। उसका कमरा किसी ने तहस-नहस

कर रखा था। ड्राअर खुला, अलमारी के दोनों पल्ले सपाट खुले, मेज की सारी किताब-कॉपियाँ खुलीं। बिस्तर उलटा-पुलटा पड़ा था। और उस फैले-छिटके सामानों के बीच, बिस्तर के एक किनारे कंका ऐसे बैठी थी जैसे युद्धक्लान्त पराजित सैनिक बैठा रहता है।

"यह क्या? कमरा इस तरह सर्च क्यों किया गया है?"

कंका लड़की की तेज चीख की परवाह किए बगैर थकी-थकी आँखें उठाकर असहाय-सी बोली, "अच्छा तुलतुल, तेरे पास एक लाल वेलवेट कवर वाला एक छोटा-सा एलबम था न? जिसे तू बचपन में देखा करती थी? जिसमें तेरी बचपन की तस्वीरें थीं?"

"मतलब है कि उसी को ढूँढ़ने के लिए यह सर्च किया जा रहा है?" तुलतुल भी पास ही बैठ गई—"किस जन्म की बात कर रही हो?"

"हाँ। शायद पूर्वजन्म की। लेकिन था तो। शायद तेरी किताबों के साथ था।"

तुलतुल ने वज्रकण्ठ से कहा, "था। यहाँ नहीं। केयातला में धरित्रीदेवी के घर में।—"

कंका व्यग्रभाव से बोली, "वहाँ से आते वक्त मैंने तेरी चीजों के साथ तेरे सूटकेस में रखा था।"

"रखा था। उसे फिर निकाला गया था।" तुलतुल निर्लिप्त भाव से बोली, "और वहीं रह भी गया था।"

कंका उत्तेजित हुई। खड़ी होकर बोली, "क्यों? क्यों? क्यों वहाँ रह गया था तुलतुल? लाया क्यों नहीं गया?"

धीरे से उत्तर दिया तुलतुल ने, "धरित्रीदेवी रोते-रोते बोल उठी थीं, 'इन तस्वीरों को भी ले जाएगी? मेरे पास क्या एक भी निशानी नहीं रहेगी? ये तस्वीरें तो तेरी माँ ने मुझे दी थीं।' "

कंका स्तब्ध रह गई।

आशा थी शायद तुलतुल के आते ही...अब कोई आशा नहीं। ठीक ही तो कहा था धरित्रीदेवी ने। तस्वीरें ला-लाकर माँ को दिखाती थी कंका। चालिहा ने ही कितनी तस्वीरें खींची थीं। हरेक कीं।

तुलतुल बोली, "अचानक उस एलबम की तलाश क्यों कर रही हो?"

"मुझे नहीं पता। मेरी समझ में कुछ नहीं आ रहा है। तुलतुल मुझे एक गिलास पानी ला दे।" वहीं तुलतुल के बिस्तर पर लेट गई कंका।

कंका तुलतुल से पानी माँग रही है? यह कैसी अद्भुत बात है।

तुलतुल को भी याद आया, बचपन में वह एलबम उसी के पास रहता था। और जब कोई आसपास नहीं रहता था उस वक्त तुलतुल उन्हें देख-देखकर ड्रा करती थी– 'यह सुशीलदा की रसोई का दरवाजा है', 'यह मेरे जूते का रैक है', 'यह दादा की खाट है', 'यह बाबूजी की पढ़ने की मेज़ है'···तस्वीरें बना-बना कर फाड़ डालती थी।

धरित्रीदेवी तो भी माँगी हुई उन निशानियों को सँभाल कर नहीं रख सकी थीं। फेंक-फाँक कर जाने कहाँ चली गई हैं। उन्होंने क्या कभी सोचा था कि उनकी नकचढ़ी लड़की कभी इन्हीं निशानियों के लिए हाहाकार करेगी? पागल होने लगेगी?

"मैं आज भी जाऊँगी।" जैसे प्रतिज्ञा कर रही हो कंका।

तुलतुल को समझते देर नहीं लगी कि गन्तव्यस्थल कहाँ है।

फिर भी पूछा, "कहाँ?"

"आह! और कहाँ? नर्सिंग होम।"

"तुम रोज-रोज जाओगी तो डॉक्टर विश्वास क्या सोचेंगे?"

"सोचा करें। जो जी में आए, सोचें। मुझे जाना ही पड़ेगा तुलतुल।"

"ठीक है। कल-परसों किसी दिन चली जाना। आज ही क्यों?"

"तुम्हारे आगे हाथ जोड़ती हूँ तुलतुल, मुझे तुम हर वक्त धमकाया मत करो।"

"खूब! मैं आपको धमकाती हूँ मैडम? मुझ जैसा एक साधारण प्राणी···?"

"यही तो। इसी तरह हर समय तुम व्यंग की छुरी से बींधती रहती हो मुझे। तुमने मेरी आजादी नष्ट कर दी। मुझसे अब और सहा नहीं जाता है। मुझे मेरे मन की करने दो।"

तुलतुल ने अपनी माँ के अस्वाभाविक उत्तेजित चेहरे की ओर देखा। माँ के बॉबकट घुँघराले बाल बेतरतीबी से गर्दन और चेहरे पर बिखरे हुए थे।

तुलतुल भी अस्वाभाविक हँसी हँस कर बोली, "मन की? हमेशा ही से तो यही करती आ रही हो कंकावती! मैं तो सिर्फ तुम्हारी मर्जी से चलने वाला खिलौना बनने से अपने को बचाती रही हूँ। और तुम्हें भी एकदम से बह जाने से बचाने के लिए ही ऐसा करती आई हूँ। ठीक है–करो न, जो इच्छा हो।" कमरे से उठकर चली गई।

कंका उठकर बैठी। आँखों से बूँद-बूँद आँसू बहने लगे। पहले गरम फिर धीरे-धीरे बहकर ठण्डे होते आँसू।

कंका को जाना ही होगा वहाँ। लेकिन अकेली कंका? कौन पूछेगा कंका को?

बीस

एक फोन नम्बर लिखा कागज का टुकड़ा लेकर स्वागत बोला, "ठीक है, कर देता हूँ फोन। लेकिन कौन फोन कर रहा है पूछा तो?"

"नहीं-नहीं, यह सब कुछ मत बताना बेटा। सिर्फ बता देने के लिए। लेकिन··· लेकिन बेटा, तुलतुल को मत बताना।"

"ठीक है पर मौसी जी, आज आप नर्सिंग होम न जातीं तो अच्छा होता।"

भक से जल उठी कंका, "क्यों? तुलतुल ने मना किया है क्या?"

"नहीं, नहीं। उसने कुछ नहीं कहा है। मुझे ही लग रहा है, माने एक बात है इसीलिए कह रहा हूँ, आप न जाएँ तो ही अच्छा हो।"

दृढ़ स्वरों में कंकावती बोली, "अच्छे-बुरे का तो प्रश्न ही नहीं उठता है, बेटा। जाना मुझे पड़ेगा ही। मुझे देखना होगा। मेरा देखना बहुत जरूरी है।" कहते-कहते हाँफने लगी।

और उस अवसन्न मूर्ति की ओर देखकर स्वागत को लगा, "उस दिन मैंने गलत देखा था। लगा था उम्र बहुत कम है। नः । उम्र तो हुई है। होगी क्यों नहीं? आखिर अनिन्द-श्री की माँ हैं।

x x x

सुदेष्णा बोलीं, "आज भी तुझे दफ्तर से लौटने में इतनी देर हो गई सौ?"

"पूछो मत! रोज-रोज मीटिंग का झंझट।"

"किस बात की इतनी मीटिंग होती है रे?"

"वह सब तुम्हें क्या समझाऊँ दीदी। जब से पदोन्नति हुई है, झमेला ही झमेला..."

सुदेष्णा बोलीं, "देख, शाम को तेरे लिए एक अजीब-सा फोन आया था जिस का सिर-पैर कुछ भी मेरी तो समझ में नहीं आया। तब से सोच-सोचकर मरी जा रही हूँ।"

दीदी हरदम ही सोच-सोच कर मरने की बात कहती थीं इसलिए सौगत ने उस बात पर ज्यादा ध्यान नहीं दिया। टाई की नॉट ढीली करते हुए पूछा, "किसने किया था?"

"अगर यही मैं समझ गई होती तो अद्‌भुत क्यों कहती? मैंने नाम पूछा तो कहा, 'नाम से आप नहीं समझ सकेंगी। यही मिस्टर सौगत मुखर्जी का घर है न?' मेरे 'हाँ' कहने पर बोला, 'उन से कहिएगा कब सुबह नौ बजे इस नर्सिंग होम में चले आयें। बहुत जरूरी है। आप जरा नाम-पता लिख लीजिए।' "

अब सौगत चौकन्ना हुआ।

"नर्सिंग होम में? कौन अचानक...ठीक से लिख लिया है न?"

"हाँ रे! ये ले। दो-दो बार पूछ कर लिखा है।"

पेपरवेट से दबा कर रखा कागज का टुकड़ा लाकर सुदेष्णा ने सौगत को दिया।

जल्दी से नजर डाली सौगत ने—लाइफ नर्सिंग होम। डॉक्टर विश्वास। थर्टी फोर ऑब्लीग थ्री—जमीर लेन।... बालीगंज।

"ताज्जुब है। किसे भर्ती किया है वहाँ, उसका नाम क्या है, यह सब तुमने पूछा नहीं?"

"पूछूँगी नहीं भला? बार-बार पूछा था लेकिन वह तो बताना ही नहीं चाहता था। लग रहा था 'घोड़े की जीन कसे हो'। मैंने तो नर्सिंग होम का फोन नम्बर भी पूछा था। तो बोला, 'वह फोन बिगड़ा हुआ है।' सच-झूठ तो ईश्वर जाने। मैं तो बाबा, सुनने के बाद से डर ही रही हूँ। क्या पता कोई षड्यन्त्र न हो।"

देखते-देखते पता करीब-करीब रट गया सौगत को। अनमने भाव से कहा,

"मुझे लेकर षड्यन्त्र क्यों करेगा कोई?"

"यह क्या कोई कह सकता है? बुरा वक्त है। किस तरफ कहाँ, अनिष्टकारी बैठा है, बता सकता है कोई? दफ्तरों में भी तो दुश्मन होते हैं।"

सौगत हँसा, "सुना तो हमने भी है लेकिन इस तरह से एक नर्सिंग होम में ले जाकर क्या करेंगे?"

"बुरे आदमी क्या नहीं करते हैं? कोई ठीक आदमी होता तो साफ-साफ बता नहीं देता कि 'फलाँ बीमार है' या उसका एक्सीडेण्ट हुआ है, इसमें छिपाने की क्या बात थी?"

यही तो समझ के बाहर की बात है।

सौगत टेलीफोन डायरेक्टरी के पन्ने उलटने लगे।

"पहले हाथ-मुँह धोकर चाय पी ले–तब देखना।"

सौगत ने सुनकर भी नहीं सुना। पन्ना उलटते ही रहे।

है–इस नाम का नर्सिंग होम है–प्राइवेट। प्राइवेट नर्सिंग होम तो शहर में अनगिनत हैं–टेलीफोन नम्बर भी मिल गया। फोन के पास जाकर रिसीवर उठा लिया।–नहीं, उस आदमी की यह बात तो सच निकली–नर्सिंग होम का फोन खराब है।

दीदी ने पूछा, "तू जाएगा?"

सौगत बोले, "न जाना क्या ठीक होगा?"

"और अगर, जाते ही किसी जाल में फँसा लें?"

सौगत हँस पड़े। बोले, "दीदी, तुम बुद्धू होते हुए भी अक्लमन्द हो। अगर किसी जाल में फँसाना होता तो आज रात को ही बुलाते। सुबह नौ बजे, बालीगंज जैसे मोहल्ले में? जाल में फँसाने लायक है क्या? कल दफ्तर जाने से पहले ही एक चक्कर लगा लूँगा। देखूँ ही न, बात क्या है। हो सकता है किसी बुद्धू से फोन करवाया है किसी ने।"

"फिर भी। न हो तू अपने साथ खोकोन को ले जाना।"

सौगत हँस कर बोला, "तुम्हारे खोकोन को? बाडीगार्ड के तौर पर? नः सचमुच दीदी, तुम हमेशा की छोटी ही रह गईं।"

उसके बाद ही सोचा यह सरलता, व्याकुलता, प्रियजन के लिए यह उत्कण्ठा आज कहाँ देखने को मिलती है?

x x x

रात में भी कई बार उसी नम्बर पर फोन लगाने की कोशिश की, अगर इस बीच डेड फोन में जान आ गई हो? एक नर्सिंग होम है, जल्दी ठीक हो जाना चाहिए। लेकिन कोई फायदा नहीं हुआ।

सोने से पहले भी कई बार सोचने की कोशिश की कि सौगत को कौन ऐसा भुतहा फोन करेगा? मजाक कर सके ऐसा कोई दोस्त भी तो नहीं है। सुरजित? वह तो दिल्ली में है। उसकी चिट्ठी भी अभी थोड़े दिनों पहले आई थी—उसका पता बदल गया है।

अच्छा, कोई और? कम परिचित? किसी तरह के एक्सीडेण्ट के कारण वहाँ भर्ती है। शायद अपना नाम-पता बता नहीं सका है। या फिर किसी वजह से उसकी जेब में सौगत मुखर्जी का कार्ड पड़ा था—वही मिल गया होगा। सोचते-सोचते किसी निश्चय पर न पहुँचने के कारण थक कर सो गये।

सुबह शायद उतनी परेशानी नहीं हो रही थी। दफ्तर जाने के लिए तैयार हुए तो सोचा नर्सिंग होम होते हुए चले जाएँगे।

दीदी दरवाजे तक छोड़ने आईं। रोज आती हैं। व्याकुल भाव से बोलीं, "दफ्तर पहुँचते ही मुझे जरा बता देना। बड़ी परेशानी बनी रहेगी।"

x x x

"भाग गया है? यह आप क्या कह रहे हैं डॉक्टर विश्वास?"

प्रश्न एक धारदार छुरी की नोक से सारे परिवेश को घायल कर आर्तनाद करता वहीं गिर कर बिखर गया।

"एक बेडरिडन पेशेण्ट, जिसको कल ही पूरा-पूरा होश आया था—इस एक छोटे से प्राइवेट नर्सिंग होम से भाग गया? ऐसा संभव कैसे हुआ?"

लाचार डॉक्टर विश्वास इस तीव्र प्रश्नाघात से और भी लाचार होते हुए बोले, "मेरा बैडलॅक। एटैच्ड बाथरूम के पीछे वाले दरवाजे को लॉक रखने का मुझे ध्यान ही नहीं आया था।"

"ध्यान नहीं आया था? आश्चर्य है ! और एक नर्सिंग होम चलाने का शौक पालते हैं आप?"

ऐसे एक धिक्कार से बिजली जैसा झटका लगना स्वाभाविक है।

अब डॉक्टर विश्वास के चेहरे पर से विपन्नता और विपत्ति के भाव तिरोहित हो गए।

"हाँ, पालते हैं। आप जैसी असुविधा में पड़ने वालों के लिए ही नर्सिंग होम चलाया है। जो लोग एमर्जेन्सी का पेशेन्ट लेकर अस्पतालों का चक्कर लगा कर निराश हो जाते हैं, उनके लिए। लेकिन मुझे इससे पहले कभी ऐसा एक्सपीरिएन्स नहीं हुआ था। जो पेशेण्ट इतनी अच्छी चिकित्सा-सुविधा और सेवा पाकर भी भाग जाते हैं उनके लिए मैं क्या कर सकता हूँ? अब लग रहा है आप सब का ख्याल करके, एक अनजान आदमी को यहाँ रखकर मैंने गलती ही की थी।" डॉक्टर विश्वास नपे-तुले शब्दों में बोले।

उसके बाद उस अहंकारी प्रश्नकारिणी को टूटकर सोफा पर बैठ जाते देखा तो शायद दया आ गई। बोले, "अब लग रहा है कल नहीं, उसे पहले ही होश आ गया था। बन कर इस तरह पड़ा था। "

"डॉक्टर विश्वास ! आप नहीं समझ सकेंगे कि मेरा कितना बड़ा नुकसान हो गया।"

गम्भीर भाव से डॉक्टर विश्वास बोले, "देखिए। यह मामला मुझे शुरू से ही रहस्यजनक लग रहा था। आपकी लड़की और उसका 'मित्र' कहाँ से एक नाम-पता रहित पेशेण्ट को ले आए और जबरदस्ती भर्ती करवा कर माने।" डॉक्टर विश्वास कहते रहे, "वह मित्र मेरा परिचित था इसलिए गड़बड़ जानकर भी उसकी जिद्द मान ली। उसके दो दिन बाद आप आईं लड़की के साथ, शायद यह देखने कि मामला क्या है। और यहाँ आकर…"

आगे मुँह में आई बात कह न सके।

रातुल पुलिस को खबर करने गया था।

डॉक्टर विश्वास अकेले ही थे। विश्वास-पत्नी और एक नर्स दबी उत्तेजना लिए भीतर पैसेज में बातें कर रही थीं। और बगल वाले दो कमरों में दो पेशेण्ट इस सहसा आए भूकम्प के कारण 'प्रयोजनीय सेवा' से वंचित हो रहे हैं, इसीलिए असन्तुष्ट थे। वे लोग एक अकेली नर्स से शिकायत भी कर रहे थे और कौतूहल

प्रकट करने से भी बाज नहीं आ रहे थे।

इनमें से एक वृद्ध थे। गिर कर पाँव टूट गया था और एक प्रौढ़ा थीं। नाना प्रकार की बीमारियों के इलाज के लिए भर्ती थीं।

आज अचानक यह मुसीबत आ गई थी। ऐसे एक नर्सिंग होम से मरीज भाग जाए तो बदनामी का डर रहता है। यह कोई बड़ा भारी अस्पताल नहीं कि कुछ भी हो जाए, किसी का कुछ बनता-बिगड़ता नहीं है। वहाँ मरीज का भागना, रोगी का आत्महत्या करना, बच्चा चुराना सभी कुछ होता है पर इसके लिए चिन्ता कौन करता है?

लेकिन बदकिस्मत डॉक्टर विश्वास को लेकर बहुत लोग चिन्ता करेंगे।—इसके अलावा रातुल ने जो शक किया है अगर यह भगौड़ा मरीज कोई अपराधी ही हुआ तब तो कहने ही क्या हैं।

एकाएक डॉक्टर विश्वास का ध्यान इस महिला पर गया। आज ये इतनी जल्दी कैसे आई हैं? उस पर आई हैं अकेली? उनकी वह तीक्ष्णधार लड़की गई कहाँ?—उधर कन्या का 'भक्त हनुमानतुल्य' भक्त स्वागत भी तो इधर कुछ रोज हर रात को रहने के बाद कल ही रात को यह कह कर चलता बना कि "आज तो देख रहा हूँ वह खुद ही बाथरूम जा रहा है, खाना-पीना भी स्वाभाविक ढंग से किया है। आज तो फिर मैं घर चला जाऊँ डॉक्टर चाचा। माँ रोज नाराज होती हैं।"

डॉक्टर विश्वास ने कहा था, "जाना चाहते हो तो जाओ। पिता जी तुम्हारे टूर से लौटे कि नहीं?"

"नहीं! वही तो असुविधा है।" रात को स्वागत चला गया था।

अब डॉक्टर विश्वास को लग रहा है कि मरीज के भाग जाने में स्वागत और इस लड़की का हाथ तो नहीं है? आजकल के लड़के-लड़कियाँ विश्वास करने योग्य है नहीं। क्या पता किसी राजनीतिक दल-वल में न हो। जैसे ही यह बात दिमाग में आई डॉक्टर चंचल भाव से बोल उठे, "आज आप अकेली आई हैं मैडम? आपकी लड़की नहीं आई?"

मैडम भी मन-ही-मन यही सोच रही थीं।

बोलीं, "मेरा भाग्य! आज ही तुलतुल साथ नहीं आई।"

जैसे तुलतुल साथ आई होती तो यह भयंकर घटना शायद घटित न होती।

अथवा वह आई होती तो इस समस्या का समाधान हो जाता।

बोली, "उसके सिर में दर्द भी हो रहा था। थोड़ी देर में आने ही वाली है।"

"ओ ! तो देख रहा हूँ आप खूब अपसेट भी हो गई हैं।"

कंकावती को कब कौन दबा सका है?

सीधी होकर कंकावती बैठते हुए बोली, "मुझे जरा-सा काम है। यहाँ से जल्दी जाने की बात थी। लेकिन स्वागत नाम का लड़का कहाँ है? वह रात को रहता था न? वह नहीं दिखाई पड़ रहा है।"

भौंहें सिकोड़ते हुए डॉक्टर बोले, "कल ही रात को बोला, 'जरा घर जा रहा हूँ। माँ नाराज हो रही है, सुबह ही आ जाऊँगा।' मुझे क्या पता था कि किसके मन में क्या है? मैंने तो सुबह ही उसे फोन पर यह खबर दे दी थी।"

उसी वक्त टेलीफोन की घंटी बज उठी।

डॉक्टर विश्वास ने जल्दी से जाकर रिसीवर उठा लिया। उसके बाद ही बोल उठे, "तुम अब निकल रहे हो? मैंने तो तुम्हें सुबह ही फोन करके बता दिया था—क्या कहा? तुम्हारी माँ की तबियत खराब हो गई है? क्या हुआ है माँ को? एकाएक हार्ट ट्रबल? वह तो हो ही सकता है। आजकल हर घर में जैसे पुत्ररत्न तैयार हो रहे हैं। हर माँ को हार्ट ट्रबल होना चाहिए। बहुत ज्यादा है क्या? नहीं ! माइल्ड? फैमिली फिजीशियन को दिखाया है? चिन्ता करने की कोई बात नहीं? ठीक है। खैर, किस्मत से कल तुम रात को घर पर थे।—आ रहे हो? नहीं, रातुल अभी लौटा नहीं है। उसने जो कहा था वह तो मैंने कल ही तुमको बता दिया था। खैर—अनिन्दश्री? नहीं, वह अभी नहीं आई है। उसकी माँ आकर बैठी हुई हैं। और कोई? नहीं, और कौन आएगा? हाँ, वह तो ठीक ही है। अच्छा रखता हूँ।"

रिसीवर रखकर डॉक्टर विश्वास ने कहा, "आपसे एक बात पूछे बगैर रहा नहीं जा रहा है, मैडम। मुझे जितना भी बताया गया है उससे तो लगता है इस भागे हुए पेशेण्ट के साथ आप लोगों का कोई सम्बन्ध नहीं है। यहाँ तक कि नाम तक नहीं जानती हैं। जिसकी वजह से हमें इतनी असुविधा हो रही है। खैर, अगर वह अभागा इलाज करवाए बगैर भाग ही जाना ठीक समझता है तो इसमें आपके इतना अपसेट होने की क्या बात है?"

"क्या है?" कंकावती के सारे शरीर का खून आकर मुँह में आश्रय ले लेता

है। बोली, "मानवता नाम का भी एक शब्द है।"

"मानवता !"

"जी हाँ। अवश्य ! एक लड़का कैसे किस तरह से इस हालत में आ पड़ा, सेन्स न रहने की वजह से परिचय नहीं दे सका था, फिर वही अपने बेड से गायब हो गया। सुनकर क्या बुरा नहीं लगेगा? भाग गया है या उसका कोई शत्रु उसे सोते से उठा ले गया है, आप क्या जोर देकर कुछ बता सकते हैं?"

"सकता हूँ।" डॉक्टर विश्वास जोर डालते हुए ही बोले, "खूब तड़के सुबह नर्स ने उसे बाथरूम जाते देखा था। उसके बाद बहुत देर होते देख और बुलाने पर भी जवाब न पाकर उसे शक हुआ था। दरवाजे को धक्का देने पर जब फायदा नहीं हुआ तब घूमकर पीछे गई। वहाँ जाकर दरवाजा खुला देखकर समझ गई कि चिड़िया उड़ गई है।"

कंकावती बेचैनी से उठ खड़ी हुई। बोली, "क्या मैं एक फोन कर सकती हूँ?"

"अवश्य।"

सर्वस्व खोए हुए-सा चेहरा लेकर फोन करने लगी।

विचलित स्वरों में पूछा, "कौन? सुमित्रा? दीदी चली गई हैं? कितनी देर हुए? अच्छा, ठीक है।"

दीदी से पहले दादा आ गए।

स्वागत घुसते ही पूछ बैठा, "क्या मामला है डॉक्टर चाचा?"

एक बार रोगी के कमरे का भी चक्कर लगा आया।

"नः ! किसी तरह का ट्रेस नहीं छोड़ गया है। क्या हो सकता है? ज्यादा चलने-फिरने की ताकत क्या उसमें आ गई थी?"

सहसा दरवाजे के\पास से रातुल की तेज तीखी आवाज सुनाई पड़ी, "ऐसे लड़के नदी के इधर गाड़ो तो दूसरी तरफ पेड़ बन कर निकलते हैं। समझे आप? उनमें ताकत आने का प्रश्न उठता कहाँ है?—समझे मामा, मैंने जो सन्देह किया था, ठीक वही बात है। लालबाजार के रिकार्ड रूम में फोटो देख आया हूँ। हू-ब-हू एक है। पुलिस भी इसे खूब पहचानती है। ओ० सी० मुझसे बोले, 'इसी जगह, आप जिस कुर्सी पर बैठे हैं, बीसियों बार आ-आकर बैठा है महाशय। चाय पी है,

सिगरेट पी है।—इतना-सा लड़का इतना बड़ा उस्ताद है कि आपसे क्या बताऊँ। होल बेलेघाटा, मानिकतला, बागानबस्ती इन पर एकछत्र साम्राज्य है उसका। दुनियाभर के समाजविरोधी छोकरे उसके कन्ट्रोल में हैं। होल एरिया 'रभी' के नाम से थर-थर काँपता है।' "

"रभी? यह नाम था?"

डॉक्टर विश्वास ने पूछा, "बंगाली नहीं है क्या?"

"नहीं-नहीं, हण्ड्रेड परसेन्ट बंगाली है। महाकुलीन सन्तान है।" रातुल व्यंग से बोला, "मुखर्जी या बनर्जी सरनेम भी है। और यह रभी है…सौरभ या गौरब नाम का संक्षिप्त संस्करण। गुण्डा, मस्तानों का जैसा हुआ करता है। इसी एरिया में पहले ललटू नाम का एक गुण्डा बड़ा मशहूर था। वह मोटर या लारी से दब कर मर गया था। और रभी मस्तान के भक्तों का क्लेम है कि ये आज के रॉबिनहुड हैं। बस्ती के लोग इसे भगवान् मानते हैं। पूजा करते हैं। सुना है कि महात्मा जी सब की मदद करते हैं। नाइट स्कूल, खैराती दवाखाना जैसी संस्थाएँ चला रखी हैं। क्या पता दो-चार खून के केस न लटके हों।"

"खून के केस?" स्वागत सिहर उठा, "तब फिर? जानबूझ कर छोड़ क्यों रखा है?"

रातुल तिक्त व्यंगभरी आवाज में बोला, "यही तो मजा है। 'दादाओं' का जोर। महान्-महान् दादा-मामा-चाचाओं का पृष्ठबल है। मन्त्रियों तक से उसके घनिष्ठ सम्बन्ध हैं। मैंने पाया कि ओ० सी० महोदय कुछ कर नहीं सकते हैं इसलिए बड़े दुःखी हैं। बोले, 'हमारे हाथ-पाँव बँधे हैं। बड़ी-बड़ी मुश्किलों से अगर एरेस्ट करके ले भी आएँ तो एक वक्त नहीं रख पाते हैं। फौरन फोन आ जाता है… छोड़ दीजिए उसे'।"

धड़धड़ा कर तुलतुल ने प्रवेश किया। उत्तेजित होकर बोली, "यह सब क्या सुन रही हूँ? चौकीदार ने बताया पेशेण्ट…"

जल्दी से स्वागत बोला, "जो सुना है ठीक ही सुना है।"

कन्धे से लटकता बैग माँ के पास पटकते हुए तुलतुल बोली, "भाग गया है? यह मैं मानने को तैयार नहीं। इम्पॉसिबिल। कल भी देखा था। बेहद कमजोर है। हाथ तक उठाने में तकलीफ हो रही थी।"

डॉक्टर विश्वास बोले, "अब तो लगता है वह सब बहाना था।"

"बनकर पड़ा था? बहाना बनाकर? आप मुझे यह बात विश्वास करने के लिए कह रहे हैं? मैं कहती हूँ कुछ और हुआ होगा।"

स्वागत और रातुल एक ही साथ कुछ कहने जा रहे थे कि डॉक्टर विश्वास ने हाथ के इशारे से उन्हें रोक दिया। फिर कठोरतापूर्वक बोले, "यह 'कुछ और' क्या हो सकता है बालिका? उसे क्या हमने खून करके गायब कर दिया है?"

तुलतुल गुस्से से उछल पड़ी, "टॉण्ट करके हर बात दबा देने से छुटकारा नहीं मिल जाता है डॉक्टर चाचा। एक नर्सिंग होम से कोई पेशेण्ट गायब हो जाने से पुलिस केस तक हो सकता है, यह बात आपने सोची है?"

"अच्छा? तो करो न मेरे नाम से पुलिस केस। लेकिन···"

"आः ! तुलतुल ! " स्वागत परेशान होकर बोला।

और रातुल अब मामा के हाथ के इशारों की परवाह न कर सका। बोल उठा, "उसके पहले खुद ही पुलिस केस में फँसने के लिए तैयार हो जाइए मिस मुखर्जी क्योंकि एक खूनी गुण्डा, समाज-विरोधी डाकू को शेल्टर देने के लिए पब्लिक हॉस्पिटल में न ले जाकर एक प्राइवेट नर्सिंग होम में आपने जबरदस्ती भर्ती किया था। नाम-पता-विहीन पेशेण्ट भर्ती करने का नियम नहीं है फिर भी...आ रही है पुलिस। उसी से जवाबदेही कीजिएगा।"

खूनी, गुण्डा, समाज-विरोधी !

तुलतुल का हृदय काँप उठा।

याद आया तुलतुल को, उसके पर्स में स्टेनलेस स्टील का एक कड़ा और काले धागे में बँधी चाँदी की एक पत्ती पड़ी है। याद आया एक वज्र कण्ठस्वर 'क्या चाहता है? अभी लाश गिरा हूँ?'

हाँ, शक तो था। काफी शक था। फिर भी उसके प्रति ऐसी श्रद्धा और तीव्र आकर्षण-बोध क्यों कर रही थी तुलतुल? क्या सिर्फ इसलिए कि उसने तुलतुल की इज्जत बचाई थी? या कि होश में आने के बाद से (एवं पहले उस दिन भी) तुलतुल को व्याकुल दृष्टि से देख रहा था इसलिए? व्याकुल अन्तर्भेदी दृष्टि।

परन्तु उस दृष्टि में कामना की आग नहीं थी। लगता था उसकी दो आँखें मन को भीतर तक बींधती हुई घुसी जा रही हैं।

पिछले दिन, जब तुलतुल बोल उठी थी, "आज तो आप बहुत ठीक हैं। अब नाम-पता बता दीजिए। घर पर खबर कर दें। घर वाले चिन्ता कर रहे होंगे।"

उस समय उदास म्लान हँसी हँसकर कहा था, "मेरा कोई घर नहीं है।" कहते हुए उसने अपने हाथ से तुलतुल की एक अँगुली छुई थी। तुलतुल को लगा था उस जगह पर शीतल स्निग्ध लेप-सा लगा दिया। उसकी इच्छा हुई थी उस हाथ को छू कर देखे परन्तु हिम्मत नहीं हुई।

आज तुलतुल जानबूझ कर देर तक लेटी हुई थी। सोचा था माँ जब वहाँ से 'बुटीक' चली जाएगी तब वह पहुँचेगी। तुलतुल उसका हाथ छूकर देखेगी, उससे बातें करेगी, उसका नाम पूछेगी। लेकिन कैसे अद्‌भुत ढंग से परिस्थिति ने पलटा खाया? उसे लगा, आया हुआ ऐश्वर्य हाथ से निकल गया।

तुलतुल बोली, "स्वागत। चल !"

रातुल बोल उठा, "नो-नो–इस वक्त कोई कहीं नहीं जा सकता है। अभी थाने से एन्क्वारी करने आ रहे हैं।"

फिर भी तुलतुल झमक कर बोली, "ठीक है। हम रुके हैं। लेकिन अवश्य ही मेरी माँ का रुकना जरूरी नहीं है। वह जा सकती हैं।"

लेकिन यह सब क्या वह सुन रही थीं?

वह तो पत्थर की प्रतिमा बनी, बाह्यज्ञान शून्य-सी बैठी थीं।

कंका की तरफ देखा रातुल ने।

महिला ऐसी स्टिल फोटो क्यों बन गई हैं? नः ! इन सबने कोई रहस्य छिपा रखा है।

"वह चली जा सकती हैं," कहने से पहले ही चौकीदार सुरेश ने आकर एक नेम कार्ड पकड़ाया, "आप डॉक्टर साहब से मिलना चाहते हैं।"

रातुल बोल उठा, "लो पुलिस वाले आ गए–अरे यह क्या?" कार्ड देखकर बोला, "नहीं तो।–ये कौन हैं? एस० मुखर्जी ! मैनेजिंग डाइरेक्टर, इण्डियन टैक्सटाइल–मामा ! देखो तो। पहचानते हो? इस गड़बड़ी के वक्त अचानक···"

इक्कीस

कुछ दिनों से अभागे लौंडे बहुत परेशान हैं। हर कोई गाँजा से पूछ रहा था

कि गुरु का हुआ क्या? गुरु आ क्यों नहीं रहा है?

गाँजा बोला, "मैंने कहा तो कि पुलिस की गाड़ी उसे उठा ले गई है। कहते हैं न कि 'पकड़े गए तो मारे गए'।"

बादाम बोला, "वह बात तो मुझ पर, तुझ पर लागू है, गुरु को भला कौन छू सकता है? मान लो पहचानता नहीं था, उसे उठा ले गए लेकिन छोड़ जरूर देंगे।"

गाँजा बिगड़ कर बोला, "गुरु है तो क्या लाट साहब है कोई? हर समय 'दादा' बचाते नहीं हैं। जरूर लॉकअप में रख दिया है।"

श्यामल ने एक बीड़ी सुलगाते हुए कहा, "लेकिन मुझे तो शक हो रहा है। मामला कुछ और लगता है।"

"दूसरा कुछ—मतलब?" घेरे बैठे बादाम, स्वदेश, पेन्टू वगैरह ने पूछा, "दूसरे किस्म के माने?"

"माने गाँजा जो कुछ कह रहा है वह ठीक नहीं है। मैं गया था न लालबाजार।"

"तू लालबाजार गया था! तू? अकेले?"

"चला गया। वही मुछाड़ी कुर्सी पर पाँव चढ़ाए बैठा था। जाते ही पूछा, 'सर! मैं रभी का आदमी हूँ। वह कई दिनों से मिल नहीं रहा है। समझ में नहीं आ रहा है कि क्या हुआ। हमें बड़ी चिन्ता हो रही है, तो वह मुछाड़ी मूँछें नचाकर हँसा—'चिन्ता? उस महाप्रभु की चिन्ता? वह लौंडा तो समुद में डुबो देने पर भी ऊपर बह कर उठ आएगा। नो चिन्ता। कहीं होंगे। यथासमय ठीक उदय हो जाएंगे।' इस पर मैं बोला, 'जी एक जन ने कहा कि उसे पुलिस की मोटर में उठाकर ले जाते देखा है,' तो मुछाड़ी ने आँखें तरेरते हुए कहा, 'पुलिस के बाप-दादा की हिम्मत है उसे उड़ा जाने की? जा-जा। ज्यादा झमेला मत कर, वरना तुझे पकड़ कर चालान कर देंगे पुलिस वाले। तुझे बचाने के लिए उसकी तरह सात-सात ठो 'बाप' थोड़े ही बैठे हैं।' डर के मारे चला आया। तब से मेरी जान जाने कैसी हो रही है।"

गाँजा बोला, "तुझे तो ये कह कर भगा दिया। लॉकअप में मार कर लाश न गाड़ डाली हो कौन जाने?"

"क्या कहा साले? " बादाम अपना हल्का शरीर लेकर उछलकर गाँजा की

गर्दन पर टूट पड़ा और उसके घने बालों को मुट्ठी में कसकर पकड़ते हुए बोला, "गुरु के लिए तूने ऐसी बात मुँह से निकाली? गाँजा! तेरे हावभाव से हमें शक होने लगा है कि कहीं तूने तो कुछ नहीं कर दिया हैं। अब पुलिस के मत्थे मढ़ कर आनेस्ट बन रहा है।—बता, क्या किया है? गुरु को लॉकअप में बैठा रखें यह क्षमता स्वयं भगवान् की भी नहीं है। उस बार की बात क्या भूल गया?"

"याद है, याद है! अबे हरामजादे, चूहे—छोड़ बाल, छोड़।—मैं अब तुम लोगों के साथ नहीं रहूँगा, यह मेरी साफ बात है।"

"हमें भी तेरी जरूरत नहीं है। चालू चुप्पा बदमाश कहीं का। धीरे-धीरे हम देख तो रहे हैं कि गुरु से तू जला करता है।—है तुझमें उतनी कैपेसिटी? दिखा सकेगा?"

बिजन बोला, "दिखा क्या सकेगा। उस बार मैंने ही तो आकर खबर दी थी कि गुरु को पकड़ ले गए हैं। हम सब भागे-भागे लालबाजार पहुँचे। जाकर देखा कि दफ्तर में बैठा मजे से चाय पी रहा है।"

गाँजा गर्दन पर हाथ रगड़ते हुए, मुँह बिगाड़ते हुए बोला, "तब फिर गुरु-गुरु करके क्यों मरा जा रहा है? इसके बाद पता करने जा तो तुझे राजभवन में लंच खाता मिलेगा।"

पेन्टू बोल उठा, "गुरु क्या सिर्फ हमारा है? तूने शपथ खाकर उसे मान नहीं लिया था?"

"वह जब माना था तब माना था। इस वक्त बड़ा नक्शेबाज हो गया है।"

बादाम उस पर फिर कूद पड़ा, "मुझे लगता है तूने साले जरूर कुछ किया है। और अब नक्शा झाड़ रहा है।"

गाँजा बदन झाड़ते हुए उठ खड़ा हुआ। व्यंग्य से बोला, "तेरा गुरु तो स्वयं भगवान् है। मैं उसका क्या बिगाड़ सकता हूँ रे चूहे? हाँ स्वयं भगवान् अगर स्वेच्छा से..."

"चूहा-चूहा न कर गाँजा। अच्छी बात नहीं होगी।"

"तो, चूहा न कहूँ तो क्या हाथी कहूँ?"

"तू जिस तरह घोंत-घोंत करता है तब फिर तुझे भी सूअर कहना चाहिए।"

बिजन बोल उठा, "ये क्या हो रहा है? इस मुसीबत के वक्त दल में क्या

झगड़ा करोगे? दिमाग ठण्डा रखकर सोचो, क्या बात हुई होगी? एक बार और गुरु गायब हुआ था, याद है न?"

बादाम बोला, "याद क्यों नहीं है? वह तो सिर्फ दो दिन–। इस बार तो छह-सात दिन हो गए हैं। और इस बदमाश गाँजा ने डरा रखा है कि इसने देखा है पुलिस की गाड़ी में पकड़ कर ले जाते। जरा सोचो हालत क्या है?"

"इसमें सोचना क्या है? हाल तो सभी का बुरा है। इधर कोई काम-काज भी नहीं। नाइट स्कूल में भी कोई नहीं जा रहा है। जेब भी खाली है। गुरु आकर पूछेगा कि इतने दिन से कर क्या रहे थे?"

"इस बात का भी डर है। किसी काम में मन भी तो नहीं लग रहा है।"

बादाम बोला, "ए, ए गाँजा, एकाएक जा कहाँ रहा है रे? ए गाँजा! क्या बात है?...अरे, अरे, गुरु आ रहा है।"

"एँ–अरे हाँ।"

"पकड़-पकड़, गाँजा साले को पकड़। देखकर खिसक रहा है।"

"इसका मतलब–यही साला असली पापी है।"

मतलब आविष्कार होने से पहले पाँच-पाँच लड़के दौड़कर उसे पकड़ लेते हैं और घसीटते हुए लौटा लाते हैं। गाँजा लात चलाता रहता है परन्तु भाग नहीं पाता है। सिर्फ बादाम उधर दौड़ लगाता है जिधर से रभी आ रहा था।

x x x

ये लोग जिस जगह इकट्ठा होते थे वह पुराने कलकत्ता के किसी रईस आदमी के मकान का ध्वस्त होता हिस्सा था। इस तरह के मकान कलकत्ता शहर में देखने को मिल जायेंगे। रिश्तेदारों के झगड़ों के कारण आसानी से ऐसे मकानों की सद्‌गति नहीं हो पाती है। दरवाजे-खिड़कियाँ एक-एक करके लोग निकाल ले जाते हैं। इस मकान के भी खिड़की-दरवाजे लोग निकाल कर ले गये हैं। एक बरामदा ठीक हालत में है जिस पर छत भी है। वहीं भिखारी, कुत्ते जाड़े में, बरसात में रात के वक्त आकर आश्रय लेते हैं।

वहीं बैठे थे ये लोग भी। चारों तरफ जली बीड़ी और राख फैली हुई थी। यहाँ से सड़क का एक हिस्सा दिखाई पड़ता था। यहीं से उन्हें वही आदमी आता दिखाई दिया जिसकी याद में सब व्याकुल थे। उसका आना अलौकिक ही था। लेकिन

गाँजा?

उसने तो सपने में भी नहीं सोचा था कि एकाएक ऐसी घटना घट सकती है। इसीलिए देखते ही भागा था। वह भी न हो सका।

बादाम पास जाकर विगलित-विचलित स्वरों में बोला, "गुरु।" उसके चेहरे पर कृतार्थ होने जैसे भाव थे, "गुरु, तू इतने दिनों तक कहाँ था रे? हम तो सोचते-सोचते बिल्कुल··· इधर गाँजा शुरू से ही कह रहा था कि उसने अपनी आँखों से देखा है पुलिस अपनी मोटर में तुम्हें उठा ले गई है। लॉकअप में मार-मार कर अधमरा कर डाला है।" कहते-कहते बादाम रो पड़ा।

रभी ने उसका सिर सहलाते हुए कहा, "हूँ। तब शायद खूब सुविधा होती उसे। कहाँ है वह रास्कल?"

"अभी तो यहीं था। तुम्हें आते देख चम्पत हो रहा था। देखो न सब कोई मिलकर लिये आ रहे हैं।"

गाँजा भागने की जी-तोड़ कोशिश कर रहा था लेकिन उसके हावभाव से इन लोगों ने भी समझ लिया था कि भागने देना ठीक नहीं। रभी की इन पाँच-छह दिनों की अनुपस्थिति का रहस्य जरूर यह जानता है।

रभी तन कर खड़ा था। एक हाथ रभी ने जेब में डाल रखा था।

"एई, छोड़ दे।"

पथराई आवाज में निकला आदेश सुनकर गाँजा भी थोड़ा आश्वस्त हुआ।—गाँजा को इस तरह से पकड़ कर लाने के लिए शायद इन्हें ही सजा मिले। पाँच जोड़े हाथ शिथिल हो गए।

"तुम सब लोग हट जाओ।"

पैण्ट की जेब से एक रिवाल्वर निकाल कर रभी ने बर्फ-शीतल स्वरों में कहा, "रास्कल ! शैतान ! जीवन के शेष क्षणों में किसे याद करना चाहता है कर ले। न, न, दोनों हाथ ऊपर उठाकर 'चैतन्य महाप्रभु' बनने से कोई फायदा नहीं होगा। भागने की कोशिश मत कर। मैं तो छछून्दर मार कर हाथ गन्दा करना ही नहीं चाहता था लेकिन मैंने प्रतिज्ञा की है कि तेरा खून करके फाँसी पर लटकूँगा। हाथ उतार।"

गाँजा बिलख उठा, "गुरु, तेरे पाँव पड़ता हूँ।"

चिल्ला उठे दूसरे भी, "इस दफा इसे माफ कर दो गुरु। दल से निकाल बाहर कर दो।"

"नाः !" रभी ने स्थिर आवाज में कहा, "विश्वासघातक के लिए मृत्युदण्ड के अलावा और कोई दण्ड नहीं। तुम सब साक्षी हो। कोर्ट में जाकर इधर-उधर की बात मत करना, खबरदार।"

रभी की हुंकारविहीन घोषणा किसी की समझ में नहीं आ रही थी। रभी क्या कोई नया मजाक कर रहा है इतने दिनों बाद आ कर? चेहरे पर कोई भाव नहीं, बस हाथ का अस्त्र खूब मजबूती से पकड़ रखा था।

किसी के मुँह से आवाज नहीं निकल रही थी।

सहसा गाँजा बोल उठा, "ए रभी। यह क्या मजाक करता है। इसे नीचा कर बाबा।"

"शटअप।" इस बार शेर दहाड़ उठा।

"तुझे बहुत वक्त दे चुका हूँ। तू अपने देवता 'शैतान' को याद कर ले।" हाथ में पकड़ा अग्नेयास्त्र गरज उठा। तीन-तीन बार। एक ही बार में लुढ़क गया था, फिर भी और दो गोलियाँ खर्च कीं।

यह आवाज क्या उस अट्टालिका के बाहर नहीं गई? गई तो अवश्य ही थी। लेकिन इस प्रखर दिवालोक में राजपथ पर कितने ही प्रकार की तो आवाजें हैं। चलते-चलते राहगीर एक बार चकित जरूर हुए—कैसी आवाज थी? किधर से आई थी? बस!

शहर की आवाज़ों का क्या कोई पता-ठिकाना होता है? गोली छूटने जैसी आवाज? इस वक्त कौन गोली चलाएगा? शायद मोटर का टायर फटा है। उसी की आवाज है। या फिर पटाखा छूटा है। दीवाली भी तो आने वाली है। फिर तीनों बार की आवाज किसी ने शायद ही सुनी होगी। कोई भी इस तुच्छ आवाज के लिए रुकेगा नहीं। आवाज, आग की हल्की-सी लपट, धुआँ। क्षणभर में वह जगह साफ हो गई। सभी भाग खड़े हुए। बस रह गये श्यामल और बादाम।

"गुरु, ये तूने क्या किया?"

"इसके अलावा और कुछ किया नहीं जा सकता था।"

रभी ने अपना अग्नेयास्त्र जेब में रखते हुए कहा, "थाने जा रहा हूँ। चल मेरे

साथ। कहना, 'हाँ, हमने अपनी आँखों से देखा है। पुराना बैर था, रभी ने इसीलिए उसे खत्म किया है।' चल। "

बादाम ने फूट-फूट कर रोते हुए रभी के पाँव पकड़ लिये–"तेरे पाँव पड़ता हूँ रभी। ऐसा काम मत कर। इस लाश को अभी हम किनारे लगा देते हैं। इसी अट्टालिका के नीचे एक चोर कोठरी है। उसी में जाकर डाल आते हैं।"

"चुप ! फालतू बातें मत कर। मैं जो कह रहा हूँ वही कर।"

"हमसे नहीं होगा। तू चाहे तो हमें भी गोली मार दे।"

"बादाम ! सचमुच मरना चाहता है? रोना बन्द कर। ठीक है, मैं अकेले ही जाता हूँ। तुम लोग इस मोहल्ले से गायब हो जाओ, वरना बेकार में परेशानी में पड़ोगे। "

"और यह लाश?"

रभी ने एक बार खून की दरिया में सिमटे पड़े उस विकृत चेहरे पर घृणाभरी दृष्टि डाली फिर बोला, "यहीं पड़ा रहने दे। मोहल्ले के कुत्तों का आज भोज हो जाएगा। तुम भागो–इधर फिर मत आना।"

"और तुम?"

"मैं? मेरा मन कर रहा है अभी फाँसी से लटक जाऊँ।"

x x x

उस समय लाइफ नर्सिंग होम में एक और नाटकीय दृश्य देखने में आ रहा था।

हाँ, कॉरीडोर में ही।

एल शेप का मकान है। सामने वाले बरामदे का एक हिस्सा ग्रिल से घेर कर आने वालों के बैठने की व्यवस्था की गई थी। वहीं यह नाटक चल रहा था।

डॉक्टर विश्वास बोले, "ऐसा एक भुतहा फोन पाते ही आप सीधे चले आए? स्ट्रेंज।"

जो महाशय इस तरह चले आए थे वे कुछ अप्रतिभ से होते हुए बोले, "मुझे पहले तो ऐसा ही लगा था फिर सोचा कहीं कोई परिचित कार या दूसरी तरह के एक्सीडेण्ट से घायल हो कर हॉस्पिटल में पड़ा होगा। उसकी जेब से चिट्ठी-पत्री या

विजिटिंग कार्ड वगैरह मिला होगा और उसमें एड्रेस देखकर–माने हमारे कस्टमर तो हर जगह ही हैं न। मैंने सोचा चल कर देख ही लूँ।"

"ओः!"

डॉक्टर विश्वास ऐसे स्मार्ट चेहरे और पहनावे वाले व्यक्ति से, जो कि एक बड़ी कीमती कार पर बैठकर आया था, ज्यादा पूछताछ करने की हिम्मत न जुटा सके। फिर भी सन्देह हुआ था। ठीक ऐसे ही मौके पर आकर यह कहना 'इसी लाइफ नर्सिंग होम में फोन पर, इसी वक्त उन्हें किसी ने आने के लिए कहा था' –यह केवल गप्प तो है नहीं। जरूर उस भागे हुए मरीज के साथ यह घटना जुड़ती है।–इतने दिन हो गए, इससे पहले तो कभी किसी अनजान आदमी ने आकर नहीं कहा था कि 'फोन पर किसी ने यहाँ आने को कहा था।'

डॉक्टर विश्वास बोले, "ओः, आप एक काल्पनिक धारणावश ही···खैर, दुःख के साथ बता रहा हूँ यहाँ ऐसा कोई पेशेण्ट नहीं है और यहाँ से किसी ने फोन भी नहीं किया है।"

"मैं बेहद शर्मिन्दा हूँ डॉक्टर विश्वास, आपको नाहक ही परेशान किया। ऐसे एक लेन में एक नर्सिंग होम है, यह तो मेरे जानने की बात भी नहीं है। फोन पर ही डाइरेक्शन ठीक से बता दिया गया था तभी। खैर, ठीक है, माफ कीजिएगा। नमस्कार।"

पर्दे के पीछे, उस कमरे में जो लोग बैठे थे, इन्हें देख नहीं पा रहे थे, परन्तु सारी बातें साफ-साफ सुन रहे थे।

कमरे में स्वागत छटपटा रहा था। वह बार-बार स्टिल फोटो बनी बैठी कंकावती की ओर देख रहा था। वह चाहता था कि एक बार अगर ये देखें तो इशारे से पूछे कि 'फोन' करने वाला रहस्य उद्घाटित करे या नहीं। परन्तु आँख मिला ही कौन रहा था?

उसमें क्या प्राणों का स्पन्दन था?

या कि उसकी सारी चेतना पत्थर का रूप धारण कर चुकी थी? क्या अनिन्दश्री की माँ का दिमाग कुछ गड़बड़ है? तभी क्या अनिन्दश्री भी वैसी ही उखड़ी-उखड़ी नेचर की है? लेकिन यह बात कह भी तो नहीं सकता है। इधर दो-चार दिनों से जो देख रहा था, बोल-बतिया रहा था उससे तो लगता है एक स्वप्रतिष्ठित महिला है। अपना बिजनेस है, अपना कामं-काज है। इसके अलावा

उनके साज-पोशाक, चेहरे-मोहरे से या चाल-चलन से भी तो नहीं लगता है कि दिमाग के किसी भाग में कोई गड़बड़ी है। उधर उस गुण्डे को देखने क्या आई कि···

चंचलभाव से स्वागत उठ खड़ा हुआ।

क्या वह पर्दा हटाकर कह दे—'डॉक्टर चाचा, फोन मैंने ही किया था।' अगर न कहे तो उन महाशय को मूर्ख बनाना होगा।

रातुल शायद दुमंजिले पर गया था अपनी मामी को विस्तृत जानकारी पेश करने और चाय-नाश्ता करने। आज तो खूब तड़के निकलना पड़ा था उसे।

स्वागत ने देखा अनिन्दश्री चौकन्ने भाव से बाहर हो रही सारी बातें सुन रही है। उसे पता नहीं था कि फोन स्वागत ने किया था। क्योंकि उसकी माँ का विशेष अनुरोध था, 'किसी को बताना नहीं'।

स्वागत जान रहा था कि वह सज्जन जा रहे हैं क्योंकि कह रहे थे, 'बेहद शर्मिन्दा हूँ डॉक्टर विश्वास, माफ कीजिएगा, आपको नाहक ही परेशान किया।'

सहसा जैसे स्वागत के सामने बिजली चमक उठी। वही स्टिल फोटो विद्युत् वेग से उठीं और पर्दा हटाकर पर्दे का कोना मुट्ठी में कसकर पकड़ते हुए बोलीं, "डॉक्टर विश्वास, फोन मैंने ही करवाया था।"

x x x

सुशील को सर के ऑफिस का बैग लेकर सीढ़ियाँ चढ़ते देख सुदेष्णा निश्चिन्त हुईं।

"आ गया है?" पूछने के बाद भी सीढ़ी तक बढ़ आईं।

देखा सौगत सीढ़ी चढ़ रहे हैं रेलिंग पकड़े-पकड़े। सुदेष्णा ने तीक्ष्ण दृष्टि से देखा शरीर पर कहीं बैन्डेज तो नहीं बँधा है? कपड़े जो पहने है वह यथावत् तो हैं? क्या तबियत खराब है? रेलिंग पकड़ कर क्यों चढ़ रहा है?

ऊपर आ जाने से सँभल कर धीरे से पूछा, "क्यों रे, तबियत नहीं ठीक है न?"

"क्यों? नहीं तो? ठीक तो है।"

"बड़े धीरे-धीरे आते देखा जो"।

उस बात का जवाब नहीं दिया भाई ने। शायद धीरे से हँसा या शायद नहीं—भ्रम मात्र हो। बस आँख उठाकर देखा। अपने कमरे की ओर चला गया।

पीछे-पीछे सुदेष्णा। बोलीं, "मैं सारे दिन तेरे फोन के इन्तजार में बैठी ही रही।"

सौगत ठिठक कर रुके। अद्‌भुत अनमनेपन से बोले, "फोन? क्यों? "

"वाह! सुबह जाते वक्त बार-बार मैंने कहा नहीं था कि दफ्तर पहुँचते ही तुरन्त फोन कर देना।"

सौगत बोले, "क्यों भला?"

"लो सुनो! अरे वही जो रात को फोन आया था न, तूने कहा था दफ्तर जाने से पहले..."

"ओ हाँ-हाँ। तुमने फोन करने को कहा था। मैं भूल ही गया था।"

"दफ्तर पहुँच कर तो तू दुनिया-जहान भूल जाता है। खैर, गया था वहाँ?

"वहाँ—कहाँ, अस्पताल में...?"

"अस्पताल नहीं, नर्सिंग होम।"

"अरे वह एक ही बात है। गया था।" सौगत ने सिर हिलाकर उत्तर दिया।

"ठीक है। बाद में पूरी बात सुनूँगी। तू हाथ-मुँह धोकर आ।"

"पूरी बात सुनने को कुछ नहीं है।"

"वाह, किसने एक भुतहा किस्म का फोन किया, क्यों किया, यह तो जाने पर पता चला होगा! तो यह भी सुनूँ। अरे, बैठ क्यों गया? हाथ-मुँह धो ले।"

सुदेष्णा अपने-आप में मस्त बोलती रहीं, "सारे दिन मैं बड़ी दुश्चिन्ता में रही। दोपहर में सोई नहीं कि कहीं फोन बजा तो जान भी नहीं पाऊँगी।"

सौगत ने स्नेहमयी इस तस्वीर की ओर फिर देखा।

इस बार भी उसे लगा, 'यह महिला कितनी सुखी है!' फिर धीरे से पूछा, "दुश्चिन्ता किस बात की?"

"वाह! दुश्चिन्ता की बात नहीं थीं? न जाने किस मतलब से एक अनजानी जगह पर जाने किसने बुलवा भेजा। क्या किया न किया। जो समय चल रहा है आजकल, कितनी तरह की तो बातें होती रहती हैं। अखबारों में तो पढ़ती

हूँ—बड़े-बड़े लोगों तक को पकड़ ले जाते हैं। या तो रुपया-पैसा छीन लेते हैं मारपीट कर—या फिर···। खैर, मैं तो सारे दिन भगवान् को भजती रही। काली माँ के पास तो मनौती भी मानी है। तू ठीक-ठाक लौट आया तो यह सोचकर चैन पड़ा कि कोई भयंकर बात नहीं थी।''

''तुम्हारे लिए 'भयंकर' क्या है? कैसे जाना कि भयंकर बात नहीं थी?''

चौंक उठीं सुदेष्णा, ''ए माँ, जो सोचा था वही बात निकली? जब से तेरा चेहरा देखा है तभी से शक हो रहा था। क्या हुआ है बता ना रे। सारे दिन मैं इधर-उधर की उल्टी-सीधी भयंकर-भयंकर बात सोच रही हूँ।''

''भयंकर?'' सौगत दीदी के व्याकुल चेहरे की तरफ देखकर बोले, ''तुम क्या सोच सकती हो, कितनी भयंकर बात है?''

बाईस

नहीं। ऐसी 'भयंकर' बात की कल्पना तक नहीं की थी सुदेष्णा ने। सुदेष्णा तो सुन रखी तरह-तरह की भयंकर बातों की चिन्ता कर रही थीं।

दफ्तर में कोई शत्रु होगा। होना स्वाभाविक है। सौगत की उन्नति, जल्दी-जल्दी चेयर परिवर्तन, इन सब बातों से तो सहकर्मी नाराज होंगे ही। उन्हीं में से कोई जाल बिछाकर अनजानी जगह में ले जाकर··· या फिर किसी परिचित व्यक्ति को अस्वस्थ देखा होगा या उसकी मृत्यु आसन्न होगी अथवा तभी-तभी मरा होगा। अब चले कैसे आये? अथवा रास्ते में एक्सीडेण्ट हो गया होगा··· छिः-छिः, भगवान् भला रखे सौ को।

इससे भयंकर परिस्थिति की कल्पना सुदेष्णा नहीं कर सकती थीं। लेकिन सुदेष्णा का भाई? सौगत मुखर्जी? कर्मदक्षता और प्रखर बुद्धि के कारण जिसे कम्पनी ने स्वेच्छा से, आग्रहपूर्वक डायरेक्टर बना लिया था, वही सौगत मुखर्जी भी जब 'लाइफ नर्सिंग होम' के सामने जाकर खड़े हुए थे तब क्या उन्होंने सोचा था ऐसी एक 'भयंकरता' से सामना हो जाएगा?

'डॉक्टर विश्वास, फोन मैंने करवाया था।'

यह स्वीकारोक्ति क्या किसी चिरपरिचिता परन्तु अपरिचिता ने की थी? लेटे-लेटे अँधेरे में सोच रहे थे सौगत।

अद्भुत! हिसाब लगा कर देखा जाये तो पूरे सोलह साल से हम दोनों एक ही शहर में रह रहे हैं, एक ही वायुमण्डल में साँस ले रहे हैं, एक ही रास्ते पर शायद हजारों बार चले हैं फिर भी कभी भेंट नहीं हुई।

अविश्वसनीय है परन्तु है सच। यह घटना घटी है। यह भी तो नहीं कह सकता है कोई कि जानबूझकर, सावधानी बरत कर चलने के कारण कभी मिले नहीं। सौगत की तरफ से तो कभी भी ऐसी बात नहीं थी। बस यह 'दैवी' घटना घटी ही नहीं।

यही दुःख तो सुदेष्णा को भी है। कितनी बार सोचा है—पानू ने देखा लेकिन हमने एक बार भी नहीं।

सौगत को भी क्या नहीं लगता था?

नहीं लगता था कहने से झूठ बोलना होगा। हजारों बार लगता था। कार पर जाते वक्त अगल-बगल देखते हुए जाना तो आदत-सी बन गई थी। सम्भव-असम्भव सभी रास्तों में। कभी-कभी मिलती-जुलती शक्ल का कोई दिख जाता तो दिल काँप उठता। फिर अपनी मूर्खता पर अपने-आप पर दया आती। अब वह पहले जैसी तीव्रता नहीं रही। अब उतने चौकन्ने नहीं रहते हैं।

जब कि आज सुबह?

हृदय दोबारा उछल पड़ा था।

धीरे-धीरे वही हृदय स्थिर हो गया था। आश्चर्य से सौगत देखता रहा था उस चिरपरिचित और भयंकर अपरिचित चेहरे को, जिसने मुट्ठी में पर्दा पकड़ कर कहा था, 'डॉक्टर विश्वास! मुझे लगा था कि शायद ये पेशेण्ट को जानते हों। इसीलिए...'

नहीं, कंकावती पछाड़ खाकर गिरी नहीं थी। कहा नहीं था—'तुम अब आए? यहाँ इसी कमरे में सात-सात रात हमारा बापी लेटा रहा है।'

रोई भी नहीं।

केवल पर्दा पकड़े खड़ी रही थी। जाने कैसी आवाज में बोली थी—'लेकिन अब इनका आना निरर्थक रहा।'

उसके बाद?

उसके बाद डॉक्टर विश्वास और उनके भांजे से चुभते शब्दों में जो कुछ सुना

था सौगत ने वह यह था–'वह अज्ञात पेशेण्ट आज ही भोर को बाथरूम के पिछले दरवाजे से निकल भागा है। वह एक भयंकर प्राणी है। आप धारणा नहीं कर सकते हैं कि कितना भयंकर है।'

सौगत की उपस्थिति में ही पुलिस आई।

सौगत को उपस्थित रहने के लिए कहा किसी ने नहीं था फिर भी वह एक बीमार प्राणी की भाँति तब तक बैठे रहे, जब तक पुलिस मूल नायक-नायिका से जिरह करती रही।

कंकावती की हू-ब-हू तस्वीर उस नायिका को विस्वल अभिभूत दृष्टि से एकटक देख रहे थे सौगत–इस बात का ध्यान तक नहीं था कि कोई देखेगा तो क्या समझेगा।

सौगत के जन्मलग्न पर क्या किसी की कुदृष्टि थी?

इसीलिए सौगत को अवाक् होकर देखते हुए अनुभव करने की चेष्टा करनी पड़ रही थी, 'यही मेरी तुलतुल है।' वही लड़की जो सौगत के सॉल्ट लेक वाले मकान से आते वक्त कार पर बैठ कर बोली थी, 'इतना कह रही हूँ फिर भी रहने नहीं दिया जा रहा है। भगा दिया जा रहा है। ठीक है। फिर कभी तुम्हारे घर नहीं आऊँगी।'

परन्तु सौगत ही फिर कब उसे लाने गये थे?

सब गड़बड़ाया जा रहा है। सामने जो लोग हैं उनमें सौगत की पत्नी है, पुत्री है। सोलह साल बाद इन्हें देखा था सौगत ने।

सोच-सोचकर आविष्कार करना पड़ेगा, यह तीक्ष्णधार लड़की सौगत की तुलतुल नामक फूल-सी लड़की थी।

फिर भी···

फिर भी हृदय हजार हाथ बढ़ाकर उसे अपने पास खींच लेना चाहता है। क्यों कहने की इच्छा हो रही है, 'तुलतुल! तूने क्या कसम खाई है इधर न देखने की? एक बार तो देख ले तुलतुल। बेटी मेरी, रानी बेटी। एक बार मेरी आँखों में आँखें डाल कर देख! यह तो देखूँ कि उस दिन का अभिमान क्या आज भी तेरी आँखों में इकट्ठा है।'

लेकिन उसने देखा नहीं था।

लगातार बोलती जा रही थी पुलिस अफसर के साथ कटी-कटी भाषा में। घटना का नायक? वह लड़का? वह तो जैसे गूँगा हो। क्योंकि उससे पूछे गए प्रश्नों का उत्तर भी यही नायिका दिए जा रही थी।

शुरू की बातें बहुत ध्यान से नहीं सुनी थीं, क्योंकि उस समय हृदय अतीत में विचरण करने चला गया था।—वही तितली के पंखों जैसा सफेद लेसों वाला झालरदार फ्रॉक पहनी लड़की आज ऐसी हो गई है?

बाद में चौंक पड़े जब कहते सुना, 'माफ कीजिएगा। सिर्फ एक बार किसी को देखते ही 'खूनी गुण्डा' कह सकने की क्षमता हममें नहीं है, यह बात हम स्वीकार कर रहे हैं।—एक सेन्सलेस असहाय आदमी को फेंक कर चले आना बुरा लगा था।—ताज्जुब है। पूरी बात ही बता दी गई है। कहाँ तो पार्टी के दूसरे लोगों को स्टीमर से लौटना था। मोटर यही एक थी। इसीलिए··· ठीक है, अगर आप सोचते हैं कि हम आपके उस खूनी गुण्डा समाज-विरोधी के सहयोगी हैं, तो एरेस्ट करके ले चलिए। जिरह कर-करके अपना मूल्यवान समय नष्ट क्यों कर रहे हैं? हमें पकड़ कर ले जाएँगे तो किसी को आश्चर्य भी नहीं होगा। क्योंकि अपराधियों को पकड़ने से ज्यादा साधारण इन्सान को हैरेस करने की कैपेसिटी आप लोगों में ज्यादा है, यह बात सभी जानते हैं।'

सौगत आश्चर्य से देख रहे थे कि ऐसे अनिन्द्य सुन्दर मुँह से ऐसे चुभते बाणों जैसे शब्द कैसे निकल रहे हैं। बीच-बीच में वह लड़का चुप कराने की कोशिश कर रहा था परन्तु लड़की उसे भौंहें सिकोड़ कर रोक देती थी। आश्चर्य है! वह क्या अपनी माँ की कार्बन कॉपी है?

यहीं तो मजा है। सृष्टिकर्ता की कौतुकप्रियता का रहस्य देखो। जो तुलतुल हर समय माँ को 'विरोधी पक्ष' का मानती है, उसी के सारे शरीर पर ही नहीं, प्रत्येक हाव-भाव पर उसी माँ की हू-ब-हू छाप है। उसी तरह से भौंहें सिकोड़ कर दूसरे पक्ष को चुप करा देने की एक अलौकिक क्षमता कंकावती में भी थी। लेकिन आज सामने बैठी कंकावती बिल्कुल चुप थी।

फिर छुरी की धार जैसी तेज आवाज सुनाई पड़ी—'बताइए, क्या डिसिशन ले रहे हैं। खैर, हमारा जो करना चाहें करें, इन महिला को रोकने का शायद कोई कारण नहीं है। ये तो अपने घर जा सकती हैं न?'

'उन्हें हमने नहीं रोका है। वह जरूर घर जा सकती हैं।' लेकिन वह 'जरूरी'

काम क्या किया था कंका ने तभी?

दरवाजे के पास से हट कर कंका अपने पहले वाले स्थान पर बैठ गई थी। सुन रही थी कमरे में जो कुछ भी कहा जा रहा था।

x x x

सौगत के दिमाग में छोटे-छोटे चित्रों के स्लाइड्स प्रोजेक्टर द्वारा प्रवाहित हो रहे थे। वह देख रहे थे कितने दृश्य, सुन भी रहे थे कितनी बातें।

देख रहे थे वही सूटेड-बूटेड सज्जन हताश होकर कह रहे थे, ''लेकिन मैं क्या बता सकतां हूँ? मैंने तो उसे देखा ही नहीं।'' फिर देखा, वही तीक्ष्णधार रसना लड़की अब विजयीभाव से आकर सोफे पर बैठी है। पुलिस वाले कमरे से बाहर जाकर डॉक्टर विश्वास और उनके भानजे के साथ दबी आवाज में बातें कर रहे हैं।

अधजगी हालत में सौगत का मस्तिष्क फिर देख रहा था। दफ्तर जाने की पोशाक पहने उस सज्जन ने पूछा था, ''मुझे पहचान रही हो?''

खूब निर्लिप्तभाव से उत्तर मिला, ''परिचय तो शुरू में ही मिल चुका था।''

तो क्या सज्जन ने सोचा था, लड़की उठकर दोनों हाथ बढ़ाकर उनसे लिपट जाएगी–'बाबूजी' कहकर? जिस सम्बोधन को सुनने के लिए कितने सालों से उनका हृदय प्यासा है?

बाबूजी!

जो लड़का कुछ दिनों तक उनके पास था वही क्या बुलाता था बाबूजी कह कर? फिर? फिर क्यों ऐसी आशा मन में जागी? फिर भी। इन्सान का मन बड़ा विचित्र होता है। जिस जगह से किसी तरह की उम्मीद न रखना चाहिए, उसी जगह कंगाल की भाँति हाथ बढ़ा देता है।

निर्लिप्त स्वरों में कहा उत्तर सुनकर भी सौगत नामक सज्जन एक काम कर बैठे कंगालों की भाँति। रुँधी हुई गम्भीर आवाज में बोल उठे–तुलतुल–।

सुनकर क्या वह लड़की काँप उठी? नहीं। बिल्कुल नहीं। लगा कि काँप उठी–पर भ्रममात्र था। जिसे बुलाया गया था, वह बोल उठी, ''यह नाम आज भी याद है? स्ट्रेंज।''

'स्ट्रेंज' शब्द का उच्चारण करते वक्त एक विशेष ढंग से कन्धे उचकाये तुलतुल ने।

सौगत ने भी कहा, "बिल्कुल याद है। स्ट्रेंज।" उठकर दरवाजे से बाहर चले आये।

एल शेप के बरामदे में खड़े डॉक्टर विश्वास से बोले, "मुझे तो जाने की इजाजत है?"

"हाँ, आप जा सकते हैं। लेकिन आपके दोनों नम्बर हम अपने पास लिखकर रख रहे हैं, पुलिस ने भी रख लिया है, घर का और दफ्तर का। जरूरत पड़ी तो···"

"हाँ, जरूर-जरूर।"

डॉक्टर भीतर चले गये और वह सज्जन गेट पार होकर धीरे-धीरे अपनी कार की तरफ बढ़ने लगे। कार गली में नहीं लाए थे, रास्ते पर खड़ी कर आए थे। एकाएक चौंक उठे। ठिठक कर रुक गए। वह लड़की पीछे-पीछे आ रही थी।

"सुनिए! एक बात करनी थी।" वह बोली, "सुनिए! मैंने आपके साथ बहुत ही खराब ढंग से बात की है, उसकें लिए माफी माँगती हूँ।"

इस समय सौगत ने सुषमामयी उस कन्या के मुँह को ठीक से देखा। जिस पर कुछ देर पहले एक युवती नारी की तीक्ष्णता थी वही इस समय कमनीय लग रहा था। शिशुओं-सी कोमलता थी उस चेहरे में। क्यों? अनुतापवश? या करुणा? शायद करुणा। फिर भी धीरे से बोले, "माफी माँगने का प्रश्न ही नहीं उठता है। उससे भी और ज्यादा, हजार गुणा ज्यादा खराब ढंग से बात करने का राइट है तुम्हें। बल्कि तुम ही अगर हो सके···"

बात खत्म न कर सके। जल्दी से मुँह फेर कर कार में बैठ गए। लेकिन उसके बाद? उसके बाद क्या वे रास्ते-रास्ते घूमते रहे थे?

नहीं तो! कुछ देर बाद अपने ऑफिस में एस० मुखर्जी के निजी कमरे में अपनी कुर्सी पर जा बैठे थे। नियमपूर्वक काम भी किया था।

मनुष्य के लिए असाध्य कुछ भी नहीं।

एक ही छत के नीचे एक ही सोच में एक जन और रात-भर जाग रही हैं। बस उनकी चिन्ता सीमाबद्ध है। उन्हें समस्त मानव-समाज के चरित्र पर चिन्ता करना नहीं आता है। वह तो केवल उन्हीं पर टीका-टिप्पणी कर सकती हैं जो आज के नाटक के कलाकार हैं। सौगत, कंका और उनकी लड़की की बात सोच कर कभी अवाक् हो रही हैं, कभी हताश हो रही हैं और कभी सोच रही हैं इनके

असाध्य कुछ भी नहीं है।

ताज्जुब है। इस काण्ड के बाद सौ दफ्तर गया। वहाँ सारे दिन काम किया। न घर आया न रास्ते-रास्ते फिरा। अगर रास्ते-रास्ते फिरा होता तो कौन जाने भागा मरीज कहीं दिखाई ही पड़ जाता। जैसा सुना उससे तो लगता है हमारा बापी ही है।...

(रोते-रोते तकिया गीली हो गई) पानू ने ठीक ही देखा होगा। कहा था न, "हीरो मार्का चेहरे वाले लड़के की शक्ल ठीक हमारे बापी जैसी थी।–" ओफ़्, हाथ में आकर निकल गया।–भगवान् भी कितना निष्ठुर है। उसी की तरह एक-एक आदमी भी होता है। इतने दिनों बाद, एक दुःख के दिन दोनों पति-पत्नी मिले भी, पर बातें नहीं कीं। ऐसा कोई सोच सकता है? एक ने डॉक्टर को सुना कर कह दिया, "फोन मैंने करवाया था," और दूसरे साहब बुद्धुओं की तरह देखते रहे। और फिर पुलिस आई तो बोले, "आप लोग शायद सोच रहे थे कि मैं कुछ मदद कर सकूँगा लेकिन अब तो कुछ करने को ही नहीं रहा।"

बस। हो गया।

और वह लड़की? लगता है माँ-जैसी ही हुई है–चाबुक से हाँकने वाली। होगी ही। 'माँ' की छत्रछाया में पल भी तो रही है। कह रहा था ठीक माँ-जैसी देखने में हुई है। ओः भगवान्! तुमने नाव किनारे लाकर डुबो दी।

सुदेष्णा को इस बार तकिया उलटनी पड़ी।

उनका दृढ़ विश्वास था कि अगर वह दुर्बुद्धि लड़का आज भी भोर को भागा न होता, बिस्तर पर रागी बना पड़ा रहता तो चूल से चूल मिल गया होता। पहचाना था तभी न कंकावती नामक उस अहंकारी महिला ने फोन करवाया था। सौ अगर जाकर देख पाता तो जरूर वह अहंकारी कंकावती रो कर टूट पड़ती–"देखो जी, यही है हमारा खोया हुआ हीरा।" उसके बाद?

उसके बाद के चित्र अपने-आप ही रंग-रंग कर तैयार किए जा रही थीं सुदेष्णा। उसके बाद सौ अपनी पत्नी, बेटा-बेटी लेकर घर लौटता। इतने दिनों से खोया हुआ बेटा पाकर, मान-अभिमान, सब भूल जाते। माँ-बाप के बीच मेल हो जाने पर लड़की भी ढंग से बोलती।

लेकिन इस रंगीन तस्वीर पर तो विधाता ने स्याही की शीशी उड़ेल दी। ऐसी दशा में सुदेष्णा की तकिया तो भीगेगी ही।

सारी बातें क्या पूछते ही बता दी थीं सुदेष्णा के भाई ने?

दीदी जब बोल उठी थीं, "जाकर देखा क्या, क्या किया, किसने ऐसा फोन किया था, सब कुछ बता न रे मुझे। सारे दिन सोचते-सोचते मेरी जान निकल रही है।"

तब क्या उसके भाई ने कहा था–"तो लो सुनो।"

नहीं ! केवल सुदेष्णा की व्याकुलता और अभिमान के सम्मिलित प्रयास से यह काम हो पाया था।

"ओ सौ, अच्छी तरह से खुल कर सारी बातें बता न रे ! जाकर देखा कि कंका ने फोन किया था? हमारी कंका?–क्यों?"

उसके बाद? उसके बाद?

अन्त में थककर सौगत ने कहा था–"हमें अब और कुछ नहीं याद आ रहा है, दीदी। मेरा सिर चकरा रहा था।"

नः, तुलतुल की बात दीदी से नहीं बता सके थे सौगत। बस इतना ही कहा था–"ठीक अपनी माँ के जैसी देखने में हुई है। माने इस उम्र में उसकी माँ जैसी देखने में थी।"

"तुझे देखते ही भाग कर तेरे पास आई थी?"

"दीदी, तुम बिल्कुल पागल हो।"

"पागल हूँ?"

"और नहीं तो क्या? ऐसे स्वस्थ मस्तिष्क वाले समाज में पागलों के पास काम क्या होता है? रोओ, तड़पो और परेशान हो।"

मन-ही-मन सुदेष्णा भी उत्तर देने से पीछे न रहीं, "हाँ-हाँ, तुम लोग ही तो समाज के बुद्धिमान इन्सान हो। ऐसे इन्सान जो अपने पाँव पर आप कुल्हाड़ी मार लेते हैं, अपने घर में अपने हाथों से आग लगा लेते हैं और अपने लिए परोसी थाली में राख डाल देते हैं।"

x x x

इस नाटक का एक और दृश्य।

इस समय सामने बैठे हैं वही मुछाड़ी पुलिस अफसर। उन्होंने अपना पाँव

नचाते हुए कहा, "अरे बाप! अभी तक किस गोकुल में पल रहे थे बच्चा? कुछ दिन पहले तुम्हारा एक भक्त हनुमान आया था। तड़प रहा था, 'गुरु कुछ दिनों से मिल नहीं रहे हैं?'

"मैंने कहा था–'कहीं होगा। तेरा गुरु तो समुद्र से भी बह कर ऊपर आ जाएगा।' तो चाँद मेरे, थे कहाँ? शक्ल-सूरत तो और भी अच्छी हो रही है। लग रहा है अभी-अभी किसी को मार आए हो।"

जिससे बात हो रही थी वह बिना आज्ञा पाए ही कुर्सी खींचकर बैठते हुए बोला, "आपने तो 'एक्सरे' वाली आँखें पाई हैं।"

"माने?"

"माने आपने ठीक ही कहा है। एक साले बेईमान को खत्म कर लाश छोड़कर सीधे आपके पास चला आया हूँ।"

मुछाड़ी आँखें मिचमिचाकर बोले, "अच्छा? तो बाप मेरे, यह काम करके मुझ जैसे मामूली आदमी के पास क्यों? तुम्हारे सब राजा-महाराजा गए कहाँ?"

"मेरी जो दरख्वास्त है उसके लिए राजा-महाराजा नहीं चाहिए। बस, आप अगर दया करें तो···"

"एँ! क्या कहा? मैं अगर दया करूँ तो···?"

"जी हाँ! आप ही अभी मुझे फाँसी पर लटकाने की व्यवस्था कर सकते हैं।"

"क्या कहा? क्या कहा?" मुछाड़ी की आँखें दुगनी फैल गईं, "मैं तुम्हें अभी चालान करूँ? तुम्हें जल्दी से जल्दी लटकाने की व्यवस्था करूँ? क्यों भला? ये कैसा रंगदार किस्सा है भइया?– क्या? मजाक नहीं, सच कह रहे हो? फाँसी चढ़ जाना चाहते हो? तो भी मारा तो एक छछून्दर है। इसके लिए पछतावा कैसा?"

"अरे धत्। पछता कौन रहा है? रभी गुण्डा पछताने जैसा फालतू काम नहीं करता है। जिसे खत्म करके आया हूँ वह पृथ्वी पर विचरण करता रहता तब अवश्य पछतावा होता।–असल में अब जीना अच्छा नहीं लग रहा है। वही एक-सी जिन्दगी। एक फिनिशिंग टच तो पड़ना ही चाहिए। मैं चाहता तो दो गोलियाँ अपने-आप पर खर्च कर देता, प्रॉब्लम सॉल्व हो ज़ाती लेकिन लगा कि इस तरह से धोखा देकर स्वर्ग जाना ठीक नहीं।–अब आप जोरदार टच दीजिए। पकड़ कर चालान क़ीजिए। और यह लीजिए पता–आदमी भेजेंगे तो अभी भी 'मुँह पर मक्खियाँ भिनभिनाती' लाश मिल जाएगी।"

इस बात से मुछाड़ी इतना नाराज क्यों दीख रहा है?

कहता है, "बैठो भइया, बैठो। एक कप चाय पीकर दिमाग ठण्डा करो, फिर सोचो। ठीक है–धरम-करम करने की मनसा हुई है तो इसी समय शुरू कर सकते हो। इसके लिए वृन्दावन जाने की जरूरत नहीं है। फाँसी के लिए जिद्द करने से फाँसी होती नहीं है मियाँ–उसके लिए बड़े-बड़े पापड़ बेलने पड़ते हैं। बहुत जिद्द करोगे तो दो-पाँच साल के लिए श्रीधर में निवास करने की अनुमति पा जाओगे।"

"ठीक है। जो होगा वही सही। अभी तो आप मुझे एरेस्ट कीजिए। अब और अच्छा नहीं लग रहा है।"

"होगा-होगा। फाँसी पर चढ़ने के लिए घोड़े की लगाम कसकर आये हैं शहंशाह बहादुर–पहले एक कप चाय तो हो जाए। अरे, कौन है वहाँ? जल्दी से दो कप चाय तो लाना।"

मुछाड़ी ओ०सी० बड़े घाघ अफसर हैं। मन-ही-मन सोच रहे थे, इस लड़के को आज हुआ क्या है? ऐसे काम तो पहले भी दो बार कर चुका है। एक बार परोक्ष में, एक बार प्रत्यक्ष।–हालाँकि अपने-आप आकर डी०सी० के पास स्वीकार किया है– 'काम गैरकानूनी है सर, यह जानता हूँ। लेकिन गुस्से में आकर यह काम हो ही गया। किसी औरत जात को हैरेस करते देखता हूँ तो सिर पर खून सवार हो जाता है। और ये 'मूंदों' का बच्चा एक निरीह लड़की को बदमाश दलाल की मदद से एक कार पर चढ़ाने में लगा हुआ था।–बस मेरे जेब में पड़ा शस्त्र तिलमिला उठा।–अब आप से जैसा बने मैनेज करिए।'

उस बार मैनेज किया भी गया था।

क्योंकि 'मूंदों' था भी बेहद पाजी। ऐसे आदमी को हटाना माने दुनिया का थोड़ा-सा बोझ हल्का करना। और एक बार एक काले धन का व्यापारी पाँच लाख रुपया लेकर जा रहा था बैंक के लॉकर में रखने। एक फटा-पुराना मूँज का थैला रुपयों से भर रखा था उसने।–अपने दल के आदमी से उसे लँगड़ी मार कर गिरवा दिया था रभी ने। दूसरे साथी थैला लेकर भाग खड़े हुए थे। वह काला धंधा करने वाला मुँह के बल गिरा था। पूरे एक महीने अस्पताल में रहने के बाद मर गया। इसे भी 'खून' ही कहा जाएगा। पुलिस का भी इस प्रकार के धन में हिस्सा लगता है। वही देने आया तो कहा था–'वह आदमी अगर न बचे तभी अच्छा है सर।'

उसके चेहरे पर अनुताप का कोई चिह्न नहीं था उस वक्त। वैसे आज ही

कौन-सा अनुताप हो रहा है उसे?

सारा इतिहास जानते हुए भी ओ० सी० श्री स्वदेश चक्रवर्ती न जाने कैसे इस लड़के को चाहने लगे हैं।

x x x

हालाँकि यह लड़का ललटू की तरह बी० ए० पास नहीं है, पर सुना है पढ़ता खूब है। कहते हैं अपराध विज्ञान पर जहाँ जितनी अंग्रेजी या बंगला में लिखी किताबें हैं, सब पढ़ चुका है। यह सब किस्से इसके भक्तों ने ही सुनाये हैं। कभी-कभी चक्रवर्ती माइडियरी भाषा में कहते हैं–"तेरा ऐसा खानदानी चेहरा है रे, कि घर में अगर लड़की होती तो तुझे दामाद बना लेता।"

अपना सिगरेट केस खोलकर आगे बढ़ाते हुए लड़का हा हा हा हा हा हँसने लगता। कहता, "गनीमत है कि है नहीं।" उस समय उसकी हँसी बिल्कुल स्वच्छ, दूध से धुली लगती।

अच्छे घर का ही लड़का होगा ललटू की तरह।–वह भी बेमौत ही मारा गया।

देखूँ इसे समझाने-बुझाने से अगर काम बन जाए। अरे ऐसी जिन्दगी से जी भर गया है तो छोड़ दे। अच्छे रास्ते पर चल–चक्रवर्ती का मन उदास हो गया।

x x x

कंका और तुलतुल जब घर लौटीं, काफी दिन चढ़ आया था।

स्वागत ने कहा, "मैं भी घर ही लौट जाऊँ। कॉलेज-वॉलेज तो हो चुका।"

फिलहाल पुलिस की डायरी में सभी का नाम लिख लिया गया था।

डॉक्टर विश्वास अकारण ही इस मुसीबत में फँस जाने की वजह से इस लड़की, उस की माँ और स्वागत पर बेहद खफा थे। मन-ही-मन उन्हें कोसते जा रहे थे। अपने ऊपर बार-बार यह सोचकर गुस्सा आ रहा था कि बाथरूम के पीछे वाले दरवाजे को क्यों नहीं लॉक कर रखा था। वह बदमाश अगर न भागता तो आज इस परिस्थिति का सामना न करना पड़ता।–लेकिन यह तय है कि उस गुण्डे के साथ इन रूपसी माँ और बेटी का कहीं न कहीं सम्पर्क है। पता नहीं लड़की का लवर है या नहीं–इसीलिए माँ का भी स्नेहपात्र हो। फिर यह एस० मुखर्जी कौन हैं?–अच्छा पेचीदा मामला है ! न जाने कहाँ का पानी कहाँ पहुँचे। 'डॉक्टर विश्वास के नर्सिंग होम से मरीज भाग गया है', यह बात अगर फैली तो गजब हो जाएगा।

अखबार वाले तो हर वक्त मौके की ही तलाश में रहते हैं – कब कहाँ एक छेद देखा नहीं कि··· हे भगवान्, उस दिन सुबह-सुबह किस का मुँह देख लिया था?

स्वागत को बस के रास्ते तक पहुँचाकर तुलतुल बोली, "तेरे चाचा के दोस्त 'स्मॉलमैन' हैं, समझा न? एक नम्बर के स्मॉलमैन। हम आने लगे तो एक बात नहीं की।"

"अरे, उसके सिर में आग जल रही है।"

"जले। शराफत नाम की भी तो कोई चीज होती है।"

"जाने दे। लेकिन एक बात का जवाब देगी? वैसे देना न देना तेरी मर्जी पर है फिर भी पूछने की इच्छा हो रही है। ये एस० मुखर्जी महाशय कौन हैं?"

"कौन माने? देखा नहीं, कार्ड में नाम-धाम-पता सभी कुछ तो लिखा था।"

"वह तो जानता हूँ।" स्वागत बोला, "मैं पूछ रहा था ये रभी गुण्डा या कौन था, उसके साथ कोई···"

"ये गुण्डा-गुण्डा मत कह।"

"ठीक है। नहीं कहूँगा। लेकिन इस घटना के साथ उन सज्जन का क्या सम्बन्ध है?"

तुलतुल ने स्वागत के चेहरे की ओर देखा। तुलतुल की आँखें सहसा अस्वाभाविक प्रकाश से जगमगाकर ही बुझ-सी गयीं।

"तुझे बता सकती हूँ।–घटना के साथ कोई सम्बन्ध नहीं है। सम्बन्ध है तेरे रभी गुण्डा के साथ। वे उसके पिता हैं। क्या हुआ? एकाएक स्टैच्यू क्यों बन गया?–कोई कैसा भी हो, उसके भी तो माँ-बाप होते हैं न? या कि नहीं होते हैं? अरे, तेरी बस आ गई है।"

घर लौटकर देखा कंकावती अपने कमरे में लेटी है। दरवाजा थोड़ा-सा भेड़ रखा था।

तुलतुल भी अपने कमरे में चली आई–लेट गई। उधर सुमित्रा माँ-बेटी का यह हाल देखकर फ्रिज में से कुछ सामान लेकर चली गई। ऐसे 'मूडी' लोगों के यहाँ निभा पाना बहुत मुश्किल होता है। मालिक लोग तो सोने, खाने, नहाने की परवाह न करके 'मूड' लेकर बैठ जाते हैं, बीच में काम करने वाले मारे जाते हैं। न तो वे लोग बार-बार कह सकते हैं कि खा लो, न ही बेचारे खुद खा सकते हैं।

सुमित्रा को तो दूसरी समस्त सुविधाओं ने ही रोक रखा है। फिर भी–बहुत-बहुत देर बाद सुमित्रा ने तुलतुल के कमरे के सामने पहुँचकर आवाज लगाई–"दीदी जी ! मैं कह रही थी बहुत वक्त हो गया है..."

तुलतुल बोली, "यह बात तुम्हें इस वक्त याद आई है?"

सुमित्रा जानती है किस वक्त क्या बोलना चाहिए। इसीलिए धीरे से बोली, "मैंने देखा टायर्ड होकर लेटी हैं।"

"ओ ! तो घर-मालकिन कहाँ हैं? घर पर ही हैं कि निकल गई हैं?"

"नहीं, निकली नहीं हैं। लगता है सो रही हैं।"

"सो रही हैं? आवाज लगाई थी?"

और भी नम्रभाव से सुमित्रा बोली, "हिम्मत नहीं हुई।"

"लो।–इधर मेरे तो..."

आकर कंकावती के कमरे में घुसी। बिना किसी भूमिका के कह उठी, "क्यों कंकावती? आज क्या खाना-पीना नहीं होगा? मेरे तो पेट में इंजन चलने लगा है–"

हड़बड़ा कर उठ बैठी कंकावती। उठने की बात सोच ही रही थी। काश, अनन्तकाल तक लेटे रहना सम्भव होता। लड़की की ओर देखते हुए थकी हुई आवाज में बोली, "तबियत जाने कैसी हो रही है, खाने की खास इच्छा नहीं है।"

"ठीक है। मेरी भी कुछ इच्छा नहीं है। सुमित्रा से कह दूँ, वह खा ले।"

"बड़ी मुश्किल है। चलो, जो बने..."

"जरा आँखें-मुँह धोकर आओ कंकावती। ऐसा जमकर सोई हो कि चेहरा सूज आया है।" जानबूझकर, चिल्ला-चिल्लाकर बोली जिससे घर में विराजमान तीसरा प्राणी भी सुन ले।

उठते-उठते कंका फिर बैठ गई। हताश और हाहाकार-भरी आवाज में बोली, "उसे पाकर फिर खो दिया, तुलतुल।"

तुलतुल ने जो कभी नहीं किया था वही इस वक्त कर बैठी। माँ के बिस्तर पर बैठकर नरम आवाज में बोली, "तुम्हें लगा कैसे कि मिल गया है? माँमोनी कहकर पुकारा था तुम्हें?"

कंका तकिए पर ढह गई। उसमें मुँह छिपाकर रुँधी आवाज में बोली, "नहीं

पुकारा था। समझते ही वह पुकारता जरूर।''

तुलतुल माँ के बिखरे रूखे बालों को सँवारने के बाद, उसके सिर पर हाथ रख कर हँसने का प्रयास कर बोली, ''समझ तो वह एक ही मिनट में गया था माँ। तुम्हारा चेहरा तो नहीं बदला है।—वह भागा इसलिए कि कहीं पहचान कर तुम न 'बापी' कह कर पुकार उठो।''

''तुलतुल, अब मैं क्या करूँ?''

''वाह! मैंने कहा न कि हाथ-मुँह धोकर खाने चलो। मुझे बड़ी भूख लगी है बाबा! चलो।'' पीठ पर हाथ रखकर हिलाते हुए बोली।

पत्थर हुई कंका की आँखों से आँसू बहते ही जा रहे थे। तो फिर तुलतुल के मन में उसके लिए प्यार है, दया है? फिर आँसू आ गए।

तुलतुल ने फिर ऊँची आवाज में कहा, ''चलो उठो। बेचारी सुमित्रा ने खाना गरम किया है। देर करोगी तो फिर ठण्डा हो जाएगा।'' सुमित्रा के प्रति यह सहानुभूति? यह भी तो आश्चर्य की बात है।

तुलतुल मन को कितना भी कड़ा रखने की कोशिश क्यों न करे—मन में हाहाकार तो मचा ही हुआ था।

उस समय इतनी कठोरता दिखाने की जरूरत क्या थी? मुझे साधारण-सी भलमनसाहत क्यों न रही उस वक्त? एक बार भी पलट कर देखा नहीं था मैंने।—बाद में 'भद्रता' दिखाने गई थी। लेकिन उसी में···

उसी में वे 'सज्जन' आँख उठाकर सामने न देख सके यह स्पष्ट समझ में आ रहा था। वे जल्दी से कार में बैठ गए थे। इसका कारण समझ में आते ही तुलतुल का भी वही हाल हुआ।

अहा! बिस्तर जैसी दूसरी कोई चीज नहीं। 'तबियत ठीक नहीं लग रही है' से बढ़कर अच्छा बहाना कोई नहीं। इन्सान को इसी एक बात की सुविधा है। इसीलिए खाने बैठकर भूख नहीं है और तबियत खराब है कह कर उठ आई तो तुलतुल से किसी ने कुछ कहा नहीं।

सुमित्रा बोली, ''तबियत तो खराब होगी ही—इतनी देर में तो भूख मर ही जाएगी।''

और कंकावती?

उसकी तबियत तो पहले ही से खराब थी।

सुमित्रा ने सोचा, क्या इनका कोई सगा-सम्बन्धी मर गया है? हालाँकि इनका 'सगा' भी कोई होगा यह उसे पता नहीं। परन्तु उसकी धुरन्धर दृष्टि यह तो जान ही गई कि माँ-बेटी दोनों के चेहरे पर शोक के चिह्न व्याप्त थे।

अपने कमरे में जाने से पहले हालाँकि तुलतुल ने वह प्रश्न पूछ ही लिया था जिसके डर से कंकावती अधमरी हो रही थी।

पूछा था, "अच्छा कंकावती, मिस्टर एस० मुखर्जी को फोन करने वाली बात इतनी सीक्रेट क्यों रखी गई?"

कंकावती ने कहा था, "दरवाजे के पास क्यों खड़ी है? यहाँ आकर बैठ न।"

"ठीक है--पर यह न सोचना कि कैफियत तलब कर रही हूँ। यूँ ही जस्ट कौतुहल..."

धीरे से कंका बोली, "डर था, अगर न आएँ।"

"न आना ही उचित था। कोई भी बुद्धिमान आदमी इस तरह के भुतहे फोन कॉल पर आता नहीं है। हालाँकि वह आदमी कभी भी बुद्धिमान नहीं था।"

कंकावती और भी आहिस्ता से बोली, "इस तरह 'आदमी', 'आदमी' क्यों कह रही है रे?"

"अच्छा, चलो सज्जन ही बोलती हूँ। फिर भी उन्हें खूब बुद्धिमान तो कहा नहीं जा सकता है। स्वागत से जो कुछ पता चला है उससे लगा कि डिटेक्टिव कहानी के खलनायक स्टाइल से बुलाया गया था।"

"सारी बातें मैं स्वागत से कहती कैसे?"

"यह बात भी सही है। खैर! दुःख है कि तुम्हारी कोशिश नाकाम हुई। अब सो जाओ। थोड़ा सो लो।--पर तुमने उनसे एक भी बात नहीं की-- हाय बेचारे!" कहते-कहते तुलतुल वहाँ से चली गई।

परन्तु कंकावती क्या सो सकी थी?

कंकावती को तो अपनी नीचता सता रही थी। सोती कैसे?

'अच्छा, मेरी यह कोशिश का अर्थ क्या था? वह आकर उसे शिनाख्त करें? या कि अपनी कोई चीज पा जाएँगे इसलिए? शिनाख्त करने का तो सवाल ही नहीं उठा। क्या कंका ने पहचान नहीं लिया था? फिर भी, जब दूसरे दिन डॉक्टर के

पाजी भांजे ने नाम बताया था तब दोबारा चौंक उठी थी मैं। पर, क्या केवल उस आदमी के प्रति ममतावश ही...' कंका अपने भीतर तक कुछ ढूँढ़ने लगी।

'नहीं, अस्वीकार नहीं करूँगी। मैंने उसे अपना विजय-गौरव दिखाना चाहा था। कहना चाहा था, 'देखो तुम तो इसे खो चुके थे, मैंने ढूँढ़ निकाला है।' साथ ही वही पुरानी इच्छा जोर नहीं मार रही थी क्या? 'तुम अपने खेत की फसल देखो और मेरे खेत की फसल देखो।'

लेकिन कंकावती के भाग्य ने ही उसे मारा है।

ऐसी दशा में कंकावती उससे बोलती क्या? किस प्रसंग पर बात करती? किस मुँह से? मुँह रहता तो कहती—'देखो। आँख उठाकर देखो।'

आश्चर्य तो यह था कि तुलतुल भी यही सोच रही थी। आहा! बेचारी कंकावती क्या बात करती?

उसके बाद ही मन-ही-मन चिल्ला उठी, "दादा! तू हमेशा की तरह निष्ठुर ही रह गया? एक बार तो कहता—'तुलतुल, तू कितनी बड़ी हो गई है रे?' "

चौबीस

परन्तु तुलतुल ने यह कैसे समझ लिया कि यही उसका भाई है? क्या साढ़े चार साल की बच्ची के स्मृति-भण्डार में कोई ऐसी मजबूत चीज मौजूद थी?

'स्मृति' नहीं बल्कि अनुभूति थी—दादा निष्ठुर था। लेकिन दादा ही प्यारा था, दादा ही खुला आलोकित आकाश था। वही अनुभूति तुलतुल के मन के नितान्त एकान्त में स्थिर पड़ी थी। जैसे लोहे की अलमारी के लॉकर में अनुभूति की स्मृति भर रखी हो। ज्यों ही उसे देखा लॉकर खुल गया। तुलतुल दिशा खो बैठी थी। अन्त में तुलतुल को निश्चिन्त किया कंकावती के हृतसर्वस्व चेहरे ने। उसका अस्फुट आर्तनाद, "हाथ में आकर भी खो गया।" तुरन्त तुलतुल समझ गई थी— वही मेरा दादा है। वही मेरा खुला आलोकित आकाश, मेरा प्यारा दादा है। इसके मतलब वह था। वह है।—इसके मतलब मेरे मन से उसकी निष्ठुर स्मृति मिटी नहीं है।

अभी उस दिन की बात नहीं है क्या? जब तितली की तरह खुशी से नाचती हुई छोटी-सी लड़की ने कहा था, "मैं क्यों जाऊँ नानी के घर? मैं जाऊँगी ही नहीं।—" उसके बाद जब देखा था, जाने की व्यवस्था पूरी हो चुकी है, तब भाग

कर आई थी और अपने से दो साल बड़े उस 'परम आश्रय' से लिपट गई थी।

"दादा, मुझे छिपा ले। तेरी पलंग के नीचे या मेज के नीचे।" तब वही 'परम आश्रय' बोल उठा था, "बेवकूफ, मूर्ख ! घर के मालिक रहने नहीं देंगे, भगा देंगे। फिर भी तू लालचियों की तरह रहना चाहती है? शर्म नहीं आती है? जा, चली जा।" उस समय कितना निष्ठुर लगा था वह?

नहीं, बाद में जब बड़ी हो गई, तब दादा 'परम निष्ठुर' नहीं लगा था तुलतुल को। बस बार-बार यही लगता कि दादा खूब मजे में खो गया। उसकी जीत हो गई, तुलतुल हार गई।

परन्तु क्या 'निरुद्देश्य' हुआ इन्सान फिर कभी दिखाई नहीं पड़ता है? एक बार अगर मिल जाता तो कहती, 'लड़का होकर पैदा होने में कितना मजा है दादा। जब जी चाहा खो गए।'

फिर भी लॉकर में बन्द अनुभूति के साथ अभिमान भी बन्द पड़ा था। जब उस छोटी-सी लड़की ने देखा था कि 'माँमोनी' नामक अहंकारी महिला बार-बार 'बापी' नाम के लड़के को लाने जाती है और खाली हाथ वापस आ जाती है– लड़का नहीं आता है। और उस समय नानी नामक महिला अफसोस करते हुए कहती हैं, "आह रे, बड़ा ही पत्थर दिल लड़का है। हाय, क्या छोटी-सी बहन को भी एक बार देखने का मन नहीं करता है? बहन बेचारी 'दादा', 'दादा' करके मरती रहती है।" यह सब सुनकर, अकेली, कमरे में वही छोटी लड़की तकिये पर सिर धुनती और कहती, "दादा, तू मुझे मार डाल। मार डाल।"

नहीं ! उस अभिमान-दग्ध शिशु की तीव्र यन्त्रणा का कोई गवाह नहीं था। एक समय रोते-रोते वह शिशु कन्या चुप हो गयी थी। आज वही बड़ी होकर तीव्र अभिमान से चूर-चूर हो कर मन-ही-मन बोल उठी थी– "हाय दादा ! एक बार तो कहता, 'तुलतुल, तू कितनी बड़ी हो गई है रे'?"

x x x

नहीं, यह बात उस लड़के ने नहीं कही थी। बस भाग कर उसने साबित कर दिया, "तुलतुल रे ! मैंने तुझे पहचान लिया है। तुझे भी, तेरी माँ को भी।"

लेकिन क्या उसके मन में हजारों बार यह बात ध्वनित नहीं हुई थी– "तुलतुल ! तूने मुझे पहचाना नहीं? तब तू बहुत छोटी-सी थी रे, शायद इसीलिए

न? तुलतुल, तू कितनी सुन्दर हो गई है रे! इतनी बड़ी भी! तूने कितना पढ़ना-लिखना सीख लिया है? और देख अपने उसी दादा को···"

नर्सिंग होम के बिस्तर पर पड़े-पड़े, होश में आते ही लगा था, 'भागना होगा, भागना होगा।' लेकिन कहाँ? फिर उसी अँधेरी गुफा में? उसी अभ्यस्त जीवन के जटिल ढाँचे में अपने को ढालना होगा फिर से? क्या अभिमानवश एक छोटा-सा बालक, घर छोड़कर जिन-जिन रास्तों से होकर आज यहाँ पहुँचा है, युवक बन गया है, उसे हमेशा ही उन्हीं रास्तों पर चलना होगा? क्या इन रास्तों का अन्त नहीं?

नहीं, अन्त करना ही होगा।

'रभी गुण्डा' क्या उस फूल-सी सुन्दर लड़की को पास खींच कर कह सकेगा–"तुलतुल, तुलतुल, मुझे सबसे ज्यादा तेरी ही याद आती थी रे! उस समय तुझे याद करके ही मुझे बहुत रोना आता था तुलतुल।"

नहीं कह सकेगा। कहना सम्भव ही नहीं।

तब? फिर पुलिस के सामने आत्मसमर्पण के पक्ष में कोई 'कारण' तो तैयार करना ही होगा न? दल का आदमी है तो क्या हुआ? खून तो खून ही है जिसके बदले में फाँसी तक हो सकती है।

x x x

बेलेघाटा थाने के डी० सी० प्रनव चक्रवर्ती बोले, "अच्छा मिस्टर मुखर्जी, एक बात जरूर पूछूँगा–बुरा मत मानिएगा।"

मिस्टर मुखर्जी कभी भी वाक्यपटु नहीं थे। इसीलिए जल्दी से बोले, "नहीं-नहीं। क्या पूछना है, पूछिए।"

"मैं पूछ रहा था– हालाँकि उस अभागे लड़के के लिए मेरे मन में भी ममता जागती है–पर वह बात और है। लेकिन आप एक भयंकर समाज-विरोधी लड़के को बचाने के लिए सब कुछ दाँव पर लगाने पर क्यों उतारू हैं? वह बेचारा तो स्वयं ही चाहता है कि उसे 'चरम दण्ड' दिया जाए। हालाँकि ऐसा कुछ भी नहीं होगा। बस कुछ ज्यादा दिनों तक जेल की हवा खानी पड़ेगी! ऐसा एक स्मार्ट, सुन्दर यंग लड़का, जाने किस तरह ऐसे रास्ते पर आ गया। हालाँकि आजकल ये सब खूब हो रहा है। अच्छे-अच्छे घरों के, खूब पढ़े-लिखे लड़के, गलत रास्ता अपना कर अपना सर्वनाश कर रहे हैं और समाज के लिए खतरनाक साबित हो रहे हैं। इनमें से

बहुतों के माँ-बाप समाज के प्रतिष्ठित व्यक्ति हैं। अच्छे-अच्छे प्रभावशाली घरों से इनका कनेक्शन भी है। यह लड़का 'रभी गुण्डा' इस का इतिहास वैसा कुछ खास नहीं। जो लोग इसे जानते हैं उन्हीं ने कहा है कि इसका कोई जबरदस्त बैकग्राउण्ड नहीं है। बचपन बीता था हावड़ा के पास की एक बस्ती में, जहाँ ललटू गुण्डा की देखरेख में था। वहीं ललटू एक्सीडेण्ट में मर गया था और उसके पाले ये लड़के इधर से उधर भटकते रहे। ये ही नाबालिग उम्र में ही दलनायक की पोस्ट ले बैठा। लोग मजाक में कहते हैं 'आज का रॉबिनहुड'। पर हाँ, कुछ अच्छे काम भी करता है। पहली बात तो यह है कि नशे-भाँग का गुलाम नहीं है। लड़कियों के मामले में भी बेहद कट्टर है। ये अच्छी तरह से जानता हूँ कि इस तरह की कोई बात नहीं है। तभी तो मैं इसे चाहता हूँ सर। फिर भी पूछूँगा कि ऐसा अज्ञात कुलशील, समाज-विरोधी लड़का, इसे बचाने के लिए आप क्यों जी-जान से पिल पड़े हैं?"

विपन्नभाव से मिस्टर मुखर्जी बोले, "समझ लीजिए मानवता। कुछ ऐसी बात ही है कि लग रहा है रास्ते से भटका एक लड़का अगर फिर से मौका पा जाये और उसका रास्ता बदल जाए तो…"

"अरे साहब, सवाल तो वही उठता है।" प्रनव चक्रवर्ती बोले, "अभागा लड़का मौका ही तो नहीं चाहता है। हमारे पास रोज तड़फड़ाता है, उसके मामले में देर क्यों हो रही है। कहता है, जब मैंने खुद कबूल किया है कि खून मैंने किया है तो फिर गवाह, सबूत जुटाने की जरूरत क्या है?"

मिस्टर मुखर्जी बोले, "वह आप लोगों के साथ इस तरह से बातें करता है?"

"हमारे साथ? हाय भगवान्– वह तो स्वयं जज साहब के साथ भी इस तरह बात कर सकता है। जब मैंने कहा, 'फाँसी के लिये इतने परेशान क्यों हो? फाँसी क्या इतनी सस्ती चीज है? तूने कभी हिसाब लगाया है कि राज्य या देश-भर में कितने खून होते हैं और कितने फाँसी पर चढ़ते हैं? तुझे फाँसी-वाँसी नहीं होगी। बहुत हुआ कुछ दिनों की जेल हो जाएगी।' सुनकर बिगड़ गया–'कुछ दिन क्यों? क्यों नहीं आजीवन कारावास? आप लोगों के कानून इतने घटिया क्यों हुए जा रहे हैं?'– और आप हैं कि ऐसे आदमी को बचाना चाहते हैं। क्या ये आपका परिचित है?"

पुलिस अधिकारी की बातें सुनकर मिस्टर मुखर्जी से रहा न गया। धीरे से बोले, "ऐसा ही समझिये।"

"वही तो ! मैं भी सोच रहा था शैशवकाल का भागा यह लड़का आपका कोई रिश्तेदार ही होगा।"

"जी हाँ– परम आत्मीय है।"

"एँ ! – मिस्टर मुखर्जी ?"

x x x

इधर कुछ दिनों से लड़के मारे-मारे फिर रहे थे। श्यामल, बीजू, तपन, नया लड़का नोनी, बादाम। न तो कामकाज में मन लग रहा था, न गले के नीचे खाना उतर रहा था। उनके मुँह से एक ही बात निकल रही थी– "हाय, गुरु ने यह कैसा सर्वनाश कर लिया !"

गाँजा की लाश कुत्ते खा गए या चींटियाँ चट कर गईं यह उन्हें पता नहीं। तब से उस खण्डहरनुमा मकान की तरफ रुख तक नहीं किया था। समझ लिया था पुलिस ने उस लाश का कुछ तो किया ही होगा। क्योंकि रभी ने तो तुरन्त ही आत्मसमर्पण कर दिया था।

"लेकिन गुरु ने ऐसा किया क्यों ?" इस प्रश्न का उत्तर उनके पास नहीं है। गाँजा को मार कर आत्मग्लानि या अनुताप का प्रश्न ही नहीं उठा था क्योंकि वह तो पूर्व नियोजित कार्य था। खून करके वीरों की भाँति चला गया था– "मुझे फाँसी की सजा दीजिए सर।"

अच्छा, अगर मरना ही था तो उस मार कर अपने सीने में दो गोली क्यों नहीं मार लीं ?

बादाम बार-बार भगाए जाने पर भी उसी मुछाड़ी के सामने जाकर पछाड़ खाकर गिर पड़ता– "बताइए सर, कोई नयी खबर हो तो बताइए।"

सर उसे 'दुर-दुर' करके भगाते। या फिर कभी-कभी कहते, "नहीं, खबर यही है कि हाई कोर्ट से ऑर्डर हुआ है कि तुम सबको पकड़ कर फाँसी से लटका दो।"

"सर, आप वही कीजिए। गुरु के बिना हमारा जीवन व्यर्थ है।"

मुछाड़ी मूँछें नचाकर कहते, "हाय-हाय ! बाप के मरने पर भी लड़कों का ऐसा हाल नहीं होता है।–खैर, जरा पैर तो दबा अच्छी तरह से।–अभी खबर बताता हूँ।"

जब खुश रहते हैं तब थोड़ी-बहुत बातें बता भी देते हैं। "कोई पैसेवाले सज्जन 'रभी' की तरफ से बैरिस्टर की व्यवस्था कर रहे हैं। पता नहीं क्यों? लेकिन यह व्यवस्था करने से फायदा? तेरा गुरु तो भीष्म प्रतिज्ञा किए बैठा है– 'सज़ा चाहिए।' वरना कानून में इधर-उधर करके उसे बेकसूर खलास करवाना असंभव नहीं।"

कभी-कभी सिगरेट पीते हुए आँखें बन्द करके कहते–"इस गन्दी लाइन में आकर बहुत कुछ तो देखा। बीवी-बच्चे को गँड़ासे से काट कर अपराधी आकर बोला है– 'हुज़ूर, मुझे फाँसी की सजा दीजिए।' और वही आदमी कोर्ट में जाकर बदल गया है– 'हुज़ूर, खून तो कोई और कर गया था। मैं तो कमरे में घुसकर घबराहट के मारे कह बैठा था'–फिर छुटकारा पाने के लिए तंग करके रख देता है। जो भयंकर अपराधी और खूनी होता है वह भी जान बचाने के लिए क्या-क्या कोशिशें नहीं करता है? पाँव पकड़ कर फूट-फूट कर रोते हैं। साले! कुछ तो निकलने में सफल भी हो जाते हैं। लेकिन यह 'रभी' का बच्चा जिद्द पर अड़ा है। टस से मस नहीं हो रहा है।"

बादाम ही जाया करता है।

वापस आकर सब को बताता है।

"इसके मतलब गुरु एक तरह से आत्महत्या कर रहा है।"

"मुझे लगता है जब उधर कुछ दिन गायब था तभी कुछ हुआ है।"

"क्या हुआ होगा? जिससे रभी जैसा बहादुर लड़का भी सहसा बदल गया और ऐसा रास्ता अपना रहा है?"

"अच्छा, एकाएक कहीं कोई साधू-वाधू तो नहीं मिल गया? क्या पता साधू ने ही उसे इस काम के लिए धिक्कारा हो।"

"हट्! यह भी कहीं होता है? ऐसा हुआ होता तो सब कुछ छोड़-छाड़ कर साधू बन कर चला जा सकता था। इसके लिए गाँजा का खून करने की क्या ज़रूरत थी?"

"मुझे तो कभी-कभी लगता है कि कहीं गुरु को किसी से प्यार-व्यार तो नहीं हो गया था? और वह लड़की इसका असली पेशा जान गई होगी तो भगा दिया होगा उसने। –इसीलिए दुःख के मारे..."

"दुर ! तूने कभी गुरु में इस तरह का भाव देखा है? वह तो दूसरे टाइप का आदमी है। मैंने तो सुना था ललटूदा की भी एक बीवी थी लेकिन रभी··· हरगिज नहीं।"

नः ! कोई भी किसी सिद्धान्त पर नहीं पहुँच पाते। वे केवल एक-दूसरे के 'अनुमान' का खण्डन करते रहे। हाँ, इससे एक बात उभर कर सामने आ गई कि सभी रभी को बहुत चाहते हैं।

x x x

तुलतुल का तो पहले ही, स्वागत का भी कॉलेज-फॉलेज जाना बन्द हो गया था।

माँ बोली, "एई स्वागत, तू अब कॉलेज नहीं जाता है? स्ट्राइक चल रही है क्या? तू क्या नेता बन कर···"

"स्ट्राइक हुई होती तो अखबार में नहीं आ गयी होती?"

"तब फिर कॉलेज क्यों नहीं जा रहा है? इम्तहान भी तो सिर पर हैं।"

"इस बार मैं परीक्षा दे नहीं रहा हूँ।"

"परीक्षा नहीं दे रहा है? यह तो गजब की बात है रे। क्यों?"

"वैसी तैयारी नहीं है।"

माँ बिगड़कर बोली, "मैं तैयारी करने की कोशिश करते हुए भी तो नहीं देख रही हूँ।"

"मैंने तय कर लिया है नहीं दूँगा।"

"तेरे पिताजी सुनेंगे तो आगबबूला हो जाएँगे।"

"फादर तो हर समय फायर करते हैं। जितने दिन टूर पर रहते हैं उतने ही दिन शान्ति रहती है।"

"वाह खूब ! क्या पितृभक्त पुत्र है। लेकिन तुम मुझे साफ-साफ बताना तो, कहीं किसी पार्टी-वार्टी में तो नहीं शामिल हो गए हो?"

"पागल ! "

एकाएक माँ बोल उठी, "तेरे चाचा कह रहे थे उनके डॉक्टर दोस्त के नर्सिंग होम के साथ तेरा कुछ झंझट हो गया है।"

"चाचा!" स्वागत चौंक उठा, "चाचा कब आए थे?"

"कल शाम को।"

"ये कहो।" हँसने लगा स्वागत– "तो अब तक भूमिका बाँधी जा रही थी?"

माँ बोली, "बड़ों को नीचा दिखाने में ही इस युग के लड़के खुश होते हैं। चाचा के दोस्त का मामला है, उसकी भी तो जिम्मेदारी बनती है।"

"ऑफकोर्स। है। जबरदस्त है। लेकिन जब चाचा स्वयं आकर सारी घटना बयान कर गए हैं तब माँ जननी, तुम क्यों इनोसेण्ट बन कर 'कुछ झंझट' कह कर व्याकुल हो रही हो? चाचा जितने विस्तार से बता गए होंगे उतने डिटेल में तो हमें भी नहीं पता है।"

"उस दिन का पिकनिक जाना ही सारी मुसीबत की जड़ बन गया।"

"ऐसा कहा जा सकता है।"

मन-ही-मन 'मुसीबत थी' कि 'भाग्योदय हुआ' अभी सही-सही बता पाना तो कठिन है। लेकिन तुलतुल बहुत करीब चली आई है। कंकावती के घर का तो वह नित्य का अतिथि है।

स्वागत को कंकावती ने कस कर पकड़ लिया था जैसे समुद्र में बहता आदमी एक तिनके को पकड़ लेता है।

x x x

स्वागत की माँ बोली, "तेरे चाचा ने जैसा बताया, सुनकर तो डर ही लग गया। थाना-पुलिस के चक्कर में तो नहीं पड़ना होगा? बेटा, बता न सही-सही।"

स्वागत बोला, "बता तो दिया है माँ, चाचा ने जितना बताया है उससे ज्यादा मुझे नहीं मालूम। लेकिन तुम निश्चिन्त रह सकती हो, मैं किसी तरह से भी जुड़ा नहीं हूँ।"

माँ ने लम्बी साँस छोड़ी, "क्या पता बेटा। जो ठीक समझना, करना। मैं सोच-सोच कर ही क्या कर सकती हूँ?"

स्वागत फिर हँस दिया, "ये हुई न अक्लमंदों जैसी बात। चिन्ता करने से कोई काम बना है? अच्छा, टाटा।"

स्वागत हँसते-हँसते चला आया। लेकिन जिस घर में आया वहाँ अब कोई

हँसता नहीं है। केवल दबी दीर्घ श्वासों के कारण आबोहवा भारी है यहाँ।

तुलतुल ने पूछा, "आज जो तूने देर कर दी?"

"पूछ मत। माँ ने रोक लिया था।"

तुलतुल उसकी बात सुनी-अनसुनी कर एकाएक बोल उठी, "स्वगोक्ति, एक बार तूने कहा था न कि कैदी से मिला जा सकता है?"

"यही तो मुझे मालूम है।"

"तो एक बार मुझे ले चल न।"

स्वागत बोला, "स्ट्रेंज ! तेरा एक लापता दादा है, यह कभी सोचा ही नहीं था। 'तेरी माँ' को ही तेरी माँ मानने को जी नहीं करता था। उस पर तुझसे भी बड़ा एक और।"

"अब तो विश्वास हो गया है न?" धीरे से तुलतुल बोली।

"हाँ। कल देखा–लगता है जैसे कुछ ही दिनों में ढेर सारी उम्र बढ़ गई है उन की। तू मुलाकात करने जाना चाहती है?"

"चाहती तो हूँ। लेकिन अगर कंकावती देवी को मालूम होगा तो उन्हें दुःख होगा।"

"बिना बताए जाना चाहती है?"

"यही तो इच्छा है। बताने पर अगर कंकावती कह बैठें, 'मुझे भी ले चलो'–"

"बाप रे, वह एक भयानक बात होगी।" स्वागत बोला, "अच्छा, तू क्या इसी तरह हर समय माँ को नाम लेकर बुलाती है?"

"यही तो तू देख रहा है– है न?"

"लेकिन क्यों?"

"क्यों? पता नहीं इसकी शुरुआत कब, कहाँ और क्यों हुई। अब तो यही आदत बन गई है।"

"वह भी तो आजकल दुकान पर नहीं जाती हैं।"

"यही तो मुसीबत है।"

"मुझे इनके लिए बहुत दुःख होता है। शुरू में देखकर लगा नहीं था कि इनका ऐसा एक पूर्व इतिहास होगा। कितनी जॉली लगती थीं !'

"और मुझे देख कर क्या लगता था?"

"तुझे? अभी भी 'कुछ लगने' की दशा नहीं हुई है। बस देखता जा रहा हूँ। जैसे अर्जुन ने विश्वरूप देखा था, ठीक उसी तरह।"

"एक थप्पड़ खाएगा।"

"मना नहीं करूँगा। स्वाद चखना चाहता हूँ।"

"बेकार की बातें छोड़।–उसकी व्यवस्था कर ले।"

"व्यवस्था कोई खास नहीं करनी है। जो जानना था, पता कर लिया है। कल ही जायां जा सकता है।"

"किस वक्त?"

"ठीक से पता कर लूँगा। वह जेल का कैदी तो है नहीं। यही पता करना होगा कि कोई खास वक्त तो नहीं है।"

सुमित्रा आकर खड़ी हुई, "आप लोगों की चाय तैयार है।"

अर्थात् कंकावती के दरबार में जाना पड़ेगा स्वागत को।

चाय की मेज के एक किनारे बैठी थी कंकावती।

उन्हें देखकर स्वागत को फिर लगा कि क्या इतनी जल्दी चेहरे में परिवर्तन आ सकता है? यह जैसे लग रहा है फूल से भरे बगीचे पर शिलावृष्टि हो गई हो। वह विध्वस्त मूर्ति अपनी काजलविहीन आँखें उठाकर धीरे से बोली, "तुमसे एक बात करनी थी, बेटा।"

"इसके साथ?" तुलतुल बोल उठी, "मैं चली जाऊँ?"

"क्यों, तुम क्यों जाओगी? चले जाने की बात किसने की?"

"वाह! तुमने स्पेशली इसी से कहा न, 'तुमसे एक बात करनी है'।"

अन्यमनस्क-सी कंकावती बोली, "नहीं-नहीं! वैसी कोई बात नहीं है।"

स्वागत बोला, "बोलिए। क्या बात है?"

असहाय भाव से कंकावती बोलीं, "ऐसी कोई बात नहीं है। न ही कोई जल्दी है। मैं एक काम कर देने के लिए कह रही थी। परन्तु रहने दो–कल भी हो सकता है।"

तुलतुल एक बार काँप उठी। उसे डर लगा था। क्या माँ भी कहने वाली है–

स्वागत, तुम क्या एक बार मुझे वहाँ ले चलोगे?'

परन्तु कंकावती ने कहा– कल भी हो सकता है।

फिर भी स्वागत बोला, "आज भी बता सकती हैं।"

परन्तु कंकावती कुछ कहती इससे पहले ही फोन बज उठा।

फोन पास ही मेज पर रखा था।

तुलतुल ने जाकर उठा लिया।

अपने ढंग से चुभती हुई आवाज में बोली, "कौन बोल रहे हैं?" उसके बाद ही बोल उठी– "ओः ! मिस्टर बाजपेयी ! कंकावती देवी को दे दूँ?–नहीं? उन्हें डिस्टर्ब करना नहीं चाहते है? सिर्फ खबर जानना चाहते हैं? हाँ, कुछ दिनों से निकल नहीं रही हैं।–नहीं, वैसी कोई बात नहीं है–बस जरा-सा स्वास्थ्य खराब है– माने टायर्ड फील कर रही हैं।

"अरे, आप अगर इतने चिन्तित हैं तो एक बार चले ही आइए न? क्या कहा?

"किसी दिन इस फ्लैट में नहीं आए हैं? इससे क्या हुआ? किसी परिचित की अस्वस्थता की खबर सुनकर तो आना ही पड़ता है। अभी भी आ सकते हैं।–अभी रात ही क्या है? आठ ही तो बजे हैं। हम लोग तो अभी···"

"आः तुलतुल।" कंका का प्रसाधन-शून्य चेहरा मानसिक उत्तेजना से लाल हो उठा।

अभी भी तुलतुल उसे··· दृढ़ कदमों से आकर रिसीवर ले लिया लड़की के हाथ से। फिर खूब शान्त स्वरें में बोली, "उसकी बात छोड़ दीजिए। वह तो इसी तरह से बात करती है।–नहीं-नहीं, मुझे कुछ नहीं हुआ है। यूँ ही दो-चार दिन से रेस्ट कर रही थी। कल ही से वक्त पर निकलूँगी सोच लिया है।–हाँ, वह तो होगा ही। ठीक है। अच्छा, बहुत-बहुत धन्यवाद। रख रही हूँ_"

रिसीवर रखकर, किसी तरफ बिना देखे कंकावती अपने कमरे में चली गई। न देखने का कारण था शायद–दो आँखें।

तुलतुल अप्रतिभ हुई। आज तुलतुल ने जो कुछ भी कहा था प्रभाकर बाजपेयी को, उसमें कोई दुष्ट बुद्धि का हाथ नहीं था। वह मजा देखना नहीं चाहती थी।

कुछ दिनों से कंका घर से निकल नहीं रही थी, उसका उदास, प्रसाधनहीन

अनुज्ज्वल चेहरा देखकर ही तुलतुल का दिल रो रहा था। माँ का यह 'बेचारों'-सा चेहरा देखकर उसे ममता हो रही थी। जबकि जिसकी वजह से यह दुःख था, उसके बारे में दोनों के बीच कोई बात नहीं होती थी। अभी उसे लगा कि माँ शायद स्वागत से उसी विषय में बात करते-करते रुक गई।

ममता होने पर भी व्यक्त करने की भाषा नहीं जानती है तुलतुल। ऐसे ही समय में प्रभाकर की आवाज सुनकर उसे चैन पड़ा था। शायद यह आदमी माँ को स्वस्थ कर सकता है।

यह आ जाएँ तो अच्छा हो। इसीलिए आने को कह बैठी थी। बाद में तुलतुल ने जाना था कि कंका ने गलत समझा। पर अब वह इसे सुधार नहीं सकती थी। अच्छा, क्या एकाएक तुलतुल का मन उदार हो गया है? क्योंकि बाजपेयी को कंका के लिए चिन्तित देखकर वह गुस्सा तो नहीं हुई? बल्कि लगा– बेचारे ! चाहे 'पूजा' कहें चाहे 'श्रद्धा' कहें– है तो 'प्यार' ही। सचमुच का गम्भीर प्यार। खैर···

तुलतुल कुछ निश्चिन्त हुई। चाहे गुस्से में कहा हो, चाहे जिद्द से–कंका ने कहा है कल से काम पर जाएगी। बाहर निकलेगी तो साज-पोशाक करेगी ही। सहसा कंकावती के कनपटी के ऊपर के बालों को मटमैला होते देख तुलतुल का हृदय रो उठा था।

कंकावती चुपचाप चली गई तो स्वागत अप्रतिभ हुआ। थोड़ी देर बाद बोला, "ये महाशय कौन थे रे?"

"बाद में बताऊँगी। इस वक्त बातचीत करना अच्छा नहीं लग रहा है। आज तू जा। कल ले चलना मुझे।"

पच्चीस

"तू इतने दिनों बाद आया पानू?" सुदेष्णा प्रायः रो-सी पड़ीं··· "इधर कितना कुछ हो गया।"

पानू ने गम्भीर भाव से कहा, "जानता हूँ।"

"जानता हूँ माने? क्या जानता है?"

"जो कुछ घटा है और घट रहा है, सब कुछ जानता हूँ।"

"तू बापी की बात जानता है? कहा किसने? जाने कब से तो आ नहीं रहा

है।" सुदेष्णा उत्तेजित हो कर बोलीं।

पानू ने ठण्डी आवाज में कहा, "पानू को कोई भी खबर किसी से पूछनी नहीं पड़ती है, यह तो तुम जानती हो मझली मामी।–मैं शुरू से आखिर तक तुम्हें सारी बातें बता सकता हूँ।–तुम्हें याद है क्या– मैंने बहुत पहले एक बार तुमसे कहा था? एक मस्तान टाइप लड़के का चेहरा हू-ब-हू बापी से मिलता है।"

"कहा तो था। अब लगता है तूने ठीक ही देखा था। इसीलिए तो 'सौ' भी धन की वृष्टि करता जा रहा था। लेकिन अभागा लड़का···।" कहते-कहते सुदेष्णा रो पड़ीं।

पानू हाथ हिलाते हुए बोला, "मुझे सब कुछ पता है मामी। तुम्हें बताने की जरूरत नहीं है।"

"खैर यह बता, इतने दिनों से आया क्यों नहीं था?"

"आया नहीं, मन नहीं कर रहा था। देख-सुन कर लग रहा था सब कुछ छोड़छाड़ कर संन्यासी बन जाऊँ। बेचारे मामा के लिए बड़ा कष्ट होता है।"

"तुझे ये सारी खबरें मिलीं कैसे- -बता न पानू।"

"यह पूछो कहाँ से नहीं? थाना, पुलिस, छोटे साहब, बड़े साहब से–बापी के दल के लौंडों से। लाइफ नर्सिंग होम के डॉक्टर विश्वास के भाँजे से। उससे तो मैंने खूब दोस्ती जमा ली है। केस किस वक्त किधर मोड़ ले रहा है सब पता कर लेता हूँ। एक दिन भेंट करने भी गया था। तो···।"

उत्तेजित होकर सुदेष्णा बोलीं, "भेंट करने गया था? किससे?"

"और किससे? उन्हीं महाप्रभु से।"

"हैं! गया था? पानू रे, तूने देख लिया और मैं···"

"मझली मामी, धैर्य धरो। मैंने कहा है भेंट करने गया था। देख आया हूँ यह तो नहीं कहा था न? अरे भेंट ही नहीं हुई तो देखता कैसे? उनकी भीष्म प्रतिज्ञा है : 'किसी से भेंट नहीं करेंगे'।"

दुःखी होकर सुदेष्णा बोलीं, "यही बात 'सौ' भी कह रहा था। किस कदर जिद्दी लड़का है रे बाबा।"

"मैं तो सोच ही नहीं सकता हूँ।"

"तुझे देखकर सोचा था कहूँगी, एक बार मुझे दिखा ला लड़के को। लेकिन तू तो कह रहा है मिलता ही नहीं है।"

"वहीं तो देखा है। उसने पार्टी के लड़कों को भी भगा दिया है।"

"तब क्या होगा पानू?" सुदेष्णा फूट-फूट कर रोने लगीं, "इस जिद्दी लड़के ने जो ठाना है क्या वही होगा? अरे बाप रे! खो गया था, वह तो तब भी अच्छा था। नए सिरे से फिर···"

पानू बोला, "जो ठाना है वह कर नहीं पाएगा। जैसा सुना है, बस कुछ साल की जेल होगी।"

"क्यों रे, इससे पहले एक बार भी मिलना नहीं हो सकेगा?"

पानू बोला, "केस चलेगा जिन दिनों, देख तो सकोगी ही। पर वह अगर मिलना न चाहे तो मिल कैसे सकती हो? मैं तो तुम्हें ले जा सकता था लेकिन···"

"लेकिन-वेकिन छोड़ पानू। ऐसा काम नहीं जिसे तू नहीं कर सकता है। एक बार जरा मुझे ले जाकर उसके सामने खड़ा कर दे।"

x x x

थाने के इंचार्ज ही से परमिशन मिलने में दिक्कत होती है। लेकिन यह मामला और था।

स्वागत बोला, "सुन लिया, चौकीदार ने क्या कहा?"

"सुनूँगी क्यों नहीं? बहरी तो नहीं हूँ।" तुलतुल ने दृढ़ स्वरों में कहा, "लेकिन बिना मिले लौट जाने वाली नहीं हूँ।"

"तब फिर, वहाँ दरवाजे के सामने 'अनशन' पर बैठ जा। देख लेना, कितने दिनों में किस्मत खुलती है।"

तुलतुल ने अपने पर्स में से एक तह किया हुआ कागज निकाला। उसके साथ एक दस का नोट भी तह करके लपेटा फिर चौकीदार को हाथ हिलाकर बुलाया। उसकी तरफ कागज बढ़ा दिया, "कम से कम यह चिट्ठी तो पहुँचा दीजिए।"

चौकीदार राजी हुआ। नोट जेब में रखते हुए बोला, "यह कैदी लड़का पागल है। कोई मिलना चाहता है तो बिगड़ जाता है।"

"होने दो। चिट्ठी तो ले जाओ।"

ले गया। और थोड़ी देर बाद आकर बोला, "चलिये।"

उस चिट्ठी में लिखा क्या था? अरे दुर! चिट्ठी कैसी? घर ही से लिख लाई थी।

'दादा!

भेंट करने का संकल्प करके ही घर से निकली हूँ। भेंट न होने तक घर लौटना न हो सकेगा। —तुलतुल'

उस कागज के टुकड़े को हाथ में पकड़े बैठा रह गया था पागल कैदी। पत्थर की मूर्ति की तरह। उसके बाद हाथ के इशारे से कहा, 'चिट्ठी भेजने वाली' को ले आने को।

दोनों तरफ छोटी-छोटी अँधेरी कोठरियाँ। बीच में पतला-सा पैसेज। उसी में एक बेंच पर बैठा था 'रभी'।

एकाएक मिल नहीं रहे थे। कुछ दिन पहले भी दोनों देख चुके थे एक-दूसरे को। आज आमने-सामने खड़े थे।

"दादा!"

"तुलतुल!"

"दादा!"

"तुलतुल! तू कितनी बड़ी हो गई है रे! और कितनी सुन्दर हो गई है देखने में।"

मरुभूमि में क्या प्रार्थित जलवृष्टि हो गई? जिस बात को सुनने के लिए मन हाहाकार कर रहा था, ठीक वही बात दादा ने इसी वक्त कैसे कही? वह क्या अन्तर्यामी हो गया है?

"दादा!"

"ए! एई, यह क्या कर रही है? इतनी बड़ी हो गई है फिर भी रोती है? छिः-छिः! रूमाल निकाल! रूमाल निकाल!"

"दादा, उस दिन चले क्यों आए? यह सब क्यों किया?"

"तो फिर और क्या करता बता?"

"दादा! कंकावती देवी तुम्हें एक बार देखने के लिए मरी जा रही हैं।"

"ओ ! तो तू उनकी सिफारिश लेकर आई है?"

"नहीं-नहीं। बिल्कुल नहीं। मुझे किसी ने कुछ नहीं कहा। मैं तो यूँ ही चली आई हूँ।–देखकर बड़ी ममता जागती है।"

"ममता ! होने दे। अभी कल ही एक 'देवी' आई थीं। भगा दिया मैंने। एक शब्द बोलने नहीं दिया।"

"कौन? कौन आया था?"

"वही 'बुआ' थीं न? आते ही रोना शुरू कर देतीं।"

"बुआ?"

"तुझे याद नहीं है? वही जो जाने कहाँ से आती थीं ढेर-ढेर सारी खाने की चीजें लेकर। लूडो की गोट के साइज की बिन्दी लगाती थीं माथे पर।"

"तूने भेंट नहीं की दादा?" (याद क्यों नहीं होगी? बुआ की खूब याद है)

"क्या फायदा? आकर रोने के अलावा और कुछ तो करतीं नहीं। इन सब का कोई माने नहीं होता है।"

एक बात बोलना चाहता था पर बोला नहीं। बताया नहीं उसने कि मँना करने पर भी आ गई थीं। उन्हें देखकर वह कमरे में घुस गया था। देखा था माथे पर वह बड़ी-सी बिन्दी नहीं थी। चारू की माँ की तरह बुरी-सी सफेद एक धोती पहन रखी थी। क्यों ऐसी बुआ से बात करता वह?

x x x

यह सब उसने बताया नहीं, क्योंकि इतनी बातें करने का मन ही कर रहा था।

परन्तु तुलतुल से वह क्यों मिला? यही तो रहस्य है।

फिर भी उससे कहाँ कहते बन रहा है, "तुलतुल, सिर्फ तेरे ही लिए मेरा मन बेहद रोया करता था। मैं मन-ही-मन चिल्ला-चिल्ला कर पुकारता था–तुलतुल ! तुलतुल ! नहीं, यह सब बातें बताई नहीं जा सकती हैं।"

"दादा ! मेरे पास तुम्हारी ये चीजें थीं।"

बैग से निकाला तुलतुल ने एक बड़े साइज का कड़ा, काले धागे में बँधी चाँदी की चौकोर पत्ती और एक धूप का चश्मा।

"यह क्या? तुझे यह सब कहाँ मिले?"

"मैंने उतार कर रख लिया था। वहीं बोटनिक्स में…।"

"ताज्जुब है। क्यों भला?"

"पता नहीं– क्यों।"

रभी हँसा, "गुण्डे का परिचय चिह्न गायब करने के लिए?"

"पता नहीं। लो। पकड़ो।"

"अरे दुर! अब ले कर क्या करूँगा? रास्ते के डस्टबीन या जहाँ जी चाहे फेंक दे।"

"बिल्कुल नहीं। ये सब मेरे पास रहेगा।"

"लगता है तूने बहुत पढ़ाई कर ली है लेकिन है वैसी की वैसी मूर्ख।" कह कर हँसा।

तुलतुल बोली, "जो जैसा है वह क्या बदलता है? जो मूर्ख है वह मूर्ख ही रहता है, जो निष्ठुर है वह निष्ठुर ही रहता है।"

रभी फिर हँसा।

"दादा!"

रभी ने उसकी तरफ देखा।

"तेरी जेब में सुना बहुत सारा रुपया था। डॉक्टर ने पुलिस के पास जमा कर दिया था।"

"पुलिस के पास?" जोर से हँसने लगा रभी–"बिल्ली को दिया है मछली ताकने! ठीक है! वह अब मेरे किस काम का?"

"दादा! तू यह जिद्द किए क्यों बैठा है? सब कह रहे हैं तू अगर ऐसा न करे तो अभी छूट सकता है।"

"ज्ञान देना शुरू कर दिया तूने?"

"नहीं रे दादा! बहुत तकलीफ हो रही है तभी…"

"छूट जाता, माने? मुझे क्या किसी ने पकड़ा था?"

"जानती हूँ! लेकिन क्यों तू ऐसी…"

"क्यों, यह जाकर घर बैठ कर सोचना। अभी–यह लो। यह तो लग रहा है रूमाल का काम नहीं है, तौलिया चाहिए इसके लिए। भाग, भाग।"

उसके बाद ही पूछा, "अकेली आई है?"

तुलतुल आँख-नाक पोंछते हुए बोली, "ऐसी हिम्मत है कहाँ? एक बॉडीगार्ड साथ है।"

"बॉडीगार्ड।" फिर हँसी बिखर गई गुण्डे के चेहरे पर–"देखूँ जरा। कैसा माल है। या नहीं आएगा?"

"आने के लिए तो मरा जा रहा है। मैंने ही नहीं आने दिया था। एक छोटा आदमी है।"

"छोटा आदमी! अरे यह बात है? तब तो मिलना ही पड़ेगा। बुला, बुला उसे।"

तुलतुल ने ऊँची आवाज में पुकारा, "ए, चला आ। चला आ! पाँव की धूल ले। याद करना मेरा दादा है। तेरा गुरुजन है।"

"अरे-अरे धत्! यह सब क्या है? ठीक है, ठीक है।" हाथ जोड़ कर नमस्ते करते हुए रभी बोला, "नाम पूछ सकता हूँ न?"

"वाह! पूछ क्यों नहीं सकते हो? इसकी जन्मकुण्डली तक जानने का हक है तुमको। ए, नाम क्यों नहीं बता रहा है?"

स्वागत बोला, "मुझे बोलने का स्कोप दिया ही कब गया? मेरा नाम स्वागत सरकार। पिता का नाम..."

"रहने दो, रहने दो। इतना ही काफी है। बहुत अच्छा! मिल कर खुशी हुई। अच्छा..."

"अच्छा माने? ओः! भागो। क्यों? हमें भगाए दे रहे हो? इसीलिए तो कहा था जो निष्ठुर होते हैं वे जिन्दगी-भर वैसे ही रहते हैं। ए– ए स्वागत, चल। –दादा! मेरा अगर फिर आने को मन किया तो..."

"अन्याय इच्छा को प्रश्रय देना ठीक नहीं तुलतुल।"

"ठीक है! अब नहीं आऊँगी! हुँ-हुँ!"

"फिर तुलतुल?–अरे सुनिए! आप भई एक रूअण्टी लड़की के चक्कर में कैसे पड़ गए बताइए तो? आपको देखकर तों मैं खूब बुद्धिमान समझ रहा था।"

'बुद्धिमान' व्यक्ति हँसकर बोला, "इनके अन्दर एक लवण समुद्र मौजूद है, यह तो आज ही आविष्कार किया है मैंने। मेरी धारणा थी अग्नेयगिरि हैं।"

"चुप रह, ज्यादा वाक्‌चातुर्य दिखलाने की जरूरत नहीं।–दादा, तो फिर कंकावती उम्मीद न करें?"

"कहा तो, फायदा क्या है?"

"तब फिर क्या किया जा सकता है? मेरी यह आने की खबर भी गुप्त रखनी होगी। ए स्वागत, याद रखना। फटाक् से बता मत देना। जानेगी तो दुःख के मारे जान दे देगी। बिचारी बड़ी दुःखी है रे।"

सहसा भक् से जल उठा रभी, "ओः! अकेली वह ही दुःखी है और सभी बहुत सुखी हैं? ये जो भद्रपुरुष, एक डूबे हुए जहाज को पानी से खींच कर निकालने के लिए व्यर्थ ही जी-जान से कोशिश कर रहे हैं, वे क्या बहुत सुखी हैं? वे दुःखी हुए कैसे? किसी दिन आँख उठाकर देखा है उनका चेहरा? क्यों इतना कर रहे हैं? पुलिस की डायरी में लिखाया है 'नगर के एक समाजसेवी'। देखा है उन्हें? उनका हाल जाना है? और ये जो हम लोग हैं? तू है, मैं हूँ–और-और जो हैं? सभी सुखी हैं? –खैर, इतना सब के दुःख के बारे में सोचने से काम नहीं चलता है।–जा, भाग जा अब!"

"जा रही हूँ बाबा। जा रही हूँ। उफ! दादा, तेरा जरा भी जी नहीं रोता है?"

"आः तुलतुल! ज्यादा बखेड़ा मत कर!–नहीं, मैं तो एक गुण्डा हूँ, बदमाश हूँ। शैतान और खूनी हूँ। मुझमें ये सारी नरम चीजें आएँगी कैसे?"

"दादा! तुझे देखकर किसी तरह से भी विश्वास नहीं होता है कि तू ये सब है। तू बिल्कुल यह सब नहीं है।"

"तू जाती है या नहीं?"

"अच्छा जाती हूँ। हमेशा के लिए जा रही हूँ। ए स्वागत, चल।"

स्वागत ने दोनों हाथ जोड़कर कहा, "अच्छा, नमस्कार! चलूँ?"

"अरे सुनिए महाशय! इस पगली से कहिएगा, इच्छा हो तो आ सकती है लेकिन और किसी को ले-लेकर न आए। हालाँकि आपकी बात और है। एक केयरटेकर तो होना ही चाहिए। है न?" कहते हुए मुँह फेर कर सहसा बगलवाली कोठरी में घुस गया।

x x x

"बिना भेंट किए मानूँगी नहीं।" कहकर जबरदस्ती मुलाकात का रास्ता निकाल लेने वाली लड़की के अलावा रभी गुण्डा और किसी से न मिलने पर भी बहुत लोग आने लगे उसे देखने।

हाँ, देखने। रभी तो किसी को देख नहीं रहा था, लोग ही उसे देख रहे थे। इस समय रभी का वह शाही गोरा-चिट्टा चेहरा नहीं है जिसे देखकर वह मुछाड़ी तक कहते थे, 'तुझे देखकर दामाद बनाने का मन करता है रे।' इस समय लोग देख रहे थे उसके चेहरे पर दाढ़ी उगी हुई थी। बाल रूखे, अस्त-व्यस्त थे और पोशाक भी मैली-कुचैली थी।

देख रही थी कंकावती भी। देख रही थी, रो-रो क़र आँखें सूज गई थीं जिस सुदेष्णा की, वह भी। सुदेष्णा का खोकोन भी आया था। आया था पानू भी। यहाँ तक कि खाना पकाने वाला सुशील भी।–और अविश्वसनीय होते हुए भी सच था, युगल दम्पत्ति आए थे– कंकावती के भैया-भाभी।

वे लोग कैसे आ गए? इन्हें किसने खबर की? ये बात तो भगवान् जानता है या वे लोग ही जानते हैं। एक बार भाभी नामक वही महिला कंकावती के पास आकर खड़ी भी हुईं, बातें करने की भी कोशिश की परन्तु अगर कंकावती ही उन्हें न पहचाने और उसके चेहरे पर उन्हें देखकर किसी तरह के भाव ही न उभरें तो भाभी क्या करें? फिर भी वे लोग अपमानित होकर चले नहीं गए थे। रह गए थे वहीं। वे किसी के बुलाने पर तो आए नहीं थे–अपने 'पब्लिक' अधिकार से आए थे।

यद्यपि रभी गुण्डा ऐसी कोई बड़ी हस्ती नहीं कि उसकी फाइनल सुनवाई वाले दिन अदालत खचाखच भरी रहे। एक बदमाश गुण्डे ने अपने दल के दूसरे गुण्डे को मार डाला है इसमें ऐसी क्या बात है? ऐसे मर्डर केस तो कोर्ट में हर दिन आया करते हैं। एक नहीं हजारों तरह के मर्डर केस अदालत के गोदाम में ठसाठस भरे पड़े हैं। इन्हें लेकर परेशान कौन है? फिर पब्लिक को ही क्या पड़ी है कि उन अज्ञात खूनों का फैसला सुनने यहाँ आएगी?

इस केस की बात ही लेकिन और है। ये लड़का ही अजीब है। वह खुद ही फाँसी पर चढ़ने के लिए जिद्द कर रहा है।

x x x

रभी ने जैसा चाहा था वैसा 'झटपट' कुछ नहीं हुआ। हाँ, लेकिन अदालत तक आने पर उसमें गति आ जरूर गई है।

कटघरे में खड़े हो कर वह लगातार ही कहे जा रहा था, "गुस्से में आकर अचानक नहीं किया था। जानबूझ कर ठण्डे दिमाग से ही उस रास्कल को खत्म किया था मैंने।"

अदालत खचाखच भरी थी। सभी अपलक उस कैदी को देख रहे थे पर ताज्जुब था उसकी दृष्टि इनमें से एक पर भी नहीं थी। उसकी बड़ी-बड़ी आँखें केवल अंगारे उगल रही थीं।

"अचानक गुस्से में आकर..." यह बात मिस्टर मुखर्जी द्वारा नियुक्त वकील साहब ने मजबूती से पकड़ रखी थी और बताने की चेष्टा कर रहे थे कि यही 'समाज-विरोधी' इन्सान कितना समाज के प्रति सचेत है। कितने अच्छे-अच्छे काम किए हैं इसने–कितनी तरह की किताबें पढ़ता है। उसने नाइट स्कूल खोले हैं, लोगों की मदद करता है वगैरह-वगैरह। "हर तरह से सोच-विचार कर महामान्य जज साहब कैदी को कम सजा दें यही मेरी विनती है।" पक्के खिलाड़ी हैं ये वकील साहब। हजारों पक्के अपराधियों को बेकसूर खलास करवा चुके थे। 'प्रत्यक्ष' प्रमाण के अभाव में इसे भी छुड़ा लेना कोई मुश्किल काम नहीं था लेकिन रभी की जिद्द ने सारा खेल बरबाद कर रखा था।

जहाँ जरा केस अनुकूल होता वहीं चिल्ला कर कहने लगता, "यह तो अच्छी मुसीबत है। मुझ जैसे फालतू आदमी को जिन्दा रखने के लिए क्या-क्या हो रहा है?–अब तो लग रहा है उसे खत्म करने के साथ-साथ एक गोली अपने को भी मार लेनी चाहिए थी।"

इस तरह से कब तक केस चल सकता है? कब तक सुनवाई होती?

छब्बीस

आज फैसले की सुनवाई थी।

हर रोज आने वाले तो आये ही थे। और भी कुछ लोग आये थे।

लेकिन क्या कंकावती को ध्यान था कि इतनी जोड़ी आँखों के सामने आकर बैठी है? और वह भी प्रसाधन-विहीन? उसके जीवन की शायद यह पहली घटना है कि घर से बाहर चली आई है ओर साड़ी तक नहीं बदली है। इस साड़ी में न कलफ था न आयरन किया हुआ था।

लेकिन कंकावती उपस्थित समस्त लोगों की ओर तो देख नहीं रही थी। इसीलिए उसे कोई उलझन भी नहीं थी। उसकी एक जोड़ी आँखें तो कटघरे में खड़े कैदी के हाड़-माँस को भेदते हुए भीतर तक पहुँचने की कोशिश में हैं। कंका उसके मन को देखना चाहती है। वह इस समय क्या सोच रहा है? क्या एक बार भी उसे अपना शैशव या बालकाल याद आ रहा है? क्या उसके लिए मन उदास नहीं हो रहा है?

और वही जबरदस्त लड़की? वह भी तो आई है। पर माँ के साथ नहीं। यहाँ आने के बारे में माँ-बेटी में कभी खुलकर कोई बात नहीं होती है। कंका अकेली आती है अपने-आप ड्राइव करके। पुराने ड्राइवर तक को जताना नहीं चाहती है कि वह इधर कुछ दिनों से कोर्ट के चक्कर काट रही है। उसकी लड़की की भी यही पद्धति है। वह आकर पीछे वाली सीट पर बैठती है। उसे मालूम तक नहीं हो पाता है कि कंकावती की समस्त सत्ता उसकी दो सुन्दर आँखों में घर कर गई है। उसकी एकमात्र चिन्ता है कि कब वह कैदी उसकी ओर देखेगा। जाने कब यह घटना घट जाये, यह सोचकर वह अपलक देखती रहती है। पलकें झपकाने से डरती है।

कोई देख तक नहीं पाता है कि उसकी अपलक आँखों के अन्तराल में और एक जोड़ी आँखें देख रही हैं गोल-गोल, गोरी-गोरी टाँगें जिन्होंने हाफ पैण्ट पहन रखी है। जूते-मोजे पहने हैं, जो चमक रहे हैं और वही पाँव थिरकते हुए जाकर स्कूल बस पर चढ़ रहे हैं।–देख रही है कंधे से बैग और पानी की बॉटल फेंक कर दौड़ा-दौड़ा एक बालक आकर एक सुन्दरी सुसज्जिता अभिजात्य महिला से लिपट जाता है। उसकी पोशाक में नाक रगड़ते हुए कह रहा है–"माँमोनी ! माँमोनी, आज न स्कूल में···"

यद्यपि महिला में परम परितृप्ति का स्वाद परिलक्षित हो रहा था फिर भी उन्होंने भौंहें सिकोड़ कर कठोर शब्दों में कहा, "यह क्या हो रहा है? हें ! तुम्हें रोज कहना पड़ेगा कि चीजें ठीक से सँभाल कर रखो? जूता तक नहीं खोला है? छिः-छिः ! जाओ, जूते उतारो जाकर।"

लड़का छिटक कर दूर हट गया। पाँव पटकते हुए वहाँ से चला गया। उसके बाद हजार बार बुलाए जाने पर भी नहीं आया।–"मैं सुशीलदा के पास जा रहा हूँ", "मैं इस वक्त छत पर झूला झूलने जा रहा हूँ", "आः ! कहानी की किताब पढ़ रहा हूँ, दिखाई नहीं पड़ रहा है क्या?"

x x x

कंकावती देख रही है वही लड़का एक दिन अपने निश्चित छोटे से कमरे के पतले बेड पर न लेट कर, अपने माँ-बाप के डबलबेड पर हाथ-पाँव पसार कर लेटा हुआ है।

माँ की आँखों में विस्मय। तीखा कण्ठस्वर, "यह क्या? यहाँ क्या हो रहा है?"

"हाँ, आज मैं यहीं सोऊँगा। कल मैं उस खाट से गिर गया था।"

"ओ, गिर गये थे? ठीक है। फिर तुम्हारे लिए भी तुलतुल की खाट जैसी रेलिंगदार खाट बनवानी पड़ेगी।"

कमरे के एक ओर से एक कौतुकपूर्ण पुरुषकण्ठ सुनाई पड़ा था, "अच्छा, जब तक नहीं बनता है तब तक न हो यह यहीं रहे। दोनों तरफ दो मनुष्यों की दीवाल के बीच।"

खूब तीक्ष्ण प्रतिवाद का स्वर झंकृत हो उठा था कमरे में, जिसमें से उद्धार हुआ कि लाडले लड़के की बेकार की जिद्दें सुन-सुनकर उसे बिगाड़ दिया जा रहा है।

बालक को बड़ी खाट से धकेल कर उतारने के बाद घसीटते हुए बगल वाले कमरे में ले जाने का दृश्य भी देख रही है कंकावती।–"तुम जाकर उस कमरे में लेटोगे? और तुम्हारी ये छोटी बहन अकेली इस कमरे में पड़ी रहेगी? क्यों?"

और उसके बाद भी एक दिन? कब की बात है वह? देखा ही कितना है उस छोटे से बालक को? फिर भी देख रही है उसी लड़के को खूब तेज बुखार है। उस सुसज्जित महिला ने किसी को आदेश दिया कि "बेबी की खाट यहाँ से निकाल कर उस कमरे में कर दो।" और कहा–"मैं इस कमरे में रहूँगी।"

उस लड़के ने बुखार से तप रहे, नरम-नरम अपने दोनों हाथों से उस रूपसी को धकेल कर अपने पास से हटाते हुए कहा था, "नहीं, तुम इस कमरे में नहीं

रहोगी। तुम जाओ। तुम अभी चली जाओ।"

"चले जाने से काम नहीं होगा। रात को तीन-तीन घंटे पर तुम्हें दवा पिलानी है।"

"पिला दी जाएगी। बाबूजी पिला देंगे। तुम चली जाओ। तुम मुझे छूना तक नहीं।"

चित्र ही चित्र। सारे के सारे भयंकर अभिमान के चित्र। सामने खड़े उस जंगली अप्रशिक्षित घोड़े जैसे लड़के में क्या कंकावती उसी बालक को ढूँढ़ने की कोशिश कर रही है? और क्या कंकावती सोच रही है कि एक बार अगर आँख मिलाये तो अपनी समस्त भूलों के लिए माफी माँग लेगी, अपनी इन्हीं खामोश आँखों से?

x x x

"बापी ! बापी ! मेरी जिन्दगी के पन्नों में से तूने तो अपने को मिटा ही डाला था। मैं तो अपने खोए हुए नुकसान और शून्यता के ऊपर ही धीरे-धीरे डालती चल रही थी एक दूसरे प्रकार के जीवन की नींव।—तूने क्यों सहसा मेरे सामने आकर सब कुछ मटियामेट कर दिया? बापी ! मैं जब नर्सिंग होम में तुझे देखकर चौंक उठी थी, सिहर उठी थी तब क्यों नहीं मैंने तुझे सीने से लगा लिया था? क्यों नहीं चिल्ला उठी थी 'बापी, बापी' कह कर? क्यों मैं और ज्यादा श्योर होने के लिए एलबम देखने भागी?—एक बार पकड़ जाने पर क्या तू भाग पाता?—लेकिन तू हमें पहचान गया था।—बापी, मैं भूल गई हूँ कि कभी मुझे दो-दो सुन्दर-सुन्दर बच्चे 'माँमोनी' कहकर पुकारा करते थे।—अब तो मैं बस 'कंकावती' रह गई हूँ।"

कंकावती जान भी नहीं पाती है कि उसकी विश्वासघाती दोनों आँखें, कंका का मान-सम्मान खत्म कर अविरल बह रही हैं। आँसुओं की सूखती भीगती धार जिन गालों पर से बह रही है लोग उन्हें देख रहे हैं।

पानू ने कहा था, "नः, मुझे अपना मत बदलना पड़ेगा। समझीं मझली मामी, मैंने देखा पत्थर में भी प्राण होते हैं।"

और सुदेष्णा ने कहा था, "क्या पता ! भगवान् क्या चाहता है। शायद बड़ी भारी एक चीज छीन कर फिर इस टूटे घर को जोड़ दे। लगता है छीन ही लेगा। वह दुर्बुद्धि लड़का जिस तरह से अपना नुकसान करता चला जा रहा है। कोई आशा

नहीं है।"

x x x

स्वागत बोला, "तुझे जीवन-भर के लिए पार्टनर बनाने की वासना तो रह-रह कर दम तोड़ने लगती है रे तुलतुल। जैसे ही सोचता हूँ वह महाशय व्यक्ति तेरे अपने दादा हैं, बिल्कुल ही सहोदर, तैसे ही लगता है तू भी तो उसी माल-मसाले से बनी है।"

तुलतुल ने कहा, "हो सकता है उससे भी ज्यादा कड़क मसाले से बनी हुई हूँ। तुझे किसी ने पार्टनर होने के लिए कसम तो खिलाई नहीं है।"

"कसम कौन खिलाएगा? वैसी आशा करता भी नहीं हूँ। अपनी ही इच्छा है।"

"ऐसी फैन्सी इच्छा को छोड़ दे।"

दोनों कोर्टरूम से निकल कर एक जगह बैठ कर मूँगफली खाते-खाते बातें कर रहे थे। पर आज बात कुछ और थी। आज यहाँ आने के वक्त से लेकर अभी तक तुलतुल ने स्वागत का हाथ मजबूती से पकड़ रखा था।

आज फैसला सुनाने का दिन था।

x x x

"दुर-दुर", "हट-हट" कहने पर भी, पुलिस की एक-आध लाठी पड़ने पर भी आते थे रोज बादाम, श्यामल, पेन्टू, नोनी।

बादाम ने कहा था "जैसे भी हो मैं रोज आऊँगा। अगर गुरु को मृत्युदण्ड दिया गया तो मैं भी जान दे दूँगा।"

श्यामल बोला, "ऐसा न हो कि गुरु जिस तरह से फ़ाँसी-फाँसी की रट लगा रहा है, नाराज होकर जज ठोंक ही देंगे—मृत्युदण्ड।"

अपने डेरे पर बैठे-बैठे ये लोग आपस में बातें करते, "वह जो एक परमसुन्दरी महिला रोज आकर मूर्ति की तरह बैठी रहती हैं और कम उम्र की उनसे भी सुन्दर लड़की, शायद अपने पति के साथ आती है, रो-रोकर मुँह फुला लेने वाली सफेद धोती पहनी विधवा महिला—सब-की-सब जरूर रभी के अपने लोग हैं।"

ये लोग तो हमेशा से ही मानते आए थे कि रभी किसी अमीर घर का बेटा

है– आज यह विश्वास इन्हें देखकर पक्का हो गया।

शायद किसी तरह से खो गया था– हाँ, इनके डेरे पर शायद जोड़-जोड़ कर ही बातें होती थीं।

वह विधवा शायद माँ हो।

आज भी पुलिस के हाथों से पिट-पिटा कर कोर्ट रूम में घुस आए थे सब-के-सब।

x x x

आज सबेरे ही सुदेष्णा ने कहा था, "पानू, सुबह जब से सोकर उठी हूँ मेरे हाथ-पाँव थर-थर काँप रहे हैं, सिर चकरा रहा है, दिल धड़क रहा है जोरों से।"

पानू ने कहा था, "तब फिर तुम आज मत जाओ मझली मामी। मैं तो तुमसे कह रहा हूँ चरम दण्ड नहीं होगा।"

"तुझे क्या जज साहब ने कहा है चुपके से? उनके मन में क्या है, क्या तू जानता है?"

"लेकिन वहाँ पहुँचकर अगर तुम हाय-हाय करके रोना शुरू कर दो? जरूरत क्या है? घर पर रहो न? यहाँ बैठी-बैठी भगवान् का नाम लेना।"

"तू तो जाएगा?"

"वह तो जाऊँगा। हाँ, कहो तो सुशील से कह दूँ–"

"सुशील? वह भला जाए बिना मानेगा? उसने तो साफ कह दिया है, 'खबर अच्छी हुई तो ठीक है। गड़बड़ हुई तो सीधे गाँव चला जाऊँगा। फिर यहाँ लौट कर आऊँगा नहीं।' पानू रे, यह अभागा लड़का खो कर क्या मिला, सब का हाल बेहाल कर दिया रे।"

"सब तुम लोगों की किस्मत है।"

"सौ का यह लड़का शायद पिछले जन्म में बड़ा भारी शत्रु था। इसीलिए बेटा बन कर पैदा हुआ–"

"मझली मामी, तुम जाकर लेट जाओ। तुम्हें आज जाने की जरूरत नहीं है। तुम तो काँप रही हो।"

"मुझसे नहीं हो सकेगा बेटा। अकेले घर में बैठकर यम-यन्त्रणा सह न सकूँगी

मैं।"

पानू बोला, "यह भी एक सोचने की बात है। अन्त में कहीं लौट कर देखा कि तुम हार्टफेल हो जाने से मरी पड़ी हो। बाप रे! "

दुःखी हो कर सुदेष्णा बोलीं, "औरत की जान इतनी नाजुक नहीं है रे पानू– बड़ी कड़ी होती है। तूने कभी किसी औरत को दुःख से, शोक से मरते देखा है? अगर ऐसा होता तो जब तेरे मझले मामा नहीं रहे..." कहते-कहते चुप हो गईं सुदेष्णा।

थोड़ी देर बाद बोलीं, "गये बगैर मुझसे रहा नहीं जाएगा रे।"

पानू बोला, "कंका मामी भी तो रोज आती हैं। किसी दिन बात करने की कोशिश की थी?"

"नहीं बेटा। हिम्मत नहीं हुई। मेरी आँखें मेरे वश में रहती नहीं हैं। सब के सामने रोने लग जाऊँगी, देखती तो हूँ, पत्थर की मूर्ति की तरह बैठी रहती है। और किसी को देखती होगी ऐसा नहीं लगता है।"

"मामा कहाँ हैं?"

"पता नहीं बेटा। वह आजकल दिखाई नहीं पड़ता है। सिर्फ घर से निकलते वक्त कहता है–'दीदी, कार निकल रही है।' आज पता नहीं कब बुलाएगा। सुबह ही से कहाँ-कहाँ का चक्कर लगा रहा है।"

पानू पता करके आया था, फैसला दो बजे सुनाया जाएगा।

x x x

भावुकता की शिरोमणि सुदेष्णा की बात छोड़ दी जाए। उनके तो हाथ-पाँव सुबह से ही काँप रहे थे। लेकिन भावुकताशून्य स्टिल पुतली-सी कंकावती–वह कहाँ है इस वक्त? उसे भी मालूम है कितने बजे फैसला सुनाया जाएगा।

सुबह से वह अपना सारा काम नियमपूर्वक कर रही थी। चाय पी थी, नहायी थी। यहाँ तक कि सुमित्रा को भी क्या करना है इस बात का निर्देश दिया था। इसके बाद अखबार पढ़ने बैठी थी।

फिर भी तुलतुल ने आकर कुछ झिझकते हुए कहा था, "कंकावती! आज तुम घर पर ही रहो न।"

अखबार सामने से हटा कर कंकावती ने लड़की की तरफ देखा। स्थिर आवाज में बोली, "कंकावती नाम से घृणा हो गई है। क्या तुम अस्वीकार कर सकती हो कि कभी इसी शरीर से बनकर तैयार हुई थीं? क्या एक बार माँ कह कर बुलाने का मन नहीं करता है? कभी तो बुलाया करती थीं।"

तुलतुल सुनकर अवाक् हुई।

ऐसी सेण्टीमेण्ट की बातें कैसे बोल गई कंकावती?

तुलतुल ने अस्फुट आवाज में कहा, "माँ! इस नाम से तुम्हें कब बुलाया है मैंने?"

"ओ हाँ। भूल गई थी। एक फैन्सी नाम सिखाया गया था बुलाने के लिए।—खैर, घर पर रहने के लिए क्यों कह रही हो?"

"यूँ ही।" कह कर सहसा कंका के पास बैठ कर बोली, "मुझे बहुत डर लग रहा है।"

"तब तो तुम्हारा न निकलना ही ठीक होगा।"

x x x

यही बात स्वागत ने भी कही थी, "आज न हो तू मत जा तुलतुल।"

तुलतुल बोली थी, "मैं दिल की बड़ी कड़ी हूँ।"

"लेकिन तेरी माँ को नहीं जाने देना चाहिए।"

"वह क्या किसी के कहने-सुनने की परवाह करती हैं?"

"फिर भी। आज क्या होगा यह तो तू जानती है न? तेरे वह दादा तो जानबूझ कर आग से खेल रहे हैं।—क्या पता जज क्या कर बैठे।"

इसीलिए तुलतुल ने माँ को कहा था कि वह आज न जाए। इधर यह भी कह बैठी कि मुझे बेहद डर लग रहा है।

कंकावती बोली, "मैं तो डर, लज्जा, दुःख सब से परे हूँ तुलतुल। मुझे तो जाना ही पड़ेगा। मुझे देखना है कि अन्त तक वह मेरी तरफ देखता है या नहीं।"

x x x

यथासमय जज अपने निश्चित दरवाजे से कोर्टरूम में दाखिल हुए। आज

अदालत में हवा भारी थी। सब लोग बेहद टेन्स थे। प्रतीक्षा कर रहे थे कि जज साहब क्या फैसला सुनाते हैं।

जज साहब के फैसला पढ़ने से पहले नियमानुसार जो कुछ भी कहा और किया जाता है वह प्रक्रिया समाप्त होने के बाद जज साहब ने कागज का गुच्छा निकाला।

बहुत ज्यादा पृष्ठ नहीं थे– केवल थोड़े से पन्ने। नाक पर उतर आया चश्मा ठीक करते हुए धीरे-धीरे पढ़ना शुरू किया उन्होंने। गम्भीर वह कण्ठस्वर धीरे-धीरे तेज होने लगा।

शुरू में ही उन्होंने आजकल के शरीफ बड़े घरों के उन लड़कों के बारे में दो-चार बातें कहीं जो गलत रास्ता अपना लेते हैं। वे बोले– "हो सकता है इनकी अपनी कोई राय होती हो, धारणा बन गई हो, इसीलिए ये लोग उसी रास्ते पर चलते हैं। ये बच्चे सोचते हैं कि पूरे समाज को ही बदल डालेंगे। नया समाज बनाएँगे। लेकिन उनका गलत रास्ता ही उन्हें समाज-संगठनकारी न बना कर समाज-विरोधी बना देता है। तब वे समाज के लिए, दुनिया के लिए खतरनाक साबित होते हैं।–आज का हमारा यह नवयुवक कैदी भी एक शरीफ अभिजात घर का लड़का है। हाँ, इसका इतिहास औरों से भिन्न है। ये अभागा नितान्त ही बाल्यकाल में किसी तरह से परिवार से बिछड़ कर अँधेरे में विलीन हो गया था। जगह मिली थी एक गन्दी, गरीबी से जर्जर बस्ती में। वहाँ इसका आदर्श बना एक समाज-विरोधी युवक। ज्यों-ज्यों ये बालक बड़ा हुआ, उन्हीं आदर्शों पर चलते-चलते गुरु बन गया।–अपनी परिकल्पनानुसार यह समाजहितकारी कार्य भी करता रहा। हालाँकि गैरकानूनी काम भी करता ही था इसके साथ-साथ, क्योंकि रुपया तो चाहिए था।"

जज साहब ने कुछ उदाहरण दिए। उसके बाद बोले–"क्योंकि इसका परिवेश और इसके दल के लोग इसकी रुचि के अनुरूप नहीं थे इसीलिए यह संघर्ष हुआ। जिसके फलस्वरूप यह 'सौरभ मुखर्जी' चालू नाम जिसका 'रभी' है आज खूनी बना कटघरे में खड़ा है।–लेकिन शुरू से ही देखने में आ रहा है कि कैदी सजा कम करवाने या उसकी गिरफ्त से निकल भागने के फेर में नहीं है बल्कि वह दण्डित होना चाहता है। इसका मतलब ही है कि वह मन-ही-मन दुःखी है, अनुतप्त है। या इस बहके हुए जीवन से जी भर चुका है इसका। क्योंकि हत्या करते ही वह स्वयं

चला आया था पकड़वाने। इससे लगता है अनुतप्त होने के कारण वह मौका मिलने पर भविष्य में अपने को सुधार सकता है। कैदी की उम्र कम है। साथ ही उसके मानवतापूर्ण गुणों का ध्यान रखते हुए, तथा मेरी निजी धारणा और विश्वास तथा कानून के प्रति श्रद्धाभाव रखते हुए–मैं कैदी को पाँच साल का सश्रम कारावास का दण्डादेश देता हूँ।''

आज कैदी जरा भी चंचल नहीं दिखाई दे रहा था। शुरू से ही उसकी नजर जज साहब के चेहरे पर टिकी हुई थी। उनके मुँह से निकलने वाले एक-एक शब्द को मानो वह पहले ही पढ़ लेगा। फिर भी उसे आखिरी वाक्य सुनने की प्रतीक्षा करनी पड़ी।

'पाँच साल के लिए सश्रम कारावास'।– यह बात उच्चारित हुई नहीं कि जनता की भीड़ में से फटाफट तालियाँ बज उठीं। साथ ही कुछ समवेत कण्ठस्वर गूँज उठे– ''जय गुरु। जय गुरु।''

कौन हैं ये अभद्र जन?

और कौन होंगे? इसी अभागे के दल वाले लड़के।

और··· और अब तक चुपचाप बैठे कैदी के मुँह से निकला– ''धत् तेरे की।''

x x x

जो लोग यह सोच कर उछल रहे थे कि फाँसी नहीं हुई वे ही कुछ देर बाद सोचने लगे–'पाँच साल! पाँच साल तो बहुत ज्यादा हैं। जज साहब चाहते तो इसे चार साल कर सकते थे।'

बाहर पुलिस की जाली से घिरी बन्द गाड़ी प्रतीक्षा कर रही थी।

अदालत से निकलने पर कैदी को, बन्दी दशा में ही रिश्तेदारों से मिलने दिया जाता है।–नहीं-नहीं, कालीन बिछे कमरे में नहीं–उसी कॉरीडोर में–उस बन्द गाड़ी पर बैठने से पहले–चलते-चलते। दोनों तरफ पुलिस का पहरा भी रहता है।

कॉरीडोर के बिलकुल अन्तिम छोर पर दीवाल के सहारे टेक लगाये खड़ी थी कंका। अन्तिम क्षण तक देखना चाहती है कि वह मेरी तरफ देखता है या नहीं।

कटघरे की चार सीढ़ियाँ उतर कर पहरेदारों से घिरा ज्यों ही कैदी कॉरीडोर के सामने आकर हुआ, आगे बढ़ आये एस० मुखर्जी नामक सज्जन।

दण्डादेश को ईश्वर की कृपा समझ रहे थे वे। फिर भी व्याकुल स्वरों में पुकार

उठे– "बापी !"

बापी !

कितने-कितने वर्षों बाद यह शब्द कानों में पड़ा था रभी के। ठिठक कर खड़ा हो गया। उसके बाद तुरन्त ही व्यंगात्मक स्वरों में बोल उठा, "इस एक बदमाश गुण्डे के पीछे बाबूजी, आपनि हजारों रुपये बरबाद कर डाले–इन रुपयों से तो दस गरीबों के घर पल जाते।"

बाबूजी !

कुछ इस तरह से 'बाबूजी' कहा जैसे नौकर-चाकर अपने मालिक से कहते हैं। फिर भी 'बाबूजी' तो कहा? जिस 'पुकार' को सुनने के लिए कितने सालों से सौगत के कान तृषित थे। स्वर भिन्न था– व्यंगमिश्रित, फिर भी पुकारा तो उसने।

एस० मुखर्जी ने भी उसी स्वर में उत्तर दिया, "बाहरी चेहरा देखकर ही क्या अमीर-गरीब समझ में आता है? जो लोग बड़ी-बड़ी मोटरों में घूमा करते हैं उनमें भी कितने लोग दीन-दुःखी, गरीब-कंगाल हैं क्या इस बात का पता है?"

पहरेदार कैदी को धकेलते ले चले। दो कदम पर थान धोती पहनी विधवा मिल गई जो बिलखकर रो पड़ी–"ये कुछ साल देखते-देखते बीत जाएँगे बेटा–हम लोग तेरा रास्ता देखेंगे।"

कैदी ने उनकी ओर देखा। मुस्कराकर बोला, "आज भी वैसी ही हो?– जरा-सी बात पर रोना? दिन गिनकर क्या करोगी? किसे पता है किस के दिन कौन गिन रहा है।"

उसके बाद ही सहसा उल्लसित स्वरों में बोल उठा, "माई गॉड ! सुशीलदा? तुम आज भी जिन्दा हो? गुड।"

पहरेदार पल-भर के लिए भी रुकने नहीं दे रहे थे।

सामने तुलतुल–उसके पीछे चिरसंगी बनने की इच्छा पोषित करने वाला वही केयरटेकर।

तुलतुल ने पहरेदारों की तरफ भौंहें सिकोड़ कर देखते हुए डपटकर कहा, "अरे एक मिनट ठहर नहीं सकते हैं? ये क्या आपकी पिंजड़े में बन्द चिड़िया है जो उड़ जायेगी?"

उसके बाद नरम आवाज में बोली, "दादा ! बाजी किसने जीती?"

दादा बोला, "अन्त तक निभ सकेगी कि नहीं कौन कह सकता है?"

"माने?"

"माने सरकारी फंदे के अलावा भी तो और बहुत-से फंदे हैं और उनकी पकड़ मजबूत भी होती है।"

"खबरदार दादा! मैंने तुमसे क्या कहा था?"

रभी गुण्डा बोला, "तब तो तुम्हें इसके लिए पाँच साल तक इन्तजार करना पड़ेगा।"

स्वागत आगे बढ़ आया—"वही करेंगे। याद रखिएगा, बहन आपकी ही है। जिद्द की पिरामिड है।"

असहिष्णु होते पहरेदार खीज कर कैदी को फिर धकेलते हैं।

गेट के बाहर ही वही काली जालीदार गाड़ी खड़ी थी।

x x x

किन्तु कंकावती?

कंकावती का क्या हुआ?

कंकावती तो न जाने कब से इसी रास्ते के अन्तिम छोर पर दीवार से टिकी खड़ी है— 'देखता है या नहीं' यही देखने के लिए।

उसकी तरफ देखे बगैर ही रास्ता पार कर गया कैदी?

नहीं। शायद भगवान् हर समय करुणाविहीन नहीं होते हैं। चलते-चलते गर्दन घुमाकर देखा उसने। साफ-स्वच्छ नजरों से। और चलते-चलते ही कह गया— "जिसने अपना सिर जाने कब काट डाला था आज उसे अपनी टोपी खो जाने का दुःख क्यों हो रहा है?"

गेट पार हो गया।

और कंकावती?

वह क्या उसी तरह स्टैच्यू बनी खड़ी रही?

नहीं। उसकी मुद्रा परिवर्तित हुई। उसके सुरीले कण्ठ से एक फटे बाँस-सी भयंकर आवाज निकली— "बा···पी···" वही आर्तनाद जैसे हवा के साथ दौड़ने लगा।

सत्ताईस

बन्द गाड़ी में कैदी को बैठा लिया गया था। उसके सामने लोहे की जाली वाला दरवाजा बन्द हो गया। सहसा अगर वह चाहे कि पहले जैसे स्कूल जाते समय टाटा करता था वैसे ही टाटा करे तो नहीं कर सकता है। दोनों हाथ जो बँधे थे।

जबकि अगर वह चाहता तो ठीक इसके विपरीत हो सकता था। उसे 'बेकसूर छोड़ देने' के बहुत चान्स थे। चाहता तो यहाँ तक भी न पहुँचता, अपने शिविर में 'गुरु' की पोस्ट पर कायम रह सकता था। एक लावारिस लाश के हत्यारे को ढूँढ़ने लगेगी पुलिस, ऐसी सम्भावना कतई नहीं थी। सब कुछ उसकी इच्छा पर था। फिर भी दोनों हाथ बँधे होने के कारण वह उदास हो गया।

उस दिन तुलतुल ने कहा था, "कंकावती देवी बड़ी दुःखी हैं रे–" शायद सच ही कहा था।

काली गाड़ी सिंह-सी गरजती स्टार्ट हुई। आगे बढ़ी। बढ़ना तो था ही। लेकिन उस चलती मोटर के साथ होड़ लगाती वह लड़की क्यों दौड़ रही है? वह लड़की जो अपनी तीक्ष्ण बुद्धि और अहंकारवश किसी की इज्जत तक नहीं करती थी? कैंची-सी धारदार जिसकी बातें होती थीं?

x x x

"इस लड़के ने अभिमानवश ही अपनी जिन्दगी दाँव पर लगा दी सौ!" कहते-कहते अचानक चौंक कर बोल उठीं,–"अरे-अरे! कंका उस गाड़ी के पीछे-पीछे क्यों भाग रही है? उसका इरादा क्या है? चल तो–"

निराश होकर अन्त में खड़ी रह गई थी कंका। लेकिन उसमें खड़े रहने की ताकत नहीं थी। सिर्फ 'सड़क पर नहीं बैठेगी' यही सोचकर मन पक्का किए खड़ी थी। जोर-जोर से साँस लेने के कारण उसकी छाती तेजी से ऊपर-नीचे हो रही थी। सारे बाल अस्तव्यस्त होकर उड़ रहे थे।

लेकिन सुदेष्णा जिस बात को सोच कर डर रही थीं, वैसा कोई भयावह इरादा नहीं था कंका का। कंका केवल अन्त तक उस चेहरे को देखने के लिए दौड़ रही थी।

तुलतुल भी अपनी माँ को दौड़ते देख पीछे-पीछे दौड़ आई थी। वह भी हाँफ

रही थी।

"यह क्या? तुम इस तरह से दौड़ कर..."

कंका माथे पर फैले बालों को हटाते हुए बोली, "यूँ ही।" छाती उस समय भी जोरों से धड़क रही थी।

तुलतुल नें उसी ध्वस्त परन्तु स्थिर शान्त चेहरे की ओर देखते हुए कहा, "ठीक है। कार इधर ही लाने के लिए कहती हूँ।"

आज तुलतुल अकेली नहीं आई थी। माँ के साथ आई थी क्योंकि उसे बेहद डर लग रहा था। पर ड्राइवर प्रीतम सिंह नहीं आया था। कार ड्राइव करके लाया था स्वागत।

कंकावती ने हाथ हिलाकर मना किया। अर्थात् कार इधर लाने की जरूरत नहीं है। और ठीक तभी दौड़ती-हाँफती आ पहुँचीं सुदेष्णा भी। उनके पीछे थोड़ी दूर पर एक जन और भी। हाँफते हुए रो-रो कर सुदेष्णा बोलीं, "बाप रे, तुमको दौड़ते देखकर तो मैं डर गई थी। खैर भाई, फिर भी कहूँगी कि भगवान् ने हम पर कृपा ही की है। कम पर से ही बला टल गई। हमेशा का भयंकर अभिमानी लड़का जानबूझ कर तो आग में कूदने नहीं जा रहा था—खैर छोड़ो, खूब शिक्षा हुई है बाबा। अब लड़की लेकर दोनों घर चलो और बैठे-बैठे दिन गिनो।"

कंकावती स्टैच्यू-सी खड़ी थी। सुदेष्णा ने उसका हाथ पकड़ रखा था। पल-भर बाद कंकावती ने अपना हाथ धीरे से छुड़ा लिया।

सुदेष्णा के पीछे आकर सौगत खड़े हुए। कंकावती ने माथे पर उड़ रहे बालों को फिर एक बार हटाया।

तभी सौगत के पीछे से एक जन आगे आया। कंका के पाँव छू कर प्रणाम कर के बोला, "मामीजी। मुझे याद है न? मैं सुशील।"

कंका ने आँख उठाकर देखा। ताज्जुब है! इतने सालों में जाने क्या-क्या बीता होगा इस लड़के पर भी। फिर भी चेहरा जरा-सा भी नहीं बदला है। सिर्फ उस वक्त दाढ़ी न निकलने की वजह से चेहरा चिकना था, अब दाढ़ी बनी होने की वजह से चिकना है।

अब कंका सहज हुई। बोली, "ओः सुशील। अच्छी तरह से हो?"

सुशील विगलित भाव से बोला, "जी हाँ।" फिर तुलतुल की तरफ देख कर

बोली, "ईश तुलतुल दी। आप कितनी बड़ी हो गई हैं। मुझे पहचान नहीं पाई हैं न?

"क्यों नहीं पहचानूँगी?" स्वर में अवज्ञा के भाव नहीं थे, पर निर्लिप्तता थी।

"बताइए तो कौन हूँ?"

"वाह! अभी तो खुद ही नाम बताया है।"

"अब मैं खाना बनाने में बहुत एक्सपर्ट हो गया हूँ।"

सुशील भी क्या सुदेष्णा की तरह आकाशकुसुम के सपने देख रहा है?

तुलतुल बोली, "ओः। अच्छा है।"

उसके बाद ही कंका से बोली, "माँमोनी। घर चलो।"

माँमोनी!

इतने सारे लोगों के सामने तुलतुल ने क्या कह कर पुकारा? अब कंका अपनी दोनों आँखों को कहाँ ले जाए? इनके सामने से जितनी जल्दी हो सके भाग जाना चाहिए।

सुदेष्णा अवाक् होकर बोलीं, "यह क्या सौ? ये लोग लम्बे-लम्बे डग भरते हुए उधर क्यों चले जा रहे हैं?"

उसी तरफ देख रहे सौगत ने लम्बी साँस छोड़ते हुए कहा, "उनकी कार शायद उधर ही है।"

"वे लोग क्या अपनी कार से ही चले जाएँगे?"

"और नहीं तो क्या?"

"वाह! हमारे साथ नहीं चलेंगे?"

इस हालत में सौगत जरा-सा हँस दिया, "इसीलिए कहता हूँ दीदी कि तुम पागल हो।"

एकाएक सुदेष्णा को बेहद गुस्सा आया। जोर-जोर से बोलीं, "हाँ, तू तो हमेशा से यही कहता आ रहा है। अपने लिए सोचता है कि बहुत स्वस्थ है। मैं कहती हूँ कि तूने एक बार उससे भी तो नहीं कहा।"

"क्या कहता?"

"और क्या कहता? कहना था—बहुत हो चुका। अब अपनी जगह वापस

चलो, कंका। बापी के लौटने की उम्मीद के सहारे लौट चलो।"

सौगत ने अपनी दीदी के अभियोग, अभिमान और वेदनामिश्रित आँखों को देखा फिर कहा, "नहीं। तुम्हारी बात का जवाब नहीं है।"

सुदेष्णा सुनकर और भी चिढ़ गईं, "सच कहूँ? तू भी कम निर्दयी नहीं है सौ। आहा ! जिस तरह से बहू बेटे की अभिशप्त गाड़ी के पीछे भागी थी–देख कर तेरा दिल नहीं पसीजा?"

"पसीजा था।"

"तो फिर आगे बढ़कर दो बातें कहाँ कीं?"

"क्या बात करता? कहने को है ही क्या?"

"ओः ! दुनिया-भर की सारी बातें ही खत्म हो गई हैं?"

"मेरे लिए तो शायद ऐसा ही हुआ है।–चलो।"

निराशाभरी साँस छोड़ते हुए सुदेष्णा चलते-चलते बोलीं, "सारी बातें खत्म होना भी एक ऐसी चीज है–बातें करने के लिए दिल के अन्दर हाहाकार मचा रहता है, फट जाता है दिल–फिर भी···" थोड़ा-सा दम लेकर फिर कहने लगीं धीरे-धीरे– "जानता है सौ, हर समय क्या लगता है? एक बार अगर कोई मुझे उनसे बातें करवा देगा तो मैं आजीवन काल उसकी दासी बनी रहूँ।"

"दीदी ! तुम्हारे जैसी पतिव्रता हिन्दू नारी अगर हर घर में होती तो···"

सहसा सुदेष्णा रुक गईं। आहत स्वरों में बोलीं, "केवल पतिव्रता? बस, सिर्फ हिन्दू नारी? तुम लोग उतने को ही सब कुछ समझते हो? प्यार क्या कोई चीज नहीं?–वह कब की बात है जब स्कूल में पढ़ते-पढ़ते मैं ब्याह दी गई थी।–कितना स्नेह, कितना प्यार और कितनी तरह की शिक्षा देकर अपने हृदय में स्थान दिया था उन्होंने। वह सब बातें···।" गला भर आया। चुप हो कर जल्दी-जल्दी चलने लगीं।

और सौगत की नजरों के आगे बहुत दिन पहले देखा एक अधभूला चेहरा आ गया। पान खाता गोलमटोल-सा चेहरा।

x x x

सौगत ने कहा था, "क्या बात करूँ? बात करने को है क्या?"

फिर भी की थी बात।

कहा था—गम्भीर गाढ़े पर शान्त स्वरों में कहा था—"हमने शायद डिसीशन लेने में बड़ी जल्दी कर दी थी कंका। हमें शायद और कुछ दिनों तक धैर्य और सहनशक्ति की परीक्षा देने के लिए प्रतीक्षा करनी चाहिए थी।—हम लोग···"

लेकिन कहा कब था? वह समय, सुविधा और उचित स्थान कब मिला था। कि सौगत ने कंका से यह सब कह डाला?

इसमें शायद दैवी हाथ था।

ईश्वर ने ही कुछ किया होगा जिसकी डोर उनकी लड़की के हाथ आ गई थी।

x x

तुलतुल जब अपनी माँ के साथ पार्किंग स्थल पर पहुँची तब देखा कि स्वागत डिकी खोले स्टेपनी पर झुका हुआ है।

"क्या हुआ?"

सिर बाहर निकालकर स्वागत ने कहा, "मर्डर केस। दो-दो चक्के पंचर पड़े हैं।"

"भट्।"

"भट् माने? आकर देख न? दो-दो चक्के अस्सी साल के बुड्ढे की तरह गाल पिचकाए बैठे हैं।"

"यह सब हुआ कब? इसी कार को अभी चला कर लाया है तू।"

"यही तो। लगता है किसी ने हवा निकाल दी है।"

तुलतुल ने कहा, "चुप रह। लोगों के पास और तो कोई काम है नहीं जो आकर तेरी कार की हवा निकाल देंगे या पंचर कर देंगे।" मुँह बिगाड़ते हुए बोली, "जरूर तूने बुद्धू की तरह काँच या कीले पर टायर चढ़ा दिया होगा।"

"तो एक साथ दो-दो चक्के पिचक जायेंगे?"

"जा भी सकते हैं। वह एक जगह, जहाँ कूड़े का ढेर लगा था, उसके पास से जाते वक्त कुछ घुसा होगा।—अब क्या किया जाये?"

"यही तो मैं भी सोच रहा हूँ। तेरा तो ड्राइवर भी नहीं आया है। टायर बदलना मेरे अकेले के बस का नहीं। फिर एक ही तो एक्स्ट्रा टायर है।"

कंकावती की इच्छा हो रही थी कि लोक-लाज त्याग कर सड़क पर ही बैठ

जाए।—परन्तु यही काम तो कठिन होता है। इसीलिए धीरे से बोली, "तुम एक **टैक्सी** बुला दो, मैं चली जाती हूँ।"

तुलतुल बोली, "तुम्हारी तबियत बहुत ठीक नहीं है। अकेले जाने देना ठीक नहीं होगा।"

"खूब ठीक है तबियत।—देखना, कोई अगर···"

स्वागत माथे का पसीना पोंछते हुए बोला, "टैक्सी? यहाँ टैक्सी? अच्छा, देखता हूँ।—लेकिन जल्दी मिलने की उम्मीद कम ही है।"

ठीक इसी महामुहूर्त पर पानू जाने कहाँ से आ टपका। ठिठककर खड़ा हो गया, "मामला क्या है?—तुलतुल, मुझे पहचान पा रही हो?··· मैं वही तुम्हारी बुआ के घर का 'पानूदा' हूँ। याद रहने लायक बात नहीं है। तब तुम इतनी-सी थीं।—मामीजी पहचान रही हैं?"

धीरे से कंका बोली, "पहचानूँगी क्यों नहीं?"

उनकी उत्तर देने की अनिच्छा के बावजूद पानू ने अपने प्रश्नबाणों के जरिए सारी बात जान ली। बोला, "साफ लग रहा है किसी ने गलत मतलब से यह शरारत की है। अच्छा, मैं देखता हूँ।"

यद्यपि स्वागत पानू को पसन्द नहीं कर सका, फिर भी यह सोचकर थोड़ा निश्चिन्त हुआ कि इन लोगों का जान-पहचान वाला है।

शराफत से जानना चाहा, "क्या देखेंगे?"

"यही, एक टैक्सी या फिर···" कहते-कहते तेजी से एक तरफ चल पड़ा।

x x x

सौगत की कार रास्ते से हट कर काफी दूर खड़ी थी। पानू ने टैक्सी ढूँढ़ने की जरा भी कोशिश नहीं की। वह सीधे वहीं पहुँचा और जल्दी से जल्दी सारी बातें समझाने के बाद बोला, "टैक्सी-फैक्सी मिलेगी नहीं। मैं तो कहता हूँ मामा बाबू, मैं सुशील और मझली मामी को ले कर किसी तरह से चला जाता हूँ और इस कार पर उन लोगों को लिफ्ट दे दीजिए।"

"किसी तरह से का क्या मतलब हुआ?"

"उसकी चिन्ता आप न करें। वह जैसे भी हो, हो जाएगा। मझली मामी कह

भी रही थीं कि जाते वक्त माँ काली के दर्शन करती हुई जाएँगी।–खैर वह सब मैनेज हो जाएगा।–देख रहा था तुलतुल लोग की हालत बड़ी असुविधाजनक है। इस समय जरा हेल्प मिल जाती...''

सौगत व्यंग से हँसे, ''वे लोग हेल्प लेने को तैयार होंगे?''

''तैयार? तैयार करने का काम मुझ पर छोड़ दीजिए। चलिए तो...''

अविश्वसनीय होते हुए भी पानू यह काम करवा कर माना। जाकर बोला, ''इस एरिया में एक भी टैक्सी नहीं है।... लेकिन जब घर की मोटर है... फिर मामी जी और कब तक सड़क पर खड़ी रहेंगी? शाम भी होने को आ गई।''

चालाक पानू के चक्कर में पड़ कर एस० मुखर्जी अपनी कार लेकर उस पंचर हो कर खड़ी कार के पास आ कर रुके। उतरकर तुलतुल के पास गये। उसकी पीठ पर हल्का-सा हाथ छुलाकर बोले, ''इस कार को ठीक करवाने में वक्त लग जाएगा। चलो न, मैं ही तुम लोगों को पहुँचा दूँ।''

तुलतुल ने विपन्नभाव से माँ की तरफ देखते हुए कहा, ''उन्हें अगर आपत्ति न हो तो...''

धीरे से कंकावती ने पूछा, ''क्या टैक्सी बिल्कुल ही नहीं मिलेगी?''

किससे पूछा था प्रश्न? कौन देता इसका उत्तर?

दिया था। सौगत ने इस प्रश्न का उत्तर दिया था–''बिल्कुल ही नहीं मिलेगी ऐसी बात नहीं है। परन्तु इस कार की भी तो व्यवस्था करनी है। तुम लोग वापस जाकर प्रीतम सिंह को पता समझा कर यहाँ भेज सको–''

तुलतुल बोली, ''ठीक है। यह भी तो एक बात है। कंकावती। आओ, बैठ जाओ।''

इस वक्त जिस नाम से पुकारने की आदत है, वह नाम जुबान पर आया उसके।

लेकिन यह नाम क्या सौगत के कानों में खटका था? नहीं तो। बल्कि सौगत की आँखों के आगे एक फूल के गुच्छे जैसी लड़की का चेहरा आ गया, जो अपने खिलौनों की प्लेट सजाकर तोतली बोली में पुकार रही थी–''तंका, ओ तंकावती। खाना खाने आ जा। थंदा हुआ जा रहा है।'' और हँस कर कह रही थी, ''मैं नानी बनी हूँ।''

सौगत विगलित आवाज में बड़ी मुश्किल से बोले थे, "अभी भी बचपन की तरह नाम लेकर पुकारती हो?"

"यूँ ही..."

फिर भी कंकावती अविचल, "स्वागत, देखो न कहीं अगर..."

सौगत हँसे थे, "इसी को टैक्सी मान लो। और यह ड्राइवर एक सरदारजी हैं। अगर ऐसा सोचा जाए तो जरा भी असुविधा नहीं होगी।"

"ठीक है।" तुलतुल आगे बढ़ आई थी।

x x x

तुलतुल चढ़कर बैठ गई। अतएव कंकावती को भी बैठना पड़ गया। तुलतुल को क्या पहले कभी प्राणतुल्य रहे इस इन्सान पर दया आई थी? तभी तुलतुल इतनी सहज हो उठी थी।

लेकिन कुछ दूर जाने के बाद ही एकाएक तुलतुल को 'भयंकर आवश्यक' एक काम याद आ जाएगा, इसे कौन जानता था? तुलतुल को क्या खुद पता था?

काफी दूर चले जाने के बाद ही तुलतुल बोल उठी थी, "हाय राम, स्वागत को तो एक बात बताना ही भूल गई। सुनिए! जरा कार रोकेंगे? एक बड़ी भारी गलती हो गई है। मुझे उतरना पड़ेगा।"

अपनी तरफ के दरवाजे के हत्थे पर हाथ रखा।

अतएव कार रोकनी पड़ी।

"मैं कार मोड़कर... ले चलता..."

"नहीं-नहीं। आप जाइए। इन्हें रेस्ट की जरूरत है। घर जल्दी पहुँचना चाहिए। आप रैसेल स्ट्रीट तक चले जाइए—उसके बाद ये आपको मकान दिखला देंगी।"

"लेकिन तुम? तुम कैसे?..."

"वह मैं कर लूँगी। बस, ट्राम जो भी मिल जाए। मेरी तो आदत है।—अच्छा कंकावती। घर पहुँचकर ज़रा रेस्ट कर लेना—समझीं?" कूद कर उतर गई।

x x x

सौगत ने कहा था, "लगता है सारी घटना किसी के षड्यन्त्रों के कारण घट,

रही है। पता नहीं किस का षड्यन्त्र है, क्यों है? या फिर नियति ही चाहती है।"

उसके बाद ही भावुक हो कर गाढ़े स्वरों में कहा था, "हमने शायद डिसीशन लेने में बहुत जल्दबाजी कर दी थी कंका।–शायंद कोशिश करने पर हम थोड़ा और सहनशील हो सकते थे।–हम अपनी मर्जी से या असतर्कतावश जिन्हें इस पृथ्वी पर ले आए थे, उनके बारे में सहानुभूतिपूर्वक विचार करना चाहिए था हमें।–ऐसा किया होता तो आज ये दिन न देखना पड़ता।"

कंका इतनी देर से अवाक् होकर देख रही थी कि वह जिस कार पर बैठी है उसके चालक की सीट पर स्टियरिंग पकड़े सौगत मुखर्जी नामक अद्‌भुत रूप से अपरिचित हो गए चिरपरिचित व्यक्ति बैठे हैं। कंका आँखें बन्द करके भी देख रही है कि इस इन्सान के कमीज के नीचे पीठ के ठीक बीचों-बीच एक लाल रंग का बर्थमार्क है और इस स्टियरिंग पकड़े दाहिने हाथ के तालू में एक काला तिल है।

कंका देख रही है–

कंका स्वयं चुपचाप उस के बगल में बैठी है। कूद कर उतर जाने की इच्छा नहीं हो रही है। आश्चर्य !

कंका को सुनाई पड़ रहा था गाढ़ा गम्भीर परन्तु शान्त स्वर।

"हम लोग शायद आवश्यकता से अधिक आत्मकेन्द्रित हो गए थे।"

सुनकर कंका ने कहा था। उदास होकर कहा था, "शायद इस में सम्पूर्ण रूप से मेरी ही भूल थी।"

कंका की आवाज तेज या तीखी न थी। न ही व्यंग था। थी एक प्रकार की निर्लिप्तता।

सौगत कह रहे थे–"कंका, मैंने यह बात नहीं कहनी चाही थी। बस कह रहा था कि हमने शुरू में ही गलती की थी। हम ने प्रेम किया था लेकिन एक-दूसरे के मन को समझा नहीं था। अगर उस वक्त हम यह जानने की कोशिश करते कि हमारा प्रेम कितना प्रबल है। हर तरह के तूफान, झंझट-झमेले सहन कर भी एडजस्ट करता चलेगा या नहीं। एडजस्टमेंट ही तो प्रेम का पहला स्टेप है–मानती हो न? 'त्याग' की क्षमता भी तो होनी चाहिए न? हमारी सन्तान के लिए हमने हमारा कुछ भी त्याग नहीं किया था। सिर्फ हमने अपनी 'सुविधा-असुविधा', 'पसन्द-नापसन्द' और 'सहनीय-असहनीय' पर वादविवाद किया। सोचते रहे और धीरे-धीरे असहिष्णु हो उठे। हमने अगर अपनी बात के अलावा भी दूसरों की बात

सोची होती, अनुभव किया होता कि हमारे निर्णय से वे लोग आहत हो रहे हैं, उन्हें कष्ट हो रहा है तो शायद…"

जरा ठहर कर कहा था–"बापी और तुलतुल को हमने एक-दूसरे से अलग कर दिया था कंका।"

कंका चुप थी।

पुरुष जितनी जल्दी अपनी गलती मान लेता है, नारी उतनी जल्दी ऐसा नहीं कर पाती है। उसके अन्दर का अहंभाव भूल को जानते हुए भी अपने पक्ष में तर्क तैयार कर लेता है। या फिर कहेगी–"हो सकता है। मेरी ही गलती थी।" अथवा –"अब कहने से फायदा?"

कंका ने भी उदास भाव से कहा था, "अब यह सब कहने से क्या फायदा?"

"नहीं, फायदा कुछ नहीं है। शायद कभी भी कहा न जाता अगर एकाएक आज ऐसी एक परिस्थिति न आई होती।"

घर के पास पहुँच गए थे। एकाएक कंका ने स्वर बदल कर कहा था, "शायद सारी गलती हमारी ही थी। लेकिन याद रखना कि इसके बदले में मैं जिन्दगी-भर दुःख ही उठाए जा रही हूँ।"

उसके बाद ही कहा था, "सामने वाला वह मैनसन…"

सौगत ने कार रोकी। गेट पार होते ही चन्द सीढ़ियाँ। उसके बाद चौकोर बरामदा और फिर लिफ्ट।

उसी तरफ देखते हुए सौगत बोले, "तुलतुल ने कहा था, घर पहुँचते ही रेस्ट करना।"

कंका बोली, "करूँगी।"

जैसे एक शब्द का उच्चारण किया। बात का जवाब नहीं दिया हो। इस उच्चारण का मस्तिष्क से कोई सम्बन्ध नहीं था।

सौगत जा सकते थे–यही स्वाभाविक होता लेकिन रुककर जरा-सा हँसते हुए बोले, "तुम्हारे घर के दरवाजे से आकर लौटा जा रहा हूँ। एक बार तुमने सौजन्यता प्रकट करते हुए भी नहीं कहा, 'जरा देर के लिए भीतर आओ। बैठो'।"

कंका दो सीढ़ी ऊपर चढ़ चुकी थी। थोड़ी-सी गर्दन मुड़ी हुई थी। उसी तरह खड़ी होकर बोली, "जरा देर के लिए बैठते जाओ।"

जैसे सुनी हुई बात कह दी हो।

लेकिन सौगत क्या चाहता था? वह क्या बातों ही बातों में ठहरे रहने का बहाना ढूँढ़ रहा था?

इसीलिए क्या उसी बात का छोर पकड़ते हुए कहा, "वाह! क्या लोग अपने पुराने परिचित को इसी तरह कहते नहीं हैं?—पर मैं आशा कर रहा था कि तुम मुझे एक प्याली चाय पिलाओगी।"

"आशा कर रहे थे?" मानो सपना देख रही हो कंका। उसका प्रश्न तीक्ष्णताविहीन, शिथिल था।

सौगत जरा पास आए। निचली सीढ़ी पर पैर रखकर बोले, "हाँ, वही समझो। असल में 'भयंकर इच्छा' ही आशा का रूप धारण कर रही थी। सचमुच बड़ी इच्छा हो रही थी। कितने दिन हो गए, तुम्हारे हाथ की बनी चाय नहीं पी है।"

कंका ने अपने को झकझोर कर जगाया। जरा व्यंग्यमिश्रित हँसी हँसकर बोली, "अभी भी वह स्वाद याद है?"

सौगत का कण्ठस्वर गाढ़ा गम्भीर, "याद न रखना क्या सम्भव है?"

"इतनी असम्भव बातें सम्भव हो जाने पर भी?"

"कंका! तूफान का सामना होने पर बड़े-बड़े पेड़ गिर जाते हैं लेकिन घास का बाल तक बाँका नहीं होता है। तुम्हारे उस घर में आज भी सारी चीजों में तुम ही तुम विराज रही हो—अपने छोटे-छोटे स्वाद और स्मृतियों के साथ। आज भी··· छोड़ो, मैं तो मूर्खों की तरह बोले जा रहा हूँ। है न? अच्छा चलूँ।"

सीढ़ी से पाँव हटा लिया।

लेकिन कंका भी एक सीढ़ी उतर आई थी।

"वाह! चले कैसे जा रहे हो? चाय बिना पीये?"

"तुमने तो ऑफर किया नहीं।"

"यह कर तो रही हूँ।"

सौगत ने चिरकठोर परन्तु चिरआकर्षणीय चेहरे की ओर देखा। रास्ते की रोशनी चेहरे पर पड़ रही थी।

धनिक वर्गों का मोहल्ला। इस समय रास्ते पर कोई नहीं रहता है। चारों ओर

शान्ति।

सौगत को अभी लौटना है। फिर भी क्यों मन नहीं कर रहा है कि चला जाए। क्यों लग रहा है यह पल, यह घड़ी रुकी रह जाए अनन्तकाल के लिए।

लेकिन केवल देखते रहना हास्यकर लगता है। इसीलिए जल्दी से कुछ कहना पड़ता है। भयंकर एक लोभ को जबरदस्ती दबाते हुए कहना पड़ा, "रहने दो ! एक दिन के लिए लालच देकर क्या लाभ होगा?"

कंका भी तो अपलक देखती जा रही है।—कहीं एक दरवाजे की चिटकनी खुल जाने से सजे-सजाए एक कमरे में तूफानी हवा घुस आई है। सारे दरवाजों की चिटकनियाँ फटाफट खुली जा रही हैं।

सुन्दर-सुन्दर पर्दे हवा में फड़फड़ा रहे हैं—वही आवाज कंका के भीतर भी सुनाई पड़ रही है। सब कुछ अस्तव्यस्त हुआ जा रहा है।

फिर भी कंका खूब स्थिर और शान्त होने की कोशिश करते हुए कौतुकपूर्ण आवाज में बोली, "हमेशा-हमेशा की गारण्टी चाहते हो क्या?"

"सौगत।"

"कंका ! कंका।"

"इतने दिनों बाद अब क्या यह संभव है?"

"क्यों नहीं कंका? असल में—जीवन में असंभव नाम की क्या सचमुच कोई चीज है?"

"नहीं है? है न? सचमुच जीवन कैसा अद्भुत है। लेकिन..." मानो एक हाहाकार हवा के साथ चारों ओर फैल गया, "लेकिन सौगत, दिन तो खत्म होने को आए। हम लोग तो 'चुक' गए हैं।"

"नहीं कंका, कुछ भी नहीं खत्म हुआ है। बहुत कुछ है। बहुत कुछ रहता है।—देखना, सब ठीक हो जाएगा।"

कंका ने एक हाथ बढ़ा दिया। बड़े शान्त और कोमल स्वरों में बोली, "आओ। अन्दर आओ।"

□□□